한국현대소설
작품론

한국현대소설 작품론

지은이| 장양수

인쇄일| 초판1쇄 2008년 8월 1일

발행일| 초판1쇄 2008년 8월 7일

펴낸이| 정구형

  제작| 한미애

디자인| 김나경 김숙희 노재영

마케팅| 정찬용 한창남

  관리| 이은미 박종일

펴낸곳| **국학자료원**

등록일 2006 11 02 제324-2006-0041호

서울시 강동구 성내동 447-11 현영빌딩 2층

Tel 442-4623 Fax 442-4625

www.kookhak.co.kr

kookhak2001@hanmail.net

ISBN| 978-89-6137-368-5 *93800

가격| 46,000원

한국현대소설
작품론

장양수 지음

국학자료원

이광수의 <무정>을 출발로 잡으면 한국의 현대소설사도 햇수로 백 년 가까운 세월을 헤아리게 되었다. 학계, 출판계에서도 이를 염두에 두고 소설 선집을 내거나 소설사를 재정리하는 등 작품의 새로운 해석과 연구가 활발하게 이루어지고 있는 것 같다. 필자는 이 시점에서 다음과 같은 이유로, 우리 현대소설사에 있어서 진정으로 명작이라고 할 수 있는 작품은 어떤 것인가를 정리해 볼 필요를 느꼈다.

첫째, 소설작품의 문학사적 의의와 작품성은 어느 정도 별개의 것으로 평가 되어야 할 것이다. 그것은, 그 지역의 랜드 마크가 된다는 점에서 중요한 의미를 띠고 있는 어떤 건축물이 그렇다고 그 때문에 건축미학적인 면에서 훌륭한 작품이라고 단언할 수 없는 것과 마찬가지다. 그럼에도 불구하고 지금까지의 우리 소설문학에 대한 평가는 사적 의의와 작품성을 구별하지 않고 해 온 면이 없지 않았던 것 같다. 이광수의 <무정>이 우리 현대소설의 장을 연, 획기적인 의미를 지니고 있고 염상섭의 <표본실의 청개구리>가 한국 자연주의 소설의 효시로서의 뜻이 있다는 것은 누구도 부인하지 못 할 사실이지만 이들 소설이 그 구성과, 문체, 주제의 육화, 세련미 등 전체적인 구조면에서 보아 우리 문학 백년사에 있어서 손꼽을 만한 뛰어난 문학예술작품이라고 할 수 있느냐 하는 물음에 부딪치면 아무래도 쉽게 수긍할 수 없을 것이다. 그러므로 순수하게 문예미학적인 면에서의 우수한 작품이 가려져야 할 필요가 있을 것이다.

둘째, 해방이 되면서 국토가 분단되고 민족이 이념으로 적대하면서 북으로 간 작가와 작품에 대한 연구와 출판이 금지됨으로서 우리 문학은 상당한 세월 동안 거의 반쪽을 잃는 상처를 입었었다. 그러다 1988년 대부분의 북으로 간 작가와 작품이 해금되어 그에 관한 출판과 연구가 활발하게 이루어지고 있다. 그러나 비록 20년의 세월이 지났다고는 하나 해금이 된 지 그렇게 오래지 않아 그들 작가와 작품에 대한 연구는 여전히 미진한 상태에 있다. 그래서 이즈음에서 조명희의 <낙동강>과 같이 출판, 연구가 금지된 바람에, 실제 작품성은 보잘 것 없으면서 허명을 얻고 있은 소설과, 홍명희의 <임거정>과 같이 진정으로 높이 평가되어야 함에도 불구하고 사장되어 있던 소설 곧 버력과 보석을 선별하는 작업이 이루어져야 하지 않을까 하는 것이 필자의 생각이다.

　마지막으로 지금까지 우리 소설을 이야기 하는 강단비평적인 자리에서는 한 가지 암묵적인 관행이 있었으니 그 소설의 발표 시기를 거의 1960대 이전까지로 국한해 온 것이 그것인데 이것도 다시 한 번 생각해 보아야 할 문제가 아닌가 한다. 물론 어떤 소설이 한 편의 고전이 되려면 가치의 항구성이 입증되어야 하고 그러려면 어차피 세월의 청태가 끼어야 한다는 것은 두 말 할 필요가 없다. 그러나 백년이 채 안 되는 우리 현대소설사에서 지나치게 그 소설이 세상에 나온 후의 세월의 두께에 집착한다는 것도 문제라고 생각한다. 전문적인 안목을 가진 다수의 비평가들에 의해 높은 수준의 작품성이 인정된 경우라면, 비록 발표된 시일이 일천하다 하더라도 그 소설을 한 편의 '현대의 고전' 반열에 올려놓아도 좋지 않을까 한다. 1990년대 후반 이후 우리 문단에 충격과 같은 광휘를 던지며 등장한 이순원의 <은비령>, 김훈의 <칼의 노래> 같은 소설을 그 예로 들고 싶다.

위와 같은 이유로 필자는 지난 백년 가까운 세월 동안 발표된 우리 현대소설을 대상으로 필자 나름의 기준으로 스물다섯 편의 우수한 작품을 '명작'으로 가려 뽑았다. 그리고 이 글에서 무엇 때문에 이들 소설이 뛰어난 문학예술작품이라 할 수 있는가를 논증하고 이들 작품을 어떻게 해석하고 향유해야 할 것인가를 말했다. 스스로, 작품의 선정과 해석, 평가에 독선적인 데가 있다는 질책을 받을 소지가 없지 않다고 생각하지만 그러면서도 이 글이 그러한 측면에서의 한 시론(試論)으로서의 의미는 있지 않을까 한다.

바쁘신 중에 허술한 글을 책으로 만들어주신 정찬용 사장님께 진심으로 깊은 감사를 드린다.

2008년7월 著者識

차
례

제1장 亡國 遺民의 恨 | 13

염상섭의 〈만세전〉 | 15
나라 잃은 지식청년의 암울한 조국 기행

현진건의 〈운수 좋은 날〉 | 36
불균형 식민지 사회 고발

유진오의 〈오월의 구직자〉 | 53
잘못된 세상 비판 경향문학의 진수

이상의 〈날개〉 | 74
가치 전도된 세상 고발

채만식의 〈태평천하〉 | 97
무너지는 속물의 모래성

홍명희의 〈임거정〉 | 119
식민지민 울분의 우회적 폭발

제2장 玄妙한 美의 세계 ı 151

이효석의 〈메밀꽃 필 무렵〉 ı 153
한 화폭에 담은 아름다운 자연과 인간

이태준의 〈가마귀〉 ı 169
최초의 본격 탐미주의 소설

황순원의 〈소나기〉 ı 196
슬프고 아름다운 사랑의 수채화

이제하의 〈유자약전〉 ı 217
허위에 찬 세상의 추악성 폭로

이문열의 〈금시조〉 ı 239
절망의 순간에 이른 자기완성

양귀자의 〈한계령〉 ı 263
산다는 일 가파름의 발견

이순원의 〈은비령〉 ı 278
잊을 수 없는 먼 별에 사는 사랑

제3장 전쟁 세파에의 부대낌 | 299

최인훈의 〈광장〉 | 301
이념 충돌로 설 곳 잃은 인간의 절망

김승옥의 〈서울 1964년 겨울〉 | 322
60년대의 병 – 소외와 이기

황석영의 〈장길산〉 | 342
역사에 의탁한 잘못 된 체제에의 항변

윤흥길의 〈장마〉 | 377
민족 화합 기원의 주가(呪歌)

조세희의 〈난장이가 쏘아올린 작은 공〉 | 398
고르지 못한 분배사회의 모순 고발

박완서의 〈나목〉 | 419
전쟁이 준 상처와 자기치유

제4장 神과 靈의 자리 | 443

김동리의 〈무녀도〉 | 445
샤머니즘 - 영원회귀에의 길

장용학의 〈요한 시집〉 | 466
죽음으로 벗은 무거운 짐 - 인간 모독적 삶

이외수의 〈장수하늘소〉 | 491
속악 사회의 죄 대속의 신선 이야기

이청준의 〈이어도〉 | 516
이승에서 찾은 피안의 낙원

신경숙의 〈풍금이 있던 자리〉 | 539
차마 못 본 내 행복이 울릴 타인

김훈의 〈칼의 노래〉 | 557
삶 - 무의미와의 싸움

제1장 亡國 遺民의 恨

염상섭의 〈만세전〉
　　나라 잃은 지식청년의 암울한 조국 기행

현진건의 〈운수 좋은 날〉
　　불균형 식민지 사회 고발

유진오의 〈오월의 구직자〉
　　잘못된 세상 비판 경향문학의 진수

이상의 〈날개〉
　　가치 전도된 세상 고발

채만식의 〈태평천하〉
　　무너지는 속물의 모래성

홍명희의 〈임거정〉
　　식민지민 울분의 우회적 폭발

염상섭의 <만세전>
나라 잃은 지식청년의 암울한 조국 기행

Ⅰ. 서론

염상섭의 본명은 尙燮, 想涉은 필명이고 호는 횡보(橫步)다. 1897년 서울에서 태어난 그는 아버지 규환이 영친왕의 생모 엄씨와 소꿉동무라 그런 인연도 있고 해서 전주·가평·의성 등지에서 군수를 지내 비교적 여유 있는 집에서 자랐다. 그는 1905년 보성소학교에 입학해 이 학교를 졸업한 다음 1911년 보성중학에 입학해 다니다 이듬해에 일본으로 건너가 1917년 게이요대학에 입학하여 1919년 그 학교를 중퇴한 학력을 가지고 있다. 1920년 귀국한 그는 곧 『동아일보』에 기자로 입사하여 이후 『시대일보』『조선일보』에 재직한 적이 있고 해방 후 1946년에는 『경향신문』 편집국장을 역임, 언론인으로서도 상당한 활약을 하다 1963년 세상을 떠났다.

1920년 폐허 동인으로 그 동인지 『폐허』창간을 주도한 그는 이듬해

『개벽』에 단편 <표본실의 청개구리>를 발표함으로서 문단에 나왔다. 흔히 한국 최초의 자연주의 소설로 불리고 있는[1] 이 단편은 그의 문학적 성가를 확립시킨 것으로 평가되고 있다.[2] 이 소설은 3.1운동이 실패한 후 한국 지식인의 좌절감과 무력감, 질식할 것 같은, 발광할 것 같은 내면 풍경을 잘 그려보여 주었다는 점에서는 의미가 크다 하겠으나 자연주의 소설이라면서 낭만성이 짙게 노정되고 있고 구성상으로도 문제를 지니고 있는 등[3] 미숙성을 보여주고 있는 것이 사실이다. 이 소설을 두고 자연주의 소설이라고 말한 것은 속단이며 가치 있는 작품이 되지 못한다고 한 말도[4] 그래서 나온 것일 것이다.

이 작가의 소설로 <표본실의 청개구리> 다음으로 자주 거론되고 있는 작품은 장편 <삼대>다. 전근대에서 근대로 넘어오는 전환기의 3대에 걸친 한 가족사를 작품화한 이 소설은 이 작가의 대표작으로 불리는 일이 많다. 그러나 이 소설은 정한숙이 정곡을 찔러 말했듯, 서민의 감상성이 작품 전반을 지배하고 있어 사회성이나 역사성은 몹시 불투명하다는 한계를 드러내고 있다[5] 이 소설이 발표된 1930년을 전후한, 당시 한국인에 있어서 가장 보편적이고 심각한 문제는 나라의 주권을 일본에 강탈당해 경제적 침탈과 정치적 탄압으로 인해 그 삶이 지옥과 같았다는 것이었다. 그런데 이 소설에는 그러한 상황의 음영이 지나치게 보이지 않고 있는 것이다. 소설이 반드시 그 사회를 반영해야 한다는 주장에 얽매이지 않는다 하더라도 그와 같은 면은 이 소설을 그 시대의, 그의 대표작이라 하기에 주저하게 하는 것이 분명하다.

필자는 <만세전>을 염상섭의 대표작이자 일제 치하 한국문학이 거둔

---

1) 백철, 「신문학사조사」(민중서관, 1955), p.205.

2) 조연현, 「한국현대문학사」(성문각, 1972), pp.380~386.

3) 정한숙, 「현대한국작가론」(고려대학교 출판부, 1981), pp.58~63.

4) 신동욱, "염상섭의 「삼대」", 「염상섭(김윤식 편)」(문학과 지성사, 1977), pp.151~152.

5) 정한숙, 앞의 책, p.79.

큰 수확이라고 생각한다. 무엇보다 반영론적인 측면에서만 보아도 일제 치하 한국인의 삶을 잘 그려보여 주고 있고, 당시의 가장 심각한 공적 쟁점을 정확하게 적시해 주고 있다는 점에서 그렇다. 김윤식과 김현의 공저 「한국문학사」가 염상섭을 가리켜 식민지시대의 어둡고 답답한 세계를 그대로 그려내야 한다는 어려운 임무를 맡아서, 그것을 성공적으로 수행한 작가라고 한 것도 바로 이 <만세전>이 있기 때문일 것이다.

그뿐 아니라 이 소설은 한 편의 사실주의 소설로서도 당시로서는 한 전범이라 할 만한 문예 미학적 우수성을 보여주고 있다는 점에서도 크게 돋보인다.

그런데 이 소설에 대해서는 비교적 좋은 평가가 내려져 있지만 이견도 없지 않다. 그 중 하나로 이 소설이 주인공의 피상적인 관찰로 인해 구체적인 문제점을 제시해 주지 못하고 있고 따라서 주인공 '나'의 의식에는 아무런 갈등이 있을 수 없고 다만 동정이 있을 뿐이라는 비판이 그런 것이다. 이 연구자는 <만세전>이 일목요연한 문제점을 제시해 주지 못하고 사건의 나열과 함께 장광설의 설득만 일삼고 있다고 하고 있다.[6] 그와는 반대로 또 다른 한 연구자는 이 소설이 개인의 일상적인 삶이 역사의 세계와 닿아 그 시대의 생의 전체성을 그려 보여준다고, 전혀 위와 상반된 견해를 보여주고 있다.[7] 위와 같은 서로 다른 관점은 이 소설의 평가에 있어서 아주 근본적이고 중요한 문제라고 생각한다. 필자는 후자, 곧 '그 시대의 생의 전체성을 그려보여 주고 있다'고 한 견해의 입장에 서서 그것을 논증해 보고자 한다. 이 소설은, 단순히 단편적인 점묘의 집합이 아니고 점묘된 삽화들을 연결하여 하나의 삶 속에 스미는 여러 사회 세력의 모습을 맺음성 있게 보여주고 있다고 한 말에 얼마만큼 나타나 있듯[8] 상당히 강하고 뚜렷한 메시지를 던져주고 있다. 필자는 그것

---

6) 정한숙, 앞의 책, pp.65-6.

7) 김우창, "비범한 삶과 나날의 삶", 「염상섭(김윤식 편)」(문학과 지성사, 1977), pp.141-142.

을 다음과 같은 몇 가지라고 보고 그것이 가지는 의미를 고찰해 보고자 한다.

첫째, 이 소설은 일본의 한국에 대한 식민지 통치의 반역사성, 반인륜적인 면을 고발하고 있다. 필자는 이 글에서 이 소설이 지적하고 있는 식민 통치의 그와 같은 모순이 무엇인가를 살펴보고자 한다.

다음으로 <만세전>은 당시 한국인의 삶의 지향점은 무엇이 되어야 할 것인가를 제시해 주고 있는데 이 글은 그것이 무엇인가를 고찰해 보고자 한다.

마지막으로, 이 소설은 그 사상성 뿐 아니라 미학적인 면에서도 성공을 거두고 있다는 것이 필자의 판단인 바, 어떤 면에서 그렇게 볼 수 있는가를 논리적으로 증명해 보고자 한다.

II. 길에서 목도한 망국민의 참상

<만세전>은 작가가 1922년 『신생활』에 <묘지>라는 제명으로 연재하다가 1923년 『시대일보』로 옮겨 발표한 중편으로 1924년 단행본으로 간행할 때 표제를 위와 같이 고쳤다.

<만세전>은 한 편의 여행소설(road roman)이라 할 수 있다. 일본에 유학, 대학 졸업반에 재학 중인 식민지 한국 유학생 이인화(23)는 책상물림으로 세상물정을 모르고 살아온 청년이다. 어느 날 그에게 아내가 위독하니 집으로 오라는 전보가 온다. 학년 말 시험도 미루어 두고 귀국한 그가 아내의 임종을 보고 장례를 치른 다음 다시 일본으로 돌아가기까지가 이 소설의 줄거리를 이루고 있다.

주인공이 출발하는 나라, 일본은 제1차 세계대전의 참전국으로 전쟁

---

8) 위의 책, p.126.

덕분에 갑작스럽게 졸부가 되어 그 기세가 하늘에 닿을 듯하고 있었다. 그러나 망국의 청년, 주인공은 고국으로 나오는 연락선을 타는 순간부터 식민지 유학생이라는 그 한 가지 이유로 경찰의 검문, 짐 수색과 압수, 끈질긴 미행에 수모와 시달림을 당한다. 그것은 나라 잃은 청년에게 말할 수 없는 모욕감과 울분을 안겨주는 것이었다. 그러나 그것은 그 다음에 그가 보고 듣고 느끼게 된 일들에 비하면 아무 것도 아니었다.

집에서 보내 주는 돈으로 책이나 들여다보고 공부만 한, 온실에서 살아오다시피 한 그는 이 여행에서 조국이 주권을 빼앗김으로서 동족이 얼마나 비참한 지경에 처해 있는가를 자신의 눈으로 직접 보게 된다.

부산으로 향하는 배에 오른 주인공은 선내 목욕탕에 갔다가 거기서 일본인 욕객들의 대화를 듣게 된다. 그는 그들의 이야기에서, 한 사람의 한국인으로서 말할 수 없는 모멸감을 느낀다.

「그러나 조선 사람들은 어때요?」

「＜요보＞ 말씀요? 젊은 놈들은 그래도 제법들이지마는, 촌에 들어가면 대만(臺灣)의 생번(生蕃)보다는 낫다면 나을까, 인제 가서 보수……하하하.」

＜대만의 생번＞이란 말에 그 욕탕 속에 들어앉았던 사람들은 나만 빼놓고는 모두 껄껄 웃었다. 그러나 나는 기가 막혀 입술을 악물고 치어다보았으나 더운 김이 서리어서 궐자들에게는 분명히 보이지 않는 모양이었다.

그들이 말한 '생번'이란 대만의, 높은 산 속에 사는 고산족(高山族)이라고도 불리는 원주민 종족 '고사족(高砂族)'의 총칭으로 일본인들은 이들을 미개한 야만인쯤으로 멸시하고 있었다. 한민족은 5천년에 걸친 오랜 역사를 가진 문화민족으로 자처해 왔고 특히 일본인에 대해서는 그들을 '왜(倭)'라고 부르면서 체구가 작고 야만한 섬 오랑캐(島夷)로 치부해 왔었다. 주인공 역시 그러한 민족적 자부심을 가지고 있었음이 분명한데 한눈에 무지하거나, 야비하고 천박해 보이는 일본인들이 동족을 '생번'이라고 부르면서 비웃고 있는 것을 보았을 때 그 모욕감이 어떠했을까는 쉽게 짐작할 수 있을 것이다. 주인공은 그에 이어 아래와 같은 그들의 이야기를 통해 동족이 사기꾼 같은 일본인들의 간교한 술수에 넘어가 노동력을 착취당하고 있다는 것을 알게 된다.

> 「실상은 누워 떡먹기지. 나두 이번에 가서 해오면 세 번째나 되우마는 내지의 각 회사와 연락해 가지고 요보들을 붙들어 오는 것인데⋯⋯즉 조선 쿠리(苦力)9) 말씀요. 농촌 노동자를 빼내오는 것이죠. 그런데 그것은 대개 경상남북도나, 그렇지 않으면 함경, 강원 그 다음에는 평안도에서 모집을 해오는 것인데 그중에도 경상남도가 제일 쉽습넨다. 하하하.」
> 그 자는 여기 와서 말을 끊고 교활한 웃음을 웃어버렸다.
> 나는 여기까지 듣고 깜짝 놀랬다. 그 불쌍한 조선 노동자들이 속아서 지상의 지옥 같은 일본 각지의 공장과 광산(鑛山)으로 몸이 팔리어 가는 것이 모두 이런 도적놈 같은 협잡 부랑배의 술중(術中)에 빠져서 속아 넘어가는구나 하는 생각을 하며 나는 다시 한 번 그 자의 상판대기를 치어다보지 않을 수 없었다.

그리고 그에 이은 다음과 같은, 그들의 대화는 왜 한국인들이 그들의 삶의 터전을 떠나 노동노예로 전락하지 않을 수 없었는가까지 말해 주고 있다.

> 「왜 남선지방에 응모자(應募者)가 많고 북으로 갈수록 적은고 하니 이 남쪽은 내지인이 제일 많이 들어가서 모든 세력을 잡았기 때문에, 북

---

9) '쿠우리'라고도 하는데, 중국의 하급 노동자로 싼 임금을 받고 위험하고 고된 일을 한 사람들이다.

으로 쫓겨서 만주로 기어들어가거나, 남으로 현해탄(玄海灘)을 건너서거나 두 가지 중에 한 가지 길밖에 없는데, 누구나 그늘보다는 양지가 좋으니까 요보들 생각에도 일 년 열두 달 죽두룩 농사를 지어야 주린 배를 채우기는 고사하고 보릿고개(麥嶺)에는 시래기죽으로 부종이 나서 뒈질 지경인 바에야 번화한 동경 대판에 가서 흥청망청 살아보겠다는 요량이거던. 그러니 촌은 젊은 애들은 말할 것도 없고 계집애들까지 나두 나두 하고 나서거던, 뭐 모집야 쉽지!」

식민지, colony란 말의 어원은 라틴어, 콜로니아(colonia)로 본래 로마가 정복지에 둔전병(屯田兵)을 두어 경작하게 한 땅을 말했다. 그것이 제국주의 시대에 더욱 악성으로 변질된 것이 근세 이후의 식민지이다. 특히 제국주의 일본은 한반도를 강점하여 거기에 국토가 좁아 포화상태에 있던 자국민을 이주시켰다. 그러다 보니 한반도의 인구가 과밀하게 되었는데, 일본은 이 문제를 한국인을 만주 등지로 이주시키거나 일본 내의 철공소, 광산과 같은 고되고 위험한 일에 투입했다. 1920년을 전후하여 소위 '노동이민'이란 이름으로 일본으로 간, 이들은 주로 북해도·구주의 탄광, 대판의 철공소에서 열악한 노동조건 아래서 인종차별, 저임금, 폭력적 강제노동에 시달리면서 지옥과 같은 생활을 했다. 위의 인용문은 그러한 사정을 단적으로 말해주는 것이다.

주인공은 그와 같은 이야기를 듣고 치밀어 오르는 분한 마음을 참기 힘들었지만, 그렇다고 해서 철저하게 절망감을 가지지는 않는다. 그는 그와 같은, 일본 사람들의 건방지고 야비한 말이나 태도가 한국 사람들의 억제할 수 없는 반감을 불러일으킬 것이고 그것은 결국 한국 사람들로 하여금 민족적 타락에서 자신들을 구해야 하겠다는 자각을 주는 원동력이 될 것이라고 믿었기 때문이었다. 그래서 그는 그들 일본인들이 한국인을 비하하는 말을 하면서 비웃고 있을 때도,

지금도 목욕탕 속에서 듣는 말마다 귀에 거슬리지 않는 것이 없지마

는, 그것은 될 수 있으면 많은 조선 사람들이 듣고, 오랜 몽유병(夢遊病)에서 깨어날 기회를 주었으면 하는 생각을 자아낼 뿐이다.

라고 하고 있은 것이다. 그러나 그런 한편으로 그는 또,

－전략－ 자존심이 많고 의지가 강한 사람일수록 그 굴욕과 비분으로 말미암아 받는바 불행과 고통과 저상이 도리어 반동적으로 새로운 광명의 길을 향하여 용약케 하는 활력소가 된다는 것이다. 그러나 사람이란 얼마나 강한지 의문이다. －중략－ 나는, 나 자신까지를 믿을 수 없다.

고, 앞서 한 그와 같은 자위에 회의도 한다.

그러던 그가 부산항에 내렸을 때 보고 듣게 된 일들은 그의 그와 같은 회의가 사실로 나타나 있음을 알게 해준다. 그리고 선내 목욕탕에서 들은 식민지 한국 농민의 참상이, 농민들만의 것이 아님을 눈으로 보게 된다. 그는 그가 일본에서 나와 딛고 선 한국 제일의 항구 부산이, 이미 옛날의 그 부산이 아니라는 것을 알게 된다. 부산 뿐 아니라 온 나라가 변해 있었는데, 주인공은 그에 대해 다음과 같이 말하고 있다.

「아무개 집이 이번에 도로로 들어간다네.」
하며 곰방담뱃대에 엽초를 다져넣고 뻑뻑 빨아가며 소견삼아 쑥덕거리다가 자고 나면, 벌써 곡괭이질 부삽질에 며칠 동안 어수선하다가 전차가 놓이고, 자동차가 진흙덩어리를 튀기며 뿡뿡거리고 달아나가고, 딸꾹 나막신 소리가 날마다 늘어가고, 우편국이 들어와 앉고, 군아가 헐리고 헌병 주재소가 들어와 앉는다. 주막이니 술집이니 하는 것이 파리채를 날리는 동안에 어느덧 한구석에 유곽이 생기어 사미센(三味線) 소리가 찌렁찌렁 난다. 매독이니 임질이니 하는 새 손님을 맞아들인 촌 서방님네들이, 병원이 없어 불편하다고 짜증을 내면 너무 늦어 미안하였

습니다는 듯이 체면 차릴 줄 아는 사기사가 대령을 한다. 세상이 편리하
게 되었다.

위의 인용문은 한일합방 이후 일본이 한국을 대륙침략의 전초기자화
했으며 한국인들을 타락으로 내몰았다는 것을 보여주고 있다. 곡괭이질,
부삽질에 도로가 뚫리고 차들이 달렸다고 한 데서는 한반도가 일본이
대륙으로 진출하는 작전로로 전락했다는 것으로 읽을 수 있다. 나막신
(일본 신발, 게다) 소리에 뒤따라 들어섰다는 우편국은 한국에 대한 식민
지 통치와 아시아 대륙 침략을 위한 그들의 정보의 중추를 의미하며 군
아를 헐고 들어앉았다는 헌병 주재소는 한국인을 폭압으로 다스리는 촉
수다. 그리고 주막 대신 들어선 유곽, 그 유곽이 들어선 이후 늘어난 성병
환자들은 그들의 농간에 놀아난 한국인들의 타락을 의미하는 것이다.
또 다음과 같은 대문은 일본이 한국에 대해 어떻게 경제적인 침략을
했는가를 보여준다.

양복장이가 문전 야료를 하고, 요리장사가 고소를 한다고 위협을 하
고, 전등값에 졸리고 신문대금이 두 달 석 달 밀리고, 담배가 있어야 친
구 방문을 하지, 원 차삯이 있어야 출입을 하지, 하며 눈살을 찌푸리는
동안에 집문서는 식산은행의 금고로 돌아 들어가서 새 임자를 만난다.

한국인들이 비싼 요리를 사먹고, 전기 사용료, 신문대금, 담배값, 차비
에 쪼들리다 보니 집을 날려버리게 되었다고 한 것은 바로 그, 경제침략
에 유린당하고 있다는 것을 말해 주는 것이다. 한일합방 후 일본은 한국
을 그들의 상품 시장화 했다. 그들은 한국에 식료(食料), 사류(絲類), 술,
담배 등 일용 사치품과 기호품을 수출했다.[10] 위의 인용문은 그와 같은

10) 이기백, 「한국사신론」 (일조각, 1989), pp.410-1.

일본의 한국에 대한, 고혈을 짤아 가는 경제침략을 구체적으로 보여주는 것이라 할 수 있다.

그러니까 이 소설은 도시에 살고 있던 한국인들이 어떻게, 그 삶의 터전에서 뿌리가 뽑혀 유리걸식하거나 일본인들의 노동노예가 되어 갔는가를 보여주고 있는 것이다. 일제시대에 발표된 소설들 중에는 농민들이 일본의 토지 강점과 높은 소작료 징수로 살 길을 잃고 농촌에서 쫓겨나 이리저리 떠돌거나 일본의 탄광이나, 철공소 같은 데서 열악하고 위험한 노동조건 아래서 신음하게 되는 현장을 보여주는 작품이 있다. 김유정의 <만무방>, 현진건의 <고향>, 이태준의 <꽃나무는 심어 놓고> 같은 단편들이 그런 소설이다. 그런 반면 도시인에 대한 경제침략과 그로 인해 겪게 되는 한국인들의 비극, 고통을 다룬 소설은 의외로 찾아보기 어려웠다. 그런데, 이 <만세전>이 일본의 한국 도시인을 상대로 한 수탈을 고발하고 있다는 것은 특별한 의미가 있다 할 것이다. 그런 의미에서 주인공이 대전역에서 본 아래와 같은 광경은 얽매이고 짓밟혀 죽음보다 못한 삶을 살고 있은 당시 한국인들의 모습을 가장 상징적으로 보여주는 것이라 할 것이다.

나는 이런 생각을 하며 난로 옆을 흘끗 보려니까 결박을 지은 범인이 댓 사람이나 오르를 떨며 나무의자에 걸터앉고 그 옆에는 순사가 셋이서 지키고 있는 것이 눈에 띄었다. 나는 무심코 외면을 하였다. 그 중에는 머리를 파발을 하고 땟덩이가 된 치마저고리의 매무시까지 흘러 가리운 젊은 여편네도 역시포승을 지여서 앉아 있다. 부끄럽지도 않은지 나를 부러워하는 듯한 눈으로 물끄러미 치어다보다가 고개를 숙인다. 자세 보니 등 뒤에는 쌕쌕 자는 아이가 매달렸다. 여자의 이런 꼴을 처음 보는 나는 가슴이 선뜩하여 멀거니 얼이 빠져 섰었다. 나는 흉악한 꿈을 꾸며 가위에 눌린 것 같은 어리둥절한 눈으로 한참 바라보다가 발길을 돌렸다.

이에 주인공은, '이게 산다는 꼴인가?' 라고 하고 자신의 조국을 '무덤이다! 구더기가 끓는 무덤이다!'라고 외친다.

이상과 같은, 이 소설의 중반까지가 일본의 한국에 대한 식민통치의 모순을 폭로, 공격하는 성격을 띠고 있다. 그리고 그에 이어지는, 중반 이후는, 주인공 자신과 자신의 가족을 포함한 한민족의 부정적인 삶에 대한 자기비판으로 되어 있다.

III. 참 삶의 길 - 자각과 발분

조국 땅에 나와 여행을 계속할수록 주인공으로 하여금 한국인을 짓밟고 빼앗는 일본보다 더 견딜 수 없게 한 것은 밟히고 뺏기면서 살아가고 있는 동족의 삶, 그 자세였다.

그 중 하나가 서울로 가는 기차 안에서 만난 한 갓장수가 보여 준 것과 같은 비굴이었다. 주인공은 그 갓장수에게 오늘날과 같은 개화된 세상에 갓을 쓰는 사람이 있으며, 갓장사가 되느냐고 물었다가 갓을 쓰고 다니면 그 나름의 잇점이 있다는, 다음과 같은 대답을 듣는다.

> 「후뿌리거나 요보라고 하거나 천대는 받을 때뿐이지마는 머리나 깎고 모자를 쓰고 개화장이나 짚고 다녀 보슈. 가는 데마다 시달리고 조금만 하면 뺨따귀나 얻어맞고 유치장 구경을 한 달에 한두 번씩은 할테니! 당신네들은 내지어나 능통하시지요! 하지만 우리 같은 놈이야 맞으면 맞았지 별수 있나요?」

이에 그는 당시 한국인들이, 공포, 경계, 미봉(彌縫), 가식, 굴복, 도회(韜晦), 비굴… 이러한 것에 숨어 사는 것을 가장 유리한 생활 방도요, 현명한 처세술로 삼고 있다는 것을 안다. 당장 시달리지만 않는다면 어떤 수모도 감수하겠다는 데서는 단 한 푼어치의 자존심도 찾아볼 수 없는 법인데 주인공이 본 동족의 삶이 바로 그런 것이었다.

거기다 더욱 그를 우울하게 만든 것이 있었으니 그것은 동족 누구에게서나 찾아볼 수 있는 체념이었다. 그에 대해 주인공은 다음과 같이 말하고 있다.

> 땅마지기나 있던 것을 까부러 버리고, 집 한 채 지녔던 것이나마 문서가 이 사람 저 사람의 손으로 넘어 다니다가, 변리에 변리를 쳐서 내놓고 나가게 될 때라도 사람이 살려면 이런 꼴도 보는 것이지 하며, 이것도 내 팔자소관이라는 값싼 낙천주의나 단념으로 대대로 지켜 내려오던 제 고향의 제 집, 제 땅을 버리고 문밖으로 나가고 산으로 기어들뿐이요, 이것이 어떠한 세력에 밀리기 때문이거나 혹은 자기가 착실치 못하거나 자제력과 인내력이 없어서 깝살리고 만 것이라는 생각은 꿈에도 없었던 것이다.

모든 것을 팔자소관으로 보는 것은 소위 정명론(定命論), 숙명론에 바탕을 둔 것으로 그런 사상을 가진 사람은 어떤 고경에 처했을 때 체념하여 그것을 그대로 받아들여버린다. 강압통치를 하는 데는 이 이상 쉬운 상대가 없다. 일본은 당시 왜곡된 역사교육 등으로 의도적으로 한국인들에게 그러한 사상을 심어주었고 주인공이 본 것이 바로 그렇게 길들여진 그의 동족이었다.

다음으로 주인공이 본 동족의 부정적인 삶의 모습은 팽배한 기회주의, 이기주의였다. 김천에서 만난, 보통학교 훈도로 있는 형부터가 그런 사람이었다. 헌병보조원에게 부자연스럽게 굽신거리는 것도 모양 같지 않았고 더구나 그, 형의 세상살이가 그에게는 못마땅하기 짝이 없는 것이었다. 그의 형은 이웃이 어떻게 되었건, 나라가 어떻게 되었건 관심이 없

고 자신의 이익만을 생각하고 있었던 것이다. 주인공이 형의 집 대문이
한층 퇴락한 것을 보고 수리를 하는 것이 좋지 않겠느냐고 했을 때,

> 「얼마나 살라구! 여기두 좀 있으면, 일본사람 거리가 될테니까 이대
> 로 붙들고 있다가, 내년쯤 상당한 값에 팔아버리련다. 이래뵈두 지금 시
> 세루 여기가 제일 비싸단다.」

라고 한 그 형의 대답에 그것이 잘 나타나 있다. 위에서, 그의 형의 말
은, 자기의 이익 생각에 마치 하루빨리 그 일대가 일본사람 세상이 되기
를 바라고 있는 것처럼 들리고 있다.

주인공이 보기에 더욱 한심스러운 기회주의, 이기주의에 사는 사람은
그의 아버지다. 그의 아버지는 동우회라는 데에 다니면서 세월을 보내
고 있는데 그, 회라는 것은 아래와 같은 곳이다.

> 동우회라는 것은 일선인의 동화(同化)를 표방하고 귀족 떨거지들을
> 중심으로 하여 파고다공원 패보다는 조금 나은 협잡배들이 모여서 바
> 둑 장기로 세월을 보내고 저녁때면 술추렴이나 다니는 회이다. 회의 유
> 일한 사업은 기생 연주회의 후원이나 소위 지명지사(知名之士)가 죽으
> 면 호상(護喪)차지나 하는 것이다.

그의 아버지는 한 마디로 친일주구로 유력인사의 장례 치다꺼리나 하
는 천한 노예의 삶을 살고 있은 것이다.

또 한 가지 주인공을 울적하게 한 것은 우리 사람들이 현실에 전혀 맞
지 않은 구습에 얽매여 있다는 것이었다. 조선총독부가 사람이 죽었을
때 일일이 매장을 해 하나하나의 봉분을 만들지 말고 공동묘지에 묻어
라는 법을 만들었다 하여, 조상을 그렇게 함부로 모실 수 있느냐면서 가
는 곳마다 사람들이 법석을 떨고 있는 것이 그런 것이다. 이에 대해 주인

공은 다음과 같이 말하고 있다.

> 「─ 전략─ 지금 우리는 공동묘지 때문에 못살게 되었소? 염통 밑에 쉬
> 스는 줄은 모른다구 깝살릴 것 다 깝살리고 뱃속에서 쪼르르 소리가 나
> 도 죽은 뒤에 파묻힐 곳부터 염려를 하고 앉았을 때인지, 너무도 얼빠진
> 늦동이 수작이 아니요? 허허허.」

주인공은 결론적으로 한국인이 일본인들로부터 업신여김을 당하게
된 것은 그들을 탓하기 전에 한국인 스스로가 그렇게 만든 것이라고 생
각한다. 그는 그에 대해 다음과 같이 말하고 있다.

> 그러나 여기서 제군이 생각할 것은 어찌하여 일 년, 이 년, 오 년, 십
> 년……해가 갈수록 그들의 경모(輕侮)하는 눈이 나날이 날카로워 가고
> 따라서 십배, 백배나 오만무례하도록 만들었느냐는 것이다.
> 여기에는 여러 가지 이유가 있는 것이다. 그러나 이러한 사실도 그중
> 의 중요한 원인들이 되었을 것이다. ─ 조선 사람은 외국인에게 대해서
> 아무것도 보여준 것은 없으나 다만 날만 새면 자리 속에서부터 담배를
> 피워 문다는 것, 아침부터 술집이 번창한다는 것, 부모를 쳐들어서 내가
> 네 애비니, 네가 내 손자니 하며 농지거리로 세월을 보낸다는 것, 겨우
> 입을 떼어놓는 어린애가 엇먹는 말부터 배운다는 것, 주먹 없는 입씨름
> 에 밤을 새고 이튿날에는 대낮에야 일어난다는 것……그 대신에 과학
> 지식이라고는 소댕 뚜껑이 무거워야 밥이 잘 무른다는 것조차 모른다
> 는 것을 외국 사람에게 실물로 교육을 하였다는 것이다. 하기 때문에 그
> 들이 조선에 오래 있다는 것은 그들이 우리를 경멸할 수 있는 사실을 골
> 고루 보고 많이 안다는 의미밖에 아니 되는 것이다.

곧, 가진 것도 없이 담배, 술이나 탐하고, 쓸데없는 농지거리나 하고,
긍정적인 생각은 하지 않고 매사에 엇길로 나가려고나 하고, 걸핏하면

말다툼이나 하고, 과학지식이라고는 아예 없는 무지…… 그러한 것이 일본인들의 경시, 멸시를 사게 된 것이라고 생각한 것이다.

비록 정은 없었다 하나 그래도 몸을 섞고 살던 아내와 사별한, 어두운 현실의 고국에서의 주인공의 심정은 다음과 같은, 당시의 날씨가 상징적으로 말해 주고 있다.

그동안 청명한 겨울날이 계속하더니 오늘은 또 무에 좀 오려는지 암상스런 계집이 눈살을 잔뜩 찌푸린 것처럼 잿빛 구름이 축 처지고, 하얗게 얼어붙은 땅이 오후가 되어도 대그럭거리었다.

잔뜩 찌푸린, 어두운 겨울 날씨는 주인공의 심정이자 당시 한국의 어둡고 우울한 현실을 상징한다 할 것이다. 작가는 그에 대해 다음과 같이 말하고 있다.

우중충한 사랑방에 왼종일 혼자 가만히 드러누웠으려니까 무슨 무거운 돌멩이나 납덩어리로 가슴을 내리누르는 것 같았다. ─중략─ 혹시는 세계대전이 끝나고 세상은 떠들썩하며 무슨 새로운 희망에 타오르는 것 같건마는, 조선만은 잠잠히 쥐 죽은 듯이 들어 엎데어서 그저 파먹기나 하며 버둥버둥 자빠져 있고 눈에 보이지 않는 무슨 무거운 뚜껑이 꽉 덮여 있는 것 같아서 답답한 것인지도 모르겠다.

그러나 그렇다고 그는 절망, 염세에 빠져 주저앉지 않는다. 그것은 일본에서 단골로 드나들던 카페의 인텔리 여종업원 시즈꼬(靜子)에게 쓴 편지의 일절에 잘 나타나 있다.

나도 스스로를 구하지 않으면 아니 될 책임을 느끼고, 또 스스로의 길을 찾아가야 할 의무를 깨달아야 할 때가 닥쳐오는가 싶습니다…….

이 편지에서 그가 말한 자구(自救)의 길이 무엇인지는 구체적으로 나타나 있지 않다. 다만 그는, 위에 이어진 글에서 자신이 앞으로 할 일이 '진실한 삶'을 찾는 것이라고 하고 있는데, 독자는 이 말에서 그 '길'이 무엇인가를 유추할 수 있을 것이다. 필자는 그것을 두 가지라고 보고 싶다. 한 가지는 한민족이 비굴과 체념, 이기와 구습에서 벗어나 노예의 삶 아닌 인간다운 삶을 살도록 무엇인가 자기 나름의 노력을 경주하는 것이라 할 수 있지 않나 한다. 김우창이, 이 소설이 일본의 침략에 맞섬에서 삶의 현실에 바탕을 둔 공동 운명의 자각을 가져야 한다는 것을 역설하고 있다고 한 것도[11] 그런 의미에서 한 말일 것이다.

다음 한 가지는 그 편지의 후반에 쓰여 있는 바와 같은, 일본을 향한 자성의 촉구라 할 수 있다. 그는 당시의 식민지 한국 현실을 소학교 선생이 '환도(環刀)를 차고 교단에 오르는' 나라라고 표현하고 있다. 그는 '이 땅의 소학교 교원의 허리에서 그 장난감 칼을 떼어놓을 날은 언제인지' 숨이 막힌다고 하고 있다. 그리고 그는 마지막으로 시즈꼬 곧 일본을 향하여 '당신의 동포의, 진실된 생활을 찾아나가는 자각과 발분을 위하여 싸우는 신념'이 있어야만 할 것이라고 하고 있다. 이는 당시의 일본 위정자들을 향한 가장 핵심에 닿는 충고로 읽어도 되지 않을까 한다. 곧 여기서 작가는 일본이 한국을 속국, 지배와 수탈의 대상으로 볼 것이 아니라 그 전 수천 년을 그렇게 살아왔듯이 '이웃'이라는 관계로 되돌아가야 한다는 것을 역설하고 있다고 할 수 있을 것 같다.

작가가 이 소설의 제목을 처음의 <묘지>에서 뒤에 굳이 <만세전>으로 바꾼 데도 위와 같은 뜻이 그 이면에 깔려 있다고 해야 할 것이다. 곧 이 제목은 1919년의 3.1만세운동이 일어나게 된 당위성과 필연성을 함축하고 있으며 일본이, 그러한 대사건이 있었는데도 여전히 역사를 역주행하는 것과 같은 한국에 대한 어리석은 식민통치를 계속하다가는

---

11) 김우창, 앞의 책, p.134.

결국 큰 재앙에 직면하게 될 것이라는 잠언과 같은 성격을 띠고 있다고도 볼 수 있을 것이다. 일본이 태평양전쟁을 도발하여 결국 세계사에 오점을 남기고 패망한 것을 생각하면, 이 소설은 하나의 예언적 성격을 띠고 있다고 읽을 수도 있고 그런 의미에서 작가 염상섭은 역사의식이 투철한, 혜안을 가졌다고 볼 수도 있을 것이다.

이상에서 필자는 <만세전>을 그 사회비판, 현실비판적 성격에 초점을 맞추어 살펴보았다. 위에서 우리는 이 소설이 상당히 날카로운 사회비평안을 보여주고 있다는 것을 알 수 있었다. 이는 이 작품의 사상적인 면에서의 우수성을 보여주는 것이라 할 수 있을 것이다.

그런데 <만세전>은 사상적인 면 뿐 아니라 문예미학적인 면에서도 높은 수준에 이르고 있는 소설이라 할 수 있을 것 같다. 그것은 그, 구성, 문체, 성격화의 어느 면에서 보아도 누구나 쉽게 수긍할 수 있으리라 생각한다. 그러한 모든 면을 한 편의 논문에서 한꺼번에 다룰 수는 없으니까 여기서는 그 중 한 측면, 이 소설이 인간, 세계의 진상을 가슴에 와닿게 그려 보여주고 있는 점을 집중적으로 살펴보고자 한다. 이 소설은 인간에 있어서 진실이란 무엇인가에 대해 깊숙하게 파고들어가고 있다. 우리가 보통 심상하게 '진실'이라고 말하지만 진정한 의미에서의 진실은 '전면적 진실'을 말한다. '전면적 진실'은 일찍이 호머의 서사시 <오디세이>에서 볼 수 있은 것이다. 트로이 전쟁이 끝나고 해로로 고국으로 돌아가던 오디세이 일행은 폭풍으로 한 섬에 표착했다가 식인 괴물을 만나게 된다. 괴물은 일행 중 수 명을 잡아먹는다. 나머지 일행은 사력을 다해 도망쳐 겨우 죽음의 위기를 벗어난다. 그들은 심한 허기를 느껴 마침 주변에 있던 과일을 허겁지겁 따먹는다. 폭풍에 시달린데다 도망을 치느라 지쳐 있던 일행은 허기를 면하자 곧 혼수상태와 같은 잠에 빠진다. 만사를 잊은 채 실컷 잠을 자고 나서 깬 일행은 비로소 괴물에게 희생된 전우들을 생각하고 울음을 터뜨린다. 위와 같은 것이 전면적 진실이다. 얼핏 생각하면 오디세이 일행은 비정하기 짝이 없는 사람들처럼 보인다. 생사를 같이 한 전우들이 그런 참변을 당했다면 위험에서 벗어나자 곧 통곡을 해야 한다. 그런데 그들은 우선 배가 고프니까 그것을 해결하고 또 식곤증이 덮쳐 오니까 모든 것을 잊고 자고, 그런 다음, 곧 그들의 급한 생리적 욕구가 해결된 다음에야 전우들의 죽음에 생각이 이르고, 슬픔에 잠기고 있는 것이다. 그것이 거짓 없는 인간의 진실인 것이다. 곧 바로 통곡을 해야 한다는 것은 그 사회의 윤리, 도덕이 강요한 가식이요 진실이 아닌 것이다.

그런데 <만세전>의 주인공에게서 우리는 그 전면적 진실을 뚜렷하게 볼 수 있다. 무엇보다 아내가 위독하니 나오라는 전보를 받은 주인공의 반응에서 그런 면을 볼 수 있다.

> <아직 죽지는 않은 게로군!>
> ―중략―
> 나는 구두를 벗으면서 이런 생각을 하고는, 죽었으면 나 안 가기로 장사 지낼 사람이 없어서, 시험 보는 사람더러 나오라는 것인가? 하고, 공연히 불뚝하는 심사가 일어난 것이었다.

그는 6‒7년을 부부로 살아온 사람이, 생명이 위독하다는데 이럴 수 있느냐고, 스스로의 냉랭함에 놀라고 있다. 그러나 자신이 그의 아내에게 애정을 가지고 있지 않다는 것을 솔직하게 인정하고 남녀관계, 부부관계란 무엇인가에 대해 다음과 같이 말한다.

> 「부부간에 서로 믿는다는 것은 결국 사랑한다는 것이지만, 사랑한다는 것은 극단에 가서는 남이 나를 사랑하거나 말거나 저 혼자의 일이다. 저 사람이 받지 않더라도 자기가 사랑하고 싶으면, 자기가 만족할 때까지 사랑할 것이다. 외기러기 짝사랑이라고 흉을 본다기로 그거야 알 배

아니거든. 그와 반대로 사랑치 않는 것도 자유다. 사람에게는 사랑할 자
유도 있거니와 사랑을 하지 않을 자유도 있다. 부부 간이라고 반드시 사
랑하여야 한다는 법이 어디 있을까. 없는 사랑을 의무적으로 짜낼 수야
있나? 하하하……」

　위와 같은, 아내가 사경에 처해 있다는 전보를 받은 주인공의 언행에
서 우리는 카뮈의 〈이방인〉의 주인공 뫼르쏘를 보는 것 같은 착각에 빠
질 만하다. 뫼르쏘는 어머니가 세상을 떠났다는 전보를 받고는 그가 근
무하고 있는 회사로 가서 사장으로부터 상고휴가(喪故休暇)를 얻고 늘
가는 음식점으로 가서 점심을 먹고 어머니가 그곳에 있다 세상을 떠난
양로원으로 가는 시외버스를 탄다. 양로원에 도착한 그는 어머니의 관
곁에서 밤을 새는 동안 관리인이 커피를 권하자 받아 마시고 담배 생각
이 나자 꺼내 피운다. 장례를 치른 다음 날에는 과거 친면이 있던 여성을
만나 그녀와 해수욕을 즐기고 희극영화를 보고 정사를 한다.
　〈만세전〉의 주인공에게서도 거의 그와 같은 행장을 볼 수 있다. 전보
를 받은 그는 부쳐져 온 우편환으로 돈을 찾고 교수를 찾아가 기말시험
을 다음에 추가로 치를 수 있도록 허가를 받고, 학교로부터 여비 할인권
을 얻는다. 그리고는 여행 채비를 챙기고, 이발소에 가서 면도를 한 다음
단골 카페로 가서 술을 마신다. 그리고 그는,

　　「그러나 문제는 선(善)도 아니요 악(惡)도 아닌 그 어름에다가 발을 걸
치고 있는 것이다. 죽거나 살거나 눈 하나 깜짝거리지도 않으면서 하는
공부를 내던지고 보러 간다는 것이 위선(僞善)이다. 더구나 여기 술 먹으
러 오는 것을 무슨 큰 죄나 짓는 것같이 망설이는 것부터 큰 모순이다.
목숨 하나가 없어진다는 것과 내가 술을 먹는다는 것과는 별개 문제다.
그러면서도 〈내 처〉가 죽어가는데 술을 먹다니? 하는 오죽지 않은
〈양심〉이 머리를 들지만, 그것이 진정한 양심이라기보다도 관념(觀念)

이란 가면(假面)이 목을 매서 끄는 것이다. 사람은 관념의 노예가 되는 수가 많다. 가식의 도덕적 관념에서 해방되는, 거기에서 참된 생명을 찾는 것이다. 사랑치 않으면 눈도 떠보지 않을 것이요, 사랑하고 싶으면 이렇게 해도 상관이 없는 것이란다!」

라고 하면서 술집 여자를 희롱한다. 작가는 주인공의 그와 같은 면이 인간의 진면목이라고 말하고 있는 것이다. 자칫 <이방인>의 모방이 아닌가 착각이 들 정도의[12] 위와 같은 인간 탐구가 한국 현대문학 초기, 1920년대 초반에 나왔다는 것은 놀라운 일이라 하지 않을 수 없다.

Ⅳ. 결론

염상섭의 대표소설이자 일제 치하 한국문학이 거둔 큰 수확의 하나라고 해야 할 중편 <만세전>은 다음과 같은 점에서 높게 평가할 수 있는 작품이라 할 수 있다.

첫째, 이 소설은 일본의 한국에 대한 반역사적, 반인륜적 식민지 통치를 고발, 비판하고 있다. 그것은 다음과 같은 몇 가지로 요약할 수 있다.

하나는, 일본이 한국인을 속여 그들을 철공소, 탄광 등의 노동노예로 삼아 노동력을 착취하고 있다는 것을 폭로하고 있다.

다음으로 이 소설은 일본이 근대화라는 이름으로 한국을 그들의 대륙 침략의 전초기지화 하면서 한국인들을 타락으로 내몰고 있다는 것을 보여주고 있다.

또 한 가지, 이 소설이 고발하고 있는 것은 일본이 일용 사치품, 기호품으로 한국인들을 꾀어 경제적으로 수탈을 함으로서 한국의 도시민들

---

12) <이방인>은 <만세전>보다 19년 뒤인 1942년에 발표되었다.

이 삶의 터전에서 쫓겨나고 있다는 것이다. 일제시대의 우리 소설에 일본의 소작료 착취 등으로 농민들이 살 길을 잃고 유랑하는 현실을 그린 작품은 더러 있지만 도시민이 그들의 경제침략으로 뿌리가 뽑혀 쫓겨나고, 도시가 황폐화, 불모화하게 된 현실을 고발한 소설은 찾아보기 어렵다. 그런 점에서 보아도 <만세전>은 특별한 의미를 가진 소설이라 할 수 있을 것이다.

둘째, 이 소설은 주인공 자신을 포함한, 한민족의 부정적인 삶에 대한 자기비판을 하고 있다. <만세전>은 한민족이 일제에 압제와 수탈을 당하면서도 모든 것을 팔자소관으로 돌리고 체념하거나 비굴하게 예종하고 자신의 이익에만 눈이 어두워 있으며 무지와 낡은 인습에 얽매여 있음을 개탄하고 있다.

셋째, 이 소설은 보다 인간다운 세상을 만들고, 인간다운 삶을 살기 위해서는, 한국인들은 새로운 자각과 발분을, 일본인들은 진실에 살려 해야 할 것이라 하고 있다.

넷째, 이 소설은 인간의 전면적 진실을 보여주고 있다는 점에서, 인생 재현에 성공한 우수한 문학예술작품이라고 할 수 있다는 것이 또 하나 돋보이는 점이라 할 수 있을 것이다.

현진건의 <운수 좋은 날>
불균형 식민지 사회 고발

I. 서론

빙허 현진건은 1900년 경상북도 대구 생이다. 비교적 여유 있는 집에서 태어난 그의 최종 학력은 1919년, 중국의 상해 호강대학(滬江大學) 독문학과를 중퇴한 것이다. 이듬해, 귀국한 그는 곧 『조선일보』에 입사해 2년 동안 기자로 근무한 바 있고 그 후 『시대일보』를 거쳐 1926년에는 『동아일보』로 직장을 옮겼다. 그는 1936년 『동아일보』 사회부장으로 재직하고 있을 당시 베를린올림픽 마라톤 경기에서 우승한 손기정 선수의 사진에서 가슴에 새겨져 있던 일장기를 지워버리고 신문에 실은 소위 '일장기 말소사건'에 연루되어 구속돼 1년간 감옥살이를 했다. 이 사건으로 그는 그 회사를 그만두게 되었고 그 뒤로는 뚜렷한 직업 없이 양계를 하는 등 실의에 젖어 지내다가 1943년 폐질환으로 세상을 떠났다.

그는 한국 사실주의 문학의 대표자, 한국 근대 단편소설의 조(祖)라는 평을 들은 바 있고[1] 그 밖에도 섬세하고 미려한 필치의 작가,[2] 말의 선택과 미문에서 조선의 제1인자,[3] 기교의 천재, 묘사의 절미라는[4] 찬사를 들었을 정도로 한국 문학사상 대작가의 반열에 올라 있지만 처음, 문단에 나왔을 때는 그렇게 두각을 나타내지 못했다. 그의 데뷔작은 1920년『개벽』5호에 발표한 단편 <희생화>이다. 이 작품은 작가와 같은 백조 동인인 황석우가 작가가 무슨 예정으로 쓴 것인지 모르지만 '소설이 아니다'라고 혹평을 했고[5] 그 후에도 그의 작가적 위치를 알리는 데 있어서 지극히 무의미한 것이었다는 말을 들을[6] 정도로 수준에 미치지 못하는 것이었다.

　<희생화> 뿐 아니라 그에 이어진 그의 초기작들도 그렇게 돋보이는 소설들이 아니었다. 작가의 자전적 소설들, <타락자> <술 권하는 사회>의 경우, 식민지 지식청년 주인공은 술로 나날을 보내는 이른바 호프만 콤플렉스에 빠져 있다. <술 권하는 사회>의 주인공은, 자신이 술에 빠져 사는 이유를 '사회' 때문이라고 하고 있다. 그 '사회'란 '우리 조선 놈들이 조직한' 것으로, 그들이 서로 끝없이 싸움질이나 하고 있기 때문에 하루도 술 없이 견딜 수 없다는 것이다. 식민지 지식청년이 절망감과 좌절감에 빠지게 된 이유 중에는 물론 동족의 부정적인 면도 없지 않았을 것이다. 그러나 그것은 한참 다음의 문제이고 가장 근본적이고 큰 이유는 나라가 주권을 강탈당하여 온 민족이 일본의 노예로 살아야 했다는 현실이었다. 그런데 이 소설은 직접은 물론, 간접적으로도 그러한

---

1) 정한숙, "양면의식의 허약성", 「국문학논문집(김열규 외 편)」(민중서관, 1977), p.267.

2) 박종화, "문단의 일년을 추억하야", 『개벽』, 1923. 2. p.13.

3) 염상섭, "올해의 소설계", 『개벽』, 1923. 12. p.36.

4) 김동인, 『동인전집』8(홍학출판사, 1967), p.595.

5) 황석우, "<희생화>와 신시를 읽고", 『개벽』1920. 12. p.88.

6) 김우종, "<빈처>의 분석적 연구", 「현진건의 소설과 그 시대인식(신동욱 편)」(새문사, 1981), pp.1-9.

원인은 말하지 않고 모든 책임을 짓밟히고 빼앗기고 있는 식민지민, 동족에게 떠넘기고 있는 것이다.

현진건이 그런 대로 이름을 얻게 한 작품은 단편 <빈처·1921>였다. 이 소설은 우선 기교면에서 상당한 수준에 이르고 있다는 평가를 받았고 주제 면에서도 호평을 받았다. 김우종은 이 작품에 대해 그 주제가 일제 식민지 치하에서 우리 민족이 겪고 있던 암담한 삶의 모습을 증언하여 식민지 수탈정책을 비판하는 민족의식을 나타내고 있다고 했다.[7] 그러나 이는 약간 과장된 평가가 아닌가 한다. 이 소설은 아무리 보아도 거기에 식민지 수탈정책에 대한 비판 같은 것은 나타나 있지 않다. 그리고 주인공의 삶이 암담하다고도 할 수 없다. 그 삶이 암담하다면 그것은 남편의 사랑을 잃은 주인공의 처형일 것이고 주인공 내외는 가난은 하나 두 사람이 서로를 사랑하고 있음이 확인되었기 때문에 그들의 오늘은 물론 내일도 밝기만 한 것으로 되어 있다. 그보다는, 이 소설에 드러나 있는 곤궁상과 절망감은 개인적인 차원의 문제로 머물러 있었을 뿐, 세계관의 차원으로 진입한 것은 아니라고 본 견해가 더 타당하다 할 것이다.[8] 그뿐 아니라 이 소설의 문장도 감상이 지나쳐 문학작품으로서의 세련미에 많이 미치지 못하고 있다. 예를 들면,

> (아아, 나에게 위안을 주고 원조를 주는 천사여!)
> 그의 눈에도 나의 눈에도 그렁그렁한 눈물이 물 끓듯 넘쳐흐른다.

고 한 구절 같은 것은 일장의 신파극 영화, 변사의 해설 같은 치기가 느껴지는 것이다.

---

7) 김우종, "빈처의 분석적 연구", 「현진건의 소설과 그 시대 인식(신동욱 편)」(새문사, 1981), p. I -10.

8) 조남현, "현진건의 단편소설, 그 종횡", 「조선의 얼굴」『현진건 전집』4(문학과 비평사, 1988), p.290.

현진건은 1930-40년대에 들어 <적도·1933> <무영탑·1939-40> <흑치상지·1941> <선화공주·1941> 등 수 편의 장편소설을 썼다. 그 중에서도 <무영탑> 같은 소설은 그가 끼친 문학 중에서 가장 위대한 업적의 하나라는 찬사를 듣기도 했다.[9] 그러나 이들 소설은 대중소설적 성격이 강해 아무래도 순수문학으로서의, 현진건의 대표작이라고 하기는 어려울 것 같다.

이상 여러 가지를 헤아려 볼 때 그의 대표작이자, 한국 문학사에 있어서 일제시대에 거둔 소중한 결실이라면 단편 <운수 좋은 날>을 들어야 하지 않을까 한다. 이 소설의 우수성은 이미 여러 연구자들에 의해 거듭 확인된 바 있다. 조남현은 이에 대해 이 작가가 이 소설을 발표하면서 '나'보다는 '우리'에게, 사랑보다는 빵의 문제, 지식인과 기생보다는 세궁민에게 더 큰 관심을 보이기 시작했다고 했다.[10] 또 신동욱도 이 소설을 가리켜 경제적 불균형에 대한 감각이 예리하게 작용하고 있는 작품이라고 했다.[11]

그런데, 이 <운수 좋은 날>에 대한 상찬은 거의 대부분 이 소설의 사회성에 쏠려 있다. 여기서 한 편의 소설의 예술성과 사회성에 대해 간략하게나마 살펴보고 들어갈 필요가 있겠다. 소설에 있어서 예술성과 사회성을 단순히 대립하는 것으로 파악해서는 안 된다. 사회성은 예술성을 약화시키는 장애가 아니며, 반대로 예술성이 사회성을 희생시키면 그 문학작품이 고도의 완성에 이른다는 생각도 잘못된 것이다. 소설의 가치가 궁극적으로, 전적으로 사회성이나 예술성, 어느 한 쪽에 의거하는 것은 아니기 때문이다. 특히 예술성이 사회성을 배제할 때 그 소설은

---

9) 최원식, "현진건 연구", 「한국문학 연구(서울대학교 현대문학연구회)」 (태학사, 1987), p.126.

10) 조남현, 앞의 책, p.282.

11) 신동욱, "현진건론", 『현대문학』 185호, p.108.

독자를 감동시키는 힘을 잃고 기계적인 서사물로 전락하게 된다. 왜냐하면 소설이란 장르는 현실 속에서의 인간의 삶을 문제 삼기 때문이다. 그러므로 소설의 예술성은 사회성을 실천하는 작업이고 이 작업을 통해 사회성은 더욱 심화되게 되는 것이다. 그러니까 소설의 사회성과 예술성은 양립이 불가능한 것이 아니라 둘은 서로를 떠나서는 존재할 수 없는 것이다. 곧 이 둘이 상보적일 때 그 소설은 온전한 작품이 될 수 있는 것이다.

　<운수 좋은 날>은 위에서 말한 사회성이 예술성에 의해 실천된 소설이라 할 수 있다. 필자는 이 소설의 사회성이 예술적 형상화 속에 어떻게 육화되어 있는가를 살펴보고자 한다. 이 작업은 곧 이 소설이 단순히 사회성이 강하기 때문에 독자와 전문 비평가의 시선을 끈 것이 아니고 그 사회성이 예술성과 융화를 이루고 있는 우수한 문예물이기 때문이라 함을 증명하는 일이 될 수 있으리라고 생각한다.

　여기서 사회성은 선행연구의 결과를 종합하고, 예술성은 이 작가가 이 소설에서 보여주고 있는 창작기교를 살펴보는 것으로 하겠다.

Ⅱ. 사회비판의 미적 승화

　<운수 좋은 날>은 현진건이 1924년 『개벽』 6호에 발표한 단편소설이다. 이 소설은 한 인력거꾼이 앓아누운 아내를 집에 두고 일을 나갔는데 계속 손님이 있어, 운수가 좋은 날인 줄 알았는데 일을 마치고 집에 돌아와 보니 아내가 죽어 있어 불운의 날이었음을 알고 통곡을 한다는 것을 줄거리로 하고 있다.

　<운수 좋은 날>은 당시 대부분의 작가들이 등한하게 생각하던 배경(background)에 세심한 배려를 하고 있다. 우선 이 소설의 첫머리에 나오

는 날씨의 설정부터가 그런 것이다.

　　새침하게 흐린 품이 눈이 올듯하더니 눈은 아니 오고 얼다가 만 비가
　추적추적 내리었다.

　이는 풍경 곧 자연과 인물 특성이 직선적으로 조화를 이루고 있는
(strait analogous landscape) 주관적 자연배경이다. 눈(雪)은 흔히 길조로 받
아들여진다. 그 해 처음으로 온 눈을 서설(瑞雪)이라 하여 상서로운 일이
있을 징조로 보아온 데서도 그것을 볼 수 있다. 한편 비는 눈물, 슬픔, 비
극적 사건을 연상시킨다. 그러니까 위의, 이 소설의 첫 문장은 주인공에
게 무슨 좋은 일, 행운이 있으려나 했는데 궂은 일, 슬픈 일이 일어나게
되리라는 것을 암시하고 있는 것이다. 곧 위에서의 눈, 비란 천후는 어떤
대상이나 사건을 의미하면서 또 그것을 넘어서는 것을 의미하거나 가리
키기 위해서 사용되는 수사 기교, 상징인 것이다.[12] 그러니까 이 소설 첫
머리의 비오는 날씨란 상황 설정은 작가의 고도로 정교한 장치, 날씨에
의한, 이 소설 주제의 상징적 표현인 것이다.
　<운수 좋은 날>의 장소적, 물리적 배경도 이 소설에 사실성을 부여해
주고 있다. 작가는 김 첨지가 일을 마치고 돌아온 그의 집을,

　　하여간 김 첨지는 방문을 왈칵 열었다. 구역을 나게 하는 추기 ― 떨어
　진 삿자리 밑에서 나온 먼지내, 빨지 않은 기저귀에서 나는 똥내와 오줌
　내, 가지각색 때가 켜켜이 앉은 옷 내, 병인의 땀 썩은 내가 섞인 추기가
　무던 김 첨지의 코를 찔렀다.

　라고 묘사하고 있다. 이는 병과 굶주림에 시달리고 있는 하층 빈민의

---

12) M. H. Abrams, A Glossary of Literary Terms, Cornell University, 1957. 'symbol'

고달픈 생을 잘 보여주는 배경 설정이라 할 것이다.

이 작가는 구성에 있어서도 1920년대 작가로서는 놀라울 정도의 세련된 솜씨를 보여주고 있다. 그 중 하나로 이 소설은 발단에서부터 절정에 이르기까지 점증적 긴장 고조를 보여주고 있다는 것을 들 수 있다. 작가는 갈등단층에 김 첨지가 일하러 나갈 때 그 아내가,

> 「오늘은 나가지 말아요. 제발 덕분에 집에 붙어 있어요. 내가 이렇게
> 아픈데……」

라고 한 말을 내세워 놓고는 소설이 진행되는 중간 중간에 그 아내가 숨을 글그렁거리는 소리, 나가지 말라고 애걸하던 눈빛을 되풀이 떠올리고 있다. 이는 주인공의 아내에 대한 걱정, 불안을 보여주는 것인 동시, 독자에게 불길한 예감을 안겨주어 긴장을 높이고 있는 것이다.

그런데 이, 긴장의 점증도 단순한, 가파른 상승으로 치닫게 하는 것이 아니다. 작가는 높아가는 긴장의 중간에 이완이란 기교를 동원하고 있다. 김 첨지가 친구와 술을 마시던 중 느닷없이 웃다 울다 하는 장면이 그것이다.

> 김 첨지는 교묘하게도 정말 꾀꼬리 같은 소리를 내었다. 모든 사람은
> 일시에 웃었다.
> 「빌어먹을 깍쟁이 같은 년, 누가 저를 어쩌나, '왜 남을 귀찮게 굴어!'
> 어이구 소리가 처신도 없지, 허허.」
> 웃음소리들은 높아졌다. 그러나 그 웃음소리들이 사라지기 전에 김
> 첨지는 훌쩍훌쩍 울기 시작하였다.
> 치삼은 어이없이 주정뱅이를 바라보며,
> 「금방 웃고 지랄을 하더니 우는 건 또 무슨 일인가.」
> 김 첨지는 연해 코를 들여마시며,

「우리 마누라가 죽었다네.」

－중략－

「원 이 사람이, 참말을 하나 거짓말을 하나. 그러면 집으로 가세, 가.」

하고 우는 이의 팔을 잡아당기었다.

치삼의 끄는 손을 뿌리치더니 김 첨지는 눈물이 글썽글썽한 눈으로 싱그레 웃는다.

「죽기는 누가 죽어.」

하고 득의양양.

「죽기는 왜 죽어, 생 때 같이 살아만 있단다. 그 오라질 년이 밥을 죽이지. 인제 나한테 속았다.」

하고 어린애 같이 손뼉을 치며 웃는다.

위의 일장의 소극(笑劇) 같은 주인공의 언행은 아내가 죽으면 어쩌나 하는 불안감을 해소하기 위한 자기기만적인 자위이다. 이에는 또 작가가 계속되는 독자의 긴장을 클라이맥스에 앞서 일단 한 번 풀어줌으로써 결말에서의 비극성을 더욱 강조하려 한 의도가 깔려 있다고 보아야할 것이다.

<운수 좋은 날>에서는 또, 그 플롯의 전개에서 대립구조적인 성격을 찾을 수 있다. 곧 의미상, 가치상 서로 대립되는 것을 맞놓아 독자를 끄는 힘을 보이고 있음을 발견할 수 있다. 집에서 손님을 태우고 나와 그 손님을 내려주고 나니 또 바로 손님이 탄다. 그것만 해도 전에 없던 행운이다. 그런데 거기에 또 하나의 행운이 기다리고 있다.

그러나 그의 행운은 그걸로 그치지 않았다. 땀과 빗물이 섞여 흐르는 목덜미를 기름주머니가 다 된 왜목 수건으로 닦으며, 그 학교 문을 돌아 나올 때였다. 뒤에서 「인력거!」 하고 부르는 소리가 난다.

상식적으로는, 김 첨지가 반색을 하며 부르는 손님에게로 달려가야
한다. 그러나 이 소설의 전개는 그와 다르다.

　－전략－김 첨지는 잠깐 주저하였다. 그는 이 우중에 우장도 없이 그
　먼 곳을 철벅거리고 가기가 싫었음일까? 처음 것, 둘째 것으로 그만 만
　족하였음일까? 아니다. 결코 아니다. 이상하게도 꼬리를 맞물고 덤비는
　이 행운 앞에 조금 겁이 났음이다.

거듭되는 행운, 거기에 그것이 주는 까닭을 알 수 없는 불안을 병치시
킴으로서 독자는 주인공과 함께 어렴풋한 불운의 예감에 가슴을 졸이게
되는 것이다.
　그런데 위와 같은 대립구조에는 역설이라는 수사기법이 동원되어 있
다. 다음의 인용문이 그런 것이다.

　한동안 값으로 승강이를 하다가 육십 전에 인사동까지 태워다 주기
　로 하였다. 인력거가 무거워지매 그의 몸은 이상하게도 가벼워졌고 그
　리고 또 인력거가 가벼워지니 몸은 다시금 무거워졌건만 이번에는 마
　음조차 초조해 온다.

역설, 패러독스(paradox)란 얼핏 보기에는 모순되거나 불합리한 것 같
으면서도 근거가 확실하거나 진실인 진술을 말한다.[13] 작가는 손님을
태우니 돈을 벌게 되었다는 생각에 인력거와 마음이 가벼워졌으나 그
마음이 가벼워지니 또 앓는 아내 걱정에 다시 무거워졌다는 것을 위와
같이 표현하고 있는 것이다.
　이 소설 전체의 구성도 발단과 결말이 수미호응(首尾呼應)하는 치밀

---

13) C. Hugh Holman·William Harmon, A Handbook to Literature, Macmillan Publishing Compan
　y, 1992. 'paradox'

한 짜임새를 보여주고 있다. 곧 제일 첫 문장에서 추적추적 내리기 시작한 비가 결말에서, 김 첨지의 눈에서 굴러 떨어지는 '닭의 똥 같은 눈물'과 호응하면서 끝나고 있는 것이다.

또 한 가지 이 소설에서 유심히 보아야 할 기교는 패턴(pattern)이다. 패턴이란 플롯 속에서 우발적으로 일어나는 일이나 사건들의 되풀이와 같은 의미 있는 반복을 말한다. 이것은 직접이든 간접이든 문제의 핵심을 보여주며 그 사건들이 어떤 중요성을 가지고 있다는 것을 느끼게 하는 관심선(關心線)을 환기시켜 주고 중심 갈등의 양상을 다시 확인하게 해 준다.[14] <운수 좋은 날>에서의 패턴은 '비'의 되풀이 등장이다. 이 소설의 출발에 등장한 '비'는 2백자 원고지로 45매 정도밖에 안 되는, 비교적 적은 분량의 이 소설에 모두 13번이나 등장하고 있다. 이, '비' 패턴은 이 소설이 한, 도시 하층 막노동자의 슬픔을 더욱 실감나게 보여주게 하는 기능을 하고 있다.

III. 세상의 죄에 우는 영세 하층민

지금까지 이 소설에 나타나 있는 작가 현진건의 뛰어난 창작기교를 몇 측면에서 살펴보았다. 이는 이 소설의 예술성의 뛰어남을 뒷받침하는 것이 될 수 있을 것이다. 그런데, 위에서 언급하지 않은 또 하나, 이 작가 특유의 기교가 있으니, 반어의 구사가 그것이다. 이 기교는 단순히 기교에 그치지 않고 이 소설의 주제, 이 소설의 사회성과 강한 연관성을 가지고 있어 특히 주목할 필요가 있다. 반어, 아이러니(irony)란 흔히, 나타

---

14) C. Brooks·R. P. Warren, Understanding Fiction, Appleton Century Crofts, Inc., 1959. 'pattern' 한편 E. M. Forster는 이를 '소설에서 보이는 커다란 고리'라고 하고 이것이 미적 감각에 호소하는 성질을 가지고 있다고 했다. E. M. Forster, Aspects of Novel, Penguin Books Ltd., 1974, p.136.

난 것과 다른, 진실의 인식에 대해 널리 사용되는 말,[15]또는 실제 주장과 차이가 있는 진술이라고 정의되는데[16] 모순되는 표리의 말이나 태도를 동시에 표현하는 것, 말 되어진 것이 말하고자 하는 내용과 상반된 수사법을 말한다. 이, 반어도 크게 두 가지로 나누어 볼 수 있다. 하나는, 언어적 반어(verbal irony)로 단편적으로 가끔 한 번씩 쓰이는 경우이고 다른 하나는 구조적 반어(structural irony)로 어떤 문학작품 속에서 의미의 이중성이 지속되는 경우이다. <운수 좋은 날>에서는 위의 두 가지 경우의 아이러니를 모두 볼 수 있다. 그 중 언어적인 것으로 악담반어(惡談反語 invective irony)를 찾아볼 수 있다. 이는 상대에게 호의와 애정을 표하려 하면서 헐뜯거나 비난하는 말을 하는 것이다. 이 소설에서 김 첨지가 아내에게 '오라질년' 등의 욕설, '처박질(＝먹는다)' 등의 비어(卑語)를 쓰고 있는 것이 그것이다. 김 첨지는 아내에 대해 강한 사랑을 가지고 있다. 그것이 거꾸로 그와 같은 욕설이나 천한 말이 되어 나오고 있는 것이다.

또 김 첨지가 그의 집이 가까워졌을 때와 멀어졌을 때 보이는 반응도 반어적인 것이다. 사람에게는 자기 집이 안온, 행복을 주는 곳이다. 그런데 김 첨지의 경우는 그렇지 않다.

> 이윽고 끄는 이의 다리는 무거워졌다. 자기 집 가까이 다달은 까닭이다. 새삼스러운 염려가 가슴을 눌렀다. 「오늘은 나가지 말아요. 내가 이렇게 아픈데!」이런 말이 잉잉 그의 귀에 울렸다. 그리고 병자의 움푹 들어간 눈이 원망하는 듯이 자기를 노리는 듯하였다. 그러자 엉엉 하고 우는 개똥이의 곡성을 들은 듯싶었다. 딸국딸국하고 숨 모으는 소리도 나는 듯싶었다.

심하게 앓는 아내를 두고 나온 김 첨지에게는 자신의 집이 편안하고

---

15) C. Hugh Holman · William Harmon, op. cit., 'irony'

16) M. H. Abrams, op. cit., 'irony'

행복한 보금자리 아닌, 불안, 두려움을 안겨주는 곳인 것이다. 이 불안, 두려움은 그의 발걸음이 집에서 멀어지면서 물러간다.

「예, 예.」
하고 김 첨지는 또다시 달음질하였다. 집이 차차 멀어갈수록 김 첨지의 걸음에는 다시금 신이 나기 시작하였다. 다리를 재게 놀려야만 쉴새 없이 자기의 뇌리에 떠오르는 모든 근심과 걱정을 잊을 듯이. ·······

집이 가까워질수록 불안하고 두렵다는 것은 김 첨지 개인의 심정을 말한 것 이상의 의미를 함축하고 있다고 볼 수 있을 것이다. 곧 나라 잃은 백성에게는 처음부터 '즐거운 나의 집', 평화와 안식을 줄 곳은 이 세상 어디에도 없다는 뜻으로도 읽을 수 있겠기 때문이다.

또 김 첨지가 손님이 타 돈을 벌게 되는 순간 행복감을 느끼나 곧 바로 돈이 손에 들어온다는 그 생각 때문에 불안을 느끼는 것도 반어적인 장면이라 할 수 있다. 눈앞에 행운이 왔다고 생각하는 순간 그것을 믿을 수 없을 뿐 아니라 거꾸로 불안을 느끼는 것은 망국민에게 행운이란 있을 수 없다는 것, 행운의 부재성을 반어적으로 말해주고 있는 것이다.

다음으로, 이 소설 전체는 처음부터 끝까지 지속되는 반어 곧 구조적 반어라 할 수 있다. 그것은 우주적 반어(cosmic irony), 숙명의 반어(irony of fate)라 불리는 것이다. 이는 신이나 우주가 등장인물로 하여금 헛된 희망을 가지게 하고는 좌절하게 하거나 조롱하는 경우이다. <운수 좋은 날>에서의 김 첨지가 그런 좌절, 조롱을 당하고 있다. 그는 그의 인력거에 잇달아 손님이 타자 그 날이 운수가 아주 좋은 날인 줄 안다. 그래서 그는 자신과 그의 가족이 행복해 질 수 있다고 생각한다.

행복이라 해야 아내에게는 설렁탕, 세 살 난 어린 것에게는 죽을 먹여주고 자신은 대포 한 잔을 마실 수 있게 된다는 소박하다기보다 차라리

가련한 소망을 이루는 것이다. 그러나 이 소설의 결말에 가서 그의 행복에의 기대는 그의 아내가 죽어 있음으로서 산산조각으로 깨어져버리고 만다. 하늘이 천진한 궁민(窮民), 김 첨지를 농락한 것이다. 그런데 여기서 한 가지 깊이 생각해 보아야 할 문제가 있으니 김 첨지가 무엇 때문에 그런 비극을 맞아야 했느냐 하는 것이 그것이다. 과거, 서구 문학에서는 이, 비극을 초래하는 원인을 아리스토텔레스의 문예이론에서 찾아왔다. 아리스토텔레스는 이를 비극적 결함(悲劇的 缺陷tragic flaw)이라고 했다. 그는 이를 '인간 스스로 불운을 부르는 자신의 판단착오'라고 정의했다. 그는 인간이 불행해지는 것, 곧 큰 명성과 번영의 향유에서 비참으로 굴러 떨어지는 것은 일이 본래 잘못되어 있었기 때문이 아니라 그 자신의 통찰력의 부족이나 결여 때문이라고 하고 그것을 위와 같은 이름으로 불렀다.[17] 그리스의 비극시인 소포클레스의 <오이디푸스 왕>에서 주인공 오이디푸스가 자기 손으로 그 아버지를 죽이고, 그 어머니를 아내로 삼는 대죄를 저지르고 그와 같은 죄를 지은 죄인을 잡겠다고 나선 끝에 자기 자신이 그 죄인임을 밝혀내고 스스로 눈을 찔러 장님이 되어 천하를 유랑하는 비극을 맞은 것이 바로 그러한 결함, 곧 자신의 운명이 그렇게 결정되어 있다는 것을 모른 때문이었다. 또 셰익스피어의 <햄릿>에서 주인공 햄릿이 비극을 맞은 것도 오이디푸스와는 상이하지만 그 비극적 결함 때문으로 되어 있다. 이 극에 있어서 햄릿의 결함은 그의 성격이다. 그는 그 아버지를 죽이고 왕위를 도둑질해 간 삼촌 크로디어스 왕을 죽일 기회가 있었는데도 많은 생각만 하고 행동력이 없었기 때문에 결국 자신은 물론 그가 진심으로 사랑한 오필리어를 비롯해서 8명이 목숨을 잃는 비극을 초래하고 있는 것이다.

그러나 <운수 좋은 날>의 비극은 그와 같은 학설로는 그 원인을 찾을 수 없다. 김 첨지는 성격상 아무런 문제도 가지고 있지 않았다. 그리고 그

---

17) Joseph T. Shipley, Dictionary of World Literary Terms, The Writer, Inc., 1970. 'tragic flaw'

는 가족의 생계를 위해 한시도 게을리 하지 않고 일했다. 그런데도 그는 아내가 중병이라는 것을 알면서도 병원에 데리고 가기는커녕 약 한 첩도 쓰지 못하고 아무 돌보는 이 없는 가운데 혼자 숨을 거두게 할 수밖에 없었다. 애써 찾을 필요도 없이 김 첨지의 비극의 원인은 명백하다. 당시 한국이 나라의 주권을 잃어 온 국민이 이민족에게 짓밟히고, 빼앗기고 있었으며 한국인이라는 그 이유 때문에 일본인과 차별대우를 받았기 때문이었다. 같은 일을 해도 한국인의 임금은 일본인의 절반 수준이었다는 당시 현실이 말해주고 있듯이, 사회의 불균형이 한국인의 일본인과의 빈부격차를 갈수록 심화시켰고 그 격차가 결국은 한국인은 아무리 발버둥쳐도 살 수 없게 했던 것이다. 그러니까 김 첨지의 비극의 책임은 전적으로 당시의, 균형이 잡혀 있지 않은, 고르지 못한 세상 때문이었던 것이다. 김 첨지가 술집에서,

「이 원수엣 돈! 이 육시를 할 돈!」

이라고 소리치면서 백통전을 패대기치고 있는 데에 작가의, 그러한 잘못된 세상에 대한 울분에 찬 항변이 담겨 있다고 보아야 할 것이다.

위와 같은 점에서 현진건은 사회 인식력에 있어서 동시대의 작가 김동인과는 현격한 차이를 보여주고 있다. 김동인의 대표작, 단편 <감자>에 있어서 주인공 복녀가 비극적 죽음을 맞은 원인과 <운수 좋은 날> 주인공 김 첨지의 비극의 원인을 맞놓고 생각하면 그것을 알 수 있다. 복녀가 비극적 최후를 맞은 원인은 김 첨지 비극의 경우와는 확연히 다르다. 복녀는 그녀가 짐승과 같은 욕망을 타고났기 때문에, 그 유전인(遺傳因) 때문에 타락을 하고 불륜을 저지른 끝에 비참한 죽음을 맞고 있다. 그러니까 이 소설의 작가는 주인공의 비극의 책임을 그녀 개인에게 전가하고 있는 것이다. 이것을 뒤집어 보면, 만약 복녀가 도덕성이 있는, 정

숙하고 근실한 여성이었다면 그런 비극을 맞지 않고 행복한 생을 살 수 있었다는 이야기가 될 수 있다. 그런데 1920년대 한국이 과연 착한 사람은 축복을 받아 행복하게 살 수 있는 것이었느냐는 반문을 받으면 어느 누구도 그렇다고 대답할 수 없는 것이 현실이었다. 그런 점에서 <감자>는 그 시대 인간의 삶을 진실하게 그리고 있다고 할 수 없다.

그런데 <운수 좋은 날>은 그와 다르다. 김 첨지는 선량했는데도, 열심히 살았는데도 그런 비극을 맞고 있는 것이다. 그러니까 현진건은 이 소설에서 주인공의 비극의 책임이 잘못된 세상에 있다고 하고 있는 것이다. 결국 이 소설은 김 첨지에게 행운에의 기대를 주었다가 좌절하게 하고 그를 조롱한 것은 일본의 한국에 대한 역사 역행적 식민지 통치로 인한 고르지 못한 세상이라고 하고 있는 것이다.

이상과 같이 <운수 좋은 날>은 예술성과 사회성, 그 둘이 조화를 이루고 있는 우리 문학의 한 소중한 재산이라 해도 될 것이다.

Ⅳ. 결론

현진건의 대표 소설이라 할 수 있는 단편 <운수 좋은 날>에 대해서는 지금까지 상당히 많은 연구가 있어 왔다. 그런데 대체로 이 작품을 긍정적으로 평가하고 있는, 이들 연구물들은 거의가 이 소설의 뛰어난 사회성에 초점을 맞추고 있었다. 필자는 그와 같은 선행연구를 바탕으로 하되 이 소설이 사회성 뿐 아니라 예술성에 있어서도 높은 수준을 보여주고 있으며, 그 사회성이 예술적으로 작품 속에 육화되어 있다는 것을 증명하려 했다. 그 결과 다음과 같은 몇 가지를 결론으로 정리하고자 한다.

먼저 이 소설의 우수성으로, 그 예술성이 작가 특유의 창작기교에 의해 구현되고 있다는 것을 말할 수 있는데 그것은 다음의 몇 가지로 요약

할 수 있을 것 같다.

첫째, 이 소설의 배경은 주제를 구체화하는 데 좋은 효과를 거두도록 설정되어 있다. 곧 눈이 오려나 했더니 눈은 안 오고 얼다가 만 비가 오기 시작했다고 한 이 소설의 첫머리는 날씨에 상징성을 부여한 것으로 행운이 있을 것으로 기대했던 주인공이 불운을 겪게 될 것임을 암시하는 것이다. 그리고 이 소설에 나와 있는 주인공의 셋집의 묘사도 가난에 시달리고 있는 도시 하층민의 삶을 은유하는 장소적, 물리적 배경 설정이라고 보아야 할 것이다.

둘째, 이 소설의 구성도 자연스럽고 정교하게 짜여 진 것이다. 곧 작가는 발단에서부터 절정에 이르는 단층을 점증적인 긴장 고조로 처리하고 있다. 그리고 이 긴장 상승도 가파른 직선적인 것으로 보여주는 것이 아니고 중간에 기술적인 이완을 보였다가 마지막에, 그것이 절정 겸 대단원에 이르게 해 이 소설의 비극성을 더욱 강조하고 있다. 작가는 또 이 소설의 플롯의 전개에 있어서 대립구조적인 성격을 보여주어 눈길을 끈다. 작가는 거듭되는 행운과 그것이 주는 불안을 맞서게 병치시킴으로써 그것으로 독자로 하여금 주인공의 불행을 어렴풋이 예감하게 하는 기교로 삼고 있다.

셋째, <운수 좋은 날>은 역설의 수사기법도 부려 쓰고 있는데 김 첨지가 손님을 태우고 돈을 벌게 되었다는 생각에 힘에 겨우면서도 인력거와 마음이 가벼워졌다고 하는 구절이 그런 것이다.

넷째, 이 소설은 의미 있는 되풀이, 패턴을 효과적으로 구사하고 있다. 비교적 적은 분량의 이 단편에 전후 13회나 등장하고 있는 '비'가 바로 패턴이다. 이 '비' 패턴은 한 도시 하층 막노동자의 슬픔을 더욱 실감나게 해주고 있다.

다섯째, <운수 좋은 날>은 반어의 수사기법을 구사하고 있다. 이에는 단편적인, 언어적 반어와 의미의 이중성이 계속되는 구조적 반어가 있는데 이 소설에서는 그 둘을 다 찾아볼 수 있다. 김 첨지가 사실은 깊은 사랑을 가지고 있으면서도 그 아내에게 욕설과 비어를 쓰고 있는 것은 언어적 반어 중, 악담반어이다. 그리고 아내에 대한 걱정 때문에 집이 가까워지면 불안을 느끼고 집에서 멀어지면 안도를 느끼는 것도 일종의 반어적인 장면으로 볼 수 있다.

마지막으로, 이 소설 전체는 세상이 주인공에게 희망을 가지게 하고는 좌절하게 하여 조롱하는 우주적, 숙명적 반어다. 그리고 작가는 주인공에게 좌절을 안겨주고 그를 조롱하고 있는 것은 일제 치하의 불균형 사회란, 세상이라고 하고 있다.

이상을 종합할 때 <운수 좋은 날>은 그 예술성과 사회성이 조화를 이루고 있는, 우리 문학의 한 소중한 재산이라 해도 될 것이다.

유진오의 <오월의 구직자>

잘못된 세상 비판 경향문학의 진수

Ⅰ. 서론

유진오(1906-1987)는 이효석과 함께 한국의 대표적인 동반자작가로 불리고 있는 사람이다. 그는 일제시대를 거쳐 1980년대까지에 이르는 한 민족사에 있어서 그 어느 때 못지않게 파랑이 거세었던 시대를 살면서 각 분야에서 많은 활약을 했고 한국 문학사 뿐 아니라 민족사의 측면에서도 적지 않은 괄목할 만한 공헌을 한 사람이다.

1919년 경성고보에 입학하여 이 학교를 졸업한 그는 1924년 경성제대에 입학하여 법학을 전공했다.

1927년 5월 당시 KAPF의 기관지 격인 『조선지광』에 단편 <스리>를 발표함으로서 문단에 나온 그는 1940년대 초반까지 작품활동을 해 왔다.

해방 이후에는 대한민국 국회전문위원으로 헌법과 정부조직법을 기초하고 법제처장을 지내기도 했다. 오랫동안 고려대학에서 법학을 강의

하면서 총장직을 맡기도 한 그는 한때 정계에도 진출해 1967년 야당(신민당)의 당수로 피선되는 한편 국회의원이 되어(1968년) 의정 활동도 한바 있다.그러니까 그는 한국 문학사, 교육사, 정치사에 뚜렷한 발자취를 남긴 사람이라 할 수 있을 것이다.

1920년대에 문단에 나온 이후 1940년대에 사실상 문단에서 물러나기까지 유진오의 문학은 그 성격상 3기로 나누어 볼 수 있다.

제1기는 그가 문단에 나온 초기, 곧 1927-8년으로 이때의 작품으로는 <스리> 외에 <파악(『조선지광』·1927. 7-9)> <넥타이의 침전(『조선지광』·1928.3-4월 합병호)> 등이 있다.

제2기는 1929년에서 1932년에 이르는 시기로 이때를 대표하는 성격의 작품은 <오월의 구직자(『조선지광』·1929.9)> <여직공(『조선일보』·1931.1.2-22)> <밤중에 거니는 자(『동광』·1931.3)> 등을 들 수 있다.

제3기는 1933년에서 1942년까지로 볼 수 있는데 이때의 작품으로 대표적인 것은 <김강사와 T교수(『신동아』·1935.1)> <창랑정기(『동아일보』·1938.4.19-24)> <화상보(『동아일보』·1939.12.8-1940. 5.3)> 등이다.

그런데 지금까지 우리가 접해 온 그의 작품은 이 중 제3기의 것들에 국한되어 있다시피 했다. 제1·2기의 작품은 구하기가 어려워 읽기가 쉽지 않았고 이들 작품에 대한 논의도 작품 발표 당시의 극히 인상론적인 단평 외에는 접할 기회가 거의 없었다.

유진오의 작가적 면모는 그의 전 작가 생활 중 제3기란 극히 일부분에 한해서만 알려져 왔고 일반 독자의 경우는 이때의 작품에서 그의 대표작을 찾으려 할 뿐 아니라 이때의 작품이 그의 문학적 성과의 전부인 줄 알고 있는 사람도 많은 듯하다.

필자는 이 점이 우리가 깊이 생각해 보아야 할 문제라고 생각한다. 왜냐하면 한 작가의 어느 특정 시기, 특정 성격의 작품만을 읽고 그 작가와 문학을 올바르게 이해하고 평가하기는 어려울 것이기 때문이다. 또 하나 더욱 근본적인 문제가 있으니, 유진오는 동반자작가란 호칭이 별명처럼 붙어 다니는 작가인데 제2기 곧 그의 동반자적 성격의 문학이라고 일컬어지는 작품들을 외면하고 그의 문학을 말한다는 것은 처음부터 불합리하기 짝이 없는 일이 아닐 수 없다는 사실이 그것이다. 유진오 문학의 연구가 거의 원점에서 다시 제기되어야 할 이유와 명분은 바로 이 점에 있는 것이다.

제1기의 그의 문학은 우리가 그렇게 심각성을 띠고 대할 만한 성질의 것이 못된다. 이때에 발표된 것은 전반적으로 어느 수준에 이르지 못하고 있고 그 중에는 문학작품이라 하기도 어려운, 치졸성을 면하지 못한 이야기도 있다. <갑수의 연애(『현대평론』·1927.9-10)> <스리>와 같은 경우가 그렇다.

이 글은 유진오 문학의 본령이라 할 제2기의 그의 문학을 좀 더 깊이 있게 살펴보려는 데에 그 주된 목적을 두고 있다. 거기에 대해서는 잠시 후 본격적으로 논의하기로 하고 여기서는 편의상 그의 제3기의 문학에 대해 몇 마디 언급을 해 두고자 한다.

그의 소설을 이야기하는 자리에서는 으레 <김강사와 T교수>를 거론하기 마련이어서 이 제3기의 작품은 작가 유진오의 전부를 말해 주는 것 같은 인상까지 주고 있는 것이 저간의 실정이었다. 그러나 냉정성을 가지고 보아 이 소설은 그리 대단할 것이 없는 것이다. 이 소설은 한 시간강사가 비리가 지배하는 사회에서 부유 좌초하고 있는 것을 보여 주는 작품으로 평범 이상의 충격이나 감동을 주는 것도 아니다. 그래서 그 시대 지식인의 삶의 조건을 그린 점에서 문제작이라고 하면서도 주인공의 삶의 방식이 대결이 아니라 일종의 기회주의적인 것이라는 점을 지적하고 이 작품이 전향소설의 범주에도 들기 어려운 전향 미달 소설이라고 비판하는 견해도 있다.[1]

---

1) 김윤식, 「한국근대문학사상사」(한길사, 1984), p.291.

이 시기의, 주목할 만한 것으로 받아들여져 온 그 밖의 소설들도 일반적으로 수작이라기에는 미흡한 점이 많은 것이 사실이다. 그래서 <가을> <창랑정기> 같은 작품만 해도 현실에 눈을 감고 먼 과거와 대화한 작품이라 하고 이 시기의 그의 작품이 그 주제가 모호한 안개 속에 가려져 작자의 사상성의 정체를 파악하기 어려운 것들이라고 지적하는 연구자도 있다.[2]

<김강사와 T교수> 이후의 그의 소설이 위와 같은 부정적인 면의 지적과 함께 '시세의 편력' '세태소설' '신변소설'이라는 평까지 받고 있는 한[3] 이 제3기 소설의 작품성이 작가 유진오를 평가하는 절대적인 근거가 되어서는 안 될 줄 안다.

위와 같은 사정을 감안할 때 늦은 감이 없지 않지만 이제라도 그의 제2기의 소설들에 대한 본격적이고 심도 깊은 연구가 이루어져야 할 것으로 생각된다.

필자는 그중에서도 그의 성공작이자 한국 경향문학의 큰 수확의 하나라 할 <오월의 구직자>에 대해 예술작품으로서의 가치를 집중적으로 탐구해 보고자 한다.

II. 동반자작가로서의 면모

유진오는 일반 독자 또는 크게 관심을 갖고 있지 않은 사람들에게는 아무 반론 없이 동반자작가로 받아들여지고 있는 것 같지만 자세히 살펴보면 사정은 그렇게 간단하지 않다. 그의 동반자작가적 성격에 회의를 갖거나 정면으로 이를 부정하는 주장도 적지 않기 때문이다.

---

2) 김우종, 「한국현대소설사」(선명문화사, 1974), pp.254-7.

3) 위의 책, p.255.

논란은 그가 작품활동을 하고 있을 당시부터 있어 왔다. 김기진에 의해 그 자신이 동반자작가로 불린 적이 있는 안함광은 유진오가 '프로문학의 전 발전을 위하여 부절히 노력해 온 작가'라고 하고 있다.[4] 적극적인 문단 활동을 한 프로작가의 한 사람 이기영도 유진오를 두고 계급적으로는 인텔리지만 작품은 항상 프롤레타리아를 위한 사람이라고 해 그가 동반자작가라 함을 말해 주고 있다.[5] 또 대표적인 프로작가의 한 사람인 김남천도 유진오는 프로작가로 비약해야 할 동반자작가라고 못 박아 말하고 있다.[6] 유진오가 문단에서 물러나고 프로문학이니 국민문학이니 하는 유파끼리의 논쟁도 먼 과거의 이야기가 된 후에 냉정성을 가지고 그의 문학을 재음미 평가한 끝에 내린 진단으로 그를 동반자작가라고 한 말 중 가장 흔히 인용되는 것이 백철의 견해다. 그는 이병기와의 공저 「국문학전사」에서 '가장 인정된 동반자작가'로 이효석과 함께 유진오를 들고 있다.[7] 최근에 와서는 김우종 등 상당수의 국문학 연구자들이 백철의 의견에 동의해 그를 동반자작가라고 말하고 있다.[8]

한편 김동석은 강경한 어조로 그의 문학에서 경향성을 찾기 힘들다는 주장을 펼치고 있다. 그는 유진오가 이조 양반계급의 나쁜 버릇을 벗어나지 못했기 때문에 그의 유전과 환경과 반응의 삼각형이 그를 옴짝달싹 못하는 소시민으로 만들었다고 하고 그는 유물론자이기는 하되 처자를 먹여 살리겠다는 유물론자요 따라서 그의 문학적 주의 주장은 '정체불명'이라고 말했다.[9]

또 최근의 한 논문은 유진오의 제2기의 작품들을 상당히 깊이 분석한

---

4) 안함광, "작가 유진오씨를 논함", 『신동아』 1963. 4, p.268.

5) 이기영, "현민 유진오론", 『조선일보』 1932. 7.2.

6) 김남천, "문예시평", 『신단계』 1933. 5, p.83.

7) 백철, 「국문학전사」(신구문화사, 1973), p.372.

8) 김우종, 「한국현대소설사」(선명문화사, 1974), p.254.

9) 김동석, 「예술과 생활」(박문출판사, 1947), pp.32~4.

끝에 그의 문학이 신경향파적 성격을 지닌 항일 저항문학이지 프로의식의 소설이 될 수 없다는 결론을 내려 역시 그가 동반자작가가 아니라고 주장하고 있다.[10]

위에서 본 바와 같이, 보는 사람마다 그의 동반자작가적 성격에 대한 시각은 상당한 차이가 있음을 알 수 있다.

그 위에 우리들을 더욱 혼란에 빠뜨리고 있는 것이 유진오 자신의 발언이다. 그는 어떤 글에서 <스리> <복수> 등 일련의 그의 초기 작품의 내용은 좌익과는 무관한 것이었으며 <넥타이의 침전> 등 제목만으로도 알 수 있는 바와 같이 그것은 차라리 그때 일본에서 한창 떠들고 있던 요꼬미쓰, 카와바타 등 신감각파의 영향을 받은 것이었다고 회고했다.[11]

위에서 그가 한, 그의 작품은 '좌익과 무관한 문학'이었다는 말은 바로 동반자문학이 아니라는 말과 같다. 그는 이어 이 글에서 『조선지광』에 기고자가 되었으니 작품활동 벽두부터 좌파 신흥세력 편에 선 셈이 되었을 뿐이라고 말하고 있다. 그러나 그의 이상과 같은 말만 가지고 그는 동반자작가가 아니라고 생각하는 것은 속단이다. 어떤 작가에 대한 판단, 평가를 작가 자신의 육성에만 근거해서 내릴 수는 없을 뿐 아니라 그는 이상의 말과는 양립되기 어려운 또 다른 말들을 하고 있기 때문이다. 그는 자신이 작품을 발표하고 있을 당시 문학평론가란 '미력하나마 계급해방운동의 일익'을 맡아야 할 사람이라고 해[12] 즈다노비즘적인 발언을 하고 있는 데서 우리는 어렵잖게 그가 프로문학에 동조하고 있음을 간파할 수 있다. 그는 또 당시의 한국 문인들을 향해서 한 말에서도 부르주아 문학을 극복하는 프로문학을 하기 위한 방향을 제시하고 있어 위를 뒷받침하고 있다.[13] 그밖에도 다음과 같은 시평도 그가 당시 프로문

---

10) 곽근, 「일제하의 한국문학 연구」(집문당, 1986), pp.11-152.

11) 유진오, "편편야화", 『동아일보』 1974. 4.10.

12) 현민, "평론계에 대한 희망", 『문예월간』 1932. 3호, pp.2-3.

학에 깊이 빠져있었다 함을 분명하게 밝혀 주고 있다 할 것이다.

> 프로문학의 제재를 항상 맹파, 데모, 조직 등에만 국한하는 것이 공식
> 병임은 이미 논증된 바일 뿐아니라 그것을 현대생활의 모든 단면에서
> 취함은 현사회 기구의 폭로, 의식의 계몽, 조장, 조직을 위하야 도리혀
> 필요한 것이다.[14]

그 밖의 글에서도 그는 그가 1926년 대학에 입학한 뒤 '경제연구회'를 조직하고 이 모임을 통해 플레하노프의 '유물사관의 근본문제', 부하린의 '유물사관' 등을 읽고 좌익사상을 연구하려 했다고 하고 그때 벌써 마르크스주의 사상과 일본 프로문학의 영향을 받기 시작했다고 해 당시 그의 사상이 프로문사들의 그것과 다를 것이 없었다함을 스스로 밝히고 있다.[15]

이상에서 본 바와 같이 각기 상이한 여러 주장들만 듣고는 그가 동반자작가인가 아닌가를 여전히 분명히 알 수 없다. 사실상 이 논란은 위와 같은 주장들이 되풀이 되어 온 데 지나지 않아 논리는 공전을 거듭하고 있는 셈이다.

그는 분명한 한국의 동반자작가의 한 사람이다. 위와 같은 논란에 매듭을 지어줄 만한, 그의 동반자작가적 성격이 명백하게 드러나는 작품은 10편이 넘는다.[16] 필자는 그 중에서도 그 성격이 짙게 나타나면서 문예물로서의 가치도 높이 평가할 만한 <오월의 구직자>를 택해 그 경향

---

13) 유진오, "조선문인에게 권고하고 싶은 말씀", 『조선중앙일보』 1933. 1.3.

14) 현민, "문예시평", 『문예월간』 1932. 3, p.88.

15) 유진오, "나의 문단 교우록", 『사상계』 1962. 3, p.233.

16) 그의 대표적인 동반자소설은 다음과 같다. <여직공> <귀향> <오월의 구직자>
<오월제 전> <밤중에 거니는 자> <마적> <송군 남매와 나> <첫 경험> <형>
<전별>

문학·동반자문학적 성격을 살펴보고자 한다.

III. 부르주아 세계의 모순 폭로

한국에 있어서의 동반자작가는 소련에서의 그것과는 달라 그 작가가 KAPF에 가맹했는가 아닌가에서 프로작가와 가름이 될 뿐, 그 작품의 이데올로기 편향적 성격은 별 다를 것이 없다. 따라서 유진오가 동반자작가냐 아니냐를 가려 보려면 그 작품에서 프로문학의 성격이 발견 되는가 아닌가를 살펴보면 될 것이다. 약간씩 그 주장에 차이는 있지만 프로문학 작가들은 그 작품이 부르주아 계급의 모순을 폭로하고 있거나 계급적·전투적·조직(집단)적·혁명적·아지프로적[17]인 효과를 거두고 있는 것이어야 하는 것으로 생각하고 있다. 그러므로 <오월의 구직자>에서 위와 같은 점을 찾아보는 것이 앞으로의 이 글의 주된 과제가 될 것이다.

유진오는 이 시기에 자본주의 세계가 안고 있는 근본적인 모순을 들추어내 보이려는 의도의 작품을 발표하고 있는데 <오월의 구직자>는 그러한 성격의 대표적인 소설로 볼 수 있을 것이다.

<오월의 구직자>는 직장을 찾아 헤매는 무직 인텔리의 빈궁을 소재로 부르주아 계층의 비인간적인 면과 비리를 폭로하면서 심도 있는 주제를 전해 주고 있다. 이 소설의 주인공 최찬구는 전문학교를 졸업하게 되는 지식청년이다. 그는 학생의 품행 사상 가정사정 등을 조사하고 졸업생의 취업 추천 업무를 주관하고 있는 일본인 학생주사 '우에무라'와 몇 차례 말다툼을 한 바람에 그의 미움을 사 번번이 추천에서 제외된다. 가난에 시달리고 있던 고향의 가족들은 찬구가 졸업을 하면 금방 취직이 될 것이라 믿고 가산을 정리해 서울로 올라오려 한다. 찬구는 자신의

---

17) 아지프로는 영어 agitation propaganda 곧 선동 선전을 줄인 말이다.

숙식마저 막연해지자 하는 수 없이 '우에무라'의 집을 찾아가 사정을 하지만 농락만 당하고 직장은 여전히 구하지 못한다. 잘 곳도 먹을 것도 없는 무직자가 된 찬구는 절망감에 빠져 있다가 문득 온 가족은 물론 자신도 노동을 해 살아나가는 것이 옳은 길이라는 것을 깨닫고 서울로 오는 가족의 마중을 나간다는 것이 이 작품의 경개다.

이 소설 속에는 식민지민의 빈궁으로 인한 참담한 삶이 구체적으로 나타나 있다. 우선 주인공 자신이 오갈 데도 없이 떠돌고 있고 그 가족들도 찬구의 취직만 바라고 가산을 정리한 뒤 찬구 쪽에서 상경하라는 연락이 없자 넉넉지 못한 일가 집에 한 사람씩 떨어져서 덧붙어 얻어먹고 있다. 찬구가 잘 곳이 없어 하는 수 없이 찾아간, 황금정의 노동숙박소에서 하룻밤 5전씩을 내고 묵고 있는 사람들도 모두 극빈한 프롤레타리아의 삶을 보여주는 것이다. 그런 한편 다음과 같은 부유층의 향락의 모습도 그려져 있어 빈부가 하나의 대립구조를 이루고 있다.

> 서울에는 봄이 무르녹앗다. 성북동에는 개나리가 피고 창경원에 사구라가 만발하엿다. 문밧전에는 지난 겨울에 상제가 되어 십만원의 재산을 상속하기에 성공한 「싹쇠」의 아들이 치는 장구 소리가 요란하게 울니고 서빙고 자하문 박 활동사진관 일본 사람의 카페에는 아버지의 지갑을 털고 잇는 「근대 청년」들이 「근대 소녀」와 더부러 성욕적 유물논의 련애를 속삭이엇다.

그리고 이 작품에는 또 무산계급의 폭발하려는 계급적 울분도 그려져 있어 프로문학적 성격의 일면을 보여 주고 있다.

> 이런째는 동경이나 대판만 잇서도 얼마나 유쾌할 것인가. 묵고 싸혓든 울울한 심사를 맘껏 피는 날 맘껏 소리 질으고 맘껏 쒸노는 날─ 더구나 지금 갓흔 째에 메이데이의 시위행렬이 잇스면 그것에 참가하여 붉

은 긔발을 휘둘느고 쒸고 소리치고 그리해 살을 싸고 **썌**를 부수고 그대
로 곤두박질을 해버려도 조금도 원한이 업스리라 생각하엿다.

　그러나 위와 같은 서술 묘사는 이 소설의 주제의 형상화에 기여하고
있는 것일 뿐 이러한 면이 보인다 하여 이 작품이 프로문학적 성격을 가
졌다고 단정할 수는 없다. 이 작품이 프로문학의 성격을 강하게 가지고
있고 따라서 동반자소설이라고 해야 할 이유는 다른 데에 있다.
　<오월의 구직자>는 식민지 치하 한국 지식인의 삶의 자세, 그 계급성
을 심각하게 문제 삼고 있는 소설이다. 그런 의미에서 이 작품은 한 편의
지식인소설이라 할 수 있을 것이다.
　한 논문은 1930년대에 지식인을 주인공으로 한 소설이 뚜렷한 양적인
증가를 보였는데 이는 당대 작가들이 자기성찰에 대한 욕구가 그만큼
높아졌음을 시사하는 것으로 평가해야 할 것이라고 말했다.[18] 지식인소
설은 1920년대부터 등장하기 시작해 30년대에는 많은 수가 쏟아져 나왔
다. 그중에서도 유진오 외에 이무영, 채만식, 이태준을 특히 지식인소설
을 빈번하게 쓴 작가로 꼽을 수 있다. 이재선은 이러한 작중인물들을 '인
텔렉츄얼 히어로'라고 부르고 있고[19] 이러한 소설 곧 지식인의 삶과 고
뇌의 문제를 집중적으로 또 본격적으로 다룬 작품을 특별히 '지식인소
설(novel of the intellectuals)'이라고 부르는 사람도 있다.[20]
　지금까지 막연히 '지식인' 또는 '인텔리'라고 했지만 이들 말은 좀 더
확실하게 개념 규정을 하고 들어가야 할 것 같다. 인텔리라면 '지식을 가
진 사람'으로 받아들이면 될 것 같지만 좁은 의미의 지식인이 가지는 바
의미는 특히, 30년대의 시대적 특수성에 비추어 그리 간단히 파악될 성

---

18) 조남현, 「한국 지식인소설연구」(일지사, 1984), p.135.
19) 이재선, 「한국단편소설연구」(일조각, 1975), p.230.
20) 조남현, 앞의 책, pp.134-5.

질의 것이 아니다.

인텔리란 말은 1860년대 러시아에 처음 등장한 '인뗄리겐찌야'란 하나의 집합명사에서 나온 것이다.[21] 마르틴 말리아는 '인뗄리겐찌야'라는 말이 분별력, 이해, 지능 등을 의미하는 라틴어 intelligentia 를 러시아의 억양으로 발음한 것일 것이라고 말하고 있다. 그는 이 말이 의심할 여지없이 통상적인 의미에서의 지적인 사람들이 아니었다고 말했다.[22]

한 사회과학백과사전은 '지식인', 곧 'intellectuals'를 '그의 판단이 사고와 지식에 기초를 두고 있고 지식인이 아닌 사람들에 비해 감성적 인지를 통해 직접적으로 그리고 전적으로 판단을 내리는 예가 보다 적은 사람'이라고 한정하고 있다.[23] 그러나 이 또한 일반적인, 외연이 너무 큰 정의에 해당해 이 말로 30년대 한국 지식인을 파악하기에는 막연한 느낌이 든다.

전기 말리아가 '인뗄리겐찌야'의 성격에 관해 언급한 말이 30년대 한국 지식인이란 어떠한 사람들을 가리킨 것인가를 파악하는 데 참고가 되리라고 생각한다. 그는 이들이 자기들이 몸담고 있는 사회로부터 유달리 분리감(sense of appartness)을 느낀, 어느 정도 소외된(alienated) 사람들이라고 말하고 있다.[24] 이와 같은 소외감은 그들이 속한 계층적 성격에서 온다고 보아야 할 것이다. 알렉산더 겔러는 인텔리겐챠 계층은 기존의 권력지배층과 다른 모든 계급과의 중간적 위치에 선 사회계층으로

---

21) 알렉산더 겔러 같은 이는 이 용어의 원산지가 폴란드라고 주장하고 있지만 그것이 러시아냐 폴란드냐 하는 것은 그리 중요한 문제가 아닌 것 같다. A. 겔러 편, 「인텔리겐챠와 지식인(김영범 외 역)」(학민사, 1983), p.16.

22) 마르틴 말리아, "인뗄리겐찌야란 무엇인가?", 「러시아 인뗄리겐찌야론(임영상 편역)」(탐구당, 1987), p.26.

23) Robert Michels, Intellectuals, Edwin R. A. Setigman(ed), Encyclophedia of Social Science, New York, 1957, vol. 8, p.118. 조진기, "한국현대소설에 나타난 지식인상(1)", 「한국현대소설연구」(학문사, 1984), pp.303-4에서 재인용.

24) 마르틴 말리아, 앞의 책, 같은 쪽.

나타나는 것이라 했다. 그는 이 계층이 체제 내의 지배계급에 대해서는 부정적이고 혁명적인 태도를, 중간계급과 하층계급의 전통적으로 보수적인 생활양식과 역할에 대해서도 거부의 태도를 취한다고 했다.[25] 그러니까 그들은 분리, 소외될 수밖에 없는 것이다.

30년대 한국 문학작품에 등장하는 지식인, 곧 인텔리는 당시로는 비교적 고등교육을 받고 실업상태에 있는 무산자들로 당시 사회에 대해 저항감을 가지고 있는 사람들이라고 할 수 있을 것이다.

그들은 그들 특유의 고민을 가지고 있었다. 그중 가장 심각한 것은 그들이 거의 공통적으로 가지고 있던 실직에서 오는 궁핍, 허탈감과 당시 식민사회에 대한 자신들의 무력감이었다 할 것이다.[26] 당시 한국의 작가들은 그들 자신이 인텔리였으므로 자연 지식인의 괴로움에 대해 관심이 쏠릴 수밖에 없었을 것이다. 조남현은 이러한 소설이 이때 많이 등장한 사실을 두고 '흥미 있는 이야기를 많이 담는 것도 좋지만 지식인을 등장시켜 삶, 시대, 사회, 사상 등의 문제를 검토해 보는 것도 필요하지 않느냐는 자각이 두드러졌다는 뜻이 된다'고 풀이했다.[27]

<오월의 구직자>는 위와 같은 의미에 있어서의 지식인소설 중 한 편이다. 그러나 이 소설에는 같은 시대의 다른 작가들의 작품과는 다른 특별한 의미가 있어 주목이 필요하다.

정한숙은 이 작품을 '취직의 어려움'이라는 하나의 문제를 놓고 여러 차례 패턴을 반복하고 있는 소설이라고 했다.[28] 전문지식만 쌓으면 누

---

25) 알렉산더 겔러, 앞의 책, p.33.

26) 박영희는 『개벽』 1935년 1월호(pp.2-11.) '조선 지식계급의 고민과 그 방향' 제하의 글에서 이 시대 조선 지식인의 고민을 ① 박지약행 ② 학구의 자유성의 범위 축소 ③ 사상과 환경(정치적 조건)의 충돌의 셋이라고 하고 있는데, ③ 을 빼고는 지나치게 관념적이고 추상적인 견해라고 해야 할 것 같다.

27) 조남현, 앞의 책, p.135.

28) 정한숙, 「현대 한국문학사」(고려대학교 출판부, 1982), pp.149-150.

구나 엘리트에 편입될 수 있다는 생각을 '엘리트의 순환(la circulation des elites)'이라고 하는데[29] 이 작품의 주인공은 이 순환에 끼어들려 하나 실패를 거듭하고 있다. 찬구는 빈농의 아들로 그의 소속 계급은 두말할 것 없이 프롤레타리아다. 그런 그가 고등교육을 받아 '잡계급'이 되고 다시 그는 거기서 엘리트 집단에 편입되고자 동서분주하고 있는 것이다. 그리고 여기서의 엘리트 집단이란 부르주아 계급에 속한다고 해야 할 것이다. 찬구가 이 '순환에의 편입'을 위해 안간힘을 쓰고 있는 과정에서 부르주아계급의 가식과 기만성, 교활함이 적나라하게 드러나고 있다.

먼저 이 소설에 반동인물로 등장하고 있는 '우에무라'부터가 사회정의의 적이다. 그는 채용 추천을 의뢰해오는 회사에 졸업예정자에서 그 대상을 선발해 보낼 전권을 쥐고 있는데 선발의 기준은 '성적도 건강도 품행도' 아니다. 다만 그의 '마음에 들고 안 드는' 것이 모든 것을 결정할 뿐인 것이다. 그리고 그는 제자를 상대로 하여 속임수까지 쓰고 있다. 막다른 지경에까지 몰린 찬구가 하는 수 없이 굴욕감을 무릅쓰고 그의 집을 찾아가 애걸을 하자 그는 한 회사에 추천을 해 주지만 그 추천장에 붉은 줄을 그어 보내 취업의 길을 미리 봉쇄해 놓고 있다.

찬구가 놀림만 당하게 될 것도 모르고 추천을 받아 ××회사를 찾아가 면접시험을 보게 되었을 때 그 회사의 한 간부도 유산계급의 기만과 교활을 보여주고 있다. 그는 자신의 조카를 채용할 것을 이미 정해 놓고 있으면서 면접시험을 본 다음 찬구를 틀림없이 채용할 것처럼 말하고 입사 보증인이 있는지 여부까지 물어 안심을 시켜 돌려보내 놓고는 불합격통지를 보내고 있다.

---

29) 조남현, 「일제하의 지식인문학」(평민사, 1980), p.80.

Ⅳ. 지식인의 계급적 하향

그런데 이 소설에서 작가가 독자의 주의를 요하고 있는 점은 특별한 곳에 있는 것으로 보인다. 우리는 이 작품을 읽어가는 동안 계속해서 인텔리의 나약함, 비굴함을 보게 되는 것이다. 그것도 다른 사람 아닌 주인공 자신에게서 그것을 읽을 수 있다는 데에 특별한 의미가 있다. 졸업일이 아직도 얼마간 남았을 때 찬구는 '우에무라' 앞에 '고개를 숙이고 들어갈 수' 없다고 생각한다. 그러나 다른 동급생들이 하나 둘 그의 추천을 받아 취직을 해 나가는데 그만은 계속 후보에도 오르지 못하자 '조금 추하다고 생각'하면서 하는 수 없이 '특별히 공손히 절하고 웃음을 씌우고' 사정을 한다. 그래도 여전히 그만이 따돌림을 당하자 '우에무라'에게 항의도 해보지만 그것도 아무 소용이 없다는 것을 알게 된다. 그 집에 얹혀서 먹고 자고 있던 친구가 황해도청에 취직이 되어 떠나는 바람에 기거할 곳도 없어진데다 시골집에서는 온 가족이 그만 바라보고 서울로 올라오려 하는 급박한 사정이 되자 그는 자존심이고 뭐고 돌볼 여지도 없이 통조림과 과자를 사들고 '우에무라'의 집을 찾게 된다. 찬구가 간청을 하자 '우에무라'는 노력을 해 보겠다고 대답한다. 이에 찬구는 '그것이 자기에게 항복하는 자는 어디까지든지 보아준다는 태도를 보이는 일본 사람들의 봉건적 허영심에서 우러나온 것임을 썬히 알엇스나' 마음이 나아짐을 느낀다. 그는 스스로도 자신의 마음이 한없이 약해졌음을 느끼면서 옳지 못한 힘 앞에 무릎을 꿇고 있는 것이다. 그러고도 그가 얻은 것은 아무 것도 없다.

찬구의 각성은 그 후에 온다. 그는 자본주의 사회에서 프롤레타리아가 부르주아계급의 동정을 바라보았자 모욕 이상 아무 것도 얻을 수 없다는 것을 알게 된 것이다.

찬구는 눈 압혜 똑똑히 완전한 샛밝안 푸로레타리아로 전락한 자긔 자신을 보는 것이엇다. 그리고 또 묵어운 목도를 메이고 비틀거리는 그의 아버지를! 「고쪼ー」로 넘어가는 그의 동생을! 돗백이 안경을 도다가며 쌀의 돌을 골나내고 안젓는 그의 어머니를! 손싯을 호호 부러가며 쌀는 물 속의 고치를 만적어리는 그의 안해를!

온 가족이 노동에 나서야 한다는 것을 깨달은 찬구는 가족을 마중하러 가기 위해 자리에서 일어난다. 그때 그는 푸른 직공복에 몸을 싼 '자긔'를 마음속에 그림으로서 자신도 온 가족과 함께 노동에 뛰어들어 거기서 현실과 부딪혀 싸울 결의를 보여준다. 그는 농민이었던 가족이 전답과 집 세간을 다 날려버리고 부랑 노동자가 되고 고등교육을 받은 지식인인 자기가 공장노동자가 되는 것이 모순이지만 그 모순은 새로운 변혁을 위해 익어가는 모순이라고 말한다.

20년대 일본 유학생을 주축으로 한 인텔리겐챠에 대한 논의는 '지식층이 과연 상향(上向)하여야 하는가? 아니면 하향(下向)해야 하는가? 이도저도 아니면 독자적인 계층 형성에만 힘써야 하는가?' 등의 의문으로 압축되고 있었다고 하는데[30] 이 소설은 지식인의 계급적 하향의 당위성을 주장하고 있는 작품이다. 찬구는 지식인이란 잡계급에서 부르주아 쪽으로 계급의 상향 탈출을 시도하다가 실패를 거듭한 끝에 자신의 그러한 삶이 참다운, 인간다운 삶이 아니며 역사의 흐름, 곧 사회주의 혁명에도 역행하는 것임을 알고 프롤레타리아의 일원으로 모든 것을 처음부터 다시 시작하겠다는 결의를 보여주고 있는 것이다. 현동염은 일찌기 유진오 소설의 작중 인물이 '필설로는 만단설화를 써부리지만 실천을 두려워하는 무리이기 쌔문에 정치적 진두에 나서서 실제적 역할도 할 수 없거니와 계급적 양심은 있는지라 지배계급에게 비굴한 행동을 취치 못

---

30) 위의 책, p.49.

하는 것도 사실'이라 하여 '중간인텔리'라고 규정하고 있지만[31] 적어도 이 작품에서 만은 그의 그 말은 무근한 것이라 하지 않을 수 없다. 곧 이 소설에서의 그의 생각은 프로문사들의 주장과 원론적인 데서부터 부합하는 것이다. 지식인은 1917년 볼쉐비키 혁명 당시부터 프롤레타리아의 잠재적인 적이었는데 다른 이유도 있었겠지만 그들이 노동을 싫어하고 노동자에 기생하여 부르주아적 안락을 추구한다는 것이 그 큰 이유의 하나였을 것이다. 프로작가 이기영은 <고물철학(『문장』·1939.7)>에서 극도의 궁핍에 처해 있으면서도 기어이 육체노동을 하지 않으려는 문인을 비판, 풍자하고 있는데 <오월의 구직자>는 이 점, 근본 발상에서 이기영의 작품과 상통하고 있고 그런 의미에서도 이 작품은 프로문학적 성격이 짙은 한 편의 동반자문학 작품이라고 할 수 있을 것 같다.

이 작품이 취직의 어려움을 반복해서 그려 보여주고 있음을 지적하고 이러한 경우 작가가 노리는 것은 작중 인물의 성격이 아니라 그가 처한 상황이며 개인의 성격이나 감정이 중요한 것이 아니라 그가 처한 시대와 사회가 문제라고 한 해석이 있는데[32] 필자는 이와 다른 견해를 말하고 싶다. 취직의 어려움을 반복해서 보여 주고 있는 것은 그가 살고 있던 시대, 사회의 문제를 독자에게 제시해 주려는 작가의 일차적 의도이고 궁극적으로 노리는 것이 아니다. 이 소설이 보여주려 한 것은 중간계층의 인텔리가 부르주아계급으로 계급적 상향 탈출을 시도하다 여러 사회 상황에 부딪힌 끝에 참다운 삶은 땀 흘려 일하면서 싸워 사회의 변혁을 가져와야 한다는 깨달음에 이르는 주인공의 성격 변화라고 볼 수 있지 않을까 한다. 주인공이 여러 시추에이션에서 온갖 부정과 비리, 모순을 보게 되는 것은 이 소설의 절정이자 대단원에서 의식 변화, 성격 변화를 가져오게 되는 데 대한 논리성을 부여하고 있는 작가의 의장(意匠)이 아

---

31) 현동엽, "현민과 인테리", 『신인문학』 1935.3, p.67.

32) 정한숙, 「현대한국문학사」(고려대학교 출판부, 1982), pp.149-50.

닐까 한다.

따라서 이 작품이 일제 치하의 한국 지식인들이 지식인으로서의 가장 기본적인 일조차 할 수 없을 정도로 극심한 가난에 시달리고 있다는 내용의 주제 의식을 드러낸 것[33]이라기보다는 그 주제가 식민지 한국 지식인의 올바른 삶의 자세는 계급적 하향, 노동현장에서의 현실과의 대결과 극복에서 찾아야 한다는 주장이라고 보아야 옳을 것 같다.

조남현은 이 소설을 현진건의 <빈처>와 함께 30년대의 지식인의 '가난' 문제를 다룬 여러 소설들에 관한 '가장 착실한 전형 (prefiguration)'이라고 했다.[34] 이는 정확한 지적이라고 해야 할 것 같다. 그러면서 더욱 이 소설은 1920-30년대 한국 지식인소설이 거의 공통적으로 안고 있던 아쉬움을 극복하고 있어 이 점을 눈여겨볼 필요가 있지 않을까 한다.

당시의 지식인소설 중에는 삶의 문제를 지나치게 안이하게 처리하고 있는 것이 없지 않았다. 현진건의 <빈처> 같은 작품이 그 예가 되는 바 이 소설에 의하면 시대 상황이 어떻든 부부가 애정만 가지고 있으면 아무런 문제가 없이 행복한 삶을 살 수 있는 것으로 되어 있다. 이것은 당시의 식민지 한국의 현실로 보아 지나치게 막연한 자위라는 비난을 면하기 어렵다 할 것이다. 이무영의 <제일과 제일장>도 그렇다. 당시 한국 사회에서의 근본 문제는 사람들이 농사짓기가 싫어서 이농을 하는 것이 아니라 식민통치 정책에 의해 아무리 농사를 지으며 살려고 해도 살 수 없었다는 사실이었다. 이 작품이 우익적 중농주의 소설이라고 하는 비난을 받고 있는 것도 그 점 때문이다. 그러나 <오월의 구직자>는 경우가 다르다. 주인공은 출구를 찾아 백방으로 헤매고 있지만 그는 곳곳에서 벽에 부딪혀 주저앉고 있다. 거기서 독자는 가난한 식민지 지식인의 고통스런 삶을 구체적으로 읽게 되어 있다.

---

33) 조남현, 「한국지식인소설연구」(일지사, 1984), p.190.
34) 위의 책, p.187.

현진건의 <술 권하는 사회>에 등장하는 지식청년은 푸념과 울분을 토로하면서 술에 빠져 자포자기의 나날을 보내고 있다. 여기서 또 한 가지 문제가 되는 것은 당시 식민지 지식청년 중 술로 울분을 달래면서 살아갈 수라도 있는 형편에 있은 사람이 얼마나 되었던가 하는 점이다. 이 점에서만 보아도 이 소설은 당시의 삶의 실상과 동떨어진 이야기라는 비판을 면하기 어렵다. <오월의 구직자>의 찬구는 술로 세상을 잊는 호프만 콤플렉스 같은 것에 빠져 비분강개나 토로하고 있을 만한 여유가 없을 뿐 아니라 당장 허기를 면하기에 급급한 궁핍한 생활인이다.

채만식의 지식인 소설의 특성은 풍자성이 강하다는 사실이다. 그중에서도 <레디메이드 인생> <명일> 같은 작품은 자기풍자의 성격이 짙은데 특히 <레디메이드 인생>은 자조적인 면이 보이는 것으로 진단되고 있다.[35] 이들 작품은 일제의 우민교육을 신랄하게 비판하고 있는 것은 사실이지만 허무주의적인 자포자기에 귀결하고 있다. <레디메이드 인생>에서도 <명일>에서도 주인공은 그 자식들을 무위 무능한 인간이 되지 않게 하기 위해서 학교교육을 받지 못하게 하고 공장으로 보내 일을 배우게 하고 있지만 그들 자신에게서는 아무런 해결책도 발견되지 않은 채 소설이 끝나고 있다. 그들은 해결의 돌파구를 그들의 2세에 떠넘긴 채 스스로는 여전히 주저앉아버리고 있는 것이다.

이에 비해 <오월의 구직자>의 경우는 주인공이 자조나 자포자기 아닌 단호한 대결 의지를 보여 주고 있다. 더구나 찬구는 가족뿐 아니라 자신이 스스로 나약한 인텔리의 옷을 벗어던지고 작업복을 걸치고 나서고 있다는 점에서 그 의지는 더욱 강하게 나타나 있는 것이다.

이태준의 지식인소설은 패배주의적인 성격이 강하다. <실락원 이야기>의 주인공은 궁벽한 시골 소학교 교사로 거기서 낙원을 이룩하려는 꿈을 가지고 있지만 관의 핍박에 결국은 그 곳에서 쫓겨나고 만다.

---

35) 이재선, 「한국현대소설사」 (홍성사, 1979), p.323.

<어떤 날 새벽>에서는 재정난으로 기울어져가는 시골학교를 일으켜 세우기 위해 온갖 희생적인 노력을 다 하던 한 교원이 당국의 조처로 학교가 문을 닫게 되자 어디론가 떠나가고 마는데 그는 그 뒤 도둑질을 하다 붙들려가고 있다.

<오월의 구직자>는 이태준의 작품에서 흔히 보게 되는 위와 같은 패배주의를 극복하고 있다. 찬구는 번번이 벽에 부딪혀 넘어지고 주저앉고 있지만 결국은 자기 자신에게 내재해 있는 힘을 발견하고 일어서고 있는 것이다.

위에서 살펴본 지식인소설들에 등장하는 인텔리는 1920년대에 부지암이란 필명으로 발표된 한 평론이 말한 '허무주의적 지식계급'에 속한다 할 수 있을 것이다. 이 글은 허무주의적 지식계급을 두뇌노동의 실업자, 무산 지식청년, 낙제한 관공리 지망자 등이라고 하고 이들은 당시 사회에 불만을 품고 있으면서도 '아무 결단도 계획도 조직도 확신도 가지지 못한 사람들'이라고 했다.[36] 그러한 지식인이 등장하는 위와 같은 소설들은 지나친 센티멘털리즘, 패배주의, 니힐리즘에 젖어 있어 그것은 절망적 분위기까지 조성하고 있다.

그에 비해 <오월의 구직자>의 주인공에서는 자본주의 부르주아의, 모순이 지배하는 세계와의 대결에서 변혁을 추구하려는 의지를 읽을 수 있다.

이러한 점에서 이 소설은 분명한 프로문학적 성격을 보여주고 있고 따라서 한 편의 예범이 될 만한 동반자문학 작품이라고 할 수 있을 것이다.

필자는 이 소설이 한 편의 동반자문학 작품에서 끝나지 않고 당시의 전체 경향문학 중에서 손꼽을 만한 대표적 수작이라고 보고 싶다. 위에서 살펴본 바와 같이 사상 면에서 그 주제의 형상화에 훌륭하게 성공하고 있다고 생각하기 때문에 그렇고 또 다른 측면 곧 이 작품은 당시의 대

---

36) 부지암, "인텔리켄치아", 『개벽』 59호, 1925. 5, pp.17-18.

부분의 경향문학과는 달리 목적문학으로서의 완고성이란 함정에 빠지고 있지 않다는 점 때문에 그렇다고 생각한다.

이 소설에는 사상의 노출이나 감정의 지나친 횡일(横逸)이 없다. 철저한 사상의 육화와 감정의 절제가 이루어져 있는 것이다. 그러면서도 이 소설은 독자를 작품 속으로 깊이 끌고 들어가고 있다. 흔히 우리가 대해 온 경향문학 소설의 경우는 주인공이 불의와 부딪혔을 때 발작적인 대결에 나서거나 느닷없는 웅변 일석을 펴기가 일쑤였지만 이 작품은 그렇지 않다. 주인공은 갈수록 막다른 골목에 이르게 되자 인간적인 약점을 그대로 노출하고 '이렇케 싸지 해가지고 살어서 할 것이 무엇인가'까지를 생각한다. 노동합숙소에서 잠을 못 이루면서 그러한 절망감을 느낀 다음 자리에서 일어나 굴욕감을 무릅 쓰고 '우에무라'의 집을 찾아가는 장면은 우리들에게 생생하게 살아 있는 한 인간의 모습을 보여주고 있다. 그가 이러한 점층법적 갈등 끝에 드디어 절망을 딛고 삶과 맞부딪치기 위해 일어서는 장면은 우리들에게 핍진감과 감동을 함께 전해주고 있다 할 것이다. 이 소설의 결말을 가리켜 자연스러운 느낌과 함께 설득력을 준다는 평가도[37] 이 때문에 내려질 수 있는 것이다.

위와 같은 여러 가지 면에서 예술적 승화를 이룩하고 있다고 보아 필자는 이 작품이 그의 대표작이자 경향문학의 한 큰 수확이라고 보고 싶다.

V. 결론

유진오의 단편 <오월의 구직자>는 대표적인 한국의 동반자소설로 그 동반자소설적 성격은 다음과 같은 데 뚜렷하게 나타나 있다.

첫째, 이 소설은 일제 식민지 치하 한국에 있어서 서민의 빈궁과 부유

---

37) 조남현, 「한국지식인소설연구」(일지사, 1984), p.200.

층의 향락의 모습을 그려 보여주고 있다. 이는 프롤레타리아와 부르주아의 빈부 계급성을 보여주는 것으로 프로문학에 동조하고 있는 것이다.

둘째, 이 소설은 일본인 학생주사 '우에무라'로 대표되는 부르주아 계급 인간들의 가식과 기만성, 교활성을 보여주고 있다는 점에서도 프로문학에 가깝다.

셋째, 이 소설은 지식인의 계급적 하향의 당위성을 주장하고 있다. 주인공은 지식인이란 잡계급에서 부르주아 쪽으로 계급의 상향 탈출을 시도하다가 실패를 거듭한 끝에 그것이 참다운, 인간다운 삶의 태도가 아니며 역사의 흐름 곧 사회주의 혁명에도 역행하는 것임을 알고 프롤레타리아의 일원으로 모든 것을 처음부터 다시 시작하겠다는 결의를 보여주고 있다. 그러므로 이 소설의 주제는 식민지 한국 지식인의 올바른 삶의 자세는 계급적 하향, 노동 현장에서의 현실과의 대결과 극복에서 찾아야 한다는 주장이라고 보아야 할 것이다. 그리고 이는 프로문학에 동조하는, 동반자문학의 성격을 가장 잘 보여주는 것이라 할 것이다.

또 한 가지 특기할 만한 것은 <오월의 구직자>는 당시에 발표된 다른 작가들의 지식인 등장 소설과는 달리 패배주의적 성격, 센티멘털리즘, 니힐리즘을 극복하고 있다는 사실이다.

이상을 종합해 볼 때 <오월의 구직자>는 유진오의 대표작이자 대표적 한국 동반자소설이요, 전체 경향문학의 큰 수확이라고 해야 할 것이다.

이상의 <날개>
가치 전도된 세상 고발

I. 서론

이상의 단편 <날개>는 1936년 발표된 이후 끊임없이 한국 현대소설의 논의의 중심에 올라왔지만 논자에 따라 이를 관습적 형태의 소설, 또는 리얼리즘 소설로 보는 시각이 있는가 하면 비 리얼리즘적인, 알 수 없는 소설, 도착적 성 문학이라고 단언하는 견해가 있는 등 아직도 그 해석이나 평가가 크게 엇갈리고 있어 문제가 되고 있다. 더구나 그러한 해석이나 평가가 이 소설 발표 당시의 다분히 인상론적인 언급에 기대어 별다른 논리의 진전 없이 같은 논지 주변을 맴도는 선에서 크게 벗어나지 못하고 있는 것이 현실이고, 이것은 이 작품 연구에 있어서 하나의 문제라 할 것이다. 이제 이 작품에 대한 연구는 그러한 데서 탈피하여 확실한 논거를 바탕으로 한, 본격적이고 깊이 있는, 보다 진전된 것이 되어야 할 것이다. 연구자는 이 소설의 머리말(preface)에 대한 면밀한 분석에서 이 작품에 대한 보다 새롭고 정확한 해석과 평가가 가능하지 않을까 하는 생각을 하게 되었다. 지금까지 대부분의 연구들은 이 소설의 머리말을 알 수 없는 객담 일석쯤으로 보거나 무슨 괴이한 전위적인 요설로 단정하여 제대로 이해하려는 노력조차 하지 않은 채 성급하게 소설 본문에만 매달려왔는데 이 작품에 대한 잘못된 해석, 평가의 상당 부분의 원인은 여기에 있지 않았나 한다. 왜냐하면 필자의 분석에 의하면 '「剝製가 되어버린 天才」를 아시오?'로 시작되는 이, <날개>의 머리말은 당시로는 상당히 낯선 양식이었던 이 작품의 자의식적, 신심리주의적 성격에 대해 비교적 친절하게 언급하고 있을 뿐 아니라 이 소설이 1930년대 일제 식민지 치하 한국이란 모순에 찬 세계에 대한 신랄한 비판을 하고 있다는 것을 말해 주고 있기 때문이다. 따라서 이 머리말의 의미를 제대로 파악하고 보면 <날개>는 전혀 난해한 소설이 아니며 더구나 낙서와 같은 글, 또는 저열한 섹스물이란 혹평은 가당하지 않은, 한 편의 예술성과 현실비판적인 성격을 동시에 가진 뛰어난 문예작품이라는 것을 알 수 있다. 그런 점에서 <날개>의 머리말에 주목한 이와 같은 연구는 지금까지의 이 소설에 대한 잘못된 인식과 그로 인한 누명을 벗겨주고 이 소설에 그 진가에 상응하는 올바른 평가와 한국 문학사에 있어서의 온당한 자리 매김을 해 주는 데 보탬이 되리라 생각한다.

<날개>는 작가가 1936년 『조광』 9월호에 발표한 그의 대표작이다. 이 소설에 사람들의 눈길을 모은, 최초의 호의적인 평가는 최재서에게서 나왔다. 이 소설이 '리아리즘을 심화'한 작품이라고 말한 그는 의식의 분열을 전제로 한 자의식의 발달은 건강한 상태는 아니지만 의식의 분열이 현대인의 스테이타스 퀴(현상)라면 성실한 예술가로서 할 일은 그 분열 상태를 성실하게 표현하는 일일 것이며 자기 내부의 인간을 예술가의 입장에서 관찰하고 분석한다는 것은 인간 예지가 여태까지 도달한 최고봉이라 해야 할 것이라고, 이 소설의 출현을 반겼다.[1]

그러나 이 소설에 대한 비판의 소리 또한 상당히 높은 것이었다. 대표적인 사람이 김문집으로 그는 <날개>는 넋 빠진 작가가 저 자신의 넋을 찾아 자의식의 피안지대를 방황한 글이라고 말하고 이 정도의 작품은 7-8년 전 신심리주의의 문학이 극성한 동경문단의 신인작단에 있어서는 여름의 맥고모자와 같이 흔했던 것이라고 했다. 그는 <날개>에 대한 최재서의 상찬을 겨냥하여 이 작품은 '비 리얼리즘성'의 소설이며 리얼리즘을 심화했다는 것은 있을 수 없는 말이라고 반박했다.[2] 그 밖에 송욱의 이 소설에 대한 평도 상당히 가혹한 것으로 그는 <날개>가 '사춘기의 습작'에 불과한 것이라고 말하고 있다.[3] 그러나 <날개>는 발표 후 세월이 상당히 흐른 지금까지 여전히 널리 읽히고 있고 많은 사람들이 이 소설의 해석에 매달려 계속해서 연구 성과가 쌓여가고 있다.[4]

한 편의 소설이 발표된 지 70년이 넘는 세월이 흐르고도 여전히 많은 독자들에게 읽히고 있고 또 관계 학자들의 연구 대상이 되고 있다면 현대소설의 역사가 그리 길다 할 수 없는 한국의 경우 그 소설을 한 편의 현대의 고전으로 편입한다 해도 조금도 잘못된 일이 아닐 것이다. 필자는 그런 점에서 우리는 이제 이 소설을 '화제작' '문제작'으로서 호기심으로 뒤적거리고 있을 것이 아니라 심도 있는 본격적인 작품론이 나와야 할 때라고 생각한다. 한 편의 예술작품으로서 가치 고정이 된 소설이 난해하다고 한다면 그것은 소설 자체의 잘못이 아니다. 책임은 그 작품을 제대로 해석하지 못하는 독자에게 있는 것이다. 미리 말하거니와 필자는 이 소설이 난해한 작품이라고 생각하지 않는다. 난해하다고 생각하

---

1) 최재서, "≪천변풍경≫과 ≪날개≫에 관하여", 「최재서평론집」(홍문각,1978), pp.312~315.

2) 김문집, "날개의 시학적 재 비판", 「이상」(문학과 지성사,1979), pp.113~115.

3) 송욱, 「시학평전」(일조각,1974), p.101.

4) 『문학세계』에서 1993년에 간행한 책, 「이상」의 권말 자료목록은 1981년 이후의 이상과 관계된 저서 및 논문 등 관계 자료를 56개나 들고 있는데 이 중 상당수는 <날개>에 관한 것이다.

는 것은 이 소설의 약간 낯선 면을 보고 지레 위축되어 가지게 되는 선입견 때문이 아닌가 한다. 필자는 이 소설을 보다 정확하게 알기 위해 그 머리말에 주목하여 재해석을 시도하고자 한다.

II. 머리말 - 미로로 만든 이정표

이 소설이 발표되자 곧 당시로서는 한국에서 가장 앞선 문예이론가의 한 사람인 최재서가 '알 수 없는 소설'이라 한[5] 이후 <날개>는 줄곧 난해한 소설로 받아들여져 왔다. <날개>를 난해한 소설로 보는 사람들 중에는 미리 이 소설을 어려운 작품으로 보고 들어가는 데서 스스로 함정에 빠진 경우도 없지 않았다. 이 소설을 몇몇 서구의 난해한 소설들과 동종의 것으로 보는 경우가 바로 그렇다.

그러한 선입견·오해·편견의 해소를 위해 여기서 이 소설의 특성과 관계된 것 한 가지를 분명하게 해 두어야 할 것 같다. 곧 이 소설은 인간의 내적 현실을 펼쳐 보여주고 있다는 점에서 '심리소설'이라 할 것이요,[6] 자기의 의식을 서술하고 있다는 점에서 '자의식소설'이라 할 수 있지만 '의식의 흐름 소설'은 아니라는 사실이 그것이다. 한 논문은 이 소설이 제임스 조이스의 <율리시즈>, 마르셀 프루스트의 <잃어버린 시간을 찾아서>, 윌리엄 포크너의 <음향과 분노>와 같은 소설처럼 사건의 연대기적 순서가 언제나 애매한 소설이라고 했다. 이 글은 <날개>와 같은 소설의 시간파가 강조하는 것은 의식과 내용의 동시성이며, 또한 개인과 종족과 인류 전체, 과거와 현재성, 또는 여러 가지 시점들의 뒤섞임과 내면적 체험의 변화무쌍한 유동성, 영혼을 싣고 흐르는 시간의 무

---

5) 최재서, "≪천변풍경≫과 ≪날개≫에 관하여", 「최재서평론집」(홍문각, 1978), p. 319.
6) Leon Edel, 「현대심리소설 연구(이종호 역)」(형설출판사, 1990), p. 10.

변성이라고 말하고 있다.7) 이는 곧 <날개>를 '의식의 흐름 소설'로 보고 있음을 말해준다. 이것은 납득하기 어려운 말이다. '의식의 흐름 소설'은 일차적으로 등장인물의 심리적, 정신적 실재를 드러내기 위해서 언표(言表) 이전 수준의 의식 상태를 탐험하는 일을 근본적으로 강조하는 유형의 소설이다. 그 서술은 어떤 전달의 기본 요건을 갖추고 있지 않다. 어떤 검열을 받지도 않고 합리적으로 통제되지도 않으며 논리적으로 질서화 되지도 않는다. 의식 자체의 특성이 엄격한 시계식의 진행이 아닌 움직임을 가진다. 따라서 의식이 요구하는 것도 앞뒤로 왔다 갔다 하고 과거와 현재와 상상의 미래를 뒤섞는 자유로운 것이다. 이는 몽타주라 할 수 있는데 소설에서 이 몽타주를 재현하는 데는 두 가지 방법이 있는 것으로 알려져 있다. 하나는 대상이 공간 속에 고정된 상태로 머물러 있고 의식이 시간 속에서 움직일 수 있는 그런 방법이다. 그 결과 과거 시간 몽타주, 곧 어떤 시간에 있어서의 이미지나 생각들을 다른 어떤 시간의 그것들 위에 겹치게 하는 이중 인화가 된다.

또 하나의 가능성은 시간이 고정되고 공간적 요소가 변화하는 것으로 그 결과 이루어지는 공간 몽타주이다.8) 이렇게 되면 독자는 시간과 공간의 착종 속에 혼란에 빠지기 쉽고 그로 인해 소설은 자연 난해해질 수밖에 없다. 이상의 또 다른 소설 <지주회시>에서 우리는 위와 같은 '의식의 흐름' 기법을 대하게 된다. 우리가 다 알다시피 <지주회시>는 이상의 소설 중에서 가장 난해한 작품의 하나이고 그 이유는 이 작품에 그러한 기법이 구사되고 있기 때문이다. 그러나 <날개>의 경우는 사정이 전혀 다르다. 김용직은 <날개>는 한자를 섞어 쓴 허두부분을 빼고 보면 플롯 전개가 일관성을 가지고 있다고 말했다. 그는 이 소설이 시작에서 결말에 이르기까지 주인공의 이야기를 한 줄거리로 엮고 있으며 전후의

---

7) 정덕준, "동시성의 체험과 자유의지", 「한국 현대작가 연구」(삼지원,1985), pp.302-3.

8) 로버트 험프리, 「현대소설과 의식의 흐름 (천승걸 역)」(삼성미술문화재단, 1984), pp.14-94.

전개가 크게 뒤바뀌고 모순을 일으키고 있지 않다는 점에서 관습적 형태(conventional form)의 소설이라고 말하고 있다.[9] <날개>의 사건은 거의 완전한 시간 순행적 서술에 의해 진행되고 있다. 여기에는 시간의 흐트러짐이나 이미지나 생각의 몽타주 같은 것은 없다.

<날개>는 명백하게 '의식의 흐름 소설'이 아닌데도 이 작품은 우리가 익숙해 온 여느 소설과는 그 서술이 상당히 달라 보인다. <날개>는 내부독백 소설로 내부독백 소설은 그 특유의 성격을 가지고 있기 때문이다. 내부독백 소설(이를 내적독백 소설이라고 부르는 사람도 있다.)을 '의식의 흐름 소설'과 같은 것으로 본 사람도 있는데 이는 잘못 알고 있는 것이다.[10] 내부독백(monologue interieur)이란 심리작용의 과정이 신중히 고려된 말이 되기 위하여 체계화되기 전에 여러 단계의 의식적 통제를 받고 있는 상태 그대로 등장인물의 심리적 내용과 심리 작용의 과정을 제시하기 위하여 소설에서 사용하는 기교다. 다시 말하면 신중히 고려된 말이 되기 위하여 체계화되기 전인 미성숙 단계의 의식을 제시하는 것이 내부독백으로 이점에서 신중히 고려된 성숙단계의 의식 제시라 할 극적독백 또는 무대독백과는 다르다. 로버트 험프리는 사람이나 사건에 대한 소개가 전혀 없어 조리에 닿지 않고 한 생각이 다른 어떤 생각에 자주 방해를 받아 중단되는 이른바 유동성을 띤 경우를 내부독백 중에서도 직접내부독백이라고 하고 있는데 <날개>가 바로 여기에 속하는 것이다.[11] 다음과 같은 구절은 그중 유동성을 띤 독백의 예가 될 것이다.

> 나서서 나는 또 문득 생각하야 보았다. 이발ㅅ길이 지금 어디로 향하야 가는 것인가를…

---

9) 김용직, 앞의 책, p.30.

10) 이강언, 「한국 현대소설의 전개」(형설출판사, 1992), p.29.

11) 로버트 험프리, 앞의 책, p.56.

그때 내 눈 앞에는 안해의 모가지가 벼락처럼 나려 떨어졌다. 아스피 린과 아달린.

우리들은 서로 오해하고 있느니라.

<날개>는 미성숙 단계의, 신중하게 고려되지 않은 말의 서술이요, 사 람이나 사건에 대한 예비 소개가 없고 생각들이 자주 중단되고 있기는 하지만 '의식의 흐름 소설'과는 달라서 사건의 추이를 종잡기 어려운 혼 란을 보여주지 않는다.

그렇다면 <날개>가 어려운 소설로 보이는 이유는 어디에 있는 것인 가가 의문으로 떠오른다. 필자는 <날개> 허두부분의 플롯 전개가 일관 성을 가지고 있지 않다고 한 김용직의 말[12]에서 이 의문에 대한 해답의 실마리를 찾을 수 있다고 생각한다.

지금까지 <날개>를 분석한 대부분의 논문들은 이 '허두부분'에 별로 관심을 기울이지 않았다. 논문들은 대체로 이를 그냥 그런, 별 중요하지 않은 이야기쯤으로 치부해버리고 서둘러 소설의 본격적인 내용 곧 아내 와 '나'의 관계 이야기에 접근해 갔다.

그러나 이 부분은 일관성을 잃고 있지도 않으며 결코 가볍게 보아 넘 길 성질의 글이 아니라는 것이 필자의 견해다. 왜냐하면 여기에는 그의 문학사상의 일단이 피력되어 있고 이는 이 작품 해석에의 길잡이의 성 격을 띠고 있기 때문이다.

'「剝製가 되어버린 天才」를 아시오?'로 시작해서 '굳빠이'로 끝나고 있는 이 글은 머리말(preface)이라 불리는 것이다.[13] 머리말은 작가의 발 언인 경우도 있고 작가 아닌 작중 인물이나 화자 또는 가상적 편집자의

---

12) 김용직, 앞의 책, p.30.

13) 이 머리말은 작가의 말일 경우는 위와 같이 preface라 하고 작가 외의 다른 사람의 말일 경우는 foreword라 해 구별하여 쓴다. 김천혜, 「소설구조의 이론」(문학과 지성사,1990), pp.31-2.

그것인 경우도 있다. <날개>의 경우는 전자 곧 작가의 발언이다. 머리말은 어떤 목적에서 씌어지는 글로 첫째, 소설의 집필동기를 밝히고자 하여 쓰는 수가 있다. 다음으로 소설 이전에 일어났던 일을 알려주려는 목적을 가진 경우가 있다. 셋째로 독자에게 그 소설에 대한 어떤 예비지식을 주려는 목적의 머리말이 있고 마지막으로, 경우에 따라 소설을 좀 더 인상 깊게 하려는 의도에서 이런 형식을 취하는 수도 있다. <날개>의 머리말은 좀 특이한 목적을 가진 것이다. 일견 이는 이 소설에 대한 예비지식을 주려는 목적으로 쓴 것처럼 보인다. 물론 그러한 목적도 있지만 그보다는 독자에게 이 소설에 대한 인상을 더욱 깊게 하려는, 호기심 유발이 작가의 숨겨진 더 큰 본래의 목적이라고 하는 것이 옳을 것 같다. 머리말은 그 소설의 내용, 사건의 일부로 스토리와 직접 관련이 있는 것과 그렇지 않은, 독립적인 것이 있는데 <날개>의 경우는 후자 곧 독립적인 것이다. 그리고 편지투로 된 이 머리말의 수취인 격인 독자는 바로 이 소설의 독자다.

<날개>의 머리말은 심한 생략, 비약, 비유, 역설 등의 표현으로 의미파악이 상당히 어렵게 되어 있다. 이것은 작가의 계산된 의도에 의한 것이다. 의도란 바로 독자의 호기심을 끌려는 것이다. 독자는 이 머리말에서 어떤 충격을 받게 되거나 혼란을 느끼지 않을 수 없다. 이 낯설음, 괴상함, 난해함은 단번에 당시의 문단, 독자들 사이에 화제를 불러 일으켰고 그것으로 그의 의도는 충분히 성공을 거두었다.

그러나 그의 그와 같은 고의적인 암호화는 정도를 넘어버려 이것이 이 소설에 대한 예비지식을 주려는, 가이드란 것조차 알기가 어렵게 하고 말았다. 문제는 거기서 끝나지 않았다. 이 머리말의 난해성은 독자들로 하여금 소설 내용 자체마저 지레 어려운 것으로 생각하게 해버렸다.

그러면 여기서 이 머리말이 어떤 메시지를 담고 있는지 그 전문을 분석해 보기로 하겠다.

이 머리말은 행을 바꾼 외관으로 보면 6단락으로 된 것처럼 보인다. 그러나 자세히 읽어보면 각 단락의 말미 또는 첫머리에 되풀이 등장하고 있는 '굳빠이'라는 말에 의해 3단락으로 분절되어 있다는 것을 알 수 있다.

먼저 그리 길지 않은 이 글 속에 무엇 때문에 '굳빠이'란 말이 4번이나 등장하는가부터가 수수께끼처럼 생각된다. 어떤 사람은 이를 작가가 어떤 죽음의 상태에 빠져 있다는 것을 인식하고 이 세상의 삶을 향해 무수히 남발하는 작별인사라고 새기고 있는데[14] 필자가 볼 때 이는 지나친 확대 해석인 것 같다. 이 말은 그와 같이 어렵게 생각할 것 없이 있는 그대로의 가벼운 인사말로, 축자적으로 받아들이면 될 것 같다. 작가는 이 머리말에서 2인칭의 가상 독자를 향해 그가 쓴 소설 <날개>에 대한 소개를 하고 있는데 '굳빠이'란 말은 이제 소개는 여기서 그치고 작가는 물러가겠다는 인사말인 것이다. 그렇다면 한 번만 하면 될 것이지 인사를 4번이나 하는 것은 무슨 까닭이냐 하는 의문이 있을 수 있는데 이는 작가 이상의 재치 있는 말솜씨의 하나로 보면 되지 않을까 한다. 곧 2번째부터의 '굳빠이'에 이어지는 단락은 편지에서의 p.s(postscript), 추가하여 말한다는 의미의 추신·추백에 해당하는 것이다. 다시 말하면 이쯤에서 소개를 끝내려 했는데 가만히 생각하니 그것만으로는 미진한 것 같아 몇 마디 더 한다는 것을 의미한다. 별스럽게 구느라고 작가는 그 추신을 두 번이나 쓰고 있으니 글이 정상을 일탈한 것처럼 보이는 것이다.

여기서 '굳빠이'란 말과 관련된 또 하나의 의문을 해결해야 할 것 같다. 한 단락의 말미의 '굳빠이'와 그에 이어지는 글은 그렇다고 하더라도 단락의 첫머리에 등장하고 있는 경우는 어떻게 받아들여야 할 것인가 하는 문제가 그것이다. 문두의 '굳빠이'는 그 앞, 문미의 '굳빠이'에 잇달아 나오고 있다는 데에 유의하면 이 의문도 쉬 풀린다. '이제 작가는 물

---

14) 이승희, 「이상」(문학세계사, 1993), p.76.

러갑니다'의 뜻이 문미의 '꾿빠이'의 의미이고 '자, 그럼…'의 뜻이 문두의 '꾿빠이'의 의미이다. 작별인사를 하고 손까지 흔들다가 갑자기, 잊어버리고 못다 한 말이 생각나 덧붙인다는 식이 바로 이 문두의 '꾿빠이'에 이어지는 머리말의 내용인 것이다.

이제 각 단락을 좀 더 자세히 분석해 보기로 하겠다.

「剝製가 되어버린 天才」를 아시오?
나는 愉快하오. 이런 때 戀愛까지가 愉快하오.

　肉身이 흐느적흐느적하도록 疲勞했을 때만 精神이 銀貨처럼 맑소. 니코틴이 내 蛔ㅅ배 속으로 슴이면 머리속에 의례히 白紙가 準備되는 법이오. 그위에다 나는 윗트와 파라독스를 바둑 布石처럼 느러놓소. 可憎할 常識의 病이오.
　나는 또 女人과 生活을 設計하오. 戀愛技法에마저 서먹서먹해진, 知性의 極致를 흘낏 좀 드려다 본 일이 있는 말하자면 一種의 精神奔逸者 말이오. 이런 女人의 半 -그것은 온갖 것의 半이요- 만을 領受하는 生活을 설계한다는 말이오. 그런 生活 속에 한 발만 드려 놓고 恰似 두개의 太陽처럼 마조 쳐다보면서 낄낄거리는 것이오. 나는 아마 어지간히 人生의 諸行이 싱거워서 견딜 수가 없게 쯤 되고 그만둔 모양이오. 꾿빠이.

이 첫 단락은 소설 <날개>가 자전적인 성격을 띤 것이라 함을 말해 주고 있다. '剝製가 되어버린 天才'는 작가 자신이다. 한때는 신학문을 공부하고 여러 가지 재능을 갖고 있는 엘리트이던 그가 시대상황, 신병, 가난 등 악조건이 겹쳐 낙백한 모습이 되고 만 것을 그는 '剝製가 된 天才'라고 표현하고 있는 것이다.

다음, 머릿속에 준비된 백지에 위트와 패러독스를 바둑 포석처럼 늘어놓는다는 것은 현실 세상살이에 무능, 무력한 자신이 할 일이란 글쓰

기쁨이라는 것을 뜻하고 있다. 거기에 이어지는 '女人과 生活을 設計'한다는 구절은 그가 쓴 소설이 한 여성을 등장시키는 구상(설계)으로 되어 있다는 의미다. 또 정신이 나간 사람(정신분일자)으로 지성의 극치를 흘 깃 좀 들여다보았다는 것은 <날개>가 자의식을 분석, 서술한 소설이라 함을 말하고 있다. 다음, '女人의 半만 領受'한다는 말은 여자 등장인물 은 윤락녀이고 남자주인공은 그 아내의 절반을 다른 사내들에게 내맡겨 버린 기생인생(寄生人生)이라는 뜻이다.

이 단락에서 이 소설에 대한 가장 중요한 시사를 하고 있는 것은 '그런 生活 속에 한 발만 드려 놓고 恰似 두 개의 太陽처럼'이라 한 구절이다. 그것은 이 소설이 정상이 아닌 세계를 펼쳐 보여주는 것이라 함을 미리 귀띔해 주는 것이다. 현실에서 있을 수 없는, '두 개의 太陽'은 자아분열 을 표상한다. 작가는 여기서 이 소설이 자조적인 데가 있는 (낄낄거리는) 자아분열의 이야기라 함을 말해 주고 있다.

꾿빠이. 그대는 있다금 그대가 제일 실여하는 飮食을 貪食하는 아일 로니를 實踐해 보는 것도 좋을 것 같소. 위트와 파라독스와….

그대 자신을 僞造하는 것도 할 만한 일이오. 그대의 작품은 한 번도 본 일이 없는 旣成品에 의하야 차라리 輕便하고 高邁하리라.

十九世紀는 될수 있거든 封鎖하야버리오. 도스토예프스키 精神이란 자칫하면 浪費인것 같소. 유-고를 佛蘭西의 빵 한 조각이라고는 누가 그랫는지 至言인 듯 싶소. 그러나 人生 或은 그 模型에 있어서 띠테일 때문에 속는다거나 해서는 되겠오? 禍를 보지 마시오. 부디 그대께 告하 는 것이니….

(테잎이 끊어지면 피가 나오. 傷채기도 머지안아 完治될 줄 믿소. 꾿 빠이.)

위, 두 번째 단락에서의 '실여하는 飮食'은 <날개>가 안이한 재미만 제공하는, 평면적인 소설이 아니라는 것을 의미한다. 그러니까 작가는 독자를 향해 기지(위트)와 역설(패러독스)의 소설 <날개>가 여태까지 익숙해 있던 소설이 아니라 읽기가 좀 괴롭겠지만 읽어보면 거꾸로(아이러니) 거기서 쉽게 이해되던 소설에서 얻지 못하던 재미를 찾을 수 있을 것이라고 하고 있는 것이다.

다음, '그대의 작품은 한 번도 본 일이 없는 旣成品에 의하여 차라리 輕便하고 高邁하리다'라 한 구절이 문제인데 이는 작가가 이제 한국 소설가도, 대부분의 사람들이 아직 읽어보지 못했을 테지만 구미와 일본에서는 오래 전부터 있어온 (기성품) 내부독백 소설, <날개> 같은 작품을 써 보는 것도 좋을 것 같다고 말하고 있는 것이다. 이상이 시 <오감도>를 발표했을 때 항의와 비난이 쏟아지자 '왜 미쳤다고들 그러는지 대체 우리는 남보다 수 십 년씩 떨어져도 마음 놓고 지낼 작정이냐'고 했다는 말을 상기하면 이를 쉽게 납득할 수 있을 것이다.

그에 이어지고 있는 '十九世紀의 封鎖'에 대해서는 '十九世紀'를 이성·과학정신·인간 발전의 가능성에 대한 신념과 같은 서구적인 개념이 아니라 '한국적 기존질서'로 새겨, 이를 봉쇄해야 한다고 한 것은 작가 자신이 그러한 질서에 입각한 엄숙한 도덕성을 버려야 한다고 한 말로 본 해석이 있다.[15]

이 견해는 아마 이상이 1937년 4월 『삼사문학』에 실은 <十九世紀式>이란 잡문을 지나치게 의식한 데서 온, 이 글에 부적한 것이 아닌가 한다. <十九世紀式>에서는 여성의 정조에 대한 언급 등에서 분명히 위의 평문이 말한 것과 같은 내용을 발견할 수 있다. 그러나 <날개> 머리말에서의 '十九世紀'는 그와는 거리가 먼, 이 글 속에서 만의 독립적인 의미를 가진 것이다. 작가는 이 글에서 문학, 특히 소설에 관해서 이야기하고

---

15) 정명환, "부정과 생성", 「이상」(문학과 지성사, 1979), pp.71-72.

있는 것이다. 곧 그는 19세기식의 기존의 소설은 이제 그만 읽는 것이 좋지 않겠느냐고 말하고 있는 것이다. 그에 이어진 문장들에 도스토옙스키와 유-고가 등장하는 것을 보면 이를 알 수 있다. 그는 독자를 끈적끈적한 영혼의 심연으로 끌어들여 놓아주지 않는, 대체로 두꺼운 볼륨의 도스토옙스키의 소설은 독자에게 너무 많은 시간과 정력을 강요하는 것이 아니겠느냐 하는 뜻을 '浪費인것 같ㅅ오'라고 하고 있는 것이다. 그는 이어 빅톨 유-고의 소설 같은 것은 대중취향의 재미밖에 주는 것이 없는 것(빵 한 조각)이므로 읽을 것이 못된다고 말하고 있다.

그 다음, '人生 혹은 그 模型'이란, '인생의 그림 또는 인생의 축도'로서의 소설을 의미하고 '띠테일'에 속아서는 안 된다는 말은 소설의 사소한 면 때문에 혼란을 일으켜서는 안 된다고 하고 있는 말로 새기면 될 것 같다. 이 단락의 말미, 괄호 속의 '테잎이 끊어지면 피가 나오. 傷채기도 머지안아 完治될줄 믿ㅅ오.'라 한 구절 중 '테잎'의 끊어짐은 기존소설 양식이란 전통과의 단절을 의미한다. 따라서 피가 난다는 말은 거기서 혼란을 겪게 될 것이라는 뜻이 되고 상처도 머지않아 완치가 될 것이라는 구절은, 그러나 곧 이러한 (내부독백 소설류) 소설에도 익숙하게 될 것이라는 말이 된다.

마지막 세 번째 단락은 우리의 주의를 요하는 후반부만 인용하기로 하겠다.

> 나는 내 非凡한 發育을 回顧하야 世上을 보는 眼目을 規定하얐오.
> 女王蜂과 未亡人 – 世上의 허고 많은 女人이 本質的으로 임이 未亡人 아닌 이가 있으리까? 아니! 女人의 全部가 그 日常에 있어서 개개 「未亡人」이라는 내 論理가 뜻밖에도 女性에 대한 冒瀆이 되오? 꾿바이.

이 단락에서 우리는 은밀히 숨겨둔 이상의 당시 한국 현실에 대한 인식을 읽을 수 있다. '世上을 보는 眼目'이란 바로 그가 본 당시 한국의 현실을 뜻한다. 작가는 여기서 당시 한국의 현실, 일본의 한국에 대한 식민통치는 제 남편을 짓밟아 죽이는 악처와 같은 모순에 찬, 거꾸로 뒤집힌 세계라고 말하고 있다. 그것이 뜻밖에도 여성에 대한 모독이 되느냐는 반문은 자기가 말한 여성이란 글자 그대로의 여성이 아니란 것을 넌지시 말해주고 있다고 보아야 할 것이기 때문이다.

본 소설까지 난해한 것으로 생각하게 해온 머리말을 이렇게 분명하게 해석해 놓고 보면 소설 <날개>는 절대로 난해한 소설이 아니고 이상한 소설은 더욱 아니다.

III. 비상(飛翔) - 본래의 자아 회복의 길

위와 같은, 머리말이 해 준 안내를 염두에 두고 이 소설을 다시 읽으면 거기서 작가의 가지런히 정리된 일장의 이야기를 들을 수가 있다. 이제 그 이야기와 그것이 가진 의미를 추적해 보기로 하겠다.

<날개>의 구성은 여느 소설과 다른 면모를 보여준다. 그런데 그 구성 속에서 우리는 외출의 되풀이란, 이른바 소설론에서 말하는 패턴(pattern)을 발견할 수 있다.[16] 패턴이란 플롯 속의 우발적인 사건, 작은 사건들의 되풀이와 같은, 의미 있는 반복이다.[17] <날개>의 주인공 '나'는 33번지에 있는 그의 방에서 다섯 차례에 걸쳐 외출을 하고 있는데 이것이 소설의 주제와 긴밀한 연관을 갖고 있는 논리적 패턴(logical pattern)이요, 소설 내부의 동기와 성격 발전에 관계를 맺고 있는 심리적 패턴(pycholoical pattern)인 것이다.[18] 이 소설에서 '나'의 외출이 되풀이됨에

---

16) 김중하, "날개", 「한국 현대소설 작품론」(도서출판 문장, 1981), pp.236-45.

17) C.Brooks R.P. Warren, Understanding Fiction, Appleton Century Crofts, Inc.(1959), p.655, p.686.

따라 '나'와 '나'의 주변에 여러 가지 변화가 일어난다. 그것은 일견 사소한 것처럼 보이지만 사실은 깊은 의미를 띤 것이다.

'나'의 외출은 그가 광명을 지향하고 있다는 것을 보여준다. 이 소설의 주된 장소적 배경 33번지는 함석지붕 밑, 볕 안 드는 지역으로 항상 어두운 곳이다. 주인공이 그 집의 '윗방'을 나가는 것은 바로 광명을 찾는 것이 된다. 밖은 '나'의 거처보다 밝지만 '나'는 거기서도 '될 수 있는 대로 밝은 거리를 골라서' 다닌다. 그리하여 '나'는 마지막 5번째 외출에서는 드디어 밝은 '5월 햇살' 아래에 나서고 있는 것이다.

'나'는 또 차츰 낮은 곳에서 높은 곳으로 올라가고 있다. 4번째 외출 때 이불 밑을 빠져 나온 '나'는 거리를 지나 산으로 올라가고 있고 마지막 5번째 외출 때는 고층건물 미스꼬시 옥상으로 올라간다. 그러는 동안 '나'는 누워있는 '나'에서 걷는 '나'로 다시 거기서 위로 오르는 '나', 비상하려 하는 '나'로 변모하고 있다. 이것은 정상을 회복하려 하고 있는 주인공의 의지의 상징적 표현으로 보아야 될 것 같다.

또 한 가지 외출이 되풀이되면서 '나'는 아내의 정체를 알게 된다. '내'가 외출을 시작하고 그것이 거듭됨에 따라 차츰 '나'에게 아내의 본색이 드러난다. 첫 번째 외출에서 돌아온 '나'는 아내가 아내의 방에서 낯선 남자와 있는 것을 보게 되고 두 번째 외출에서 돌아 왔을 때는 일각대문에서 아내와 아내의 남자가 이야기하고 섰는 것을 본다. 세 번째 외출에서 돌아와서는 '내'가 그것을 보면 아내가 좀 덜 좋아할 장면을 보게 되고 네 번째 외출에서 귀가해서는 '내' 눈으로 절대로 보아서는 안될 것을 보고 말아 드디어 아내가 윤락녀라는 것을 알게 된다.

또 외출이 거듭됨에 따라 여러 가지가 잃고 있던 본래의 기능을 회복하고 있음을 알 수 있다. 돋보기는 사물을 자세히 보기 위한 물건인데 처

---

18) 패턴에는 누적효과만을 노리는 장식적 패턴(decorative pattern)도 있는데 <날개>의 경우는 그것과 거리가 멀다.

음 '나'는 그것을 그러한 용도에 쓰지 않고 휴지에 불을 붙이는 노리개로 사용한다.

또 돈은 거래, 구매, 유통의 수단인데 '나'는 그것을 사용할 기능을 상실해 아내가 주는 은화를, 그것을 만지는 촉감을 즐길 뿐이라 이 역시 한갓 완구에 불과한 것이다. 거울도 마찬가지 경우다. '나'는 스스로 거울이란 제 얼굴을 비칠 때만 쓸 물건이라고 하면서도 그것을 장난감으로 사용하고 있다. 그러한 내가 외출이 되풀이되면서 돈과 거울을 제 용도에 쓰기 시작하고 있음을 볼 수 있다. 이것은 '나' 주변의 세계가 차츰 정상을 되찾고 있다는 것을 보여 주는 것이다.

또 외출은 '나'로 하여금 닫힌 공간에서 개방된 공간으로 나와 활보하는 삶 쪽으로 가게하고 있다. 그 전에,

> 그냥 그날그날을 그저 까닭 없이 펀둥펀둥 게을르고만 있으면 만사
> 는 그만이었던 것이다.
> 내 몸과 마음에 옷처럼 잘 맞는 방 속에서 뒹굴면서 축 처져 있는 것
> 은 행복이니 불행이니 하는 그런 세속적인 계산을 떠난 가장 편리하고
> 안일한 말하자면 절대적인 상태인 것이다. 나는 이런 상태가 좋았다.

고 하던 '내'가 처음으로 밖으로 나와 보고는,

> 오래간만에 보는 거리는 거의 경이에 가까울 만치 내 신경을 흥분시
> 키지 않고는 마지않았다.

고 하고 있는 것이다.

마지막으로 외출의 되풀이는 분열되어 있는 자아가 통일이 되어가게 하고 있다.

'나'는 네 번째 외출했을 때 여섯 개의 아달린을 먹고 일주야 동안 잠

에 빠져드는데 이곳은 주목할 만한 대목임이 분명하다. 김중하는 이를 죽음 체험의 잠이라고 하고 있는데 이때의 죽음은 비정상의, 치매상태의 자기를 죽이는 것을 의미한다. 따라서 이 잠에서의 깨어남은 본래의 정상적인 자아로 다시 태어남을 의미한다. 그것은 신화에서 흔히 영웅들이 깊이 잠들었다가 새로운 생생력을 얻고 깨어나고 있는 경우와 흡사한 잠이다.

이와 같이 의식이 깨어난, 새로운 생명을 얻은 '나'는 인간 모독의 '우리(牢)'를 탈출하지만 아직도 자아가 완전히 통일되지 않고 있다. 그러한 '나'를 결정적으로 미망에서 깨어나 자아의 통일을 이룩하게 하는 것이 사이렌 소리다.

> 이때 뚜— 하고 정오의 사이렌이 울었다. 사람들은 모두 네 활개를 펴고 닭처럼 푸드덕거리는 것 같고 온갖 유리와 강철과 대리석과 지폐와 잉크가 부글부글 끓고 수선을 떨고 하는 것 같은 찰나, 그야말로 현란을 극한 정오다.
>
> 나는 불현듯이 겨드랑이 가렵다. 아하 그것은 내 인공의 날개가 돋았던 자국이다. 오늘은 없는 이 날개, 머릿속에서는 희망과 야심의 말소된 페—지가 딕슈내리 넘어가듯 번뜩였다.
>
> 나는 걷던 걸음을 멈추고 그리고 어디 한번 이렇게 외쳐보고 싶었다.
>
> 날개야 다시 돋아라.
>
> 날자. 날자. 날자. 한번만 더 날자ㅅ구나.
>
> 한번만 더 날아보자ㅅ구나.

정오는 시계의 분침과 시침이 겹쳐 하나가 되는 시간이다. 이는 '나'의 분열되었던 자아가 통일을 이루게 됨을 상징하는 것이다. 이 순간은 레온 에델이 말한, '갑작스러이 나타나는 영적 계시' '영혼의 황홀경'과 같은 것이다. 그는 이러한 계시, 황홀경을 현현(顯現)이라고 부르고 이는 사물을 바로 인식하는 순간에 가끔 일어나는 수가 있다고 말하고 있다.[19] 그러니까 사이렌이 울리는 순간 그는 비로소 미망에서 완전히 깨어나 본래의 통일된 자아를 회복하게 되고 전도된 세계는 바로잡혀 정상을 되찾고 있다 할 것이다.

여기에서의 비상은 고급한 신학문(인공의 날개)을 익힌 지식인이 거짓되고 거꾸로 된 현실사회에 부대끼기 전의 '나'로 되돌아감을 의미한다. 이재선이 <날개>는 곧 잃어버린 시간(illus tempus)의 재생을 통한 정신과 육체의 재생을 기초로 하는 작품이라 한[20] 것도 이와 별 차이가 없는 말이라 할 것이다.

IV. 벗겨져야 할 몇 가지 누명

지금까지 연구자는 상당히 장황하게 소설 <날개>에 대한 나름의 견해를 피력해 왔는데 그 노력의 상당 부분은 이 소설에 대한 새로운 해석에 바쳐졌고 거기서 이 글을 읽게 될 독자들의 동의를 얻고자 한 것은 이 소설이 난해한 작품이 아니라는 것이었다. 필자는 이 글에서 이 소설을 알 수 없는 소리들을 늘어놓은 것이라고 해 온 것은 한갓 누명이라 함을 어느 정도 설득력 있게 논증했다고 생각한다.

그러나 이 소설이 벗어야 할 억울한 불명예가 몇 가지 더 있다. 그 중 하나가 이 소설이 도착적 성의 세계를 다룬 섹스문학이라고 한 것이다. 대표적인 사람이 김우종으로 그는 이상은 한국 문학사상 가장 위대한 엔티모럴리스트이며 <날개>는 낙서와 같은 소설로 그의 섹스문학의 대표적인 작품이라고 하고 있다. 그는 이 소설에서 아내가 외간 사내와 뒹굴어

---

19) Leon Edel, 「현대 심리소설 연구(이종호 역)」(형설출판사, 1990), pp.152-153.
20) 이재선, 앞의 책, pp.419-20.

도 분노하지 않고 끼니를 주지 않아도 말없이 굶고 있는 '나'는 마조히스트의 성격을 보여 주며 '나'는 한편으로 아내에게 돈을 주고 동침을 함으로서 배우자를 매춘부 취급을 하고 있는데 이는 사디스트의 면모를 드러내고 있는 것이라고 하고 있다.[21] 이상의 사생활에는 엔티모럴리스트라 부를만한 무절제한 이성관계가 있은 것이 사실이다. 또 <봉별기>나 <지주회시> 같은 소설에는 분명히 병적인 가학 또는 피학대음란증 같은 것이 보인다. 또 이들 소설은 작가가 그러한 면을 보여주려고 쓴 작품처럼 보이기도 한다. 그러나 <날개>를 그의 대표적인 섹스소설 이상의 다른 의미가 없는 것처럼 본 데에는 이의를 말하지 않을 수 없다.

<날개>가 비정상적인 남녀관계를 소재로 한 성의 문학 범주에 들어간다는 것은 부정할 수 없다. 김윤식은 '33번지'의 33이란 숫자부터가 괴상한 섹스의 냄새를 풍긴다고 말하고 있다.[22] 사실은 33이란 숫자 뿐 아니라 '18가구'의 18이란 숫자도 그런 냄새를 풍기고 있다. 33은 글자의 모양이 비정상, 도착적 성희를 연상하게 하고 18은 그 독음이 외설스런 욕설 같이 들리게 한다. 실제로 이 소설의 주된 장소적 배경이 사창가 창녀의 방이고 제2의 주요등장인물의 신분이 창녀니까 섹스 냄새가 나는 것은 당연한 일일 수밖에 없다.

그러나 앞에서 우리가 보았듯 <날개>는 인육시장이란 음습한 세계에서 비정상적인 어두운 삶을 살고 있던 한 인간이 밝은 세계, 정상의 세계로 탈출해 나오는 과정을 그린 소설이다. 그러므로 도착적 성의 세계를 보여 주려 한 것은 이 작품을 쓴 작가의 진정한 의도가 아니다. <날개>는 아내가 외간남자와 음란한 설비가 되어 있는 독탕에 들어가 있는데도 조금도 언짢아하지 않을 뿐 아니라 또 다른 사내를 권해 간음을 하게하고 있는 등의 이야기 <봉별기>와는 성질이 다르다. <날개>에서

---

21) 김우종, 「한국 현대소설사」(선명문화사, 1974), pp.268~271.

22) 김윤식, 「이상소설 연구」(문학과 비평사, 1988), p.89.

아내란 어휘를 지나치게 1차적, 사전적인 뜻으로만 새긴다는 것은 무리가 아닐까 한다. 이 말에는 작가가 숨겨둔 은밀한 상징적 의미가 있을 수 있는 것이다. 이어령은 바로 이를 포착하여 <날개>에서의 작가 이상의 눈에 비친 당시의 현실이란 '추악한 창부성을 드러낸 아내'라고 말하고 있다.[23] 그러니까 작가는 한 사람 창녀의 추악한 행장을 빌어 당시 현실의 비정상성, 모순성을 비판하고 있는 것이다.

위의 아내의 상징성을 염두에 두고 <날개>가 쓰고 있는 또 한 가지, 보다 큰 누명을 벗겨 보고자 한다. 그 누명은 이 소설에는 사상성이나 사회성이 없다고 한 송욱의 말에[24] 잘 나타나 있다. 그 뿐 아니라 당시 평문들은, 문인들에 대한 일제의 탄압이 심해지고 작품에 대한 검열이 강화되자 이효석이 <메밀꽃 필 무렵>등의 소설에서 보여 주는 바와 같이 자연과 성의 세계로, 박태원이 <천변풍경>에서 보여 주는 바와 같이 세태적인 삶 속으로 숨어들었듯 이상은 자기 내면으로 은거했는데 그러한 소설세계가 <날개>라고 말하고 있다.

그러나 <날개>는 암수가 충동에 따라 어울리는 욕망의 세계, 원시적 생명력의 스케치에 몰두한 이효석이나 카메라로 잡다한 인간 군상들의 살아가는 모습을 있는 그대로 찍은 것과 같은 박태원의 소설세계와는 성격이 다르다. 최재서도 <천변풍경>과 <날개>에 대해 언급한 그의 글에서 이 점을 분명하게 밝혀 말하고 있다. 곧 <천변풍경>은 그 자신 한 개의 독립한 ― 혹은 밀봉된 세계라고 하고 전체적 구성에 있어서 이 좁다란 세계를 누르고 또 끌고 나가는 커다란 사회의 힘을 느끼게 하지 못하고 있다고 말했다. 이는 곧 <천변풍경>이 사회, 현실과 단절, 유리되어 있는 흠을 가지고 있다는 것을 뜻하는 말이다. 그는 그러나 <날개>는 이와 달리 현대의 분열과 모순에 이만큼 고민한 개성도 없거니와

---

23) 이어령, 앞의 책, p.118.
24) 송욱, 앞의 책, 같은 쪽.

그 고민을 부질없이 영탄하지 않고 실재화한 작품이라고 말했다. 그는 이어 <날개>는 현실에서 배반당하고 그 현실에 대한 분노가 현실에 대한 모독으로 나타난 소설이라고 했다.[25] 최재서 뿐 아니라 비교적 비판적인 면이 강한 평론가 임화마저도 이 소설에 대해 언급한 글에서 이상을 자기분열의 향락이라든가 자기무능을 실현한 사람이라고 생각하지만 그것은 표면만 본 것이고 그도 역시 상극을 이길 어떤 길을 찾으려고 수색하고 고통한 사람이라고 말하고 있다.[26] 그러므로 이 소설을 역사부재, 사회와 단절된 소설이라고 비판하는 것은 가당하지 않다.

이 소설에서 '剝製가 된 天才', 현대의 '아기장수'는 일제시대의, 민족의식을 가진 한국 지식인이다. 그리고 아기장수를 죽이려 하고 있는 것은 표면상으로는 악처, '아내'로 되어 있지만 그것은 짓밟고 빼앗아 한국인들의 삶을 죽음과 같은 지옥으로 만들고 있는, 적반하장의 일제다. 특히 일제의 한국 지식청년들에 대한 핍박은 극악한 것이었다. 윤동주 같은 청년 시인은 '불령선인(불평불만을 품고 함부로 행동하는 조선인)'이란 죄명으로 구속해 목숨을 빼앗았고 이상 자신도 그렇게 하여 죽었다. '말마디나 하는 친구는 감옥소로 가고요 -'라고 한, 당시 유행하던 민요가 말해 주듯 똑똑하다는 한국 청년은 무슨 핑계를 대든 제대로 살아 갈 수 없게 했다. 작가, 시인만 해도 채만식·김동인·이육사·염상섭·현진건·심훈 등이 모두 경찰에 끌려가 고초를 겪거나 옥고를 치른 것만 보아도 사정의 일단을 알 수 있을 것이다.

현대의 '아기장수', '내'가 어두운 현실을 박차고 정상세계를 지향하고 있는 것을 보여 주고 있는 것은 그것만으로도 이 소설로 하여금 어떤 의미를 가지게 한다고 생각한다.

---

25) 최재서, 앞의 책, pp.318–22.
26) 임화, "세태소설론", 「문학의 논리」(학예사, 1940), p.349.

V. 결론

이상의 단편 <날개>는 오랫동안 지레 난해한 소설로 알려져 왔는데
이 소설의 머리말을 정독한 다음 읽으면 그렇게 어려운 작품이 아니다.
이 소설의 머리말은 이 소설의 해석에의 길잡이의 성격을 띠고 있는데
그 요지를 간추리면 다음과 같다.

㉠ <날개>는 이 작가의 자전적 소설이다.

㉡ 자의식을 분석, 서술한 소설이다.

㉢ 여성 등장인물은 창녀이고 내레이터는 그에 기생하는 사내다.

㉣ 기존 소설들과는 많이 달라 읽기가 좀 어렵겠지만 곧 이런 작품에
   도 익숙하게 될 것이다.

㉤ 독자는 이 소설을 통해서 작가의 한국의 현실에 대한 인식을 읽을
   수 있을 것이다.

㉥ 주인공의 아내, 악처는 일본의 한국에 대한 적반하장의 식민통치
   현실을 상징한 것이다.

　　이상을 참고하여 읽으면 이 소설이 다음과 같은 의미를 띠고 있
   다는 것을 알 수 있다. 이 소설에는 '나'의 다섯 차례에 걸친 외출이
   나오는데 거기에 다음과 같은 깊은 의미가 담겨 있다.

㉠ '나'는 광명과 높은 곳을 지향하고 있는데 이는 비본래적인 주인공
   이 본래의 자기, 정상의 자기를 회복하려 하고 있음을 뜻한다.

㉡ 외출이 되풀이됨에 따라 아내가 창녀라는 것을 알게 되는 등 '나'는
   정상의 인식력을 회복한다.

㉢ '나'는 네 번째 외출 이후 비정상의 자기를 죽이고 새로이 탄생하고
   분열된 자아가 통일을 이룩한다.

위와 같이 정리하여 읽고 나면 이 소설이 섹스소설이다, 사상성, 사회
성이 없다는 두 가지 평이 누명이라는 것을 알 수 있다. 곧 <날개>의 창

녀 '아내'가 반역사적 식민지 현실이라고 하고 있는 이상 이 소설은 단순한 섹스소설 아닌 현실비판 소설인 것이다.

이상과 같은 면을 종합하건대 <날개>는 한국문학사에 있어서 한 편의 화제작이자 문제작이요 동시에 우수한 작품이라 해도 좋을 것 같다.

채만식의 <태평천하>
무너지는 속물의 모래성

I. 서론

　백릉 채만식은 1902년 전라북도 옥구 생으로 중앙고보를 졸업한 다음 일본 와세다대학을 중퇴한 학력을 가지고 있다. 1923년 관동대지진이 일어나자 학업을 중단하고 귀국한 그는 이듬해에 이광수의 추천으로 『조선문단』에 단편 <세 길로>가 실림으로서 문단에 나왔다.

　그는 작품활동을 할 당시에도 비교적 비중 있는 작가로 손꼽혔지만 그렇게 높이 평가 받지는 못했다. 그러다가 1970년대 이후 많은 연구자들에 의해 그의 작품의 진가가 거듭 확인되면서 크게 주목을 받기 시작했다. 정한숙 같은 사람은 일제 36년을 통하여 문학자산으로 오늘까지 남는 작품은 염상섭과 채만식 정도로 끝난다고까지 말한 바[1] 있다. 또 월간 문예지 『소설문학』 1987년 8월호는 해방 42주년 맞이 특집에서 김윤식 등 10인의

---

1) 정한숙, 「한국문학의 주변」(고려대학교 출판부, 1975), p.43.

원로 비평가에 의뢰, 일제시대에 우리 근대문학사를 이끌어온 5대 소설가와 시인을 선정한 바 있는데 채만식은 여기서, 이광수와 함께 7명으로부터 지명을 받아 염상섭(9명)에 이어 공동 2위의 소설가에 선정되었다.

또 1946-1987년 사이의 중고등학교 국어 교과서를 분석한 도서출판『나랏말쓰미』는 그 기간 동안 소설작품이 가장 많이 수록된 작가는 황순원과 함께 4편이 실린 채만식이라고 한 바 있다. 그 후 그의 문학에 대한 관심은 계속 높아가 전집이 간행되고[2] 다수의 박사학위 논문이 나오고 있다.

그에게는 <레디메이드 인생> <치숙> 등 뛰어난 단편소설들이 있고 <탁류> 등 상당히 널리 읽히고 있는 장편소설들도 있다. 그러나 그의 대표작이라면 장편 <태평천하>를 들지 않을 수 없을 것 같다. 단편들은 아무래도 그 시대, 우리들 삶의 한 단면을 보여줄 뿐 아니라 주제의 무게 면에서 상대적으로 가벼운 감이 있고, <탁류> 같은 장편은 그 통속성이 자주 문제가 되고 있기 때문이다.[3]

연구의 방법론으로는 그 주된 관심을 문학과 사회의 상호관계에 두고 있는 사회윤리주의 비평의 그것을 원용했다.

II. 백치의 눈에 비친 태평한 세상

일제시대에 소작료 착취와 고리대금업으로 큰 부를 축적한 72세의 속물, 주인공 윤두섭은 자신이 바라는 바를 거의 다 이루게 되는 것으로 알았는데 마지막에 경찰서장이 되리라고 기대하고 있던 손자가 사회주의 운동을 하다가 경찰에 구속되는 바람에 단번에 모든 꿈이 물거품이 되

---

2) 창작사는 1988년 전10권의 채만식 전집을 간행했다.

3) 임화가 이 작품을 가리켜 '통속적인 수법을 보인' 세태소설이라고 한 것이 그 대표적인 경우다. 임화, "세태소설론", 「문학의 논리」(학예사, 1940), pp.341-364.

고 만다는 것이 이 소설의 줄거리이다.

<태평천하>는 작가가 1938년『조광』4권 1-9호에 <천하태평춘>이란 제명으로 연재, 발표한 소설로 뒤에 단행본으로 간행하면서 이름을 지금과 같이 바꾸었다. 이 소설은 작가의 대표작일 뿐 아니라 대표적인 한국의 현대 풍자소설이라 할 수 있다. 이제 이 작가가 풍자소설을 쓰게 된 계기와 풍자문학이란 어떤 문학인가에 대해 간략하게 살펴보기로 하겠다.

채만식은 단편 <산적> <앙탈> 등에서 알 수 있듯 초기(1924-30) 소설에는 별 볼만한 작품이 없는 작가다. 이때의 소설들은 이렇다 할 만한 문제의식도 없고 문예물로서의 세련미도 없어 사소한 이야기에 불과한 습작 수준이 대부분이다. 그는 1931-34년에 이르러서야 한 사람의 식민지 지식인으로서의 민족의 아픔을 자신의 것으로 감각하기 시작해 현실에 대한 비판의식을 보여주는 소설을 쓰기 시작했다. <화물자동차> <부촌> <농민의 회계보고> 같은 단편이 그런 것인데 거기에 비친 사회비판적 성격 때문에 이때의 채만식은 동반자작가로 불리기도 했다. 그러다 그는 1934-36년, 약 2년 동안 사실상 작품활동을 중단했다. 조선총독부가 1931년부터 KAPF 맹원을 검거하는 등 문인들에 대한 심한 탄압을 가하자 동반자작가라는 지칭을 듣고 있던 그로서는 신변에 위협을 느끼지 않을 수 없었던 것이 그 한 가지 이유였을 것이다. 그는, 그렇다고 총독부의 구미에 맞는 글을 쓸 수는 없었을 것이다. 그때의 심정을 그는 몇 푼 안 되는 원고료로 밥을 얻어먹자고 되지도 아니한 소설을 마구 써내자니 그것은 죽어도 할 수 없었다고 하고 있다.[4]

또 한 가지 이유는 작가로서의 자기반성이었다. 그는 그 때까지 자신이 쓴 소설들이 '관무사 촌무사(官無事 村無事)' 한 태도로 쓴 것이라고 해[5] 스스로 무의미한 글이었다고 생각하고 그러한 글쓰기에 회의를 느

---

4) 채만식, "소설을 안 쓰는 변명",『조선일보』, 1936.5.28.

겪던 것이다. 그는 또 어느 자리에서, 자신에게 문학을 작파할지언정 제1 기의 것들과 같은 '아무렇게나, 되는 대로' 갈겨 내던지는 글을 써서는 안 된다는 '엄지(嚴旨)'를 내렸다고도 했다.[6]

작가는 작품활동을 잠정 중단하기 전에도 <레디메이드 인생> 등 풍자성이 강한 소설을 쓴 바 있지만 1936년 작품활동을 재개하면서 본격적으로 풍자소설을 쓰기 시작했다. 그가 풍자소설에 큰 관심을 보이게 된 데에는 최재서의 영향이 컸던 것으로 보인다. 최재서는 한 신문에 연재한 평론에서 작가가 세계에 대해 가질 수 있는 태도를 세 가지로 볼 수 있다고 하고 그것을 첫째가 수용적 태도로 외부세계를 현재 있는 그대로의 상태에서 수용하고 접대하는 태도로 이는 문학 창작에 적절한 것이라고 했다. 둘째는 거부적 태도인데 외부세계를 전체적으로 부인하고 거절하는 것으로 이는 건설적인 태도라 할 수 있으며, 셋째는 비평적 태도로 모든 사회현상의 진위, 선악을 변별하여 이론적 판단을 도울 뿐 아니라 정서를 냉각하는 것인데 이에는 유머라든가 풍자가 부수한다고 했다. 그는 이어, 고래로 많은 풍자가들이 이 셋째 성질을 이용하여 그 시대의 죄악을 정면으로부터 공격하지 않고 측면 혹은 이면으로부터 공격했다고 하고 위기에 처한 당시 조선 문학에 대해 문학비평이 지시할 수 있는 가장 합리적인 방향은 이 풍자문학이라고 했다.[7] 채만식은 최재서가 『조선일보』에 위의 글을 연재하고 있던 같은 시기인 1935년 7월 18일과 19일 이틀에 걸쳐 같은 신문, 같은 면에 '문학과 범재'란 서간 형식의 에세이를 싣고 있다. 막힌 상황 하에서 어떤 새로운 문학에의 방법을 찾지 못해 고심하고 있던 그에게 자신의 글과 같은 면에 실려 있는 최재서의 위와 같은 글은 하나의 좋은 길잡이가 되었을 것이라는 것은 쉽게 추측

---

5) 채만식, "사이비 농민소설", 『조광』, 1939, 5권 7호, p.274.

6) 채만식, "잃어버린 10년", 『현대문학』 1980, 1월호, pp.152-157.

7) 최재서, "풍자문학론", 『조선일보』, 1935. 7. 14-21.

할 수 있을 것이다. 그리하여 채만식이 쓴 것이 그의 풍자문학이라고 보아도 될 것이다. 백철은 이에 대해 1930년 전후와 같이 작가가 적극적으로 현실을 비판하고 항의할 수 없을 때에 소극적으로나마 그 시대의 부정한 면을 폭로하는 수법으로서 풍자적인 문학이 등장하게 된 것을 볼 수 있다고 했다.[8] 그렇게 하여 쓰여진 풍자소설 중 한 편이 <태평천하>다. 이어령은 이에 대해 <태평천하>는 1930년대 후기의 문단 위기 타개책으로 풍자문학을 내세운 사람들의 주장이 매우 유용한 것임을 입증해 준 작품이라고 했다.[9]

풍자소설은 그 시대, 사회의 불합리, 모순을, 교정을 목적으로 간접 비판, 간접 공격하는 문학이다. <태평천하> 역시 그러한, 전형적인 풍자문학적 성격을 띠고 있다. 그런데 이 소설은 그 풍자의 표적이 단순한 것이 아니고 중층적이라는 데 독특성이 있다. 주인공 윤두섭이 자신의 농토가 있는 고향을 떠나 서울에 와서 터를 잡고 살게 된 동기를 이야기하고 있는 대목에 그 첫 번째 비판, 매질의 대상이 등장하고 있다. 그 결정적인 동기는 그의 아버지 윤용규가 가산을 강탈당한 위에 비명횡사를 한 것이었다. 어느 날 화적떼가 들이닥쳐 윤용규는 상당히 많은 재물을 그들에게 강탈당한다. 그런데 화적들 중에 자신의 전답을 붙여먹고 있는 소작농 박 아무개가 있었다는 것을 안 윤은 그를 붙들어 치죄해 달라고 고발한다. 고발을 받은 고을 원은 박을 붙드나 그에게서는 아무 소득이 없을 것을 알고는 윤용규가 그들과 내통했을 것 같으니 조사를 하겠다면서 잡아 가두고 매질을 한다. 그리하여 그는 또 한 번, 관에 강도질을 당한다. 이 소설은 그에 대해 다음과 같이 서술하고 있다.

당시 일읍(一邑)의 수령이면, 그 고장에서는 왕이요, 그의 덮어놓고

8) 백철, "풍자문학의 시대충", 『백철문학전집』4(신구문화사, 1968), p.49.
9) 이어령, "해학의 미적 범주", 『사상계』 1958년 11월호, pp.284~95.

하는 공사는 바로 법과 다를 바 없던 것입니다. 항차 그는, 화적을 잡기보다는, 부자를 토색하기가 더 긴하고, 재미가 있는데야?

  ─중략─

  오백 냥 씩 두 번 해서 천 냥은 수령 백 영규가 고스란히 먹고, 또 천냥은 가지고 이방 이하, 호장이야, 형방이야, 옥사장이야, 사령이야, 심지어 통인 급창이까지 고루 풀어 먹였습니다.

  이천 냥 돈을 그렇게 들이고서야, 어제 아침 달포 만에 말대가리 윤용규는, 장독(杖毒)으로 꼼짝 못하는 몸을 보교에 실려, 옥으로부터 집으로 놓여나왔던 것입니다.

억울하게 재물을 빼앗기고 몸까지 상해서 돌아온 그에게 이번에는 또 그 화적패들이 들이닥친다. 그들은 한 패거리 박을 잡아가게 했으니 그를 구해내는 데 쓸 돈을 내 놓으라고 한다. 악에 받친 윤은 그들의 청을 거절하고 끝까지 그들과 맞서다가 목숨을 잃고 만다. 그는 화적패들 뿐 아니라 흉포한 수령에게 원한을 품고 그것을 삭이지 못해 생죽음을 당한 것이다. 그런데 작가는 이 소설의 어조에서 무도하고 흉악하기가 화적패들 보다 지방 수령이 더했다고 하고 있다. 윤용규가 죽던 날의, 다음과 같은 화적패들의 언행에 그것이 잘 나타나 있다.

  「계집이나 어린 것들은 손대지 말렸다!」

  두목이 감간 돌아다보면서 신칙을 하는 데 응하여, 안으로 들어가던 패가 몇이,

  「예─이!」

  하고 한꺼번에 대답을 합니다.

  이것은 참으로 이상스러운, 그네들의 엄한 풍도입니다. 이 밤에 이 집을 쳐들어온 이 패들만 보아도, 패랭이 쓴 놈, 테머리 한 놈, 머리 딴 총각, 늙은이 해서, 차림새나 생김새가 가지각색이듯이, 모두 무질서하고

무지한 잡색 인물들이기는 하나, 일반으로 그들은 어느 때 어디를 쳐서 갖은 참상을 다아 저지르곤 할 값에, 좀체로 부녀와 어린아이들한테만은 손을 대는 법이 없습니다.

만일 그걸 범했다가는, 그는 당장에 두목 앞에서 목이 달아나고라야 맙니다.

그들이 강도질을 하면서도 어린이와 부녀를 해치지 않는 등 법도를 지켰다고 하고 있는 것은 법을 지키고 집행해야 할 수령이 죄 없는 백성을 상하게 하고 재물을 강탈하고 있는 것과 좋은 대조를 보여주고 있다. 실제로 1800년대 중반부터 화적의 출몰이 심했는데 이는 재정이 극도로 궁핍한 조정이 그 수입을 전적으로 농촌으로부터의 징세에 의존하여 농민의 조세 부담이 가중해진 데다 향리들의 토색질이 심해 견디다 못한 농민들이 도적이 된 때문이었다. 이에 대해 당시의 한 신문은,

뎌 도적질ᄒᆞᄂᆞᆫ 것도 졔 ᄆᆞᄋᆞᆷ이 본릭 글너셔 그런 것은 아니니 첫ᄌᆡᄂᆞᆫ 디방관의 학졍에 못 견디여 그러ᄒᆞ고 둘ᄌᆡᄂᆞᆫ 부랑피류들이 항산이 업셔 된 식둙이라.[10]

라고 하고 있다. 그러니까 이 소설은 여기서 나라가 백성을 못살게 해 도적질로 연명하지 않을 수 없게 만들었다는 것을 암시하고 있다고 보아야 할 것이다. 그리고 이는 구한국이라는 나라가 무엇 때문에 망하게 되었으며 왜 당시 한민족이 일본이라는 이민족의 노예로 전락하여 고통과 수모를 당하게 되었는가를 간접적으로 말해주고 있다고 할 수 있을 것이다. 윤두섭이 그 아버지의 피투성이 시체를 안고 '이놈의 세상이 어느 날에 망하려느냐?'고 울부짖는 데는 그런 의미가 담겨 있다고 보아도

10) 『독립신문』 1897. 4. 22일자 논설.

될 것이다.

　<태평천하>가 공격하고 있는 또 한 가지 표적은 윤두섭과 같은 당시의 친일적인 사람들이다. 그는 탐리에 눈이 어두워 세상이 어떻게 돌아가고 있는가에 대해서는 백치라 할 만큼 맹목이다. 그의 눈에는 총칼로 강압하고 있는, 일본의 한국에 대한 무력통치가 태평성대로 보인다. 그가 보기에 일본은 관리며 순사를 내보내 자신의 재산과 안전을 지켜주고 세계의 평안을 위해 자기 대신 전쟁을 해 주고 있는 나라다. 그는 그것을 다음과 같이 말하고 있다.

> 「참 장헌 노릇이여!…… 아 이 사람아 글시, 시방 세상에 누가 무엇이 그리 답답히여서 그 노릇을 허구 있건넝가?…… 자아 보소. 관리허며 순사를 우리 죄선으루 많이 내보내서, 그 숭악한 부랑당 놈들을 말끔 소탕시켜 주고, 그리서 양민덜이 그덕에 편히 살지를 안녕가? 그러구 또, 이번에 그런 전쟁을 히여서 그 못된 놈의 사회주의를 막어내 주니, 원 그렇게 고맙구 그렇게 장헌 디가 어디 있담 말잉가……어―참, 끔직이두 고맙구 장헌 노릇이네!…… 게 여보소, 이번 쌈에 일본이 갈디 읍시 이기기넌 이기렸대잉?」[11]

　그래서 그는 그 고마운 나라, 일본을 위해서 경찰서에 무도장을 지어주고 몇 차례에 걸쳐 소방대에 기부를 했으며 보통학교 학급 증설 비용을 냈다.[12]

　주인공의, 역사의식의 부재를 넘어 노예적 현실인식은 그의 손자 종학이 사회주의운동을 하다가 경찰에 붙들려갔다고 했을 때 외친 다음과

---

11) 이때의 '쌈'이라는 것은 일본이 중국대륙 침략을 위해 일으킨 1937년의 중일전쟁을 말한다.

12) 이런 점을 두고 이주형은 윤두섭을 한 사람의 '식민지적 전형'이라고 하고 있다. 이주형, "태평천하의 풍자적 성격", 「채만식」(문학과 지성사, 1984), p.106.

같은 말이 가장 잘 보여주고 있다.

> 「화적패가 있너냐아? 부랑당 같은 수령(守令)들이 있너냐?……재산
> 이 있대야 도적놈의 것이요, 목숨은 파리목숨 같은 말세(末世)년 다ー 지
> 내가고오…… 자ー 부아라, 거리거리 순사요 골골마다 공명헌 정사(政
> 事), 오죽이나 좋은 세상이여…… 남은 수십만 명 동병(動兵)을 히여서,
> 우리 조선놈 보호히여 주니, 오죽이나 고마운 세상이여?…… 으응?……
> 제 것 지니고 앉아서 편안하게 살 세상, 이걸 태평천하라구 하는 것이여,
> 태평천하!……그런데 이런 태평천하에 태어난 부잣집놈의 자식이 더군
> 다나 왜 지가 땅땅거리구 편안허게 살 것이지, 어찌서 지가 세상 망쳐놀
> 부랑당패에 참섭을 헌담말이여, 으응?」

작가는 주인공을 통해 1930년대 후반으로 들어서면서 전에 없이 늘어
난 반민족적 친일행위자들과 그들의 노예적 삶을 비판하고 있는 것이다.

세 번째, 이 소설이 간접적인 비판을 가하고 있는 것은 일본의 한국에
대한 반역사적 식민지 통치이다. 흔히 풍자소설에서 비난 받는 인물은
작가가 긍정하는 인물로 되어 있다. <태평천하>에도 그런 인물이 등장
하는데 그 이면에 작가의 당시 체제의 부당성, 모순성에 대한 비판이 내
장되어 있다. 소위 '양복장이'들이 그런 사람들이다.

> 그런데 그게 귀신이 곡을 할 일이라고, 윤두꺼비는 두고두고 기막혀
> 했지마는, 그걸 어떻게 염탐했는지, 벌건 대낮에 쑥 빠진 양복장이 둘
> 이 들어 덤벼가지고는 그 돈 사천 원을 몽땅 뺏아 가던 것입니다.
> 머, 꿀꺽 소리 못하고 고스란히 내다가 내바쳤지요. 고, 싸늘한 쇠 끝
> 에 새까만 구멍이 똑바로 가슴패기를 겨누고서 코앞에다가 들이댄 걸,
> 그러니 염라대왕이 지켜선 맥이었지요.
> 옛날 화적들은, 밤중에나 들어와서 대문이나 짓바수고 하지요. 그 덕

에 잘하면 도망이나 할 수 있지요.

　한데 이건, 바로 대낮에 귀한 손님 행차하듯이 어엿이 찾아와서는, 한다는 것이 그짓이니, 꼼짝인들 할 수가 있었나요.

　그래, 사천원을 도무지 허망하게 내주고는, 윤두꺼비는 망연자실해서 우두커니 한 식경이나 앉았다가, 비로소 방바닥에 떨어진 종잇장으로 눈이 갔습니다. 돈을 받았다는 영수증을 써놓고 갔던 것입니다.

　「허! 세상이 개명을 허닝개루, 불한당놈들두 개명을 허여서 영수증 써주구 돈 뺏어간다?」

　위에 등장하는 '양복장이'들은 일제시대에 상해 임시정부에 보내주기 위해 독립운동 자금을 모으던 독립투사들이다. 실제로 그들은 말쑥한 양복차림에 권총으로 무장을 하고 대낮에 부잣집을 찾아가 강제로 돈을 빼앗았다. 부정적 인물, 속되고 천박한 일제의 노예 윤두섭이 그들을 '불한당'이라고 하고 있으니 독자는 그들을 목숨을 걸고 나라를 되찾으려고 나선 열혈 애국지사로 읽으면 될 것이다. 그리고 영수증을 써 두고 갔다는 것은 그 돈을 그들의 사용으로 쓸 것이 아니고 국권회복에 쓸 것이라 함을 말해주고 있는 것이다. 그렇게 읽고 보면 작가가 그들 '양복장이'의 숙원이 이루어지기를 바라고 있고 그것은 곧 일본이 한국에 그 주권을 되돌려주고 물러가는 것이 사리에 합당한 일이라 함을 말하고 있는 것이라고 볼 수 있을 것이다.

　이 소설 주인공의 5대에 걸친 가계인물 중에서 거의 유일하게 긍정적인 인물로 등장하고 있는 것이 윤두섭의 손자, 이 가문의 제4대 종학이다. 장차 경찰서장이 될 것이라 하여, 주인공의 촉망을 한 몸에 받고 있던 그는 이 소설의 결말부에서 사회주의운동을 하다 일본 경찰에 잡혀감으로서 주인공의 가장 큰 꿈이 한순간에 산산조각이 나게 하고 있다. 여기에도 작가의 당시 식민지치세를 비판하는 뜻이 담겨 있다고 보아야 할 것이다. 이때의, 종학이 관계했다는 '사회주의'를 바로 그대로의 정치 이데올로기로 받아들여서는 안 된다. 정한숙은 1920년대 이후 초기의 한국 사회주의 단체에는 마르크스주의자·민족주의자·무정부주의자·기독교 신봉자가 함께 모여 있었다고 보았다. 1922년 1월 21일부터 2월 2일까지 소련 모스크바에서 개최된 제1차 극동인민회의에는 한국의 이동휘·박진순·김시현·장건상·여운형·박헌영 등이 참석했는데 부하린은 당시의 이른바 이들 한국의 사회주의자들에 대해 "당신들 중의 누구도 사회주의와 공산주의에 관한 진정한 사실들을 알고 있지 않소. 당신들은 다만 독립운동에 종사하고 있을 뿐이요."라고 했다 한다.[13] 사회주의운동을 하고 있던 사람들은 물론, 당시의 의식이 깨어 있는 사람들의 머릿속에는 약간씩 이질성은 있었을지 모르지만 민족주의적인 사상이 강하게 들어 있었음이 분명하다. 민족주의란 언어·지역·혈연·문화·정치·경제·역사를 공동으로 하여 결합된 공동체의 구성원들이 자기들의 독자성과 주체성을 집단으로 자각하고 이를 지키려는 의식이라 할 수 있다. 채만식의 경우 그러한 종류의 민족주의 사상을 가지고 있었는데 그것이 풍자 문학이라는 간접적 공격, 우회적 저항 수단을 얻어 소설작품에 나타난 경우가 있었다. <태평천하>에서 종학이 관여했다 경찰문제가 되었다는 '사회주의운동'도 진정한 의미에서의 사회주의운동이라기보다는 민족주의운동의 어떤 형태로 보는 것이 옳을 것이다. 당시에는 민족주의 사상은 발붙일 데가 없었지만 사회주의 사상은 어느 정도 용납이 되었었다. 그래서 이 작가는 민족적 저항운동으로 사회주의를 내세웠던 것이다. 그러니까 이는 작가의, 일제의 식민지 통치 체제에 대한 항변으로 볼 수 있을 것이다.

---

13) 정한숙, 「해방문단사」(고려대학교 출판부, 1980), p.75.

III. 천박한 삶에의 매질

한일합방이 된 지 20년이 지나 있던 1930년대 중반 이후에는 한민족 구성원 중에 우리나라가 일본의 속국이라는 것을 기정사실로 받아들이고 그러다 보니 현실과 타협하여 소아적, 이기적 삶에 매몰된 사람이 많았다. 그리고 그런 사람일수록 천박한 속물적 삶에 파묻혀 그에 자족하고 있었다. 채만식은 윤두섭과 그 가속들을 내세워 그러한 속물들을 비웃고 조롱했다. 그 주된 표적이 주인공 윤두섭이다. 이 소설은 그가 사대 사업을 추진하고 있다고 하고 있는데, 자세히 살펴보면 그것은 사대 사업이 아니라 오대 사업이다.

그 첫째는 가문을 빛내는 것으로 큰돈을 들여, 족보에 도금을 함으로서 이 일을 해낸다. 다음은 주인공 자신이 입신출세를 하는 일로 그는 돈을 써 향교의 우두머리, 직원 자리에 앉음으로서 이 일에도 성공한다. 세 번째 사업은 자손을 양반가문과 혼인을 하게 하는 것인데 딸과 두 손자를 그런 대로 명망 있는 양반 집안과 혼인을 하게 함으로서 이 일에도 어렵잖게 성공하고 있다고 볼 수 있다. 네 번째는 몸보신을 잘 해서 건강하게 사는 것은 물론 성적 만족을 취하는 것이다. 이를 위해 여러 모로 애를 쓴 끝에 그는 삼십 대 청년 못지않은 정력을 유지하고 있을 뿐 아니라 열다섯 살 난 어린 기생을 사 곧 그 욕심도 채우게 되어 있다. 그리고 마지막 다섯 번째이자 주인공 필생의 사업은 손자 종수를 군수로, 종학을 경찰서장으로 만드는 것인데 그는 종수는 몰라도 종학이 그의 뜻을 받들리라는 것을 조금도 의심하지 않고 있다.

그런데, 이상의 다섯 가지 사업을 하나하나 자세히 살펴보면 주인공이 하나도 의미 있는 성공을 거두고 있지 못하다는 것을 알 수 있다.

족보에 도금을 한 일만 해도 그래서 작가는 이에 대해 다음과 같이 말하고 있다.

그러노라고 한 이천 원 돈이 들었습니다. 그렇지만 일이 순화로운만큼, 그러한 족보 도금이야 조상치레나 되었지, 그저 신통할 건 없었습니다.

아무 데 내놓아도, 말대가리 윤 용규 자식 윤두꺼비요, 노름군 윤 용규의 자식 윤 두섭인 걸요. 자연, 허천들린 뱃속처럼 항상 뒤가 헛헛하던 것입니다.

돈을 써서 향교의 직원 자리를 얻은 것만 해도, 유학에 대해서 청맹과니인 그가 그 자리에 가서 한다는 말이라 해야 공자와 맹자가 팔씨름을 했다면 누가 더 세었겠느냐는 소리나 해서 사람들의 웃음거리가 되는 것이 고작이었다. 그러니까 그의 그와 같은 출세는 저 박지원의 소설 <양반전>에서 돈을 써서 양반이 된 주인공이 양반 행세를 하려다 그 고통스러움을 견디다 못해 그 헛된 신분을 스스로 버리고 마는 것을 연상하게 하는 것이다.

그리고 세 번째 사업으로 딸과 맏손자, 둘째 손자를 양반 집안과 혼인을 하게는 했지만 사위는 비명횡사를 해 딸이 친정에 와 더부살이를 하고 있고 두 손자며느리는 내외간 애정이 없어 사실상 별거와 다름없는 생활을 하고 있으니 행복과는 먼 생을 살고 있다. 그러고 보면 이미 양반이란 것이 아무 쓸모없는 세상에 그런 결혼을 시켰다 해서 잘 된 일이라고 할 건덕지는 조금도 없는 것이다.

주인공은 네 번째, 건강관리도 허술히 하지 않는다. 몸에 좋다하여 아침마다 이웃의 가난한 집 어린애의 첫 소변을 받아와 마시고 삼과 용을 주재로 보약을 달여 먹는다. 그는 그 위에 아래와 같은 운동도 하고 있는데 이것도 작가가 주인공을 우스꽝스럽게 그리려고 등장시킨 장면이라고 보아야 할 것이다.

삼남이가 나간 뒤에 윤 직원 영감은 이번에는 보건체조(保健體操)를 시작합니다.

　두 다리를 쭈꼿 뻗고 두 팔을 꼿꼿 뻗쳐 올리는 게 준비동작(準備動作).

　그 다음에 발뿌리를 목표로, 그놈을 붙잡으려는 듯이 허리 이상의 상체와 뻗어 올린 두 팔을 앞으로 와락 숙입니다. 그러나 이내 도로 폅니다. 그리고는 또 쉬었다가, 도로 또 펴고……

　일흔을 넘긴, 고이 참선이나 해야 옳을 노인이 하고 있는 위와 같은 모양은 어리광대 노름처럼 실소를 자아내는 것이 분명하다.

　주인공을 가장 우스꽝스럽게 만들고 있는 것은 그의 철 그른 사랑사업이다. 그는 열다섯 살 난 동기에게 보석반지를 사주는 등 공을 들인 끝에 결국 그녀로부터 사랑의 약속을 얻어낸다. 그런데 그녀는 주인공의 증손자 경손과 주인공 사이에서 양다리를 걸치고 있다. 그녀와 경손은 아래의 예문에서 보는 바와 같이 동갑내기 10대들 사이의 자연스런 연심을 가지고 있다.

　　그 사이에 경손이는 춘심이한테 코ー티의 콤팩트와 향수같은 것을 선사했고, 춘심이는 하부다이 손수건에다가 그다지 출 수는 없으나 제 솜씨로 경손이와 제 이름을 수놓아서 선사했습니다. 두 아이의 대강 이야기가 그러했습니다. 그리고 다시, 오늘 밤으로 돌아와서, 실골목의 장면인데……

　그런데 문제는 춘심이라는 이 동기의 마음에 있다. 아래에서 보는 바와 같이 그녀는 주인공과 경손 둘 중 어느 쪽도 놓칠 수가 없는 것이다.

　　「머, 내가 누구 때문에 밤낮 여길 오는데 그래… 늙어빠지구 귀인성 없는 영감님이 그리 좋아서?…… 남 괘ー니 속두 몰라주구, 머……」

　　춘심이는 제가 지금 푸념을 해대는 말대로, 늙어빠지고 귀인성 없는 윤직원 영감이 결단코 좋아서 오는 게 아니다. 윤직원 영감한테 오는 체하고서 실상은 경손이를 만나러 온다는 게, 그게 정말인지 아닌지는 춘심이 저도 모르는 소립니다. 아마 보나 안 보나 윤직원 영감과 경손이를 다같이 만나러 오는 것이기 십상일 테지요.

그녀는 주인공과 만나고 있다가 경손에게 불려나가 주인공에게 거짓말을 하고는, 밀회를 한다. 한 어린 딸애를 증조부와 증손자가 같이 사랑을 하고 있는데 이 소설에 나타난 바로는 증조부가 헛물을 켜고 있으니 그의 이 사업도 성공을 거두고 있다고 하기는 어렵다.

이 소설은 우여곡절이 있은 다음 윤씨 일가의 하루가 다음과 같이 저물고 있다고 하고 있다.

> 이렇게 해서 윤직원 영감한테나, 그 며느리 고씨한테나, 서울아씨며, 태식이한테나, 창식이 윤주사며 옥화한테나, 누구한테나 제각기 크고 작은 생활을 준 이 정축년(丁丑年) 구월 열××날인 오늘 하루는 마침내 깊은 밤으로 더불어 물러갑니다.

위에서 윤직원에게 있은 일은 군수가 되는 운동을 한다는 큰 손자 종수한테 속아 돈을 빼앗기고 사랑을 약속한 동기는 증손자에게 빼앗긴 것이다. 그리고 며느리 고씨는 주인공 시아버지와 언쟁을 벌인 끝에 그 시아버지로부터 강제 이혼을 시키겠다는 위협을 받았으며 서울아씨는 경손의 잔꾀에 넘어가 그에게 돈을 사기 당했다. 첩의 몸에서 난 주인공의 정신박약아 자식 태식은 몇 자 되지도 않는 글 외우기에 잔뜩 시달렸으며 주인공의 아들 창식은 마작판에서 돈을 잃고 아들 종학이 경찰에 잡혀갔다는 소식을 접한 위에 그의 첩 옥화는 몸을 팔러갔다가 그의 아들 종수와 부딪치는 낭패를 당한다.

그리고 그에 이은 대단원에서 주인공 윤두섭은 마침내 종학의 피검

소식을 접하는 파국을 맞게 된다. 그래서 주인공이,

> 「…… 그 놈이 만석꾼의 집 자식이, 세상 망쳐놀 사회주의 부랑패에
> 참섭을 히여? 으응, 죽일 놈! 죽일 놈!」

하고 부르짖고 있을 때 온 가족이 '마치 장수의 죽음을 만난 군중처럼' 말할 바를 잊고 몸 둘 곳을 둘러보게 되었다고 한 것은 주인공 윤두섭의 모든 것이 한꺼번에 무너져버렸음을 말해주는 것이라고 볼 수 있을 것이다.

Ⅳ. 되살린 우리 문학의 전통

채만식은 그 문학사상성 뿐 아니라 창작 테크닉 면에서도 남다른 솜씨를 보여준 작가다. <태평천하>에서도 그러한 기교의 측면을 볼 수 있다. 한 예로 이 소설은 천박하고 저속한 인간들의 세속적인 일상의 이야기를 하면서도 뛰어난 상징의 수사기법을 보여주고 있다. 체통도 기강도 없는, 막가는 가족들의 얽히고설킨 갈등과 충돌을 그려보여 주고 있는 다음의 인용문 같은 것이 그런 것이다.

> 또, 그런 빚을 물어 주는 싸움은 아니라도, 윤직원 영감은 가끔 딸 서울아씨와도 싸움을 해야 합니다. 작은손주며느리와도 싸움을 해야 하고, 방학에 돌아오는 작은손자 종학과도 싸움을 해야 합니다.
> 며느리 고씨하고는 말할 것도 없고 사랑방에 있는 대복이나 삼남이와도 싸움을 해야 합니다.
> 맨 윗어른 되는 윤직원 영감이 그렇게 싸움을 줄창치듯 하는가 하면 일변 경손이는 태식이와 싸움을 합니다.

서울아씨는 올케 고씨와 싸움을 하고, 친정 조카며느리들과 싸움을 하고 태식이와 싸움을 하고, 친정 아버지와 싸움을 합니다.

고씨는 시아버니와 싸움을 하고, 며느리들과 싸움을 하고, 시누이와 싸움을 하고, 다니러 오는 아들과 싸움을 하고, 동대문 밖과 관철동의 시 앗집엘 가끔 쫓아가서는 들부수고 싸움을 합니다.

그래서, 싸움 싸움 싸움, 사뭇 이 집안은 싸움을 근저당(根抵當)해 놓고 씁니다. 그리고 그런 숱한 여러 싸움 가운데 오늘은 시아버니 윤직원 영감과 며느리 고씨와의 싸움이 방금 벌어질 컷속입니다.

위의 가정 내 분란은 구한말, 이 나라의 형편을 상징하고 있는 것으로 볼 수 있다. 당시 이 나라는 민비와 대원군이 사활을 건 권력 쟁탈전을 벌이고 있었고 그 밖에도 개화파와 수구파, 친일파와 친로파, 친청파가 난마와 같이 얽혀 난투를 벌이고 있었다. 그러다 결국 을사보호조약으로 사실상 주권을 상실하게 되고 한일합방으로 나라가 망하게 되었었다. 윤두섭의 집이 추하게 얽혀 싸움질을 계속하다 파국을 맞고 있는 것은 그러한, 이 나라의 비극을 빗대어 말해준다 할 것이다.

<태평천하>는 그 문장, 어조에 있어서도 독특성을 보여준다. 작가는 그 특유의 방언·비어·속어를 구사해 우리 유의 풍자소설의 묘미를 살려내고 있다. 멜빌 클라크는 풍자는 기지(wit), 조롱(ridicule), 반어(irony), 비꼼(sarcasm), 조소(cynicism), 냉소(sardonic), 욕설(invective) 등 스펙트럼대(帶)에 있는 모든 어조를 사용함으로서 그 표면을 다양한 색상으로 변화시킨다고 한 바 있다.[14] <태평천하>에는 위의 어조가 거의 다 등장하고 있다. 그런데 풍자의 대상이 속된 시정인들인 만큼 그 중에서도 특히 조소와 냉소, 욕설의 어조가 많이 등장하고 있다.

이 이십 팔관 육백 몸메를 그런데, 좁쌀계급인 인력거꾼은 그래도 직

---

14) A. Melville Clark, Arthur Pollard, Satire, Methuen & Co. Ltd., 1970, pp.4-5에서 재인용.

업적 단련이란 위대한 것이어서 젖먹던 힘까지 아끼잖고 겨우겨우 끌어올려 마침내 남대문보다 조금만 작은 소슬대문 앞에 채장을 내려놓고, 무릎에 들였던 담요를 걷기까지에 성공을 했습니다.

윤직원 영감은 옹색한 좌판에서 가까스로 뒤를 쳐들고 자칫하면 넘어박힐 듯 싶게 휘뚝하는 인력거에서 내려오자니 여간만 옹색하고 조심이 되는게 아닙니다.

육중한 체구의 주인공이 손녀 나이보다 더 어린 동기를 데리고 놀이를 나갔다가 제 몸 편하자고 걷지를 않고 인력거를 타고 와 내리고 있는 위의 모습에서는 작가의 냉소가 넘쳐나고 있다.

또 아래와 같은, 주인공 자신의 입에서 나오는 말들에서도 작가의 조소를 읽을 수 있다.

"……여보게 이 사람아!…… 아 자네버텀두 날더러 팔자 좋다구 그러지? 그렇지만 이 사람아, 팔자가 존 게 다아 무엇잉가! 속 모르구서 괜시리 허넌 소리지~ 그저 날 같언 사람은 말이네, 그저 도적놈이 노적(露積)가리 짊어져 가까버서, 밤새두룩 짖구 댕기는 개, 개 신세여! 허릴없이 개 신세여!……"

스스로 자신이 개와 다름없는 수전노라고 하고 있는 위의 대화문에는 작가의 그러한 인물에 대한 경멸의 염이 넘쳐나고 있다.

방언이 섞인 원색적인 욕설은 이 소설의 곳곳에서 읽을 수 있는데 다음과 같은 대문이 압권이라 할 수 있을 것이다.

「저는 안 그릿시라우! 아마 중마내님이 금방 들어오싯넌디 그렇기 열어 누왓넝개비라우?」

중마나님이란 건 윤직원 영감의 며느리로, 지금 이집의 형식상 주부

(主婦)입니다.

　「그릿스리라! 짝 찢을 년!……」

　윤직원 영감은 며느리더러 이렇게 욕을 하던 것입니다. 그는 며느리
뿐만 아니라, 딸이고 손주며느리고 또, 지금은 죽고 없지만 자기 부인이
고, 전에 데리고 살던 첩이고, 누구한테든지 욕을 하려면 우선 그, <짝
찢을 년>이라는 서양말의 관사(冠詞)같은 것을 붙입니다. 남잘 것 같으
면 <잡아 뽑을 놈>을 붙이고……

　위와 같은 어조는 채만식 풍자소설을 읽는 또 다른 재미라 할 수 있을
것이다.

　또 한 가지 이 소설에서 대할 수 있는 수사법은 곳곳에서 보이는 과장
법이다. 풍자소설은 흔히 등장인물의 어떤 속성을 과장하여 그 성격을
희화화하고 있는데 이 소설에서도 그런 면을 볼 수 있다. 주인공과 경손,
그러니까 증조부와 증손자가 계집애 하나를 가지고 동락을 하고 있으니
이는 '계집 소비 절약'이랄 수 있다고 하고 있는 대문이나, 무식한 직원
윤두섭이 공자와 맹자의 팔씨름 운운하게 하고 있는 것도 바로 그런 것
이다.

　채만식의 우리 고전문학에 대한 관심은 특별한 데가 있다. 그 중에서
도 그가 우리 고전문학을 원천텍스트로 한 다수의 패러디소설을 썼다는
것은 널리 알려져 있는 사실이다.[15]

　패러디(parody)란 차이를 가진 반복, 또는 원천 텍스트를 모방(imitation)
하면서 어떤 부분을 변환(turning)하는 것으로 정의되고 있다.[16] 또 어떤
사전은 어떤 작가의 어휘들, 사상 또는 문체를 약간 고쳐서 어떤 새로운

15) 최원식이 그의 단편 <동화>와 <흥보씨>를 각각 <심청전>과 <흥보전>의 패러디
　　라고 한 것이 그 예다. 최원식, "채만식의 고전소설 패러디에 대하여", 「민족문학의 논
　　리」(창자과 비평사, 1982), pp.167-75.

16) Linda Hutcheon, A Theory of Parody, Methuen and Co. Ltd., 1991, p.101.

목적이나 우스꽝스럽게 부적당한 주제에 맞게 이용하는 것, 또는 문체의 특성을 우스꽝스럽게 보이게 하기 위해서 모방하거나 과장하는 것이라고 하고 있다.[17] 위와 같이 정의되고 있는 패러디에는 세 가지 유형이 있는 것으로 되어 있다. 곧 어떤 어휘의 교체가 그 부분을 경박하게 만드는 용어적인 것과 어떤 작가의 문체나 창작상의 어떤 버릇이 주제를 우스꽝스럽게 만드는 데 이용되는 형식적인 것, 그리고 전형적인 주제, 작가의 정신이 바뀌는 주제적인 것이 그것이다.[18] 채만식 패러디소설은 대부분 위의 셋 중 주제적 유형이다. <심청전>을 원천으로 하여 일제의 한국 유년여공의 노동력 착취와 거기서 오는 비극을 소설화한 단편 <동화> <병이 낫거든>, <허생>에서의 공부는 소용없다는 이야기를 끌고와 일제의 한국인을 상대로 한 우민교육을 비판한 단편 <레디메이드 인생> <명일> 이 그런 작품들이다.[19]

그런데 <태평천하>는 특이하게도 형식적 유형 곧 어떤 작가의 문체를 모방하면서 변환한 패러디를 보여주고 있다. '……입니다' 식의 종결어미로 된 서술문장이 바로 그런 것이다. 정한숙은 이를 '설화체에 근사하다'고 하고 있지만[20] 필자가 보기로는 그보다는 판소리의 서술구조를 패러디한 것이라고 하는 것이 옳을 것 같다.

그 차림새가 또한 혼란스럽습니다. 옷은 안팎으로 윤이 치르르 흐르는 모시 진솔것이요, 머리에는 탕건에 받쳐 죽영(竹纓) 달린 통영갓(統營笠)이 날아갈 듯 올라 앉았습니다.

발에는 크막하니 솜을 한근씩은 두었음직한 흰 버선에 운두 새까만 마른신을 조마맣게 신고, 바른손에는 은으로 개대가리를 만들어 붙인

---

17) Joseph T. Shipley, Dictionary of World Literary Terms, The Writer, Inc., 1970.

18) Ibid.

19) 졸저, 「한국 패러디소설 연구」(이회문화사, 1997) 참조.

20) 정한숙, "붕괴와 생성의 미학", 「현대한국작가론」(고려대학교 출판부, 1981), p.144.

화류 개화장이요, 왼손에는 서른 네 살박이 묵직한 합죽선입니다.

주인공을 그린 위와 같은 문장에서 우리는 명백한 <변강쇠 타령>이나 <배비장 타령>의 음성을 들 수 있다. <태평천하>는 위, 판소리의 타령조를 살려 우리 특유의 풍자성을 살려내고 있는 것이다. 채만식은 위와 같이 우리 문학의 전통성을 그의 현대소설 작품에서 살려내고 있다는 점에서도 문학사적 업적을 평가 받아야 하지 않을까 한다.

V. 결론

채만식의 장편 <태평천하>는 모순에 찬 현실을 간접 비판한 풍자소설로 그 비판의 표적이 중층적이다.

비판의 한 표적은 부정부패로 백성을 못 살게 군 구한말 지배층이다. 이 소설은 목민에 몸 바쳐야 할 수령들이 백성의 재물을 강탈한 그와 같은 나라는 망할 수밖에 없었다고 말하고 있다.

두 번째 비판의 대상은 주인공 윤두섭과 같은 1930년대 당시의 친일적인 사람들이다. 작가는 이 소설에서 일본에 빌붙어 일신의 안락과 치부에 눈이 어두운 그들이 나라를 잃고 국민이 이민족의 노예가 되어 있는 현실을 태평세월이라고 하고 있다고 꼬집고 있다.

세 번째 간접공격의 대상은 일본의 한국에 대한 반역사적 식민지 통치이다. 이 소설에서 독립운동가들이 총으로 위협해 주인공으로부터 돈을 빼앗아가고 있는 장면에서 그러한 면을 볼 수 있다.

이 소설은 거기에 또 한 가지 당시의 일부, 가진 사람들의 천박한 삶에 대해서도 조소를 보내고 있다. 주인공과 대부분의 그의 권속들의, 속물 근성을 그대로 보여주는 삶에 그것이 나타나 있다.

작가는 이 소설에서 창작기교 면에서도 독특하고 뛰어난 실력을 보여주고 있다. 그 중에서도 판소리를 패러디하고 있는 서술구조는 우리 문학의 전통을 살린, 이 작가 특유의 기교라 할 것이다.

홍명희의 <임거정>
식민지민 울분의 우회적 폭발

Ⅰ. 서론

홍명희의 <임거정>[1]은 현대문학 작품으로는 최초의 의적모티프 장편 역사소설이다. 그전 조선말에 몇몇 한문단편의 예가 있은 것을 제외하고 의적을 주인공으로 하여 정면에서 그 활동을 다룬 본격 의적소설로는 <홍길동전> 이후 실로 3백여 년 만에 처음으로 나타난 것이 <임거정>이다. 봉건지배층 내부의 시각에서 역사를 파악하는 왕조사 중심이 아닌 민중사 중심으로 씌어진 이 소설은 학정과 천대에 참다못해 분기한 하층민들이 조정 고관에 바쳐지는 진상 봉물을 탈취하고 토포에 나선 관군을 맞아 싸워 이를 격파하는 모습을 생생하게 그려 신문에 연재 당시 많은 독자의 비상한 관심과 인기를 모았었다.[2] 이 소설이 끈 관

---

1) 이 작품의 표제는 1928년 발표 당시에는 <林巨正傳>이었는데 일시 연재가 중단된 끝에 1937년 12월 12일 연재가 재개되면서 <林巨正>으로 바뀌었다.

심은 단순히 그것이 재미있다는 대중 취향의 성격에 의한 것이 아니었다. 이 작품은 그 방대한 스케일에서, 풍부하고 자유자재한 어휘구사에서, 주제가 던져주는 문제성에서 한국 문학사상 한 기념비적인 위치를 차지하고 있는 것이다. 1928년에서 1940년까지 10년이 넘는 기간 동안 연재된 이 작품은 그 분량만도 2백자 원고지로 1만 3천 매가 넘는 이름 그대로 대하장편소설이다.[3]

이 소설의 주인공 임꺽정은 조선사에 실재했던 인물이다. 조선조의 왕조실록에는 명종 12년(1557) 황해도·강원도 일대에 '광한대당'이 활약하고 있다고 하고 있는데[4] 이것이 임꺽정과 관련이 있는 일이었을 수도 있다. 임꺽정의 이름(林巨叱正)이 처음으로 실록에 해서의 광적으로 나타나는 것은 이보다 2년 뒤인 명종 14년(1559) 3월부터다.[5] 이때에는 양반 지배층의 토지 과다 겸병과 관료들의 심한 수탈로 영락한 농민들이 거지로 떠돌다가 떼지어 도적질을 하는 일이 흔했다. 임꺽정은 이들을 규합하여 강원·경기·평안도를 무대로 군도 형태의 농민저항을 벌인 인물이다. 임일당은 조정에서 임명한 수령을 살해하고 중앙에서 보낸 토포사를 격퇴하는 등 나라에서 '반국적'[6] 또는 '반역의 극적'[7]이라고

---

2) 1934년 9월 작가가 광주 학생사건 후 신간회 간부 검거 선풍 때 구속되어 연재가 중단되자 독자들의 속재 요구가 쏟아져 들어오는 바람에 신문사에서 경찰과 교섭해 유치장 안에 책상과 원고지를 마련해 주어 중단 11일만에 다시 연재를 하게 되었다는 사실이 그 인기의 한 단적인 예가 될 수 있을 것이다.(『조선일보』 1986년 4월 4일자 "조선일보 연재 소설 66년" 기사 참조)

3) <임거정>의 발표 시기와 그 게재지(揭載紙·誌)는 다음과 같다. 『조선일보』 1928년 11월 21일-1929년 12월 26일(302회), 1932년 12월 1일-1934년 9월 4일(541회), 1937년 12월 12일-1939년 3월 11일(228회) 『조광』, 1940년 10월(1회). 이 글에서는 전9권으로 된 사계절사 1985년판 <임거정>을 기본 텍스트로 삼았다.

4) ≪명종실록≫ 권22, 명종 12년 4월.

5) ≪명종실록≫ 권25, 명종 14년 3월.

6) ≪명종실록≫ 권27, 명종 15년 12월.

7) ≪명종실록≫ 권26, 명종 15년 12월.

부를 만큼 세력을 떨쳤었다. 조정에서 토벌대를 특파해 남치근이 황해도, 김세한이 강원도로 가 쫓은 끝에 명종 17년(1562) 1월 그 무리가 궤멸되고 임도 포살되었다.

임꺽정의 지배계급에 대한 항거는 16세기 후반 민중의 변혁에 대한 바람이 나타난 것이라고 볼 수 있는 사건으로 이를 17세기 대동법을 실시하게 된 원동력으로서의 영향을 미쳤다고 보는 견해도 있다.[8]

<임거정>에 대한 지금까지의 논의는 비교적 활발한 것이 못되었다. 이 작품은 일반 독자의 인기 못지않게 평단, 학계의 찬사를 받아왔지만 다른 한편에서 혹평이라 할 만한 부정적 평가도 있어온 것 또한 사실이다.

이 소설이 한창 연재되고 있던 1938년 임화는 그의 평문 '세태소설론'에서 <임거정>을 조밀하고 세련된 세부묘사와 전형적 성격의 결여, 플롯의 미약 등을 들어 현대의 세태소설과 본질적으로 일치한다고 말했다.[9] 이원조도 당시 이 작품을 가리켜 '세태소설이라 할 수도 없지 않을 것'이라고 해[10] 임화의 의견에 동의하고 있다. 최근에 와서는 조동일이 이 소설이 당시 유행하던 세태소설의 특색을 역사소설에다 옮겼다고 해 앞서의 의견들과 별 차이 없는 견해를 밝힌 바 있다.[11]

한 가지 독특한 것으로 이 작품을 '삽화적 풍속사'일 뿐이라고 표현한 평가가 있는데 이 역시 일종의 신 세태소설론이라 할 것이다.[12]

한편 이 소설이 계급의 역할을 극대화하는 이념적 편향성 때문에 현실의 참된 모습이 왜곡될 가능성이 큰 작품이며 경향적 목적성이 있는 작품으로 본 견해도 있다.[13]

---

8) 矢澤康祐, "임거정의 반란과 그 사회적 배경", 「전통사회의 민중운동」(풀빛, 1981), p.164.

9) 임화, "세태소설론", 「문학의 논리」(학예사, 1940), p.357.

10) 이원조, "임거정에 관한 소고찰", 『조광』 제4권 8호(1938. 8), pp.259–61.

11) 조동일, 「한국문학통사」 제5권(지식산업사, 1988), p.312.

12) 신재성, "풍속의 재구 「임거정」", 「벽초 홍명희 '임거정'의 재조명」(사계절, 1988), pp. 127–50.

이상의 평가들은 대부분 부정적인 눈으로 본 것으로 그 중 특히 임화의 발언은 이 작품이 문학을 정치에 이용하려는 그의 안일한 요구를 채워주지 못하고 있다는 데 대한 불만으로 보이며 반드시 그 의견을 받아들여야 할 것인가에는 주저되는 바가 많다. 또 경향적 목적성의 작품으로 본 이재선의 견해는 이와 반대로 작가의 사상 상의 좌경적 성격을 작품 해석에까지 연장시킨 경향이 있지 않을까 하는 의문을 배제하기 어려운 점이 있다고 생각된다.

최근 한 학위논문은 이 작품을 민중사 중심의 역사소설·사실주의적 역사소설이라고 결론짓고 있는데[14] 필자도 이 주장에 동의하면서 그러한 성격을 작품 분석에서 검증해 보고자 한다.

II. 짓밟힌 민중의 항거

<임거정>은 연재 당시 「봉단편」「피장편」「양반편」「의형제편」「화적편」 등 모두 5편으로 구성되어 있었다.

이 소설의 본격적인 사건은 「의형제편」에서부터 비롯된다. 여기서는 박유복·곽오주·길막봉·황천왕동·배돌석·이봉학 등 나중 청석골의 주요 두령이 된 인물들의 그때까지 살아온 내력과 그들이 화적패에 가담하게 된 경위를 듣게 된다. 강탈한 봉물을 선물로 받은 것이 계기가 되어 청석골로 들어온 임꺽정은 옥에 갇힌 길막봉을 혈전 끝에 구해 내 앞서 거명한 이들 6명 등 모두 7명이 형제의 의를 맺는다. 이들에게 모사 서림이 합류해 화적패를 결성한다.

---

13) 이재선, 「한국현대소설사」(홍성사, 1979), pp.394-5.
14) 강영주, "홍명희와 역사소설 「임거정」", 「한국 근대리얼리즘 연구」(김윤식·정호웅 편)」(문학과 지성사, 1998), pp.95-140.

「화적편」에서는 꺽정 일당의 본격적인 활약이 전개된다. 꺽정은 청석골 화적패의 수령으로 추대된다. 그는 한양에서 장안의 이름난 기생과 정을 통하고 세 사람의 여성과 인연을 맺어 이들을 모두 첩으로 삼는다. 꺽정은 「화적편」에서 지방 수령을 농락하는 등 거침없는 활약을 한다. 한양의 기생집에 있다 포교들의 기습을 받은 그는 그들을 물리치고 한양을 빠져 나오나 그의 세 첩은 붙들려 관비가 되고 만다.

한편 한양에서 관가에 붙들려간 서림이 꺽정일당을 배반하는 바람에 신임 봉산군수를 죽이려던 청석골 패는 대부대의 관군의 공격을 받아 격전을 벌인 끝에 그들을 물리치고 산채로 돌아간다. 토포군이 증강되어 청석골을 죄어오자 꺽정 일당은 지형상 불리한 청석골을 버리고 구월산성으로 들어간다. 이 산성에서 꺽정의 마지막 일전이 벌어지고 그것으로 이 소설의 대미를 장식하려 한 것으로 추측되지만 이야기는 여기서 중단되고 있다.

<임거정>은 모순에 찬 봉건왕조 체제에 짓밟힌 한 맺힌 하층민의 항거를 소설화한 작품이다. 「화적편」을 제외한 「봉단편」에서 「의형제편」까지의 소설 전개는 각각 낱낱으로 동떨어진 에피소드를 늘어놓은 것 같이 보이지만[15] 거기에는 봉건왕조 체제의 부정부패·학정과 지배층의 상민·천민에 대한 비인간적 처우란 모순이 구체적으로 나타나 있다. 이상의 네 편은 조정·관리들의 세계가 얼마나 부패해 있었으며 그로 인해 백성들의 삶이 얼마나 고통스러웠는가를 보여주고 그와 함께 어떻게 해서 끝없이 인내하고 순종해 오던 백성들이 도적이 되어 전국에 횡행하게 되었는가를 보여준다.

「봉단편」「피장편」「양반편」에는 연산-명종조에 이르는 조선 초의 사

---

15) 한 논문은 실제로 이 작품을 '개별적인 디테일이 낱낱의 삽화로 전화'하고 있는 소설이라고 하고 있다.(신재성, "풍속의 재구 : 「임거정」", 「벽초 홍명희 '임거정'의 재조명」, 사계절, 1988, p.149.)

화로 얼룩진 난정이 자세하게 그려져 있다. 여기에는 궁정 안팎의 권력 다툼을 둘러싼 추악한 음모와 싸움이 적나라하게 드러나 있다. 특히 명종조의 외척 윤원형의 세도와 그가 벌이는 옥사는 끔찍스러운 것으로 묘사되어 있고 윤의 첩, 궁정의 암우를 틈타 작폐를 일삼는 요승 보우의 행장 등은 나라가, 군도가 나타나지 않을 수 없을 만큼 어지러웠다 함을 보여준다.

이 소설의 전편에는 또 지배층의 부정부패, 수탈과 심한 군역(軍役)으로 백성들이 죽음 직전의 극한적인 궁핍에 처한 모습이 그려져 있다. 이 작품에는 특히 황해도 일대 백성들의 시달림에 대해 자세히 서술하고 있는바 그 지방에 나지도 않는 물건을 진상하라고 강요해 백성들을 울리는 다음과 같은 대목이 그 예다.

> 그래도 노루는 흔하니 소산(所産)이라고도 하겠지만 사슴으로 말하면 국초(國初)에는 흔하였는지 모르나 당시는 거의 절종(絶種)이 되어서 소산도 아닌데 진상 종목에 들어 있었다.─중략─소산이 아니라 할 수 없이 서울 가서 사서 바치는데 전의 진상품이 밖에 나온 것을 되사서 바치니 우습기 짝이 없는 일이건만, 진상품이 사옹원(司饔院)에 들어갔다 나왔다, 또 들어가는 사이에 황해도 백성의 고혈(膏血)이 마르니 웃기는커녕 통곡해야 좋을 일이었다.
>
> ─화적편·1

황해도민에게는 거기다 한양 지키기(上番) 외에 변경 방비가 더 있어서 삶이 더욱 고달팠다. 학정에 견딜 수 없는 지경에까지 몰린 황해도 백성들은 '이래 죽으나 저래 죽으나 죽기는 일반이니 꺼리고 사리고 할 것이 없다고 칼 물고 뛰엄뛰기로 도적들이 되었다'는 것이다.

<임거정>에는 계급적 모순에서 온 상민·천민들의 울분도 되풀이 그려져 있다. 백정에 대한 당시의 천대는 교리 이장곤이 백정의 사위로 은

신해 있을 때 겪는 일에 잘 드러나 있다. 그는 농군에게 반말을 했다가 뺨을 맞고 향리의 세력 있는 양반에게 동고리를 팔고 물건 값을 받으려 들었다가 멍석말이 매질에다 기둥에 붙들어 매이는 수모를 당한다. 백정 계급에의 천대는 또 주인공 꺽정도 한이 맺히게 받는다. 그는 을묘년에 남해안 지방에 왜변이 있자 스스로 나라를 위해 그 싸움에 나서려 했지만 천민 출신이라 하여 내쫓김을 당한다.

백정이 아니라도 상민 이하 계급은 인간다운 대접을 받지 못하고 있다. 이봉학은 종실의 피를 타고났지만 그 아버지가 서출의 하인이었기 때문에 옳게 쓰이지 못한다. 역졸의 아들 배돌석은 왜적과의 싸움에서 상당한 공을 세웠지만 천출이라 평란이 되자 쓰이지 못하고 오히려 놀림만 당한 끝에 내쫓기고 만다. 또 곽오주는 머슴으로 열심히 일하지만 주인의 아들은 그의 신분을 얕보고 그 처를 겁탈하려 하고 있다.

「의형제편」은 위에 든 이봉학·배돌석·곽오주 외에 가난한 소금장수 출신 길막봉, 관노비의 자식 황천왕동, 행랑어멈의 유복자 박유복의 전반생과 그들이 화적패가 되게 된 계기를 이야기하고 있다. 그 중에는 전혀 우연에 의해서나 자신의 실수, 불찰로 인한 경우도 있지만 대부분 이들이 천민으로 태어난 것이 죄가 되어 순탄한 생을 살지 못하고 청석골로 들어온 것으로 되어 있다. 꺽정은 이러한 잘못된 세상을 다음과 같이 개탄한다.

> 「내가 다른 건 모르네만 이 세상이 망한 세상인 것은 남버덤 잘 아네. 여보게 내말 듣게. 임금이 영의정깜으루까지 치든 우리 선생님이 중놈 노릇을 하구 진실하기가 짝이 없는 우리 유복이가 도둑놈 노릇하는 것이 모두 다 세상을 못만난 탓이지 무엇인가. 자네는 그러케 생각않나.」
>
> – 의형제편·1

의형제를 맺은 꺽정 등 7명은 대부분 하층민이기는 하나 성분은 각각 조금씩 다르다. 이것은 해당 사회의 전체성을 형상화하는 데 상당히 효과를 거두고 있다고 볼 수 있다. 그러면서 그들의 기구한 사연, 기막힌 삶은 당시 하층민 모두가 겪고 있던 것이었다. 이 작품에서 황해도 땅 곳곳에 도적패가 있다고 한 다음의 구절은 바로 당시의 국가 사회가 도적을 만들고 있은 것이나 같았다는 것을 말해준다.

> 「황해도 땅에 있는 패만 치드래두 평산에 운달산패와 멸악산패가 있구 서흥에 소약고개패와 노파고개패가 있구 신계·토산에 학봉산패가 있구 풍천 송화에 대약산패가 있구 황주 서흥에 성현령패가 있구 재령에 널븐여울패, 수안에 검은들패, 신천에 운산패, 곡산에 은금동큰고개패, 이외에두 각처에 여러패가 있지 않습니까.」
>
> —화적편·1

《명종실록》은 화적들을 '모이면 도적이요 흩어지면 백성(聚則盜 散則民)'이라고 하고 있는데[16] 이는 이들을 '민의 한 존재형태'로 본 것이란 표현은 아주 적절한 것 같다.[17] 임꺽정을 붙들어 처형한 다음 조정에서 끝내 잡히지 않고 빠져나간 잔당에 대해 진정시키어 안정된 생활을 하게 하라 하여[18] 굳이 쫓아 잡지 않으려 하고 있는 것도 이 소설의 작가가 본 바와 같이 왕도 사회구조의 모순으로 인해 그들이 도적이 될 수밖에 없었다 함을 간접적으로 시인한 것이라 할 것이다.

「의형제편」의 후반에서부터 「화적편」에서는 천민들의 켜켜이 쌓였던 울분이 폭발하여 지배계급을 상대로 벌이는 항거·투쟁이 전개된다.

---

16) 《명종실록》권26, 명종 15년 12월.

17) 임형택, "「임거정」연재 60주년 기념좌담", 「벽초 홍명희 '임거정'의 재조명」(사계절, 1988), p128.

18) 《명종실록》권 28, 명종 17년 1월.

박유복·황천왕동·곽오주·길막봉·배돌석 등은 서림의 계교에 따라 평안 감영에서 세찬으로 상감·중전과 서울 세도집에 올리는 봉물을 강탈하여 조정을 아연하게 한다. 여기에 임꺽정·이봉학까지 청석골로 모여들어 세력을 키운 이들은 감사의 인척을 사칭하여 세 고을을 누비며 그 군수들에게서 향응 등 환대를 받는가 하면 위조한 마패로 역마까지 동원하여 금부도사로 가장하여 지방 수령을 생포하려고 한다.

그들의 활약은 갈수록 그칠 것이 없어져 꺽정은 관아의 옥을 부수고 거기 갇힌 그의 가족을 구출해 낸다. 또 길막봉이 붙들려 안성군의 옥에 갇혔을 때는 옥을 부수고 그를 구한 다음 우병방등 14명을 죽이고 좌병방등 33명에게 부상을 입힌다. 꺽정 등은 한양에서까지 활보하고 다니다 그의 세 첩이 포청에 붙들리자 부하들을 이끌고 나라의 옥까지 부수려 한다. 이 작품에서 청석골 화적들의 관을 상대한 싸움의 절정은 평산에서 벌어진 일전이다. 일당은 그들을 잡으러 나온 관군 5백 명을 맞아 싸워 꺽정은 이중 조정의 오위부장들 중 무예가 가장 출중하다고 알려져 있던 충좌전위 연천령을 살해한다.

임꺽정 일당의 이상과 같은 행동은 작가가 이 작품의 연재 초기에 앞으로의 소설의 전개 방향을 말한 것이 실현된 것으로 볼 수 있다. 그는 당시 연재 중이던 그의 이 작품을 두고,

> 임꺽정이란 녯날 봉건사회에서 가장 학대밧든 백정계급의 한 인물이 아니엇슴니까. 그가 가슴에 차 넘치는 계급적 ○○의 불길을 품고 그때 사회에 대하야 ○○를 든 것만하여도 얼마나 장한 쾌거였슴니까. ─중략─ 자기가 앞장서서 통쾌하게 의적모양으로 활약한 것이 임꺽정이엇슴니다.

라고 말했다.[19] 이것은 모순에 찬 봉건사회에 대해 하층계급의 항거

하는 모습을 그리려 한 작가의 의도를 말해주는 것이다. 그리고 그러한 면이 일제의 탄압에 억눌려 살아가던 당시의 독자들의 마음을 사로잡은 것이다.

<임거정>은 흔히 조선정조의 소설이라고 불린다. 이 용어를 이 소설과 관련하여 처음으로 쓴 사람은 작가 자신이다. 작가 자신이 떳떳이 공언한 이 소설의 이러한 면은 그러나 긍정적으로만 받아들여지지는 않았다. 특히 임화는 <임거정>의 이러한 성향에 주목해 이 소설을 그 매력이 '그 시대의 여러 가지 인물들과 생활상의 만화경과 같은 전개'에 있을 뿐이라고 불만스러워했다.[20]

물론 조선시대를 배경한 이 소설이 조선의 정조를 보여주고 있는 것 자체가 잘못일 수는 절대로 없다. 오히려 그 덕분에 이 소설이 조선시대의 역사 내지 사회상을 이해하는 데 있어서 다른 수백 권의 사료를 읽는 것보다 큰 도움을 줄 수 있다는 평까지 듣게 돼[21] 하나의 강점이 될 수 있다.

'정조'를 사전에서는 '단순한 감각을 따라 일어나는 느낌'으로 정의하고 있다.[22] 조선정조라면 조선의 풍속·언어·제도에서 풍겨 나오는 그 시대 특유의 느낌이라 할 수 있을 것 같다. 분명 <임거정>은 전편에 조선정조가 넘쳐흐르는 소설이다.

우리는 이 소설을 읽는 동안 이제 우리가 대할 수 없는 과거 조선 특유의 여러 제도를 접할 수 있다. 궁중의 여러 법도, 관리의 품계, 거기서 나오는 격식 범절, 지방 관리의 집무·접객의 모습은 독자들에게 자신이 조선이란 과거 세상에 선 것 같은 느낌을 준다. 이장곤이 중종반정으로 복직하여 홍문관 부승지가 된 후 차린 살림살이 소개는 조선조 조정 관료

---

19) 홍명희 "조선일보의 「임거정」에 대하야", 『삼천리』, 1929. 6. p.27.

20) 임화, 앞의 책, p.356.

21) 임형택, "<임거정> 연재 60주년 기념 좌담", 「벽초 홍명희 '임거정'의 재조명」(사계절, 1988), p.15.

22) 김민수·홍웅선 편, 「국어사전」(어문각, 1982)

의 생활의 한 단면을 그림처럼 그려 보여준다.

> 이승지가 거처하는 큰 사랑에 대병풍 소병풍이 둘러치이고 방 윗목
> 에 이른 매화분까지 놓일 뿐 아니라 안으로 들어가서 아직 주인도 없는
> 세간이 미비한 것 없이 갖추었다. 부엌에 큰 솥, 작은 솥이 즐비하게 걸
> 리고 장독간에 대독, 중두리, 항아리가 보기 좋게 놓이고 대청에 뒤지와
> 찬장이 쌍으로 놓였는데 뒤지 위에 용중 항아리까지 쌍을 지어 놓이고
> 안방에는 문채 좋은 괴목장과 장식 튼튼한 반닫이가 겉자리 잡아 놓았
> 는데 장 위와 반닫이 위에는 피죽상자, 목상자가 주섬주섬 얹혀 있고 이
> 불장 위에는 이부자리가 보에 싸여 있고 재판 위에는 요강, 타구, 화로뿐
> 이 아니라 놋촛대, 유기등경까지도 놓여 있다.
>
> — 봉단편

또 등장인물들이 상목(무명)으로 술값 등을 셈하는 장면은 그 시절의
민간 유통의 일면을 실감 있게 보여준다.

<임거정>은 여러 가지 측면에서 많은 찬사를 받아왔지만 그 중에서
도 작가가 구사한 어휘가 풍부하다 함에는 누구도 이의를 내놓지 못한다.
작가 이효석은 이 작품을 '조선어휘의 일대 어해(語海)'라고 했고[23] 한글
학자 이극로는 '깨끗한 조선말 어휘의 노다지'라고 극찬했다.[24] 그 풍부
한 어휘의 능숙한 구사에서 독자는 조선 특유의 정조를 접할 수 있다.

> 「장내기는 장사꾼을 치는 것이구 뜨내기는 예사 행인을 떠는 것이구
> 또 집뒤짐이란 것은 남의 집에 가서 재물을 뒤지는 것인데, 주인시켜 뒤
> 져내는 것이 원뒤짐이구 주인 몰래 뒤져오는 것이 까막뒤짐이요.」
>
> — 의형제편·1

---

23) 이효석, 『조선일보』, 1939.12.31.
24) 이극로, 『조선일보』, 1937.12.8.

도둑세계의 위와 같은 은어는 이제 우리들이 들을 수 없는 것인 동시에 우리들로 하여금 자연스럽게 과거체험을 하게 해 준다. 작품에서 장면이 살인사건의 검시에 이르면 '심감(心坎)' '흉당(胸膛)' '필사(必死)' '속사(速死)' '면검(免檢)' '복검(覆檢)' '시장(屍帳)' 등의 조선시대의 법의학적 용어가 거침없이 구사되고 시장의 싸전이 되면 '시계전' '말감고(監考)' '산따다기' '액미' '뒤수리' 등 그 시대 그 주변 사람들의 용어가 종횡으로 부려 쓰인다.

작가의 명명법도 등장인물들을 조선시대의 인물들이 우리들의 곁에서 생생히 살아 숨쉬는 것처럼 느끼게 해 준다. '길막봉이' '곽능통이' '신불출이' 같은 주요 인물은 물론 '김몽돌' '최오쟁이' '장귀천이' '서노미' '말불이' '쇠미치' '출이' '녹이' 등 졸개로 나오는 사람들의 이름은 16세기 인물로의 성격화에 훌륭하게 성공하고 있는 예라 할 것이다.

<임거정>에는 '범이 배가 고프면 가재도 뒤진다', '잔고기 가시세다' 등 이제는 잊혀져버렸거나 잊혀져가고 있는 속담이 많이 등장한다. 그 밖에도 지난 시대에 흔히 쓰던 재미있는 표현이 적절하고 능숙하게 구사된다. 아주 약은 사람은 '참새 굴레 씌우게 약은 놈'이라 하고 대상을 지극히 소중하게 생각한다는 말은 '사자 어금니같이 여긴다'고 한다. 그 밖에도 '소낙비에 길을 많이 뺏겼다(소나기가 와서 길을 제때에 예정대로 가지 못했다)' '이야기가 가리산 지리산이 되었다(이야기가 헷갈려 종잡을 수 없었다)' '해동갑해 당도했다(해가 넘어갈 때 도착했다)' '자반 뒤집기(두 사람이 엉겨 엎치락뒤치락 싸우는 모습)' 같은 표현은 이제는 들어보기 힘든 말이지만 이 역시 발표 당시 독자들로 하여금 이 소설을 그들 이웃의 이야기로 들리게 해 준 것이다.

<임거정>에는 조선 고유의 풍습, 민속이 곳곳에 깔려 있다. 오늘날에 와서는 더 말할 것 없고 1930년대에 벌써 이 소설은 '한 시대의 생활의 세밀한 기록이요 민속적 자료의 집대성'이란 말을 들을 정도였다.[25]

장군당의 장군귀신이 새마누라를 맞는, 사람으로 치면 초례겸 신부례 날의 큰굿 상차림 묘사는 지금은 물론 작품 발표 당시에도 민속학자들에게 귀중한 무속자료가 되었음 직하다.

> 당집 안 일정한 자리에 작고 큰 전물상들을 벌여놓는데 삼색 실과와 백설기에 소찬 소탕을 곁들여 놓은 것은 불사상이요, 무더기 쌀과 타래 실과 고깔 꽂은 두부를 놓은 것은 제석상이요, 약주와 안주 외에 장군에 드리는 삼색 예단(禮緞)을 놓은 것은 대안주상이요, 떡시루 탁주동이 외에 도야지를 통샘이로 잡아 놓은 것은 대감상이요, 그 외에 군웅상과 상산상과 조상상은 큰 상들이요, 지진상 호구상 영신상 선왕상 걸립상은 작은상이다.
>
> — 의형제편·1

또 「의형제편」에서 이틀걸이[26]를 앓는 박유복이 과객으로 묵게 된 집 주인의 주선에 따라 그 치료와 예방을 하고 있는 대목은 민속적 민간요법 한 가지를 자세히 보여주고 있다.

> 당학이 분명한 뒤에 주인이 약이라고 쥐며느리를 잡아서 밀가루 환도 지어주고 생강즙을 내어서 밤이슬도 맞혀주고, 또 예방이라고 뒷간 앞에 있는 돌을 핥으라고 가르쳐 주어서 유복이는 얼른 나을 욕심으로 해 주는 약을 받아 먹을 뿐 아니라 예방까지 가르쳐주는 대로 다 하였다.
>
> — 의형제편·1

위에서 살펴본 바와 같이 작가가 그 어휘·표현에서 이 소설 속에 일상적 삶을 재현해낼 수 있었던 것은 널리 알려져 있는 그의 방대한 독서량

---

25) 이효석, 앞의 인용문 중에서.
26) 학질. 옛날에는 이 병을 이 외에도 노학·당고금·이일학·해학 등으로 불렀다.

과 작가적 능력에 원천을 두고 있다고 보아야 할 것 같다. 김윤식이 그가 도저한 한문 실력으로서 실록을 비롯한 승정원일기, 야담, 문집은 물론이고 더욱 중요한 것으로는 황해도 어사들이나 고을 원들이 정부에 올리는 장계를 판독할 수 있었다고 한 것은 바로 이 점을 지적한 말이다.[27]

이제 다시 이 항의 초두에서 제기했던, 과연 이 소설이 단순한 화제의 병렬, 역사의 풍속사로의 치환 또는 삽화화냐 아니냐의 문제로 되돌아가야 할 것 같다. 여기서 한 가지 짚고 넘어가야 할 것이 있으니 <임거정>에서 본 어휘·표현·제도·풍속 등이 오늘날의 우리에게 생소한 것만큼 이 작품이 발표될 당시의 독자에게도 낯선 것은 아니었다는 사실이다. 곧 그는 조선 중기의 분위기를 동 시대의 독자들에게 환기시키기 위해 선택된 대상들을 해당 시대의 실상과 배치되지 않는 범위 내에서 자신이 체험했던 시대의 풍속과 언어로 바꾸어 표현하고 있는 것이다. 다시 말하면 <임거정>에서 묘사되고 있는 언어와 풍속은 대체로 명종조의 그것이라기보다는 작가가 태어나 성장하던, 그리고 당시의 대다수의 독자들이 직접적으로 체험하여 알고 있던 구한말의 언어와 풍속에 가까운 것이다.[28] 우리가 군데군데에서 이 작품의 말귀에 어둡고 풍속과 제도와 인물에 낯선 것은 이 작품이 발표된 이후 그리 길지 않은 세월 동안에 세상이 격변했고 그 속에서 우리가 너무 급속히 서구화하여 조선 고유·한국 고유의 정조를 잃어버린 때문이다. 그래서 작가 당대의 정조가 낯설고 작중 인물들의 삶이 까마득한 옛날의 것으로 보이고 있는 것이다.

작가는 약간 억지가 있더라도 일부러 고풍스럽게 표현했으리라는, 오늘날 독자가 하기 쉬운 속단과는 달리 어조의 의고화를 불필요한 기예로 거부하고 있다. 곧 역사소설의 본질적인 요구에 따라, 작중인물 당대

27) 김윤식, 「한국소설사연구」(을유문화사, 1986), pp.417~21.
28) 강영주, "홍명희와 역사소설 '임거정'", 「한국 근대리얼리즘 작가 연구」(문학과 지성사, 1988), p.120.

의 언어를 구사하지 않는 이른바 '필수불가결한 시대착오(notwendigen Anachronismus)'를 즐겨 범하고 있는 것이다.[29] 그는 그렇게 함으로서 작가 당대의 독자에게 지나간 시대를 가까이 접근시키고 있는 것이다. 이제 이 점을 염두에 두고 작가의 조선정조와 관련한 앞서의 발언을 되새겨볼 차례인 것 같다. 그는 자신의 목표가 '조선정조에 일관된 작품'이라고 했는데 이것은 '일관되게 조선정조가 흐르는 작품을 쓰겠다' '조선정조를 떠난 작품이 되지 않도록 하겠다'의 뜻으로 받아들여야 할 것 같다. 이를 '조선정조를 살리는 그것'이 이 소설의 목적하는 바라고 새긴다면 그것은 잘못된 독서법이 저지르는 오류라고 생각한다. 그는 조선정조를 살리려 한 것이 사실이지만 그것은 이색적 풍속과 고어를 재현하려 한 것이 아니라 등장인물이 살아 있게 하고 당시의 현실을 현대의 전사(前史)로 추체험할 수 있게 하려 한 것이다.[30] 그는 역사소설이란 무엇인가 하는 그 본질을 스스로 터득하여 월트 스코트가 그러했던 것처럼 독자로 하여금 먼 옛날 오래 전에 사라진 시대로 거슬러 올라가 그 시대를 체험할 수 있게 해 주고 있는 것이다. 그러므로 '조선적 정조'로 이 작품을 총괄하려 하는 견해에 반대, 조선정조는 이 소설의 주제를 구성하는 살이요 색채이지 진수가 아니라고 한 주장은 충분히 설득력을 가진 말이라 할 것이다.[31] 이 살, 색채 덕분에 하층계급의 지배계급에의 항거란 작가의 이념이 목적의식 과잉의 구호가 되지 않고 이 작품이 구체성·사실성을 얻은 소설이 되게 하고 있는 것이다.

29) 게오르그 루카치, 「역사소설(이영욱 역)」(거름, 1987), p.256.

30) 강영주, 앞의 책, pp.118-9.

31) 임형택, "'임거정' 연재 60주년 기념좌담", 「벽초 홍명희 '임거정'의 재조명」(사계절, 1988), p.75.

III. 의적 임꺽정의 모순과 아쉬움

작가의 월북으로 <임거정>에 대한 본격적이고 심도 깊은 연구가 비교적 적었던 것이 해방 후 저간 학계의 현실이었다. 그러던 것이 1980년대 후반 정부의 월북문인과 그 작품에 대한 획기적인 해금조치가 있은 뒤부터 다시 이 작품에 대한 연구가 활기를 띠기 시작했다. 거기에서 이 작품은 그 문예적 가치가 재삼 확인되어 새로이 주목을 끌고 있다. 그러나 이 작품은 잇달아 쏟아지는 찬사 못지않게 부정적인 평가 역시 적잖게 받고 있다. 이미 앞서 언급한 세태소설론이 그런 것이고 그와는 반대로 이 소설이 지나치게 이념에 치우쳐 있다는 점이 문제된다는 지적도 있다. 그밖에도 이 작품에 유혈적인 이야기가 너무 많고 인물들의 행동이 잔인해 악한소설적인 데가 있다는 주장도 있고 농민의 삶·중간계층의 삶이 거세되어 있다는 점도 단처로 꼽히고 있다.

여기서는 이러한 여러 가지 지적 중 중요한 몇 가지 문제를 추려 이를 우리가 어떻게 받아들여야 할 것인가에 대해서 생각해보기로 하겠다.

주인공 임꺽정이 의적으로서는 너무 잔인한 살육과 약탈을 일삼고 있다는 것이 문제가 되고 있다. 이 작품은 후반으로 갈수록 이러한 경향이 심해지는데 이것은 사회의 모순을 개혁하려는 행위라기보다 그것을 재발시키는 것이라는 지적이 그런 경우다.[32]

확실히 이 소설에는 꼭 저지르지 않아도 될 살인 등 잔인한 행동이 많이 등장하고 있다. 임꺽정 일당이 관군의 추격을 피해 강원도 광복산으로 들어갔을 때 그곳에는 10여 호의 주민이 살고 있었는데 부하들이 놓아 보내자, 두고 부려 쓰자고 권유했음에도 임꺽정은 그들을 모두 참혹하게 살해하고 만다. 길막봉을 관가에 고발한 것은 박참봉 한 사람인데도 꺽정 일당은 박참봉과 함께 그 아들까지 불태워 죽이고 40여 호의 마

---

32) 신재성, 앞의 책, pp.133-4.

을을 잿더미로 만든 위에 아무 죄도 없는 마을 사람들을 닥치는 대로 살상한다. 또 꺽정은 과거에 낙방하고 돌아가던 선비들의 언행이 마음에 거슬린다 하여 그 중 5명을 살해한다. 가장 끔찍한 것은 곽오주가 저지르는 짓으로 그는 우는 애만 보면 쇠도리깨로 모조리 쳐 죽이는 병적으로 잔인한 짓을 되풀이하고 있다. 그런데도 꺽정은 그런 잔혹한 짓을 제지하기는커녕 '저눔의 행적을 들으셨는지 모르겠소. 요새 여인네들이 우는 애를 혼동시킬 때 곽쥐라구 한답디다. 그 곽쥐가 곧 저눔이요.' 하고 오히려 자랑을 해 듣는 사람으로 하여금 치를 떨게 하고 있다.

그러나 필자는 꺽정의 이러한 일면이 이 작품을 완전히 악한소설로 끌어내리는 데까지는 이르고 있지 않다고 보고 싶다. 의적에게는 비적적인 일면이 있기 마련이고 그것이 실제 의적의 모습이기도 한 것이다. 곧 의적에게도 단순한 도덕적 퇴폐로서는 도저히 설명할 수 없을 정도로 잔혹한 테러를 불사할 뿐 아니라 그러한 테러가 그들의 일반적인 이미지로 되어 있는, 악을 고치는 사람이라기보다 복수를 하는 사람, 힘을 행사하는 사람의 모습을 보여주는 비적[33]과 같은 일면이 있는 것이다. 로빈훗은 세계의 의적 모두의 귀감이지만 그러나 본질적으로 농민비적으로서 그와 같이 이상주의, 몰이기심, 또는 자기들의 역할을 다하며 사는 사회적 양심을 가진 자는 실제로는 거의 있을 수 없는 것이다. 임꺽정을 인텔리 출신의 혁명가와 같은 사려 깊은 행동의 인물로 그린다면 이야기는 좀 더 산뜻해질는지 모르지만 그것은 낭만적 미화로 이 소설의 사실성을 감쇄하는 결과를 초래할 뿐일 것이다. 의적이 반드시 홍길동과 같은 신사강도일 수만은 없고 경우에 따라서는 잔인한 복수자일 수도 있는바 임꺽정이 바로 그런 사람이다. 그러므로 위에 든 꺽정 일당의 잔인한 행동들은 그들을 그들답게 하는 사실적 서술이라고 보아야 할

---

33) 이상은 홉스보옴의 비적에 대한 성격 규정이다. (E.J.홉스보옴, 「의적의 사회사(황의 방 역)」한길사, 1978, pp.71-2)

것 같다.

또 한 가지 문제는 임꺽정이 개인적인 욕망에 얽매여 있고 그가 벌이는 싸움이 사회적인 공분에서 출발한 것이 아닌 극히 개인적이고 감정적인 원수 갚기로 시종하고 있다는 것이다.

그는 또 그 부하들을 광복산 산채에 팽개쳐두고 저 혼자 한양에 머물면서 기생과 정을 맺고 첩을 셋이나 두고 물질적 향락에 빠져 어느 타락한 반가의 한량 못지않은 호유방탕을 계속하고 있다.

그가 관아를 습격하고 관군을 살상하는 등의 싸움을 벌이는 데서는 또 독자가 납득할 만한 목표가 발견되지 않는다. 이 소설에는 그가 체제를 전복하고 새로운 세계를 열려는 혁명의 뜻을 비치는 곳이 단 한번 발견된다.

> 「화내지 말구 제 말씀을 끝까지 들어주십시오. 앞으루 큰일을 하실라면 순서가 있읍니다. 먼저 황해도를 차지하시구 그 다음에 평안도를 차지하셔서 근본을 세우신 뒤에 비로소 팔도를 가지구 다투실 수가 있읍니다. 그런데 황해도를 차지하시기까지는 아무쪼록 관군을 피하시구 속으로 힘을 기르셔야 합니다.」
>
> — 화적편·1

서림의 이 말에 꺽정은 여러 패를 자신의 휘하에 규합할 결심을 말하고 있어 언젠가는 왕조의 전복을 노리겠다는 뜻을 드러내 보인다. 그러나 그의 이 꿈도 다음에서 보는 바와 같이 모순된 현실을 개혁하려는 의지에서 나온 것이라기보다 그의 개인적인 야망에서 비롯된 것으로 그 꿈의 실현은 그가 전혀 나아진 것이 없는 새로운 한 사람의 전제군주가 되려는 것을 의미한다.

그가 그와 내연관계에 있는 소홍에게 한 다음과 같은 말은 귀천의 계급이 있는 당시 세상을 저주하는 함분의 일성이다.

「나는 함흥 고리 백정의 손자구 양주 쇠백정의 아들일세. 사십평생에 멸시두 많이 받구 천대두 많이 받었네. 만일 나를 불학무식하다구 멸시한다든지 상인해물한다구 천대한다면 글공부 안 한 것이 내 잘못이구 악한 일 한 것이 내 잘못이니까 이왕 받은 것버덤 십배, 백배 더 받드래두 누굴 한가하겠나. 그 대신 내 잘못만 고치면 멸시 천대를 안 받게 되겠지만 백정이라구 멸시 천대하는 건 죽어 모르기 전 안 받을 수 없을 것인데, 이것이 자식 점지하는 삼신할머니의 잘못이거나 그렇지 않으면 가문하적하는 세상 사람의 잘못이니까 내가 삼신할머니를 탓하구 세상 사람을 미워할 밖에. 세상 사람이 인금이 다 나버덤 잘났다면 나를 멸시 천대 하드래두 당연한 일루 여기구 받겠네. 그렇지만 내가 사십 평생에 인금으루 쳐다보이는 사람은 몇을 못 봤네. 내 속을 털어놓구 말하면 세상 사람이 모두 내 눈에 깔보이는데 깔보이는 사람들에게 멸시 천대를 받으니 어째 분하지 않겠나. - 하략 -」

— 화적편·2

이와 같이 비인간적인 불평등 계급사회의 모순성을 조리정연하게 설파한 그가 다른 자리에서는 철저한 봉건적 신분계급제도를 주장하는 자가당착을 보여주고 있어 독자를 어리둥절하게 한다. 불화를 빚게 된 끝에 주고받는 꺽정과 그의 처의 대화에서 바로 이 점을 발견할 수 있다.

「사내나 여편네나 사람은 마찬가지지.」
「- 전략 - 그래 같은 사람이면 아이나 어른이나 마찬가지구 종이나 상전이나 마찬가지냐?」

— 화적편·1

그 처의 말에 대한 꺽정의 이 반문은 종과 상전이 있는 것이 당연하고 또 반드시 그러한 신분계급이 있어야 한다는 주장과 같다. 이렇게 되고 보면 앞서 그가 토로한 백정에 대한 천대에의 울분은 계급사회의 모순에 대한 것이라기보다 자신이 그 천인계급에 속해 있다는 사실, 그것에 대한 것으로 받아들여진다.

꺽정은 또 그 부하들을 데리고 서울 남산을 오르다가 다음과 같이 말하면서 더 이상 올라가지 말고 돌아가자고 한다.

> 「잠두에 올라가서 십만 장안을 굽어봐야 그 세상이 어디 우리 세상인가 올라갈 재미 없네. 여기서 바루 소홍이게루 나려가서 술이나 얻어먹세.」
>
> ─ 화적편·2

이 말에서 내비치는 뜻은 그가 살고 있는 세계가 바른 세상이 아니라는 데 대하여, 그가 울분을 가지고 있는 것이 아니라 옳든 그르든 그것이 자기의 세상이 아니라는 데 대해 원한을 가진 것으로 들린다. 그렇다고 보면 그의 싸움에서 '계급차별'이란 문제는 의미가 달리 해석된다. 곧 그는 신분계급 차별이 있다는 것이 모순된 세계이므로 그것을 철폐하여 바람직한 세계로 개혁하기 위해 항거하고 있는 것이 아니라 계급사회 자체는 당위적인 것이나 그 자신이 짓밟고 빼앗는 쪽에 서 있지 못하고 짓밟히고 빼앗기는 하층계급에 속해 있다는 데 대한 사원을 터뜨리고 있는 것이 되는 것이다. 이렇게 되면 그가 저지르고 있는 약탈·방화·살인 등 폭거는 큰 의미를 가질 수 없게 되어 그와 그의 무리는 의적이라기보다 지하사회의 평범한 범죄자와 별로 거리가 없는 것이 되는 셈이다.

위에서 살펴본 임꺽정이란 인물이 보여주는 적잖은 모순은 한마디로 그가 루카치가 말하는 소위 세계사적 개인(das welthistorische Individuen)[34] 이 될 수 없다는 것을 말해 준다. 루카치가 말하는 세계사적 개인이란 사

---

34) 게오르그 루카치, 「역사소설론(이영욱 역)」(거름, 1987), pp.38-9.

회에 이미 현존하는 운동에 의식성과 분명한 방향성을 부여한다는 의미에서 역사진보의 의식적 담지자다.

명종조는 가히 민란의 시대라 할 만한 세월이었다. 황해도 일경의 경우는 앞서의 일부 인용으로 그 사정이 드러났지만 당시 다른 도의 경우도 사정은 별로 다를 것이 없었음이 분명하다. 실록에 의하면 경기도 남부,[35] 경상도,[36] 전라도,[37] 충청우도[38]에 도적이 수십 명씩 떼지어 다니며 약탈을 자행한 것으로 되어 있고 심지어 도성 안에도 도적이 출몰한 것으로 나타나 있다.[39] 이는 통치자의 입장에서 보면 반국가 반사회적 범죄자들이지만 피치자의 입장에서 보면 빼앗기고 짓밟혀 죽음 직전에 처한 하층민들의 살아남기 위한 하나의 민중운동이다. 그리고 그것은 루카치의 표현을 빌린다면 당시의 '현존하는 운동'이었던 것이다. 따라서 임꺽정이 세계사적 개인이 되려면 그가 모순된 계급 철폐, 지배계급의 피지배계급에 대한 수탈 금지, 관리의 부정부패 척결과 부의 균배가 이루어진 세계를 위한 체제개혁을 지향하는 위와 같은 민중의 운동에 방향을 지시해 주는 그런 인물이 되었어야 한 것이다. 그런데도 그는 미래에의 전망이 결여된 화적의 모습에서 크게 벗어나지 못하고 있다. 그가 세계사적 개인이 아닌 지하사회의 범죄자로서의 성격을 떨쳐버리지 못하고 있는 것은 무엇 때문인가를 생각해 볼 필요가 있을 것 같다. 일견 마르크스주의 문학비평에서의 '분리의 개념'으로 이에 대한 해답을 얻으려 할 수도 있을 것이다. 곧 작가의 명백한 이데올로기와 그가 실제로 전하는 인생의 표현 사이에는 모순이 있을 수 있다는 스타이너의 학설에 의한 해석이 있을 수 있다는 말이다.[40] 이 이론은 엥겔스가 뛰어난 작

---

35) ≪명종실록≫권5, 명종 3년 10월.

36) ≪명종실록≫권11, 명종 6년 3월.

37) ≪명종실록≫권12, 명종 6년 8월.

38) ≪명종실록≫권14, 명종 8년 4월.

39) ≪명종실록≫권5, 명종 2년 4월.

품에 있어서 객관적 현실의 논리가 작가의 주관적인 의식을 초월하는 경우를 가리켜 소위 '리얼리즘의 승리'[41]라고 한 말에서 나온 것이다. 그러니까 작가가 임꺽정을 세계사적 개인, 경우에 따라서는 공산혁명에의 방향성을 부여하는 인물로 그리려 했으나 실제 창작과정에서 그러한 주관적 이데올로기가 객관적 현실에 밀려나버렸고 그래서 임꺽정은 그러한 모순을 안은 인물이 되었다는 풀이가 일단 있을 수 있는 것이다.

그러나 필자는 주인공의 그러한 모습이 작가의 의도에 의해 그려진 것이란 의견에 찬성하고 싶다. 곧 홍명희는 군도가 주관적 혁명의 의지를 가졌다 하더라도 당시의 사회적 조건 속에서는 의적이나 군도의 봉기 또는 저항으로는 진정한 혁명적 변화가 일어날 수 없다는 점을 강조한 것이라고 본 견해가 더 타당한 것 같이 보인다. 이러한 견해를 밝힌 연구자는 이를 의적형태의 저항이란 그렇게 될 수밖에 없다는 모습을 부각시킨 것으로 보아야 한다고 말했는데[42] 이는 논리에 닿는 견해인 것 같다.

역사상 실제에 있어서 비적단이[43] 혁명운동을 하고, 그 가운데서 지배적인 세력이 되는 일은 드문 것으로 밝혀져 있다.[44] 그들 집단은 수십 명에 의한 일시적인 작전 이상의 일에는 알맞지 않은 성질을 가지고 있는 것이다. 근대 혁명사에 있어서 비적들의 공헌은 애매하고 의심스럽고 일시적인 것이었다. 홉스보옴은 이것을 그들의 비극이라고 말하고 그들은 기껏해야 약속의 땅을 감지할 수 있었지만 거기에 도달할 수 없었다고 말한다.[45]

40) George Steiner, "맑스주의와 문학비평(김수영 역)", 『현대문학』(1963.4), p.462.

41) Marx and Engels, Literature and Art(New York, International Publishers, 1947), pp.41-3.

42) 최원식, "'임거정' 연재 60주년 기념좌담", 「벽초 홍명희 '임거정'의 재조명」(사계절, 1988), p.66.

43) 여기에는 의적도 포함되어 있다고 새겨야 할 것 같다.

44) E.J. 홉스보옴, 앞의 책, pp.133-4.

위와 같은 말에 귀를 기울여볼 때 작가는 이 작품에서 군도형태의 저항이 안고 있는 한계를 부각시키고 독자로 하여금 비판적인 안목으로 이를 보게 한 것이란 말이 설득력 있게 들린다.[46] 그러므로 임꺽정이 보여주는 모순에 찬 언행은 작가가 작중인물에 대해 시종 비판적 거리를 유지하고 있기 때문에 나타나는 것이라고 할 수 있을 것이다.

임형택은 작가가 임꺽정이 아무리 영걸이라도 제 분수에 맞게, 16세기라는 시대에 백정신분으로 도둑의 수괴가 된 인물에 어울리는 인물로 그리려고 했고 그래서 주인공을 현실적 논리에 따라서 움직이도록 배려해 임꺽정의 형상화에 현실논리가 관철되어 있다고 보았다. 필자도 이 견해에 동의하는 바이며 <임거정>은 그 결과 사실성을 띠게 되고 독자들에게 더욱 큰 흥미와 감동을 불러일으킬 수 있었다고 생각한다.

임꺽정은 조선 후기에 나타나는 것과 같은 농민운동의 지도자는 아니었으며 작가는 그것을 이미 명확하게 인식하고 그를 '의적'으로만 그리려 한 것 같다.

물론 임꺽정형의 의적이 이상적 인물이 될 수 없을 뿐 아니라 작가란 이상적 인물만을 그리는 사람도 아니다. 작가가 임꺽정에게 과다한 분장을 하지 않은 것만은 명백한 것 같다. 즉, 그냥 짓밟힌 천민들의 항거하는 모습을 그려 보이는 데서 더 나아가지 않으려 한 것이 아닌가 생각된다. 그 다음 작가가 산 당대의 민중이 꿈꿀 수 있는 히어로는 어떠한 인물이 될 수 있으며 그 투쟁은, 삶의 모습은 어떠해야 할 것인가…… 그것은 독자의 몫에 해당하는 이야기가 될 것이다.

임꺽정 일당의 위와 같은 싸우는 모습, 삶의 모습은 또 일부에서 경향적인 목적성·이념적인 편향성의 일면으로도 읽혀지고 있는 것 같다. 그

---

45) 위의 책, pp.143-4.

46) 임형택, "'임거정' 연재 60주년 기념좌담", 「벽초 홍명희 '임거정'의 재조명」(사계절, 1988), p.62.

것은 다음과 같은 작가의 발언을 상기할 때 충분히 있을 수 있는 진단이라 할 수 있다. 홍명희는,

> 세계를 들어서 새로운 단계의 발흥은 바야흐로 대홍수를 일으키게 되얏스니 금일의 시대사조는 사회변혁, 계급타파, 대항, 해방 등의 사조이니 이 시대의 문예가 이것을 중심사상으로 하고서 새로이 출발할 것은 당연한 일이다.

라 하고 있다.[47] 이 발언에는 그 용어에서부터 벌써 공산주의적인 색채가 짙게 드러나 있다. 문맥 그대로 새기면 공산주의자들의 문예이론과 다를 것이 없는 것 같다. 그러나 당시 한국에서의 공산주의 또는 사회주의 사상이란 것은 그 종주국에서 생각하고 있었던 것과 상당한 차이가 있는 것이라 함을 염두에 두지 않으면 안 된다. 당시 한국인들이 가지고 있던 공산주의 사상이란 것은 민족주의 사상과 혼합되어 제대로 분간이 안 되는 성질의 것이 되어 있는 경우가 많았다. 본래 공산주의와 민족주의는 공존할 수 없는 성질의 것이다. 진덕규는 초기 마르크스주의가 사회변동이나 근대화와 관련된 이데올로기 중에 민족주의에 대해 가장 저항적이고 비판적이며 경쟁적인 것이었다고 말했다.[48] 또 오스본은 마르크스에 의한 프롤레타리아혁명의 종국적 진전은 '민족적 차이가 사라진 거대한 초민족적 사회(treans-national society)'였다고 하고 있다.[49] 그런데도 일제 치하의 한국에는 공산주의와 민족주의 사이의 간극성을 깨닫고 있는 사람이 그렇게 많지 않았던 것 같다. 홍명희는 분명히 민족주의 사상을 가지고 있었던 것 같다. 그가 해방 후 가진 한 대담의 자리에서

---

47) 벽초, "신흥문예의 운동", 『문예운동』(1926.1), p.4.

48) 진덕규, 「현대 민족주의의 이론구조」(지식산업사, 1983), p.198.

49) Robert J. Osbon, The Evolution of Society Politics, Homewood(Illinois, The Dorsey Press, 1974), p.414.

한국인들은 우리의 민족문학의 전통계승을 해야 할 것이라고 발언한 데서도 이 점이 드러나 있다.[50] 그가 현실 세계에서 소재·제재를 취하지 않고 굳이 역사소설을 쓰기로 한 것은 식민지 치하란 현실적 조건의 어려움 때문이었음이 분명한데[51] 대부분의 다른 작가들이 역사소설이란 것을 썼어도 현실을 도피하는 경향을 보인 반면 홍명희는 현실을 외면하려 하지 않았다는 점에서 그의 작가로서의 기백이 돋보인다 할 것이다. 곧 그는 이 역사소설에서 과거의 사건을 이야기하면서 그가 산 당대와의 단절을 극복하려 하고 있는 것이다. 그는 이 소설에서 과거의 사실과 작가가 생활을 영위하고 있는 당대와의 유사성을 암시하려 했다는 지적이 바로 그러한 견해이다. 이 작품을 이와 같이 본 한 논문은 <임거정>이 역사상의 특정한 인물을 단순한 개인으로서가 아니라 계급구성원의 한 사람으로 관찰하면서 다른 계급과의 대립을 문제삼으려 했고, 이러한 현상들을 제국주의 치하의 식민지에서 일어나고 있었던 사회운동과 같은 종류의 것으로서 인식하고자 했다고 보았다.[52] 이러한 견해는 이 소설이 역사소설이면서 그 역사 속의 사건이 작가 당대에 대한 우의성을 띠고 있다는 것을 말해주는 것이다. 그 우의성이란 일본의 한국에 대한 식민통치가 부당한 것이며, 한민족에 대한 강압 통치는 민족적 저항·투쟁의 대상이라 함을 우회적으로 말해주는 것이다. 염무웅은 이 소설을 두고 '식민화하는 현실에 대응해서 민족문학의 연속성과 민족의 동질성을 창출하려' 한 작품이라고 했는데[53] 이것은 곧 <임거정>이 공산주의 이념 쪽으로 기울어진 것이라기보다 민족주의 문학의 성격을 띠고

---

50) "홍명희·설정식의 대담기", 『신세대』 23호(1948.5).

51) 백철은 이를 '어두운 현실을 정면할 수 없었기 때문'이란 말로 표현했다. (백철, 「신문학사조사」, 민중서관, 1963, p.341)

52) 이훈, "역사소설의 현실 반영", 「벽초 홍명희 '임거정'의 재조명」(사계절, 1988), p.161.

53) 염무웅, "'임거정' 연재 60주년 기념좌담", 「벽초 홍명희 '임거정'의 재조명」(사계절, 1988), p75.

있다는 것을 말해주는 것이다. 이렇게 볼 때 「의형제편」 이후 꺽정일당의 활약은 일제에의 항거란, 현실에서 실현할 수 없었던 꿈을 과거의 사건을 빌려 상상의 세계에서 실현하게 해 주고 있고 이것이 소설 <임거정>이 당대의 독자들의 마음을 사로잡은, 관심과 인기의 원천의 하나라고 볼 수 있을 것이다

　루카치는 역사소설의 개념에 대해 설명한 글에서 '중도적 주인공을 통해 한 사회의 총체성, 즉 상·하층 모두를 함께 보여줌으로서 한 사회의 본질적인 모순을 드러내야 한다'고 말했다. 그런데 <임거정>에는 처음 갓바치와 같은 인물이 연결고리 역할을 해 관변측과 천민층이 하나의 사회 속에 강한 연관을 가지고 등장하고 있었는데 작품이 후반으로 가서는 일방적으로 천민층의 이야기가 되어버려 균형을 잃고 있다.

　그뿐 아니라 이 작품 전반에 걸쳐 중간계층이 소홀하게 다루어졌다는 것도 문제 중의 하나다. 명종조 당시 조선의 전체 국민 구성비에서 농민이 절대다수를 차지하고 있었음에도 그들의 생활이 충분히 다루어지고 있지 못하다면 그것은 그 시대의 사회상을 제대로 보여주는 것이라 할 수 없다. 더구나 임꺽정 사건의 역사적 성격은 농민저항이 분명한 이상 더욱 그렇다. 꺽정을 포함한 대장·두목 두령급 7명 중 6명은 농사와 관계없는 출신 성분이고 곽오주만이 농사일을 한 사람이지만 그도 머슴 출신으로 농업노동자이었을 것이 분명하다. 그와 같이, 농민들이 그 생업을 버리고 토지를 떠나 산채로 들어가지 않을 수 없었던 사정은 별로 보이지 않는다. 청석골 패 중 농민출신에 대한 묘사가 없을 뿐 아니라 당시를 살아간 일반 농민들의 생활의 형상화도 상당히 부실한 편이다. 그들의 생활이 등장해도 그것은 추상적 서술에 그치고 있다. 이 소설에 농사짓는 농민의 생활상, 수자리살이와 봉물 강징, 지방 수령의 수탈에 헐벗고 굶주리다 못해 포망하는 농민의 모습이 제대로 그려져 있지 않다는 것은 이야기가 핵심을 벗어나 겉돌고 있다는 인상을 지울 수 없다.

중세 봉건사회의 핵심적인 두 계층은 말할 것도 없이 양반과 농민이다. 따라서 그 사회의 모순은 그 두 계층 간의 관계를 축으로 한 갈등에서 빚어진 것이다. 그러므로 조선 명종대란 중세사회의 전체성을 드러내기 위해서는 필수적으로 농민의 등장이 요구된다. 그런데도 농민과 그 삶이 제대로 보이지 않는 이 소설은 공간적으로 해당시대의 총체적 모습의 형상화란 역사소설의 근본과제에 소홀하고 있다는 비판을 면하기 어렵다.

　또 한 가지 문제로 지적되는 것은 임꺽정 일당의 주업이라 할 강도행위가 제대로 그려져 있지 않다는 사실이다. 본격적인 강탈행위는 평안도 감영에서 서울로 올려 보내는 진상봉물을 빼앗은 것이 나오고 있을 뿐이다. 그것도 임꺽정이 청석골 패에 합류해 조직적인 항거가 시작되기 전의 일이고 그 후로는 발견되지 않는다. 원고지 1만 수 천매 분량, 십년 넘게 연재된 도적무리의 활약을 다룬 소설에 강도현장이 제대로 그려져 있지 않다는 것은 기이한 일이 분명하다. 그러나 그로 인해서 이 소설이 긴장감·박진감을 잃고 있다든지 하는 것은 논의 밖의 일이다. 문제는 거기에 지배·부유 계층과 지배를 당하는 가난한 민중의 이해가 직접 부딪히는 계층 간의 갈등이 선명하게 부각되지 못하고 있다는 데에 있다. 이것은 작가 자신 그 의도한 바와 씌어진 작품 간의 거리로 시인했을 듯한 점이다.

　마지막으로 남은 한 가지 문제는 이 소설에 의적 임꺽정 일당과 민중과의 유대관계가 제대로 나타나 있지 않다는 것이다. 물론 군데군데에 단편적으로 민중이 임꺽정 일당을 돕고 있는 장면은 있다. 이 소설에서 서울의 한온 일가와 송도의 김천만, 금교 역말 어물전 주인 등은 청석골과 내통하고 있고 옥에 갇힌 길막봉을 구출해 돌아오다 관군에 쫓기게 되었을 때 임꺽정 일행은 진천의 이방 집에서 피신한다. 그러나 그런 정도뿐 그들이 민중의 애정을 받고 있고 그들과 고락을 같이하고 있는 것으로는 그려지고 있지 않다. 이 작품에는 민중이 그들이 위급할 때 피신하게 해주고 그들에게 관변의 움직임에 대한 재빠른 정보를 제공하는 등 임꺽정 일당을 돕는 것은 임꺽정 일당이 그들에게 공포감을 심어주고 있기 때문인 것으로 비쳐져 있다. 어떤 대목에 보면 임꺽정은 도리어 민중을 무자비한 약탈의 대상으로 삼고 있다.

어느 날 서림이 도중에 양식이 딸리게 될 것을 걱정하자 꺽정은,

> 「그때 가서 변통할 걸 지금부터 미리 변통하면 못 쓰나. 그따위 구차
> 스런 소리는 하지 말구 방곡한 골에는 가서 뺏어오구 방곡 안 한 골에는
> 방을 부칩시다. 방을 부쳐서 안 가져오거든 방부친 눔의 집은 말할 것도
> 없구 그눔 사는 데가 읍이면 읍, 촌이면 촌을 아주 뿌리를 빼옵시다.」
>
> — 화적편·3

라고 한다. 이 소설의 표현으로 미루어 추측하면 민중이 임꺽정을 돕고 관에 등을 돌리고 있는 것은 이 무작스런 보복이 길러놓은 공포감 때문인 것으로 생각된다. 임꺽정 일당 체포에 동원된 한 군졸이 '지금 황해도 이십사관 관하 백성들더러 황해감사가 무서우냐 꺽정이가 무서우냐 물어보면 열의 아홉은 꺽정이가 무섭달걸'이라 한 말에서도 이를 알 수 있다.

이것은 작가가 자료수집 과정에서 접한 관변측 시각에 너무 치우치게 된 결과가 아닌가 한다. 실록은 '황해도의 각 관의 이민들은 도적을 고포한 자는 적배에 의해 수살'되기 때문에 보복이 두려워 적패에 동조한 것으로 쓰고 있다.[54]

그러나 실제로는 사정이 달랐을 가능성이 크다. 임꺽정의 이름이 정사에 나타나 포살되기까지 기간이 3년이나 되는데 그동안 그가 거침없

---

54) ≪명종실록≫ 권 25, 명종 14년 4월.

이 서도일대를 누비고 다닐 수 있었다는 것은 민중 스스로의 마음에서 우러나온 지지, 성원이 없고는 불가능한 일이겠기 때문이다. 민중은 임꺽정에 대한 공포감을 가지고 있었던 것도 사실이었겠지만 봉건왕조체제에의 반감에서 출발한 그에의 자발적인 성원·지지 또한 그에 못지않게 있었다고 볼 때 이 소설에서는 전자 쪽이 너무 강하게 표현된 것이 아닌가 한다.

위에서 본 바와 같이 <임거정>은 몇 가지 문제를 안고 있는 것이 사실이지만 그런 점을 감안하더라도 이 작품은 여전히 한국문학사가 거둔 하나의 큰 수확임에는 틀림이 없다. 더구나 의적 모티프 소설로서 또 다른 큰 의미를 가지는 것이 이 작품이다.

먼저 <임거정>은 <홍길동전> 이후 3세기여 만에 본격 의적소설로 등장하게 된 작품이라는 점에서 그렇다. 또 신소설이 바로 당대에 실재했던 의적을 폭도·비도라 매도 격하하고 있음에도 이 소설의 작가는 나라가 주권을 잃어 여러 가지 제약을 받았을 때에 체제에 항거하는 주인공이 등장하는 이와 같은 대작을 썼다는 점에서 더욱 의의가 깊다.

그 위에 이 소설이 과거 역사상의 사건을 작품화하여 그 우의성으로 하여 그 과거를 현재와 맺어, 독자에게 일어서서 쟁취해야 할 것으로서의 삶에 대한 깨달음을 주었다는 사실도 값진 일이라 해야 할 것이다.

<임거정>은 우리 문학사가 얻은 한편의 훌륭한, 전형적인 의적소설이 분명하다.

Ⅳ. 결론

<임거정>은 16세기 후반 모순된 체제에 대한 민중의 변혁에의 원망이 군도형태로 나타난 사건을 작품화한 소설이다. 이 소설은 조정·관리

의 부정부패를 폭로하고 수탈과 각종 부역에 시달리는 백성들의 고통스런 삶을 극명하게 보여 주고 있다. 작품 속의 임꺽정 일당의 활약은 가난하고 힘없는 민중의 입장에 서서 하고 있는, 그러한 잘못된 세상에 대한 저항으로 그들로 하여금 의적의 면모를 띠게 하고 있다.

이 소설에는 조선시대의 여러 제도·풍속·습관이 자세히 묘사되어 있고 작가는 당대의 어휘를 폭넓게 또 능숙하게 구사하여 작품에 조선정조가 넘쳐흐르게 하고 있다. 이러한 면은 이 작품에 당시 사회와 인간의 삶에 구체성과 사실성을 심어 주어 독자가 조선 사회를 총체적으로 체험하게 하고 있다. 따라서 이 작품을 역사적 현실 재현 자체가 목적이 되어 있으며 그러므로 이는 일종의 세태소설로 보아야 한다는 견해는 수정되어야 한다고 생각한다.

임꺽정에게서는 지나치다 할 만큼 잔인한 행동들이 발견되어 이것이 이 작품으로 하여금 악한소설의 성격을 띠게 하고 있다는 비판이 있는데 그것은 주인공의 의적적 속성 때문인 것으로 보아야 할 것이다. 의적에게는 비적의 성격이 있게 마련이고 그러고서야 비로소 그는 의적일 수 있고 살아 움직이는 인간일 수 있는 것이다.

임꺽정은 이기적인데다 스스로 전제군주를 흉내 내고 있어 이것이 민중의 영웅으로서의 모순된 모습으로 지적되고 있다. 이를 객관적인 현실의 논리가 작가의 주관적인 의식을 초월하기 때문에 소설을 써가다 보니 그렇게 그려지게 되었다고 보는 견해도 있으나 필자는 여기에 이견을 제시하고 싶다. 곧 작가가 주인공을 세계사적 개인 아닌 범죄자에서 멀리 떨어져 있지 않은 인물로 그리고 있는 것은 16세기 조선시대의 의적형태의 저항이란 그렇게 될 수밖에 없었다는 한계를 보여 주려 한 작의에서 온 결과가 아닐까 한다.

또 <임거정>을 공산주의 이데올로기가 지나친 소설로 보고 이를 문제삼는 연구자도 있는데 이에는 이 작품의 투쟁적인 면모를 어느 시각에서 보느냐에 따라 다른 해석도 가능하지 않을까 한다. 이 소설에서의 체제 도전적, 투쟁적인 면은 식민지 치하의 항일 민족주의 사상의 우의적 표현이라고 볼 수 있겠기 때문이다. 그렇게 보면 이 작품이 경향적 목적성·이념적 편향성이 심한 소설이라는 비판은 재고되어야 하지 않을까 한다. 그 밖에도 이 작품에는 중간계층이 소홀하게 다루어졌다, 계층 간의 충돌이 드러나 있지 않다는 등 여전히 문제로 지적되는 점이 있지만 이 소설은 <홍길동전> 이후 3세기 여 만에 나타난 본격 의적소설로 과거에 의탁해 모순된 현실을 비판하고 있으면서 미학적 성과까지 거두고 있다는 점에서 한국문학사상 큰 수확의 하나로 기록되어야 한다고 생각한다.

제2장 玄妙한 美의 세계

이효석의 〈메밀꽃 필 무렵〉
한 화폭에 담은 아름다운 자연과 인간

이태준의 〈가마귀〉
최초의 본격 탐미주의 소설

황순원의 〈소나기〉
슬프고 아름다운 사랑의 수채화

이제하의 〈유자약전〉
허위에 찬 세상의 추악성 폭로

이문열의 〈금시조〉
절망의 순간에 이른 자기완성

양귀자의 〈한계령〉
산다는 일 가파름의 발견

이순원의 〈은비령〉
잊을 수 없는 먼 별에 사는 사랑

이효석의 <메밀꽃 필 무렵>
한 화폭에 담은 아름다운 자연과 인간

Ⅰ. 서론

이효석은 1907년 강원도 평창군 봉평면 남안리에서 교사와 면장을 지낸 이시후를 아버지, 강홍경을 어머니로 하여 태어났다. 그는 어린 시절 고향의 서당에서 한문 공부를 한 다음 평창공립보통학교를 졸업했다. 어릴 때부터 수재로 불린 그는 1920년 경성제일고보(지금의 경기고등학교)에 들어갔고, 1925년에는 경성제국대학(지금의 서울대학교)에 입학해 영문학을 전공했다. 1930년 이 학교를 졸업한 그는 이듬해에 은사의 추천으로 조선총독부 경무국 검열계에 취직을 했다. 얼마 안 가 그곳을 사직한 그는 함경북도 경성으로 가 그곳 농업학교의 영어교사가 되었다. 그는 그 뒤 숭실전문학교의 영어 교수로 근무하던 중 1942년 결핵성 뇌막염으로 세상을 떠났다.

1925년 『매일신보』에 시 <봄>을 발표함으로서 문단에 얼굴을 내민 그는 1928년 『학지광』에 단편 <도시와 유령>을 발표하면서부터 소설을 쓰기 시작했다. 그는 이후 잇달아 1930년 『조선일보』에 <마작철학>, 『대중공론』에 <깨뜨려지는 홍등>, 1931년 『대중공론』에 <노령근해> 등 경향성이 짙은 소설들을 발표해 동반자작가로 불리면서 본격적인 작품활동을 하기 시작했다.

그러나 그의 동반자적 성격은 유진오의 그것처럼 철저한 것이 되지 못했다. 그의 동반자문학은 의식적인 노력에 의해 씌어진 것이었으므로 상당수 작품이, 사상이 소설 속에 용해되어 들어가지 못해 억지스러움을 면하지 못했다. 그의 경향문학은 프롤레타리아에 대한 동정적 시각의 문학이었는데 그 동정도 이념 연구에 몰두한 적이 있는 유진오의 경우는 빈민계급 속에 서서 보낸 수평적인 것이었던 반면 그의 경우는 그보다 위로 멀리 떨어진 거리에서 보낸 수직적인 것이었다. 따라서 전기의 그의 문학은 후기의 그것에 비해 문예물로서 작품성과가 큰 것이라하기 어렵다.

결국 그의 참다운 문학적 결실은 1933년 『조선문학』에 단편 <돈(豚)>을 발표한 이후의 것에서 찾아야 할 것이라 생각된다.

그는 흔히 한국 3대 단편작가의 한 사람으로 꼽힐 만큼 우리 문학사에서 비중이 큰 소설가임이 틀림없다. 이 글에서 다룰 단편 <메밀꽃 필 무렵>이 전국의 대학 국어교과서에 가장 많이 실린 소설로 부동의 자리를 차지하고 있는 것만 보아도[1] 그의 비중이 어느 정도인가를 알 수 있다.

그러나 그에 대한 평가는 한 가지 정설 쪽으로 통일이 되어 있지 않다. 그의 문학에 대한 시각은 긍정과 부정의 극을 치닫고 있는 것이 학계의 현실이다. 어떤 작가, 어떤 작품에 대한 평가는 연구자에 따라 상이한 경우가 흔하지만 이효석 문학을 둘러싼 연구자들의 견해차는 다른 경우보다 훨씬 크다.

---

1) 『문학사상』 1982년 2월호, pp.140~50.

김우종은, 문학을 지하운동 같은 것으로 해야 한다고 한 극좌 임화까지도 그의 단편에 대해서만은 내용 빈 것을 나무라기에는 '너무나 탁마된 형식'이라는 말로 극찬했다고 하고[2] 그의 문학은 1930년대 순수 작단을 빛내는 가장 정교한 기념탑이라고 상찬하고 있다.[3]

그러나 부정적으로 보는 눈도 적지 않다. 정명환은 그의 소설이 '사회적 상황 속의 인간에 대한 무관심이 드러나 보이는' 것으로 일제 치하 현실에의 '위장된 순응주의' 문학이라고 비난했다.[4] 또 김윤식·김현 공저의 한국문학사를 다룬 한 책은 이효석에 대해서 한 마디의 언급도 하지 않음으로서 작가·작품 자체를 아예 무시하고 있다.[5]

이효석이 동반자소설을 통해 그 나름의 사회비판적 발언을 하다가 전원문학으로 돌아선 것은 일본의 한국 문인에 대한 탄압이 강화되었기 때문이었다. 30년대에 들어 조선총독부가 한국 문인들을 검거하고 문학작품에 대한 검열을 강화했을 때, 한국 문인들의 그에 대한 대응은 일부 풍자문학 작품을 쓴 작가를 제외하고는, 대일협력 또는 절필과 전원문학에의 은둔이었다. 그런데 풍자문학까지도 곧, 용납이 되지 않아 더 이상 발표할 수가 없어졌다. 그러니까 전원에의 은둔이라는 것을 택해서라도 작품을 발표하지 않았다면 30년대 중반 이후부터 해방이 될 때까지 우리 문학은 공백기를 맞을 뻔 했었다. 그런 의미에서 이효석이, 이 시대에 발표한 전원을 배경으로 한 문학은 이 기간 동안 우리 소설문학의 연명에 기여했다는 의미를 가진다 할 수 있다.

또 그가 30년대 중반에 발표한 전원 배경의 단편소설들은 우리 소설이 서구적 현대성에 한 걸음 다가서게 했다는 것도 부정할 수 없다. 이상

---

2) 김우종, 「한국현대소설사」(선명문화사, 1974), p.247.

3) 김우종, "이효석과 그 문학", 『신한국문학전집』 50 (어문각, 1984), p.200.

4) 정명환, "위장된 순응주의", 『이효석전집』 8 (창미사, 1983), p.154.

5) 김윤식·김현, 「한국문학사」(민음사, 1974)

의, 두 가지 의미를 가지고 있는 그의 대표작이 <메밀꽃 필 무렵>이다.

　필자는 이 글에서 이 소설이 가지고 있는 순수문학 작품으로서 문예미학적 우수성을 그 탐미주의적 성격에 초점을 맞추어 살펴보고자 한다.

II. 달빛이 찾아 준 아득한 옛 인연

　<메밀꽃 필 무렵>은 이 작가가 1936년 『조광』 10월호에 발표한 단편으로 그의 대표작이자, '완벽한 작품'이라는 평까지 들을[6] 정도로 뛰어난 소설이다. 왼손잡이에 곰보인 포목장사 장돌뱅이 허 생원은 젊은 시절 물레방앗간에서 단 한 번 그와 인연을 맺고 다시는 만나지 못한 것은 물론 소식조차 알 길 없는 성씨 처녀를 잊지 못한다. 그런데 그가 우연히, 같은 장사를 하면서 장을 돌고 있는 총각, 동이가 그 처녀와의 사랑에서 태어난 자신의 아들이라는 것을 알게 된다는 것이 이 소설의 줄거리이다.

　이효석의 전원소설은 흔히 동물과 인간 간의 성의 동일성을 보여주는 문학이라는 말을 듣고 있다. 돼지가 교미하는 광경을 보고 어딘가로 가버린 제 또래 소녀, 분이 생각에 넋을 잃은 소년 이야기 <돈>, 우연히 개가 교미하는 것을 같이 목격하고는 둘이 성적 결합을 하는 '나'와 옥분의 이야기, <들>이 전형적으로 그런 소설이다.

　<메밀꽃 필 무렵> 역시 그런 경우로 주인공 허 생원과 그의 나귀에서 그와 같은 면을 볼 수 있다. 이 소설에서의 허 생원의 나귀는 희로애락을 알고 생로병사 하는 한 인격체와 같은 존재다.

　　반평생을 같이 지내온 짐승이었다. 같은 주막에서 잠자고, 같은 달빛에 젖으면서 장에서 장으로 걸어다니는 동안에 이십 년의 세월이 사람

---

6) 이재선, 『한국현대소설사』(홍성사, 1979), p.350.

과 짐승을 함께 늙게 하였다. 가스러진 목뒤 털은 주인의 머리털과도 같이 바스러지고, 개진개진 젖은 눈은 주인의 눈과 같이 눈꼽을 흘렸다. 몽당비처럼 짧게 쓸리운 꼬리는, 파리를 쫓으려고 기껏 휘저어 보아야 벌써 다리까지는 닿지 않았다. 닳아 없어진 굽을 몇 번이나 도려내고 새 철을 신겼는지 모른다. 굽은 벌써 더 자라나기는 틀렸고 닳아버린 철 사이로는 피가 빼짓이 흘렀다.

이쯤 되면 허 생원에 있어서의 나귀는 그가 부리는 한 마리 축생 이상의 그 무엇이다.

그에 이어진 다음 인용문을 보면 허 생원의 나귀는 고락을 함께한, 피붙이와 같은 존재라는 것을 알 수 있다.

> 닷새만큼씩의 장날에는 달보다도 확실하게 면에서 면으로 건너간다. 고향이 청주라고 자랑삼아 말하였으나 고향에 돌보러 간일도 있는 것 같지는 않았다. 장에서 장으로 가는 길의 아름다운 강산이 그대로 그에게는 그리운 고향이었다. 반날 동안이나 뚜벅뚜벅 걷고 장터 있는 마을에 거지반 가까웠을 때, 거친 나귀가 한바탕 우렁차게 울면― 더구나 그것이 저녁녘이어서 등불들이 어둠 속에 깜박거릴 무렵이면, 늘 당하는 것이건만 허 생원은 변치 않고 언제든지 가슴이 뛰놀았다.

이재선은 이 소설에서의 허 생원은 한 사람의 유랑자로 언제나 '가고' '돌아다니고' '헤매는' 길이 있게 마련인 떠돌이라고 했는데[7] 나귀 역시 그와 함께 떠돌아 왔고 떠돌고 있는 반려다.

나귀는 허 생원, 인간과 같은 영혼을 가진 존재로 그려져 있어, 이성에 대해서도 사람과 다를 바 없는 감정과 행동을 보이고 있다. 허 생원은 나이 들 만큼 든 위에 얼굴마저 얽은 데다 이리저리 떠도는 장돌뱅이 주제

---

7) 위의 책, 같은 쪽.

이지만 한 사람의 사내로서의 여색에 대한 가슴 설렘은 젊은이들이나 다름없다. 그래서 술집 작부 충줏집 생각만 해도 '얼굴이 붉어지고 발밑이 떨리고 그 자리에 소스라쳐' 버린다. 그리고 한창 나이의 동이가 그녀와 수작을 하고 있는 것을 보고는,

> 머리에 피도 안 마른 녀석이 낮부터 술 처먹고 계집과 농탕이야. 장돌
> 뱅이 망신만 시키고 돌아다니누나. 그 꼴에 우리들과 한몫 보자는 셈이지.

하고 나이든, 어른행세를 하면서 동이를 꾸짖고 그에 이어 손찌검까지 한다. 그러나 그것은 가식이고 허 생원이 동이에게 심하게 군 것은 젊은 남녀가 서로 좋아하는 것을 보고 한 사람의 사내로 질투를 느끼고 그것을 참지 못해 한 짓이었다.

이, 수컷으로서의 억누를 수 없는 춘정은 허 생원의 나귀에게서도 꼭 같이 볼 수 있다. 그의 나귀는 매어 놓은 바를 끊고, 굴레가 벗어지고, 안장도 내팽개친 채 발작을 하듯 날뛴다. 허 생원은 그것을 장판의 장난꾼 애들이 나귀를 못살게 굴어 그러는 것으로 안다. 그러나 장판의 한 소년이,

> "김 첨지 당나귀가 가버리니까 온통 흙을 차고 거품을 흘리면서 미친
> 소같이 날뛰는 걸. 꼴이 우스워 우리는 보고만 있었다우. 배를 좀 보지."

라고 한 말이 맞다고 보아야 할 것이다. 그리고 한 아이가,

> "늙은 주제에 암샘을 내는 셈야, 저놈의 짐승이."

라고 했을 때 허 생원이 '견딜 수 없어' 채찍을 들고 그 소년을 쫓은 것은 그 직전, 주막에서 동이에게 한 자신의 행동이 나귀의 발광과 다를 바

없다는 사실에 스스로 부끄러움을 느꼈기 때문이었을 것이다.

자연에서 식물이 정받이를 하면 열매가 맺고 거기서 싹이 터 그 식물이 지상에 대를 이어 퍼져 가듯, 동물도 암수가 교미를 하면 암컷이 새끼를 배고 달이 차면 그 새끼를 낳는다. <메밀꽃 필 무렵>에서도 그 종족보존본능에 의한 암수의 어울림과 번식을 볼 수 있다.

허 생원의 나귀는 허 생원을 따라 이 장, 저장을 떠돌고 있다. 그런데 그 떠도는 중에 발정한 암컷을 만나고 짝짓기를 하고 새끼를 본다. 그것은 다음과 같은 허 생원의 말에서 알 수 있다.

> "나귀야. 나귀 생각하다 실족을 했어. 말 안 했던가. 저 꼴에 제법 새끼를 얻었단 말이지. 읍내 강릉집 피마에게 말일세. 귀를 쭝긋 세우고 달랑달랑 뛰는 것이 나귀새끼 같이 귀여운 것이 있을까. 그것 보러 나는 일부러 읍내를 도는 때가 있다네."

그가 술집에서 동이에게 가혹한 짓을 할 때 그에게 '장사란 탐탁하게 해야 되지, 계집이 다 무어야.'라고 한 것이 '질투'를 숨긴 거짓말이었듯이 위에서 한 허 생원의 말도 거짓말이다. 그는 개울을 건너면서 들은 동이의 지나온 삶의 내력에서 그 청년이 자신의 아들이라는 것을 안 데서 온 충격 때문에 발을 헛딛었던 것이다. 어쨌든 암수가 사랑을 하고 새끼를 보았다는 점에서 허 생원은 그의 나귀와 조금도 다를 것 없이 같다.

인간, 동물의 암수의 어울림은 원시적 생명력의 발로다. 그리고 그것은 자연스럽고 아름다운 것이다. 한 논문이 <메밀꽃 필 무렵>은 '자연의 품에 안긴 자연인으로서의 원초적이고 건강한 아름다움을 보여주고 있다'고 한 것도 그 때문이다.[8] <메밀꽃 필 무렵>은 일단 그 점에서 독자에게 아름다움을, 감동을 준다.

---

8) 정한숙, 「현대한국작가론」(고려대학교 출판부, 1981), p.154.

그러나 자세히 보면 <메밀꽃 필 무렵>에서의 허 생원의 사랑은 동물들의 그것과는 근본적으로 다르다.

그가 쓴 소설에는 분명히, 동물적이고 충동적이며 순간의 쾌락에 탐닉하고 있는 인간의 이야기가 있다. 남녀 간의 동물적, 충동적 성적 결합이 가장 잘 나타나 있는 그의 소설은 단편 <들>이다. <들>의 주인공 '나'와 그 또래의 마을 처녀 옥분의 정사는 어느 날 개천 둑에서 우연히 둘이 같이 보게 된 한 쌍, 개의 교미와 별로 다를 것이 없다. '나'와 옥분은 아무런 계기도 없이 우연히 만나 성적 교섭을 한다. 뒤에, '나'는 이에 대해,

아무 마음의 거래도 없던 것이 달빛과 딸기의 꼬임을 받아 그 자리에서 금방 응락이 되다니. 항용 거기에 이르기까지의 두 사람의 마음의 교섭이란 이야기 속에서 읽을 때에는 기막히게 장황하고 지리한 것이었는데 그것이 그렇게 수월할 법일까.

라고 생각한다. '나'와 옥분의 정사는 마치 옛날 중국의 농부들이 봄날 밤, 들에서 그해의 풍요를 기원하며 성희를 즐기듯, 자바의 젊은 남녀들이 벼꽃이 필 때 풍년이 들기를 빌며, 밭에서 서로 몸을 섞듯, 한 자연물로, 암수의 본능이 시키는 대로 하고 있는 것이다. 한 논문은 이효석의 소설은 짐승을 자주 등장시키는데 그 짐승들은 발정하고 교미하며, 이는 짝짓기 하는 동물과 인간의 동질성을 보여주는 것이라고 했다.[9]

그러나 <메밀꽃 필 무렵>은 그와 경우가 다르다. 어느 달 밝은 밤 개울에 목욕하러 갔다가 물레방앗간에서 우연히 그 동네 성씨네 처녀와 만나 정사를 했다는, 사건의 경개만 보면 그들이 <들>에서와 별다를 것 없는 동물적 사랑을 한 것으로 생각하기 쉬우나 이 소설을 좀 더 꼼꼼히

---

9) 김우종, 앞의 책, pp.203~4.

읽어보면 그렇지 않다는 것을 알 수 있다. <들>에서의 '나'와 옥분의 관계에는 두 남녀가 우연히 만나 '한 번 즐긴 것' 이상의 의미가 없다. '나'는 옥분과의 미래 같은 것은 아예 생각지도 않고 있고 옥분 역시 사내가 그만이 아니고 이미 '나'의 친구 '문수'와도 그런 관계를 가졌음이 드러난다. 그리고 이 때 보이는 '나'의 반응은 질투심을 느끼는 대신 책임을 지지 않아도 된다는 일종의 '안심과 감사'를 느끼는 것이다.

그런데 허 생원에 있어서 성씨 처녀는 '하룻밤 사랑'이 아니다. 그 자신의 이야기에 그것이 나타나 있다.

> "제천인지로 줄행랑을 놓은 건 그 다음 날이렸다."
> "다음 장도막에는 벌써 온 집안이 사라진 뒤였네. 장판은 소문에 발끈 뒤집혀 고작해야 술집에 팔려가기가 상수라고 처녀의 뒷공론이 자자들 하단 말이야. 제천 장판을 몇 번이나 뒤졌겠나. 허나 처녀의 꼴은 꿩 먹은 자리야. 첫날 밤이 마지막 밤이었지. 그 때부터 봉평이 마음에 든 것이 반평생인들 잊을 수 있겠나."

위에서 알 수 있는 바와 같이 그는 그녀의 가족이 그곳으로 갔다는 제천 장판을 샅샅이 찾았다. 그의 그와 같은 노력은 건성으로 한 것이 아니라 진심 어린 것이었음이 분명하다. 그녀의 가족은 빚에 쪼들리다 못해 도망을 쳐 숨었으니 허 생원이 쉬 찾을 수 없는 것은 당연하다. 그리고 그는 장을 돌면서 장사를 하는 틈을 보아 그녀를 찾아야 했으니 찾기는 더욱 어려웠을 것이다.

> 드팀전 장돌림을 시작한 지 이십 년이나 되어도 허 생원은 봉평장을 빼논 적이 드물었다. 충주 제천 등의 이웃 군에도 가고, 멀리 영남 지방도 헤매기는 하였으나, 강릉쯤에 물건 하러 가는 외에는 처음부터 끝까지 군내를 돌아다녔다.

고 한 데서 알 수 있듯, 허 생원이 오랜 세월 고집스럽게 봉평장을 빼지 않고 들리고 있는 것은 그, 하룻밤 사랑을 잊지 못해서, 어쩌면 그녀를 다시 만날 수 있을지 모른다는 막연한 기대 때문이었다.

그의, 그와 같은 마음은 한결같은 것이다. 조 선달이 가을까지만 장돌이 장사를 하고 대화쯤에서 가족과 안착을 하겠다고 했을 때 허 생원이, "옛 처녀나 만나면 같이나 살까 – 난 거꾸러질 때까지 이 길 걷고 저 달 볼테야."라고 한 데에 그의 마음이 분명하게 드러나 있다.

그러던 허 생원이, 동이가 자신의 아들이라는 것이 거의 분명해지고, 그가 가을에는 그 어머니를 봉평에 모셔다 같이 살겠다고 하자, "아무렴, 기특한 생각이야. 가을이랬다?"고 확인하고 있다. 이는 그가 꿈에도 그리던 처자를 만나 노년의 행복을 찾겠다는 마음을 굳혔음을 보여주는 것이라 할 것이다. 정한숙은, 이효석은 그의 소설에서 성 본능을 승화하고 있다고 한 바 있는데[10] <메밀꽃 필 무렵>이 바로 그런 작품이라고 해도 될 것이다.

Ⅲ. 그림같은 자연 속의 음악같은 이야기

이효석이 1933년 이후에 발표한 전원 배경의 소설들은 사상성이 없다, 현실을 외면하고 있다, 역사가 없다는 등의 비판을 받아왔다. 그럼에도 그 소설들은 우리 문학사에서 무시할 수 없는 것은 물론, 어떤 의미에서 중요한 이정표가 되고 있다는 사실을 부정할 수 없다. 그 이유는 한 마디로 이때의 그의 소설, 특히 단편소설들의 미학적 우수성 때문일 것이다. 그런 면을 대표하는 그의 소설 한 편을 말한다면 이견 없이 <메밀꽃 필 무렵>을 들지 않을 수 없을 것이다. 이 소설이 특별한 주목을 받는 것은

10) 위의 책, p.170.

다른 작가의 작품에서 보기 힘든 아름다움을 가지고 있기 때문이다. 이 소설의 아름다움은 평범한 경지를 넘어서 있다. 일찍이 임헌영은 이효석의 소설에 탐미주의적인 경향이 있다고 말한 바 있는데[11] <메밀꽃 필 무렵>이 그런 작품이다. 탐미주의 소설의 가장 큰 내적 특징의 하나는 그 주제를 무엇이라고 분명하게 말하기 어렵다는 것이다. 주제란 그 소설의 중심사상, 핵심적 의미라고 정의할 수 있다. 이때의 '중심사상' '핵심적 의미'란 어떤 분명한 메시지이어야 하는데 그런 것을 찾기 어렵다는 말이다. 그것은, 원래 탐미주의의 입장이 형식을 중시하고 사상, 주제를 경시하기 때문이다.[12] <메밀꽃 필 무렵>이 바로 그러해서 이 소설은 아름다운 자연을 배경으로 한쌍 남녀의 운명 같은 사랑을 그림처럼 그려 보여주고 있을 뿐이다. 그러므로 거기서 사상이나 의미를 찾으려 골몰할 필요가 없는, 그래보아야 그러한 노력은 헛수고일 뿐인 소설이다. 이런 소설은 그림이나 음악처럼 그냥 그 아름다움을 느끼고 그것을 음미하고 향유하면 되는 그런 것이다.

그와 같은 <메밀꽃 필 무렵>은 에로티시즘적인 성격을 띠고 있으면서도 그런 소설이 보이기 쉬운 불결함이 없다. 그에 대해 유진오는 '모파상의 제작품에서와 같은 외설한 느낌도, 톨스토이가 애욕의 장면이 되면 보여주는 강렬한 호색적 경향도, D. H. 로렌스에서 보는 바와 같은 집요스러움도 없는 것이 이효석의 섹스세계다.'라고 한 바 있다.[13]

<메밀꽃 필 무렵>은 불결함이 없을 뿐 아니라 거기서 맑고 깨끗한 아름다움을 느낄 수 있다. 그러한 아름다움은 이 소설 전체의 구조에서 우러나오는 것이다. 그러나 여기서는 그 구조 중에서도 그의 어휘 구사, 배경 설정, 감각 체험의 재현 등의 창작기교에 대해 살펴보기로 하겠다.

---

11) 임헌영, 「한국근대소설의 탐구」(범우사, 1974), p.81.

12) R. V. Johnson, Aestheticism, Methuen & Co. Ltd., 1973, p.10.

13) 유진오, "작가 이효석", 『이효석전집』 5 (춘조사, 1960), p.344.

이효석은 곱고 고유한 우리말을 잘 구사한 작가로 정평이 나 있다. 그는 어떤 경우에는, 그 방면의 전문가도 따르기 힘들 정도의 어휘 실력을 보여주기도 한다. 봄철, 들의 식물들에 대해 말하고 있는 <들>의 한 구절이 그런 경우다.

꽃다지, 질경이, 냉이, 딸장이, 민들레, 솔구장이, 쇠민장이, 길오장이, 달래, 무릇, 시금치, 씀바귀, 돌나물, 비름, 능쟁이.
들은 온통 초록 천에 덮여 벌써 한 조각의 흙빛도 찾아 볼 수 없다. 초록의 바다다.

여기서의 그의 야생식물 이름에 대한 지식은 가히 식물학자의 그것이라 할 만한 것이다. <메밀꽃 필 무렵>에서의, 그의 어휘구사도 그만의 개성이 넘치는 것이다. 필자는 80년대에, 한 사람의 소설연구자로서 이 소설을 처음 읽었을 때 놀라움과 함께 어떤 당혹감 같은 것을 느꼈다. 무엇보다 그 뜻을 알 수 없는, 생소한 낱말이 너무 많았기 때문이었다. 먼저, 필자의 어휘력이 이렇게 부족한가 하는 의문이 들었다. 그러나 곧 그와 같은 자신에 대한 회의는 어느 정도 버릴 수 있었다. 왜냐하면 필자와 비슷한 나이의 다른 사람들도 이 소설에서 필자와 거의 같은 것을 느꼈다는 말을 들었기 때문이었다. 또 한 가지 놀라운 것은 50년이 채 안 된 세월 동안에 우리말의 사멸이 이렇게 많았던가 하는 것이었다. 그러나 그 의문도 곧 풀렸다. 왜냐하면 이 소설에 쓰인 단어들이, 그 시대의 작가의 고향, 강원도 지방에만 쓰인 특수한 사투리 아닌가 하는 두 단어를 제외하고는[14] 모두 우리 말 사전에 나와 있는 말들이었기 때문이었다. 이는 이 작가가

---

14) '춤춤스럽게'와 '부락스런'이라는 두 단어를 제외하고는, 모두 비교적 최근에 간행된, 충실한 책으로 평가 받고 있는, 1991년 금성출판사판 「국어대사전」에 나와 있었다. 위의 두 단어는 문맥상 각각 '매우 귀찮게', '말을 잘 듣지 않는'의 뜻으로 쓰인 것이 아닌가 한다.

그만큼 우리의 고유한, 아름다운 말을 많이 알고 있었고 또 그런 말들을 잘 활용하려고 애를 썼다는 것을 의미한다 할 것이다. 그 중에서도 봉평 장에서 한 번이나 흐뭇하게 '사본' 일 있을까라고 한 말에서의 '사본'은 특히 재미있는 표현이다. 이 말의 동사 원형, '사다'는 보통의 경우 '값을 치르고 자기 것으로 만들다'의 뜻으로 쓰이지만 여기서는 '가진 것을 팔아 돈으로 바꾸다'의 의미로 쓰인 것이다. 이 소설에 쓰인 어휘 중 사전의 도움을 받지 않으면 쉽게 뜻을 알 수 없는 말들은 다음과 같다.

- 가스러진 – 잔털이 거칠게 일어난
- 각다귀 – 모기 비슷한 곤충. 여기서는 장판의 장난이 심한 아이들
- 곳물 – '콧물'의 고어
- 궁싯거리다 – 이리저리 머뭇거리다
- 난질꾼 – 이골이 난 사람
- 농탕 – 남녀가 음탕한 소리나 행동으로 난잡하게 놀아나는 것
- 대근 – 견디기 힘듦
- 드팀전 – 피륙 가게
- 바리 – 마소에 실은 짐
- 상수 – 자연으로 정해진 운명(常數)
- 아둑시니 – '어둠의 귀신'의 사투리
- 얽둑배기 – 얼굴이 얽은 사람
- 장도막 – 장날과 장날 사이의 동안
- 해깝다 – '가볍다'의 사투리
- 후릴 – 휘몰아채거나 쫓음
- 훌칠 – 촛불 등이 바람에 쏠릴

위와 같은 어휘의 구사는 장판과 산과 들을 떠돌아다니는 장돌뱅이들의 삶을 구수하고 정겹게 그려보여 주는 데 큰 몫을 하고 있다 할 것이다.

인간과 인간의 슬프도록 아름다운 인연, 사랑 이야기 <메밀꽃 필 무렵>은 그 배경 역시 아름다운 산천, 자연이다. 그와 같은 배경은 등장인물과 그의 행동에 신빙성을 주고 사건에 어울리는 분위기를 살려내고 있다. 그런데 작가는 그 자연배경을 처음부터 드러내 놓지 않는다. 이 소설은 먼저, 도입부, 갈등부에서 이해관계가 오가고, 시기 질투가 있고 다툼이 있는 장판을 내세워 독자로 하여금 거기서 이 세상 진애에 실컷 시달려 지치게 한다.

다른 축들도 벌써 거진 전들을 걷고 있었다. 약바르게 떠나는 패도 있었다. 어물장수도 땜장이도 엿장수도 생강장수도, 꼴들이 보이지 않았다. 내일은 대화에 장이 선다. 축들은 그 어느 쪽으로든지 밤을 새며 육칠십 리 밤길을 타박거리지 않으면 안 된다. 장판은 잔치 뒷마당 같이 어수선하게 벌어지고, 술집에서는 싸움이 터져 있었다. 주정꾼 욕지거리에 섞여 계집의 앙칼진 목소리가 찢어졌다. 장날 저녁은 정해 놓고 계집의 고함 소리로 시작되는 것이다.

싸움이 벌어진 술집, 술집 여자의 앙칼진 목소리로 어지러운 장판은 각박하고 추한 속세다. 허 생원 일행은 짐을 챙겨 나귀에 싣고 장판을 떠나는데 그들이 그리하여 들어서는 세상은 산이 있고, 물이 있고, 꽃이 있고, 달이 있고, 아름다운 사랑의 추억 이야기가 있는 선계다. 작가는 그 신선세계를 다음과 같이 그리고 있다.

이지러는 졌으나 보름을 갓 지난 달은 부드러운 빛을 흐뭇이 흘리고 있다. 대화까지는 팔십리의 밤길, 고개를 둘이나 넘고 개울을 하나 건너고 벌판과 산길을 걸어야 된다. 길은 지금 긴 산허리에 걸려 있다. 밤중을 지난 무렵인지 죽은 듯이 고요한 속에서 짐승 같은 달의 숨소리가 손에 잡힐 듯이 들리며, 콩포기와 옥수수 잎새가 한층 달에 푸르게 젖었다.

산허리는 온통 메밀밭이어서 피기 시작한 꽃이 소금을 뿌린 듯이 흐뭇한 달빛에 숨이 막힐 지경이다. 붉은 대공이 향기같이 애잔하고 나귀들의 걸음도 시원하다. 길이 좁은 까닭에 세 사람은 나귀를 타고 외줄로 늘어섰다. 방울소리가 시원스럽게 딸랑딸랑 메밀밭께로 흘러간다.

달빛 아래 산길을 걷고 있는 일행을 묘사하고 있는 위의 대문은 한 폭의 그림과 같은 영상미를 떠올려 준다. 그런데 여기에는 독자의 오감을 자극해 아름다운 이미지를 불러일으키는 말들이 질펀하게 늘려 있다. 이 글에는 시·청·촉·후·미각 이미지의 말들이 모두 나와 있다. 달의 '부드러운 빛' '달빛' '붉은 대공' 같은 말은 시각, '달의 숨소리' '방울소리' '딸랑딸랑'은 청각, '부드러운' '시원하다'는 촉각, '향기' '숨이 막힐'은 후각, '소금'은 미각 이미지의 말이다. 그런데 이러한, 독자에게 아름다운 감각체험을 불러일으키는 말들은 또 상투적인 표현법을 뛰어넘어 그지없이 신선하게 쓰여 있다. '달의 숨소리'만 해도 파격적인 표현인데 또 그것이 '손에 잡힐 듯이' 들린다고 하고 있는 데서는 그 기발한 표현법에 놀라지 않을 수 없다. 그와 같은 표현은 그리 길지 않은 위의 인용문 곳곳에서 발견할 수 있다. '길은 지금 산허리에 걸려 있다' '나귀들의 걸음도 시원하다' 방울소리가 '메밀밭께로 흘러간다'고 한 구절들이 그런 것이다. 이러한 표현들은 문장론에서 말하는 이른바 '낯설게 하기'로 이 소설에 청신한 아름다움을 한층 더해 주고 있다.

Ⅳ. 결론

한 편의 탐미주의적인 전원문학, <메밀꽃 필 무렵>은 이 작가가 즐겨써 온 성에 있어서 동물과 인간의 동일성을 보여주는 에로티시즘 소설이다. 다음과 같은 몇 가지를 보면 그것을 알 수 있다.

첫째, 이 소설은 허 생원의 나귀를 희로애락과 생로병사를 같이 하는, 허 생원과 거의 같은 존재로 그리고 있다.

둘째, 허 생원과 그의 나귀는 각각 이성과 암컷에 대해 보이는 반응이 거의 같다. 허 생원이 이성에 대해 사랑과 질투를 느끼고 있는 한편으로 그의 나귀도 암컷을 보고 발정을 해 날뛰고 있다.

셋째, 허 생원이 우연한 인연으로 성씨 처녀와 하룻밤 사랑을 해 동이를 낳았듯, 그의 나귀도 강릉집 피마와 짝짓기를 해 새끼를 낳고 있다.

그런데 이 소설은 그러면서도 다음과 같은 점에서, 인간이 동물적, 충동적, 순간의 쾌락에 탐닉하고 있는 것을 보여주는 그의 다른 단편 <들> 등과는 다른 면을 보여주고 있다. 곧 허 생원은 성씨 처녀와의 관계에, 우연히 만나 '한 번 즐긴 것' 이상의 의미를 부여하고 있다. 그는 그 일이 있은 후 애써 그녀를 찾았으며 그녀를 잊지 못해 그녀와의 인연이 있었던 곳, 주변을 떠나지 못하고 있다. 그리고 그녀가 살고 있는 곳을 알게 되자 그녀와 남은 생을 함께할 결심을 하고 있다. 그런 점에서 이 소설은 한 편의 순수하고 아름다운 사랑 이야기라 할 수 있을 것이다.

<메밀꽃 필 무렵>은 한 편의 탐미주의적 소설로 작가는 이 작품에서 몇 가지 특유의 창작기법을 구사하고 있다.

첫째, 이 작가가 아름다운 우리 고유의 어휘들을 잘 구사하고 있다는 것을 들 수 있다.

둘째, 이 작가는 아름다운 자연 배경을 설정해 이 소설에 등장하고 있는 인물과 그의 행동에 신빙성을 주고 사건에 어울리는 분위기를 조성하고 있다.

셋째, 이 작가는 다양한 감각 이미지의 어휘를 구사하고 낯설게 하기의 표현으로 이 소설이 청신한 아름다움을 가지게 하고 있다.

이태준의 <가마귀>
최초의 본격 탐미주의 소설

Ⅰ. 서론

　한국의 경우 해방을 맞으면서 국토가 분단되었다는 사실은 여러 면에서 숱한 비극을 몰고 왔다. 문화 예술에 있어서도 예외는 아니어서 그로 인한 상처는 너무 깊고 커 구체적으로 헤아리기가 불가능하다.

　현대문학사란 측면에서도 많은 손실이 있었는데 이데올로기가 맞부딪치는 그 와중에 이태준이란 작가가 북으로 갔다는 사실도 그 하나다. 그의 월북은 그 동기가 무엇이었든 간에 본인에게나 한국 문학사에 불행한 일이라 하지 않을 수 없다. 객관적으로, 그리고 공정히 보아 해방 후의 북한은 이태준과 같은 순수문학을 지향하는 성향의 작가가 발붙일 만한 곳은 될 수 없었음이 분명했으니, 그의 북행은 자연인으로서, 작가로서 불행을 자초한 일이었다 할 것이다.

　한편 문학사의 입장에서 보면 그의 월북은 한 사람의 뛰어난 작가를 잃었다는 것과 함께 공산 사회주의 이데올로기와는 하등 관계없는, 오히려 그에 반발하는 데서 출발한 그의 월북 이전의 작품들이 사장되지 않으면 안 되었다는 사실도 하나의 불행이었다. 비교적 문예적 가치가 우수한 문학 작품의 양적 축적이 많다고 할 수 없는 한국의 현실에서 그 후 오랫동안 그의 작품을 대할 수 없었다는 것은 독자의 입장에서 보아 갈증을 더하게 하는 것이었으며, 문학연구자들에 있어서도 그의 문학을 공개적으로 논의할 수 없었다는 것은 1930년대 한국 소설문학의 경우 상당 부분을 잃은 채 전체를 논하는 것과 같은 한계를 느끼게 하기까지 한 것이 사실이었다. 그만큼 그의 작품 성과와 문단에서의 비중은 큰 것이었다.

그에 대한 해금 조치가 있은 이제 그의 문학은 여러 측면에서 본격적으로 연구가 되어야 할 것이고, 지금 이 시간에도 그러한 노력은 활기를 띠고 있으리라 생각한다. 그의 문학에 대해서는 그것이 한국 현대소설의 교본 구실을 한다고 보거나,[1] 비판적 사실주의 계열의 작품으로 본 사람도 있고,[2] 그를 김동인이나 현진건의 뒤를 잇는 뛰어난 단편소설 작가[3], 근대적 단편소설의 완성자[4]라고 부를 만큼 높이 평가하고 있는 사람도 있다.

그런 한편 그의 작품을 부정적인 시각에서 본 사람도 있다. 백철이 그의 문학이 센티멘털리즘에 빠져 있다고 하고 있는 것이 그 경우다. 그러한 비판적 언급 중에서 가장 일반적인 것은 그의 작품이 패배자를 그리고 있다는 것이다. 김현이 김윤식과의 공저 「한국문학사」에서 한 지적이 그 하나가 될 것이다.[5] 그는 이 책에서 이태준의 단편 <가마귀>가 딜레

1) 정한숙, 「현대한국문학사」(고려대학교 출판부, 1986), p.128.
2) 임헌영, 「한국근대소설의 탐구」(범우사, 1974), p.143.
3) 최재서, 「문학과 지성」(인문사, 1938), pp.175-80.
4) 이재선, 「한국현대소설사」(홍성사, 1979), p.364.
5) 김윤식·김현, 「한국문학사」(민음사, 1974), p.200.

탕티즘에 연유한 패배자를 그리고 있는 작품이라고 말하고 있다. 보다 구체적으로 말하고 있는 것이 김우종의 경우로 그는 이태준의 작품에 등장하는 대부분의 인물에는 공통성이 있다고 말하고 그것을 그들이 인생의 패배자라는 사실이라고 지적하고 있다.[6] 그는 그러한 패배자의 이야기의 대표적인 작품으로 <가마귀>를 들고 있다.

그의 작품에는 <불우선생> <달밤> <우암노인>과 같은 상고적이고 감상적이며 패배주의적인 작품들이 많다. 그러나 <가마귀>는 단순히 위와 같은 작품들과 같은 계열의 문학은 아니다. 이 작품이 병들어 죽어가는 한 젊은 여성의 이야기로 시종하고 있어 패배자의 문학이라고 할 수는 있다. 그러나 <가마귀>는 위의 작품들과는 별개의 이태준 특유의 작품세계를 보여주는 소설로 보고 싶은 것이다.

필자는 이 소설이 강한 탐미주의적인 성격을 띠고 있는 것으로 보고 이를 검증하고자 한다. 만약 이 작품이 탐미주의 작품임이 밝혀진다면, 한국소설사에서 탐미주의 소설이라고 하면 김동인의 <광염 소나타> <광화사>를 거론하던 반사적인 연구태도는 달라져야 하리라고 생각한다. 그리고 김동인의 작품이 미학적인 측면에서 그렇게 높이 평가받을 만한 것이 못 된다는 점에서 한국의 탐미주의 문학 연구에서 느껴오던 어떤 허탈감 같은 것도 정리될 수 있으리라고 생각한다.

II. 의미 저편의 미

1925년 단편 <오몽녀>로 문단에 나온 이태준은 순수문학을 주창한 작가로 스스로 그러한 작품의 창작에 몰두했다. 그가 창단 멤버가 되었던 구인회가 벌써 그런 성향, 그런 주장을 가진 문인들의 모임이었다. 이

---

6) 김우종, 「한국현대소설사」(선명문화사, 1974), p.240.

태준은 1924년 이후 한국 문단을 휩쓴 신경향파, 프로문학에 체질적으로 찬동할 수 없는 사람이었다. 크게 값칠만한 작품적 실을 거두지 못하면서 요란스런 구호만 외치는 프로문사들의 속성 자체도 그에게 거부감을 불러 일으킬만한 것이었을 뿐 아니라 그 예술이론 자체가 그에게는 이해되지 않았던 것 같다.

1940년 그는 자신이 <오몽녀>를 발표한 직후 사상 문제로 얼마쯤 고민을 했다고 말하고 프로문학의 이론가 루나차르스키의 예술이론은 이해할 수도 없었으며,7) 이해하려 할수록 반감만 커갔다고 회고하고 있는 것을 보면 이점이 분명해진다.8) 프로문학의 이론은 경제적인 면과 계급투쟁에 유용성이 있는 것만이 아름답다는 플레하노프의 미학이론에서 출발하고 있는 것인 바,9) 이태준은 무엇보다 문학이 문학 외의 어떤 목적을 가진다는 것을 있을 수 없는 일로 생각했던 것 같다.

그래서 그의 문학은 순수한 아름다움을 추구하는 데 그 주된 노력을 기울였다. 그를 한국 순수문학에 있어서 소설계를 대표하는 최초의 기수라 한 주장도10) 그의 작품들이 이러한 예술관에서 창조된 것이기 때문이라 할 수 있다. 이러한 문학사상을 가지고 있었으므로 그의 문학은 아름다움에 대한 남다른 집착을 보여주고 있다. 그의 문학을 두고 비일상적이고 고운 것만을 애호하는 성격의 것으로 본 평가도 그 때문에 나온 것이라 할 것이다.11)

<가마귀>는 이태준의, 아름다움을 탐하는 성향이 극도로 강하게 나타난 작품이라 할 수 있다. 이 작품의 경우는 그냥 미를 추구하는 데에 관

---

7) 루나차르스키는 19세기 말 이후 러시아 문단의 중요한 위치를 차지한 프로문학 비평가이다(마르크 슬로님, 「러시아 문학과 사상」, 신현실사, 1980, p.169).

8) 이태준, 『문장』 28호, 1940, pp.20-1.

9) 김현, 「문학사회학」(민음사, 1984), pp.67-8.

10) 김우종, 앞의 책, p.243.

11) 김윤식·김현, 앞의 책, 같은 쪽.

심과 노력을 기울이고 있다는 정도를 넘어 탐미주의적 성격을 보여주고 있다.12)

탐미주의는 19세기 말엽, 곧 세기말의 한 현상으로 이 용어가 쓰이기 시작한 것은 1850년부터로 알려져 있다. 이는 어떤 운동이라기보다 하나의 폭 넓은 경향으로 보아야 할 성질의 것이다. 존슨은 이를 도덕적 교훈주의와 거리가 있으며 예술가가 자기 시대를 위해서, 자기의 시대를 향해서 한 마디 해야 한다는 소명의식과도 결별한 것이라고 말하고 있다.13) 예술의 교화기능을 버리고 즐거움을 주는 기능으로서만 그 존재 이유를 인정하는 것이 탐미주의 예술의 세계로 여기서는 사상이나 주제는 가볍게 처리되고 형식이 중시된다.

이러한 사상은 그 근원을 칸트의 「판단력 비판」에서 찾을 수 있다. 칸트는 이 철학서에서 '……미는 단지 형식적인 합목적성, 즉 목적 없는 합목적성을 그 판정 근거로서 가진다'고 말했다. 이것이 이른바 무목적의 목적성을 가진 것이 미의 세계란 것을 말하는 대목인 것이다.14)

탐미주의는 예술관과 인생관 양 측면에서 그 나름의 태도를 가지고 있다. 먼저 탐미주의적 예술관에 의하면 예술에는 관념이 필요없다. 예술비평가 크라이브 벨은 문학은 관념에 의존하기 때문에 논설의 상태를 지향하므로 음악·필사예술에 비해 비순수 예술이라고까지 말하고 있다.

에드거 앨런 포우는 작품의 가치를 그것이 도덕적인가 여부로 판단하는 것은 도덕적 오류(morallistic fallacy)라고 말하고 있다.15) 그러니까 관념

---

12) 한국에서는 영어 aestheticism을 번역할 때 심미, 유미, 예술지상, 탐미주의 등의 용어를 써 통일을 보이지 않고 있다. 이들 역어는 어감과 어의가 약간씩 다른데 이 글에서는, 이태준의 경우에는 탐미주의라는 말이 적합하다고 보고 이 용어를 쓰기로 했다.

13) R.V. Johnson, Aestheticism, Methuen & Co, Ltd. 1973, p.12.

14) Immanuel Kant, Kritik Urteilskraft(Der Philosophischen Bibliothek Band 39) Heraus Gegeben Von Karl Vorlüder, 7 Auflage, 1924, p.66.

15) R. V. Johnson, op. cit, p.52.

과 도덕률 같은 것이 제거된, 그저 아름다움 그것으로 있는 것이 예술작품이란 것이 탐미주의자들의 주장이다.

한편 탐미주의에서 보면 삶은 '예술의 정신으로 보고 또 그것이 지닌 아름다움이나 다양성이나 극적 장면들과 관련해서 감상될 수 있는 무엇'인 것이다. 곧 삶은 투쟁이 아니라 하나의 구경거리인 것이다.[16] 그리고 삶이 예술을 묘사하는 것이지 결코 예술이 삶을 묘사하는 것은 아니다.

<가마귀>의 스토리는 비교적 간단한 것이다. 작품을 쓰기 위해 친구의 산장을 빌어 들어 있는 작가에게 결핵을 앓고 있는 한 아름다운 젊은 여성이 나타난다. 그녀는 까마귀 울음소리가 들릴 때마다 죽음이 자신에게 가까이 다가오고 있다는 강박관념에 괴로워한다. 그녀는 꿈속에서 까마귀의 뱃속에 부적, 칼, 시퍼런 불같은 것이 든 것을 보았다고 하며 공포와 고독을 호소한다. 작가는 까마귀도 다른 날짐승과 같이 그 뱃속에 내장이 있을 뿐이라 함을 보여주려고 활로 까마귀 한 마리를 잡는다. 그러나 그녀는 그 뒤로는 그에게 나타나지 않고 끝내 죽고 만다는 것이 이 소설의 경개다.

주제는 소설을 이루고 있는 여러 가지 요소들의 유기적 관련 아래 형성되는 용융상태에 있는 것이므로 어떤 특정한 요소에 의존한다는 것은 온당한 일이 못되겠지만 일종의 편의로 액션, 토운, 분위기, 무드의 네 가지 방법을 통해 이를 파악할 수 있다고 보는 견해가 있다.[17] 보통 소설의 경우 주제는 위의 네 가지 중 액션을 통해 나타나는 것이 가장 보편적인 현상으로 액션은 독자에게 주제 전달의 가장 중요한 매재다.[18] 그러나 <가마귀>의 경우는 문제가 상당히 다르다. 소설의 주제를 그 소설의 요점, 그리고 의미라고 한 정의를 받아들일 때[19] 이 작품의 경우 그 '주제

---

16) Ibid., p.20.

17) 정한숙, 「소설기술론」(고려대학교 출판부, 1986), p.128.

18) 위의 책, p.69.

는 이것이다'라고 말하기가 쉽지 않다. 굳이 말한다면 공포와 고독속에 허망하게 죽어가는 한 인간의 모습을 보여주는 소설이라고 할 수 있을 것 같다. 여느 소설을 읽고 주제를 파악했을 때에 비해 <가마귀>를 읽고 추출해 본 이와 같은 주제는 무언가 제대로 파악하지 못한 것 같은, 무엇인가 핵심적인 의미를 놓친 것 같은 생각이 들게 한다. 그것 자체가 벌써 이 소설이 탐미주의의 속성을 지니고 있다는 한 증거라고 할 수 있다. 탐미주의의 입장은 도덕적 교훈, 교화와는 거리가 멀고 '예술을 위한 예술'[20]을 추구하므로 형식을 중시하고 사상, 주제를 경시한다.[21] <가마귀> 역시 의미, 사상보다는 아름다움을 추구하는 데 거의 전 노력을 기울인 작품이므로 강주제는 물론 그 속에 육화된 약주제를 파악하기도 어렵게 되어 있는 소설이라 할 수 있는 것이다.

거기다 본래 김동인에서 흔히 보는 바와 같은 1920~30년대 한국소설 특유의 살인 방화 등 요란스런 사건이 없는 것이 이태준 소설의 특이한 일면이기도 하지만 <가마귀>에는 특히 액션이 적다. 주인공은 소설의 도입 부분에서 조용히 나타났다가 결말 부분에서 가만히 사라지고 있다. 굳이 이 소설에 나타난 행동을 든다면 내레이터가 까마귀를 잡는 순간을 들 수 있을 뿐이다. 그러므로 이 작품에서 주제가 무엇인가, 그것이 어떤 매재에 의해 독자에게 전달되는가, 이 소설의 액션이 주제 전달에 어떤 몫을 하는가에 대해 깊이 추구해 들어간다는 것은 그 노력에 비해 얻어지는 실이 그렇게 기대할 만한 것이 못 된다 할 것이다.

<가마귀>의 경우는 주제 전달의 주된 매재를 찾는다기 보다는 어디에서 이 작품의 아름다움이 나오는가를 알아보는 데 노력이 기울여져야 한다고 생각한다.

---

19) Brooks·Warren, Understanding Fiction, Appleton Century Crofts, Inc. 1959, p.688.

20) R. V. Johnson op. cit., p.10.

21) Ibid., p.14.

필자는 이 작품을 읽을 때 전해오는 아름다움은 주로 이 소설의 분위기에서 흘러나오고 있다고 생각한다. 물론 분위기란 원인이라기보다 많은 원인의 작용에 의한 결과이다.[22] 윌리엄 케니는 분위기를 우선적으로 배경에 의해 제시되고 독자의 기대를 이룩하는데 도움을 주는 무우드나 감정적인 냄새의 일종이라고 하고 있는데,[23] <가마귀>의 분위기가 바로 그러한 것이라 할 수 있을 것이다. 분위기란 소설의 전체적인 느낌이나 기분을 막연하게 은유한 말이다. <가마귀>의 경우 구성의 성질, 배경, 인물 설정, 문체와 상징, 패턴 등의 요소가 만든, 이 소설이 주는 느낌, 기분이 독자에게 미적 쾌감을 주는 것이다. 여기서는 위의 여러 가지 요소들 중 이 소설에서 작품 전체를 미적으로 받아들이게 하고 있는 것을 특히 그 배경, 인물, 문체와 상징, 산문 리듬으로 보고 이에 대한 분석을 시도해 보고자 한다.

분위기를 형성하는 가장 중요한 요소가 배경이다. 다른 소설에서와 같이 <가마귀>에서도 서두에서 인물이 소개되고 배경이 설정되어 기본적인 상황이 한정되어 있다. 배경의 요소로는 흔히 장소, 시간, 등장인물의 종교, 도덕적, 지적, 사회적, 감정적인 환경을 든다.[24] 그러나 여기서는 이 작품의 시간, 장소적 환경의 특수함에 대해 집중적으로 살펴보고자 한다.

<가마귀>의 장소적 배경은 '문안'에서 떨어진 외진 산장으로 추녀에 '녹슨 풍경이 창연히 달려있다'는 구절이 말해주듯 현실과 거리를 두고 있는 쓸쓸한 곳이다. '무장해제를 당한 포로들처럼' 잎이 진 단풍나무, 썩정귀가 된 늙은 전나무가 서 있고 그 위에 까마귀가 웅크리고 앉았다. 거기에 계절은 겨울로 눈발이 휘날린다. 얼핏 썰렁하고 얼씨년스러운

---

22) Brooks· Warren, op. cit., pp.649–50.

23) Willam Kenney, How to Analyze Fiction, Monarch Press, 1966, p.41.

24) 위의 책, p.40.

곳으로 생각되기 쉽지만 이 작품의 경우는 그렇지 않다.

밖으로도 문우에는 추성각(秋聲閣)이라는 추사(秋史)체의 현판이 걸려있고 양쪽 처마끝에는 파―랗게 녹쓸은 풍경이 창연하게 달려 있다. 또 미다지를 열면 눈 아래 깔리는 경치도 큰 사랑만 못한 것 같지 않으니 산기슭에 나부즉이 섰는 수각과 그 밑으로 마른 연닢과 단풍이 잠긴 연당이며 그리고 그 연당 언덕으로 올라오면서 무롲석으로 산을 모으고 잔디밭 새에 길을 돌린 것은 이 방에서 나려다 보기가 기중일듯 싶었다. 그런데다 눈을 번뜻 들면 동편 하늘이 시퍼렇게 틔이고 그 한편으로 휜칠한 늙은 전나무 한채가 절벽처럼 가려섰는 것이다. 사슴의 뿔같이 썩정귀가 된 상가지에는 히끗히끗 새똥까지 무치어서 고요히 바라보면 한 눈에 태고(太古)가 깃드리는 듯한 그윽한 경치였다.

위에서 우리는 한폭의 동양화를 보는 것 같은 아름다운 풍경을 머리속에 떠올릴 수 있다.

<가마귀>를 지배하는 시간은 오후, 그것도 황혼 무렵이다. 이 소설은 내레이터가 '어스름해진 하늘' 아래서 등피(燈皮)를 닦는 장면으로부터 시작된다. 주인공은 곧 아름다운 모습으로 나타나는데 그녀가 심한 가슴앓이를 하고 있다는 것이 알려지지 않은 채 등장한 이때만 밝은 아침 시간이다. 그러나 그 다음 그녀가 그와 대화를 하게 되고 또 그에게 자신의 병과 죽음에 대한 공포를 이야기하고 까마귀 울음소리에 사신(死神)이 자기에게 바짝 다가온 것 같은 강박관념에 쫓기게 될 때의 시간은 오후, 황혼 무렵이다. 그리고 이윽고 그녀가 죽어 영구차에 실려 나가는 모습을 보게 되는 시간도 그가 외출에서 돌아오던 날의 오후다. 오후, 특히 황혼 무렵은 해가 지고 곧 밤이 오는 시간을 의미하며 이는 어떤 인간이 인생에 있어서의 어둠 곧 죽음을 앞두고 있는 시간을 상징한다. 더구나 이 작품의 배경이 되는 계절은 하루에 있어서의 밤에 해당하는 겨울로

되어 있다.

<가마귀>의 겨울, 산장, 고목 등 쇠미성(衰微性)과 인접한 외적 환경들이 결국 아름다운 처녀의 죽음 곧 낙화라는 사실과 인과 관계로 이어지고 있는 것이다. 또 처연한 아름다움을 주는 외로운 고가의 겨울 황혼은 낙조의 아름다움을 연상시키며 그것은 한 여성의 덧없이 가버림에서 오는 애련한 아름다움을 느끼게 한다.

이태준 문학에 대한 상찬은 대체로 그 문체에 모아지는 경향이 있어 왔다. 김기림은 그의 문장은 독자를 흡인한다고 하고 더욱 그는 스타일리스트로서 한 사람의 '이상적 전형'이라고까지 말한 바 있다.[25] 지금도 그를 가리켜 '……문학의 매재가 언어라는 사실을 자각한 최초의 소설가였다'고 하는 사람이 있을 정도로[26] 그의 문체는 독특한 개성과 뛰어난 아름다움을 가지고 있다. 그의 문체의 아름다움은 그 특유의 천부의 언어 감각에서 나오는 것이라고 보아야 할 것이다. 그의 문체를 이루고 있는 문장들은 그만의 어법에 의해 직조되고 있다.[27] 최재서는 이태준의 <가마귀> <복덕방>에 대해 언급한 글에서 그가 '말 한마디 헛디디지 않는' 소설가적 수법을 가지고 있다고 말한 적이 있는데 이것은 어느 정도까지 그의 어휘 골라 쓰기의 엄밀함을 말한 것이라고 할 수 있을 것이다.[28]

<가마귀>에는 다양한 심상의 언어들이 종횡무진 구사되고 있는데 그 중에서 이 소설의 핵심어를 잡는다면 '죽음'이라 할 수 있을 것이다. 이 작품은 도입 부분이 지나고 나서 곧, 플롯의 갈등 단층에서부터는 '죽음'과 '피' '산소(墓)' '시체' 등 '죽음'과 그 주변적인 어휘들이 많이 나타

25) 김기림, "스타일리스트 이태준씨를 논함", 『조선일보』, 1933. 6. 27.

26) 정한숙, 『현대한국문학사』(고려대학교 출판부, 1986), p.131.

27) 이때의 '어법'이란 어휘의 선택을 의미한다.(William Kenney, op. cit.., p.60.)

28) 최재서, 『최재서 평론집』(홍문각, 1978), p.309.

나고 있다. 이 죽음과 관련된 어휘들을 모아보면 다음과 같은 군집이 될수 있다.

<표 1> 죽음과 관련된 어휘
각혈·펫병·임종·무덤·병인·병균·전염병·피·죽음·병·환약·상여·시체·상장(喪章)·산소(墓)·망령·묘지·영구차.

위와 같은 어휘들은 다음 표에서 보는 바와 같은, 이 소설에 처음부터 끝까지 빈번히 나타나고 있는 조락, 부패, 냉암의 심상어들에 의해 죽음의 이미지를 더욱 강하게 심어준다.

<표 2> 조락, 부패, 냉암의 심상어
썩정귀·녹쓴 풍경·썩정가지·밥찍게기·배설물·낙엽·단풍·마른 연닢·가을·황혼·가마귀·잉크·부적·칼·석탄·저녁·밤·벽장·마스크·역광선·그림자·검은 새·복면·검은 숲·겨울·찬물·눈·눈보라·싸락눈.

만약 우리가 <표 1·2>의 어휘들을 이 작품 속에서 읽지 않고 다른 글에서 읽었다면 우리들의 눈앞에 전개되는 세계는 썩는 냄새가 풍기는, 차디차고 어둠에 뒤덮인 것일 것이다. 그러나 <가마귀>란 작품에서 읽었을 때 우리는 시들어가고 썩어가는, 어둡고 추한 세계와 만난 독서체험을 한 다음의 기분을 느끼지 않게 된다. 작가는 죽음, 조락, 부패, 냉암과 관련된 세계를 그리고 있으면서도 다음과 같은, 그것들과 대조되는 심상의 어휘들을 병치시킴으로서 오히려 눈부시게 아름다운 세계를 본 뒤의 시각 이미지가 살아나게 하고 있는 것이다.

<표 3> 생기, 밝음, 따뜻함의 심상어
등피(燈皮)·여름·동편하늘·남포불·성냥불·불·불방울·오정·햇빛·아

침·해·명주·고동색·쎄-타·옥색 치마자락·별·광채·동향방·체온·온실·하
얀 말·하얀 마차·해·수각(水閣)·연당·잔디밭·사슴·까치·비둘기·꽃·정
원·개울·호수·흰새·꽃밭·공원.

위와 같은 생기와 밝음, 따뜻함의 심상어들은 <표 1·2>의 어휘들 앞
뒤에 나타나 전체적인 분위기가 어둡고 찬 것이 되어 있는데도 어둡고
찬 그대로 두지 않고 그 세계에서 아름다움을 느끼게 하고 있는 것이다.
한때 죽음을 '꽃밭에 뛰어들기'로 생각했다거나 서양의 묘지는 공원처
럼 아름답다고 한 주인공의 말, 자기가 죽었을 때 그 상여는 하얀 말과 하
얀 마차에 의해 실려가는 것이 좋겠다는 그녀의 희망 등이 구체적인 문
장에서 그러한 효과를 보여준 예라 할 것이다.

이태준이 즐겨 구사하는 어휘들에는 감각적인 말이 많다는 것이 한
특성으로 지적될 수 있을 것이다. 그 자신 투르게네프의 문학에 대해 그
의 '가늘고 아름다운 문장'에 감탄했다고 말하고 있는데 여기에는 자신
의 문체에 대한 취향의 일단이 비쳐 있다고 보아야 할 것이다.[29] 그 가늘
고 아름다운, 곧 섬세한 문장이 감각적인 어휘들에 의해 실현되고 있는
작품이 <가마귀>라 할 수 있을 것이다. 김기림도 이태준의 문장에 대해
'그는 대상을 지적으로 이해하려고 하기 전에 그의 투명하고 섬세한 감
성에 의하여 파악한다'고 해 위의 일면을 뒷받침하고 있다.[30]

그 감각적인 문장은 색채어들에 의해 아름다움과 사실성을 동시에 얻
고 있는 경우가 많다. <가마귀>에서 내레이터가 까마귀를 잡는 장면이
그 전형적인 예가 될 것이다.

푸드득 하더니 날기는 다 날었으나 한놈이 쭉지에 살이 박힌채 이내

---

29) 이태준, "투르게녭흐와 나", 『조선일보』, 1933. 8. 22.
30) 김기림, 앞의 책, 같은 쪽.

그 자리에 떠러졌고 다른 놈들은 까악 까악 거리면서 전나무 꼭대기로 올라갔다. 그는 황망히 신을 끄을며 떠러진 놈을 쫓아 들어가 발로 덮치려 하였다. 그러나 가마귀는 어느틈에 그의 발 밑에 들지않고 훨적 몸을 솟구어 그 찬란한 핏방울을 눈우에 휘뿌리며 두 다리와 한 날개로 반은 날고 반은 뛰면서 잔디밭쪽으로 덥풀덥풀 달아났다. 이쪽에서도 숨차게 뛰어 다우쳤다. 보기에 악한과 같은 짐생이었지만 그도 한낱 새였다. 공중을 잃어버린 그에겐 이내 막다른 골목이 나왔다. 화살이 그냥 박힌 채 연당으로 나려가는 도랑창에 까꾸로 박히더니 쌕-쌕- 하면서 불덩어리인지 피방울인지 모를 두눈을 뒤집어뜨고 찍게같은 입을 딱 벌리며 대가리를 고추들었다. 그리고 머리우에서는 다른 놈들이 전나무에서 나려와 까악거리며 저이 동무를 그여히 구하려는 듯이 나추 떠돌며 덤비었다.

칠흑 같이 검은 날짐승이 화살에 맞아 흰 눈 위에 새빨간 핏방울을 뿌리면서 더풀더풀 달아나고 있는 이 장면은 소름끼치는 귀기와 함께 마성을 띤 영상미를 보여준다. 여기에 나타나 있는 적백흑의 세 가지 색채는 그 대조가 너무 선명해 눈이 부시기까지 한다.

작가에 따라 잘 섞인 색, 어두운 색, 뉘앙스가 있는 색, 밝은 색, 대조가 분명한 색 등 좋아하는 색채가 있다는 견해가 있는데,[31] <가마귀>의 경우는 위에서 보는 바와 같이 그중 대조가 분명한 색채를 즐겨 쓰고 있는 예가 된다 할 것이다. 이러한 대조가 되는 색채어들의 구사로 아름답게 분장하고 있는 장면은 이 소설의 결말 부분에서도 발견할 수 있다.

주인공의 주검은 '검은 포장'에 덮여 '검은 가마귀'들이 나무 위에서 내려다보고 있는 가운데 차에 실려 떠난다. 이 검은 장의행렬은 쏟아지는 '흰 함박눈' 속에 움직이기 시작하는데 '검은 차' 안의, 망인의 약혼자는 '흰 손수건'으로 눈물을 닦는다. 이 흑백의 뚜렷한 대조는 독자에게

31) 김화영 편역, 「소설이란 무엇인가」(문학사상사, 1986), p.167.

유현한 영계로 외롭게 떠나는 한 영혼에 대한 애틋한 연민의 정이 일어나게 해 준다. 그 연민의 정은 서글픈 아름다움이라고 할 수도 있으리라고 생각한다.

이태준의 경우 색채어를 구사함에 있어서 그 특유의 기법이 있다. 한 가지 색채가 두 가지 이상의 색감으로 받아들여지는 것을 정신분석학에서는 양가감정(ambibalence)이라고[32) 하는데 이태준은 색채에 대한 인간의 이러한 감정을 잘 알고 있은 것으로 보인다. 폐를 앓고 있는 주인공은 '발그레한 얼굴'로 그려지고 있는데 이 색채(紅)가 불러일으키는 연상 또는 상징은 '요염함'이다. 그런 한편 이 색채는 또 붉은(赤)색과의 인접성으로 인해 열을 연상케 하거나 상징하기도 해 병인의 신열을 말해 주기도 한다.[33)

이 작품의 장소적 배경의 바탕색은 그쳤다 오고 다시 그쳤다 오는 눈이 이루는 백색이다. 백색은 순수·청결·소박·순결·신성·정직·백의·백지 등과 함께 공포와 미학도 동시에 상징한다함은 주목할 만한 일이다.[34) <가마귀>에서의 흰색은 주인공의 죽음에의 공포를 상징하면서 그녀가 죽어가는 모습과 그 주변에서 느껴지는 아름다움을 독자에게 전해주는 것이다.

<가마귀>에 많이 등장하는 검은 색은 허무·절망·정지·침묵·견실·부정·죄·주검·암흑·불안과 함께 흑장미도 상징한다.[35) 이 작품에서의 검은 색은 음울한 아름다움을 던져주고 있다고 볼 수도 있다.

<가마귀>는 발단 부분이 상당히 긴 편에 속하는 소설이다. 이 도입부분의 상당한 분량은 호젓하나 아름다운 자연배경을 그리는 데 소비되고

---

32) 채수영, 「한국현대시의 색채의식 연구」(집문당, 1987), p.45.

33) 위의 책, p.31.

34) 위의 책, p.32.

35) 위의 책, p.33.

있다. 그런 다음 주인공이 마치 잘 마련된 무대에 배우가 등장하듯이 모습을 나타낸다. 다음과 같은 그녀의 첫 출현의 모습은 휘황한 스폿트 라이트를 받고 있는 것처럼 화려하다.

여자는 잊어버린 듯 오래도록 햇빛만 쏘이고 서 있다가 어디선지 산새 한마리가 날러와 감나무가지에 앉는 것을 보더니 그제야 삽분 발을 떼여놓았다. 머리는 틀어 올리었고 저고리는 노르스름한 명주빛인데 고동색 쎄-타를 아이 업은듯 두 소매는 앞으로 느러트리고 등에만 걸치었을뿐, 꽤 날씬한 허리 아래엔 옥색 치마 자락이 부드러운 물결처럼 가벼운 주름살을 일으키었다. 빨간 단풍잎 하나를 들었을 뿐, 고요한 아츰 산보인 듯하였다.

이 장면은 영화로 친다면 피사체의 전체를 보기 위해 약간 거리를 두고 촬영한 것과 같다. 작가는 아름다운 겨울 산장에 선 미인의 전신을 그려 보여 주고 있는 것이다. 조금 떨어진 위치에서 보아 그 옷차림, 허리선, 걸음걸이가 상당한 미인이라 함을 보여준 작가는 이제 마치 근접촬영과 같은 기법으로 그녀에 바짝 다가가 그 모습을 세세하게 그리고 있다.

누굴까?
그는 장정(裝幀) 고은 신간서(新刊書)에서 처럼 호기심이 일어났다. 가까이 축대 아래로 지나가는 것을 보니 다듬듯한 이마, 고요한 눈결, 꼭 다문 입술에는 약간의 프라이드가 느껴지어 꽤 높은 교양을 가진 듯한 얼굴이었다.

이렇게 외양 묘사를 끝낸 작가는 드디어 내레이터와 주인공의 대화를 주선하여 그녀의 의식세계를 펼쳐 보여준다. 작가는 그녀가 중증의 결핵을 앓고 있어 죽음의 공포에 시달리고 있음을 밝혀 독자로 하여금 그녀에 대한 연민의 정을 가지게 한다. 자신에게 죽음이 임박했다는 것을 생각할 때 그녀는 공포와 외로움을 느낀다. 그러나 그렇다고 그녀가 죽음 자체를 흉한 것, 추한 것으로 보고 있는 것은 아니다. 그녀는 한때 죽음을 '살다 귀찮으면 꽃밭에 뛰어들 듯' 죽을 수 있는 것으로 알았다고 말하는 데서 우리는 이를 알 수 있다. 지금은 공포에 질려 있지만 그녀는 한때, 마리 보나파르트가 포우의 소설에 대한 언급에서 말한 죽음 원망 (願望)의 심리를 가지고 있었음을 발견할 수 있다.36) 소설가는 그녀의 아름다움에 끌리고 그녀에 대한 동정에 움직여 그녀를 위해 어떤 도움이 되는 일을 하고자 한다. 그 하나로 그는 그녀에게 그녀가 전에 가졌던, 죽음 원망의 마음을 되돌려 주는 데 노력을 기울인다. 그는 그녀가 죽음을 아름다운 것으로 보게 함으로서 그것이 가능하다고 생각한다. 이윽고 그는 머릿속에 상여 같은 것의 생각이 떠나지 않는다고 하는 그녀에게 어떤 상여를 생각하는가를 묻고, 그녀는 '하얀 말 여럿이 끌고 가는 하얀 마차'면 좋겠다고 하고 묘지도 서양의 것과 같이 공원처럼 아름다웠으면 좋겠다고 말한다. 그는 결국 그녀로 하여금 '아름다운 죽음'을 생각하게 하는 데 성공을 한 것이다.

그래서 그녀는 애처롭게 떨어져 물에 흐르는 꽃잎을 볼 때와 같은 덧없음을 대할 때 느끼게 되는 아름다움을 가지고 사라지고 있는 것이다.

브룩스와 워린은 플롯 속의 우발적으로 일어나는 일이나 사건들의 되풀이와 같은 의미 있는 되풀이를 패턴 또는 도안(design)이라고 하고 이것이 독자에게 직접이든 간접이든 문제의 핵심을 보여주며 그 사건들이 어떤 중요성을 가지고 있다는 것을 느끼게 하는 관심선(關心線)을 환기시켜주고 중심 갈등의 양상을 다시 확인케 해준다고 말하고 있다.37) E.M

---

36) Wilfled L. Guerin, A Handbook of Critical Approaches to Literature, Harper & Row Publishers, 1979, p.145.

37) Brooks·Warren, op. cit., pp.654-86.

포스터가 '소설에서 보이는 커다란 고리'라고 말한[38] 이 패턴이 <가마귀>에서 발견되는데 그것은 이 작품에서 좋은 의미로든 궂은 의미로든 중요성을 띠고 있다.

까마귀는 이 소설의 발단, 갈등, 대단원의 세 단층에서 커다란 울림으로 울고 있는데 이것이 이 소설의 패턴인 것이다. 발단 단층, 곧 이 소설의 시간 장소의 배경이 설정된 다음 까마귀가 나타나 처음에는 까악 까악하고 울다가 나중에는 까르르-하고 운다. 이 소리에 불려 나오듯 주인공이 나오는데 그 모습은 홀(笏)의 낭독에 따라 대례청에 불려나오는 성장한 신부의 자태를 연상케 한다. 그녀가 들고 있는 붉은 단풍잎은 신부가 들고 있는 부케를 연상하게 하는 데가 있다. 까마귀의 울음은 독자에게 무언가 불길한 느낌이 들게 하나 아름다운 여성의 등장으로 분위기가 빛을 발산하기 시작하는 것 또한 사실이다.

갈등 단층에서 까마귀가 다시 울고 있는데 그 울음은 그녀의 죽음에 대한 공포의 감정을 더욱 고조시켜 주는 한편 독자에게는 그녀에의 연민의 마음을 불러일으키는 효과를 거두고 있다.

싸락눈에서 기세를 더해 함박눈이 쏟아지는 이 소설의 대단원은 영상미를 추구하는 한편의 비극영화의 라스트신을 보는 것 같은 느낌이 들게 한다. 이때 들려오는 까마귀의 울음소리는 아름다운 여성의 운명(殞命)을 뒤따르는 초혼 소리, 또는 한 소절의 조곡과 같은 여운을 남겨준다.

까마귀의 울음소리의 반복은 두 가지 측면에서 나온 이태준의 창작 테크닉의 하나인 것으로 보인다. 먼저 그가 언어의 외적 미감에 강한 집착을 가지고 있었다는 데서 위와 같은 패턴이란 테크닉 구사의 동기를 찾을 수 있을 것 같다. 임화는 그가 언어의 음향적 방면에 기준을 두어 그말의 '어음(語音)'이 고우면 택하고 나쁘면 이유를 돌보지 않고 방기했다고 말하고 있는데[39] 이 작품에서 까마귀의 울음은 바로 '고운 음' 그것이

---

38) E.M. Forster, Aspects of Novel, Penguin Books Ltd., 1974, p.136.

라고 말할 수는 없을지 모르지만 음향적 효과가 좋은 소리로 생각한 것은 사실이었던 것 같다.

또 한 가지 그가 까마귀 소리를 되풀이 등장시키고 있는 것은 포우의 시 <까마귀(Raven)>가 그에게 끼친 영향과 관련이 있다고 할 수 있을 것 같다. 포우는 아름다움은 그것이 가장 감동을 주는 순간에 슬픔의 빛을 띠기 마련이므로, 최상의 효과를 거두기 위해서는 메랑콜리의 어조라야 한다고 생각해 그러한 의도로 이 시의 각 연의 끝에 'nevermore'라는 단어를 되풀이해 후렴으로 삼고 있다. 존슨에 의하면 포우는 짜릿한 맛의 묘미를 주기 위해 가장 쩡쩡 울리는 모음 'O'와 지속적인 강세의 효과를 가장 잘 발생할 수 있는 자음 'R'을 섞어 쓰고 있다는 것이다.[40]

<가마귀>의 발단과 대단원에 등장하는 까마귀의 울음소리는 'GA에 R이 한없이 붙은 발음'이라고 표현되고 있다. 그는 아마 'GA'음을 어떤 어두우면서도 신비감이 도는 강세의 울림소리로, 'R'을 그러한 강세의 울림이 지속적으로 들리는 소리로 택한 것 같다.

그가 까마귀 소리를 되풀이 등장시키고 있는 것은 그 나름으로 패턴이 거두는 효과에 유의한 결과라고 생각된다. 포스트는 패턴은 미적 감각에 호소하는 성질을 가지고 있다고 말하고 이것이 분위기(atmosphere)를 구체화할 수 있다고 보았다.[41] 이태준은 까마귀 울음의 되풀이로 이 작품의 분위기를 미적인 것으로 만들려 했고 실제로 이 작품은 그런 효과를 거두고 있다 해야 할 것이다.

이상에서 이 소설의 몇 가지 요소를 개별 분석해 본 결과 이 소설을 읽을 때 얻을 수 있는 미적 쾌감은 이들 요소가 조성하는 분위기에 근원한다 함을 알 수 있었다. 그렇게 볼 때, 브룩스와 워린은 그러한 범주의 존

39) 임화, 「문학의 논리」(학예사, 1940), p.588.
40) R.V. Johnson, op. cit., pp.56-7.
41) E.M. Forster, op. cit., pp.135-45.

재를 부인하고 있지만[42] 일부 비평가들이 말한 '분위기 소설'이란 것이 있을 수 있다면 이태준의 이 <가마귀>야말로 그러한 경우가 아닐까 한다. 물론 분위기란 여러 가지 요소의 결과로 생겨나는 것임은 분명하지만 <가마귀>의 경우 주제가 경시되고 분위기에서 독자가 미적쾌감을 얻고 있다면 그렇게 볼 수 있으리라 생각한다. 최재서는 이태준의 작품에 사상적 고민, 생활적 의욕이 없고 사회적 관심이 없다고 말하고 이를 자신이 알고 이제 현실세계로부터 미끄러져 나가 시대에 뒤떨어진 사람의 고독과 애수를 좀 더 의식적으로 인생과 사회에 관련시켜 보려는 의도를 가지게 되었고 이런 의도가 <가마귀>에서의 죽음에 대한 사색으로 나타났다고 보았다. 그는 그러나 그 죽음에 대한 그의 사색은 결국 신비에 부딪히고 말아 독자가 불만할 수밖에 없다고 말했다.[43] 최재서의 상당히 단평적이고 피상적인 이 말은 사실은 그가 <가마귀>의 탐미주의적 작품 성향을 감지 한 데서 나온 것이라 할 것이다.

본래 이태준에게는 고운 것만을 좋아하는 '화초벽'이 있은 것이 사실이지만[44] <가마귀>의 경우는 다른 작품과 달라 명백히 탐미주의적인 모습을 보여주고 있다 할 것이다.

조지 브림리는 테니슨의 시 <연밥을 먹은 사람들>을 평한 글에서 그 시가 '그림이요 음악이지 그 이상의 아무 것도 아니다'고 했는데[45] <가마귀>야말로 그러한 경우라 할 것이다.

겨울에 외롭게, 덧없이 죽어가는 소설 <가마귀>의 주인공은 독자로 하여금 무심한 바람에 파르르 떨다 이윽고 떨어지고 마는 꽃잎을 볼 때와 같은 아름다움을 느끼게 할 뿐 그 이상 주는 것은 없다고 할 수 있을 것이다.

---

42) Brooks·Warren, op. cit., pp.649–50.

43) 최재서, "단편작가로서의 이태준", 「문학과 지성」(인문사, 1983), pp.175–80.

44) 김윤식·김현, 앞의 책, pp.199–200.

45) R.V. Johnson, op. cit., p.25.

III. 문학사적 의의와 문제점

한국 현대문학의 경우 탐미주의 소설과 관련된 논의가 있는 자리에서는 지금까지 거의 당연한 듯이 김동인의 몇몇 작품이 그 논의의 대상이 되는 것으로 알려져 왔다. 한국의 탐미주의 소설 작품은 그의 <광염 소나타> <광화사> 두 작품 밖에 없다는 것이 거의 통념처럼 되다시피 해 왔고 실제로 한국의 탐미주의 문학 연구는 이 두 작품의 주변을 맴도는 일의 되풀이였다 해도 과언이 아닐 정도였다.[46]

그러나 김동인의 위의 작품들에 대한 논급들은 몇 가지 면에서 문제를 내포하고 있는 것이 사실이니 그 중 하나가 몇몇 학자들의 연구가 있은 뒤로 별 뚜렷한 논지의 변화도 없이 거의 같은 주장이 반복되고 있다는 것이다. 이러한 면은 노력의 낭비를 불러왔을 뿐 별로 얻는 바가 없은 것이 학계의 현실이었다.

그보다 더욱 중요한 문제는 이들 작품이 과연 심각성을 띠고 연구할 만한 문학예술작품으로서의 미학적 가치가 있느냐 하는 의문을 불러일으키고 있다는 점이다. <광화사>와 같은 작품은 그 플롯과 인물 설정, 어조 등이 치졸한 한 편의 괴기설화 같은 느낌을 주는 것이 사실이다. 특히 화가 솔거의 모델이 된 처녀가 살해당하는 순간 벼루를 차는 바람에 먹물이 튀어 눈동자를 찍게 되어 한 장의 미인도가 완성되었다는 스토리 설정은 이 소설을 수준 이하의 억지 이야기로 그 격을 떨어뜨리고 있

---

46) 논자에 따라 위의 두 작품 외에 김동인의 다른 몇몇 작품을 유미주의 소설로 보는 견해도 있다. 임헌영은 위의 두 편에 <약한 자의 슬픔> <배따라기> <명화 리디아> <발가락이 닮았다> <김연실전> <수양대군>(<대수양>을 말한 듯)을 들고 있고 (「한국근대소설의 탐구」, 범우사, 1974, p.83.), 김은전은 위의 두 편에 <수정비둘기>를 덧붙이고 있다(동인문학과 유미주의, 「선청어문」7, 1976, pp.163-7.). 그러나 <광염 소나타> <광화사> 이외의 작품들은 다른 여러 가지 경향과 함께 그런 일면이 보인다 할 수 있을 뿐 탐미주의 소설이라고 하기에는 다소의 무리가 있다고 본다.

다. <광염 소나타>에서는 등장인물의 행위가 더욱 광포해져 있을 뿐 미적 승화는 여전히 이루어지지 않고 있다. 다분히 위악적인 모습을 띤 이들 소설은 탐미주의라는 구주의 소설 경향에 접한 김동인이 자신도 그러한 경향의 작품을 써보려는 동기에서 쓴 것으로 보이지만 결과는 문학예술작품이라기 보다는 탐미주의란 어떠한 것이냐를 가르치려는 계몽 목적의 글이 되고 말았다고 볼 수 있다. 이들 작품에서는 외국의 어떤 새로운 예술경향에 대한 강화를 하려는 의도가 발견돼 예술 이외의 또 다른 목적을 가지고 있다는 점에서 보면 탐미주의의 본질에서 벗어나 있다고도 할 수 있을 것이다.

> 천년에 한 번, 만년에 한 번 날지 못날지 모르는 큰 천재를, 몇 개의 변변치 않은 범죄를 구실로, 이 세상에서 없이하여버린다 하는 것은 더 큰 죄악이 아닐까요.

<광염 소나타>의 결말 부분에서 음악 비평가 K씨가 한 위의 말이 바로 그러한 대목이다. 결국 외래적인 예술의 한 경향에 끌린 김동인은 그 신기한 틀에 맞는 이야기를 억지로 꾸며 만든 격이 되어 이들 소설은 치기를 벗지 못한 도식적인 것이 되고 만 것이다.

위와 같은 점에 유의한다면 <가마귀>야말로 1930년대 한국문학에 있어서 유일한 본격 탐미주의 문학작품이라고 할 수 있을 것이다. 이태준은 이 작품에서 독자에게 탐미주의에 대한 지식을 주입하려는 노력같은 것은 보이지 않고 있다. 그는 가르치려 하지 않고 그냥 아름다운 소설 한 편을 완성하는 데 노력을 기울였고 그 결과로 태어난 예술작품 바로 그것이 <가마귀>인 것이다.

또 이 소설은 문학예술작품으로서의 높은 격조를 가지고 있어 30년대의 본격적인 탐미주의 소설의 연구는 그 초점이 <광염 소나타>나 <광

화사> 아닌 이태준의 <가마귀>에 모아져야 한다고 생각한다.

또 문예사조와의 관련에서 볼 때도 김동인의 작품들에 비해 <가마귀>는 유럽의 탐미주의에 바로 맥을 잇고 있다. 탐미주의는 그 근원을 낭만주의에 두고 있다. 존슨은 낭만주의 사조가 보다 큰 주관성을 띠는 한편 실제 생활로부터 유리되는 방향으로 변천돼 간 것이 탐미주의라고 말하고 있다.[47]

그와는 대조적으로 낭만주의 보다는 오히려 자연주의 문학과 사조적 맥락을 강하게 가지고 있는 것이 김동인의 탐미주의인 것이다. 그는 <광염 소나타> 등의 작품에서 자연주의 문학이 그 악한 면을 숨김없이 폭로한 한 측면만을 과장적으로 왜곡한 말기적 징조를 받아들이고 있다고 본 견해가 바로 이점을 지적하고 있다.[48] 그런데 <가마귀>는 사조상으로도 명백히 낭만주의적인 성격을 보여주고 있다.[49] 이것은 이태준이 탐미주의 문학이 어떤 성격의 것인가를 잘 소화하고 있었으며 그러한 작품을 생산할 능력을 가지고 있었다함을 보여주는 것이라 할 수 있을 것이다.

결국 김동인의 <광염 소나타> <광화사>의 발표는 한국 현대문학사에 있어서 하나의 사건으로 기록되고 기억될 성질의 것이기는 하지만 이들 작품이 탐미주의 문학예술작품으로서 정색을 하고 연구할만한 것은 되지 못한다 할 것이다.

그리고 그 후로도 해방이 될 때까지 <가마귀>를 제외하고는 본격적인 탐미주의 작품이라 불릴만한 소설은 얻어 볼 수 없었다. 그러므로 한국 현대문학에 있어서의 본격 탐미주의 소설 작품론은 이태준의 <가마

---

47) R.V. Johnson, op. cit., p.38.

48) 신동욱, "김동인의 문학과 심미주의", 「현대작가론」(개문사, 1982), p.63.

49) 임헌영의 저서는 <가마귀>를 서정적 낭만주의 계열의 작품이라고 밝히고 있다. 임헌영, 「한국 현대소설의 탐구」(범우사,1974), p.143.

귀>에서 시작해야 하며 논의의 초점도 이 작품에 모아져야 한다는 것이 필자의 주장이다.

<가마귀>는 이미 이 작품의 발표 당시에 문단의 관심을 모은 작품이었으나 작가의 월북으로 여태까지 어둠 속에 사장되어 있은 것이 사실인만큼 그 작가와 작품에 대한 여러 측면에서의 재조명이 절실한 수작임이 분명하다. 그러나 이 작품에도 문제가 없는 것은 아니다. 무엇보다 지적인 면의 부족을 문제로 지적하지 않을 수 없다. 최재서는 <가마귀>가 <복덕방>과 함께 '지성이 결'해 있다고 아쉬움을 말하고 있는데 이것이 바로 그러한 견해의 하나라고 해야 할 것이다.[50] 지적인 면의 결여는 아름다움의 추구 자체에서 어쩔 수 없이 온 것이라고 할 수 있을 것이니 과학이 사유에, 도덕이 의지에 입각하는 한편 미는 감정에 입각하기 때문이다.[51] 감정적인 면의 극대화는 상대적으로 지적인 면의 결여를 초래했다고 볼 수 있을 것이다. 문학은 인간으로서 지니고 있는 자질을 높여주는 것이라는 견해가 틀린 말이 아닌 이상, 또 위대한 예술은 중요한 인간적인 의미를 띤 문제를 제시하는 것이어야 한다는 주장이 옳게 받아들여지는 이상 지적인 면의 결여는 문학작품으로서 문제가 되지 않을 수 없는 것이다.[52] 그러니까 <가마귀>는 감정에 입각하는, 탐미주의 작품이란 바로 그 점에서 처음부터 근본적인 문제를 안고 있었다고 보아야 할 것이다.

<가마귀>는 또 고도의 창작 테크닉이 구사된 작품이라 할 수 있는데 여기에도 하나의 문제가 내포되어 있다. 소설의 결구에는 기교가 필수적으로 필요한 것일런지 모르지만 거기서 인공적인 것이 느껴지면 예술작품으로서는 손실을 입게 되는 것이다.[53] 구체적으로 까마귀의 울음소

50) 최재서, 「최재서 평론집」(홍문각, 1978), p.309.
51) 이티쯔, 「미학사(윤고종 역)」(서문당, 1974), p.105.
52) R.V. Johnson, op. cit., p.34.

리의 패턴 같은 것이 그 예가 된다. 그와 같은 패턴에서는 아름다움이 느껴지기는 하지만 그것이 위압적인 모습을 하고 있어서 인생에 대해서 문을 닫아버리는 성격을 가지고 있는 것이다. 그러므로 독자는 패턴 덕분에 쾌감을 얻기는 하지만 그 패턴 때문에 치르게 되는 이 소설의 희생도 큰 것이다. 소설은 뚜렷이 드러난 패턴에 의해 아름답게는 되지만 그로 인해 예술작품으로서의 가치는 잃게 되는데,[54] <가마귀>가 그러한 손을 보고 있는 것이다. 포스터는 소설은 패턴이 아니라 율격(rythm)에 의해서만 위대해질 수있다고 했다. 율격은 산문 리듬으로 그는 이를 소설에 있어서 반복과 변화를 합친 것이라고 했다. 패턴이 작가가 일부러 만든 것인데 반해 작가가 그때그때의 충동의 힘으로 쓴 것이 율격이란 것이다.[55] <가마귀>의 경우는 명백히 작가의 작의에 의해 등장한 패턴이지 산문 율격은 아닌 것이다.

<가마귀>가 안고 있는 또 한 가지 특성이자 문제는 이 작품이 탐미주의에서 한발을 더 내딛어 퇴폐주의로 기울어져 있다는 점이다. 문학에 있어서의 퇴폐주의(decadence)는 스타일에 있어서 고도의 인공성을 연마하고 기괴한 제재를 즐겨 사용하며 본능적이고 유기적인 생의 풍요로움이나 비옥함을 싫어하고 살아 있는 형식 위에 고의의 옷을 입히고 자연을 위반하려는 성질을 띤 예술 경향이다.[56]

흔히 '병적인 것, 괴팍한 것에 홀린 취향'으로 성격 규정이 되는,[57] 1890년대에 유럽에서 생겨난 퇴폐주의는 1920년대 한국 시단을 휩쓸다

---

53) 사르트르는 이 점에 대해 소설은 식물이나 사건과 같은 자연물과 같아야지 인공물 같아서는 안 된다고 하고 있다.(Wayne C. Booth, The Rhetoric of Fiction, The University of Chicago Press, 1973, p.51에서 재인용)

54) E.M. Forster, op. cit., p.145.

55) Ibid., pp.148-9.

56) M.H. Abrams, A Glossary of Literary Terms, Halt Rinehart and Winston, Inc, 1971. 'aestheticism'

57) R.V. Johnson, op. cit., pp.47-8.

카프 등장 이후 그 세가 약화되었는데, <가마귀>란 소설작품에 와서 다시 짙게 나타나고 있는 것이다. <가마귀>에서 독자는 병적인 것, 쇠미, 기괴함을 모두 발견할 수 있고 거기서 강한 허무주의의 냄새를 맡을 수 있다.

조희순은 한국에서 퇴폐주의가 생겨나게 된 원인을 당시 사회에, 환경에, 상식에 또는 자기 자신에 대한 무한한 불평과 증오를 느끼고 있으면서도 직접 실제 운동에 뛰어 들어가서 그 병근을 제거할 수 없었기 때문이라고 보았다.[58] 그러니까 일본의 식민지 통치를 받고 있은 당시 한국의 암울한 현실 때문에 퇴폐적인 풍조가 생겨났다고 할 수 있으리라 생각된다.

그러나 비록 그러한 상황, 그러한 현실 때문이라 해도 퇴폐성이 강한 문학은 건전한 문학이 될 수 없으며 긍정적으로 평가받을 수도 없는 것이 분명하다. 한 미학에 관한 저서는 인간만이 아름답다, 인간의 생(生)의 충일(充溢)이야말로 미(美)이다, 인간만이 추(醜)하다, 인간의 생(生)의 쇠퇴야말로 추(醜)이다, 이 두 명제가 미학(美學)의 경계표(境界標)이다라고 말하고 있는데[59] 이는 진실성을 띤 견해라 할 것이다. 그렇다고 보면 <가마귀>는 비록 어떤 미적 쾌감은 분명히 주고 있다 해도 진실로 아름다운 예술은 될 수 없는 것이다. 곧 <가마귀>는 흥미 있는 작품은 될수 있을지 모르지만 위대한 작품이 되기는 어려운 것이다.

Ⅳ. 결론

작가 이태준에 대해서는 많은 연구자들이 그 작품의 높은 문예적 가

---

58) 조희순, "신경, 감정, 오뇌의 산물 떼카단스론", 『동아일보』, 1936. 7. 9.

59) 今道友信, 「미론(백기수 역)」(정음사, 1987), p.177.

치에 대해 상찬을 하고 있는 것이 사실이지만, 한편으로 그의 문학이 상고적·패배주의적·감상적이란 비판을 하는 논자도 없지 않다. 그의 단편 <가마귀>에 대해서도 이 작품이 그러한 성격을 띤 <불우선생> <달밤> <우암노인> 등과 같은 계열의 소설이라는 견해가 많은데, 분석 결과 이 작품만은 위의 작품들과 같은 계열의 것으로 뭉뚱그려 논의해서는 안 될 요소가 있다함이 밝혀졌다. <가마귀>는 몇 가지 면에서 탐미주의 작품이라 할 수 있으며 다음과 같은 점이 특히 주목되는 소설이다.

첫째, 탐미주의에서는 내용, 사상 곧 주제가 경시되고 형식이 중시되는데, <가마귀>는 그러한 성격을 강하게 드러내고 있다.

둘째, <가마귀>는 독자에게 전해주는 메시지가 적은 반면 분위기가 아름다움을 창출하고 있다. 그 분위기는 겨울, 산장이라는 시간, 장소적 배경, 색채의 대조에 의한 선명한 영상미를 보여주는 감각적인 언어, 죽음의 공포에 떠는 아름다운 여성이란 인물 설정, 까마귀의 울음소리가 만드는 후렴 효과 등에 의해 조성되고 있다.

셋째, 위와 같은 점에 주목할 때 이 작품은 만약 그렇게 부르는 것이 허용된다면 한 편의 '분위기 소설'이라고 할 수 있을 것이다.

넷째, 지금까지 한국 현대문학에 있어서 탐미주의 소설이라 하면 김동인의 <광염 소나타> <광화사> 등을 빼고는 논의가 될 수 없는 것처럼 되어 왔으나, <가마귀>가 있는 이상 그러한 편견은 버려야 할 것이다. 왜냐하면 위의 작품들은 플롯, 인물 설정, 문체 등에서 미적 승화를 이룩하지 못하고 있다. 따라서 이들 작품은 30년대 한국 문단에 있어서의 하나의 사건으로 기록되고 기억되어야 할 성질의 것에 불과하다.

그에 비해 <가마귀>는 한 편의 소설작품으로서 완성미를 갖추고 있다. 따라서 한국 현대문학에 있어서의 탐미주의 문학 작품론은 <가마귀>에 그 초점이 모아져야 한다고 생각한다.

다섯째, <가마귀>는 탐미주의에서 퇴폐주의에 많이 다가가 있다. 병적인 것, 쇠미, 기괴함을 좋아하고 허무주의적인 색채가 강한 것이 바로 그런 점을 증명한다. 그러므로 이 작품은 미적 쾌감을 준다는 의미에서 좋은 작품이 될 수 있을지는 모르지만 위대한 작품이 되기는 어렵다 할 것이다.

황순원의 <소나기>
슬프고 아름다운 사랑의 수채화

Ⅰ. 서론

1915년 생으로 약관 17세에 시, <나의 꿈>을 『동광』에 발표함으로서 문단에 나온 황순원은 2000년, 세상을 떠날 때까지 작가로서 큰 족적을 남겼다. 등단 이후 곧 소설로 문학의 길을 바꾼 그는 1백 여 편의 단편, 7편의 장편을 발표하고 있어, 우선 작품 양에서만 보아도 조금도 소홀하게 대할 수 없다는 것을 알 수 있다. 그의 작품들은 1964년에 창우사에서 전6권, 1973년 삼중당에서 전7권, 1985년 문학과 지성사에서 전12권의 전집으로 간행돼, 이 점에서도 그의 한국 문단에서의 비중이 어느 정도인가를 간접적으로 가늠할 수 있다. 그는 1955년 <카인의 후예>로 아시아 자유문학상, 1961년 <나무들 비탈에 서다>로 예술원상, 1966년 <일월>로 3.1문학상, 1983년 <신들의 주사위>로 대한민국문학상 본상을 받아 그의 소설의 수준이 높다는 것을 알 수 있게 해준다.

또 1980년대에 실시된 한 조사에 따르면 그때까지 한국의 중등학교 국어교과서를 분석한 결과 거기에 채만식과 함께 그의 소설이 가장 많이 (각각 4편) 실려 있다고 했는데[1] 이 또한 그의 한국 문학사에서의 위치가 어디쯤인가 하는 것을 말해 주는 한 자료가 된다 할 것이다.

그의 소설 중에는 국외에까지 알려져 있는 작품들도 있다. 이 글에서 다룰 <소나기>는 1959년 영국의 문예지 Encounter에 영어로 번역, 게재되어 격찬을 받은 바 있고 1973년에는 단편집 「학」과 장편 <일월>이 일본에서 일어로 번역되어 출판되었으며 같은 해에 단편 <황노인>과 <곡예사>가 프랑스에서 불어로 번역되어 소개되었다. 또 1975년에는 장편 <카인의 후예>가 영어로 번역, 출판된 바 있다.

그의 소설에는 1960년대 들어 본격적으로 쓰기 시작한, <일월> <나무들 비탈에 서다> 등 장편소설들이 있고 이들 소설의 문학작품으로서의 우수성도 전문 비평가들에 의해 거듭 검증된 바 있다. 그러나, 이것은 전적으로 필자의 주관적인 판단이지만 그의 대표작은 단편 <소나기>라고 생각한다. 그 어휘와 문장, 구성, 주제, 모든 측면에서 이만큼 거의 완전에 가까운 문예물은 보기 힘들다고 생각하기 때문이다. 이에 대해서는 이 논문의 본문에서 작품 분석을 통해 논증해 보이고자 한다.

II. 잡힐 듯 사라진 애잔한 사랑의 꿈

<소나기>는 황순원이 1953년 5월, 『신문학』제4집에 발표한 단편이다. 한 시골 소년이 서울에서 전학 온 한 소녀와 어렴풋한 사랑을 느끼게 되었는데 그 소녀가 소년과 같이 맞은 소나기 때문에 병을 얻어 죽고 말았다는 것이 이 소설의 간략하게 추린 줄거리다. 필자는 이 소설의 입사소

---

1)『중앙일보』1987. 9. 14.

설적(入社小說的) 성격과 그 예술성에 대해 차례로 살펴보기로 하겠다.

<소나기>는 이재선이, 성에 눈뜨게 되는 사춘기 소년 소녀의 애수어린 초련(初戀)의 경험을 통해서 인생 입문의 과정에서 보편적으로 겪게 되는 외상적(外傷的)인 아픔과 정서적인 손상을 다루고 있다고 한 말에[2] 나타나 있듯, 한 편의 전형적인 입사소설이다. 입사소설은 신입소설(新入小說), 신참소설(新參小說)이라고도 불리는데 이에 대해서는 그 개념 규정 대신 입사(initiation)란 용어에 대해서 살펴보는 것이 이해에 더 빠를 것 같다. initiation이란 통과제의(通過祭儀rite of passage)를 시작한다는 뜻으로, J. L. Henderson은 이를 '인생의 한 단계'라고 했다.[3] 즉 인간이 어떤 상태에서 다른 상태 또는 하나의 세계로부터 다른 세계로 이행할 때 행해지는 모든 의식체계(儀式體系)를 말한다. 본래 인류학 용어로 세례식, 결혼식, 장례식 따위를 일컫던 이 말은 현대문학 비평에서 중요한 의미를 띠고 쓰이고 있다. 이는 입사상징(入社象徵initiation symbolism)이란 미학의 한 구조로 수용되고 있는 것이다. 즉 등장인물이 미성숙 상태로부터 사회적, 정신적인 성년으로 통과해 감에 있어서 겪게 되는 괴로운 시련에 대해 이 용어를 적용해 쓰고 있는 것이다. 이에 대해 M. Marcus는 "주인공의 세계와 자신에 관한 지식의 의미 있는 변화 또는 성격의 변화, 그리고 양자의 변화를 보여주는 것으로 이 때 그 변화는 그를 성인세계로 인도해 간다."고 했다.[4]

그, 입사 이야기를 하고 있는 소설이 입사소설이다. 여기서 먼저 입사의 통과제의에 대해 간략하게 살펴보고 들어가기로 하겠다. 지금도 소위 미개부족이라고 불리는 사람들 중에는 미성년자가 성년이 되기 위해

---

2) 이재선, 「한국 현대소설사」(홍성사, 1979), pp.478-9.

3) J. L. Henderson, 「인간과 상징」(범조신서, 1981), p.153.

4) Mordecai Marcus, "What is an Initiation Story?", in Critical Approaches to Fiction. ed. by Shin K. Kumar Keith, McGrau Hill Company, New York, 1968, p.204.

서는 단식(斷食), 절치(切齒), 문신, 할례(割禮)를 포함한 제의를 치르고 있다. 이 성년제의는 세 과정으로 나누어 볼 수 있는데 분리와 과도(過渡)와 통합의례가 그것이다. 분리의례는 미성년인 개인이 지금까지의 상태, 지위로부터 분리가 됨을 상징적으로 표현하는 것이고 과도의례는 분리된 개인이 애매하고 불확실한 상태에 있음을 의미한다. 마지막으로 통합의례는 그 인물이 전 상태에서 일단 죽고 다시 태어난 새로운 존재로서 성인의 사회에 들어가는 과정이다.[5]

황순원에게는 다른 어느 작가보다 위에서 말한 입사소설이 많다. 그 중에서도 등장인물이 어른이 되어가는 과정을 보여주는 성년의례적인 성격의 소설이 특히 많다. 그의 단편 <산>은 위의 세 과정의 성년의례적인 면을 잘 보여주는 소설이다.

어머니와 단둘이 살고 있던 산골 총각 바우는 어느 날 도토리를 주우러 산에 들어갔다가 낙오병들에게 붙들려 끌려간다. 이, 바우가 처음으로 어머니 치마폭을 떠나게 되는 것이 위에서 말한 분리의례를 상징적으로 보여주는 것이다. 그들에게 끌려간 바우는 그들의 강압에 못 이겨 그들의 짐을 지고 험한 산을 헤매고, 죽을 고비를 맞는 등 고난에 찬 탐색(探索 quest)을 하는데 이것이 과도의례에 해당한다. 그는 낙오병들의 수가 줄어든 위에 그들이 가진 총의 탄환이 다 소진되자 그들과 사투를 벌여 힘으로 그들을 제압한 다음 그들이 끌고 와 있던 처녀를 빼앗아 산을 내려온다. 이제 그는 노랑머리 애를 벗어나 어른이 된 것이다. 곧 그는 그 순간 통합의례를 거친 것이다.

그런데 황순원의, <산>을 제외한 대부분의 입사소설은 위의 제2단계, 과도의례의 상징적인 이야기이다. 단편 <별>의 주인공 소년은 한없이 아름다웠다고 생각하고 있던, 세상을 떠난 어머니가 못생긴 누나와 닮았다는 어른들의 말을 듣고 마음에 심한 상처를 받는다. 아름다움에 대한

---

5) 왕빈, 「신화학입문」(금란출판사, 1980), p.126.

이 엄청난 환멸은 소년으로 하여금 미추에 대해 새롭게 눈뜨게 한다.

단편 <매>는 어린 소년이 처음으로 악을 발견하고 충격을 받는 입사소설이다. 주인공 소년은 장대 위에서 물구나무를 서는 서어커스단의 소녀가 하도 좋아 그전 날 보았는데도 또 구경을 간다. 그런데 이 날은 소녀가 장대에도 겨우 오르고 몇 번이나 시도하다 끝내 물구나무서기를 하지 못하고 내려와 관중의 야유를 받는다. 걱정이 된 소년은 무대 뒤로 가 휘장 안을 들여다보는데 거기에 너무도 놀라운 광경이 벌어지고 있다. 무대 위에서 횟가루 방귀를 뀌어대며 계속 사람들을 웃기던 그 사람 좋게 생긴 어릿광대 아저씨가 악마와 같은 무서운 얼굴로 가죽 회초리로 그 소녀를 때리고 있은 것이다. 더욱 몸서리치는 것은 소녀가 떨면서 비명만 지를 뿐 계속되는 매질을 피하려고 하지도 못하고 있을 뿐 아니라 주위에 사람들이 있으면서도 아무도 그 잔인한 짓을 말리려고 하지 않는다는 것이었다. 소년은 거기서 이 세상이 얼마나 무서운 곳인가를 보고 아름다운 동화나 듣던 순진무구의 세계에서 새로이 눈을 뜨게 되는 것이다.

<소나기>도 그와 같은 과도의례적인 입사소설의 하나다. 이 소설은 한 순박한 시골 소년이 어렴풋한 사랑을 느낀 한 소녀의 죽음에 아픈 상처를 입게 되는 이니시에이션 스토리다.

주인공 소년과 서울에서 전학 온 소녀와의 만남, 두 사람이 서로 가까워지고 사랑을 느끼게 되는 과정은 수줍음과 주저, 조심스런 접근과 마음의 주고받음, 그런 다음 서로의 몸이 닿음 등, 모두 다섯 차례에 걸쳐 이루어지고 있다.

① 제1 만남 : 소년은 소녀가 징검다리 중간에 앉아 있는 것을 본다. 둘은 그냥 스쳐가게 된다.

② 제2 만남 : 징검다리 가운데 앉아 있던 소녀가 가까이 오지 않고 건

너편 개울가에 앉아 있는 소년에게 "이 바보."라고 하면서 조약돌을 던진다.

③ 제3 만남 : 소녀가 다리 중간에 앉아 있는 소년에게 다가오자 소년은 달아나버린다.

④ 제4 만남 : 개울 건너편에서 만난 소년과 소녀가 들길과 산길을 같이 걷는다. 소나기를 만나 수숫단 속에서 비를 피하고 비가 긋자 소년이 소녀를 업어 도랑을 건네준다.

⑤ 제5 만남 : 둘이 개울가에서 만난다. 소녀는 소년에게 대추를 준다. 그리고 그녀가 앓았고 지금도 앓고 있으며 곧 이사를 가게 되었다고 한다.

위에서 세 번째 만남 전까지는 서로 은근한 호감을 가지고 있으면서도 소년의 수줍음 때문에 둘은 가까워지지 못한다. 세 번째 만남에서 두 사람은 비로소 가까이 다가가 눈이 마주치지만 둘 사이의 거리는 여전히 멀다. 작가는 그것을,

갈림길에 왔다. 여기서 소녀는 아랫 편으로 한 삼 마장 쯤, 소년은 우대로 한 십리 가까잇길을 가야 한다.

라고 하는 말로 나타내고 있다. 소년과 소녀가 사는 집의 거리가 약 10㎞쯤 된다는[6] 것은 아직은 그만큼 둘 사이의 마음의 거리가 멀다는 것을 말해주는 것이다.

그러던 둘 사이는 소녀가 '저 산 너머'까지 가 보자고 소년을 끌면서부터 급속도로 가까워진다. 다음과 같은 장면은 소녀의 태도에서 자신감

---

6) 한 마장은 5리나 10리가 못 되는 거리를 말하는데 시골 학교의 통상, 통학 거리를 감안할 때 소년 소녀가 사는 마을의 거리는 10㎞ 쯤으로 보면 될 것 같다.

을 얻은 소년의 조심스런 구애라 할 수 있을 것이다.

　　그러고도 곧 소녀보다 더 많은 꽃을 꺾었다.
　　"이게 들국화, 이게 싸리꽃, 이게 도라지꽃……."
　　"도라지꽃이 이렇게 예쁜 줄은 몰랐네. 난 보랏빛이 좋아!…… 근데
이 양산같이 생긴 노란꽃이 뭐지?"
　　"마타리꽃."
　　소녀는 마타리꽃을 양산 받듯이 해 보인다. 약간 상기된 얼굴에 살폿
한 보조개를 떠올리며.
　　다시 소년은 꽃 한 옴큼을 꺾어왔다. 싱싱한 꽃가지만 골라 소녀에게
건넨다.

　위와 같은 소년의 모습은 성년 남성이 사랑하는 여성에게 사랑의 징
표로 꽃다발을 바치는 것과 조금도 다를 것이 없다.
　소년과 소녀의 사이는 칡꽃을 꺾던 소녀가 미끄러져 무릎에 핏방울이
맺힌 것을 보고 소년이 자신도 모르게 입으로 상채기를 빨아줌으로서
갑작스럽게 밀착된다. 조금도 억지스럽지 않은, 이 자연스런 몸의 접촉
은 아무런 말이 필요 없이 서로 사랑을 느끼게 하는 것이다.
　이제 소년은 더욱 적극적으로 소녀의 마음을 잡으려 한다. 다음 장면
이 그것을 보여주는 것이다.

　　누렁 송아지였다. 아직 코뚜레도 꿰지 않았다.
　　소년이 고삐를 바투 잡아쥐고 등을 긁어주는 척 후딱 올라탔다.
　　송아지가 껑충거리며 돌아간다.
　　소녀의 흰 얼굴이, 분홍 스웨터가, 남색 스커트가, 안고 있는 꽃과 함
께 범벅이 된다. 모두가 하나의 큰 꽃묶음 같다. 어지럽다. 그러나 내리
지 않으리라. 자랑스러웠다. 이것만은 소녀가 흉내 내지 못할 자기 혼자

만이 할 수 있는 일인 것이다.

소년의 송아지 타기는 동물 세계에서 수컷이 암컷 앞에서, 그 암컷을 자기 것으로 만들기 위해 자신의 수컷으로서의 힘을 과시하는 것으로 볼 수 있다. 우리는 수탉이 훼를 치면서 크게 울고는 암컷 곁으로 가, '구… 구, 구…구' 자랑을 하는 것을 흔히 볼 수 있는데 소년의 송아지 타기가 바로 그런 것이라고 보면 될 것이다. 그런데 이 장면은 마치 원색 물감을 흩뿌리는 것 같은 휘황한 색채 이미지를 불러일으켜 아름다운 동영상을 볼 때와 같은 미적 감동을 주고 있다.

이윽고 소나기가 쏟아지기 시작하고, 원두막 아래로 들어갔다가 거기서는 더 이상 비를 피할 수 없게 된 소년과 소녀는 소년이 급히 만든 수숫단 움막으로 들어간다.

수숫단 속은 비는 안 새었다. 그저 어둡고 좁은 게 안 됐다. 앞에 나앉은 소년은 그냥 비를 맞아야 했다. 그런 소년의 어깨에서 김이 올랐다.
소녀가 속삭이듯이, 이리 들어와 앉으라고 했다. 괜찮다고 했다. 소녀가 다시 들어와 앉으라고 했다. 할 수 없이 뒷걸음질을 쳤다. 그 바람에 소녀가 안고 있는 꽃묶음이 우그러들었다. 그러나 소녀는 상관없다고 생각했다. 비에 젖은 소년의 몸 내음새가 확 코에 끼얹혀졌다. 그러나 고개를 돌리지 않았다. 도리어 소년의 몸 기운으로 해서 떨리던 몸이 적이 누그러지는 느낌이었다.

동물, 특히 조류들을 보면 수컷이 먼저 둥지를 틀어 놓고 암컷을 그리로 유인해서 짝짓기를 한다. 소년이 수숫단 움막을 지어 소녀를 그 안에서 비를 피하게 하고 결국은 소년도 그 안으로 들어가는 것은 수컷 새의 둥지 틀기와 암컷을 맞아 짝짓기를 하는 것과 흡사하다. 그리고 어른들의 세계에 비유하자면 소년과 소녀의 같이 수숫단 움막에 들기는 신방

차리기의 상징성을 띤 것이라 할 수 있다. 그러므로 그에 이어지는,

> 도랑 있는 곳까지 와 보니, 엄청나게 물이 불어있었다. 빛마저 제법 붉은 흙탕물이었다. 뛰어 건널 수가 없었다.
> 소년이 등을 돌려댔다. 소녀가 순순히 업히었다. 걷어 올린 소년의 잠방이까지 물이 올라왔다. 소녀는, 어머나 소리를 지르며 소년의 목을 그러안았다.

고 한 장면은 또 다른 상징성을 띠고 있다. 수숫단 움막 안에서 둘이 서로의 체취를 맡을 만큼 거리 없이 지냈던 것을 신방 치르기의 상징으로 볼 수 있었다면 소년이 소녀를 업고 도랑을 건너는 것은 신부의 신행(新行), 곧 가마를 타고 시집으로 가는 행차의 상징이라 할 수 있을 것이다.

그리고, 며칠이 지난 다음 소년과 소녀의 마지막 만남이 있다. 이 때 소녀가 소년에게 주는 대추는 특별한 의미가 있는 것이다. 대추는 풍요와 다산의 신화적 의미를 가진 과일이다. 가락국 건국신화에 의하면 인도 아유타국의 공주 허황옥이 김수로왕을 찾아올 때 많은 대추를 가지고 왔다 한다. 이는 나라를 풍요하게 하고 자손이 번성하게 하겠다는 신부의 뜻으로 보아야 할 것이다. 우리나라에서는 지난 날 신부가 시집갈 때 대추를 가지고 갔다 한다. 이에는 신부가 시집에 가서 아들을 많이 낳기를 바라는 기원이 담겨 있었다고 볼 수 있다.[7]

소녀가 공교롭게도 그런 상징적 의미를 가진 열매를 소년에게 주는 것은 두 사람의 사랑이 결실했다는 것을 의미하는 것으로 볼 수 있다. 이를 뒷받침하고 있는 것이 소녀가 대추를 준 다음 곧 이사를 가게 되는데 '왜 그런지 난 이사 가는 게 싫어졌다'고 하는 말이다. 이 말은 완곡하기는 하지만 소녀가 소년을 사랑하고 있으며 헤어지기가 싫다는 의미로

---

7) 한국문화상징사전편찬위원회, 「한국문화상징사전」(동아출판사, 1992), '대추'

보아야 할 것이다.

헤어지기 싫기는 소년도 마찬가지다. 그 일은 어쨌든, 소년은 소녀에게 자신의 그녀에의 사랑의 신표로 호두를 따 주기로 한다.

> 낮에 봐두었던 나무로 올라갔다. 그리고 봐두었던 가지를 향해 작대기를 내리쳤다. 호두송이 떨어지는 소리가 별나게 크게 들렸다. 가슴이 선뜻했다. 그러나 다음 순간, 굵은 호두야 많이 떨어져라, 많이 떨어져라, 저도 모를 힘에 이끌려 마구 작대기를 내리치는 것이었다.
>
> 돌아오는 길에는 열이틀 달이 지우는 그늘만 골라 짚었다. 그늘의 고마움을 처음 느꼈다.
>
> 불룩한 주머니를 어루만졌다. 호두송이를 맨손으로 깠다가는 옴이 오르기 쉽다는 말 같은 건 아무렇지도 않았다. 그저 근동에서 제일가는 이 덕쇠 할아버지네 호두를 어서 소녀에게 맛보여야 한다는 생각만이 앞섰다.

남의 것을 도둑질한다는 마음에, 호두알 떨어지는 소리에 가슴이 덜컥 하는 소년, 아무도 본 사람은 없지만 나쁜 짓을 했다는 마음에 달이 짓는 그늘 속으로 걷는 소년, 맨손으로 껍질을 까면 옴이 오른다는 데도 그것을 조금도 개의하지 않고 소녀에게 그 열매 맛을 보이려는 일념에 흐뭇해하는 소년에게서 우리는 가을 햇과일과 같은 풋풋하고 싱그러운 사랑을 볼 수 있다.

그러나 어느 가을, 한 소년과 소녀의 티 없이 청량한, 아름다운 사랑은 이 소설의 결말에서 갑작스럽게 반전하여 비극으로 끝난다.

> 그러다가 까무룩 잠이 들었는가 하는데,
> "허, 참, 세상일두……."
> 마을 갔던 아버지가 언제 돌아왔는지,

"윤초시댁두 말이 아니어. 그 많던 전답을 다 팔아버리구, 대대루 살
아오던 집마저 남의 손에 넘기더니, 또 악상꺼지 당하는 걸 보면……."

남폿불 밑에서 바느질감을 안고 있던 어머니가,

"증손이라곤 기집애 그애 하나뿐이었지요?"

─ 중략 ─

"글쎄 말이지. 이번 앤 꽤 여러 날 앓는 걸 약두 변변히 못 써봤다더군.
지금 같애서는 윤초시네두 대가 끊긴 셈이지. …… 그런데 참 이번 기집
애는 어린 것이 여간 잔망스럽지가 않어. 글쎄 죽기 전에 이런 말을 했다
지 않어? 자기가 죽거든 자기 입던 옷을 꼭 그대루 입혀서 묻어 달라
구……."

소녀는 소년과 가을 산야에서, 행복했던 그날에 입은 옷, 소년의 등에
업혔을 때 소년의 등에서 흙물이 옮은 그 분홍색 스웨터를 입고 저 세상
으로 가겠다고 했다는 것이다.

도라지꽃의 보라색을 좋아한 소녀는 그녀와 소년과의 사랑을 맺어준,
세상을 보라색으로 물들이던 그 소나기를 맞아 병을 얻어 세상을 떠나
고 만 것이다. 소년과 만날 수 없게 되는 것이 싫어서 이사 가기가 싫지만
'어른들 하는 일'이라 가지 않을 수 없다고 하던 소녀는 '하늘이 하는 일'
이라 하는 수 없이 세상을 떠나야 했던 것이다. 소년이 그 아버지와 어머
니의 위와 같은 이야기를 듣고 있는 것을 '엿듣기'라고 한 사람이 있다.[8]
이는 소년이 의도한 것은 아니지만 부모의 그와 같은 이야기에 대해 어
떤 반응도 하지 않고 자는 척 하고 있었다는 뜻에서 한 말일 것이다. 그리
고 그런 점에서 이 소설의 절정이자 대단원은 열려 있는 채 끝나고 있다
할 것이다. 소설은 그 독자성(獨自性)을 가진 채 끝나고 있고 나머지는 독
자가 메워야 하는 것이다. 여기서 이 소설은 독자에게 애잔하고 긴 여운
을 던져 주고 있다. 독자는 또 여기서 소년의 숨죽인 울음을 들을 수 있

---

8) 우찬제, "<말무늬> <숨결> <글틀>", 「황순원(김종회 편)」(새미, 1998), p.228.

다. 그리고 소녀의 그와 같은 갑작스럽고 허망한 죽음이 준 충격은 소년으로 하여금 한 꺼풀의 유년의 허물을 벗고 어른의 세계 쪽으로 한 걸음 다가가게 할 것이라는 것도 알 수 있다. 이태동이 이 소설을 가리켜 목가적이고 서정적인 빛으로 충만했던 세계가 살벌하고 공허한 현실세계로 무너지는 과정에서 일어나는 삶의 경험을 상징적으로 묘사하고 있다고 한 것도[9] 그것을 말한 것일 것이다.

III. 미려한 서정 산문시

<소나기>는, 그 스토리 자체는 지나칠 정도로 간단한 것으로 독자를 긴장하게 하는 극적 모멘트 같은 것도 없다. 김동인 유의 소재주의 작가였다면 이 이야기는 아예 소설이 될 수도 없는 것이라고 생각했을 법한 것이다. 그런데도 이 소설은 독자의 가슴에 강하게 와 닿는, 오래도록 잊혀지지 않을 감동을 준다. 이 소설의 그러한 힘은 어디에 연원을 둔 것일까를 살펴보는 것도 의미 있는 일이 아닐까 한다. 필자는 그것을 작가의 어휘, 문장 구사, 서정성을 살려내는 서술력 등 이 작가 특유의 창작기교에 기인한다고 생각한다. 이제 그 창작 테크닉의 면면을 이 작품의 내적 구조에서 구체적으로 살펴보겠다.

첫째, 이 작가는 어휘의 선택과 구사(diction)에서 그만의 개성을 보여준다. 유종호는 이 작가가 모국어의 세련에 대한 각별한 집착을 가지고 있다고 했는데[10] 그 말이 바로 위를 뒷받침하고 있다 할 것이다. 또 이 작가가 살아 있는 신선한 말을 부려 쓴다는 것도 그의 어휘 구사에 있어서

---

9) 이태동, "실존적 현실과 미학적 현현(顯現)", 「황순원 연구」『황순원전집』 12(문학과 지성사, 1993), p.69.
10) 유종호, "겨레의 기억", 「황순원(김종회 편)」(새미, 1998), p.125.

의 한 특성이라고 할 수 있다. 그는 진부한 상투어(cliché)를 쓰지 않는다. 그는 의성어나 의태어 하나라도 사람들이 늘 써와 낡고 닳은 것은 쓰지 않는다. 그의 소설에서는 닭은 '꼬끼오' 하고 울지 않고 개는 '멍멍!' 하고 짖는 법이 없다.

보통 바람이 세게 부는 소리는 '위-잉' 쯤으로 표현한다. 그런데 그는 그의 단편 <산>에서 나무숲 꼭대기를 지나가는 바람 소리를 '오옥 오옥' 한다고 하고 있다. 또 무엇이 터지는 소리는 '쾅! 쾅!' 쯤이 되기 마련인데 이 작가는 그의 단편 <독 짓는 늙은이>에서 가마 속의 독이 '뚜왕! 뚜왕!' 하고 터진다고 해 더욱 실감을 자아내고 있다. 또 보통 '야-옹' 하고 운다고 표현되는 고양이 소리도 그는 단편 <골목 안 아이>에서 '니야아아' 하고 운다고 해 실감나는 청각 이미지를 불러일으키고 있다.

이 소설에서 소년이 자신도 모르게 잠깐 잠이 들었었다고 한 장면을 보통 사람 같으면 '깜박' 또는 '깜빡'이라고 할 것을 '까무룩' 잠이 들었다고 한 장면 같은 데서도 그 단적인 예를 볼 수 있다. 그만큼 그는 우리 모국어의 아름다움, 말의 적확함, 신선함을 생명으로 삼고 있는 것이다.

이제 이 소설에서의 이 작가의 독특한 어법에 대해 좀 더 자세히 살펴보기로 하겠다.

소년이 참외그루에 심은 무우밭으로 들어가, 무우 두 밑을 뽑아 왔다. 아직 밑이 덜 들어있었다. 잎을 비틀어 팽개친 후 소녀에게 한 밑 건넨다. 그리고는 이렇게 먹어야 한다는 듯이 먼저 대강이를 한 입 베물어낸 다음 손톱으로 한 돌이 껍질을 벗겨 우적 깨문다. 소녀도 따라 했다. 그러나 세 입도 못먹고,

"아, 맵고 지려,"

하며 집어던지고 만다.

위의 글에서 방점 친(방점은 필자가 친 것임. 이하도 마찬가지.) '밑'은 '뿌리', '들어있었다'는 '켜있었다'의, 농민들이 쓰는 말투다. 그리고 '한 돌이'도 '한 둘레', '세 입도 못 먹고'도 '세 번도 못 베어 먹고'의, 농민들의 토속적인 어법으로 우리에게 훨씬 구수하고 정겹게 들린다.

작가는 거의 비슷한 말이라도 그 어감을 최대한 살리고 그 뜻을 엄격하게 구별해서 쓴다. 이 소설에서도, 들에 흐르고 있는 작은 물 흐름은 '개울', 같은 물 흐름이라도 그보다 폭이 좁은 쪽은 '도랑'이라고 하고 있는 것이 그 예다. 또 그는 같은 뜻의, 동의어라도 등장인물과 상황에 맞고 더 정감 있는 어휘를 선택해 쓰는데 '빗방울이 듣는 소리가 난다'고 한 어귀에서 그것을 볼 수 있다. 여기서 '듣는'의 원형(原形) 동사는 '듣다'로 '떨어지다'와 같은 뜻의 말인데 그 신선미를 취해 전자를 쓰고 있는 것이다.

이 소설에서는 또 일반 독자들은 비교적 익숙하지 않은, 우리 말 외에는 어느 외국어에서도 찾아볼 수 없는 아름답고 멋진 어휘를 부려 쓰고 있어 감탄을 자아낸다. '텃논의 참새'라 한 구절에서 '텃논'이 그런 경우로 이는 '집터에 딸리거나 마을 가까이에 있는 좋은 논'이라는[11] 순수한, 우리 특유의 말이다. 또 '비를 그을 수밖에'라 한 구절에서의 '그을'도 원형이 '긋다'란 타동사로 '잠시 비를 피해 그치기를 기다리다'라는 뜻의, 재미있는 우리말이다.[12]

이 소설에서 칡꽃을 처음 본 소녀는 '저 꽃을 보니까 등나무 밑에서 놀던 동무들 생각이 난다'고 하고 있는데 여기서의 동무라는 말도 예사로 보아서는 안 된다. 이 소설은 6.25전쟁이 계속 중이던 1953년에 발표된 것이다. 그런데 당시에는 북한 공산주의자들이 이 '동무'라는 말을 거기에 정치적인 의미를 담아 쓴다 하여 남한에서는 쓰지 못하게 되어 있었

11) 김민수 외 편, 「국어대사전」(금성출판사, 1991), '텃논'
12) 위의 책, '긋다'

다.[13] 당시의 거의 발작적이라 할 반공열기를 생각하면 한 작가가 문학 작품에 이 말을 부려 쓴다는 것은 성가신 일에 휘말릴 소지가 없지 않은 일이었다. 그러나 이 작가는 소설에 등장하는 열 두어 살 소녀가 '친구' 어쩌고 하는 말을 쓴다는 것은 어불성설이고 이에는 '동무 동무 씨동무 보리가 나도록 살아라'라고 하던 동요에 등장하는 그, '동무' 외의 말은 있을 수 없다고 생각하고 이 말을 쓴 것으로 보아야 할 것 같다.

이 소설에서는 작가가 곳곳에서 과감한 생략으로 사건 진행에 속도감을 주고 있음을 볼 수 있다.

> 단풍잎이 눈에 따가웠다.
> "야아!"
> 소녀가 산을 향해 달려갔다.

고 한 장면의 경우 "야아!" 다음에는 '소리를 지르고' 또는 '하고 외치고' 쯤이 있은 다음 산을 향해 달려간 장면이 이어져야 함에도 작가는 사정없이 바로 건너뛰고 있는 것이다.

또 소년이, 꺾어온 꽃들 중에서 싱싱한 것만 골라 소녀에게 주자,

> 그러나 소녀는,
> "하나두 버리지 말어."
> 산마루께로 올라갔다.

고 한 구절도 "하나두 버리지 말어." 다음에 '하고는' 쯤이 있은 다음, 다음 문장이 이어져야 하는데 생략되어 있다. 이와 같은 생략은 고도의

---

13) 필자의 기억에 의하면 당시 군인이 국민학교 교실을 돌며 '동무'라는 말은 공산주의자들이 나쁜 뜻으로 쓰고 있으니 쓰지 말고 이 말은 '친구'라고 해야 한다고 했었다.

언어 절약으로 문장의 압축감을 높이고 세련미를 보여주는 것이다.

황순원은 단문을 잘 쓰는 작가로 알려져 있다. 이재선이 그를 가리켜 간결한 언어를 구사하는 작가라고 한 것도 그런 의미에서 한 말일 것이다.[14] 그러나 그가 전적으로 단문만 잘 쓰는 작가라고 생각한다면 그것은 잘못이다. 그는 경우에 따라 상상 이상의 긴 문장을 즐겨 써 그를 지문 작가(地文作家)라고 부르는 사람도 있을[15] 정도다. 아래와 같은, 단편 <독 짓는 늙은이>의 첫 문단이 그런 경우다.

> 이년! 이 백번 쥑에두 쌀 년! 앓는 남편두 남편이다만, 어린 자식을 놔 두구 그래 도망을 가? 것두 아들놈 같은 조수놈하구서…… 그래 지금 한 창 나이란 말이다? 그렇다구 이년, 내가 아무리 늙구 병들었기루서니 거 랑질이야 할 줄 아니? 이녀언! 하는데, 옆에 누웠던 어린 아들이, 아바지, 아바지이! 하였으나 송영감은 꿈속에서 자기 품에 안은 아들이, 아바지, 아바지! 하고 부르는 것으로 알며, 오냐 데건 네 에미가 아니다! 하고 꼭 품에 껴안은 것을, 옆에 누운 어린 아들이 그냥 울먹울먹한 목소리로 아 버지를 불러 잠꼬대에서 송영감을 깨웠다.

이 글에서 잠꼬대와 대화는 문장 속에 일종의 간접화법으로 풀려 들 어 있어 지문에서 벗어나지 않고 있다. 이 글은 자세히 보면 8행이나 되 는 상당히 긴 것인데도 한 문장으로 되어 있다는 것을 알 수 있다. 더욱 특이한 것은 이 긴 문장의, '어린 아들이' '송영감을 깨웠다'고 한, 주어 와 목적어, 술어는 마지막 2행 째에 가서야 나오고 있다는 것이다. 어쨌 든 이런 장문도 자연스럽게 구사하는 것이 작가 황순원이다.

그러니까 그를 간단히 단문, 또는 장문을 잘 쓰는 작가라고 해서는 안 될 것이고, 작품에 따라 그에 맞는 문장을 쓰는 작가라고 하는 것이 정확

---

14) 이재선, 앞의 책, pp.404-5.

15) 이유식, 「한국소설의 위상」(이우출판사, 1982), p.176.

한 말일 것이다.

전원을 배경으로 한, 때 묻지 않은 소년 소녀의 사랑 이야기, <소나기>는 상식적으로 그 소재 자체부터가 단문이 어울릴 것 같은데, 역시 작가는 철저하게 단문 위주로 서술하고 있다. 한 연구자가 이에 대해 그가 대상을 단문으로 속도감 있게 그리고 있다고 한[16] 것도 그것을 지적한 말일 것이다.

논 사잇길로 들어섰다. 벼 가을걷이하는 곁을 지났다.
허수아비가 서 있었다. 소년이 새끼 줄을 흔들었다. 참새가 몇 마리 날아간다.

위의 두 세 단어들로 된 짧은 문장들은 시골 가을 들판을 지나가는 소년과 소녀의 가벼운 걸음이 눈에 선하게 그려 보여주는 효과를 거두고 있다. 이는 이 소설에 속도감, 박진감을 높여주는 효과가 나타나게 해 주고 있다.

이 소설에서의 작가의 시제 선택도 장면화에 좋은 효과를 거두고 있다. 현재와 서사적 과거가 혼용되고 있는 아래의 대문을 보면 그것을 알 수 있다.

소녀가 조용히 일어나 비탈진 곳으로 간다. 꽃송이가 달린 줄기를 잡고 끊기 시작한다. 좀처럼 끊어지지 않는다. 안간힘을 쓰다가 그만 미끄러지고 만다. 칡덩굴을 그러쥐었다.

위의 글은 모두 다섯 개의 짧은 문장으로 되어 있다. 그런데 그 중 처음에서 넷째 문장까지는 현재형, 마지막 다섯 번째 문장은 과거형으로

---

16) 우찬제, 앞의 책, p.224.

되어 있다. 여기서 현재형 문장은 독자에게는 현재진행형과 같은 현장 감을 주고 있다. 그리고 다섯 번째 문장의 과거형은 이른바 서사적 과거로 시제는 과거로 되어 있지만 독자에게는 현재로 받아들여지는 소설적 현재다. 곧 이 문장, "칡덩굴을 거러쥐었다."에서의 방점 친 동사는 등장인물의 그에 앞선 동작이 정지되는, 소녀가 칡덩굴에 매달려 있는 아슬아슬한 현장감을 주고 있는 것이다. 이와 같은 것이 이 작가의, 그 누구도 따를 수 없는 서술기교가 아닌가 한다.

이 작가는 또 어떤 사상(事象)을 직접 표현하지 않고 우회적, 간접적으로 말하는 데에 능하다. 이 소설에서 소년이 소녀를 두 번째 만났을 때, 소년은 자신에게 조약돌을 던지고는 저쪽으로 사라져버린 소녀를 하염없이 바라보고 있다. 그렇게, 시간이 상당히 흘렀다는 것을 이 작가는 바로 말해주는 대신 '소녀가 던진 조약돌을 내려다보았다. 물기가 걷혀 있었다.'고 하고 있다. 한가을, 따가운 햇볕 아래서라지만 물에서 건져 바로 던진 돌멩이가 말라 있었다면 한참이 지났다는 뜻이 되니 독자는 다른 말의 덧붙임 없이 그것을 쉽게 알 수 있는 것이다.

소년이 소녀를 추월해 달려가는 장면, "메뚜기가 따끔따끔 얼굴에 와 부딪친다."라고 한 구절도, 메뚜기란 곤충이 소년을 피하지 못할 정도로 소년이 아주 빠른 속도로 달렸다는 것을 의미하고 있다.

황순원은 말 한 마디, 문장 하나에 상징성을 부여하는 경우가 흔하다. 이 소설의 제목, '소나기'에서도 그러한 의미를 찾아볼 수 있다. '소나기'는 이 소설에서 어느 가을날 갑자기 쏟아진 비란, 한 자연 배경으로만 받아들일 수도 있지만 이 소설의 스토리와 함께 생각하면 그것은 순간적이고 속절없는 사랑일 수도 있는 것이다.

또 이 소설의 장소적 배경의 하나, '징검다리'에서도 그런 의미를 읽을 수 있다. '징검다리'의 1차적 의미는 개울에 듬성듬성 돌을 놓아 만든 다리이지만 한편으로는 이어질듯, 끊겨 있는, 소년과 소녀의, 서로 정이 오갈 수는 있으나 하나가 될 수는 없는 덧없는 사랑이라고도 할 수 있는 것이다.

마지막으로 이 소설에서 특히 돋보이는 것은 곳곳에서 물씬하게 풍기는 서정성이다. 유종호는 그의 문체가 서사성보다는 시적 서정성이나 감각성이 우위를 점하고 있는 것이라고 했다.[17] 이 소설 중,

　　　단발머리를 나풀거리며 소녀가 막 달린다. 갈밭사잇길로 들어섰다.
　　뒤에는 청량한 가을 햇살 아래 빛나는 갈꽃뿐.
　　　이제 저쯤 갈밭머리로 소녀가 나타나리라. 꽤 오랜 시간이 지났다고
　　생각했다. 그런데도 소녀는 나타나지 않는다. 발돋움을 했다. 그리고도
　　상당한 시간이 지났다고 생각했다.
　　　저쪽 갈밭머리에 갈꽃이 한 옴큼 움직였다. 소녀가 갈꽃을 안고 있었
　　다. 그리고 이제는 천천한 걸음이었다. 유난히 맑은 가을 햇살이 소녀의
　　갈꽃 머리에서 반짝거렸다. 소녀 아닌 갈꽃이 들길을 걸어가는 것만 같
　　았다.

라고 한 장면은 한 폭의 그림같이 아름다우면서도 시적인 서정성을 불러일으킨다.

이 소설이 극히 단조한 사건을 가지고 독자를 강하게 끄는 흡인력을 가지는 것은 위에서 말한 그의 창작기교 덕분이라고 보아야 할 것이다.

Ⅳ. 결론

황순원의 대표 단편소설 <소나기>의, 입사소설적 성격과 작가의 예술적 창작기교에 대해 살펴본 바, 다음과 같은 결론을 얻을 수 있었다.

17) 유종호, 「동시대의 시와 진실」(민음사, 1982), p.311.

첫째, <소나기>는 입사의식 중 성년의례의 세 과정 중 하나인 과도의례의 상징적인 이야기이다. 곧 주인공 소년이 어렴풋한 사랑을 느끼고 있던 한 소녀가 갑작스럽게 죽음으로서 충격을 받고 있는 이 이야기는 소년과 소녀의 사랑, 소년이 소녀의 죽음을 알게 되고 거기서 충격을 받게 되는 두 단층으로 이루어져 있다. 첫 단층, 소년과 소녀의 사랑 이야기는 아름다운 자연을 배경으로, 동물 세계에서 암수가 자연스럽게 어울리는 것과 같은 신선함을 보여주고 있다.

두 번째 단층에서 소년은 소녀의 죽음을 자신이 자고 있는 척, 소위 '엿듣기'로 알게 되는데 그 때문에 소년은 그에 대한 아무런 반응도 하지 못한다. 이것은 거꾸로 소년이 받게 되는 충격을 더욱 큰 것으로 보이게 해주고 있다. 그리고 이러한 결말은 이 소설이 열린 채로, 스스로 홀로 있게 해(獨自性) 독자에게 애잔하고 긴 여운을 남겨주고 있다.

둘째, 이 소설은 몇 가지 이 작가 특유의 창작 테크닉을 구사하고 있고 이 소설의 미학적 우수성은 거기서 나오고 있다고 할 수 있다. 특히 눈에 띄는 기교는 다음과 같은 몇 가지이다.

먼저, 이 작가는 어휘의 선택과 구사에서 그만의 개성을 보여주고 있다. 그는 상투어를 쓰지 않고 우리 고유의 순수하고 신선한 말들을 골라 쓰고 있다.

다음으로, 그는 과감한 생략으로 언어 절약에 의한 문장의 압축감과 세련미를 높이고 있다.

또 하나, 이 작가는 이 소설을 짧은 문장으로 써 작품에 속도감, 박진감을 주고 있다.

그리고 이 작가는 시제의 선택에 있어서도 현재형과 과거형을 적절하게 구사하여 현장감, 사실성을 높이고 있다.

그밖에도 이 작가가 어떤 사상(事象)을 간접적, 우회적으로 독자에게 전달해 주고 있는 것도 이 소설에서 볼 수 있는 독특한 창작기교라 할 것이다.

마지막으로, 작가는 이 소설에서 상징의 수사기법을 잘 부려 쓰고 있다. 이 소설의 제목 '소나기'는 일시적, 순간적으로 지나가버리는 속절없는 사랑을, '징검다리'는 이루어질 듯, 이루어지지 못하는 덧없는 사랑을 상징한다 할 것이다. <소나기>는 위와 같은 기법을 동원해, 그 서정성이 뛰어난 아름다운 소설이라 해야 할 것이다.

이제하의 <유자약전>
허위에 찬 세상의 추악성 폭로

Ⅰ. 서론

어느 쪽보다 기인이 많고 화제가 풍성한 곳이 예술가의 세계라 할 수 있는데 소설가의 세계도 거기서 예외가 아니다. 일찍이 텁수룩한 수염과 시니컬한 웃음, 불가해한 시·소설로 당시는 물론 오늘날까지 독자들의 화제에 오르고 있는 이상이 있었고 도사와 같은 외관과 기행의 이외수 같은 작가는 오늘의 대표적인 예라 할 것이다.

이제하는 그들처럼 특별히 상궤를 벗어난 행장을 벌인 일도 없고 문단을 어떤 경악이나 충격 속에 몰아넣을 만한 글들을 썼다고 할 수도 없지만 그래도 역시 예사롭지 않은 데가 적잖은 작가다. 찬찬히 살펴보면 그의 70년 생애 중 문단에 모습을 나타낸 10대 후반 이후의 그것은 확실히 흔하지 않은 화제가 되고도 남을 만한 것이다. 1938년 경상남도 밀양에서 태어난 그는 홍익대학 조각과와 서양화과를 다니다 중퇴한 학력을 가졌다. 1956년 18세에 소년잡지 『새벗』에 동화 <수정구슬>이 당선되어 일찍이 뛰어난 문학적 재능을 보여준 그는 1959년에는 『현대문학』에 시가 추천되고 월간지 『신태양』에 소설 <황색의 개>가 당선되었다. 비교적 과작인 그는 그리 많지 않은 작품 중 <나그네는 길에서도 쉬지 않는다>로 1985년 이상문학상, <광화사>로 1987년 한국일보문학상을 받았다.

한편 1974년 현대문학사가 그의 작품 <초식>에 현대문학 신인상을 주려 했으나 이를 거절했다든지 1977년 『여원』에 연재하던 <처용의 처>, 1979년 『현대문학』에 연재하던 <용안>을 각각 7회와 4회로 중단한 점 등은 그의 고집스런 일면을 보여 주는 것이다.

그는 또 문학 외에도 보기 드물게 다재다능한 사람이다. 그림 솜씨는 아마추어 수준을 넘어 화실을 가지고 그림 그리기에 몰두했을 정도로, 1982년에는 관훈미술관에서 개인전을 가진 적이 있다.

영화 쪽에도 손을 대 그의 소설 <나그네는 길에서도 쉬지 않는다>가 영화화 될 때는 자신이 각색을 맡았고 1991년 한 때는 『한국일보』에 영화 칼럼을 연재하기도 했다.

기타를 퉁기면서 부르는 노래 솜씨도 수준급으로 알려져 있는[1] 그는 작곡을 한 일도 있다. 그가 작곡한 <빈 들판>은 그의 소설이 영화화 될 때 그 영화의 감독에 의해 주제곡이 되기도 했다.[2]

이제하 소설의 기법을 '낯설게 만들기'라고 한 사람이 있는데 확실히 그의 작품은 독자가 익숙해 있지 않은 것이다. 이 점을 두고 어떤 이는 그의 작품은 우리에게 '천천히 읽기' '여러 번 읽기'를 요구한다고 하고 그의 소설을 읽으면서 독자가 끊임없이 느끼게 되는 감정을 당혹감, 불편함, 거리낌, 소화불량, 나아가서는 불쾌감 따위의 것이라고 한 바 있다.

1) 송영, "이제하, 그의 늘 푸름", 「흰 제비의 여름」(인동, 1987), p.285.
2) 이제하, 「길 떠나는 사람에게」(도서출판 동아, 1988), p.131.

작가 스스로 자신의 대표작 중의 하나라고 말하고 있는3) <유자약전>은 전형적으로 그러한 소설이라 할 수 있다. 그래서 한 평문은 이 소설이 그 특이성으로 말미암아 우리나라 현대소설사에 단단히 한 자리를 차지한 작품이라고 하고 있다.4)

여기서 또 한 가지 부언해 두고자 하는 것은 김병익이 말한 바와 같이 월평 같은 곳에 자주 거론됨에도 불구하고 그에 대한 작가론이나 작품론이 거의 눈에 띄지 않는다는 사실이다.5) 그는 그 원인에 대해 이 작가가 상대하기 거북살스런 사람이고 그의 소설이 함부로의 접근을 거부하고 있기 때문이라고 하고 그것은 곧 그의 작품의 난해성 때문이라고 했다.6)

<유자약전> 역시 그의 대표작이라고 불리면서도 이렇다 할 강단비평적, 본격적인 연구가 거의 없다시피 한 실정이다.7)

그런데 필자가 이 작품을 숙독해 본 결과 이 소설이 난해한 것은 사실이고 일견 지리멸렬한 이야기 같은 데가 있으나 그러면서도 어떤 논리성의 흐름을 잡을 수 있고 거기서 이 소설 특유의 어떤 의미를 추출할 수 있다고 생각했다. 그래서 필자는 여기서 이 소설의 해석에 노력을 집중하여 일차적으로 독자와 이 작품 간에 친밀한 개인적 관계를 개척해 주는 데 기여하고자 했다. 이 소설이 1960년대에 거둔 한국문학의 한 소중한 결실이라는 데 별다른 이견이 없는 것이 현실인 이상, 우선 이 작품에 대한 그와 같은 일차적인 연구가 있어야 하겠다고 생각했기 때문이다.

---

3) 김화영, "고독한 정서, 흐르는 의미의 아름다움", 「한국현대작가연구(권영민 엮음)」(문학사상사, 1991), pp.360-4.

4) 이제하, 앞의 책, p.133.

5) 김혜순, "기억하기와 공상하기 그리고 살아내기", 「소녀 유자」(고려원, 1988), p.246.

6) 김병익, "상투성의 파괴, 그 방법적 드러냄", 「밤의 수첩」(나남, 1993), pp.414~5.

7) 김윤식, "한 예술가의 죽음의 의미 – 이제하론", 「한국근대작가론고」(일지사, 1974), pp.406-17과 같은 수 편의 글이 있으나 대부분 비평이라기보다는 평론이다.

연구의 방법은 사회문화·윤리주의비평의 그것에 의존했다.

Ⅱ. 화단 - 환쟁이들의 복마전

작가에 의하면 이 소설은 자신이 소년시절에 만난 한 소녀를 모델로 쓴 것이다. 그는 자신이 '유자'란 아이를 만난 지 15년 만에 그녀를 주인공으로 이 소설을 썼다고 하고 있다. 재미있는 것은 작가가 30대 때인 어느 날 자신이 아는 한 양장점 주인이 전화기를 들고 "아입니더. 왼쪽입니더."라고 하고 있는 것을 보고 통화가 끝나고 난 뒤 그것이 무슨 말이었느냐고 물어 보았더니 별거 중인 남편이 인간이 달에 착륙하게 되면 오른발부터 먼저 딛을 것이라고 해서 그 반대라고 말해주었다고 하더라 한다. 그 말을 듣는 순간 '유자'를 주인공으로 한 주제와 줄거리가 한꺼번에 떠올라 이 작품을 쓰게 되었다는 것이다.[8] 이 또한 작품의 탄생 계기 치고는 기이한 것이라 하지 않을 수 없다.

이 소설은 27살의 나이에 요절한 한 젊은 여류화가의 간추린 일대기이다. 대학에서 서양화를 전공한 주인공 유자는 사촌오빠의 소개로 내레이터의 화실로 온다. 거기서 그녀는 10여 시간씩 낮잠을 자기도 하고 무작정 이곳저곳으로 돌아다니는가 하면 괴상한 방법으로 그림을 그리는 등 기행을 계속하다가 자신도 모르고 있던 위암으로 그 화실에 온지 1년 여 만에 세상을 떠나고 만다는 것이 줄거리이다.

유자는 그녀가 내레이터의 아틀리에에 와서 보게 된 한국의 화가, 화단에 처음부터 환멸을 느끼게 된다. 그것은 그녀가 생각해 온 예술, 미술, 미술가의 이상태와 너무 거리가 먼 것이었다. 그녀에 있어서 예술은 인간 구원의 길이었다. 그녀는 모짜르트에 대해서 "그 사람이야! 세상을 구

---

8) 이제하, 앞의 책, pp.133-4.

원할 사람은 그 사람밖에 없어요!"라고 외치는데 이를 반드시 모짜르트와 그의 음악만을 가리켜 한 말이라고 새길 필요는 없을 것이다. 그것은 베토벤의, 바하의 음악일 수도 있고 괴테의 노래일수도 있고 무어의 조각일 수도 있는, 예술과 예술가를 두고 한 말이라고 받아들여야 할 것이다. 곧 유자는 순수예술이야말로 이 세상을 악에서, 타락에서 구원할 수 있는 마지막 희망이라고 말하고 있는 것이다. 그녀가 생각해온 그림 역시 그런 것이었음은 두 말할 필요도 없다. 다음과 같은 구절을 보면 그것을 알 수 있다.

> "그림이란 뭐야? 넌 그림을 도대체 뭐라고, 어떤 것이라고 생각하니?"
> 그녀는 놀란 눈으로 나를 바라보더니, "나는 그림을 …" 하고, 소학생 같이 다리를 모으고 자동인형처럼 입을 벌렸다. "30년 후에 일어날 전쟁을 종이 위에 그려서 … 그것을 사람들한테 보여서 … 전쟁을 못 일어나게 하는 거라고 생각합니다 …."

그러니까 그녀가 말하는 그림, 예술이란 서로를 미워하지 않게, 싸우지 않게, 궁극적으로 인간 세상을 평화와 사랑으로 충만하게 하는 바로 그것인 것이다.

그런데 유자의 사촌 오빠의 친구인 내레이터가 훌륭한 그림이라고 그녀에게 보여 주는 것은 그녀가 생각해 온 그런 그림이 아니었다. 내레이터는 그녀에게 네오다다 화가 존스, 슈르트계의 고키, 액션페인팅의 선구자라 불리는 잭슨 폴록 등의 그림을 떠받들며 보여준다. 그러나 그녀는 그러한 전위적인 그림들에는 냉담하기만 하다. 내레이터가 칭찬하는 한국 화가의 그림도 유자가 볼 때는 못마땅하기만 한 것이었다. 비교적 그녀가 좋게 본 C라는 화가의 그림도 일본의 판화가 무나가다를 모방하고 있었고 패기만만하다고 알려진 젊은 전위화가들도 그녀가 볼 때는 외국 꽁무니를 좇고 있는 것에 불과한 것이었다. 거기다 화가란 사람들 중에는 물욕에 눈이 어두워 부끄러운 줄도 모르고 사기꾼과 같은 짓을 태연히 하고 있는 경우가 많았다.

아호(雅号)를 자칭 풍당(風堂)이라고 하는 친구가 그는 동양화를 하는 내 동료지만 갑자기 거의 매일 아틀리에에 들러 우리들 앞에서 지전을 헤어 보이고 있다. 서른 다섯도 못 넘긴 친구가 벌써 배 앞부분이 미어질 듯이 튀어나오고, 들어오자 말자 "내 오늘 얼마 벌었는지 좀 봐." 하면서 5백원권 다발을 꺼내 한 장 한 장 침칠을 하면서 헤기 시작하는 것인데 조롱하려고 그러는 것도 아니고, 천성이 소박하고 우직해서 그런 형태로 발전하고 만 것이다.

작가는 이 풍당이 번 돈이 얼간이 고관이나 학부형들의 주머니를 울 궈낸 것이라고 해 화단의 타락한 풍조를 비판하고 있다. 내레이터는 어떤 그림에 대해서도 냉담하고 무관심한 그녀로서도 감탄하지 않을 수 없으리라고 생각한 그림 한 폭을 보여준다. 어느 거창한 건설회사가 주관한 건설을 주제로 한 어용화가들의 작품전에 출품된 그림이 그것이었다. 그 그림을 그린 화가는 회사로부터 돈은 돈대로 받고 그림은 그 회사에 대해 폭소와 통물을 끼얹는 그런 성격의 것을 그린 것이었다. 그러나 그녀의 반응은 "개자식들 … 개자식들 … 개자식들 …."이란 세 마디였다. 그녀의 욕은 돈으로 화가란 사람들을 산 회사는 물론 그 돈을 받고 되려 회사를 욕보인 화가도 똑 같이 사람다운 짓을 한 것이 아니라 해서 한 것이라 할 것이다.

주변에서 한 사람의 참 화가도, 참 그림도 발견할 수 없은 유자는 자신이 나서서 진정한 예술작품으로서의 그림을 그리려 한다. 그녀가 그리려 하는 그림은 그 아버지에게서 배운 것으로 우리 고유의 전통을 살리는 것이다. 그녀는 그림을 그리기에 앞서 한 의식을 올린다.

그녀는 온갖 종류의 테크닉과 재료들을 전혀 모르거나 무시하는 듯이 보였고, 심지어 브러시와 캔버스까지 없애버렸다. 그것들을 없앤다는 것을 자신에게 일러 듣긴다는 듯이, 혹은 내게 알린다는 듯이(이런 점으로는 그녀는 몹시 여자답다), 그녀는 어떤 날 작은 의식을 거행하고 그것들을 불태웠다. 인적이 없는 언덕받이 움푹 꺼진 곳에서 이른 봄 햇살을 받으며 기름 묻힌 브러시와 캔버스장들이 벌벌 타고 있는 꼴을 본다는 것은 딴은 을씨년스럽고 황량하기까지 한 기분이 들어서, 나는 입맛을 다셨다.

이는 흔히 어떤 신성한 일에 착수하기에 앞서 행하는 일종의 정화의식이라 할 수 있을 것이다. 그녀의 그림 그리기는 상식을 뛰어넘은 야릇한 짓으로 물감 범벅이 된 손가락으로 창호지 위에 그리는 것이었다. 그녀는 모짜르트의 음악과 같이 인간, 세상을 구원하는 그런 그림을 그리려 한다. 다음과 같은 대문이 그것을 말해준다.

> 말하자면 그녀는 창호지로 대변되는 어떤 세계-부자건 가난뱅이건 그것으로 문을 해 단 모든 가가호호들을 대변해서, 그들이 창호지를 통해 내다보고 두려워하는 바깥 세계(來世)에다 무당처럼 부적(符籍)을 써 붙이려고 하고 있었던 것이다.

그러나 그녀는 자신이 그린 어느 그림에도 만족하지 못한 듯, 한 폭이 완성되면 그 순간에 그것을 불태워버리고 만다. 그녀는 단 한 사람 그녀가 비명과 같은 탄성을 올린 얀 포스의 그림 <순간의 환희>와 같은 그림이 탄생할 때까지 그리고 태워 없애기를 되풀이하고 있는 것이다.

그러는 사이 아무런 근거도 없이 유자를 경시하고 스스로 자만심에 차 있던 내레이터의 태도가 급격하게 바뀌어 간다. 여자라는 그 한 가지 이류로 유자를 '고작 곗돈 계산이 지적 능력의 극점(極點)'이라고 생각하고 있던 그는 그녀가 그림을 그리기 시작하고부터 거꾸로 열등감에 사로잡힌다.

전신을 완전히 방기(放棄)한 듯이 하고 어떤 일점(一點)을 향해 제작에 몰입해 가는 그녀를 감당할 자신이 내게는 없었다. 그녀의 손가락은 점점 확실해지고 더욱 정확해졌으며, 그와 비례해서 나는 점점 몽롱해지고, 풀죽고 애매해졌다.

그에게는 그녀가 자신의 그림을 불태우는 것 자체가 어떤 강박관념을 불러일으킨다.

그리고는 누가 볼세라 그것을 곧 불태워버린다. 세상에서 걸작이라고 아낌 받는 모든 명화들을 향하여, 거기 황홀한 눈길들을 던지고 입을 떡 벌리고 있는 모든 선남선녀들을 향하여, 당신들은 허무맹랑한 꿈을 꾸고 있다, 당신들이 보고 있는 것은 한줌의 더러운 진흙딱지며, 개부스럼이며, 속임수며, 잿 부스러기에 불과하다, 어떤가? 이 스러져가는 불꽃더미를 좀 보란 듯이 …. 이런 태도는 나를 조롱하고 자존심을 쑤시고 내 의식을 전전긍긍하게 만들었다.

내레이터는 자신을 비롯한 화가란 사람들이 그림을 그린다는 일 자체가 거짓되고 헛된 짓이라고 비하하게 된다.

화가는 고통하지 않고 고통을 깔고 앉을 따름이며, 그가 싸우는 대상은 공간이거나 자신의 내부가 아니라 캔버스 앞에 재빨리 커튼처럼 드리워지는 어떤 무기력감인 것이다. 그렇기 때문에 화가는 화포 앞에서 곧 돌아서며, 남의 다리를 긁으며, 벼룩을 잡으며, 수음을 하며, 자전거를 타고 달리며 그린다. 그것은 우연이 아니라, 필연적으로 돌발하는 교통사고다.

결국 내레이터는 자신이 하고 있는 그림 그리는 일이란 것이 '똥을 누는 거나 마찬가지'라고 말함으로서 아무런 의미도 없는 헛짓이라 함을 고백한다.

이상에서 작가는 허위와 천박함, 물욕으로 얼룩진 한국 화단의 추한 실상을 폭로, 비판하고 있다 할 것이다. 그래서 김윤식은 이 소설을 오늘날 한국에서 진짜 예술가는 왜 존재하지 못하는가를 드러내 보인 작품이라고 하고 이 소설이 사이비 예술가, 예술가란 이름만 걸친 허깨비들이 진짜 예술가를 없애려 한다는 것을 말해 주고 있다고 하고 있는 것이다.[9]

III. 절망 부른 더 큰 문제 - 인간 부재

진정한 예술작품으로서의 그림 그리기에 몰두하고 있던 유자는 그녀가 살고 있는 이 세상에 그림 이전에 더욱 근본적이고 심각한 문제가 있다는 사실을 깨닫는다. 그것은 이 세상에 참으로 인간다운 사람이 없는 것이 아닌가 하는 의구에서 비롯된 것이었다. 적어도 그 때까지 그녀가 만난 사람들은 모두 거짓의 탈을 쓴 위선자요 야비하고 추한 속물들이었기 때문이다. 그녀 주변의 인간 중에서 그녀를 한 사람의 인격체로, 진정한 애정으로 대한 사람은 한 사람도 없었다. 사내들은 그녀를 애정의 씨앗을 잉태하여 나아 그들로 하여금 이 세상을 물러받아 이어가게 할 생산 주체로서의 여성으로 보지 않고 단지 쾌락을 얻을 도구, 성교의 대상으로만 생각했다. 유자의 사촌오빠의 친구로 그녀를 자신의 아틀리에

---

9) 김윤식, 앞의 책, p.407.

에 받아들인 내레이터 역시 예외가 아니어서 처음부터 그녀의 뿌옇게 살이 찐 허벅지에 눈독을 들이고 있었고 사이비 화가 풍당은 그녀에게 짐승과 같은 본능을 드러내 놓았다. 그리하여 그녀의 모성은 그들에 의해 모욕당하고 말살된다. 그녀의 몸은, 두 유방은 짜부라지고 엉덩이만 두드러지게 발달한 기형인데 여기에도 어떤 의미가 담겨져 있다. 이는 그들이 세상을, 인간을 불모화, 황폐화하고 추한 욕망 추구에만 매달려 있다는 것을 말해 주는 것이다. 곧 짜부라진 젖은 세상이 그녀와 같은 여성들을 수유 불능의 인간으로 만들고 다만 성적 욕망 충족의 대상이 되게 하고 있다는 것을 의미한다. 유자는 남편과 이혼하기 전 수태를 하지만 스스로 태아를 지워버린다. 그녀는 남편이란 사람이 자신에게 참다운 애정을 가지고 있지 않다는 것을 알았기 때문이다. 그녀의 생각으로는 애정 없이 가진 태아는 인간과 인간 간의 사랑의 열매가 아닌 동물적 배설행위의 결과일 뿐이었다. 그래서 그녀는 본능에 따라 어울리는 동물이 새끼를 배어 낳듯 하는 출산을 거부한 것이다. 그러면서도 그녀는 상대를 원망하지 않는다. 그래서 그녀는 끝까지 자신이 영구불임의 몸이고 그 때문에 남편으로부터 이혼을 당했다고 하고 있는 것이다.

그러한 추하고 거짓 된 인간들의 눈에 비친 유자는 정상의 인간이 아니다. 3평에서 1천 평에 이르는 여러 공간에서의 유자는 한 번도 제대로 된 모습을 보여주지 못하고 있다고 한 구절이 그것을 말해준다. 곧 유자는 어떤 공간에서는 배꼽과 허리만 있고 또 다른 공간에서는 어깨와 바지만으로 나타난다. 그 밖에도 유자는 어떤 넓이의 공간에서는 그녀의 성기만 드러나거나 안개에 가려 제대로 보이지 않는 경우도 있고 어떨 때는 그녀가 아예 사라지고 없다. 한 평문은 유자는 60년대란, 일상적 타협과 더러운 정치, 관습과 권위적인 담론만이 존재하던 제도권에 반기를 들어 비정상의 추구, 순수에의 의지로 광기의 삶을 산 것이라고 풀이하고 있다.[10] 그러한 삶을 살아가려 하고 있는 그녀가 그와 같은 제도권에 익숙한 인간들에게 정상으로 비쳤을 이 없고 그러한 사정을 말해 주는 것이 위와 같은 여러 공간에서의 비정상적인 유자의 모습인 것이다.

헛된 말 장난이 있을 뿐 이 세상의 인간과 인간 간에 이미 애정이 고갈되어버렸다는 것을 유례없이 기발한 방법으로 말해 주고 있는 것이 유자와 그녀의 이혼한 남편 사이에 오가고 있는 대화 내용들이다. 그녀와의 전화에서 그녀의 전 남편은 달나라에 인간이 착륙할 때 처음 딛는 발이 오른쪽 발이라고 하는데 유자는 기어이 그것이 왼쪽 발이라고 고집한다. 오른발이든 왼발이든 그것이 두 사람에게 아무런 의미가 없다는 것은 두 말할 필요도 없다. 그런데도 두 사람은 각각 자신의 주장을 굽히지 않고 있다. 그렇다면 이것은 무엇을 뜻하는 것일까가 의문으로 떠오른다. 필자는 이를 두 사람 간의 단절을 말해주는 것이라고 해석하고자 한다. 두 사람은 무엇인가 말을 주고받고 있지만 그것은 인간과 인간 사이의 온기가 없는, 대화 아닌 대화, 무의미한 입놀림에 불과하다는 것을 말해주고 있는 것으로 볼 수 있지 않을까 한다.

두 사람은 내레이터의 아틀리에에서 만나 이번에는 직접 대화를 하는데 이 경우도 전화 통화 때와 비슷한 데가 있다. 전 남편은 유자를 향하여 몸이 많이 그릇되었으니 무엇을 좀 먹어야 하겠다고 하고 유자는 괜찮다고 말한다. 유자가 필요로 하는 것은 육신에 기름기를 올릴 음식물이 아니고 인간의 애정이다. 그런데 그는 거듭 '먹기'만을 조르고 있다. 작가는 이를 두고 '거북살스런 애정'이라고 하고 있는데 이는 그의 말이 애정이 있는 양 가장한 헛말이라는 것을 의미한다. 작가는 이에 대해 두 사람이 따로 따로 다른 바람벽을 아래위로 훑으면서 남의 말 하듯 그러고만 있었다고 하고 있는데 이것은 바로 그들의 대화에 진심이 없음을 말해 주는 것이다.

---

10) 서경석, "60년대 소설 개관", 「1960년대 문학 연구(문학사와 비평연구회 편)」(예하, 1993), p.46.

여기서 한 가지 주목할 필요가 있는 것은 그들 간의 두 차례의 대화에서 쓰고 있는 두 사람의 말씨다. 두 번 다 유자의 전 남편은 반듯한 표준말을 쓰고 있는 반면 유자는 "아 아닙니더 … 왼쪽발입니더." 또는 "괜찮다고 안 그랬읍니꺼?" 등 경상도 사투리를 쓰고 있는 것이다. 다른 때는 표준말을 쓰던 그녀가 그녀의 전 남편을 상대로 했을 때만은 사투리를 쓴다는 것에는 무엇인가 작가의 의도가 숨겨져 있다고 보아야 할 것이다. 이 소설에 의하면 유자는 경상남도 밀양에서 태어나 고등학교를 졸업할 때까지 경상도 사투리권에서 산 것으로 되어 있다. 그 관계의 전문학자들은 말에는 기층언어와 습득언어의 둘이 있다고 한다. 전자는 열두 살 이전에 익힌 제1의 언어고 후자는 그 후에 교양체험에서 얻은 언어다. 그런데 이 습득한 언어는 제2의 언어 구실 밖에는 할 수 없는 것이라한다. 습득언어는 평소에는 유창하게 하다가도 의식이 흐려지면 다 잊어버리고 기층언어로 밖에 말할 수 없다고 한다. 이승만 전 대통령이 임종이 가까워 와서는 영어를 한 마디도 하지 못했다든가 아인쉬타인 박사가 죽음 직전 그의 유년시절에 살던 독일 울름지방 사투리로 몇 마디를 하고 세상을 떠났다는 일화가 그것을 뒷받침해 준다. 그러므로 교양언어가 사회에 적응해 살아가기 위해 자신을 분장하는 것이라면 기층언어는 무구한 유소년기의 전면적 진실을 담은 것이라고 할 수 있는 것이다. 그러니까 유자가 그녀의 전 남편을 상대로 사투리로 말하는 것은 그에게 진실한 사람이 되기를 촉구하는 간접화법적 의미를 띤 것이라 할 수 있을 것이다.

내레이터는 느닷없이 4명의 유자를 보게 되는데 이것이 60년대란 비인간적인 세상에서의 참답게 살려는 인간의 비극적인 모습이다.

베이지색의 크고 둥근 달이 천천히 떠오른다. 달은 오른쪽 동산에서 떠서 서쪽 구릉으로 서서히 넘어가기도 전에 풍경 한복판에서 가뭇없이 스러진다. 4명의 유자가 깜짝 놀란 듯이 똑 같이 걸음을 멈춘다. 첫 번째 유자가 갑자기 공중으로 떠오른다. 그녀는 등에 멘 정체불명의 상자를 흔들며 달이 스러진 곳까지 곡선을 그으며 날아가서, 거기서 정지한다. 그리고는 태아처럼 허리를 꼬부린다. 두 번째 유자는 길을 잃고 갈팡질팡하다 돌아서서 기를 높이 추켜든다. 세 번째 유자는 그물을 넓게 멀리멀리 펼쳐 던지고 총탄 세례를 받은 듯이 쓰러져서, 곤충처럼 경련한다. 네 번째 유자는 보이지 않는다. 그녀는 땅에 살을 박고 꼼짝도 않는 박쥐우산 뒤에 숨어 있는 것도 아니고, 어디로 도망쳐버린 것도 아니다. 그저 보이지 않는다. 어디선가 거대한 짐승의 포효(咆哮)하는 소리가 들린다.

동산에서 떠올랐다가 갑자기 사라져버리는 달은 유자가 찾는 희망이자 이상의 세계, 인간다운 세상이다. 그러나 유자는 그것을 잡을 수 없다. 이 때 달을 따라 날아가다 서고 마는 유자는 고달픈 생의 짐(상자)을 진 그녀가 그래도 그것을 찾으려 애쓰다 헛되어 주저앉고 마는 것을 의미한다. 길을 잃고 갈팡질팡하다 기를 추켜드는 두 번째 유자는 이 세상에서의 그녀의 방황을 뜻한다. 그물을 던지다 쓰러져 경련하는 세 번째 유자는 그녀가 무언가를 얻으려, 구하려 하다 짓밟힘만 당하고 마는 것을 보여준다. 도망치지도 숨지도 못하는 네 번째 유자는 비정한 이 세상에서의 끝없는 시달림, 부대낌을 의미하고 있다. 거기에 어디선가 들려오는 짐승의 울부짖음은 이 세상이 야수와 같은 인간들이 으르렁거리는 세계라는 것을 은유하고 있다.

그러나, 그럼에도 불구하고 유자는 아직 절망하지 않는다. 그녀는 앞서 살펴 본 참그림 그리기와 함께 병든 인간들을 치유하는 일을 병행하여 이 세상을 구하려 한다.

그녀는 먼저 자신의 가장 가까이에 있는 인간, 내레이터의 병부터 고치기로 한다. 그녀는 그가 자신을 친구의 여동생으로서가 아니라 음행의 대상으로 보고 있다는 것을 환히 알고 있다. 그녀는 그로 하여금 그와 같은 사실을 시인하게 하고 그것이 얼마나 부끄러워해야 할 일인가를 알게 해준다. 그것이 그녀가 그에게 한 "절 따먹고 걷어 차버리세요."라고 한 말이다. 그녀의 그 한 마디로 자신이 본색을 다 들키고 있었다는 것을 안 내레이터는 자괴를 견디지 못해 발작을 한다. 그는 그녀가 코피를 쏟을 정도로 그녀에게 폭행을 가하고 속으로 다음과 같은 말을 미친 듯이 자신에게 쏟아 놓는다.

> 언제까지 내가 이런 쓰레기 같은 도시에서 도망치지 못할 줄 아느냐, 이런 변소 같은 도시에서 이런 똥개 같은 도시에서 … 텔레비 앞에서, 극장 속에서, 싸구려 주간지 틈에서, 멍청해서 도매금에 넘어가기 전에…… 개가 되어 팔려가기 전에…… 제주도든 울릉도든 탐라국이든, 숨쉴 땅을 …… 뚫을 구멍을 …… 발붙일 장소를 …… 그런 나라를 찾아내지 못할 줄 아느냐 …… 언제까지 …… 도대체 언제까지 이런 계집애 밑구멍 같은 지옥에 처박혀만 있을 줄로 아느냐 ……

이는 자신이 저질문화 속에 살아오는 동안 개나 다름없는 저질의 인간이 되어 있었다는 것을 자인한 것이라 할 수 있다. 이에 유자는 내레이터를 향해 이제는 자신들 둘이 모두 깨끗해졌다고 말한다. 그러니까 위의 해프닝은 그로테스크한 데가 있기는 하지만 유자에 의해 행해진 내레이터의 일종의 회개의식이요 정화의식이라 할 수 있을 것이다.

유자가 다음으로 착수한 일은 그래도 이 세상 어딘가에 있을지 모르는 '참인간' 찾기였다. 다음의 인용문이 그것을 말해주는 부분이다.

> 내가 작품에 대한 이루지 못한 꿈만 꾸고 있는 동안에, 그녀는 벌써 길을 떠났다. 이틀이고 사흘이고 주머니 돈이 자라는 데까지, 돈이 떨어지면 굶거나 아무나 붙들고 통사정을 하면서 수원이건, 혹은 밀양이건,

여수건, 유자가 안 가본 곳은 없다. 그녀는 몽롱한 눈으로 차창에 기대고 졸면서 끝없이 흔들려 가서는, 그 내린 곳에서 곧바로 목욕탕을 찾는다. 그리고는 발가벗은 몸을 그 속에 내던지고 긴 잠을 잔다.

그녀가 기호지방에서 영동, 영호남지방 각 곳을 찾아다니는 것은 일종의 탐색여행이라 할 수 있다. 그것은 인간다운 인간을 찾기 위해서라면서 대낮에 등불을 들고 그리스의 골목을 누비고 다녔다는 견유학파 철학자 디오게네스의 행적과 같은 성격의 것이다. 그녀가 어느 곳이든 그곳에 도착하면 바로 목욕탕을 찾아든다는 것은 하나의 속진 씻기 의식이라 할 수 있다. 그녀가 씻으려 한 것은 실제로 몸에 낀 때가 아니고 몸에 앉은 세상의 때다. 그러므로 그녀는 목욕탕에 들어가도 때를 밀지 않고 그 곳에서 시간만 보내고 나오는 것으로 몸을 깨끗이 한다. 또 거기서 유자가 자는 잠은 속세에 물든 더럽혀진 자신을 죽이고 새로이 깨끗한 몸으로 탄생하기이다.

위와 같이 정성을 들여 재계한 몸과 마음으로 해도 그녀의 참인간 찾기는 성공하지 못한다. 그녀가 속초에서 만난 적이 있는 한 사람의 중이 그녀에게 일견 참인간이 아닌가 하는 생각이 들게 한다. 서울로 유자를 찾아온 그 중은 내레이터와 다음과 같은 말을 주고받는다.

"망원경을 바로 대고 세상을 볼 수 없을 때는 어떻게 합니까?"
"망원경을 버리시오."
"거꾸로 대고 보면 안 됩니까?"
"그런 생각을 버리시오."
"세상이 벌집처럼 칸막이가 져서, 그렇게 외에는 보는 방법이 없어도?"
"어째서 그런 생각을 하게 되오? 무엇 때문에 세상을 보려고 하오?"
내레이터는 이를 자신과 그 중이 주고받은 선문선답이라고 하고 있으나 작가는 한갓 경박한 언어유희에 불과한 것으로 보고 있는 것이 분명하다. 위의 문답이 있기 전 내레이터는 중의 입안에 의치가 한 개 있음을 보는데 이것은 그의 말이 거짓된, 선답을 가장한 말장난이라는 것을 암유하는 작가의 장치로 보아야 할 것이다. 그녀는 한 사람의 신부도 만나는데 그에게서도 낭패감을 느끼는 것으로 보아 그 역시 그녀가 찾던 사람이 아닌 것이 분명하다.

결국 유자는 어디서도 그녀가 찾던 인간을 발견하지 못한다. 이때부터, 내레이터가 볼 때 유자는 이상한 증세를 보이기 시작한다.

> 그리고는 우리는 돌아서서 버스 정류장 쪽으로 걷기 시작했던 것인데, 그 중도에서,
> "구두가 걸어 다니는 것이 보여요."
> 하고 그녀가 띄엄띄엄 꿈 이야기를 시작한 것이다.
> "모자가 흔들흔들 가고 있어요."라든가 "소매가 올라갔다 내려왔어요." 한다든가 "바지가 앞뒤로 왔다갔다 하누만. 참 우스워요." 하고는 웃음을 터뜨리는 것으로, 그녀의 꿈은 대개 의류거나 인간의 몸에 부착된 액세서리들로 국한되어 있었다. 예를 들면 "핸드백이 뒷걸음질치네." "반지가 떴어." 하는 식이다. 어떤 때는 "트럭이 달리네, 집이 무너지는 것 같아요." 하고, 아무 얘깃거리도 안되는 범상한 사실을 몹시 힘들어하며 얘기할 때도 있다. 이런 꿈은 말할 것도 없이 그녀의 눈에 보이는 것을 그대로 얘기하는 것이다. 그녀의 눈에는, 혹은 의식의 눈에는, 인간의 근육이거나 사지(四肢)거나 얼굴과 육체가 떨어져 나가고 없다.

위에서 내레이터는 그녀가 한 말을 꿈에서 본 것이라고 하고 있지만 그렇지 않다. 그녀가 볼 때 이 세상에 사람의 형상을 한 사람들은 많지만 정작 참사람은 어디에도, 한 사람도 없다는 것을 말하고 있는 것이다.

그런 그녀를 더욱 곤혹스럽게 만든 것이 있었으니 그것은 내레이터가,

그녀가 사람을 보지 못하는 것을 그녀의 0.1 이하로 나빠진 눈 때문이라고 하고 그녀에게 안경 쓰기를 강요한 것이다. 내레이터의 그와 같은 강요는 르네 지라르가 말한, 가장 심하게 병을 앓고 있는 사람이 다른 사람의 병에 대해 가장 심각하게 걱정하는 심리학적 원(psychological circle)의[11] 경우를 보여 주는 것이다.

세상은 끝내 유자의 영혼을 파괴해 그녀는 청량리 정신병원에 입원을 하게 된다. 그때, 그녀에게 문병을 간 내레이터가 한 가닥 구원의 서광이 비치는 말을 한다. 그는 그의 친구 중에 어떤 폭력에도 굴하지 않고 어디에도 얽매이지 않는 한 사람의 완전한 자유인이 있다고 한 것이다. 그것이 사실이라면 그 사람이야말로 참인간일테지만 그녀는 그러한 사람이 있다는 사실이 쉬 믿어지지 않는다. 그때 그녀가 '내가 안 만나 본 사람은 없어요.'라고 한 말이 뜻하듯 그녀는 이 세상 구석구석을 다 찾아다녔지만 결국 그런 사람은 발견할 수 없었고 그래서 그로 인한 마음의 병으로 정신병원 신세를 지고 있었기 때문이었다. 작가는 어떤 글에서 이 나라의 사회구조가 어느 나라보다 많은 미친 사람을 만들고 있고 자신의 이해로는 우리 사회에서 살아가고 있는 사람의 절반 이상이 정신질환자라고 생각하고 있다고 했는데[12] 유자의 경우가 바로 그에 해당한다고 보면 될 것이다.

그러나 어쨌든 그런 사람이 있다고 하니까 유자는 그 사람을 한번 만나보고 싶다고 하고 내레이터는 시인이라는, 나라에서 정신병원에 보낸 적이 있는 그 '참인간'을 만나게 해 준다. 그는 이미 반년 전에 정상적인 인간이 되어 퇴원을 해 있었다. 여기서의 정상적인 인간이란 유자 곧 작가의 눈으로 볼 때는 비정상의 인간이다. 작가는 오늘 날과 같은 세상에서 정신질환자가 정상으로 돌아간다는 것은 진부하기 짝이 없는 상식과

---

11) 르네 지라르, 「소설의 이론(김윤식 역)」(삼영사, 1978), p.87.
12) 이제하, "H 병동(病棟) 가는 길", 「광화사」 제2부(문학사상사, 1987), pp.265-6.

습관이 일상적인 틀에 자기를 끼워 맞추는 것이라고 한 적이 있다.[13] 이 소설에서도 그렇다. 그가 정상이 되었다는 것은 폭력적인 통치에 길들여진 인간이 되었다는 뜻으로 받아들여야 한다. 내레이터와 함께 그녀를 면회 온 그는 유자가 볼 때 음담패설을 하고 히히득거리는 한 속물에 지나지 않았다. 그가 그들이 병원 상설 다과점에서 함께 마신 음료의 값을 이미 지불했다는데도 기어이 "아니, 내 것은 내가 해결하겠어." 하면서 자기 마신 몫의 돈을 내고 가버리자 그녀의 기대는 결정적으로 배신당하고 만다. 그녀는 그의 그러한 언행을 두고 "저것이 근대화예요? 저것이 5개년계획? -하략-"라고 하면서 울음을 터뜨린다. 그가 자신이 마신 것은 자신이 해결하겠다고 하는 것은 제 먹은 것 값은 제가 치르는 이른바 더치 트리트(Dutch treat)를 고집하고 있음을 의미한다. 이는 우리 사회의 인간관계가, 찾아온 손님에게 다과나 음식을 대접하고 대접을 받은 쪽은 그에 감사하던 순후하고 따뜻한 것에서 차디찬 것으로 변질되어 있음을 말해 주는 것이다. 작가는 여기서 오늘날의 우리 사람들이 어설프게 구미식 근대화를 흉내 내고 개인주의에 빠져들어 서로 비정하게 단절 되어 있음을 비판한 것이다.

그 역시 그녀가 찾고자 한 참다운 인간이 아니라는 사실을 확인하자 유자는 절망에 빠지게 되고 그것은 바로 그녀로 하여금 죽음에 이르게 한다. 작가는 이 소설을 통해 이 세상이 인간다운 인간을 미치게 하고 끝내는 죽게 하고 있다고 말하고 있다. 그것은 이 소설이 유자를 죽인 병은 '모든 사람이 함께' 부른 것이라고 한 구절에 잘 나타나 있다. 그녀를 죽인 것은 이 세상의 공기를 썩게 하고 있는, 그녀를 울게 한 굴뚝의 노란 연기와 같은 공해와 그녀로 하여금 달리는 차에서 뛰어내려 죽고 싶은 충동을 느끼게 한 쿠데타와, 풍당과 같은 물욕과 육욕에 눈이 어두운 치한과 시인이라는 인간까지가 드러내 보여준 냉랭한 개인주의와 갈수록

13) 위의 책, p.274.

심화되어 가는 인간과 인간 간의 단절 …… 등 타락하고 썩고 병들고 황량하고 살벌한 현대사회였다. 김윤식이 이 소설의 주인공 유자를 죽인 것은 의학상의 병이 아니라 인위적인 위암이라고 한 것도 그 때문이다.[14)]

그러니까 <유자약전>은 작가 이제하가 한 편의 소설로 내린 현대사회의 치명적인 병증에 대한 한 장의 날카롭고 정확한 진단서(Karte)라 할 수 있을 것이다.

마지막으로 이 소설의 난해성을 어떻게 보아야 할 것인가에 대해 생각해 보기로 하겠다. 그의 소설을 통해서 본 이제하의 세계관은 이 세계가 결코 자명하지 않으며 논리적인 것이 못 되고 엉뚱하고 난데없는 것이라고 한 사람이 있는데[15)] 그의 작품의 난해성도 이와 관련이 있는 것으로 보아야 할 것이 아닌가 한다. 김화영은 이에 대해 상당히 설득력 있는 진단을 하고 있어 귀를 기울일만하다. 그는 우리의 현실을 부조리한 세계라고 하고 작가는 이 부조리한 세계의 모습은 부조리한 논리에 의해서만 비로소 조명될 수 있다는 입장에 있기 때문에 그것을 불편하고 난해한 방식으로 서술하고 있다고 말했다. 그러므로 그의 소설은 산산조각 나고 지리멸렬한 세계 및 관계를 산산조각 난 거울을 통해서 비춰 보이고자 한 것이다. 이 때 미리 이해와 논리의 틀과 법칙을 준비해 두고 읽는 우리들 독자는 거기서 당혹을 느끼지 않을 수 없고 그것이 그의 소설의 난해성이라는 것이 그의 논리다.[16)] 그러나 필자의 보는 바로는 그의 소설에는 비논리의 논리성 같은 것이 엄연하게 깔려 있다. 그의 소설 중 난해한 중에서도 난해한 경우에 속한다 할 <유자약전>에서 위와 같은 의미 추출을 할 수 있었던 것도 그 때문이라 할 것이다. 그러므로 이

---

14) 김윤식, 앞의 책, pp.407-8.

15) 김병익, 앞의 책, p.420.

16) 김화영, 앞의 책, pp.360-1.

소설은 우리 문학이 60대에 거둔 한 편의 이색적인 작품쯤으로 보고 말 것이 아니라 하나의 유의한 수확으로 보고 더한 연구가 있어야 할 것이 아닌가 한다.

Ⅳ. 결론

난해하고 기이한 소설로 몇 차례의 언급에 거쳤을 뿐 본격적인 연구가 거의 없는 이제하의 단편소설 <유자약전>은 한 편의 독특하고 우수한 예술가소설로서 우리 현대소설사에서 중요한 한 자리를 차지해야 한다고 생각한다.

필자는 이 논문에서 이 소설이 하고 있는 예술 비판, 사회 비판 양 측면에 대해 집중적으로 고찰해 본 바 다음과 같은 점에서 의미를 찾을 수 있다고 보았다.

이 소설은 먼저 문화, 예술 면에서 60년대 한국의 화단, 화가로 대표되는 예술계와 예술가란 사람들의 거짓됨과 추악함을 폭로, 비판하고 있다. 작가 곧 주인공 유자가 볼 때 예술이란 인간을 구원할 수 있는 유일한 길이요 예술가란 거기에 몸을 바치는 사람이어야 함에도 현실은 그러한 이상과 너무 거리가 먼 것이다. 작가는 이 소설에서 특히 다음과 같은 그러한 세계, 그러한 사람들의 어둡고 거짓된 면을 들추어내 보여주고 있다.

첫째, 한국의 화가들은 하나같이 우리의 그림 아닌 서양이나 일본 화가들의 그림을 흉내 내고 있다는 점에서 창조자로서의 예술가라 할 수 없다.

다음, 한국의 화가들은 물욕에 눈이 어두워 거짓그림을 그려 그것을 돈과 바꾸는 사람들, 가진 사람들에 빌붙어 어용의 그림을 그리는 사람들이라는 점에서 타락한 속물들이다.

우리 사회의 어디에서도 한 사람의 참된 화가도 진정한 예술작품으로서의 그림도 발견할 수 없은 주인공은 브러시와 캔버스를 불태워버리고 창호지에 자신의 손가락으로 그림을 그린다. 이것은 작가가 외국 화가들의 그것을 흉내 낸 테크닉은 헛된 속임수요 장난에 불과하며 참다운 그림은 우리의 육신과 영혼을 다 쏟아 그리는 인간 구원의 길로서의 그것이라고 주장한 것이다.

결국 처음 유자를 얕보고 있던, 내레이터로 대표되는 화가란 사람들은 유자와 그녀가 그림을 그리는 것, 그녀의 그림을 보고 자신들이 한갓 환쟁이에 불과하며 그들의 그림이란 것도 쓰레기와 다름없는 것이라 함을 깨닫고 이를 시인하게 된다.

이 소설이, 다음으로 말하고 있는 것은 60년대의 한국 사회, 한국인에 대한 해부와 비판이다.

첫째, 주인공은 이 세상의 사내란 사람들이 여성들을 사랑의 대상으로서, 인격체로서가 아니라 성욕 충족의 대상으로서만 본다는 것을 말하고 있다. 그녀는 그리하여 이 세상의 여성들은 영구불임이라는 말로 상징적으로 표현하고 있듯, 생산의 능력도 수유의 능력도 없는 불모의 석녀가 되고 있다고 말하고 있다.

이 소설은 또 유자와 그녀와 이혼한 전남편과의, 진심이 담겨 있지 않은 말장난에 불과한 대화를 통해 오늘날의 사람들이 서로 피가 통하는 관계에 있는 것이 아니라 각각 철저하게 단절되어 있다는 것을 말해준다.

유자는 그래도 어딘가에 있을지도 모르는 참인간을 찾아 헤매나 실패만 거듭한 끝에 이 세상의 사람들이 모두 사람이 아니라고 말하는데 그런 그녀를 거꾸로 사람들이 비정상으로 몰아 그녀는 정신병원에 보내어지고 만다. 그녀는 병원에서 또 한 번, 최후의 참인간이라는 사람을 마주하나 그에게서도 환멸을 느끼게 되고 거기서 절망한 그녀는 끝내 죽고 만다.

작가는 여기서 60년대의 타락하고 썩고 병들고 황폐하고 살기에 찬 사회가 인간을 미치게 하고 죽음으로 몰아넣고 있다고 말하고 있다.

한마디로 말하자면 이 소설은 작가 이제하가 소설로 내린 60년대 한국 사회의 병증에 대한 예리하고 정확한 진단이라 할 것이다.

이문열의 <금시조>
절망의 순간에 이른 자기완성

Ⅰ. 서론

이문열 중편 <금시조>는 그의 대표작 중 한 편이라 할 만한 소설로 여러 가지 의미에서 주목을 받아 왔다. 1981년 『현대문학』 12월호에 게재, 발표되어 이듬해에 제15회 동인문학상을 수상함으로서 일단 객관적으로 보아 상당한 수준에 이르고 있다는 평가를 받은 바 있는 이 소설은 오늘날에도 이른바 고급 독자들이 꾸준히 탐독하고 있고 외국어로 번역되어 국외에까지 소개 되고 있다.[1]

이문열은 특히 예술가를 주인공으로 한 소설을 많이 쓴 작가의 한 사람이라 할 수 있는데 <금시조>는 그 대표적인 예로 이 작품은 여러 비평가로부터 한 편의 예술가소설이란 지칭을 듣고 있다.[2] 그의 장편 <시

---

1) 1990년에 프랑스에서 프랑스어로, 1992년에는 일본에서 일본어로 번역 출간된 바 있다.
2) 조남현, "소설공간의 확대와 사상의 실험", 「이문열론」(도서출판 삼인행, 1992), p.150.

인> 역시 예술가소설로 불리지만 <금시조>와는 경우가 약간 다르다. <시인>이 소설로 쓴 시론, 시인론이라고 한다면 <금시조>는 문학을 포함한 예술 일반에 관한 이문열의 사상을 개진하고 있는, 소설로 쓴 예술론, 예술가론[3]이라는 점에서 둘은 성격상 차이를 보여 준다. 특히 거기에 나타나 있는 그의 예술관은 본격적인 것이요 진지하고 심도 깊은 것이어서 <금시조>는 예술가 이문열과 그의 예술세계를 올바로 이해하기 위해서는 이를 두고 둘러갈 수 없는 중요한 작품이라 할 것이다.

이 논문의 연구 목적은 바로 이 소설에 나타나 있는 그의 예술관, 예술에 대한 그의 사상을 알아보고자 하는 것이다. 필자는 이 소설이 성장소설적인 성격과 탐미주의 또는 예술지상주의적인 성격을 띠고 있다고 보고 이 두 측면에서 주로 작가의 예술사상에 대해 고찰해 보고자 한다.

II. 멀고도 험한 예술의 길

<금시조>는 한 노 서화가가 죽음을 앞둔, 이틀이 채 못되는 동안 자신의 지난날을 회고하고 마지막으로 그의 생을 정리한 다음 눈을 감게 되기까지를 줄거리로 하고 있다. 그러니까 이 소설은 한 소년이 대 서예가의 문하에 들어가 고행과도 같은 수련과 오랜 갈등과 방황 끝에 자기 완성에 이르기까지의 이야기이다.

예술가소설은 간혹 성장소설적인 성격을 띠는데[4] <금시조>도 그런

유종호, "능란한 이야기 솜씨와 관념적 경향", 「이문열론」(도서출판 삼인행, 1992), p.59.
김욱동, 「이문열」(민음사, 1994), p.369.
3) 김일렬, "근대적 예술가 정신과 중세적 예도사상", 「이문열(류철균 편)」(도서출판 살림, 1993), p.95.
4) 김욱동은 예술가소설을 성장소설(빌둥스로만)의 하부 장르로 범주화할 수 있다고 해 마치 모든 예술가소설이 다 성장소설인 것처럼 말하고 있는데 이는 잘못이다. 예를 들

경우에 속한다. 이 소설의 제명은 추사 김정희의 글에서 따온 것 같다. 추사는 서예가가 지극히 높은 경지에 이른 예를 다음과 같이 기술한 바 있다.

　　일찍 법원사에서 성친왕 저하가 쓴 글씨, 찰나문(利那門) 삼대자를 보니 금시조가 바다를 가르거나 향상이 물을 건너는 기세가 있어 우리 동쪽 나라에서는 열명의 석봉이라도 당할 수가 없겠으니 만약 다시 석암이나 담계의 씩씩하고 군센 것이라면 또 어떤 모양을 하겠는가? 나도 모르게 아찔해 올 뿐이다. (嘗於法源寺 見成邸所書 利那門三大字 有金翅劈海 香象渡河之勢 在東國十石奉不可當 若復石庵覃溪之雄强 又作何觀不覺惘然)[5]

한 10세 소년이 각고의 수련과 숱한 곡절 끝에 마침내 위와 같은 경지에 이르게 된다는 점에서 이 소설은 분명히 성장소설적인 성격을 띠고 있다. 이 소설에서 주인공이 자기완성에 이르기까지의 과정은 크게 두 단계로 나뉘어 서술 되고 있다.

첫 단계는 주인공 고죽의 석담 문하에의 입문, 수련과 방황, 그리고 그가 참된 예술인의 자세를 갖추게 되기까지이고 두 번째 단계는 주인공이 스스로 자기의 예술세계를 구축해 마침내 자기완성에 이르는 과정이다.

이제 먼저 뛰어난 이야기꾼 이문열이 펼쳐 보여주는 위의, 첫 단계의 소설세계를 살펴보기로 하겠다. 그런데 주의 깊게 읽으면 이 첫 단계는 다시 한 소년이 시 서 화에 있어서 한말 3대가의 한 사람으로 불린 석담의 문하에 들어가기까지의, 예사롭다 할 수 없는 경위와 입문 이후의 스승의 가르침, 그 과정에서의 고죽의 스승과의 불화와 갈등, 고뇌와 방황,

---

면 김동인의 <광염 소나타>도 예술가소설이 분명한데 거기서 성장소설적인 면은 찾아볼 수 없다.

김욱동, 「이문열」(민음사, 1994), p.369 참고.

5) 《완당선생문집》 권8 「잡식」

마지막으로 스승과의 화해와 깨달음, 그리고 참된 서화인으로서의 자세 갖추기 등으로 짜여져 있음을 알 수 있다. 그리고 이 과정이 독자로 하여금 이 소설에서만 풍기는 옛스런 멋과 흥미에 깊이 빠져들게 한다.

고죽이 석담의 제자가 되는 과정은 일종의 통과제의와 같은 성격을 띠고 있다. 석담은 친구의 청으로 한 소년(훗날의 고죽)을 맡으나 그것은 먹이고 입히기만 책임지기로 굳이 한정한 것이었다. 석담은 소년이 서화에 천부의 재능을 가지고 있다는 것을 알고 있었지만 문하에 들이려 하지 않는다. 그는 그 이유를 다음과 같이 말한다.

> "첫째로 저 아이에게는 재기(才氣)가 승하오. 점획(點劃)을 모르고도
> 결구(結構)가 되고, 열두 필법을 듣지 않고도 조정(調整)과 포백(布白)과
> 사전(使轉)을 아오. 재기로 도근(道根)이 막힌 생래의 자장(字匠)이오."

그리고 그에게는 문자향(文字香)과 서권기(書卷氣)가 없다 하여, 왕희지가 말한 비인부전(非人不傳)을 내세워 서화를 전해줄 만한 사람이 못된다고 말한다. 그러나 석담도 그의 재능만은 인정하지 않을 수 없었는데다 한 지기의 끈질긴 설득에 못 이겨 마지못해 그를 제자로 받아들인다.

'지게를 벗고 사랑에 들라'는 한 마디가 입문의식이었듯, 자신의 문하에 든 고죽에 대한 석담의 가르침에는 특이한 데가 있다. 석담은 고죽에게 직접적인 가르침의 말을 별로 들려주지 않는다. 이 소설의 문면에 나타나 있는 대로라면 고죽이 제자가 된 후 석담의 그에 대한 직접적인 가르침은 처음 추사의 서결(書訣)을 외우도록 한 것, 그 다음에 안진경의 법첩 한 권을 베껴 쓰게 한 것이 고작이고 그러고는 삼년이 지나서야 글씨를 쓸 때는 숨을 멈추어야 한다, 난은 많이 쳐 보아야 한다는 등 서너 마디뿐이다. 석담은 말 대신 고죽으로 하여금 스스로 체득하게 하고 자신의 체취에서 자신의 예술을 전수 받게 하려 하고 있는 것이다.

선생이 알 듯 말 듯한 미소에 젖어 조는 듯 서안(書案) 앞에 앉아 있을 때, 그리하여 당신의 영혼은 이제는 다만 지난 영광의 노을로서만 파악되는 어떤 유현한 세계를 넘나들 때나 신기(神氣)가 번득이는 눈길로 태풍처럼 대필(大筆)을 휘몰아갈 때, 혹은 뒤곁 한 그루의 해당화 그늘 아래서 탈속한 기품으로 난을 뜨고 거문고를 어룰 때는 그대로 경건한 삶의 사표(師表)로 -하략-

보였다고 한 데에 나타나 있듯 석담의 가르침은 무언의 몸 냄새 바로 그것이었다. 그러나 고죽은 그와 같은 스승의 가르침에 반발한다. 그는 스승이 엄하게 금함을 알면서도 서화전에 출품을 하기도 하고 끝내는 두 차례나 무단히 이탈하여 방일한 생활에 몸을 맡기기도 한다. 그것은 스승의 자신에 대한 냉엄함에 대한 반발에서 온 것이기도 했겠지만 근본적으로 자신이 어느 경지에 접어들수록, 나이 들어갈수록 스승의 서화론에 수긍할 수 없었기 때문이었으며 거기에 차츰 자신에 대한, 서화에 대한 회의가 커져 거기서 오는 좌절감 때문이기도 했다.

고죽의 첫 번째 이탈은 그의 나이 스물일곱 살 때의 일로 그는 석담을 떠나 3개월 동안 자신의 서화의 솜씨 자랑을 하면서 이곳저곳을 떠돌아다닌다. 나이 30대 중반 때의, 고죽의 두 번째 이탈은 사제 간의 예도 논쟁에서 비롯된 것이었다. 어느 날 고죽이 서화는 예인가, 법인가, 도인가를 묻자 석담은 그것을 도라고 하고 이어 이에 대해,

"기예를 닦으면서 도가 아우르기를 기다리는 것이다. 평생 기예에 머물러 있으면 예능(藝能)이 되고, 도로 한 발짝 나가게 되면 예술이 되고, 혼연히 합일되면 예도가 된다."

고 부연하자 고죽은,

"그것은 예가 먼저고 도가 뒤라는 뜻입니다. 그런데도 도를 앞세워 예기(藝氣)를 억압하는 것은 수레를 소 앞에다 묶는 격이 아니겠습니까?"

하고 반론을 제기한다. 그 위에 고죽은 글씨 쓰기와 그림 그리기라는 것 자체에 허망감을 느끼게 되고 급기야는,

"자기를 속이고 남을 속인 것입니다. 도대체 종이에 먹물을 적시는 일에 도가 있은들 무엇이며, 현묘(玄妙)함이 있은들 그게 얼마나 대단하겠습니까? 도로 이름하면 백정이나 도둑에게도 도가 있고, 뜻을 어렵게 꾸미면 장인이나 야공(冶工)의 일에도 현묘함이 있습니다. 천고에 드리우는 이름이 있다 하나 이 나(我)가 없는데 문자로 된 나의 껍데기가 낯모르는 후인들 사이를 떠돈들 무슨 소용이 있겠으며, 서화가 남겨진다 하나 단단한 비석도 비바람에 깎이는데 하물며 종이와 먹이겠습니까? 거기다가 그것은 살아 그들의 몸을 편안하게 해주지도 못했고 헐벗고 굶주리는 이웃을 도울 수도 없었습니다. 그들은 그 허망함과 쓰라림을 감추기 위해 이를 수도 없고 증명할 수도 없던 어떤 경지를 설정하여 자기를 위로하고 이웃과 뒷사람을 홀렸던 것입니다……."

라고 해 서화 자체를 근본에서부터 부정하고 나선다. 고죽의 그와 같은 이탈과 무엄한 항변에 대한 석담의 반응은 추상같다. 고죽이 첫 번째 이탈에서 서화 덕으로 화선지와 곡식을 얻어 의기양양 돌아왔을 때 석담은 그 물건을 모두 불태워버리고 2년 동안 사실상 사제관계를 끊다시피 한다. 두 번째, 위의 인용문에서 본 바와 같이 고죽의 말이 제자로서의 예를 벗어남에 이르자 석담은 벼루뚜껑을 던져 제자의 이마를 깨고 그것을 계기로 두 사람은 이승에서는 다시 상면하지 못하게 되고 만다. 그러나 일견 가혹한 것 같은 고죽에 대한 석담의 처사는 그 자체가 애정을

밑바탕에 둔 가르침이라고 보아야 할 것이다. 고죽이 첫 이탈에서 돌아왔을 때 석담이 그가 그림을 그려주고, 글씨를 써주고 얻어 온 것을 불태운 것은 교만과 경망, 속취(俗臭)를 제거하려고 행한 일종의 정화의식이라 할 수 있다. 또 고죽이 자신의 용서와 허락도 받지 않고 붓에 손을 댄 것을 알고는 몸을 씻어 먹 냄새를 없애고 오라고 한 재계의 지시도 위와 같은 경우로 보면 될 것이다. 고죽은 마지막으로 석담이 던진 벼루뚜껑에 맞음으로서 피를 흘리고 상흔을 가지게 되는데 이 또한 천골의 허물을 벗고 속의 세계에서 성의 세계로 들게 한 의식의 의미를 지닌 것이다. 고죽이 두 번째 석담의 곁을 떠남으로서 살아서의 이들 사제 간의 상면은 다시는 이루어지지 못하게 되고 따라서 직접적인 가르침도 더 이상 없게 된다. 그러나 고죽에게 결정적인 영향을 미친 석담의 가장 큰 가르침은 그들 사제가 결별을 하고나서 이루어진다. 그는 어느 날 스승의 친구를 만나게 됨으로서 조상도 없고, 스승도 없고, 처자도 없다하여 스스로 '三無子'란 호까지 지어 쓰고 다닌 자신의 오만함이 큰 잘못이라 함을 깨닫고 그러한 몸가짐으로는 무슨 일에도 대성할 수 없다는 것을 알게 된다. 스승의 곁을 떠나 10년을 떠돌던 고죽은 그 스승의 친구로부터 스승이 자신이 돌아오기를 기다리고 있다는 말을 듣고 스승의 참사랑에 눈뜨게 되고 거기서 스승에의 회귀를 결심하는 것이다. 그러나 이때에도 그는 곧 바로 스승의 서실로 되돌아가지 않고 그에 앞서 오랜, 진심에서 우러난 자기정화를 한다. 그가 오대산에 있는 한 절에 들어가서 한, 10년 동안에 덕지 앉은 속진을 씻어내는 반년에 걸친 참선이 그것이다. 고죽이 스승에게 되돌아 왔을 때는 석담은 이미 이 세상 사람이 아니었지만 그는 자신의 관상명정(棺上銘旌)을 고죽이 쓰게 하라는 마지막 가르침이자 용서요 화해의 말을 남기고 있다. 석담의 이 유명은 그의, 고죽의 막힌 도근(道根) 뚫기의 마지막 작업이었다고 할 수 있다. 석담은 이로써 비로소 고죽이 이제 부전의 비인 아닌 자신의 예술의 전인이 되었다 함을 인정한 것이다.

　두 번째 단계는 참된 예술인의 자세를 갖춘 고죽의 고행과도 같은 정진과 자기세계의 구축, 그리고 그가 그의 예술의 완성에 이르는 과정으로 되어 있다. 이 단계는 거기서 이문열의 예술관, 예술론의 핵심적 논지에 접할 수 있다는 점에서 특별한 의미를 가지고 있다 할 것이다. 서실로 되돌아온 고죽은 그전에 이미 다 거쳐 나온 여러 서체를 다시 섭렵하고 학문적인 깊이도 더하게 된다. 그리고 추사의 마지막 전인인 스승 석담에의 새삼스런 이해와 사모의 마음에서 추사와 새롭게 만나 그의 예술세계에 거듭 감탄을 한다. 그러나 고죽은 애써 스승의 전통적인 예술관과 화해하려 하지만 실패하고 만다. 그는 스승의 것이자 추사의 것이기도 한 예술관을 끝내 받아들일 수 없었던 것이다. 작가는 이에 대해 다음과 같이 서술하고 있다.

　　예술은 예술로서만 파악되어야 한다고 보는 고죽의 입장에서 보면 추사의 예술관은 학문과 예술의 혼동으로만 보였다. 문자향(文字香)이나 서권기는 미를 구현하는 보조수단 또는 미의 한 갈래일 수는 있어도 그것이 바로 미의 본질적인 요소거나 그 바탕일 수는 없었다.

　추사는 그가 남긴 글, 곳곳에서 위 예문에 나타나 있는 문자향과 서권기를 강조했다. 그는 서예에 있어서,

　　반드시 가슴 속에 먼저 문자향과 서권기가 갖추어져 있어야(須於胸中 先具文字香 書卷氣)[6]

　한다고 하고 그림에 있어서도,

---

6) ≪완당선생문집≫권7「서시우아」

난을 칠 때도 역시 거기에 반드시 문자향과 서권기가 있어야(蘭法亦
與隷近 必有文字香書卷氣)[7]

한다고 했다. 추사는 여기서 선비의 정신적 양식인 학문이 풍부하고
무르익어서 예술가의 정신이나 작품에 향기처럼 배어 들어 있어야 한다
고 말하고 있다.[8] 그와 같은 추사의 주장은 그의 다음과 같은 글에 더욱
분명하게 나타나 있다.

> 대저 난은 정소남으로부터 비로소 드러나게 되어 조이재가 가장 잘
> 쳤는데 그의 인품이 고고하여 특별히 뛰어나지 않았다면 쉽게 거기에
> 이를 수가 없었다. -중략- 정·조 양인은 인품이 고고하여 특히 뛰어났기
> 때문에 화품이 역시 그와 같았으니 범인은 따라잡을 수 없는 것이었다.
> (盖蘭自鄭所南始顯趙彝齊爲最　此非人品高古特絶未易下手 -中略- 所以
> 鄭趙兩人 人品高古特絶 畵品亦如之 非凡人可能追躡也)[9]

이는 당시 서화에 있어서의 일반적인 풍조로, 개성을 추구하는 비문
인 서화가가 간혹 나타나도 그들은 문인 서화가의 천대와 억압 때문에
크게 성장할 수 없었다. 도화서의 화원들과 같은 직업화가들이 추구하
는 사실주의적 화풍은 문인 서화가들의 압력 속에서 헤어나지 못했고
서예에 있어서도 정신미보다 조형미에 기울었던 사람들은 중국의 서풍
을 왜곡했다 하여 호된 비판을 받아야 했다.[10] 고죽은 추사에서 물려받
은 석담의 그와 같은 사상에 따를 수가 없었던 것이다. 여기에는 작가 이
문열의 예술관이 그대로 반영되어 있다고 보아야 할 것 같다. 그는 전통

---

7) 위의 책, 권2 「여우아」
8) 김일렬, 앞의 책, p.107.
9) ≪완당선생문집≫권6 「제석파난권」
10) 김일렬, 앞의 책, pp.105-6.

사회에서는 여러 가치들이 융합된 형태로 존재하지만 사회의 발전과 아울러 모든 가치는 자신의 영역을 가지고 분화한다고 말하고 있다. 그에 의하면 그 가치들의 존재방식도 융합사회에서는 수직·상하의 구조로 소수에게 집중되어 있지만 분화사회에서는 수평·대등으로 수많은 엘리트 군에게 분산된다는 것이다.[11] 그러니까 학문과 예술은 엄연히 분리되어 있어야 하며 따라서 작가는 고죽의 입을 통해 서화에 있어서 문자향과 서권기는 필수의 것이 아니라고 주장하고 있는 것이다. 그래서 고죽은 추사나 석담은 존경할만한 거인이기는 하지만 예술에 있어서의 노선까지 그들을 따를 수 없다고 생각한다. 여기서 고죽의 홀로서기가 시작된다. 곧 그는 그 스승의 궤적에서 일탈한 자신의 서화론을 정립한다. 그 주지는 전통적인 서화론에 있어서는 글씨로써 그림까지 파악한데 비해 그는 그림으로서 글씨를 파악하려 한 것이라 할 수 있다. 다시 말하면 서예는 의(意)에 있는 것이 아니라 정(情)에 있으며 글씨보다는 그림으로 파악되어야 한다는 것이다. 그런데도 이를 글씨로만 파악했기 때문에 처음부터 그림이었던 문인화까지도 문자의 해독을 입고 끝내 종속적인 가치에 머물러 있게 되었으며 이는 근본적으로 잘못된 사상이라는 것이 고죽의 주장이다. 이는 곧 예술은 학문이나 정치, 도덕 등 어떠한 것에도 종속될 수 없는 자유롭고 자족적이라는 작가의 주장을 말하고 있는 것이다. 그의 서화론에서 또 하나 크게 돋보이는 것은 거기서 문화적인 주체사상을 발견할 수 있다는 사실이다. 그는 추사의 서화론은 청조의 고증학을 그 배면에 깔고 있는 것이어서 그것이 겨우 움트기 시작한 국풍(國風)의 추구에 된서리가 되어 이 땅의 서화가 내용 없는 중국의 아류로 전락하게 했다고 말하고 있는데 여기에 그것이 뚜렷이 나타나 있다. 신동욱이 이 소설을 가리켜 문화주체적 발상을 서사화한 것이라고 말한 것도 그 때문이다.[12] 이에 따라 고죽에 있어서의 서화·서화가의 이상의

---

11) 이문열, "독자에게 보내는 작가의 편지", 『작가세계』1권 1호(세계사, 1989), p.52.

경지도 출발은 그 스승의 것에서 하고 있으나 바로 스승의 그것은 결코 아닌 것이다. 추사나 석담과 같이 고죽이 그의 서화에서 보고자 한 것은 거기서 날아오르는 금시조였다. 그러나 추사·석담에 있어서의 그 새는 마군(魔軍)을 쫓고 사악한 용을 움키는 사나움과 세참의 기세를 가진 것이었다. 곧 그들은 왕희지에서 물려받은, 기운생동(氣韻生動)의 필세(筆勢)가 강조된 것이었다.13) 그러나 고죽의 새, 금시조는 그와는 많이 다른 것으로 그것은 죽음을 앞둔 그의 꿈에 나타난 다음과 같은 모습을 한 것이다.

금시조가 날고 있었다. 수십 리에 뻗치는 거대한 금빛 날개를 퍼덕이며 푸른 바다 위를 날고 있었다. ―중략― 보다 맑고 아름다운 세계를 향한 화려한 비상의 자세일 뿐이었다. 무어라 이름할 수 없는 거룩함의 얼굴에서는 여의주가 찬연히 빛나고 있었고, 입에서는 화염과도 같은 붉은 꽃잎들이 뿜어져 나와 아름다운 구름처럼 푸른 바다 위를 떠돌았다.

한 눈에 알 수 있듯이 고죽의 금시조는 세(勢)나 용(用)보다는 미가 강조 된 그런 것이다. 이것은 곧 고죽의 입을 빌린 이문열의 예술의 이상태라 할 것이다.

고죽은 고희를 넘겨 더 이상의 운필이 불가능하게 된데다 자신에게 죽음이 임박했다는 것을 알고부터 그의 남은 기력을 다 쏟아 자신이 남긴 서화를 되 거두어들인다. 그는 임종에 앞서 그 서화들을 일일이 살펴본 끝에 거기에 스스로 만족할 만한 것이 한 폭도 없음을 알고 그것을 모두 불태워버린다. 그 순간 고죽은 한 마리의 거대한 금시조가 그 불길 속에서 솟아올라 찬란한 금빛 날개로 힘찬 비상을 하는 것을 보게 된다.

---

12) 신동욱, "시대의식과 서사적 자아의 실현문제", 「이문열론」(도서출판 삼인행, 1992) p.95.
13) 김일렬, 앞의 책, p.103에서 재인용.

<금시조>의 이와 같은 결말에 대한 견해는 사람에 따라 상당히 다양하다. 금시조의 비상은 독자를 위한 배려요 사족에 지나지 않는 것으로 스스로 자신의 작품들을 불태워버리는 것은 명백한 자기부정이며 패배라고 본 연구자도 있고[14] 대립되어 있던 석담의 도의 정신과 고죽의 예의 정신이 하나로 합치되어 완성된다는 이야기로 본 연구자도 있다.[15] 전자는 이 작품을 한 예술가의 실패로, 후자는 변증법적인 미적 승화로 본 것 같은데 필자는 이를 이들과 좀 다르게 해석하고자 한다. 이문열은 여기서 인간이 창조할 수 있는 참 아름다움이란 어떤 것인가를 말하고 있다고 보는 것이 어떨까 한다. 그에 의하면 참다운 아름다움이란 인간이 이를 수 없는 경지다. 그의 또 다른 소설 <그해 겨울>의,

> 돌연히 나를 사로잡은 아름다움의 또 다른 측면은 그것이 어떤 신적인 것, 인간은 본질적으로 도달이 불가능한 하나의 완전성이란 것이었다. 인간은 한 왜소한 피사체 또는 지극히 순간적인 인식 주체에 불과하며, 그가 하는 창조란 것도 기껏해야 불완전하기 짝이 없는 모사(模寫)일 뿐이었다.

라 한 대목에 그의 그와 같은 사상이 잘 드러나 있다. 이동하는 이에 대해 이는 참다운 아름다움이란 플라톤의 이데아처럼 하나의 절대개념으로, 유한한 인간의 능력으로는 결코 도달할 수 없는 일종의 극한치로서 존재하며 인간은 이 극한에 도달하기 위하여 치열한 노력을 기울이지만 그것은 언제나 참담한 실패로 끝날 따름이라는 것을 의미하는 것이라고 하고 있다.[16] 임종을 몇 시간 앞둔 고죽이 마지막 남은 한 방울의 피까지

---

14) 류철균,"이문열 문학의 정통성과 현실주의", 「이문열론(류철균 편)」(도서출판 살림, 1993), p.22.

15) 신동욱, 앞의 책, p.96.

16) 이동하,"낭만적 상상력의 세계 인식", 「이문열론」(도서출판 삼인행, 1992), pp.37-8.

말리면서 확인한 것은 바로 그 점이었다. 그러나 그렇다고 해서 이 소설의 결말이 그의 서화란 것은 일찍이 그가 말한 대로 한갓 쓰 잘 데 없는 '종이에 먹물을 적시는 일'에 불과했으며 그의 삶이란 것도 거기에 무슨 가치가 있는 양 매달린 허망한 것으로 마감하고 만 것이었다는 것을 의미하는 것은 결코 아니다. 고죽은 자신이 평생 심혈을 기울인 서화들에서 실패만을 확인하고 그것을 모두 불태워버리는 순간 자신의 그와 같은 실패야말로 자기 예술의 완성이라 함을 깨닫게 된 것이고 그것이 바로 불길 속에서 날아 오른 금빛 금시조였던 것이다. 이문열은 한 글에서,

> 진실로 예술적인 영혼은 아름다움에 대한 철저한 절망 위에 기초한다. 그가 위대한 것은 그가 아름다움을 창조하였기 때문이 아니라, 그것이 불가능한 줄 알면서도 도전하고 피흘린 정신 때문이다.[17]

고 한 바 있는데 이는 다른 사람의 표현을 빌리자면,

> 아마도 예술에 대한 어떤 의의가 있다면 그것은 이 거듭되는 실패 속에, 좌절을 감내하면서 또 다시 도전하는 열정 속에 존재하는 것일 따름이며 결코 그 이상은 아닐 것이다.[18]

라 한 말과 같은 것이다. 그러므로 고죽이 자신의 서화를 불태우는 순간 본 금시조는 바로 그의 그렇게 살아온 삶으로 그것은 서화가 고죽의 예술의 완성, 그의 자기성취를 뜻한다 할 것이다.

이상에서 우리는 <금시조>의 성장소설적 특성에 대해 살펴보았다.

---

17) 이문열, 「사색」(도서출판 살림, 1991), p.133.
18) 이동하, 앞의 책, pp.37-8.

III. 탐미와 지나친 현실 거세

<금시조>는 분명 미학적인 면에서 보아 독특하고 뛰어난 테크닉이 구사된 소설이라 할 수 있을 것 같다.[19] 이는 여러 측면에서 찾아 볼 수 있겠는데, 필자는 여기서 다음과 같은 몇 가지를 특히 높이 평가하고자 한다.

먼저 작가가 이 소설에서 의고적인 어휘와 소위 시체문의, 현대적 어휘를 교차 사용함으로서 특유의 문장상의 기교와 효과를 보여주고 있다는 사실을 들고 싶다. 이 소설에는 '의발(衣鉢)'[20] '진적(眞蹟)'[21] '흠향(欽香)'[22] '임모(臨模)'[23]와 같은 어휘를 써 거기서 지나간 시대배경, 그 시대의 인물들의 냄새가 나게 하고 서화가의 몸에서 풍기는 체취, 서실에서 풍기는 짙은 묵향을 맡게 하고 있다. 그러다가 그러한 지난날의 세상에 돌아가 있는 독자가 전혀 다른 현대로 내던져진 듯한 당혹감을 느끼게 하는 현대적 어휘들이 곳곳에서 느닷없이 돌출하고 있다. 햇살이 비친 고가의 문살이 등장하고 있다가 갑자기 '합판(合板)'이 튀어나오고 서화 이야기가 진지하게 계속되던 중 문득 '덤프트럭' '스탠드' '괘종시계'가 등장하는 등이 그런 경우다. 그것은 작가가 독자로 하여금 현실, 일상의 세계와 예술의 세계의 이질적인, 때로는 대조적인 성격을 몸으로 느끼게 하려 한 테크닉의 구사로 이 소설에서만 맛볼 수 있는 서술구조상의

---

19) 그러나 이 소설은 사소한 문제이기는 하지만 몇 가지 디테일 상의 실수를 범하고 있다. 예를 들면 작가는 고죽의 본처가 이미 죽었다고 했다가 그 다음 페이지에서는 아직 살아 있는지 죽었는지 모른다고 하고 있다든지, 고죽이 스승의 곁을 아주 떠난 것이 그의 나이 서른다섯 살 때라고 했다가 그 뒤에서는 서른여섯 살 때라고 하고 있는 등이다.

20) 스승이 문하생에게 도를 전하는 것.

21) 친필.

22) 향기를 맡음.

23) 보고 베낌.

묘미라 할 것이다.

또 한 가지 우리는 이 소설에서 의도적 모호성(intentional obscurity)의 아름다움을 발견할 수 있다는 것을 들 수 있다. 다음과 같은 예문이 그런 경우다.

생각이 유년으로 돌아가자 고죽은 어쩔 수 없이 지금과 같은 그의 삶 속으로 어린 그가 내던져진 첫날을 떠올렸다. 오십년이 되는가, 아니면 육십년? 어쨌든 열 살의 나이로 숙부의 손에 끌려 석담(石潭) 선생의 고 가를 찾던 날이었다.

이 때 이 소설의 시간에 있어서의 고죽의 나이는 72세로 그가 석담에 게 맡겨진 것은 정확하게 62년 전의 일이다. 그런데도 주인공은 50년이 되는가 60년이 되는가 잘 알 수 없다고 하고 있다. 이는 곧 닥쳐올 죽음을 앞둔 노인의 흐릿한 의식을 보여 주려는 작가의 의도적인 표현이다. 여 기서 독자는 아득한 지난날을 회상하는, 기력이 거의 다한 한 노인에게 로의 감정이입을 경험하게 되는데 이는 썩 효과적인 기법이라 하지 않 을 수 없다.

그러나 위와 같은 것들은 아무래도 사소한 면이라 해야 할 것이고 이 소설의 가장 두드러진 특성의 하나는 거기서 강한 탐미주의적 성격을 발견할 수 있다는 것이다.[24] 이는 의심의 여지가 없는 것으로 이미 여러 연구자가 이 소설의 주인공 고죽을 예술지상주의자 또는 유미주의자라 고 하고 있는 것이 그것을 뒷받침해 주고 있다.[25] 탐미주의자 오스카 와

---

24) 이는 영미에서는 aestheticism이라고 하는데 우리나라에서는 심미주의·예술지상주의 등으로 별 변별 없이 쓰고 있는 것이 보통이다.
25) 그러한 발언은 다음과 같은 글에 나타나 있다.
  유종호, 앞의 책, p.61.
  류철균, 앞의 책, p.22.

일드는 실용적인 목적이 없는 것만이 아름다울 수 있다, 모든 예술은 완벽하게 쓸모가 없다고 한 바 있는데[26] 이는 칸트의 사상과 뿌리를 같이한 것이라 할 것이다. J. 콘은 좀 다른 표현을 빌려 미는 자기 목적적인 내포적(intensiv) 가치이지 수단적 가치인 결과적(konsekutiv) 가치가 아니라고 했는데[27] 주장의 핵심은 모두 같은 것이라 할 것이다. 사실은 이 소설 이전에 작가 이문열 자체가 탐미주의자임이 분명하다. 그의 자전적 소설 <그해 겨울>의 다음과 같은 일절은 그것을 웅변하고 있다.

> 아름다움은 모든 가치의 출발이며, 끝이었고, 모든 개념의 집체인 동시에 절대적 공허였다. 아름다워서 진실할 수 있고, 진실하여 아름다울 수 있다.
> 아름다워서 선할 수 있고, 선해서 아름다울 수 있다―. 그러나 아름다움은 스스로는 아무 것도 갖고 있지 않다. 그러면서도 모든 가치를 향해 열려 있고, 모든 개념을 부여하고 수용할 수 있는 것, 거기에 아름다움의 위대성이 있다.

위와 같은 이문열의 탐미주의, 유미주의적인 사상이 육화된 것이 소설 <금시조>라 할 수 있을 것이다.

그러니까 앞의 장에서 살펴본 고죽의 석담과의 갈등, 충돌도 중국에 발원을 둔 추사 유의 예도사상(藝道思想)과 고죽의 예술지상주의 사상의 불화의 결과로 볼 수 있을 것이다. 예도사상은 예술이 나아가야 할 이상적이고 규범적인 사고체계로 한국의 그것은 중국에서 전해져 온 것이다. 중국의 예도사상은 선진 유가들이 음악을 중심으로 도를 추구한 데서

송성욱, "이문열의 고향의식과 사대부 정신", 「이문열(류철균 편)」(도서출판 살림, 1993), p.44.

26) R. V. Johnson, Aestheticism, Methuen & Co. Ltd., 1973, p.81.

27) 木幡順三, 「미와 예술의 이론(강손근 역)」(집문당, 1995), p.76.

출발했다. 서화가 공자 이후 그 문도 중심의 상층문화의 전면으로 떠올라 예도사상에 끼어든 것은 음악에 비해 상당히 뒤의 일이다.

그중 서예는 공자 당대에 소위 군자의 교양으로 든 육예(六藝)에[28] 들어 있었으나 회화는 오래 동안 장인으로서의 화공의 직무에 속해 그에 끼지 못하다가 위진대(魏晋代)에 와서야 자각된 예술 대접을 받게 되었다. 중국의 서화에서는 유가적 이념성이 크게 강조되었다. 그와 같은 중국의 사상은 우리나라에 전해져 왔는데 특히 조선조의 예도사상은 그 유가적 이념성이 극단으로 강조 되어 중국과 달리 유가사상 이외의 다른 사상은 아예 배제되거나 최소화되기에 이르렀다. 조선의 문인 화가들이 주로 사군자를 고집해 그린 것도 그 때문이었다.[29] 이문열의 분신, 고죽은 그러한 사상이 철저한 추사 · 석담을 따를 수 없었다.

이 소설에서,

> 동양에서의 미적 성취, 이른바 예술은 어떤 의미로 보면 통상 경향적(傾向的)이었다. 애초부터 통치수단의 일부로 출발한 그것은 그 뒤로도 끝내 정치권의 그늘을 벗어나지 못했으며, 때로는 학문적인 성취나 종교적 각성에 의해서까지도 침해를 입었다. 충성이나 지조 따위가 가장 흔한 주제가 되고, 문자향이니 서권기니 하는 말과 마찬가지로 도골선풍(道骨仙風)이니 선미(禪味)니 하는 말이 일쑤 그 높은 품격을 나타내는 말로 쓰이는 것이 그 예일 것이다.

라고 한 대문에는 이문열의 예술의 비순수성에 대한 근원적인 반의가 드러나 있다. 특히 예술가로서의 그에 있어서 유가사상은 적대적이기까지 한 것이었다.

그는 어떤 글에서 그러한 사상이 지배하는 세계에서는 자연히 도덕이

---

28) 禮 · 樂 · 射 · 御 · 書 · 敎
29) 이상 김일렬, 앞의 책, pp.97-108 참조.

나 문학은 수단적인 위치로 전락하고 예나, 기는 다시 그 하위에 놓이지 않을 수 없다고 말한 적이 있는데[30] 이 소설의 주인공 고죽은 바로 예술이 지상의 가치를 지녔음을 주장하는 작가의 그러한 사상을 드러내 보여주고 있는 것이다.

실제로 이 작품에서 고죽은 탐미주의자 바로 그대로의 면모를 보여주고 있다. 존슨에 의하면 탐미주의자는 예술을 삶으로부터 분리시키려는 파격적인 시도를 한다고 했는데[31] 그러한 면은 이 소설 속의 고죽에게 뚜렷하게 나타나고 있다. 무엇보다 그는 잔인하다 할 만큼 가족에 대해 무책임하다. 그의 처자에 대한 비정은 다음의 인용문에서 잘 찾아볼 수 있다.

> 그러나 그 때마다 고죽은 뒷날 스스로도 잘 이해가 안 될 만큼의 냉정함으로 그녀를 따돌리곤 했다. ─중략─ 단 한 번 딸을 업고 그가 묵고 있는 여관을 찾아온 그녀에게 돈 칠원과 고무신 한 켤레를 사 준 적이 있는데, 그것도 아내와 자식이었기 때문이기 보다는 헐벗고 굶주린 자에 대한 보편적인 동정심에 가까웠다. 그 때 아내의 등에 업힌 딸아이는 신열로 들떠 있었고, 먼지 앉은 아내의 맨발에 꿰어져 있던 고무신은 코가 찢어져 자꾸만 벗겨지려고 하고 있었다. 그러나 그나마도 그것이 마지막이었다.

그와 같은 그의 비생활인의 모습은 그 외에도 곳곳에서 발견되는 바 예를 들면 다음과 같은 대문이 그렇다.

> 소유며 축적이란 말도 그에게는 익숙한 것이 아니었고, 권력욕이나 명예욕 같은 것에 몸달아 본 적도 없었다. 언뜻 보기에는 분방스럽고 다

---

30) 이문열, "독자에게 보내는 작가의 편지", 『작가세계』1권 1호(세계사, 1989), pp.48-9.
31) R. V. Johnson, op. cit., p.13.

양해도 사실 그가 취해온 삶의 방식은 지극히 단순했다. 자기를 사로잡는 여러개의 충동 중에서 가장 강한 것에 사회적인 통념이나 도덕적인 비난에 구애됨이 없이 충실하다는 것, 말하자면 그것이 그를 이해하는 실마리이기도 한 그의 행동양식이었다.

여기서 그 '강한 충동'이란 아름다움의 추구였다는 것은 두 말할 필요도 없다. 고죽은 그것이 아름다움이면 모든 것을 놓아버리고 거기에 매달리고 그것이 아름다움이 아니면 미련 없이 버린다. 고죽이 자신의 서화 더미를 모두 불태워버릴 때 이를 보고 있는 사람들 중 어떤 이에게는 그것이 그대로 그만한 고액권 더미로 보이기도 했지만 그 서화들에서 금시조를 볼 수 없었던 고죽 자신에게는 그것은 하잘 것 없는 종이더미 이상 아무 것도 아니었다. 그러나 그것이 불타오르는 순간 그는 거기서 금시조의 비상을 보게 됨으로서 그 때는 이미 그에게는 결국 아무 것도 남아 있지 않았지만 모든 것을 다 얻은 것이다. 그런 의미에서 <금시조>는 예술가소설이요 성장소설이면서 동시에 우리 문학에 흔치 않는 한 편의 탐미주의 소설이라 해야 할 것이다.

그러나 <금시조>의 이 탐미주의적인 속성은 한 편으로 비판의 대상이 되는 점이기도 하다. 무엇보다 그러다 보니 이 소설이 시대 상황에 대한 외면, 무관심이 지나치다는 비난을 면할 수 없게 되었다. 이 소설은,

문 밖에는 해방과 동족상잔의 전쟁이 휩쓸어 가고 있었으나 그 어떤 혼란도 고죽을 석담의 고가에서 끌어내지는 못했다.

고 하고 있는데 이에 의하면 조국이 일제의 노예에서 풀려난 온 겨레의 감격도, 6.25사변이란 한민족사 최대의 비극도 주인공에게는 무관한 것으로 되어 있다. 또 세계사의 격동일 뿐 아니라 한민족의 명운까지도

거기에 휩쓸려 부침한 중일전쟁·월남전 같은 사건도 여담처럼 흘려 지나치고 있어 그것들은 단지 일부(日附)의 지시 이상의 의미를 띠고 있지 않다. 특히,

> ─이튿날 고죽은 행장을 꾸려 산을 내려왔다. 해방 전해의 일이었다.

와 같은 구절에서는 얄미울 만큼 고의적인 시대 상황의 외면을 느낄 수 있다. 어떤 자리에서 주인공은 마치 자신이 망국유민의 한을 가진 사람 같은 시늉을 하고 있다. 그는 자신에게 몸을 맡기기를 자청한 한 기생의 속치마에 마르고 비틀어진 등걸, 앙상한 가지에 거의가 아직 피지도 않은 매화 두어 송이를 그려주고 거기에 화제(畵題)로 '梅一生寒不賣香'이라고 써주어 인간의 절개, 지조의 고귀함을 말하고 있다. 그러고는 그 매가 춥고 외로워 보이는 까닭을 묻는 그 기생에게 그것을 나라를 잃은 한과 슬픔이라고 말한다. 그 자리는 일인이 끼인, 친일 인사가 마련한 술자리라 이때의 그는 마치 민족의식이 강한 우국인사나 되는 것처럼 보인다. 그러나 그것은 그가 등지고 떠나 와버린 스승 석담의 흉내를 내 본 것으로 그 자신 훗날 그날의 일을 스스로 부끄러운 짓이었다고 말하고 있다. 그가 우국이나 애국과는 아주 거리가 먼 사람이었음은 그 자신이 누구보다 잘 알고 있는 것이다. 이 소설은 고죽이 그 기생과 헤어진 일을 두고 한, 다음과 같은 말로 이를 다시 한 번 확인해 주고 있다.

> 그러다가 이윽고 그들의 날은 끝났다. 그가 망국의 한을 서화로 달래며 떠도는 선비가 아니었던 것처럼 그녀 역시 적장(敵將)을 안고 강물로 뛰어드는 의기(義妓)는 아니었다. 그가 자신도 모르는 열정에 휘몰려 떠도는 한낱 예인(藝人)에 불과하다면, 그녀 또한 돌보아야 할 부모형제가 여덟이나 되는 가무기(歌舞妓)일 뿐이었다.

이때의 있는 그대로의 그는 이웃의 어떠한 고통도 안중에 없는, 한 자루 붓에 의지하여 꿈같은 아름다움이나 좇고 일신의 안락과 생의 즐거움에 빠져드는 그런 사람이었다. 특히,

> 나중에 대동아전쟁이 터지고, 일제의 가혹한 수탈이 시작되어 나라 전반이 더할 나위 없는 궁핍을 겪고 있을 때에도 그의 집요한 탐락은 멈출 줄 몰랐다. 아무리 모진 바람이 불어도 덕을 보는 사람이 있듯이 그 총중에도 번성하는 부류가 있어 전만은 못해도 최소한의 필요는 그에게 제공해 주었던 것이다. 변절로 한 몫 잡은 친일 인사들, 소위 그 문화적인 내지인(內地人)들, 수는 극히 적었지만 전쟁경기로 재미를 보던 상인들….

라고 한 태평양전쟁 당시의 그의 삶은, 당시가 우리 민족 절대다수가 지옥과 같은 빈궁에 시달리고 많은 젊은이들이 강제 징병, 징용에 끌려가 목숨을 잃고 있던 일제 말기라는 것을 상기하면 같은 피를 나눈 사람에게 심한 배반감과 의분심을 불러일으키는 것이었다. 이 역시 탐미주의자의 한 속성을 극명하게 드러내 보여 주는 것이다. 탐미주의 예술가는 자기의 시대를 위해서 그리고 자기의 시대를 향해서 한 마디 하지 않을 수 없다는 식의 소명의식과 거리가 먼 사람들이다. 그들은 삶에 대해서 아무런 논평도 하지 않을 뿐 아니라 삶을 투쟁으로 보지 않고 한갓 구경거리로 다루려 한다. 따라서 그들에 있어서 삶은 다만 '감상할(appreciate)' 대상일 뿐이다.[32] 그러므로 고죽에게는 동족이 죽음과 같은 고통에 시달리고 있는 현실에 아무런 가책도 없이 눈감아버리고 자신의 충동에 따라 자신이 끌리는 것을 탐하고 있는 것이다. 이러한 소설은 반영론적 입장에서 볼 때 비판의 대상이 된다 할 것이다. 반영론의 입장에

---

32) 위의 책, pp.12-20.

서 보면 예술은 현실이라는 궁극적인 존재를 반영함으로서 의미를 가진다. 즉 보편적 근원으로서의 현실과 그 특수한 반영으로서의 예술만이 의미를 가질 수 있는 것이다. 그러므로 현실이 거세된 <금시조>의 세계는 비겁하고 자기기만적인 이야기 이상이 될 수 없다. 비단 반영론이 아니더라도 소설은 인간탐구요 인생의 표현인 이상, 인간, 인생이 현실과 아주 동떨어져 존재할 수 없는 이상 탐미주의적인 소설은 처음부터 문제를 안고 있다 할 것이고 <금시조>의 경우 거기서 예외가 될 수 없다. 박이문은 아무리 예술적 가치가 귀중하다고 해도 그것은 언제나 삶이라는 가치에 종속되어야 한다고 말하고 있다. 곧 삶을 떠난 가치, 삶이 바라는 것을 외면한 가치란 개념은 자가당착이라는 것이다. 그는 예술가는 오로지 예술적 가치만을 추구해야 하고 그 밖의 가치는 예술적 가치에 종속시켜야 한다고 한다면 그것은 곧 순수예술의 함정에 빠져 들어가게 되는 것이요 그릇된 뜻에서의 예술지상주의라고 했다.[33] 그런 의미에서 탐미주의, 예술지상주의는 처음부터 자기모순을 지닌 것이고 <금시조>는 그 모순을 비교적 뚜렷하게 드러내 보여주고 있는 소설이라 해야 할 것이다. 그러므로 이 작품을 가리켜 소극적 현실초월이며 현실도피로 추락하고 있는 소설이라 한 말은[34] 분명한 근거를 가진 것이라 할 수 있다.

한때 탐미주의에 상당히 깊이 빠져 있던 월터 페이터는 뒷날 거기서 이탈한 다음 '좋은 예술'과 '위대한 예술'간의 구별이 필요하다고 말했다. 그에 의하면 위대한 예술은 중요한 인간적 의미를 띤 문제를 제시하는 것을 그 특징으로 한다는 것이다.[35] 그런 의미에서 <금시조>는 좋은 예술작품, 그러한 평가가 지나친 것이라면 흥미 있는 작품은 될 수 있을

33) 박이문, 「예술철학」(문학과 지성사, 1993), p.186.
34) 성민엽, "개인과 자유를 향한 열망", 「이문열론」(도서출판 삼인행, 1992), p.85.
35) R. V. Johnson, op. cit., p.34.

지 몰라도 위대한 예술작품은 될 수 없고 그것이 이 소설의 한계라 할 것이다.

Ⅳ. 결론

<금시조>는 문학을 포함한 예술 일반에 관한 작가 이문열의 사상이 가장 잘 나타나 있는, 소설로 된 한 편의 예술론, 예술가론이라 할 수 있다. 이 소설에 나타나 있는 그의 예술관은 성장소설적인 측면과 탐미주의 또는 예술지상주의적인 측면에서 찾아볼 수 있다.

먼저, 성장소설적인 면에서 작가는 이 작품을 통해 진정한 예술가의 자세는 어떠해야 하는가를 말해주고 있다. 여기서 그는 예술가는 교만을 버리지 못하고 자기과시욕에 사로잡혀 있는 한 궁극적인 자기성취는 이룩할 수 없으며 겸허한 자세로 각고의 정진을 할 때만 그것이 가능하다고 말해 주고 있다.

이어 작가는 주인공이 자기 세계를 구축해 가는 과정을 통해 예술은 학문이나 정치, 도덕 등 어떤 것에도 종속될 수 없는 자유롭고 자족적인 것이라 함을 역설하고 있다.

또 한 가지 이 소설에서 눈여겨보아야 할 작가의 예술관 중의 하나는 그가 문화란 어떤 국가 민족의 개성적인 것이어야 한다는 문화주체사상을 가지고 있다는 것이다.

이 소설이 말하고 있는 가장 중요한, 작가의 예술관은 주인공이 자신이 한 평생 심혈을 기울여 남긴 서화에서 자기만족을 얻지 못하고 그것을 모두 불태우는 순간 금시조를 보게 된다는, 이 소설의 결말부에 나타나 있다. 작가는 여기서 참다운 아름다움이란 인간이 이룩할 수 없는 것이며 인간은 다만 미적 성취를 위해 거듭되는 실패 속에 또 다시 도전할 수 있을 뿐이며 그러한 열정, 그것이 바로 인간이 도달할 수 있는 마지막 경지라고 말하고 있다. 그에 의하면 그러한 사실을 깨닫게 되는 바로 그것이 예술가가 자기성취를 이룩하는 순간이라는 것이다.

<금시조>는 이문열의 탐미주의 사상이 소설로 육화된 작품이라 할 수 있다. 이 소설의 그와 같은 면모는 다음과 같은 면에 나타나 있다.

첫째, 주인공은 철저한 비생활인의 모습을 하고 있는데 이는 예술을 삶으로부터 분리하려 하는 탐미주의자들의 속성을 그대로 보여 주는 것이다.

다음으로 주인공이 현실적으로 큰 재산으로서의 가치를 가진 그의 서화에서 미적 완성을 찾을 수 없자 그것을 모두 불태워 버리고 그 순간 거기서 날아오르는 금시조를 보는 것도 탐미주의자의 모습을 보여주는 것이다.

그러나 이 탐미주의적 성격은 이 소설로 하여금 비판의 대상이 되게 하기도 하는 것이다. 이 소설에서 주인공이 지나치게 현실을 외면하고 있는 것이 바로 비판의 주된 표적이 되고 있다. 주인공이 태평양전쟁 당시 온 겨레가 일제의 가혹한 식민통치에 신음하고 있던 그 때에 서화를 내세워 친일파·일인들과 어울려 반민족적 탐락에 빠져있는 장면 같은 것이 그 구체적인 대목이다. 이는 탐미주의자들이 자기의 시대에 대해 아무런 발언도 하지 않으려 하고 어떠한 소명의식도 가지지 않는 면모를 보여 주는 것이다. 아무리 예술적 가치가 귀중하다 해도 그것은 언제나 삶이라는 가치에 종속 되어야 하며 삶을 외면하고 삶을 떠났을 때 어떠한 것도 진정한 가치를 가질 수 없다고 할 때 <금시조>는 탐미주의, 예술지상주의 문학이 가지는 한계를 그대로 가지고 있다 해야 할 것이다. 그런 점에서 <금시조>는 한 편의 좋은, 흥미 있는 작품이라 할 수는 있을지 모르지만 진정으로 훌륭한 소설, 위대한 소설이라고 할 수는 없을 것이다.

양귀자의 <한계령>
산다는 일 가파름의 발견

Ⅰ. 서론

　1978년 대학을 졸업한 그 해에 20대 중반의 나이로 <다시 시작하는 아침> <이미 닫힌 문>이 문학사상신인상에 당선되어 문단에 나온 여류작가 양귀자는 얼마 안가 소위 인기작가의 반열에 들어섰다. 1987년에 간행한 연작소설 <원미동 사람들>은 이듬해에 제5회 유주현문학상을 수상했고 1992년에 발표한 <숨은 꽃>은 이해 제16회 이상문학상을 받아 본격적으로 문단의 주목을 받기 시작했다. 또 대중취향적 성격이 강한, 1992년에 발표한 <나는 소망한다 내게 금지된 것을>은 금방 베스트셀러가 되었다.

　양귀자는 한 마디로 어떤 특성을 잡아 이러 이러한 작가라고 말하기 어려운 데가 있다. <원미동 사람들> 같은 소설은 묘사 대상에 숨어 있는 본질적인 사회구조, 다시 말하자면 정치적인 현실 같은 것은 폭넓게 헤아리지 못하는 한계를 가지고 있다는 비판을 받았지만[1] 1988년에 발표한 <천마총 가는 길>이나 <숨은 꽃> 같은 소설은 1980년대부터 90년대 초에 이르는 사회적 변화에 대한 민감한 문학적 대응의 결과라는 평을 받기도 했다.[2]

또 그녀는 사회구조, 시대정신과는 거리를 두고 있는 작가로 단정되기도 했지만 <나는 소망한다 내게 금지된 것을> 같은 작품은 강한 페미니즘적인 성격을 보여주고 있어 그렇게만 볼 수도 없다는 것을 말해 준다.

그러나 한 가지 주저 없이 말할 수 있는 것은 그녀의 소설은 사람들이 살아가는 표정, 거기에 얽혀 있는 다단한 내력과 애환을 즐겨 그려 보여주고 그러한 면에 뛰어난 재능을 보여주고 있다는 사실이다. <한계령> 역시 그러한 작품의 하나로 이 소설은 그러면서 그 특유의 몇 가지 성격을 보여준다.

그녀는 대부분의 다른 작가들과는 달리 자신의 성장과정, 가족관계 등에 대해 언급한 작품이 적은데 <한계령>은 그녀의 또 다른 단편 <유황불>과 함께 그러한 면에서 극히 예외적이다. 1인칭 서술로 되어 있는 이 작품은 자전적, 사소설적인 성격을 강하게 보여준다. 등장인물, 시대, 장소적 배경이 그렇고 전개되고 있는 사건들이 그렇다.

<한계령>에서는 한 사람의 대중가요 가수가 상당히 중요한 역할을 하고 있고 일견 모든 이야기가 그녀를 중심으로 펼쳐지고 있어 이를 한 편의 예인소설(藝人小說)이라고 할 수도 있을 것 같지만 그녀가 주인공은 아니다. 주인공은 그녀에 대한 관찰자이자 내레이터로 이 작품이 독자에게 보여 주려 하는 것은 전화를 통한 그 여가수와의 오랜만의 해후

---

1) 진형준, "삶 — 얼룩 그 자체까지 껴안은……", 「양귀자 문학앨범(이남호·박혜경 편)」 (웅진출판, 1995), p.49.
2) 박혜경, "소시민적 삶의 폐허 속에서 희망의 변증법", 「양귀자 문학앨범(이남호·박혜경 편)」(웅진출판, 1995), p.77.

를 계기로 내레이터의 내면에 일어나는 심적 파문이다. 그리고 거기에 이 소설의 핵심적 의미가 담겨 있다.

그런 만큼 이 소설에는 작가의 세계, 인간에 대한 생각, 시선이 아주 잘 드러나 있다. 필자는 이 소설에서 비교적 확실하게 잡을 수 있는 그와 같은 작가의 인생관, 세계관은 그녀의 다른 소설의 해석에 하나의 지침이 될 수 있고 거기에 이 소설이 가지는 특별한 의미가 있다고 생각한다. 그리고 이 글에서 그러한 면을 고찰해 보고자 한다.

편의상 먼저 이 소설의 줄거리를 소개해야겠는데, 사실은 <한계령>에는 특별히 무슨 사건이랄 것이 없다. 여류소설가, 내레이터에게 어느 날 헤어진 지 25년이나 되는 어린 시절의 친구 은자가 전화를 걸어온다. 그 친구는 내레이터가 소설가가 되어 신문 등에 이름이 나는 것을 보고 연락을 해 온 것이다. 밤무대 가수가 되어 있는 그 친구가 내레이터에게 한 번 만나자고 여러 번 조르는 바람에 내레이터는 망설임 끝에 그 야간 업소를 찾아간다. 그러나 그녀는 멀리서, 한 가수가 노래를 부르는 것을 보고, 그것이 아마 그 친구일거라고만 생각하고 그냥 돌아서 오고 만다는 것이다.

II. 삶 – 벗을 수 없는 무거운 짐

작가는 이 소설의 첫머리에서부터 오늘을 살아가고 있는 사람들의 일상이 무엇에, 누구에게 독촉 받고, 쫓기는 것 같은 고단한 것이라고 말하고 있다. 내레이터가 고향, 친정에서 걸려온 어머니로부터의 전화를 받으면서도 눈으로는 청탁받은 원고의 마감을 적어둔, '20매, 3일까지. 15매, 4일 오전 중으로 꼭. 사진 잊지 말 것.'이라고 흘려 쓴 메모판의 글에 마음을 뺏기고 있는 모습도 그렇고 갑자기 걸려온 친구로부터의 전화를 받는 동안에 가스레인지 불 위에 얹어 두었던 남비 속의 음식이 다 타버리고 마는 장면도 그런 점을 강조하고 있는 것이다.

이 소설은 또 객담 비슷이, 슬쩍 흘리고 지나가는 이야기에서 이 세상이 얼마나 섬뜩하게 무서운 곳인가 하는 것을 일깨워준다. 곧 이 소설은, 은자의 아버지는 그 언니와 자기가 맺어지는 것을 방해했다 하여 원한을 품은 한 청년에 의해 살해당했으며 내레이터 아버지의 고향 마을 사람들은 난리 때 몇 사람을 제외하고는 모두 죽임을 당했다고 하고 있다. 내레이터에 있어서 이 세상은 늦은 밤이나 이른 아침에 전화벨이 울리면 그때까지 거푸 들어온, 그녀로 하여금 소스라치게 놀라게 한 비보, 흉보들 때문에 가슴이 철렁 내려앉게 하는 무서운 곳이고 흡사 유황불이 이글거리는 지옥의 아수라장이었다. 그래서 그녀에 있어서, 그때까지 지나온 몇 십년이란 세월은 살아온 것이 아니라 '살아낸' 것이었다.

그러나 이 소설에 있어서 여기까지는 한갓 뜸들이기에 불과하고 이 세상이 얼마나 고통에 가득찬 것인가 하는 이야기는 내레이터의 친구 은자가 전화를 걸어오면서부터 본격적으로 펼쳐진다. 내레이터에게 걸려온 은자의 전화 목소리는 남자인지 여자인지 구분하기 힘들 정도로 지독하게 탁하고 갈라진 것이다. 은자 자신은 이에 대해,

> "─ 전략-부천업소들에서 노래 부른 지도 벌써 몇 년째란다. 내 목소리 좀 들어 봐. 완전 갔어. 얼마나 불러제끼는지. 어쩔 때는 말도 안 나온단다. 솔로도 하고 합창도 하고 하여간 징그럽게 불러댔다."

고 하고 있다. 그러니까 어린시절 은자가 부른 노래가 따스한 햇볕 아래서의 새들의 그것과 같이 내부에서 주체할 수 없이 넘쳐흘러 나온 삶의 환희의 소리였다면 지금 그녀의 노래는 노래라기보다 이 악착한 세상에서 살아남기 위해 악을 쓰는 소리에 불과한 것이다. 은자는 내레이

터와의 전화 통화에서 그녀의 지나온 생이 얼마나 끔찍스런, 고통에 찬 것이었는가를 '아무리 슬픈 소설을 읽어 봐도 내가 살아온 만큼 기막힌 이야기는 없더라'는 말을 덧붙여 아래와 같이 들려준다.

> 그런데 오늘은 더욱 비참한 과거 하나를 털어놓았다. 악단 연주자였던 지금의 남편을 만나 살림을 차린 뒤 극장식 스텐드바의 코너를 하나 분양받았다가 빚더미에 올라앉게 되었던 모양이었다. 은자는 주안·부평·부천 등을 뛰어다니며 겹치기를 하고 남편 역시 전속으로 묶여 새벽까지 기타줄을 튕겨야 했다고 하였다. 첫아이를 임신하고 있는 중이었으나 부른 배를 내민 채 술집 무대에 설 수가 없었다. 콜셋으로, 헝겊으로 배를 한껏 조이고서야 허리가 쑥 들어간 무대 의상을 입을 수가 있었다. 한 달쯤 그렇게 하고 났더니 뱃속에서 들려오던 태동이 어느 날부터인가 사라져버렸다. 이상하긴 했지만 그런 대로 또 보름 가량 배를 묶어 놓고 노래를 불렀다. 그러고 나서야 병원에 갔다가 아이가 이미 오래 전에 숨졌다는 사실을 알게 되었다면서 은자는 이렇게 말했다.-하략-

이야말로 본인의 말과 같이 어느 소설보다 슬픈, 살아가기가 아니라 살아남기 위한 사투라 할 수 있을 것이다.

그것이 은자만의 경우라면 이는 지독하게도 불운했던, 고난에 찬 한 여인의 전반생 이야기쯤으로 끝나버릴 성질의 것일텐데 작가는 거기서 멈추지 않고 있고 그래서 이 소설은 한층 큰 호소력을 가지고 독자에게 다가오고 있다.

작가의 분신, 내레이터는 은자의 그와 같은 생의 고통스러움, 가파름이 그녀 한 사람의 경우에 한정된 것이 아닌, 이 세상 대부분의 사람들의 보편적인 것이라고 말한다. 그 예로 제일 먼저 끌고 오는 것이 그녀의 큰오빠의 경우다. 아버지가 세상을 떠난 뒤 그녀의 큰오빠는 악착같이 노력해 다섯 동생을 거두고 어머니를 봉양하면서 일곱 식구의 삶을 책임진다. 이 소설은 동생들이 모두 장성해 제 살길을 찾아가게 되기까지 그의 생은 그야말로 피나는 싸움이었다고 말하고 있다.

세상살기가 얼마나 어려운가는,

> 가수가 되어 성공하면 돌아오겠노라던 은자는 그 뒤 철길 옆 찐빵집으로 금의환향하지는 못했다. 그애가 성공하기도 전에 찐빵가게는 문을 닫았고 내가 기억하기만도 그 자리에 양장점·문구점·분식센터·책방 등이 차례로 들어섰었다. 그리고 지금, 은자네 찐빵가게가 있던 자리는 자취도 없이 사라졌다.

라 한 구절이 간접적으로 말해준다. 이는 내레이터의 옛 고향 마을의, 세월의 흐름에 따른 변모를 말해주는 것인 동시에 얼마나 많은 사람들이 살려고 발버둥치다 실패하고 실패했는가를 말해주는 것이기도 하기 때문이다.

그에 이어 작가는 그때까지 그녀가 보아 온 사람들의 삶이란 것이 거의 대부분 다 그런 것이었다고, 다음과 같이 말한다.

> 창가에 붙어 앉아 귀를 모으고 있으면 지금이라도 넘어져 상처입은 원미동 사람들의 이야기를 들을 수 있었다. 넘어졌다가 다시 일어나고, 또 넘어지는 실패의 되풀이 속에서도 그들은 정상을 향해 열심히 고개를 넘고 있었다. 정상의 면적은 좁디좁아서 아무나 디딜 수 있는 곳이 아니라는 엄연한 현실도 그들에게는 단지 속임수로밖에 납득되지 않았다. 설령 있는 힘을 다해 기어올랐다 하더라도 결국은 내리막길을 마주해야 한다는 사실 또한 수긍하지 않았다. 부딪치고, 아둥바둥 연명하며 기어나가는 삶의 주인들에게는 다른 이름의 진리는 아무런 소용도 없는 것이었다. 그들에게 있어 인생이란 탐구하고 사색하는 그 무엇이 아니라 몸으로 밀어 가며 안간힘으로 두들겨야 하는 굳건한 쇠문이었다.

그러한 고통, 가파름이 보편적인 인간조건이란 것은 이 소설의 후반에 와서 두 차례에 걸쳐 되풀이 강조된다.

한 번은 내레이터가 은자가 일하는 야간업소를 다녀오는 이야기에 담겨 있다. 그 업소에서 그녀는 한 여가수가 <한계령>이란 대중가요를 부르는 것을 본다. 그녀는 생의 고달픔을 읊은 그 노래를 눈물을 흘리며 듣는데 그녀와 무대는 거리가 너무 멀고 그 가수를 비추는 조명이 너무 어지러워 그 가수가 은자인지 아닌지 확인을 하지 못한다. 그러면서도 그녀는 다음과 같이 말한다.

집에 들어와서야 나는 내가 만난 그 여가수가 은자라는 것을 확신하였다. 넘어지고 또 넘어지고, 많이도 넘어져 가며 그애는 미나 박이 되었지 않은가. 울며울며 산등성이를 타오르는 그애, 잊어버리라고 달래는 봉우리. 지친 어깨를 떨구고 발 아래 첩첩산중을 내려다보는 그 막막함을 노래부른 자가 은자였다는 것을 그제서야 깨달은 것이었다.

내레이터가 한, 그 여자가수가 은자라는 것을 확신할 수 있었다는 말을 그대로 받아들인다면 그것은 상당히 고지식한 독서라고 해야 할 것이다. 그 말은 그녀가 은자였을 수도 있고 아니었을 수도 있지만 그것은 아무 문제될 것이 없다는 뜻으로 한 것이다. 작가는 설사 그녀가 생면부지의 다른 가수였다 하더라도 이 고난에 찬 세상을 넘어지고 넘어지면서 울며울며 살아온 것은 마찬가지였을테니까 그녀가 곧 은자라는 뜻으로 그런 말을 한 것이 틀림없을 것이다.

그리고 그에 이은 다음과 같은 대문이 작가가 두 번째로 생이란 누구에게나 고달픈 것이라는 생각을 말하고 있는 것이다.

그날 밤, 나는 꿈속에서 노래를 만났다. 노래를 만나는 꿈을 꿀 수도 있다는 사실을 그 밤에 나는 처음 알았다. 노래 속에서 또한 나는 어두운 잿빛 하늘 아래의 황량한 산을 오르고 있는 한 무리의 사람들도 만났다. 그들은 모두 지쳐 있었고 제각기 무거운 짐꾸러미를 어깨에 메고 있었다. 짐꾸러미의 무게에 짓눌려 등은 휘어졌는데, 고갯마루는 가파르고 헤쳐야 할 잡목은 억세기만 하였다. 목을 축일 샘도 없고 다리를 쉴 수 있는 풀밭도 보이지 않는 거친 숲에서 그들은 오직 무거운 발자국만 앞으로 앞으로 옮길 뿐이었다.

그들 속에 나의 형제도 있었다. 큰오빠는 앞장을 섰고 오빠들은 뒤를 따랐다. 산봉우리를 향하여 한 걸음씩 옮길 때마다 두고 온 길은 잡초에 뒤섞여 자취도 없이 스러져버리곤 하였다. 그들을 기다려 주는 것은 잊어버리라는 산울림, 혹은 내려가라고 지친 어깨를 떠미는 한줄기 바람일 것이었다. 또 있다면 그것은 잿빛 하늘과 황토의 한 뼘 땅이 전부일 것이었다. 그럼에도 등을 구부리고 짐 꾸러미를 멘 인간들은, 큰오빠까지도 한사코 봉우리를 향하여 무거운 발길을 옮겨 놓고 있었다.

여기까지를 살펴보면 이 소설의 제명이 왜 <한계령>인가가 스스로 분명해진다. 이 이름은 우리들의 삶이란 거의 예외 없이 강원도 설악산에 솟아 있는 그 높고 가파른 고개를 오르는 것처럼 참으로 고달픈 것이란 것을 상징적으로 나타내고 있는 것이다.

III. 돌아갈 수 없는 행복했던 유년

이 소설에 의하면 은자에 있어서 생의 고달픔, 거기서 오는 지옥과 같은 고통은 모두 과거의 일이다. 이제 그녀는 상당한 돈을 모았고 집이며 승용차도 있고 곧 서울에 카페를 열어 더 많은 돈을 벌 희망에 차 있다.

그러나 내레이터의 경우는 사정이 여전하다. 아니, 어떤 의미에서 그녀는 생이란 것을 두고 전보다 더 큰 고뇌에 빠져 있다. 그녀가 보기에 생이란 과거에 그랬듯 살아내야 하는 것, 무거운 짐이요, 괴로운 노역이다. 그녀에 의하면 그러한 생은 다른 짐처럼 벗어버릴 수도 없는, 안 살 수도 없는 것이어서 더욱 괴로운 것이다. 사람들은 때로 그와 같은 고통에서 도피하려고 시도하지만 대부분 번번이 실패한다. 내레이터의 남편은 그 도피처를 낚시에서 찾으려 한다. 그는 세상살이의 고단함에 빠질 때마다 낚시터로 달려가 모든 일을 잊으려 하지만 일상은 그를 놓아주지 않는다. 은자의 지난 삶도 마찬가지였다. 그녀는 한 때 싸구려 흥행단에 끼여 일본 공연을 갔을 때 돌아오지 않을 작정으로 공연 마지막 날 단체에서 이탈해 무작정 낯선 타국 땅을 헤매었으나 결국은 되돌아오고 만다.

아무리 고달파도 세상살이를 하지 않을 수 없다는 것은 내레이터가 야간업소에서 듣게 되는 대중가요, <한계령>의 가사에도 담겨 있다. 사람들은 '한 줄기 바람처럼' '떠도는 바람처럼' 무애의 삶을 살고 싶어 하나 세상은 그것을 용납하지 않는다는 것을 이 노래의 마지막 구절은, '저 산은 내게 내려가라, 내려가라 하네. 지친 내 어깨를 떠미네……' 하는 가사로 말해 주고 있다.

또 한 가지 인생살이가 사람들을 괴롭게 하는 것은 겨우 이제 큰 고경에서 벗어났다 싶으면 허망감이 찾아온다는 것이다. <한계령>은 이를 약한 몸에 계속해서 폭음을 하고 술에 취하면 눈물을 흘리는, 내레이터의 큰오빠의 모습을 통해 이야기하고 있다.

> 그러나 정작 큰오빠 스스로가 자신이 그려 놓은 신화에 발이 묶이고 말았다. 공장에서 돈을 찍어내서라도 동생들을 책임져야 했던 시절에는 우리들이 그의 목표였다. 새로운 사업을 시작할 때마다 실패할 수 없도록 이를 악물게 했던 힘은 그가 거느린 대가족의 생계였다. 하지만 지금은 동생들이 모두 자립을 하였다. 돈도 벌을만큼 벌었다. 한때 그가

그렇게 했듯이 동생들 또한 젊고 탱탱한 활력으로 사회 속에서 뛰어가고 있었다. 저들이 두 발로 달릴 수 있게 된 것은 누구 때문인가, 라고는 묻고 싶지 않지만 노쇠해 가는 삶의 깊은 구멍은 큰오빠를 무너지게 하였다.-중략-열심히 뛰어 도달해 보니 기다리는 것은 허망함 뿐이더라는 그의 잦은 한탄을 전해들을 때마다 나는 큰오빠가 잃은 것이 무엇인가를 생각해 보지 않을 수 없었다.

항상 꿋꿋하기가 대나무 같고 매사에 빈틈이 없어 어렵기만 하던 그, 늠름하고 서슬 퍼런 장수 같던 그가 그 허망감에 어의 없이 허물어지고 있었던 것이다.

그래도 내레이터는 어떻게 해서라도 위와 같은 고통과 허망의 이 세상에서 도피해 보고자 한다. 그러나 그녀가 발을 딛고 서 있는 이, 현실 세상에는 어디에도 그러한 도피처가 없다. 그래도 그녀는 그녀에게 평안을, 행복을 줄 곳을 찾게 되는데 그 곳은 과거의 시공이다. 그곳은 그녀가 유년시절을 보낸 고향, 기막히게 맛이 있는 은자네 찐빵집이 있는 곳, 빌려와 읽은 엄희자 발레리나 만화에 가슴 설레던 곳, 은자의 노래가 그렇게 즐겁던 곳이었다. 그러나 현실세계에서는 그 행복의 땅은 이미 오래 전에 없어져버렸다. 이 소설은 그에 대해 다음과 같이 말한다.

그나마 철길이 뜯기면서는 완벽하게 옛 모습이 스러져버렸다. 작은 음악회를 열곤 하던 버드나무도 베어진 지 오래였고 찐빵가게가 있던 자리로는 차들이 씽씽 달려가곤 했다. 아무래도 주택가 자리는 아니었다. 예전에는 비록 정다운 이웃으로 둘러싸인 채 오손도손 살아왔다 하더라도 지금은 아니었다. 은성장여관, 미림여관, 거부장호텔 등이 이웃이 될 수는 없었다.

그래도 그녀는 추억 속에서 회상을 통해 자신이 쓴, 지난 이야기를 소재로 한 소설을 통해 그곳으로 간다.

> 시간을 거꾸로 돌려서, 자꾸만 뒷걸음쳐서 달려가면 거기에 철길이
> 보였다. 큰오빠는 젊고 잘생긴 청년이었고 밑의 오빠들은 까까중머리
> 의 남학생이었다. 장롱을 열면 바느질통 안에 아버지 생전에 내게 사 주
> 었다는 연지 찍는 붓솔도 담겨 있었다. 아직 어린 딸에게 하필이면 화장
> 도구를 사 주었는지 지금에 와서 생각하면 알 듯도, 모를 듯도 싶은 장난
> 감이었다.

내레이터를 그 복락의 땅으로 데려다 주는 것 중의 또 다른 하나가 은
자였다. 이 소설은 아래의 인용문에서 보는 바와 같이 그녀를 하나의, 고
향에의 표지판이라고 하고 있다.

> 고향은 지나간 시간 속에 있을 뿐이니까. 누구는 동구 밖의 느티나무
> 로, 갯마을의 짠 냄새로, 동네를 끼고 흐르는 긴 강으로 고향을 확인하며
> 산다고 했다. 내게 남은 마지막 표지판은 은자인 셈이었다. 보이는 것들
> 은, 큰오빠까지도 다 변하였지만 상상 속의 은자는 언제나 같은 모습이
> 었다. 은자만 떠올리면 옛 기억들이, 내게 남은 고향의 모든 숨소리가 손
> 에 잡힐 듯이 다가오곤 하였다. 허물어지지 않은 큰오빠의 모습도 그 속
> 에 온전히 남아 있었다.

내레이터가 은자가 노래를 부르고 있는 클럽까지 가서도 기어이 그녀
를 만나지 않고 돌아와버리는 이유가 바로 거기에 있었다. 곧 그녀는 자
신이 은자를, 서른도 훨씬 넘은 중년 여인이 된 그녀를 만나버리고 나면
그때부터 자신을 고향으로 안내해 주던 그 표지판이 없어져버릴 것이라
고 생각한 것이다.

그러나 현실과 맞닥드리기를 기피하는, 내레이터의 그와 같은 현실도

피적인 태도는 그 자체가 문제가 된다 할 수도 있다. 더구나 이 소설을 좀 더 주의 깊게 읽어보면 거기에 단순히 그와 같은 비겁성 외에도 우리를 우울하게 하는 또 하나의 음영이 드리워져 있다는 것을 알 수 있다. 내레이터가 은자를 만나려 하지 않는 데는 위에서 말한 것 외에 또 다른 이유가 있는 것 같기 때문이다. 아마 작가는 절대로 동의하려 하지 않을 것 같지만, 필자가 보기에는 내레이터는 무의식중에 술집에서 노래를 부르고 있는 은자와 자신 간에 계층적 거리감 같은 것을 가지고 있는 것은 아닌가 한다. 사소설적 성격이 강한 이 소설을 읽고 있으면 왠지 과거에는 어려웠지만 이제는 사업가(큰오빠와 둘째 오빠), 내과 전문의(네째 오빠), 행정고시에 합격한 고급관료(다섯째 오빠), 소설가(작가 자신), 음악교사(여동생)로 모두가 사람들이 부러워할만 한 자리를 확보한 작가의 가족과 돈을 벌었다고는 하지만 밤무대를 돌고 있는 은자네는 아무래도 자연스럽게, 마음 편하게 만나지지 않는 것 같아 보이기 때문이다. 예를 들면 은자와 내레이터의 통화 내용에서도 그와 같은 감을 느낄 수 있다. 무엇보다 아래와 같은,

세월이 그간 내게 가르쳐 준 대로 한껏 반가움을 숨기고, 될 수 있으면 통통 튀지 않는 음성으로 그 이름을 분명히 기억하고 있음을 알렸을 뿐이었다. 그렇게 했음에도 반기는 내 마음이 전화선을 타고 날아가서 그녀의 마음에 꽂힌 모양이었다. 쉰 목소리의 높이가 몇 계단 뛰어오르고, 그러자니 자연 갈라지는 목소리의 가닥가닥 마다에서 파열음이 튀어나오면서 폭포수처럼 말이 쏟아져 나오기 시작했다.

라고 한 첫 번째 통화를 하는 태도에서부터 서로 큰 차이가 나고 있다. 한 쪽은 있는 그대로의 진정을 내쏟고 있고 다른 한 쪽은 닳고 약은 도시 지식인의, 발톱을 안으로 감추고 있는 것 같은 태도를 보이고 있는 것이

다. 그러한 태도의 차이는 전화가 거듭되어도 변하지 않는다. 두 번째 전화에서 은자는 자신의 자녀 수, 재산, 수입 등을 모두 털어놓고 있지만 내레이터는 자신의 신상에 관해서 거의 아무것도 말하려 하지 않고 있다. 거기에는 은자네 가족들을 마귀로 여기고, 그들에게는 유황불에서 빠져나올 구원의 사다리는 영원히 차례가 가지 않으리라고 믿고 있는 내레이터 어머니의 영향도 있었지 않나 한다.

> 미루어 추측하건대 그런 무대에서는 흘러간 가요가 아니겠느냐는 게 짐작의 전부였다. 그렇다 하더라도 내 귀가 괴로울 까닭은 없었다. 나는 이미 그런 노래들을 좋아하고 있었다. 얼마 전 택시에서 흘러나오는, 끝도 없이 이어지는 트로트 가요의 메들리가 그렇게 좋을 수가 없었다. 부천역에서 원미동까지 오는 동안만 듣고 말기에는 너무 아쉬웠다. 그래서 나는 택시기사에게 노래 테이프 제목까지 물어 두었다.

고 한 구절을 보면 내레이터가 상위문화와 하위문화에 대한 가치의 균열 같은 것에 찬성하지 않고 있는 것처럼 보이지만 심리 저변에는 반드시 그렇지도 않은 것이 깔려 있는 것이 아닌가 한다. 그녀는 고급문화 창조자로서의 우월감 같은 것을 자신도 모르게 가지고 있고 그것이 그녀로 하여금 은자를 만나지 못하게 하고 있는 것으로 볼 수 있을 것 같다. 내레이터가 곳곳에서 눈물을 글썽이고 있는데도 세상에 대한, 사람들에 대한 상당히 냉랭한 관찰자처럼 느껴지는 것도 그 때문일 것이다.

이제 이 소설의 주제에 대해 살펴볼 차례가 된 것 같다. 이 소설은 열악한 노동조건, 남성들의 여성에 대한 차별, 학대 같은 등장인물과 세계와의 불화 같은 것을 문제 삼을 수 있는 것을 소재로 하고 있으면서도 그런 데서는 초연해 있다. 단지 이 소설에서 작가가 말하고자 한 것은 우리가 살고 있는 이 생이란 것이 얼마나 고달픈 것이며 허망한 것인가 하는 것이다. 작가는 그 문제만 깊이 생각했고 그것을 소설로 형상화하여 독자들로 하여금 그것을 골똘히 생각하게 하고 있는 것이다.

Ⅳ. 결론

한 편의 예인소설이라 할 <한계령>은 우리가 살아가고 있는 이 생이 얼마나 가파르고 허무한 것인가를 보여주는 소설이다. 이 소설은 그것을 몇 사람 등장인물의 삶을 통해 보여주고 있다. 첫째 인물은 내레이터의 유년시설의 친구인 한 여가수이다. 그녀는 돈을 벌기위해 좋은 몸매를 보여 주려고 허리를 심하게 동여매고 야간업소에서 노래를 불렀더니 태중의 아기가 죽어 있었더라는 참담한 이야기를 들려준다.

내레이터의 고향의 변한 모습도 사람 살기가 얼마나 어려운가를 보여주는 것이다. 주인공의 친구가 살던 가게 자리에는 양장점, 문구점, 분식센터, 책방 등이 바뀌어가면서 들어섰다가 문을 닫았는데 이는 얼마나 많은 사람들이 살려고 발버둥 치다 실패하고, 실패했는가를 말해주는 것이다.

또 한 사람, 삶의 고단함과 허망함을 보여주는 사람은 내레이터의 큰 오빠다. 그는 일찍 아버지와 사별하고 가족의 생계를 위해 악착같이 살아왔다. 그는, 이제 홀어머니를 모시고 동생들을 다 거두어 놓고 보니 그에게 남은 것은 늙고 지친 몸뿐이라는 것을 알게 된다.

그런데 인간에 있어서 생이란 더욱 견디기 어려운 것은 아무리 고달파도 살아내야 하는 것, 내려놓을 수 없는 무거운 짐이요 피할 수 없는 고통스러운 노역이라는 사실이다.

이 소설이 말하고 있는 또 한 가지 삶이 고통스러운 것은, 어디에도 편안히 쉴 곳이 없다는 것이다. 작가는 우리에게 그나마 평안, 행복을 줄 수 있는 곳은 과거뿐인데 그 과거의 시간과 공간은 이제 흘러가버리고 없다고 말하고 있다.

이상 여러 가지 면에서 이 소설은 바닥을 모를 깊은 허무주의에 빠져 있고 그것이 하나의 한계라 할 것이다.

이순원의 <은비령>
잊을 수 없는 먼 별에 사는 사랑

Ⅰ. 서론

중편 <은비령>의 작가 이순원은 1957년 강원도 강릉 생으로 1985년 『강원일보』 신춘문예에 단편 <소>가 당선되어 문단에 나왔다. 그는 그에 만족하지 않고 1988년 단편 <낮달>로 문학사상신인상에 응모해 당선됨으로서 본격적인 작품활동을 하기 시작했다. 그 후 비교적 꾸준하게 작품을 발표해온 그는 1996년, 중편 <수색, 어머니 가슴 속으로 흐르는 무늬>로 제27회 동인문학상, 1997년, 이 글에서 다룰 <은비령>으로 제42회 현대문학상, 2000년 장편 <그대 정동진에 가면>으로 제5회 한무숙문학상, 같은 해에 중편 <아비의 잠>으로 제1회 효석문학상을 받았다.

작가는 2백자 원고지 4백 매 정도의, 그렇게 길지 않은 이 소설을 2년에 걸쳐 준비하고, 썼다고 하고 있다.[1] 그만큼 이 소설은 단단한 작품이다. 이 소설을 현대문학상 수상작으로 뽑은 심사위원 중 한 사람인 작가 조정래도 이 소설을, '중편다운 무게와 균형을 갖춘 수작'이라고 하고 정확한 문장, 자연스런 구성, 무리없는 전개 등이 이루어낸 작품의 완성도 때문에 심사위원들이 별다른 이견없이 만장일치로 당선작으로 결정했다고 말했다.[2]

뜻이 안 맞아 아내와 별거 중인 내레이터는 근 10년 전 고시공부를 같이하던, 배 사고로 세상을 떠난 친구의 미망인을 사랑한다. 그녀도 은근히 그에게 연정을 느끼고 있었으나 사별한 남편을 잊지 못해 결국 두 사람의 사랑은 이루어지지 못하고 만다는 것이 이 소설의 줄거리이다.

스토리에서 알 수 있듯, 이 소설은 1935년, 주요섭이 발표한 단편 <사랑손님과 어머니>의 또 다른 버전이라 할 수 있다. 그 소설의, 젊은 미망인, 옥희 엄마와 그녀의 세상 떠난 남편 친구와의 가슴 설레나 끝내 맺어지지 못한 채 끝나는 사랑 이야기가, <은비령>과 거의 같은 것이다. 그러나 <은비령>은 여러 가지 면에서 <사랑손님과 어머니>와 많이 다르다. <사랑손님과 어머니>가, 유치원 어린이가 엿본 어른들의 애정세계라면 <은비령>은 바로 사랑의 열병을 앓고 있는 성인 남자가 들려주는 이야기라는 데서부터 그렇다. 그러나 그보다 더 큰 차이는 전자가 남녀 간의 이룰 수 없는 사랑에 대한, 시간순행적인 단순 스토리텔링이었다면 후자는 복합적인 진행의, 복잡한 구성을 가진 정교한 서사물이라는 데서 난다. 그 위에, 차츰 좀 더 자세한 언급이 있겠지만, <은비령>은 한 편의 탐미주의 소설적인 성격을 가지고 있다는 점에서, 단순한 낭만적 러브 스토리 <사랑손님과 어머니>와 큰 성격적 차이가 있다.

필자는 이 소설의 탐미주의 소설적 성격에 초점을 맞추어 그 미학적 우수성을 논증해 보고자 한다.

---

1) 이순원, "작가는 떳떳하게 격려받고 싶다", 「은비령」(『현대문학』, 2004), p.15.
2) 조정래, "중편소설다운 무게와 균형", 「은비령(이순원)」(『현대문학』, 2004), p.11.

II. 고통스런 짐 - 저승에서 들려오는 목소리

이 소설은 내레이터의, 암울한 일상에서 벗어나고자 하는 욕망에서 시작된다. 김윤식은 이에 대해 <은비령>은 일상성에서의 일탈 욕망의 구상화라고 하고 있다.[3] 탈출하고 싶은 일상 중 구체적으로 그로 하여금 가장 견딜 수 없게 하고 있는 것은 그의 아내와의 관계다. 두 사람은 1년 반 동안이나 별거를 하고 있는데 그, 결혼생활을 하는 것도 아니고 이혼을 한 것도 아닌 상태가 '나'를 견디기 힘들게 하고 있는 것이다. 두 사람 사이의 불화는 '글쓰기'를 직업으로 삼고 있는 '나'의 생활이 불러일으킨 것이다. 아내는 '나'에게 그, 소설 쓰기를 그만 두거나 틈 보아서 하고 다른 일을 하라고 한다. 다른 일이란 그의 신분이 상승할 수 있는, 그리하여 그녀가 그로 하여 욕망을 대리충족할 수 있는, 그런 것이다. 곧 '글 쓰는 사람'이란 '반실업 상태'의 사람으로 살지 말고 세상이 '대수롭게' 보는 사람이 되라는 것이었다. 아내가 보기에 현재의 그는 '이것도 저것도 아닌 사람'이고 길지도 않은 인생을 '되는 대로 막 살고 있는 사람'이었다. 한 편 '나'는 그 점에 있어서 아내와 생각이 정반대다. '나'는 있는 그대로의 '나'로 살면 그것으로 된 것이지 남에게 어떻게 보인다는 것은 처음부터 생각할 필요도 없는 일이었다. 그리고 글을 쓴다는 일은 아내의 말처럼 '이것도 저것도 아닌 것'이 아니라 그에게는 가장 소중한 일로 만약 그 일을 그만 둔다면 그 삶이야말로 '되는 대로 막 사는 일'이 될 것이라고 생각하고 있었기 때문이었다. 그는 아예 말이 통하지 않는 아내를 거북등처럼 단단하고 견고한 껍질로 자신과의 사이를 가로막고 있다고 하고 있다. 이 점에 있어서, 아내가 보기에는 '내'가 단단하고 견고한 거북등일 것이니 두 사람은 화해가 불가능한 관계에 있는 것이다.

그런데 '나'를 더욱 숨 막히게 하는 것은 1년이 넘게 별거를 하고 있는

---

3) 김윤식, "욕망의 구상화", 「은비령(이순원)」(『현대문학』, 2004), p.6.

아내가 아주, 법적으로 헤어지는 것은 절대로 받아들이지 않겠다고 고집하고 있다는 사실이다. 그녀는 무엇보다, 세상 사람들로부터 '이혼녀'라는 말을 듣기 싫기 때문에 법적으로 분명하게 남이 되는 것은 받아들일 수 없다고 하고 있는 것이다.

'나'와 아내가 서로가 서로를 받아들일 수 없는 이유는 위와 같은, 어쩌면 사소한 주장, 견해 차이로 부부가 이혼을 할 때 흔히 내세우는 '성격 차이'라고 할 수 있다. 그러나 이것을 좀 더 근본적인 데서 생각해보면 그 저변에는 두 사람의 가치관의 차이에서 문제가 발생하고 있다고 보아야 할 것이다. 마렌 그리스바흐는 모든 가치는 재화가치(財貨價値), 활력가치(活力價値), 쾌감가치(快感價値), 윤리적 가치(倫理的 價値), 인식가치(認識價値), 미학적 가치(美學的 價値)의 6범주 안에 들어 있다고 했다.[4] 이때 재화가치는 현금, 보석, 수표 등 재산으로서의 가치를 말하고 활력가치는 자동차, 가스레인지 등 생활에 편리한 것, 쾌감가치는 술, 비디오 테이프 등 즐거움을 주는 것, 윤리적 가치는 선(善), 인식가치는 진리, 미학적 가치는 그림, 클래식 음반 같은 아름다움을 가진 것을 말한다. 위에서 아내가 값지게 생각하고 있는 것은 돈을 많이 벌어 고급 외제차를 타고 호화 아파트에 살면서 보석으로 몸단장을 하는 등으로 사람들의 부러움을 사려하는, 재화가치, 활력가치를 가진 것이다. 그녀는 사실상 이혼을 한 상태로 사는 것은 괜찮지만 '이혼녀'로 불리는 것은 견딜 수 없는 허명(虛名)에 사는 속물이다.

한편 '나'는 순수, 진실에 살고자 하는 사람, 문학이라는 미학에서 삶의 의의를 찾으려는 사람이다. 그는 그리스바흐가 말한 인식가치를, 그보다 더욱 미학적 가치를 중시하는 사람이다. 아내와 '나'의 그와 같은 가치관의 차이가 위에서 말한, 세세한 일상에서의 소통 불능, 단절, 그로 인한 충돌로 나타나고 있는 것이다.

---

4) 송동준, 「문예학과 문학비평」(서울대학교, 1982), p.50에서 재인용.

'나'는 숨 막히는 일상, 천박한 속물세상에서의 탈출구를 친구의 미망인, 선혜에게서 찾으려 한다. '나'는 그것을 다음과 같이, '나와 그녀의 여행'이라고 한다.

노래를 들으며 여자의 눈을 바라볼 때 이상하게 나는 여자와 함께 그 곳에 앉아 있는 것이 아니라 성지와는 또다른 그 어딘가를 찾아 모래언덕 같은 흰 소금산을 지나 끝없는 여행을 하고 있는 듯한 느낌이 들었다. 나는 그 느낌을 여자에게 이야기했다. 이렇게 앉아 저 음악을 들으니까 선혜 씨와 함께 그 어딘가를 찾아 끝없는 여행을 하고 있는 느낌이 든다고. 아마 여자도 내가 말한 그 어딘가의 의미가 무엇이라는 것을 금방 읽었을 것이다. <그 어딘가로> 끝없는 여행을 하는 듯한 느낌이 아니라 <그 어딘가를 찾아> 끝없는 여행을 하고 있는 듯한 느낌의 의미가 무엇이라는 걸. 그러니까 여자도 나도 저마다 살아온 날들에 대한 어떤 기억의 무엇으로부터 자유로울 수 있는 곳. 보다 정확하게 말하자면 내겐 죽은 친구이고, 그녀에겐 죽은 남편인 한 사내의 영혼이 우리에게 쳐놓은 모든 기억과 의식의 그물로부터 벗어날 수 있는 곳. 그래서 우리가 서로 사랑하여도 우리 마음 안에 그의 영혼에 대해 더 이상 어떤 소금 짐도 느끼지 않을 수 있는 곳. 정말 우리는 우리 마음의 그런 곳을 찾아 서로 사랑할 수 있을까. 죽은 친구의 아내인 그녀와 죽은 남편의 친구인 내가…….

위에서의 '그녀와의 여행'이란 그와 그녀와의 새 인생의 출발을 뜻함은 의문의 여지가 없는 것이다.

그런데, 그런 '나'와 그녀와의 '여행'을 가로막는 전혀 예상하지 못한, 심각한 장애가 나타난다. '내'가 그녀를 생각하면 그때마다, 그를 마지막 보던 날 헤어질 때 손을 들면서 '그럼 또 봐.' 하던 죽은 친구의 모습이 떠오른 것이다. 그리고 그것은 그에게 떨칠 수 없는 무겁고 괴로운 짐이 된다. 그는 그에 대해 다음과 같이 말하고 있다.

  그의 얼굴이 한번 떠오르기 시작하자 좀체로 사라질 줄 몰랐다. 다시
  다른 음악을 켜놓아도 그랬고, 그것을 꺼도 그랬다. 그럴수록 그에 대한
  마음의 짐만 점점 무거워지고 있었다.

  그의 '그럼 또 봐.' 하는 목소리는 '나'에게 하나의 강박이 된다. 친구
의 그, 마지막 인사말은 이 소설에 모두 다섯 차례나 나오고 있다. 이것은
소설론에서 말하는 이른바 패턴(pattern), 의미 있는 되풀이이다. 곧 이 말
의 되풀이는 등장인물, 주인공의 성격의 발전에 관여하고 있는 것이다.
주인공에 있어서 이, 죽은 친구가 마지막으로 그에게 한 말의 되풀이 되
살아남은 프로이트 심리학에서 말하는 세 정신대(精神帶), id · ego · super-
ego 중 super-ego(超自我)의 활동이라고 보면 될 것이다. 초자아는 인간 심
리에 있어서 일종의 도덕적 검열을 하는 정신대로 그 사람에게 성적(性
的) 금기(禁忌taboo)를 환기시킨다. 이 소설에서의 '그럼 또 봐.'라는 말은
주인공의 초자아의 목소리로 무의식 세계에서 그 자신에게, ' 그 여자는
너의 절친한 친구의 아내야. 그런데도 네가 그 사람을 성행위의 상대로
삼아서 되겠느냐?'고 추궁한다. '나'는 '그럼 또 봐.'라고 하면서 계속 자
신의 머릿속에 나타나는 그를 '소금 짐'이라고 한다. 이 되풀이 등장하고
있는 '소금 짐'이라는 말도 앞에서 말한 패턴이면서 두 겹의 알레고리로
서의 의미를 지니고 있다. 첫째, 소금은 무게가 많이 나가, 무겁다. 그러
니까 이 말은 2차적인 의미로 '무거운 짐'의 뜻을 지니고 있다. 또 소금은
청정, 정화 외에 금기의 상징성을 띠고 있다.[5] 옛날 우리의 선인들이 애
기를 낳으면 대문에 금줄을 치고 집 앞에 소금을 뿌린 것도 부정(不淨)한
것의 접근을 막으려는 금기(taboo)의 뜻을 지닌 의식이었다. 이 소설에서

---

5) 한국문화상징사전편찬위원회, 「한국문화상징사전」(동아출판사, 1992), '소금'

의 '금기'는 두 말 할 것 없이 '나'와 그녀의 성적 접근의 금지라고 해야할 것이다. '나'는 그와 같은 '소금 짐'의 부담이 있는 한 그녀와 '나' 사이에는 아무 것도 이루어질 수 없다고 생각한다. 그래서 '나'는 위의 '그럼 또 봐.'의 환청이 더 이상 들리지 않게 하기 위하여, '소금 짐'의 금기를 떨쳐버리기 위하여 한 가지 방도를 생각해낸다. '나'는 그가 배 사고로 죽은 격포로 가면 그와의 관계를 청산할 수 있고, 그렇게 되면 그 '소리'도 더 이상 들리지 않게 되고 '소금 짐'도 녹아 없어지게 되리라고 생각한 것이다. 그래서 격포로 향해 차를 몰아가기 시작하는데 그러면서도 한편으로 그 '격포'라는 곳에 대한 어두운 마음도 가지고 있다. 특히 서울 시내에서 차가 막혀 그곳으로 가는 시간이 자꾸 늦어져 가자 그러한 마음은 더욱 강해진다.

시간은 3시가 거의 다 되어가고, 이대로라면 중간에 길이 풀린다 해도 자정이 지나서야 격포에 닿을 것 같았다. 아니, 밤중에 닿는다면 나는 그곳이 아닌 다른 곳에 숙소를 정할 생각이었다. 자정이 가깝거나 자정이 지난 밤중에 그곳으로 가 짐을 풀기엔 격포는 내게 너무 무겁고, 깊고, 어둡고, 무서울 것이었다. 더구나 그 밤, 멀리 파도소리가 들리는 방에서 그가 창문을 통해 들어와 내게 손을 들어 보이며 그럼 또 봐, 하고 말하기라도 한다면 더욱 그러고 말 것이었다.

가만히 생각해 보니 그, 격포란 곳은 '나'에게나 그에게나 무서운 곳이었다. 그곳은 그가 죽은 곳, 춥고 외로운 그의 영혼이 떠돌고 있을 곳, 그의 생이 끝나고 육신이 해체된 곳이었기 때문이었다. 그리고 '나'에게는 그의 그러한 죽음을 떠올려 주는 곳이 바로 그, 격포였기 때문이었다.
그러던 중 마침 차내 라디오에서 은비령 쪽에 눈이 내리고 있다는 방송이 나오자 '나'는 행선지를 격포에서 그곳으로 바꾼다.

대관령의 눈 얘기를 듣자 이상하게 내 마음이 그랬다. 눈 얘기를 듣지 않았다면 억지로 방향을 틀지도 않았을 것이고, 억지로 방향을 틀었다 해도 격포로 가는 길과 은비령으로 가는 길은 서울에서 남쪽으로 가는 길과 동북쪽으로 가는 두 길의 방향만큼이나, 또 격포는 그가 마지막으로 자신의 모습을 감추었던 곳이고 은비령은 내가 처음 그를 만났던 곳이라는 우리가 만나고 헤어짐의 의미만큼이나 다르게 느껴졌을 것이다. 그런데 대관령에 눈이 내린다는 얘기를 듣자 당연히 격포가 아닌 우리가 처음 만난 그곳으로 가야 할 길을 잘못 잡은 듯한 생각까지 들던 것이었다. 그리고 그곳으로 가면 왠지 그와의 대화도 우리 기억의 억지스러운 정리가 아니라 새로운 형식의 화해가 이루어질 것 같은 생각이 들었다. 대관령에 눈이 내리면 은비령에도 눈이 내릴 것이고, 은비령에 눈이 내리면 꼭 격포가 아니더라도 그를 만나러 가는 길은 다르지 않을 것이다. 그곳에 가도 나는 그를 만날 것이다. 은비령에 눈이 내리면, 우리 만난 은비령에 눈만 내린다면 늦은 밤 찾아가도 그곳은 내게 무겁지도, 깊지도, 어둡지도, 무섭지도 않을 것이다. 그가 눈 내리는 마당 쪽 창문을 통해 들어와 그럼 또 봐, 하고 손을 들어보여도 나는 놀라거나 어색해하지 않고 그의 손을 잡을 수 있을 것이다. 그리고 오랜 이야기를 나눈 다음 그를 다시 창문 밖으로 따뜻하게 배웅할 수도 있을 것이다.

'나'는 격포와 달리, 은비령은 그가 살던 곳, 그와 '나'의 만남이 가능한 곳, 대화와 화해가 가능한 곳이라고 생각한 것이다. '나'는 은비령에 가면 그곳은 그가 '보자'면서 자신을 노려보지 않을 곳, 그가 무거우니 내려놓으라면서 자신이 지고 있는 '소금 짐'을 벗겨줄 곳이라고 생각한다. '나'는 그 여자에게도 격포와 은비령, 두 곳의 의미는 '삶과 죽음'의 의미만큼 다를 것이라고 생각한다. 그리고 '나'는 거기에만 가면 '나'와 그녀와의 사랑이 이루어지리라는 기대에 부푼다. 그는 그의 차를 은비령으로 가는 길로 돌리자 '마음의 소금 짐도 무게를 느낄 수 없을 만큼 가벼워져 있었다.'고 하고 있는데 이것은 바로 그가 그와 같은 기대, 희망이 곧 현실이 될 것이라고 생각하고 있음을 말해 주는 것이다. 어쨌든 그의 은비령을 향한 여행은 아름다운 여인의 사랑을 얻기 위한, 탐색(quest)이라 할 수 있는 것이다.

자신도 모르게 서로 끌리게 된 '나'와 그녀의 이성으로서의 사이는 갈수록 가까워진다. 두 사람 사이에 거의 거리가 없어지다시피 됐다는 것은 다음과 같은 점을 보면 알 수 있다. 우선 돈황을 여행 중이던 '나'와 그녀의 전화 통화 내용에도 서로가 무심한 사이가 아니라는 것이 나타나 있다. 그녀에게 전화를 건 그가 '전화 받기가 곤란하면 끊겠다'고 했을 때의 대화는 다음과 같다.

> 「아뇨. 잘 하셨어요.」
> 「어쩌면 선혜 씨한테 그 말을 듣고 싶어 이렇게 멀리 왔는지도 몰라
>   요, 나는…….」

'나'의 말에 대한 그녀의 대답은 '나'의 구애에 대한 암묵적 승낙의 느낌이 강하게 드는 것이다. 그리고 그에 이어진 '나'의 말은 사실상 그녀에 대한 애정의 고백이나 다름이 없다.

'나'의 그녀에 대한 애정은 곳곳에 노골적으로 나타나 있어 굳이 확인하려고 애쓸 필요도 없는 것이다. 그리고 그에 대한 그녀의 마음도 이미 애정이라 할 만한 데에 와 있다. 다음의 구절이 그것을 말해준다.

> 그 녹음시간은 3시 47분 것이었고, 이어 4시 23분에 다시 전화를 걸어
> 저, 선혜예요. 이제 그만 들어갈게요. 서울에 없다는 걸 알면서도 없다는
> 걸 믿는 데 이렇게 시간이 걸리네요. 많이 기다렸는데……라고 말했다.
> 어쩌면 그녀도 나만큼이나 오늘을 기다려왔던 것인지 모른다.

약속한 시간에 그가 나오지 않자 그의 집 전화기에 입력한 그녀의 음성 녹음의 내용이 위와 같은 것이다. 이 정도의 내용이라면 그 관계가 상당히 진행된 연인들끼리의 그것이라 해도 조금도 이상할 것이 없는 것이라 할 수 있을 것이다. 더구나 그녀가, 그 전화기에 녹음되어 있은 그의 목소리에서 그가 은비령으로 갔다는 것을 알고는 이른 아침, 따라가겠다는 어린 딸을 굳이 떼어 두고 그곳으로 달려가고 있는 데서는 그에 대한 그녀의 애정이 의심할 여지가 없는 것처럼 보인다. 어떻게 보면 둘 사이의 연정은 불이 붙은 듯 열렬한 것으로 보인다. 그가 기어이 바퀴에 체인을 감지 않고 차를 몰아 눈 내리는 고갯길을 넘고 있는 것은 그의, 그녀에 대한 억제할 수 없는 맹목적 사랑을 상징한다 할 수 있다. 그리고 다음과 같은,

시계야 다시 시간을 맞춰 조정하면 되겠지만 중간에 쿵, 하는 충격과 함께 새빨갛게 불이 들어왔던 엔진 체크 경보등도 시동을 걸면 여전히 붉은 눈을 켜고 있었다. 자동차 설명서엔 운행 중 엔진 체크 경보등에 불이 들어오면 즉시 가까운 정비소를 찾으라고 했다. 경보등에 불이 들어온 다음에도 무리하게 운행하면 엔진이 완전 파손되거나 화재가 발생할 수도 있다는 것이었다. 전에도 한 번 작은 충격으로 엔진 체크에 경보가 들어와 길 옆 정비소를 찾은 적이 있었다.

고 한, 그의 자동차의 엔진 체크 경보등에 불이 들어왔다고 하고 있는 대목은 그가 스스로를 통제할 수 없을 만큼 그녀에 빠져 있다는 것을 간접적으로 말해주는 것이라고 할 수 있을 것이다.

그러한 면은 여자 쪽도 마찬가지다.

그러다 은비령 중간에서 여자를 만났다. 그것도 그냥 만난 것이 아니

라 하마터면 사고가 날 뻔한 모습으로 마주친 것이었다. 엔진 체크 경보등에 들어온 불 때문에 조심스럽게 산굽이를 하나하나 돌아 올라가는데 갑자기 회색 자동차가 바로 눈앞 산허리 쪽에서 돌아 나오며 내 자동차를 향해 그대로 달려들던 것이었다. 눈이 녹고는 있었지만 내려오는 길은 여전히 미끄러웠을 것이다. 저쪽 자동차 안에 어떤 사람이 탔는지 살필 겨를도 없이 엉겁결에 어, 어, 하며 브레이크를 밟았다. 느낌에 내가 브레이크를 밟은 다음에도 저쪽 자동차는 이쪽을 향해 상당한 속도로 계속 미끄러져 오는 듯했다.

위의 인용문은 그 못지않게 그녀 역시 물불 가리지 못할 정도로 사랑의 열정에 사로잡혀 있다는 것을 상징적으로 보여주는 것이다.

이상이 두 사람이 은비령에 도착하기까지의 이야기이고 그 곳에 도착하는 순간부터 사정은 돌변하고 있다.

III. 새벽 하늘로 별 찾아 떠난 사람

이제 그곳, 은비령 너머에 있는, 이 세상 저쪽의 땅이 어떠한 곳인가부터 살펴보기로 하겠다.

지도에도 나오지 않는 곳이라고 한, 은비령 너머의 그곳은 우리가 살고 있는 속세와 다른 별천지다. 내레이터는 그곳을 다음과 같은 곳이라고 하고 있다.

처음엔 은자령(隱者嶺)이라고 불렀다. 은자가 사는 땅. 그러다 그보다 더 신비롭게 깊이 감춰진 땅이라는 이름으로 은비령이라고 불렀다. 내가 먼저 들어가 있었고, 가을과 겨울 사이에 그가 왔다. 은자령이라는 이름은 그가 오기 전 혼자 있을 때 내가 붙인 이름이었고, 함께 겨울을 난 다음 은비령으로 불렀다. 은자는 짝을 지어 있거나 무리지어 있는 게 아니니까. 그러면서도 보다 신비롭고 깊이 감춰진 땅의 이름으로.

그러니까 은비령 저쪽은 문자 그대로 '비밀히 숨겨진' 땅이다.[6] 그곳은 중국 도연명의 <도화원기>에 나오는 '무릉도원'과 같은 곳이다. '무릉도원'은 진(晉)나라 때 한 어부가 개울에 흘러오는 복숭아 꽃잎을 따라 들어갔다가 우연히 발견한 곳으로 그곳에는 아득한 옛날 난리를 피해 들어온 사람들이 살고 있는 불로불사, 풍요의 낙원이다. 그곳에서 돌아온 그 어부의 말을 들은 그 고을 태수가 사람을 보내 찾아보게 했으나 끝내 찾을 수 없었다[7] 한다.

은비령 너머의 마을도 내레이터가 아내와 싸운 끝에 찾아간 곳으로 지도에 없는 곳이라 했으니 이는 '숨겨진 땅'이라는 말과 같다. 그곳에는 백화가 난만해 있지는 않지만, 무릉도원과 마찬가지로 천상의 아름다움이 있다. 내레이터가 은비령을 넘어 들어갈 때 눈이 내리고 있는, 다음과 같은 광경은 가히 환상적이라 할 만한 것이다.

> 어느 만 큼 내려온 한계령 큰길에서 다시 샛길로 은비령으로 접어들어 산허리를 타고 올라가는 길은 말 그대로 적막강산 속의 은비은비(隱秘銀飛)였다. 자동차 불빛을 받은 눈들이 새까맣게 몰려와 작은 은조각의 깃털처럼 날리면서 내리고, 내리다가는 다시 하늘로 솟구쳐올랐다. 바람이 세다는 이야기였다. 아직 겨울나무나 다름없는 갈나무와 참나무, 흰 자작나무 가지가 끝없이 내리며 날리는 은비(銀飛) 속에 몸을 떨고 흔들었다.

---

6) 자전(字典)에도 '隱秘'라는 단어가 나와 있는데 그 뜻은 '숨겨 비밀히 함'으로 되어 있다. 이상은 감수, 「漢韓大字典」(민중서림, 1981), '隱'
7) '太守 卽遣人隨其往 - 中略 - 遂不復得路'

한 사전은, 눈은 희고 깨끗하여 천상의 세계를 연상시키며 사람으로 하여금 신비경에 빠지게 한다고 하고 있는데[8] 내레이터가 찾아들어간 곳이 바로 그런 곳이다. 이는 그 역시 탐미주의 소설로 불리고 있는 일본의 카와바타 야스나리(川端康成)의 노벨문학상 수상 중편 <설국>의,[9]

국경의 긴 터널을 빠져나가자 눈나라였다. 밤의 그 밑바닥이 하얗게 되었다. 신호소(信號所)에 기차가 멎었다.

고 한 첫 구절과 비슷한 데가 있다. 번역 일을 하고 있는 도회의 따분한 일상인, <설국>의 주인공 시마무라는 그 눈의 나라에서 분방한 사랑을 하고 있다.

<은비령>의, 위의 인용문은 또 1960년대 한국문학의 화제작이자 탐미적 성격이 강한 김승옥의 단편 <무진기행>의, 다음의 일절과도 비슷하다.

아침에 잠자리에서 일어나서 밖으로 나오면, 밤 사이에 진주해온 적군들처럼 안개가 무진을 뼁 둘러싸고 있는 것이었다. 무진을 둘러싸고 있는 산들도 안개에 의하여 보이지 않는 먼 곳으로 유배당해버리고 없었다. 안개는 마치 이승에 한(恨)이 있어서 매일 밤 찾아오는 여귀(女鬼)가 뿜어내놓은 입김과 같았다.

<무진기행>의 안개, <설국>과 <은비령>의 눈은 모호성의 아름다움을 주는 것이다. 일상에서는 명료성이 중요하지만 예술에 있어서는 의외로 흐릿함, 불분명함이 아름다움을 주는 수가 있다. 우유빛 유리 저

---

8) 한국문화상징사전편찬위원회, 앞의 책, '눈(雪)'
9) <설국>은 1968년 노벨문학상을 받았다.

편의 여인의 몸매, 엷은 구름에 가려진 산봉(山峰), 망사로 가린 여인의 얼굴 같은 것이 흔히 그러한 예로 들린다. 그래서 예술작품에서는 더한 주의를 끌기 위해서 또는 다른 특별한 효과를 거두기 위해서 의도적으로 모호성을 보이는 수가 있는 것으로 알려져 있다.[10] <은비령>에서의 눈 오는 영 너머 마을 경치도 그, 의도적 모호성(intentional obscurity)으로 보면 될 것이다.

이윽고 그와 여자는 은비령 너머 '은자당(隱者堂)'으로 들어간다. 그들은 그, 숨겨진 신비의 땅에서 또 한 가지 몽환과 같은 아름다움에 취하게 된다. 혜성의 관찰이 그것이다. 내레이터는 그 광경을 다음과 같이 말하고 있다.

> 하쿠다케가 처음 그 혜성을 발견할 때 사용한 것과 똑같은 25배율의 고성능 안경이라고 했다. 그래선지 확실히 밝고 선명하게 보였다. 쳐다 보는 눈이 시릴 만큼 희미하게 반짝이다 사라지는 별가루의 덩어리가 아니라 하나의 완전한 형태로 노랗게 빛나는 머리 부분과 바람에 머리 카락을 휘날리듯 은회색으로 길게 뻗은 꼬리부분도 선명하게 보였다.

우리 선인들의 속설은 혜성, 살별, 곧 꼬리별의 출현은 병란과 같은, 나라에 큰 변이 일어날 흉조라고 하고 있다. 그러나 여기서 그런 속설은 한갓 허황한 미신 이상 아무 것도 아니다. 혜성을 관찰하고 있는 이 소설 등장인물들의,

> 「그런데 보이긴 하지만 보는 건지 안 보는 건지도 모르게 너무 희미한데 안경 한번 줘보세요. 그러면 확실해질 것 같은데.」
> 「아직 안 됩니다. 저도 오늘은 아직 안경을 눈에 안 댔어요. 별을 보는

---

10) Joseph. T. Shipley, op. cit., 'obscurity'

가장 좋은 방법은 맨눈으로 그것을 그대로 우리 가슴에 담는 겁니다. 육안으로도 볼 수 있는 별을 처음부터 장비를 가지고 보는 건 별에 대한 예의도 아니고요. 이따가 동네 집들이 불을 다 끄면 다시 육안으로 그렇게 살핀 다음 그때 안경으로 보십시오. 자정쯤이면 아주 좋을 겁니다. 희미한 별일수록 미세한 불빛에도 영향을 받거든요.」

「관측이 아니라 종교 같군요.」

「그럴지도 모르죠. 별을 사랑하는 사람들의 의식이니까.」

라고 한 대화를 들어보면 그 별의 관찰은 범할 수 없는 경건함을 불러일으키는 아름다움에 대한 어떤 종교의식과 같은 것이다.

은비령 너머 마을은 또 한 가지 의미에서 우리가 살고 있는 이 세상과 다른 곳이다. 그곳에서는 우리들의 일상의 시간이 멈추어 서고 그곳의 시간이 흐른다. 은비령을 넘어서는 순간 일어났다는, 다음의 돌발적인 차내 시계의 고장이 그것을 말해준다.

그러다 은비령 꼭대기에 올라서서 이제 내리막길로 막 접어들려고 할 때 자동차의 별다른 충격도 없이 핸들 바로 오른쪽 옆에 붙어 있는 디지털 시계의 초록색 불빛이 한순간 깜깜하게 꺼지더니 이내 0:00으로 나타나며 깜빡이는 것이었다. 내가 주의 깊게 본 마지막 숫자는 한계령에서 은비령으로 길을 바꾸기 전에 본 8시 53분이었다. 평소엔 숫자는 가만히 있고 시와 분을 나타내는 숫자 사이의 두 점만 깜빡였는데, 0:00으로 나타난 다음엔 숫자도 점도 함께 깜빡였다. 그제서야 나는 서울에서 시계를 차고 오지 않은 걸 알았다.

거기서는 역사의 시간이 정지되고 신화의 시간이 숨 쉰다. 거기서는 태초의 시간과 현재의 시간, 과거와 현재가 한데 뒤섞여 흐르고 있다. 그리고 거기서는 공간도 뒤섞인다. 여기가 거기고 거기가 여기다. 곧 현재

발을 딛고 서 있는 이 땅과 우주 공간이 한데 뒤엉겨 뒤채이고 있다. 그러니까 은비령 너머의 그곳은 4차원을 훨씬 넘은 다차원의 시간이요 공간인 것이다. 그것을 단적으로 보여주는 것이,

> 옆에서 여자가 연신 조심하라고 내게 말했다. 멀리 화전 마을의 불빛이 보일 때야 나는 짐승처럼 긴 한숨을 토해냈다. 넘고 보니 체인 없이는 절대 넘을 수 없는 길을 나는 여자와 노래와 함께 넘은 것이었다. 등에서 땀이 끈적였다.

고 한 대문이다. 서울에 있는 여자가 은비령을 넘는 그의 차 운전석 옆자리에 앉아 숨쉬고, 말하고, 같이 노래를 듣고 있는 것이다.

은비령 너머 마을에서 그와 여자는 한 아마추어 천체관측가로부터 별의 운행과 시간, 특히 우주 공간에서의 영원에 가까운 긴 시간에 대한 이야기를 듣는다. 그 중에서도 그가 '영원'이 얼마나 긴 시간이냐 하는 예로 들려주는, 다음과 같은, '스비스조드의 바위' 이야기는 두 사람에게 하나의 충격으로 받아들여진다.

> 「전에 어떤 책 서문에서 읽은 건데, 우리가 사는 세상 저 북쪽 끝 스비스조드라는 땅에 거대한 바위 하나가 있답니다. 높이와 너비가 각각 1백 마일에 이를 만큼 엄청나게 큰 바위인데, 이 바위에 인간의 시간으로 천년에 한 번씩 작은 새 한 마리가 날아와 날카롭게 부리를 다듬고 간답니다. 그리고, 그렇게 해서 이 바위가 닳아 없어질 때 영원의 하루가 지나간답니다.」
> 「그런 걸 생각하면 우리가 숨쉬고 사는 게 참 보잘것없다는 생각이 들어요. 작은 새 한 마리가 날아오는 10분의 1 시간도 안 되는.」

그 아마추어 천체관측가는 그가 별을 관측하기 시작하게 된 계기를

다음과 같이 들려준다.

> 「- 전략 - 그건 영원을 보는 거니까. 예전에 사랑하던 여자가 있었어
> 요. 여자가 떠난 다음 어느 선배가 그러더군요. 별을 보라고. 나는 모르
> 지만 어느 별엔가 여자가 가 있을 거라고 말이죠. 아마 그때부터 별을 보
> 기 시작했을 겁니다.」
> 「그래서 알았나요? 어느 별에 있는지.」
> 잠자코 내 옆에 앉아 사내의 말을 듣던 여자가 물었다.
> 「아뇨. 처음엔 금방 찾을 것 같았는데 지금은 달라요. 한 번 스쳐 간
> 다음 영원히 돌아오지 않는 별에만 가 있지 않았으면 하는 마음입니다.
> 몇 억 광년 떨어진 곳에 가 있다 하더라도 제가 찾을 수 있는 별에만 가
> 있으면 돼요. 우리가 이곳에 머물고 있는 건 아주 짧은 시간이니까.」

그 위에 그는 천체를 관측하는 사람들끼리 하는 유머 한 토막을 소개
한다. 대부분의 행성이 자기가 지나간 자리로 다시 돌아오는 주기를 가
지고 있듯 이 세상의 모든 일도 2천 5백만 년을 주기로 되풀이 일어나게
되어 있다는 것이다. 곧 지금으로부터 2천 5백만 년이 지나면 이제까지
우리가 살아오면서 만난 사람을 모두 다시 만나게 되고 겪은 일을 모두
다시 겪게 되며, 다시 2천 5백만 년 뒤에는 오늘 만난 사람들을 다시 만나
고, 겪은 일들을 다시 겪게 된다는 것이다. 이것은 물론 홀이라는 한 미국
천문학자가 한 자리, 가벼운 웃음거리로 지어낸 이야기에 불과한 것이
다. 그러나 여자는 그 이야기를 그냥 지어낸 이야기나, 단순한 유머 이상
으로 받아들인다. 그녀는 처음 그 이야기들이 그냥 이야기가 아니고 사
실이었으면 하는 바람을 가졌다가 나중에는 사실이어야 한다고, 사실이
라고 믿으려 한다. 이것은 곧 그녀가 사별한 남편에 대해 여전히 불변의
사랑을 가지고 있으며 그 사람 외에는 어느 누구도 사랑할 수 없다는 것
을 의미한다.

은비령 너머에 와서 영원과 별, 오랜 세월 뒤의 옛 사람과의 재회 이야기를 듣고 난 다음 그녀는 달라져버린다. 무엇보다 그녀의 마음이 '나'에게서 떠나버린다. 여전히 불같은 사랑을 느끼고 있는 '나'에 대한 그녀의 달라진 반응을 보면 그것을 알 수 있다. 그는 그녀에게 만약 2천 5백만 년 뒤에 둘이 다시 만나게 된다면 그때에는 자신이 그 친구보다 먼저 만나게 되었으면 좋겠다고 한다. 그에 대해 그녀는 그런다 해도, 그 생애에도 자신은 여전히 '바람꽃'으로 태어날 것이라고 말한다. '바람꽃'이란 보기에는 연약하면서도 아름답지만 줄기와 뿌리에 강한 독성을 가진 야생 식물의 꽃을 말한다. 그녀는 그가 자신이 그 꽃을 닮았다고 했을 때 자신의 남편이, 자신이 독성을 가지고 있었기 때문에, 자신의 저주스런 운명 때문에 죽었다고 생각하고 있었는데, 그 말을 한 것이다. 그러니까 그 때에도 그녀는 배우자를 죽음으로 몰아넣는 운명을 타고 날텐데 자신과 가까워져서 되겠느냐고 한 것이다. 이는 자신의 운명에 대한 그녀의 자탄이라 할 수도 있겠지만 한편으로 그의 구애에 대한 완곡한 거절로 새겨들을 수도 있는 말이다. 그러나 그는 그래도 자신과 그의 친구가 그녀를 만나는 순서를 바꾸고 싶다고 한다. 이는 '그 친구가 당신의 그 비극적 운명 때문에 죽었다면 내가 그렇게 죽어도 좋다'고 한 말로 들을 수 있는 것이다. 은비령을 넘기 전에 비해, 돌변이라 할 만큼 냉랭하게 변해버린 그녀에게 안달이 난 그는,

「다음 생애를 위해서라도 지금 우리 운명을 바꾸어놓고 싶다는 생각을 하고 있어요. 이렇게 비껴 지나가는 별이 되고 싶지 않다는 생각요.」

라고 한다. 그러나 그의 그와 같은 말에 그녀는 묵묵부답이다. 이에 그는,

「선혜 씨를 사랑한다는 말을 한 거예요.」

라고, 체면도 자존심도 버리고 구차한 설명까지 덧붙인다. 그러나 그녀는 여전히 그런 말은 듣지 못한 것 같은 태도를 보이고 '서울로 돌아가면 머리를 자르겠다'고 하고 그에 이어 '서울에 돌아가 제가 선생님을 다시 만나지 않는다면……'이라고 해 사실상 그와의 결별을 선언한다. 그녀는 그래도 그가 미련을 가져서는 안 되겠다는 생각을 한 듯,

> 「그 사람이 한 번 스쳐간 다음 영원히 돌아오지 않는 별에만 가 있지 않았으면 좋겠어요. - 하략 -」

라고 한다. 그녀는, 자신의 마음은 어느 별엔가에 가 있을 사별한 남편 외에 어느 누구한테도 줄 수 없다는 것을 분명하게 못 박아 말한 것이다. 이에는 그도 단념을 할 수밖에 없게 된다. 그러나 그는 그녀에 대한 원망의 마음 같은 것은 가지지 않는다.

알퐁스 도데의 <별>에서 주인공 청년은 자기 무릎을 베고 잠이 든 주인집 아가씨를 보고,

> 그리고 이따금 이런 생각이 내 머리를 스치곤 했습니다.-저 숱한 별들 중에 가장 가냘프고 가장 빛나는 별님 하나가 그만 길을 잃고 내 어깨에 내려앉아 고이 잠들어 있노라고.

라고 하고 있다. <은비령>의 결말도 그와 비슷하다. 같은 방에서 하룻밤을 자고, 이튿날 새벽 그녀가 어느 새 일어나 가버리고 없었을 때 그는 다음과 같이 말한다.

> 별은 그렇게 어느 봄날 바람꽃처럼 내 곁으로 왔다가 이 세상에 없는 또 한 축을 따라 우주 속으로 고요히 흘러갔다.

그녀의 세상 떠난 남편에 대한 아름다운 사랑, 별빛과 눈빛에 영혼을 깨끗하게 씻은 내레이터는 그녀를 밤하늘의 별과 같은 존재로 승화시키고 있는 것이다. 그런 점에서 <은비령>은 한 편의 수묵화와 같은 아름답고 애틋한 사랑 이야기라 해야 할 것이다.

IV. 결론

탐미주의 소설 <은비령>은 한 사내의 아름다운, 사랑 찾기 여행의 전말로 되어 있다.

그는 세상을 떠난 친구의 아내와의 사랑을 갈망하는데 아무래도 그녀가 친구의 아내였다는 사실 때문에 적극적으로 나서지 못한다. 그래서 그는 그를 잊어버릴 양으로 여행을 다녀오기로 한다. 그것은 말하자면 죽은 친구와의 우정을 아름답게 정리하고 가벼운 마음으로 그녀를 사랑할 수 있게 되기를 바라는 마음에서 한 결심이었다. 그가 죽은, 배사고가 있은 바다로 가던 내레이터는 그보다는 그가 자신과 살았던 산 쪽, 은비령으로 가기로 마음을 바꾸고 그곳으로 향한다.

그런데 여기서부터 탐미주의 소설 <은비령> 특유의 아름다움의 세계가 펼쳐진다. 지도에도 나오지 않는 은비령 너머의 땅 '은자당'은 속세를 등진 별천지다.

첫째, 그곳은 아름다운 곳이다. 내레이터가 고개를 넘어 그곳으로 들어갈 때의 눈이 내리는 풍경은 모호성의 아름다움을 가진 선경, 바로 그 것이다.

둘째, 내레이터와 여자는 그곳 밤하늘에서 북쪽 하늘을 가로지르고 있는 혜성을 보고 그 아름다움에 취하는데 이것도 그곳이 속세 저쪽의 별세계라는 것을 보여주는 것이다.

셋째, 그곳에서는 사람들이 이 세상에서의 시간을 잊어버리고 우주의 시간, 영원에 가까운 시간을 생각한다. 그리고 그 상상도 할 수 없을 정도의 긴 시공 속에서의 인간과 인간의 인연을 생각한다.

위와 같은 세상을 경험한 여자는, 그곳으로 갈 때까지만 해도 그에게 강하게 느끼고 있던 사랑의 마음을 거두어 버린다. 어느 별엔가 가 있을, 사별한 남편과의 변함없는 사랑을 가지고 살아가겠다고 마음먹었기 때문이었다. 그녀의, 세상 떠난 남편에 대한 아름다운 사랑, 그리고 눈빛과 별빛에 영혼을 깨끗하게 씻은 그는 그녀와의 사랑을 단념하고 그녀를 밤하늘의 별과 같은 존재로 승화시킨다.

위와 같은 점에서 <은비령>은 한 편의 수묵화와 같은 아름답고 애틋한 사랑 이야기라 해야 할 것이다.

제3장 전쟁 세파에의 부대낌

최인훈의 〈광장〉
　이념 충돌로 설 곳 잃은 인간의 절망

김승옥의 〈서울 1964년 겨울〉
　60년대의 병 - 소외와 이기

황석영의 〈장길산〉
　역사에 의탁한 잘못된 체제에의 항변

윤흥길의 〈장마〉
　민족 화합 기원의 주가(呪歌)

조세희의 〈난장이가 쏘아올린 작은 공〉
　고르지 못한 분배사회의 모순 고발

박완서의 〈나목〉
　전쟁이 준 상처와 자기치유

최인훈의 <광장>
이념 충돌로 설 곳 잃은 인간의 절망

Ⅰ. 서론

해방 후 발표된 한국 소설 중에서 최인훈의 <광장>만큼 자주 화제의 대상이 된 작품도 그리 흔하지 않을 것이다. 이 작품의 발표는 당시 하나의 충격이라 할 만한 것이었다. 전혀 이견이 없은 것은 아니었지만 이 소설에 대한 평가들은 대부분 격찬에 가까운 것이었다. 발표 당시 평단의 중진이라 할 수 있는 백철은 이 작품이 남북 양쪽을 다 비판 폭로하고 맹렬하게 공격한 리얼리즘소설이라고 높이 평가했다.[1] 또 이 작품이 가지는 의의에 대해 한 세대 지식인들의 이데올로기적 고뇌를 가장 객관적으로 정립시켰다는 지적과 함께 최인훈을 분단의 비극과 정치적 부조리를 가장 예리하게 파헤친 작가라고 한 찬사가 이어졌다.[2] 그 중에는 그

---

1) 백철, "하나의 돌은 던져지다", 『서울신문』, 1960. 11. 27.
2) 임헌영, "최인훈의 작품세계", 『한국문학전집』최인훈·이병주 편(삼성당, 1987), p.608.

의 수법이 종래의 그것과는 판이하게 다르며 대단히 관념적이며 논리적인 것으로 이 점만 가지고도 최인훈은 한국 소설문학에 폭과 깊이를 더한 작가라 하여 그 창작기법을 높이 산 비평도 있었다.[3] 또 김현 같은 사람은 이 작품에 대해 거듭 높은 가치를 부여하면서 그를 '전후 최대의 작가'라고 하는 단언까지 서슴지 않고 있다.[4]

물론 발표 직후부터 이 소설의 주인공 이명준을 성격 파탄자라 하여 이 작품을 혹평한 평문이 없는 것은 아니지만[5] <광장>에 대한 평가는 오랫동안 긍정적인 것이 주조를 이루어왔다.

그러던 중 세월이 흐를수록 이 소설에 대한 부정적, 비판적 평가가 자주 나오게 되고 그 목소리도 차츰 높아지고 있는 것이 사실이다. 한 가지 유의해야 할 것은 <광장>에 대한 비판이 이 작품에 대한 개작이 거듭됨에 따라 더욱 자주, 더욱 날카롭게 들려오고 있다는 것이다.

특히 주목을 받고 있는 비판은 전집판에서의 개작 이후의 <광장>에 대한 것이다. 어떤 평론은 이를 잘못된 수정이라고 하고 있다.[6] 전집판 개작에 대한 가장 신랄한 비판은 그것이 갖는 의미가 어느 정도 한정적이거나 부정적인 것이라 한 견해의 평문이다.[7]

그런 한편 이 전집판 <광장>에 대해, 논지는 다소 흐리지만 그것은 잘된 일이라고 본 글도 있고[8] 김현 같은 사람은 이 개작을 '사랑의 위대성'을 전해 주고 있는 것이라고 상찬하고 있다.[9] 그러나 그러한 노력의

---

3) 구창환, "자유와 혁명의 명암", 「한국 소설의 문제작」(도서출판 일념, 1985), p.135.

4) 김현, "사랑의 재확인", 『최인훈전집』 I (문학과 지성사, 1989), p.280.

5) 신동한, "확대해석에의 이의 <백철씨의 '광장'평을 박함>", 『서울신문』, 1960. 12. 4.

6) 김상태, "익사한 잠수부의 증언", 『문학사상』 1984. 8, p.140. 이 견해와 거의 같은 의견을 보이고 있는 것은 전집판에서의 개작은 개악이 아닌가고 의문을 제기한 조남현의 평론이다. 조남현, "광장, 똑바로 다시 보기", 『문학사상』 1992. 8, p.186.

7) 정과리, "자아와 세계의 대립적 인식", 「문학, 존재의 변증법」(문학과 지성사, 1985), p.166.

8) 한기, "<광장>의 원형성, 대화적 역사성, 그리고 현재성", 『작가세계』, 1990년 봄호, pp.81-98.

필요성을 말하면서도 본격적인 판본 간의 비교 또는 대조 끝에 내려진 평가는 별로 눈에 뜨이지 않고 있다. 그런 형편이어서 우리는 개작된 <광장>을 어떻게 평가해야 할 것인가 하는 문제에 접할 때 당혹을 느끼게 된다.

그래서 필자는 <광장>에 있어서 개작, 특히 전집판에서의 개작은 어떤 의미를 갖는 것인지, 그 결과 전집판의 <광장>은 그 전 판본의 <광장>과는 어떻게 다르며 그것이 이 소설의 문예물로서의 작품성에 긍정적으로 작용했는가 아니면 부정적인 결과를 가져왔는가를 고구해 볼 필요를 느꼈다. 필자가 보기로는 개작작업이 작품의 성격을 크게 바꾼 것은 전집판에서였다고 생각한다. 그래서 이 글은 그 전 판본 곧 1973년 민음사본과 1989년 전집판본을 대조하여 주로 주제론의 측면에서 접근하여 위와 같은 의문에 대한 답을 찾아보기로 했다.

연구의 방법론은 사회윤리주의 비평의 그것에 의지했음을 밝혀 둔다.

II. 버리고도 못 버린 두 조국

최인훈은 <광장>을 드물게 볼 정도로 자주 고쳐 썼다. 그런데 이 개작 작업 자체에 대해서 평단에서는 찬반양론이 있어 왔다. 여러 번 수정했다는 사실, 그것은 우리 문학 풍토에서는 높이 살만한 일이라고 본 사람도 있고[10] '문장 다듬기'의 수준을 넘은 과도한 개작은 바람직하지 못하다고 부정적으로 보고 있는 사람도 있다.[11] 필자에게는 어느 쪽이 옳고 그르다 하기 이전에 이러한 말은 별로 의미가 없는 것으로 들린다. 개

---

9) 김현, 『최인훈전집』 I (문학과 지성사, 1989), 뒷표지.

10) 김상태, 앞의 책, p.141.

11) 조남현, 앞의 책, 같은 쪽.

작이란 작업이 바람직한 일이냐 아니냐 또는 개작을 얼마나 자주 어느 정도로 했느냐 하는 것은 중요한 것이 아니라고 생각되기 때문이다. 문제는 개작의 결과 그 작품이 더 좋아졌느냐 나빠졌느냐, 곧 그 작품의 평가에 있어서 긍정적으로 작용했느냐 부정적으로 작용했느냐 하는 것일 것이다. 그러니까 판본들의 대조로 개작의 성공 여부를 가리는 것이 중요한 일이라 생각한다.

작가는 지금까지 모두 다섯 번에 걸쳐 <광장>을 고쳐 썼다. 그 초간본은 『새벽』 1960년 11월 호에 게재된 것이다. 작가는 1961년 정향사를 통해 단행본으로 출판할 때 처음으로 수정 가필을 했고, 1968년 신구문화사 간 『현대한국문학전집』에 수록하면서 다시 한 번 손질을 했다. 세 번째 개작은 1973년 민음사를 통해 출판할 때 행해졌다. 작가는 1976년 문학과 지성사를 통해 그의 전집을 출판할 때 다시 한 번 개작을 했고, 그 재판을 출판할 때 또 한 번 손을 보았다. 그 동안 작품의 분량은 초간본 때 2백자 원고지 6백매에서 6차본 때는 8백매로 늘어났다. 그런데 정작 중요한 것은 작품의 볼륨이 늘어난 것이 아니고 작품 구조의 변화라 할 것이다. 개작에 따라 달라진 점은 대체로 세 가지로 볼 수 있다.

첫째, 초간본에서 발견되던 주인공 이명준의 삶에 있어서 연대기적 모순, 모호성이 제거되었다.[12] 이 연대기적 모순과 모호성은 작가가 이 소설을 4.19 이후 수개월 동안에 구상 탈고했다는 점을 고려할 때 있을 수 있는 허점으로 양해할 수 있는 성질의 것이었지만, 작가가 이를 바로 잡은 것은 성실한 자세로 높이 살만한 점이라 할 것이다.

둘째, 문체상 초간본에서 보이던 한자어가 가능한 한 순수한 우리말로 바뀌어졌다. 이 작업은 1차에서 5차까지의 개작에서 꾸준히 수행되고 있다. 작가 자신 <광장>을 고쳐 쓴 작업 원칙은 한자 어원의 말을 우리 고유의 말로 바꾸는 것이었다고 말하고 있다.[13] 그는 이 작업은 내용과

---

12) 이는 김현이 『최인훈전집』 I 해설문(pp.280-8)에서 지적하고 있다.

표기체제 사이의 감각적인 거리를 가능한 한 접근시키기 위해서 한 것이라고 하고 있다.[14] '철학'을 '궁리질', '진지하게'를 '참스럽게', '수호자'를 '지킴꾼'이라고 하는 등 어떤 경우는 '비행기'를 '날틀'이라고 하는 것과 같은 억지스러움이 전혀 없는 것은 아니지만 대체로 이러한 노력은 바람직한 것으로 평가되고 있다. '결론'은 '맺음말', '세계'를 '누리', '환각'을 '헛느낌', '계절'을 '철'로 바꾸고 있는 데서 작가의 시도는 훌륭한 성과를 거두고 있다 할 것이다. 그러나 이 단어 바꾸기, 문장 다듬기는 작품의 전체성에서 볼 때 이 소설을 크게 바꾸어 놓고 있는 것이라 하기는 어렵다. 이러한 고침은 특히 문장론에 관심을 가진 사람 등 특수한 독자가 아닌 경우 거의 무심히 스쳐 볼 정도 이상은 아니다.

마지막으로 가장 중요하게 받아들여야 할 것은 개작에 따른 의미상의 변화이다. 이 점에 대해 작가는 양적으로는 전면적이지 않지만 질적으로 보면 작품의 의미를 뒤바꿔 놓을 만한 식으로 고친 노력이 개정판마다 분명하다고 말하고 있다.[15] 작가는 그렇게 말하고 있지만 판본이 바뀔 때마다 작품의 의미를 뒤바꿔 놓을 만한 고침이 있은 것은 아니다. 의미상 크게 변화가 온 것은 민음사판에서 전집판으로 판본이 바뀌면서였다. 전집판에서 이 소설 전반부와 후반부에 등장하는 갈매기의 상징성이 그 전 판본과는 전혀 다른 것으로 바뀌어졌는데 여기에서 소설 <광장>의 주제가 바뀌고 있다. 이것은 중요한 의미를 띤다 하지 않을 수 없다. 주제는, 퍼시 러보크가 소설의 시초요 전체라고 하고 있는 데서도 알 수 있듯이 소설에 있어서 가장 중요한 요소라 할 수 있는 것이기 때문이다.

필자는 이에 여기서 민음사본과 전집본 <광장>을 대조하여 그 내용

---

13) 최인훈,"소설 <광장>을 고쳐 쓴 까닭",『최인훈전집』I (문학과 지성사, 1989), p.379.

14) 최인훈, "이창동과의 대담 최인훈의 최근의 생각들에서",『작가세계』(세계사, 1990년 봄호), p.56.

15) 위의 책, p.60.

이 구체적으로 어떻게 바뀌어졌으며 그로 하여 그 주제가 어떻게 달라졌는가를 살펴보고자 한다.

먼저 단순 다듬기 선에서 작품이 고쳐진 전집판 이전의 판본 중 가장 나중 판이요 가장 정성이 많이 기울여진 판본이라 할 민음사 본을 텍스트로 전집판 이전 판 <광장>의 주제가 무엇인가를 살펴보아야 할 것 같다. 현대소설의 주제는 육화·내면화되어 있기 때문에 이를 파악하기 위해서는 특별한 노력이 기울여져야 한다. 주제는 성격·액션·어조·구성 그 밖의 여러 요소들의 전체적 효과에 의해 형성되는 것이다. 따라서 이러한 요소들이 주제를 표출하게 되고 그것의 추출은 이들 매재를 통해서 하는 것이 한 방법이 된다. 일반적으로 그 중에서 액션을 통하는 방법이 가장 쉬운 것으로 알려져 있다. 액션은 행동 또는 이야기의 줄거리다. 그런데 소설에서의 그것은 여러 행동, 이야기 중에서도 그 소설의 근간을 이루고 있는 것이다. 브룩스와 워린이 중요하고도 통일성 있는 일련의 사건이라 한 바로 그것이 액션이다.[16] <광장>의 경우도 그 기둥 줄거리를 따라가면서 주제가 무엇인가를 알아보고자 한다.

<광장>은 참다운 삶을 탐색하고 추구하던 한 젊은이가 실패와 좌절을 거듭한 끝에 절망하여 죽음에 이르는 과정을 그려 보여주는 소설이다.

주인공 이명준은 20대 초반의 대학생으로 먼저 책에서 참다운 삶에의 길을 찾으려 한다. 이러한 면은 작가의 자전적인 요소로 그는 전범에 대해서 '경건함'[17] '신앙심'[18]을 가지고 있는 사람으로 알려져 있다. 그러나 주인공은 책을 통해 시도한 참다운 삶이란 어떠한 것인가에 대한 해답 얻기, 거기에 이르는 길 찾기에 실패한다. 그가 얻은 결론은 책들은 모두 '인생은 그저 살기 위하여 있다'의 되풀이였다. 그는 지식으로는 인간

16) Brooks & Warren, Understanding Fiction, Appleton Century Crofts, Inc., 1959, p.681.

17) 김현, "상황과 극기", 「광장」(민음사, 1976), p.1.

18) 김종회, "관념과 문학 그 곤고한 지적 편력", 『작가세계』, 1990년 봄호(세계사), p.20.

의 근본 문제에 대한 대답을 얻을 수 없다는 것을 깨닫게 된다.

책에서 실패한 주인공은 그가 존경해 온 선배에게서 현답을 얻으려 한다. 그러나 그 선배에게도 일목요연하게 정리된 답은 없었다. 정 선생이란 그 선배가 아는 것은 살아 움직이는 인간의 삶 아닌 죽은 사람 곧 미이라에 관한 것뿐이었다. 거기서 그는 그 선배가 '선생'에서 '친구'로 내려오는 것을 느끼게 된다. 그것으로서 그의 우상은 부서져버리고 따라서 거기서도 그의 길 찾기는 실패하고 만다. 주인공은 자신이 참다운 삶을 찾을 수 없는 것은 남한의 모순에 찬 현실 때문이라고 생각한다. 그는 참다운 삶의 땅을 '광장'이라고 생각한다.[19] 그에 있어서 남한의 정치는 탐욕과 배신과 살인이 난무하는 곳, 경제는 사기의 안개 속에 협박의 꽃불이 터지고 허영의 '애드발루운'이 떠도는 곳이고, 문화는 헛소리의 꽃이 만발한 곳으로 거기에는 진정한 의미에서의 '광장'이 없다. 그는 그 이유를 남한이 변종의 자본주의 이데올로기가 지배하는 세상이기 때문이라고 생각한다. 그는 서양이란 자본주의 사회에는 기독교가 정화작용을 하는데 남한의 경우는 그러한 장치도 없어 그대로 썩고 있다고 생각한다.

주인공은 또 남한에는 진정한 의미에서의 '밀실'도 없다고 생각한다. 그가 보기에 남한의 밀실은 개인주의 아닌 이기주의의 방으로 '광장'에서 빼앗아 오고 훔쳐온 것을 쌓는 썩은 곳이다. 그는 이 또한 남한이 최소한의 양심을 지켜 탐욕과의 조절을 꾀하는 서양의 자본주의와는 다른 변종 자본주의의 세상이기 때문이라고 생각한다.

그러나 주인공 이명준만은 아직 오염되지 않은 이상주의의 밀실을 가지고 있었다. 이상의 세계를 꿈꾸고 추구하는 그 개인의 삶이 바로 그것이었다. 그러나 자본주의라는 이데올로기의 공산주의 이데올로기에 대한 광적인 적대감은 그에게 그러한 밀실을 허용하지 않았다. 이명준은

---

19) 조남현은 이 '광장'을 '실존적 교통'이라고 표현하고 있다. 조남현, 앞의 책, p.193.

북한에 살고 있는 그의 아버지가 대남방송을 했다 하여 경찰에 불려가 죄 없이 매를 맞는다. 그를 차고 때린 담당 형사는 "너 따위 빨갱이 새끼 한 마리쯤은 귀신도 모르게 죽여버릴 수 있다."고 한다. 주인공은 그의 밀실을 흙발로 짓밟은 그 형사가 처음 만나는 자신을 왜 그렇게 미워했을까에 의아해하지만 그는 곧 스스로 그 이유를 알게 된다. 자본주의란 이데올로기가 공산주의란 이데올로기를 광적으로 증오하고 있었고, 그는 그 증오의 이데올로기 세계에 살고 있는 사람과 혈연관계에 있었다는 그것만으로 짐승과 같은 가혹한 대접을 받았던 것이다. 이명준은 좌절과 수모와 불안을 견디지 못해 강윤애와의 에로스적인 사랑으로 이를 잊으려 하지만, 그를 열정적으로 받아들이던 그녀가 어느 날은 완강히 거부하는 변덕을 보임으로서 거기서도 위안을 얻는 데 실패한다. 결국 그는 광장도 밀실도 없고 달리 위안을 받을 곳도 없는 남한은 참삶을 살고자 하는 그와 같은 젊은이가 살 곳이 못 된다고 생각한다.

여기까지에서 작가는 남한이란 썩고 병든 변종 자본주의 체제를 통렬하게 비판하고 있다. 이 작품이 발표되었을 때 많은 젊은 독자들이 뜨거운 박수를 보낸 이유 중 하나는 이데올로기와 관계되는 소설이라면 으레 반공소설을 연상하던 시대에 이 소설이 처음으로 타부로 되어 있던 남한 체제를 비판 공격하고 있다는 바로 이 점이었다.

남한에는 더 이상 기대할 것이 없다고 본 주인공은 북한에는 진정한 의미에서의 광장과 밀실이 하나가 되어 있는 삶이 있을 것이라고 생각하고 북한으로 탈출한다. 밀항선 갑판 밑 어두운 선실에서 그가 꾸고 있는 꿈은 그가 북한을 낙원이라고 생각하고 있음을 보여준다.

그는 꿈을 꾸었다. 광장에는 맑은 분수가 무지개를 그리고 있었다. 꽃밭에는 싱싱한 꽃이 꿀벌들 닝닝거리는 음향 속에서 웃고 있었다. 페이브먼트는 깨끗하고 단단했다. 여기저기 동상이 서 있었다. 사람들이 벤

치에 앉아 있었다. 아름다운 처녀가 분수를 보고 있었다. 그는 그녀의 등
뒤로 다가섰다. 돌아보는 얼굴을 보니 그녀는 그의 애인이었다.[20]

그러나 막상 그 곳에 가보니 북한 역시 그가 찾던 참삶의 땅은 아니었
다. 남한이 썩고 병든 변종 자본주의의 세계였다면 북한은 광적인 변종
공산주의의 세계였다. 거기에는 소련에서와 같은 정열에 넘친 혁명도
없었고 그들의 광장에는 꼭두각시들만 있어 그 곳 역시 참다운 광장이
아니었다. 또 당만이 있고 개인이 없는 북한은 복종만 강요하는 세계로
밀실도 없었다. 적대적인 이데올로기에 대한 증오는 그 곳에서도 그를
몸서리치게 했다.

여기서 작가는 북한의 비인간적 공산주의 체제를 비판공격하고 있다.
그러니까 작가는 남북한의 정체체제와 이데올로기를 양비론적인 시각
에서 보고 있는 것이다. 흔히 광장을 이데올로기 소설이라고 부르는 것
도 바로 이 때문이다. 북한에서도 참된 삶의 길을 찾지 못한 주인공은
6.25사변이 나자 정치보위부원이 되어 남한에 내려와 그의 은인의 아들
이자 친구에게 잔인한 폭행을 가하고 그 친구의 아내가 되어 있는 윤애
를 능욕하려는 퇴행적인 모습을 보여준다. 그러나 그는 자신이 그와 같
은 철저한 악인이 될 수 없음을 알고 두 사람이 도망치게 해 준다. 주인공
은 북한에서 희생적인 사랑을 바쳐 오는 은혜를 만나 거기서 구원을 얻
으려 하지만 그녀가 전사함으로서 그는 모든 것을 다 잃고 만다.

휴전이 되고 포로 교환의 시간이 왔을 때 주인공은 남한으로도 북한
으로도 갈 수가 없었다. 그는 부정과 부패로 썩어 있고, 적대 이데올로기
에 대한 증오로 가득 찬 남한으로 가기도 싫었고, 인간을 압살하는 전체
주의의 세계, 역시 적대 이데올로기에 대한 증오가 더욱 지독한 북한으
로도 가고 싶지 않았다. 그가 그녀에게서 위안을 찾으려 했으나 남의 아

---

20) 민음사판 <광장>, p.123.

내가 되어버린 윤애, 그녀에게서 구원을 얻으려 했으나 난리 중에 죽어버린 은혜란 두 여성은 그가 잃어버린 남북 두 조국을 표상한다. 그는 결국 제3국행을 택해 인도로 가는 배에 오른다. 그러나 그는 그 곳으로 가도 거기서의 그의 삶이란 넋이 빠져 나간 허수아비의 그것이 될 수밖에 없다는 것을 깨닫는다. 그는 배를 따라오고 있는 두 마리의 갈매기를 윤애와 은혜라고 생각한다. 그리고 그 갈매기들은 그가 인도에 가도 거기까지 따라오리라는 것을 그는 안다. 그는 갈매기들이 그 위로 날고 있는 바다 속으로 가면 그녀들과 만날 수 있다고 생각하고 드디어 거기로 뛰어들고 만다.

두 마리의 갈매기는 지난날 그에 있어서 위안과 구원이었던 두 여인이었고, 그것은 다시 그가 버리고 왔지만 끝내 버릴 수 없은 두 개의 조국을 표상한다.

이제 이상의 액션에서 추출되는 이 소설의 주제가 무엇인가를 생각해 볼 차례다. 이 소설에 대한 논의는 상당히 많았는데 이상하리만큼 주제가 무엇인가에 대해서 분명하게 말하고 있는 글은 찾기 어렵다. 그것을 '분단의 사상이 분단 현실을 지배하고 있다'는 것이라고 한 사람이 있으나[21] 이는 핵심에 닿지 않는 말인 것 같다.

필자의 견해로는 민음사 본까지의 <광장>의 주제는 이데올로기의 충돌 사이에서 철저하게 파괴된 한 인간의 절망이라 할 수 있지 않을까 한다. 그런 점에서 주인공이 분단 현실 어느 쪽도 선택할 수 없어 중립국 행을 결정했지만 그렇다고 거기에서 살 수도 없다는 것을 안 주인공이 배반하지 않고 정직할 수 있는 유일한 길은 결국 자살의 길뿐이라고 보고 바다에 뛰어들었다고 본 한기의 말이 이를 뒷받침해 준다.[22]

주제가 위와 같다면 이 소설이야말로 역사회의주의적인 소설이요 패

21) 한기, 앞의 책, p.96.
22) 위의 책, p.89.

배주외의 문학이라고 하는 사람이 있을지 모르지만 그러한 비판은 독선적, 당위론적인 발상에서 나온 것이라 해야 할 것이다. 조지 오웰의 <1984>와 같은 소설은 전체주의의 족쇄에서 벗어나 애정의 피를 가진 인간으로 살려고 몸부림치다 결국 노예로 되돌아가고 마는 주인공의 이야기를 하고 있고, 숄로호프의 <고요한 돈강>도 적군과 백군의 싸움 틈새에서 부대끼다 결국은 스스로 죽음을 택하고 있는 주인공 이야기를 하고 있지만, 그러면서도 둘 다 훌륭한 문학작품으로 받아들여지고 있는 것만 보아도 그러한 주장의 부당함을 알 수 있다.

1976년에 간행된 전집판 <광장>은 민음사판과 대조해 볼 때 그 전의 몇 차례에 걸친 개작 때와는 달리 큰 변개가 있었음을 알 수 있다.[23] 전집판에서도 그 전과 같은 어휘·문장 손질이 상당히 많이 가해지고 있지만 그것은 전체성에서 볼 때 작품 자체를 크게 바꾸었다고 할 수 없고 문제가 되는 것은 의미상의 변화다. 전집판으로의 개작은 작가가 1973년에서 76년까지 미국에 체재하고 있을 때 이루어졌다. 이에 대해 작가는 내용을 다시 손 본 곳도 있지만 대폭적인 고침은 아니었다고 하고 있다.[24] 위의 대폭적인 고침이 아니었다는 그의 말은 별로 의미가 없는 것이다. 얼마나 많이 고쳤는가가 문제가 아니라 그로 해서 작품이 얼마나, 어떻게 달라졌는가가 문제이겠기 때문이다.

민음사판과 대조해 볼 때 전집판의 <광장>이 명백하게, 또 판이하게 바뀐 내용은 세 가지다. 그 하나는 갈매기의 상징성이며, 다른 하나는 바다가 띠는 상징성이며, 세 번째 가장 중요한 것은 그로 인한 주인공의 죽음의 의미이다. 민음사판까지의 이 소설의 도입부에서 시작하여 수차례 등장하는 두 마리의 갈매기는 대단원 단층에 이르면 윤애와 은혜 두 여

---

23) 여기서는 1989년 간, 전집판 <광장>을 텍스트로 한다.
24) 최인훈, "이창동과의 대담 <최인훈의 최근의 생각들>에서", 『작가세계』(세계사, 1990년 봄호), pp.57-8.

인을 상징하고 있다는 것이 분명해진다.

> 갈 갈 꼐륵. 두 마리 갈매기는 연거푸 울어댔다. 그의 총구에 정확히 조준되어 얹혀 진 흰 새의 모습이 떨고 있었다. 그것은 윤애였다. S서 이 층에서 벽에 떠다밀린채 이마에 진땀을 흘리며 애원하는 윤애의 드러 난 가슴이었다. 푸른 하늘을 배경으로 여름 풀이 해초처럼 얽힌 동굴에 서 그의 옷섶을 붙잡고 용서를 비는 은혜였다.[25]

그런데 전집판에 와서 작가는 민음사판까지에는 없던 내용을 덧붙인 다. 그는 낙동강 전선에서의 전투가 한창일 때 동굴에서 사랑을 나누던 은혜가 주인공에게 자신이 임신을 했음을 알리고 있는 것으로 쓰고 있 다. 그리고 그는 전집판에서 두 마리의 갈매기를 은혜와 그들 사이에서 태어난 딸을 상징하는 것으로 그리고 있다.

> 그는 두 마리 새들을 방금까지 알아보지 못한 것이었다. 무덤 속에서 몸 을 푼 여자의 용기를, 그리고 마침내 그를 찾아내고야 만 그들의 사랑을.

> 큰 새 작은 새는 좋아서 미칠 듯이, 물 속에 가라앉을 듯, 탁 스치고 지 나가는가 하면, 되돌아오면서, 그렇다고 한다. 무덤을 이기고 온, 못 잊 을 고운 각시들이, 손짓해 부른다. 내 딸아.[26]

이렇게 바뀜으로서 주인공의 죽음의 의미도 그 전 판본의 그것과는 판이하게 다른 것이 된다. 그 전 판본에서 이명준이 바다에 투신한 것은 절망 끝에 한 죽음이었다.

김현은 이에 대해 전집판에서의 이명준의 죽음은 정말로 사랑이라는

---

25) 민음사판, <광장>, p.204.
26) 이상 전집판 <광장>, p.169.

것이 무엇인가를 투철하게 깨달은 자의, 자기가 사랑한 여자와의 합일을 의미하는 행위라고 말하고 있다.[27] 이는 이 작품을 정확하게 읽은 데서 나온 말이라 할 것이다. 그러므로 전집판에서의 이명준의 죽음은 절망 끝에 한 자살이 아니다. 또 바다의 상징성도 민음사판까지의 <광장>에서의 그것과는 아주 다른 것이다. 작가 자신이 이 부분의 개작에 대해 그가 뛰어든 바다를 생명의 바탕으로 적극적으로 받아들여도 좋다고 말하고,[28] 그의 죽음에 대해서도 막다른 골목에서 자기를 포기했다는 의미를 될 수 있으면 깎아내리고 현실에서 구하고자 했으나 불가능했던 것을 환상으로나마 현실화시키려는 분명한 의도가 있었다고 말했다.[29] 이는 민음사판까지의 주인공의 죽음이 절망에서 온 것이었으며 전집판에서의 그것은 새 생명을 얻는 행위로서의 그것을 의미하고 있다는 것을 동시에 말해 주는 것이다. 한 평론가는 작가와의 대담에서 전집판에서의 주인공의 죽음은 허무주의적인 죽음이 아니라 긍정에의 투신이요 죽음이 아니라 생명이라고 말하고 있는데 작가도 이에 동의함으로서[30] 위를 분명하게 뒷받침해 주고 있다.

갈매기와 바다의 상징성, 주인공의 죽음의 의미가 전집판에 와서 이렇게 달라짐으로서 전집판 <광장>의 주제도 달라지지 않을 수 없다.[31] 전집판의 주제에 대해서는 여러 견해가 있을 수 있겠지만 이 소설은 사랑만이 인간을 그 자체로 체험하게 해준다고 한 김현의 말[32]이 거기에

---

27) 김현,『최인훈전집』Ⅰ, pp.280-8.

28) 최인훈, "이창동과의 대담 <최인훈의 최근의 생각들>에서",『작가세계』(세계사, 1990년 봄호), p.62.

29) 위의 책, p.60.

30) 위의 책, 같은 쪽.

31) 전집판에 와서 <광장>의 주제가 변개되었다는 것을 부정한 사람도 있으나(한기, 앞의 책, p.91) 이는 억설이라 해야 할 것이다.

33) 김현,『최인훈전집』Ⅰ 뒷표지.

가깝지 않을까 한다. 굳이 이 소설의 주제문을 말하라 한다면 필자는 '사랑만이 모든 것을 극복하고 인간을 구원할 수 있다.'고 한 것이라 할 수 있지 않을까 한다.

III. 주제 변개와 감동의 감쇄

위와 같은 의미의 변화와 주제 변개에 대해서는 여러 가지 상이한 견해들이 개진되어 왔다. 이를 긍정적으로 본 대표적인 사람은 김현이다. 그는 전집판 <광장>은 작가가 그 어느 때보다 겸허한 목소리로 사랑의 위대성을 말해 주고 있다고 하고 있다.[33] 그러나 이와는 반대로 보는 시각도 없지 않다. 한 평문은 두 마리의 갈매기를 윤애와 은혜의 표상에서 은혜와 그녀의 뱃속에 있었던 딸의 표상으로 바꾼 것은 잘못이라고 말했다. 이 글은 그렇게 고침으로서 갈매기들의, 윤애와 은혜, 남과 북이라는 이원 구조가 파괴되었다고 지적하고 있다.[34]

그보다 더욱 정곡을 찌르는 비판은 전집판 <광장>이 이념과 사랑의 대립을 해소되지 않은 채 방치한 상태에서 다른 세상에 의해 그 대립을 묻어버리는 근거 없는 초월을 행하고 있다는 지적이다. 이 글은 이명준이 다시 태어날 땅은 인간과 인간의 싸움, 인간과 인간의 화해, 싸움과 화해를 거치는 인간의 발전이 삭제된, 즉 역사성이 사라진 신화의 세계, 영원의 세계라고 말하고 있다.[35] 위에서 '근거 없는 초월'이라든가 '역사성이 사라진 신화·영원의 세계'로 가버렸다는 말들은 상당히 날카로운 비판인 것 같다. 확실히 전집판에서의 이명준의 죽음은 작가가 김동리의

---

33) 위의 책.

34) 김상태, 앞의 책, 같은 쪽.

35) 정과리, "자아와 세계의 대립적 인식", 「문학, 존재의 변증법」(문학과 지성사, 1985), p.164-6.

<무녀도>에서 볼 수 있는, 신화비평에서 흔히 말하는 영원회귀와 같은 것을 흉내 내고 있는 것 같은 느낌이 강하게 들게 하고 있다. 만약 작가가 그런 의도로 전집판에서 <광장>을 그와 같이 고쳐 썼다면 그 의도는 성공을 거두지 못하고 있다고 말해야 할 것이다. 그러한 소설이 되려면 소설 전체가 다시 씌어지다시피 하여 작품의 구조 자체가 근본적으로 달라졌어야지 극히 일부분만을 고쳐 써서 될 일이 아니다. <무녀도>에서 모화의 죽음을 두고 그녀의 영원회귀를 이야기할 수 있는 것은 그 작품의 시간적 장소적 배경, 인물, 어조 등에서 일어나는 일반적인 정조 곧 분위기가 그렇기 때문이다. 밀려드는 서구의 문화·문명에 충격을 받으면서도 전통적인 것을 버리지 못하고 있던 시대, 잡초가 어지럽고 벌레들과 양서류들이 스멀대는 고가, 술에 취해 주문 같은 노래를 쉬잖고 흥얼거리는 무당 이러한 것들이 <무녀도>로 하여금 모화가 신열 속에서 일회성의 생명을 뛰어넘어 영원의 세계로 돌아가고 있는 소설이라고 해석하게 해주는 것이다. 그런데 전집판 <광장>이 몇 군데의 손질로 그와 같은 '새 생명'이나 '재생'의 의미를 띠게 하려 했다면 그것은 무리한 시도라 하지 않을 수 없다.

작가는 이 작품 중 어떤 대목에서 어색한 것, 억지스런 연관을 '그라디올러스 화분에 붙잡아맨 전기 모터'라고 하고 있는데 이 말은 그의 이 전집판 개작에 그대로 들어맞는 말이 아닌가 한다. 달리 비유한다면 전집판 <광장>에서 작가가 사랑과 증오와 전쟁과 죽음의 처절한 현세적 이야기인 이 소설을 주인공이 영원으로 돌아가 새 생명을 얻어 다시 탄생하는 것으로 그리려 했다면 그것은 쾌자 아닌 양장 차림의 무당 또는 철근 콘크리트와 대리석으로 지은 양옥에 지붕에만 기와를 얹어 한옥 흉내를 낸 집과 같은 억지스런 것이라 하지 않을 수 없다. 이 소설을 대부분 그 전 판본 그대로 두고 어떤 날짐승의 상징성 같은 일부 내용만 바꾸는 것으로 주제 변개가 훌륭하게 이루어지기를 기대한다는 것은 처음부터

무리였다 할 것이다. 그 전 판본까지 주제의 <광장>은 우리에게 가슴 저 깊은 곳에서 치밀어 오르는 감동을 주는 소설이었다. 백철의 말대로 '남북의 현실과 한국동란과 그것들과 함께 온 하나의 수난의 운명아'[36]의 절망과 죽음은 당시 한국 독자 누구나의 것으로 받아들여졌었기 때문이다. 강요된 이데올로기에 의해 한민족이 남북으로 나뉘어 피를 나눈 형제끼리 서로 죽이고 죽는 전쟁을 치러 국토는 초토가 되었는데, 조국은 여전히 토막난 채였던 6.25사변 직후 남쪽도 북쪽도 택할 수 없고 그렇다고 양쪽을 다 버릴 수도 없는 절망감, 그것은 당시 한국인 모두의 보편적인 심정이었다. 이 소설이 발표 당시 우리들의 그렇게 큰 감동을 불러일으킬 수 있었던 것은 독자들이 이 작품에서 바로 그러한 감정 체험을 회상하고 확인할 수 있었기 때문이었다 할 것이다.

한편 전집판의 <광장>은 그와 대조적으로 '사랑이야말로 지상선'이라는 진부한 윤리강화에 불과한 것으로 독자의 감동을 불러일으키기 어려운 것이 되고 말았다. 그것은 감동을 불러일으키기는커녕 도리어 그 전 판본의 <광장>을 읽은 독자들에게는 어이없는 배신감을 주기까지 하는 것이었다. 모든 문제는 사랑으로 해결해야 한다는 것을 대전제로 한다면 이 소설에서 다음과 같은 여러 가지 냉소적인 반문이 연역될 수 있다.

그렇다면 이명준은 남한에 살 때 그 아버지가 적대적 이데올로기의 세계에서 행세하고 있다는 그 이유 때문에 죄 없이 고문을 당해도 고문을 하는 형사를 사랑했어야 했는가, 북한에서 그가 진실을 말한다고 자기비판을 하게 하고 인간다운 삶 대신 전체주의의 노예로 살 것을 강요해도 그 세상을 사랑하기만 하면 문제가 없어졌겠는가, 두 체제가 총칼로 맞붙어 서로 살상의 싸움을 벌였는데 그러한 때에 한쪽 일방의 (양쪽

---

36) 백철, "우리 문학의 도표는 세워지다 – 기억되는 작품들을 더듬어", 『동아일보』, 1960. 12. 10.

다 서로를 사랑했다면 문제는 처음부터 없었을 것이니까) 사랑으로 무엇을 해결할 수 있단 말인가. 결국 전집판에서의 사랑이란 일장의 말재간에서 받게 되는 공허함만을 느끼게 할 뿐이다. 작가는 이 작품에서 사랑이란 말에 대해,

> '사랑'이란 말 속에, 사람은 그랬으면 하는 바람의 모든 걸 집어 넣는
> 다. 그런, 잘못과 헛된 바람과 헛믿음으로 가득 찬 말이 바로 사랑이다. -
> 중략- 말의 둔갑으로 재주놀이하는, 끝없는 오뚜기 놀음.[37]

이라 하고 있는데 아이러니하게도 전집판 <광장> 자체가 바로 그러한 사랑이란 언어유희를 하고 있는 것이다.

작가가 무엇 때문에 이렇게까지 의외의 방향으로 작품을 고쳐 썼는가에 대해서는 분명하게 알려져 있지 않다. 따라서 이에 대해서는 독자 나름으로 추측을 할 수밖에 없다.

필자가 보기로는 이작품의 발표 이후 세월이 흐름에 따라 상황이 바뀌고 독자가 바뀌고 이 작품에 대한 반응도 달라졌는데 작가는 이런 데에 지나치게 민감하여 그와 같이 개작을 한 것이 아닌가 생각한다.

분단의 시대적 양상이란 거시적인 시간의 흐름, 곧 역사의 거시적인 관점에서 보면 한계적인 유한성, 즉 한시성을 띨 수밖에 없다.[38] 또 한 편의 소설에는 그 작품 속의 사건이 전개되는 작품의 시간, 작가가 그 작품을 쓴 작가의 시간, 독자가 그 작품을 읽는 독자의 시간이란 시간 단층이 있게 마련이다. 먼저 초간 발표 후 한반도의 분단 상황이 많이 바뀌었다. 분단이란 현실이 고착적인 것처럼 보이지만 이데올로기의 대치상황은 이미 6.25사변 전후와는 많이 변해 있는 것이 사실이다.

---

37) 전집판 <광장>, p.71.
38) 한형구, "분단시대의 소설적 모험", 「한국현대작가연구」(문학사상사, 1991), p.193.

시간에 있어서도 작품의 시간은 불변이지만 독자의 시간은 고정되어 있는 것이 아니다. 발표 당시 읽은 독자도 있고 그 후에 읽는 독자도 있으며, 발표 당시에 읽은 독자가 훨씬 후에 다시 읽을 수도 있기 때문이다. 당시의 독자와 그 후의 독자가 동일인물이든 아니든 간에 독자의 시간이 다를 수 있는 것은 당연한 일이다.

어떤 작품이 주는 울림에는 시효가 있는 것이므로 이 상황의 변화와 독자의 시간의 변화는 그 작품에 대한 독자의 '차가운 반응'으로 나타날 수 있다.[39] 작가는 이를 감수해야 함에도 불구하고 초조함을 견디지 못한 것 같다. 그는 한 대담에서 이명준을 따라가는 갈매기 부분에 대해 처음에는 그를 사랑한 두 여자처럼 생각되었는데, 어느 시점에서 보니까 '도저히 참지 못 하겠더라'고 하고 그래서 은혜 모녀로 고쳐 썼다고 말하고 있는데[40] 이 대목이 이를 잘 말해 주고 있다 할 것이다. 본래 자기 작품에 대해 애착이 강한 것으로 알려진[41] 작가는 달라진 상황, 달라진 독자에 과민해져 작가의 시간도 바꾸기로 해 그것이 전집판 <광장>으로의 개작이란 형태로 나타난 것이 아닌가 한다.

작가가 얼마나 자주 또 어느 정도로 어떻게 개작을 하느냐 하는 것은 전혀 작가 본인의 자유의사이겠지만, <광장>의 경우 그 개작이 어휘나 문맥 다듬기 선에서 멈춰 독자에게 맡겨 작품이 독자성을 갖고 존재하게 하지 않은 것은, 위에서 살펴본 대로 분명히 잘못된 일이었던 것 같다.

이상에서 살펴 본 바 전집판 <광장>은 그 전 판본과 대조해 보았을 때 그 중심사상, 핵심적 의미 곧 주제가 달라졌으므로 그 전 판본과는 전

---

39) 조남현, 앞의 책, pp.184-5.

40) 최인훈, "이창동과의 대담 <최인훈의 최근의 생각들에서>", 『작가세계』(세계사, 1990년 봄호), p.60.

41) 전집판에 6개나 되는 서문을 앞세우고 있는 점에서도 그의 그러한 일면을 엿볼 수 있다. 이 점, 10권 전질의 대하소설 <장길산>을 완간하면서도 단 한 마디의 객담도 늘어놓고 있지 않은 황석영과는 좋은 대조를 보여 준다.

혀 다른 별개의 소설이 되었고 그 주제 변개로 한 편의 문예물로서 그 전 판본에 비해 작품성이 미치지 못한다고 보아야 할 것이다.

따라서 전집판 <광장>은 주제 변개가 잘못된 실패작이라 해야 할 것 이다.

IV. 결론

발표 당시 분단소설 또는 이데올로기 소설이란 지칭과 함께 큰 찬사 를 받았던 최인훈의 소설 <광장>은 세월이 흐름에 따라 부정적인 평가 도 적지 않게 받고 있다. 특히 다섯 차례에 걸친 개작이 있은 후 이 부정 적인 평가의 소리는 잦아지고 있는데 그 중에서도 전집판에서의 개작이 있은 뒤에는 그 비판의 목소리가 전보다 더욱 신랄해지고 있다. 그런데 이러한 비판은 마땅히 그러해야 함에도 불구하고 판본 간의 대조 연구 를 통한 구체성을 띤 것이 없고 거의 대부분이 인상론에 머물러 있다.

이에 필자는 전집판 이전의 판본으로, 마지막으로 고쳐 쓴 민음사판 과 전집판 <광장>을 대조하여 전집판 <광장> 이 어떻게 달라졌으며 그것은 이 작품의 문예물로서의 작품성에 긍정 또는 부정의 어느 쪽으 로 작용했는가를 주로 주제론의 측면에서 살펴보았다. 그 결과 대략 다 음과 같은 결론에 도달할 수 있었다.

첫째, 민음사판까지의 <광장>의 개작은 그 노력이 주로 연대기적 모 순·모호성의 제거와 어휘·문장 다듬기에 한정되어 있었는데 전집판에 와서 내용이 크게 바뀌었다.

둘째, 전집판에 와서 바꾸어진 내용 중 가장 중요한 것은 이 소설의 발 단과 대단원 단층에 등장하는 두 마리 갈매기의 상징성이다. 그 전 판본 까지에서 각각 주인공의 지난날의 연인, 윤애와 은혜의 표상이었던 이

들 갈매기는 전집판에서는 은혜와 그녀가 잉태하고 있다 낳은 그녀와 주인공 이명준 사이의 딸의 상징으로 바뀌어져 있다.

셋째, 또 하나 중요한 의미를 띠는 내용 변개는 바다의 상징성이다. 그 전 판본까지에서 그저 주인공이 뛰어들어 죽은 곳일 뿐이었던 바다는 전집판에서는 어머니의 자궁, 주인공이 영원으로 돌아가 다시 태어나게 될 곳, 새 생명을 얻게 되는 곳으로서의 상징성을 띠고 있다.

넷째, 이 두 가지 의미상의 변화는 주인공의 죽음의 의미를 그 전 판본의 그것과 상반되는 것으로 바꾸어 놓았다. 곧 그 전 판본에서의 죽음은 절망에서 온 자살이나 전집판에서의 그것은 긍정에의 투신, 사랑을 통한 새 생명의 얻음의 의미를 띤다.

다섯째, 이와 같이 내용이 바뀜으로서 전집판 <광장>은 그 주제가 그 전 판본의 그것과 전혀 다른 것이 되어 있다. 그 전 판본에서의 주제는 '이데올로기의 충돌 사이에서 철저하게 파괴된 한 인간의 절망'이라 할 수 있는데 전집판의 그것은 '사랑만이 모든 것을 극복하고 인간을 구원할 수 있다'는 것이다.

여섯째, 전집판에서의 주인공의 죽음은 신화비평에서 흔히 말하는 영원회귀와 같은 흉내를 내고 있는 느낌이 드는데 만약 그렇다면 이것은 역사의 세계에서 모든 것을 방치한 채 신화의 세계로 뛰어들어버리는 '근거 없는 초월'이란 비판을 들을 만한 것이다. 김동리의 <무녀도>에서 보는 바와 같은 영원회귀 모티프의 소설이 되려면 소설 전체의 육질 (肉質), 거기서 우러나는 일반적인 정조, 곧 분위기부터가 그런 것이어야 하는데 전집판 <광장>은 소설 전체구조를 거의 그대로 두고 극히 적은 일부분만을 고쳐 그러한 소설이 되려 하고 있는 것으로 보인다.

일곱째, 전집판 <광장>의 주제가 '사랑이 지상선'이란 윤리강화에 불과한 것이 됨으로서 이 소설은 그 전 판본에서 독자가 받았던 감동을 감쇄하고 있다. 그 전 판본은 강요된 이데올로기에 의해 한민족이 남북으로 나뉘어 형제끼리 서로 죽이는 싸움을 벌이고 국토는 초토가 되었는데 총성이 멎고도 조국은 여전히 토막 난 채였던 6.25사변 – 거기에서 이쪽도 저쪽도 택할 수 없고 그렇다고 조국을 버릴 수도 없는 한 인간의 절망감을 극명하게 그려 보여 준 것이다. 그 절망감은 6.25사변 후 한국인 모두의 보편적인 심정이었고, 이 소설은 독자들로 하여금 그러한 감정체험을 회상하게 하고 확인하게 해 주는 데서 감동을 주었던 것이다. 그러나 전집판 <광장>은 속 빈 박애주의자의 공허한 언어유희 같은 것이 되어 독자들이 그 전 판본에서 받았던 감동을 크게 죽이고 있는 것이다.

이상 여러 가지를 종합하건대 전집판 <광장>은 주제가 잘못 변개되어 있으며 따라서 그 개작은 실패하고 있다고 해야 할 것이다. 그러므로 우리들이 소중하게 간직하고 오래도록 읽을 한국 문학사상 기념비적인 문예물로서의 <광장>은 전집판 이전의 그것이라 해야 할 것이다.

김승옥의 <서울 1964년 겨울>
60년대의 병 - 소외와 이기

Ⅰ. 서론

<서울 1964년 겨울>은 김승옥이 1965년에 발표한 단편소설이다. 김승옥을 두고 이상이나 이외수와 같은 기인이라고 말하는 것은 적당하지 않을지 모르겠지만 그는 확실히 여느 작가와 다른 면모를 보여주는 사람이다. 1941년 일본 오사카에서 태어나 해방 되던 해에 귀국한 그는 소위 '잘 성장하여'[1] 1960년 서울대학교 문리대 불문과에 입학, 이 학과를 졸업했다. 대학 재학 중이던 1962년 단편 <생명연습>이 『한국일보』신춘문예에 당선 되어 문단에 나온 그는 1965년에는 <서울 1964년 겨울>로 제10회 동인문학상을 받고 1977년에는 중편 <서울의 달빛 ○장>으

---

1) 김채원에 의하면 그는 어린 시절 도(道)에서 주는 모범어린이상을 받는 등 착한 소년이었다 한다.
   김채원, "신과 악마의 색조", 『현대의 한국문학』26(범한출판사, 1984), p.439.

로 제1회 이상문학상을 받는 등 작가로서의 눈부신 활약을 보였다.

　재능 있는 작가들이 흔히 그렇듯 김승옥도 소설 쓰기 외의 다른 분야들에서 딜레탕트 이상의 실력을 과시한 바 있다. 대학에 다닐 당시 문리대 학생신문 『새 세대』에 만평을 그리고 『서울경제신문』에 <파고다 영감>이란 이름의 만화를 연재하기도 했다. 그림 방면의 소질도 상당한 모양으로 1977년 서음출판사에서 출판한 소설집 「서울 1964년 겨울」의 장정은 작가 자신이 그린 것인데 비교적 잘 되었다는 평을 들었다.

　그는 영화 쪽에서 솜씨를 보이기도 했는데 그 중에서 특히 각본을 쓰는 실력은 정평을 얻은바 있어 1968년에 그가 각색한 이어령 원작 <장군의 수염>은 대종상 각본상을 수상했다.

　소설과 관련해서도 그에게는 그 특유의 일화들이 있다. 1980년에는 『동아일보』에 장편 <먼지의 방>을 막 연재하기 시작했을 때 광주에서의 참극이 빚어졌다. 이 사건은 그에게 너무 큰 충격과 분노를 안겨주어 그는 더 이상 소설이란 것을 쓰고 있을 수 없었다. 결국 이 소설은 10여 회로 연재가 중단되었고 아직도 미완인 채 남아 있다. 또 김승옥이 1978년 『일요신문』에 연재 발표한 다음 한진출판사에서 단행본으로 간행한 장편 <강변부인>은 1만부가 팔렸는데 그가 기어이 절판을 요구해 출판을 중단해야 했다. 이유는 그 소설의 대중성이 마음에 걸렸던 것으로 보인다.

　그는 1980년 이후 콩트 몇 편을 쓴 것 이외의 작품활동은 사실상 하고 있지 않는데 그것은 광주사태에서 받은 것 이상의 충격을 준 사건과도 관련이 있는 것으로 알려져 있다. 그에 의하면 그는 1981년 예수의 몸에 닿고 목소리를 듣는 놀라운 체험을 하게 되었고 이듬해에는 예수로부터 인도에 가서 전도를 하라는 명을 받았다고 한다. 그는 1983년에는 차림과 몸 전체가 온통 하얀, 부활한 예수를 보았다고 하는데 이 연속적인 신비한 체험이 그로 하여금 다른 어떤 일에도 집중할 여유를 주지 않았다한다.[2]

    <서울 1964년 겨울>은 서울의 한 포장마차에서 우연히 만나 어울리게 된 세 사나이의 어느 날 밤과 이튿날 아침 사이의 행적을 쓴 소설이다. '꿈틀거리는 것을 좋아 하느냐' '파리를 사랑하느냐'는 등 쓰잘데 없는 이야기를 주고받고 있던 25세 동갑내기의 두 사내에게 서른 대 여섯 살쯤으로 보이는 또 한 사내가 끼어든다. 그는 병사한 아내의 시신을 병원 해부 실험용으로 팔고 온 사람이다. 세 사람은 이리저리 어울려 다니다 각각 여관에 들어 잤는데 아침에 일어나 보니 그 30대 사내가 죽어 있었다. 두 20대 사내는 성가신 일이 생길 것을 우려해 여관에서 나와 각각 헤어져 간다는 것이 그 줄거리다.

    이 소설은 그의 대표작 중 한 편임과 동시에 1960년대 한국의 대표소설이라 해도 조금도 과장 될 것이 없는 작품이다. 천이두는 한국의 60년대 문학을 말하는 경우 첫째로 거론해야 할 작가가 김승옥이며, 또 그의 문학을 말할 때 첫째로 거론해야 할 작품이 그의 <서울 1964년 겨울>이라고 했다. 그는 그에 이어 한국 현대소설사상 그의 위치는 그만큼 획기적인 것이었고 또 그러한 획기적 성격을 잘 나타내 주고 있는 작품이 바로 <서울 1964년 겨울>이라고 말했다.[3] 그는 그리 많지 않은 작품을 발표하고도[4] 한 시대 (60년대)를 대표하는 작가로 불리고 있는데 그 이유는 그의 소설들이 60년대적 삶을 일목요연하게 그렸기 때문이라고들 말한다.[5]

    그의 작품 중에서도 특히 이 <서울 1964년 겨울>은 60년대란 시대적 특성을 잘 파악하고 그 시대의 서울 곧 한국, 서울 사람 곧 한국인을 가장

---

2) 이상 김승옥, "나와 소설 쓰기", 『김승옥 소설전집』 1(문학동네, 1995), pp.5-55.
    김승옥, 「싫을 때는 싫다고 하라」(자유문학사, 1986), pp.9-37 참조.
3) 천이두, "존재로서의 고독", 김승옥, 「김승옥문학상 수상 작품집」(훈민정음, 1995), p.212.
4) 그는 1964년에서 1980년까지 16년 동안에 27편 정도의 소설을 발표했는데 이는 다른 작가들의 경우와 맞대어 보면 상당한 과작(寡作)이라 해야 할 것이다.
5) 류보선, "김승옥론", 「한국현대작가연구」(문학사상사, 1991)p.298.

잘 그려 보여주고 있는 소설이라 할 수 있다.

　그러면 60년대란 어떤 특수성을 띤 시대였던가부터 먼저 살펴 볼 필요가 있을 것 같다. 우리가 잘 알고 있다시피 50년대는 6.25전쟁으로 인한 살상과 파괴의 시대였다. 그 폐허 위에 찾아온 60년대 벽두는 또 다른 혼란과 충격의 시대였다. 학생들의 피를 강요한 4.19, 군사쿠데타 5.16이 바로 1960년과 61년에 일어났다. 솔직히 말한다면 자유당 정권 시대부터의 부정부패와 가난에 시달려온 국민들에 있어서 5.16쿠데타는, 처음에는 그 후에 드러난 바와 같은 그토록 끔찍스런 민주시민의 적인 것처럼 보이지 않는 면도 있었다. 60년대는 우리나라가 정상적인 것과는 거리가 있다 하더라도 자본주의 경제시대에 들어선 시기였다. 해방 이후 한국이 미국 진영에 편입되면서부터 경제체제 면에서는 자본주의 국가가 된 셈이었다. 그러나 자본이 없는 극빈의 나라 한국에 있어서 그것은 말만의 자본주의였다. 그것은 가난을 같이 가지고, 그것을 같이 나누고 있던 시대였다.

　그러던 이 나라는 5.16 이후에 계획경제 시대에 들어섰다. 이때부터 민족자본의 형성이 시작되었다고 할 수 있는데 이는 오랜 옛날부터 본래 넉넉하지 못한 농본 국가였는데다 일제의 수탈로 극한적인 가난에 시달리던 우리가 거기서 벗어나기 시작했다는 것을 의미한다. 이것은 60년대를 긍정적인 면에서 본 것이다.

　반면에 이 시대에는 전에 없던 어두운 그림자가 드리우기 시작한 것도 사실이었다. 구미에서 자본주의 세계가 여러 가지 모순성을 안고 있으면서도 강한 힘을 가질 수 있은 것은 그곳에 확실한 정치적인 민주주의가 정착 되어 있었기 때문이었다. 그러나 60년대의 한국은 그렇지 못했다. 민간정부를 총칼로 뒤엎은 군사독재정권이 나라를 폭압으로 통치하기 시작한 것이 바로 이 60년대 초였다. 정통성과 도덕성이 결한 통치체제가 몰고 가기 시작한 계획경제사회는 자본주의가 원천적으로 안고 있던 모순성과 맞물려 온갖 병폐를 낳기 시작했다. 이 기형적인 자본주의 사회는 빈부 두 계층을 만들어 부유한 계층은 더욱 부유해지고 가난한 계층은 더욱 가난해져 가게 했다. 가지지 못한 사람들의 전에 없던 상대적 빈곤감은 동족 내부에 균열이 생기게 했고 이것은 뒤에 우리 사회가 동질성 파탄의 위기로까지 치닫게 만들었다. 문제는 거기서 끝나지 않았다. 독제권력이 이끄는 기형적 자본주의사회는 갈수록 그 독소성을 드러내 사람들을 병들게 했다. 이 글은 이 소설이 문제 삼은 60년대 우리 사회의 병이 무엇이었던가를 살펴봄으로서 그 사회비평적 성격을 고찰해 보고자 쓴 것이다.

<서울 1964년 겨울>은 김승옥이 그러한 60년대 중반부터 나타나기 시작한 우리 사회의 병증을 그 초기 증세에서 재빨리 포착하여 문제로 제기한 소설이다.

II. 물신주의 사회의 문제 - 삶의 표류

이 소설이 제일 먼저 60년대 한국 사회의 병으로 진단한 것은 갑작스럽게 나타나 급속히 만연 되어간 배금주의 사상이었다. 이 시대의 사람들은 갑자기 가치 기준을 돈에 두려는 경향을 강하게 가지기 시작했다. 내레이터 '나'와 대학원생 '안'의 좌석에 30대 중반의 '그'가 끼어들었을 때 '나'와 '안'은 전혀 '그'의 정체를 알고 싶어 하지 않는데 이유는 '그'가 '요컨대 가난뱅이라는 것만은 분명'하기 때문이다. 이는 '나'와 '안'에 있어서 이미 가지지 못한 사람은 사람이 아니란 것을 의미한다. 포장마차에서의 자리가 끝났을 때 '나'와 '안'은 '각기 계산하기 위해서' 호주머니에 손을 넣고 있는데 이것도 으레 술자리에서 일어설 때면 술값을 서로 내겠다고 다투던 그 전까지의 우리 사회의 풍속도와는 다른 타산적인 것이다.

'나'와 '안'의 언행에서 보면 아무리 어려워도 먹는 것에서만은 순후하던 전통적인 한국인의 인심은 찾을 수 없다. 그들은 남을 위해 돈을 쓰려하지 않을 뿐 아니라 '그'가 음식을 대접하려 하자 그에게 '어떤 꿍꿍이속이' 있는 것이 아닌가 하여 불안해하기까지 한다. 이 소설에는 오늘날 극악하게 심화 되어 있는 인간들의 물신주의적인 모습이 드러나 있다. 이 작품에서 작가로부터 그래도 긍정적이고 동정적인 시선을 받고 있는 것으로 되어 있는 '그' 마저도 돈의 노예의 모습을 보여주고 있다. '그'는 자신이 그렇게 사랑했다는 아내가 죽었을 때 그 시신을 의과대학생들의 해부 실험용으로 팔아버리고 있는데 이것은 자본주의 사회는 돈이 된다 하면 무엇이든지 팔아버릴 수 있는 비정한 세상이라 함을 말하려고 설정한 장면이라 할 것이다. 이 시대의 인간들이 마치 유아등(誘蛾燈) 불빛에 곤충들이 끌려가듯 맹목적 기계적으로 돈에 매달리고 있음을 보여주는 압권은 음식 값 등으로 아내를 팔아 받은 돈을 다 없애버린 '그'가 보여주는 행동이다. 술이 취한 채 돈을 다 없애버린 '그'는 시간이 늦은 밤중임에도 불구하고 돈을 마련하겠다고 나서 어떤 집 대문을 두드린다.

"누구시죠?" 대문은 잠에 취한 여자의 음성을 냈다.

"죄송합니다. 이렇게 너무 늦게 찾아와서. 실은 ……."

"누구시죠? 술 취하신 것 같은데 …."

"월부 책값 받으러 온 사람입니다." 하고 사내는 비명 같은 높은 소리로 외쳤다. "월부 책값 받으러 온 사람입니다." 이번엔 사내는 문기둥에 두 손을 짚고 앞으로 뻗은 자기 팔 위에 얼굴을 파묻으며 울음을 터뜨렸다. "월부 책값 받으러 온 사람입니다. 월부 책값…" 사내는 계속해서 흐느꼈다.

"내일 낮에 오세요." 대문이 탁 닫혔다.

'그'의 이 몽유병자와도 같은 행동은 현대인들의 병적으로 맹목적인 탐재(貪財)를 우의적으로 그려 보여 주는 것이다.

세 사람이 돈을 쓰고 다니는 모습에도 작가가 부여한 특별한 함축적 의미가 있다고 보아야 할 것 같다. 특히 '그'가 돈을 없애고 있는 데서 그러한 뜻을 읽을 수 있다. '그'는 계속 멋지게 써보자고 하면서 중국집으로 가 '나'에게 강권하다시피 해 음식을 사 먹게 하고 택시를 타게 하고 넥타이와 귤을 사준다. 이는 현대 자본주의 사회 인간들의 소비의 무의미성을 말해 주는 것이다. 작가는 노예처럼 돈에 매달려 그것을 벌고 다시 그것을 아무 뜻도 없이 써버리는 것이 오늘 날 우리들의 사는 모습이라는 것을 말해 주는 것이다. '그'가 아내의 시신을 판 자신의 행위에 괴로워하고 쓰다 남은 돈을 불 속에 던져버리는 것은 현대인들이 잠깐 잠깐 돈의 노예가 되어 있는 자신의 모습에 눈을 뜨게 되고 거기서 자기혐오를 느껴 괴로움을 겪게 되는 것을 보여 준다 할 수 있을 것이다.

이 소설은 또 현대인들의 맹목적이고 광적인 소유욕을 드러내 보여 주고 있다. 가령 '나'와 '안'의 다음과 같은 대화를 보자.

> "안형, 파리를 사랑하십니까?"
> "아니오, 아직까진 …" 그가 말했다. "김형은 파리를 사랑하세요?"
> "예."라고 나는 대답했다. "날을 수 있는 것으로서 동시에 내 손에 붙잡힐 수 있는 것이니까요. 날을 수 있는 것으로서 손 안에 잡아본 적이 있으세요?"

'나'는 불결한 곤충을 사랑한다고 하고 있는데 그 이유는 그것을 자신의 손 안에 넣을 수 있기 때문이라고 하고 있다. 자본주의사회에 있어서 인간들의 소유욕을 이만큼 의표를 찔러 비웃어 주기란 아마 쉬운 일이 아닐 것이다.

이 소설에 등장하는 부잣집 아들이자 고학력자(대학원학생)인 '안'에게도 모든 것이 그것을 소유할 수 있을 때만 의미를 띤다. 세 사람이 불구경을 하고 있던 중 '안'은,

> "아니 난 방금 말을 잘못 했습니다. 화재는 우리 모두의 것이 아니라 화재는 오로지 화재 자신의 것입니다. 화재에 대해서 우리는 아무 것도 아닙니다. 그렇기 때문에 난 화재에 흥미가 없습니다. 김형은 어떻게 생각하십니까?"

라고 하고 있고 이에 대한 '나'의 대답은 물론 "동감입니다."이다. 그러니까 이들은 서울 장안 어느 곳에 난 불까지도 자기의 소유가 될 수 있느냐 없느냐를 따지고 거기서 의미 여부를 결정하고 있는 것이다. 그런데 더욱 우리의 시선을 끄는 것은 그들의 그 소유욕이 단순히 가지고자 하는 데서 끝나고 있지도 않다는 것이다.

> "을지로 삼가에 있는 간판 없는 한 술집에는 미자라는 이름을 가진 색시가 다섯 명 있는데 그 집에 들어온 순서대로 큰 미자, 둘째 미자, 셋째 미자, 넷째 미자, 막내 미자라고들 합니다."
> "그렇지만 그건 다른 사람들도 알고 있겠군요. 그 술집에 가본 사람은 꼭 김형 하나뿐이 아닐테니까요."
> "아 참, 그렇군요. 난 미처 그걸 생각하지 못했는데. 난 그 중에서 큰 미자와 하룻저녁 같이 잤는데 그 여자는 다음날 아침, 일수(日收)로 물건을 파는 여자가 왔을 때 내게 빤쯔 하나를 사주었습니다. 그런데 그 여자가 저금통으로 사용하고 있는 한 되들이 빈 술병에는 돈이 백십 원 들어 있었습니다."
> "그건 얘기가 됩니다. 그 사실은 완전히 김형의 소유입니다."
> 우리의 말투는 점점 서로를 존중해 가고 있었다.

여기서 우리는 그들이 맹목적, 광적으로 추구하고 있은 것은 소유는 소유이되 공유가 아닌 독점이라는 것을 알 수 있다. 위의 대화들에서 우리가 특히 눈여겨보아야 할 것은 두 가지라 할 수 있다. 하나는 이 소설이 보여 주고 있는, 무엇이나 소유의 대상이 될 때만 가치와 의미를 부여하려 하고 소유하되 공유가 아닌 혼자만이 차지하려는 자본주의 사회인들의 광기이다. 다른 하나는 자본주의 사회에 있어서 사람들이 미친 듯이 가지려 하고 있는 것들이 사실은 아무런 가치도 없는 것들인 경우가 많다는 사실이다. 그러므로 이 소설이 자기의 것으로 가지려는 것들이 그 자체로 무의미한 것임을 보여 준다고 한 진단은[6] 수긍이 가는 말이라 할 것이다.

III. 소외와 단절이 부른 냉기

다음으로 작가가 이 소설에서 자본주의 사회의 심각한 병으로 지적하고 있는 것은 인간과 인간 상호간의 단절과 소외다. 이 소설의 등장인물들이 주고받는 것은 말이되 말이 아니다. 무엇보다 그들의 대화는 무의미한 유희의 성격을 띠고 있다는 점에서 그렇다.

> 그가 빠른 말씨로 얘기하기 시작했다.
> "서대문 버스정거장에는 사람이 서른두 명 있는데 그 중 여자가 열일곱 명이었고, 어린애는 다섯 명, 젊은이는 스물한 명, 노인이 여섯 명입니다."
> "그건 언제 일이지요?"
> "오늘 아침 일곱 시 십오 분 현재입니다."
> "아"하고 나는 잠깐 절망적인 기분이었다가 그 반작용인 듯 굉장히

---

6) 정과리, 「문학, 존재의 변증법」(문학과 지성사, 1985), p.184.

기분이 좋아져서 털어 놓기 시작했다.

"단성사 옆 골목의 첫 번째 쓰레기통에는 초콜릿 포장지가 두 장 있습니다."

"그건 언제?"

"지난 십사일 저녁 아홉시 현재입니다."

대화는 계속 되지만 더 이상 인용할 필요는 없다. 왜냐하면 그것은 끝까지 무가치하고 무의미한 말들의 왕래이기 때문이다. 두 사람은 말을 주고받지만 그 말에는 진실이, 의미가 담겨 있지 않다. 그러한 면은 '그'가 자신의 아내가 그날 낮에 죽었다고 했을 때 더욱 잘 드러난다. 그때 '나'와 '안'은 "네에에." "그거 안 되셨군요."라고 하지만 곧 '안'은 손가락으로 '나'의 무릎을 찌르며 '우리는 꺼지는 게 어떻겠느냐는 눈짓'을 보내고 '나'도 그에 동의한다. 이 소설의 이러한 면을 두고 한 평문은 '말이 현실을 배반하는 세계'라고 했고[7] 또 다른 평문은 '완전한 거짓말' 또는 '극화된 언어'라고 했는데[8] 둘 다 타당성 있는 해석이라 할 것이다. 피가, 체온이 통하지 않는 인간관계 곧 단절된 인간관계는 고독과 소외가 지배하는 세계다.

이 소설을 읽고 있으면 우리는 퇴니스의 소외이론이 그대로 입증된 세계를 보고 있는 느낌을 받게 된다. 퇴니스는 인간과 인간의 결합에는 두 가지 기초가 있다고 말하고 하나는 게마인샤프트이고 다른 하나는 게젤샤프트라고 했다. 게마인샤프트의 전형적인 예는 가족관계이다. 이 사회 단위에는 때로 분리가 있지만 통일이 지배적이다. 게젤샤프트는 계약관계로 성립 되는 사회단위이다. 여기서는 때로 서로의 필요에 따른 통일이 있지만 분리가 지배적이다. 여기서의 인간과 인간 사이의 분

---

7) 위의 책, p.179.

8) 천이두, "존재로서의 고독", 「김승옥 문학상 수상작품집」(훈민정음, 1995), pp.216-7.

리는 너무나 깊어서 각자가 고립되어 있다. 퇴니스는 세계는 게마인샤프트가 지배하는 시대에서 게젤샤프가 지배하는 시대로 운명적으로 이행해 간다고 했다. 그는 게마인샤프트와 게젤샤프트의 구별과 대응시켜서 인간의 의지를 두 가지로 구별한다. 하나는 본질의지로 이는 충동적인 것이다. 이는 인간의 충동과 욕구, 그리고 자연적 경향의 자발적 표현으로 이것이 강한 사람은 그 성격이 솔직하다. 그리고 그의 인격은 한결같다. 이는 게마인샤프트의 여러 조건을 가지고 있고 이와 유사성을 가지고 있다. 다른 하나는 선택의지로 이는 주로 합리적 정신의 계획적인 과정에 의하여 형성 된다. 여기에는 본질의지를 지탱하는 자발성이나 충동성이라는 성질은 없다. 이것이 강할 때는 어떤 인격의 일체성은 상실된다. 어떤 목적을 추구할 때도 그 목적이 내적 필연성에서 나오고 인격적 충실을 의미하기 때문이 아니라 이해에 관한 충분한 고려에 의해 유익하다는 것이 증명 되어야만 한다. 퇴니스는 이것이 게젤샤프트를 발달시킨다고 말하고 있다.[9] 우리는 이 소설에서 게젤샤프트적인, 선택의지의 인간들을 볼 수 있다. 이러한 인간들의 세계에는 필연적으로 소외가 오게 된다. 흔히 소외라고 하면 마르크스의 이론을 먼저 떠올리게 되는 것 같다. 그는 소외에는 인간 자신의 본질 혹은 본성으로부터 소외되는 것, 자기가 하는 일(행동 직업 노동)로부터 소외되는 것, 물건(노동의 생산물)으로부터 소외되는 것의 세 형태가 있다고 말하고 있다.[10] 그러나 이 소설에서의 소외는 그러한 사회주의, 공산주의 이론을 밑바닥에서 떠받치는 이론과는 상당히 거리가 있는 성질의 것이다. 그것은 카우프만이 말하고 있는 개념의 소외라 해야 할 것이다. 그는 A가 B로부터 소외당한다고 할 때 A를 소외의 주체 즉 개인이나 집단으로 보고 B를 소

---

9) 이상 프리츠 파펜하임, 「현대인의 소외(황문수 역)」(문예출판사,1989), pp.69-79.
10) 월트 카우프만, "소외에 대한 관심(김병익 역)", 「소외(정문길 편)」(문학과지성사,1984), p.27.

외의 대상 즉 개인 집단 사회 자연 사물 행위 등으로 보았다. 그는 이 때 A가 B로부터 소외된다는 것은 A가 그러한 B로부터 소원한 관계에 있거나 소원한 느낌을 갖게 되는 것으로 규정하고 있다.[11)]

이 소설의 세계는 게젤샤프트의 세계, 선택의지의 인간들의 세계로 인간과 인간은 서로 단절, 소외 되어 있다. 퇴니스는 게마인샤프트적인 세계에서 게젤샤프트적인 세계로의 이행은 산업혁명의 결과 가속화 되었다고 했는데[12)] 이 소설은 60년대 중반 우리 사회가 산업화의 결과로 그와 같이 되었음을 보여 주고 있다. 이 소설에 등장하는 인물들은 모두 서로 단절, 소외 되어 있다. 그들은 서로 말을 주고받고 있으나 그것은 인간과 인간의 진정한 소통이 아니다. 그들은 함께 있으면서 각각으로 있다. 그들 중에서도 좀 더 배운 자, 좀 더 가진 자가 더 이기적, 타산적이다. 그리고 철저하게 소외되고 있는 사람은 그렇게 배운 사람으로 보이지도 않고 가진 것도 없는 '그'다. 그날 아내와 사별한 '그'는 슬픔과 외로움을 견뎌내기 어려워한다. 그래서 그는 '나'와 '안'에게 같이 있어 주기를 애걸한다.

> "나 혼자 있기가 무섭습니다." 그는 벌벌 떨며 말했다.
> "곧 통행금지 시간이 됩니다. 난 여관으로 가서 잘 작정입니다." 안이 말했다.
> "함께 갈 수 없겠습니까? 오늘 밤만 같이 지내 주십시오. 부탁합니다. 잠깐만 저를 따라 와주십시오." 사내는 말하고 나서 나를 붙잡고 있는 자기의 팔을 부채질하듯이 흔들었다. 아마 안의 팔에 대해서도 그렇게 했으리라.

두 사람은 마지못해 그를 따라 여관으로 가지만 혼자 있기 싫으니 같은 방에서 밤을 새자는 그의 사정은 끝내 냉정하게 거절한다. '나'와 '안'

---

11) 신오현, "소외이론의 구조와 유형", 「소외(정문길 편)」(문학과 지성사, 1984), p.43.
12) 프리츠 파펜하임, 앞의 책, 같은 쪽.

중에서도 가장 비정한 쪽은 더 많이 가지고 있고 더 많이 배운 '안'이다. 밤새 '그'는 자살을 하고 마는데 '안'은 그가 죽으리라는 것을 알고 있었다고 말한다. '안'은 '그'가 슬픔과 외로움을 못 견뎌하는 양을 보고 그가 자살을 하리라는 것을 알고도 자살을 하도록 버려둔 것이다.

> "씨팔 것, 어떻게 합니까? 그 양반 우리더러 어떡하라는 건지⋯⋯"
> "그러게 말입니다. 혼자 놓아두면 죽지 않을 줄 알았습니다. 그게 내가 생각해본 최선의 그리고 유일한 방법이었습니다."

라고 한 '나'와 '안'의 대화 중 혼자 놓아두면 죽지 않을 줄 알았다는 '안'의 말은 거짓말이다. 만약 '그'의 사정대로 그들이 한 방에서 밤을 샜더라면 '그'가 죽으려 했다 해도 둘이 제지할 수도 있었을 것이니 '그'는 죽지 않을 수도 있었을 것이다. 그런데 '안'은 그런 귀찮은 일에 관여하기 싫었기 때문에 혼자 버려두어 죽게 한 것이다. 그러니까 '안'은 '그'의 죽음에의 잔인할 정도로 냉랭한 방조자인 것이다. 우리는 여기서 '섞여 있으면서도 혼자 있는'[13] 자본주의 사회의 비정성을 발견할 수 있다.

이 소설에 등장하는 또 하나 세 인물 유형의 공통점은 한 평문이 지적하고 있듯, 그들의 중심을 잡아 주는 것이 아무 것도 없다는 것이다.[14]

60년대의 사람들이 아무 의미 없는 삶을 살고 있다는 것을 잘 보여주고 있는 것은 내레이터와 '안'의 대회에 나타나 있다. '안'은 느닷없이,

「김형, 꿈틀거리는 것을 사랑하십니까?」

하고 묻는다. 그에 이어진, 그 뒤의 그의 말로 유추해보면 그가 말한

---

13) 정과리, 앞의 책, p179.
14) 류보선, "김승옥론", 「한국현대작가연구」 (문학사상사, 1991), p.306.

'꿈틀거림'이란 잘못된 세상에의 항거 같은 것이다. 그가 그것을 '예를 들면……데모도……'라고 한 것을 보면 그것을 알 수 있다. 그런데 '나'는 자신이 꿈틀거리는 것을 사랑하는데 구체적으로 말하자면 그것은 만원 버스를 탔을 때 거기 타고 있는 여자의 아랫배가 오르내리는 것 같은 것이라고 한다. '내'가 그것을 사랑하는 이유는 '시체의 아랫배는 꿈쩍도 하지 않기 때문'이다. 그러니까 '내'가 사랑한 것은 인간의 단순한 호흡인 것이다. 여기에는 60년대 우리 사회 사람들의 삶에 대한 작가의 냉소가 담겨 있다. 곧 그 시대 사람들은 자신이 어떤 삶을 살아야 하며 현재 어떤 삶을 살고 있는가는 생각도 하지 않고 그냥 하루하루 동물적으로 숨쉬고, 먹고, 배설하고, 자는 생리를 되풀이하고 있었을 뿐이라는 것이다. 그래도 '안'은 '나'보다는 생각이 깊어 동물적 삶을 산다는 것은 옳은 인간의 삶이 아니라는 자각을 가지고 있다. 그러나 그는 누구와도 참된 삶에 대해서 대화를 가질 수 없었다고 한다. 그는,

> 「난 우리 또래의 친구를 새로 알게 되면 꼭 꿈틀거림에 대한 얘기를 하고 싶어집니다. 그래서 얘기를 합니다. 그렇지만 얘기는 5분도 안 돼서 끝나버립니다.」

라고 한다. 60년대, 군사정권이 폭력적 통치를 하고 있을 때 일부 뜻있는 사람들이 그에 항거했다. 그러나 그들의 항거는 대부분 공명(共鳴), 동조를 얻지 못 해 그들이 핍박을 받는 것으로 끝났다. 사람들은 자신에게 올 위해(危害)를 두려워해 심각성이 있는 공적 쟁점에 대해서는 눈과 입, 귀를 막고 살려 했던 것이다. 내레이터 '나'도 그런 사람이어서 그런, '꿈틀거림' 이야기를 꺼내는 '안'을 '심각한 얘기를 좋아하는' 친구로 보고 놀려줄 마음을 가진다. 그래서 한 이야기가 아래와 같은, 아무 의미도 없는, 일상사를 자랑하는 것이다.

「평화시장 앞에 줄지어 선 가로등들 중에서 동쪽으로부터 여덟 번째 등은 불이 켜 있지 않습니다……」나는 그가 좀 어리둥절해 하는 것을 보자 더욱 신이 나서 얘기를 계속했다.

「……그리고 화신백화점 6층의 창들 중에서는 그 중 세 개에서만 불빛이 나오고 있었습니다……」

현실을 개선할 심각한 이야기로 신상이 위험해지는 것을 싫어한 것은 '안'도 마찬가지였다. 그는 자신이 '배운 사람'이라는 그 사실 때문에 이와 같은 잘못된 현실을 그대로 두고 보아서는 안 된다는 자세만 지어 보이고 있을 뿐이었다. 그래서 그는 '나'의 그와 같은 헛소리에 당장 맞장구를 치고 나온다.

그러니까 당시 한국인은 배운 사람이나 못 배운 사람이나, 너나 나나 잘못된 체제에 입을 다물고 비겁하게 굴종하기는, 누구나 마찬가지였다는 것이다. 그것은 '나'와 '안'의 다음과 같은 대화에 잘 나타나 있다.

「안형이 부잣집 아들이라는 것은 사실이겠지요? 그리고 대학원생이라는 것도……」내가 물었다.

「부동산만 해도 대략 천만 원 쯤 되면 부자가 아닐까요? 물론 내 아버지의 재산이지만 말입니다. 그리고 대학원생이란 건 여기 학생증이 있으니까.」

그러면서 그는 호주머니를 뒤적거려서 지갑을 꺼냈다.

「학생증까진 필요 없습니다. 실은 좀 의심스러운 게 있어서요. 안형 같은 사람이 추운 밤에 싸구려 선술집에 앉아서 나 같은 친구나 간직할 만한 일에 대해서 얘기하고 있다는 것이 이상스럽다는 생각이 방금 들었습니다.」

말뿐 아니라 이들의 행동에서도 허무주의적 무의미를 엿볼 수 있다.

'나'와 '안'이 주고받는 다음의 대화가 그것을 보여주고 있다.

> 「난 종로 1가 쪽입니다. 영보 빌딩 안에 있는 변소 문의 손잡이 조금
> 밑에는 약 1센티미터 가량의 손톱자국이 있습니다.」
> 하하하하 하고 그는 소리 내어 웃었다.
> 「그건 김형이 만들어 놓은 자국이겠지요?」
> 나는 무안했지만 고개를 끄덕이지 않을 수 없었다. 그건 사실이었다.
> 「어떻게 아세요?」하고 나는 그에게 물었다.
> 「나도 그런 경험이 있으니까요.」그가 대답했다.

위의 대화에서도 '나'와 '안'이 다 같이 아무 의미 없는 생을 관성적으로 살아가고 있다는 것을 알 수 있다.

이 소설에서 세 사람은 모두 갈 곳이 없는, 무지향성의 인간들이다.

> "이제 어디로 갈까?" 하고 아저씨가 말했다.
> "어디로 갈까?" 안이 말하고
> "어디로 갈까?"라고 나도 그들의 말을 흉내냈다.
> 아무데도 갈 데가 없었다.

그러면서도 이들은 이곳저곳으로 몰려다니는데 이는 그들이 아무 데도 갈 곳이 없기 때문에 아무 데나 가고 있음을 보여 주는 것이다. 그들은 서울이라는 대도회의 밤을 표류하고 있는 것이다. 이러한 그들의 행위를 현실적 삶에 아무런 객관적인 목표도 합리적인 지표도 없음을 반증하는 것으로 본 사람이 있는데 수긍이 가는 말이라 할 것이다.[15] 또 이를 삶이란 터무니없는 몸짓들일 뿐 어떤 뚜렷한 목적도 주체도 방향도 없

---

15) 한상규, "환멸의 낭만주의", 「1960년대 문학연구(문학사와 비평연구회 편)」(예하,1993), p.63.

는 무상의 행위에 다름 아니라는 인식을 말해 주는 것으로 보고 이 작품이 삶의 무상성을 논증하는 소설적 본보기라고 한 사람도 있는데[16] 이 또한 위와 거의 같은 견해로 볼 수 있을 것이다. 그런데 그들의 이 삶의 무지향성, 무상성은 갑작스럽게 자본주의 이데올로기를 받아들인 당대 한국인들의 가치관의 상실, 미 정립에서 온 것으로 보아야 할 것이다.[17]

<서울 1964년 겨울>에 등장하고 있는 인물들의 또 하나 특성은 그 몰개성성(沒個性性)이다. 이 소설의 주요 등장인물은 내레이터를 포함해서 세 사람이다. 그런데 그 세 사람 모두 완전한 성명이 나와 있지 않다. 내레이터의 성은 '김씨', 부잣집 아들의 성은 '안씨', 그리고 나머지 한 사람, 가난뱅이 30대 사내는 성도 이름도 모르는 채 등장했다가 그대로 죽고 만다. 이것은 60년대란 그 시대의, 그 전대와 달라진 성격을 말해 주는 것이다. 60년대에 산업사회로 진입해 가면서 세상은 기계화, 조직화로 치달았다. 거기서 인간은 한 개 부속품 취급을 당해야 했다. 그러다 보니 맥박이 뛰고, 사고하고, 제각각의 감정을 가진 인간의 측면은 압살 당해야 했다. 사람들은 개성을 가진 한 개체로서 보다 어떤 기계의 치차처럼 기능해야 하게 되어갔다. 그런 세상에서는 이름 같은 것은 소용이 없다. 그러다 보니 사람들은 부모가 지어준 자신의 이름 같은 것을 소중하게 생각하지도 않았다. 앞서 이야기한, 어느 간판 없는 술집에서 일하는 색시들 이름이 다섯 명이나 '미자'였다는 것도 그것을 보여주는 것이라 할 수 있다.

이 소설은 개성을 잃은 60년대의 사람들, 그들은 자신들의 희망에 따른 인생을 살고 있지도 않았다고 하고 있다. 내레이터는 육군사관학교

---

16) 정현기, "1960년적 삶", 「다산성」(흔겨레,1987), p.405.

17) 작가 자신 이 작품으로 받은 동인문학상 수상소감에서 '가치 판단 기준이 없다'는 것은 무서운 현상이라고 말해 자신의 그러한 생각이 이 소설 속에 용해되어 있다함을 간접적으로 시사한 바 있다.
김승옥, "동인문학상 수상 소감", 「김승옥 문학상 수상작품집」(훈민정음,1995), p.232.

에 지원했다가 실패하고 지금은 구청 병사계에서 일하고 있는 것으로 되어 있는데 여기에는 작가의 어떤 뜻이 숨겨져 있지 않나 한다. 60년대는 군사정권시대였다. 5.16쿠데타가 일어난 후 대통령은 물론 정부의 요직은 군 출신들이 거의 다 장악하다시피 했었다. 그 군인들 중 사관학교 출신들이 요직 중 요직을 차지하고 있었음은 물론이다. 그러니까 사관학교 입학시험에 낙방했다는 것은 그가 변두리로 밀려난 사람이라는 것을 뜻하고 그의 직장이 병사계라는 것은 그 일이 군이 필요로 하는 인원을 뽑아 공급하는 것으로 그가 그, 나라를 좌지우지하고 있는 사람들의 시중을 들고 있다는 것을 의미한다. 쓰잘 데 없는 언행으로 밤낮을 보내고 있는 '안'이 대학원생이라는 것도 거기서 어떤 의미를 찾을 수 있을 것 같다. 군사쿠데타가 일어난 후 일부 잽싼 학자들은 정권을 장악한 사람들에 빌붙어 시녀 노릇을 했고 지조를 지킨 학자들은 그들의 강압에 억눌려 진실을 말하지 못 했다. 이래저래 그 시대의 대학은 권위를 잃고 학문의 자유를 누리지 못 했었다. 권위와 자유를 잃은 학자는 학자라 할 수 없다. 이 소설에 등장하고 있는 '안'은 당시의, 이름만 학자일 뿐 좌절감에 빠져 있는 인텔리들의 모습을 보여주는 것이 아닌가 한다.

나머지 한 사람, 30대 청년은 월부 책장사다. 60년대는 공업화, 경제개발 추진에 밀려 우리나라의 오랜 세월 주 생업이던 농업이 위축되어 간 시대다. 그렇게 되니까 농촌에서 살 길을 찾지 못 한 많은 젊은이들이 도시로 나와 떠돌았다. 이 청년도 그런 사람들 중 한 사람으로 월부판매원이라는, 자신을 팔고 있는 세일즈맨이라고 보면 될 것이다.

결국 <서울 1964년 겨울>은 산업자본주의가 지향하는 물질 축적으로 눈을 돌리기 시작한 60년대 중반 한국의 정신적 폐허를 그리고 있다[18]고 할 수 있을 것이다.

그러고 보면 찬바람이 부는 얼어붙은 길 위에 거지가 돌덩이처럼 여

---

18) 정현기, 「한국문학의 해석과 평가」(문학과 지성사,1994), p.278.

기 저기 엎드려 있는 밤의 서울, '안'이 슬픔과 고독을 견디지 못해 같이 있어 달라고 애걸하는 사람을 기어이 뿌리쳐 죽게 하고는 뒷일이 성가실 것을 꺼려 여관을 빠져나왔을 때 앙상한 나뭇가지 사이로 눈이 내리는 아침의 서울은 인간이 사는 문명 세계 아닌 황량한 야만의 동토(凍土)라 해야 할 것이다.

그런데 여기서 우리가 이 소설의 우수성으로 간과해서는 안 될 것이 있으니 그것은 한 평론이 지적하고 있듯, 이 작품이 산업사회 도시인의 특징을 그리면서 동시에 그것을 단절과 소외라는 인간의 숙명적 한계로 확장시키고 있다는 사실이다.[19]

IV. 결론

작가 김승옥의 대표소설이자 1960년대 한국의 대표소설이라 할 수 있는 단편 <서울 1964년 겨울>은 그 시대 한국의 병증을 구체적으로 진단해 보여주고 있다. 작가가 60년대 한국의 중병으로 본 것은 다음과 같은 것이었다.

첫째, 작가는 이 시대에 갑작스럽게, 급속도로 만연해간 배금주의 풍조를 하나의 큰 병으로 보았다. 이 소설에 등장하고 있는 주요, 세 인물은 모두 돈의 노예의 모습을 보여주고 있다.

둘째, 이 소설이 보여주고 있는 다음의 병증은 인간 상호간의 단절과 소외다. 등장인물들은 같이 먹고 마시고 이런저런 대화를 하고 있으나 서로 간에 따뜻한 정은 오가지 않고, 냉랭한 이기심과 무관심을 보여주고 있다.

---

19) 권택영, "역사의식을 응집하는 미학적 전략", 「김승옥 문학상 수상작품집」(훈민정음, 1995), p.90.

셋째, 이 소설은 당시 한국인들이 관성적으로 동물적 삶, 아무런 지향점도 없는 무의미한 나날을 살아갔다고 하고 있다.

마지막으로 이 시대의 병으로 지적되고 있는 것은 인간들의 몰개성성(沒個性性)이다. 등장인물들은 성만 나타나 있을 뿐 이름이 밝혀져 있지 않거나 아예 성도 이름도 알려져 있지 않고 있는데 그것은 60년대의 사람들이 기계주의적인 세상의 한 부품처럼 살아갔다는 것을 말해 주는 것이다.

이 소설은 위와 같이 산업사회 도시인들의 특성을 그려 보여주면서 동시에 그것을 인간의 숙명적 한계로 확장시키고 있어 한 편의 문학작품으로서 현대의 고전이라 해도 될 것이 아닌가 한다.

황석영의 <장길산>
역사에 의탁한 잘못된 체제에의 항변

1. 서론

해방 이후 한국 문학사에서 <장길산> 만큼 많은 화제를 불러일으킨 소설도 드물 것이다. 1974년 7월 11일 『한국일보』에 그 첫 회를 실은 이래 몇차례 중단이 있기는 했지만 1984년 7월 5일 대단원에 이를 때까지 장장 10년 동안 연재를 계속했다는 것도 해방 전 홍명희의 <임거정> 이래 처음 있는 일이었다.

이제 필자는 객관적인 냉정성을 가지고 이 소설이 의미하는 것이 무엇이며 이 작품이 거두고 있는 문예작품으로서의 성과는 무엇이며, 이 작품에서 발견되는 아쉬움이 있다면 어떤 점인가를 생각해보고자 한다. 또 이 작품의 한국 현대문학사에서의 위치는 어디쯤인가도 아울러 가늠해 보고자 한다.[1]

[1) 이 글의 텍스트는 1990년 현암사 판의 <장길산>으로 했다.

II. 되살아난 지난 시대의 의적

<장길산>의 줄거리는 다음과 같다. 조선 숙종조 어느 해 정월 대보름을 갓 지난 어느 날 주인집을 도망쳐 나온 한 여비가 만삭의 몸으로 예성강 벽난나루에서 포교의 손에 잡힐 위기에 처한다. 그녀는 태어날 뱃속의 자식만은 종이 되지 않게 하기 위해서, 팔려간 남편을 찾아 목숨을 걸고 도주에 나선 것이다. 광대패의 한 사람인 장충이 광대로 변장시켜 나루를 건너게 해주어 그녀는 추쇄의 손에서는 벗어나나 곧 사내아기를 낳고 죽고 만다. 소생이 없는 장충 부부는 이 아기에게 길산이란 이름을 지어주고 자식으로 기른다. 광대패의 무동(舞童)이 된 길산은 사려 깊고 건장한 청년으로 성장한다. 그는 친구 이갑송과 함께 장판의 무뢰배들을 주먹으로 물리치면서 송도의 상인 행수(行首) 박대근을 알게 되고 그에게서 영향을 받아 세상을 좀더 크게 보는 눈을 뜨게 된다. 창기 출신의 불우한 여인 묘옥과 사랑하는 사이가 된 길산은 악덕 사업가 신복동을 징치하고 달아나다 관군의 추격을 받게 된다. 일행의 안전한 도주를 위해 단신으로 맞아 싸우던 그는 5명을 살상한 끝에 붙들려 사형을 선고받는다. 길산은 처형의 날을 기다리면서 옥살이를 하는 동안 옥중에서 힘없는 천민들이 천대와 굶주림 속에서 살려고 발버둥치다 죄에 걸려 죽어가는 것을 보고 그들을 위해 싸워야 한다는 것을 깨닫게 된다. 박대근의 힘으로 탈옥에 성공한 길산은 구월산으로 가서 박을 맏으로 각각 특유의 무술을 가진 7명과 아홉 형제의 결의를 한다. 보다 큰일을 하기 위해 심신을 더 갈고 닦을 필요를 느낀 길산은 금강산으로 운부대사를 찾아가 3년간의 수도를 한다. 수도에서 돌아온 그는 자비령에 산채를 두고 관아를 습격하고 부자의 재산을 빼앗아 굶주린 백성들에게 나누어주어 그들을 구한다. 길산은 두 차례에 걸쳐 왕조를 뒤엎을 계획에 관계하나 그 일 자체가 사전에 누설되는 바람에 실행하지 못한다. 길산은 관군의

습격을 받아 처자와 일부 동료들을 잃지만 자신은 남은 무리와 함께 사지를 벗어나 다음을 위해 세력을 키운다는 데서 이 소설은 대미를 맺는다.

이상은 이 방대한 분량의 대하소설의 뼈대일 뿐이고 거기에는 이 외에도 석산진을 주동인물로 양반계급에의 도전을 시도하는 검계(劍契)·살주계(殺主契) 이야기를 비롯해 파란만장한 사건이 중첩되어 있다.

III. 생생한 민중의 숨소리 민중의 맥박

1970년대 이후 많은 소설이 발표되었지만 그중 <장길산>이 유독 '민중사소설' 또는 '민중대하역사소설'이란 지칭을 자주 듣는 편이다. 정면에서 이 소설을 다룬 연구논문이나 평문은 아직 많지 않은 편인데 그중에서 비교적 깊이 있는 논의를 하고 있는 성민엽의 글이 이 작품을 가리켜 민족사의 주체를 민중으로 파악하는 관점 아래 그 주체의 삶을 총체적으로 형상화할 것을 목표로 한 '민중사소설'이라고 하고 있고[2] 김병익의 이 소설에 대한 작품론도 <장길산>은 '민중대하역사소설'이라고 부르고 있다.[3] 또 작가 자신도 이 소설의 연재를 끝내고 나서 '민중이라는 개념의 실체를 찾아서' 민중이라는 장강의 상류로 거슬러 올라간 것이 이 작품을 쓰게 된 동기라고 밝히고 있어 위의 견해들을 스스로 뒷받침하는 발언을 하고 있다.[4]

<장길산>의 소설 시대의 민중은 작가의 시대, 독자의 시대의 민중과 그 실체가 다르다. 그럼에도 두 시대간의 상황적 유사성을 발견하고 과거의 민중의 삶의 구체성 혹은 사회상을 보여줌으로서 이 시대를 우의

---

2) 성민엽, "관념론의 유혹과 그 극복", 「지성과 문학」(문학과 지성사, 1985), p.31.

3) 김병익, "역사와 민중적 상상력", 「들린시대의 문학」(문학과 지성사, 1985), p.200.

4) 황석영, "<장길산>과의 10년", 『한국일보』 1984.7.6.

적으로 비판하는 소설이 <장길산>이고 그러므로 이 작품은 '민중사소설' 혹은 '민중대하역사소설'이라고 부를 수 있다. 그렇게 보면 <장길산>은 조선조 후기의 민중소설이면서 동시에 오늘의 민중소설로서도 그 의의를 가지게 되는 것이다.

1) 시대의 아픔으로 확대된 개인의 고통

이 소설은 주인공이 없는 작품이라고 말하고들 있지만[5] 아무래도 구심점이 되는 주동인물은 장길산이다. 그런데 장길산 이외에 그에 버금가는 중요인물만도 10여 명이 된다. 길산의 자랄 적부터의 친구로 그 아내의 부정에 충격을 받아 중이 되고 마는 괴력의 장사 이갑송, 넓은 포용력과 출중한 상재를 가진 송도의 차인행수 박대근, 사공출신의 수적 두목 우대용, 아내를 겁탈한 상전의 자식을 죽이고 화적이 된 사노(私奴) 출신의 산적 마감동, 과거에 실패하고 실의 끝에 녹림당에 뛰어든 김기, 별채부역에 동원되었다가 사람을 치고 산적이 된 강선홍, 세파에 부대끼는 불운의 미인 묘옥, 묘옥을 사랑하여 모든 것을 희생하는 여주의 도공 이경순, 검계에 뛰어들어 세상에 항거하다 쓰러지는 석산진, 탐학하는 관리를 죽이고 산으로 들어온 최흥복 등이 그런 인물들이다. 이들은 대부분 천상민으로 지배계급에 빼앗기고 짓밟혀 고통스런 삶에 신음하고 있다. 그리하여 이들은 원한에 사무쳐 죽어가기도 하고 굶주림과 시달림에 견디다 못해 도적이 되기도 한다. 이 소설은 그들이 왜 한곳에 정착하여 양민으로 작은 행복을 누리며 삶을 영위할 수 없게 되는가를 보여준다. 한 가지 이 작품이 다른 의적 모티프 소설에 비해 돋보이는 점은 그들이 흘리는 의분의 눈물, 그들이 겪는 고통이 그 개인, 한 사람의 것에 머물지 않고 그 시대상과 연관을 갖으면서 그 시대에 산 보편적 민중의

---

5) 성민엽, 앞의 책, p.124.

아픔으로 받아들여지게 하고 있다는 점이다.

극도로 쇠약한 만삭의 몸으로 도망쳐 길산을 낳고 죽은 그 어머니가 목숨을 걸고 자식에게만은 벗겨주려 한 것은 노비제도란 인간이 만든 사슬이었다. 그것은 그녀가 장충에게 한 말에서 잘 드러난다.

물레를 젓고 삼을 찢으며 피를 흘리고 살이 터지는 중에도 언제나 혼자서 제 몸을 만지며 아이에게 다짐했습니다. 네가 태어나기 전까지 에미가 면천하지 못하여 아비의 얼굴도 모르게 한다면, 차라리 낳기 전에 에미와 함께 목숨을 끊어버리자구요. ―중략― 종년이 낳은 자식은 언제나 종이 되고 또 그 자식도 종 아닙니까. 하물며 사람의 혈육지정까지 끊게 만드는 이따위 세상을 어찌 살게 한단 말입니까.[6]

길산의 생모가 신분탈출을 꾀한 경우라면 전 이조참판 목래선 집의 수노(首奴) 북성은 그 사슬을 한 맺힌 칼로 쳐 끊으려 한 경우다. 그는 그들을 짐승처럼 부리는 양반, 주인들을 없애버리려는 노비들의 혈맹의 중심 인물로 거사를 하기 전에 계획이 탄로나 죽게 된다. 그 주인 목래선이 자신이 그들 세 모자를 은의로 대했는데도 그런 모의에 가담한 까닭을 묻자 북성은 그의 한이자 당시 노비 누구나의 것이기도 한 피맺힌 한을 들려준다.

가노(家奴) 북성의 원한은 그 주인 목래선에게 향하고 있지만 그것은 동시에 양반계급 전체에 대한 것이기도 하다. 그래서 그의 배신에 한동안 이성을 잃고 격분했던 내선은 북성의 말을 듣고 그것이 양반계급 전체에의 항거를 의미한다는 데에 생각이 미치고는 냉정을 되찾고 계획의 전모를 캐려 한다.

잔칫집 등에 불려가 음식을 만들어주는 것을 업으로 하는 숙수(熟手)

---

6) <장길산> 제1권, p.43.

개천의 죽음은 당시 신분차별이 얼마나 심한 것이었던가를 예증한다. 그는 신분은 양인이면서도 하는 일이 천한 것이라는 이유로 천인 취급을 당한다. 세상의 반상차별에 한이 맺혀 있던 개천은 '양반의 음문이 쇠도 녹일 만하고 감칠맛이 있다는데, 나두 좀 해봤으면 좋겠네.' 등의 말로 양반을 능멸하고 '세상이 바뀌면 양반은 상놈 되고 우리는 양반이 될 판' 이라고 실없는 소리를 했다가 검계 계원의 누명을 쓰고 모진 매질을 당한다. 악에 받힌 개천은 차라리 양반을 처단하려는 검계원의 이름으로 죽기를 결심하여 스스로 자신이 검계의 계원이라고 말한다. 그러나 그가 검계원이 아님을 확인한 포청은 무고한 자를 죽였다는 공론을 꺼려하여 방면하는 것으로 하여 내보낸다. 그들은 다시 양반을 욕한 천한 것을 살려 보냈다는 양반들의 원성을 듣지 않기 위해 자객을 딸려 보내 양반이 처단한 것으로 꾸며 그를 살해한다. 조선조는 개천과 같은 천한 인간은 자신의 소원대로 죽을 수조차 없는 세상이었던 것이다.

이 작품에 등장하는 노비·천민들의 아픔과 눈물은 그 시대 그들이 다 같이 겪고 있던 것이었다.

그러므로 검계·살주계 맹원들의 신분제도 혁파운동은 그들 자신의 인간다운 삶을 위한 투쟁이었을 뿐 아니라 당시 사회를, 비인간적인 틀을 부수고 근대사회로 발전시키려는 움직임, 곧 봉건제도 해체의 몸부림이었던 것이다.

자비령의 도적 최흥복이 민변을 주동하여 산으로 쫓겨 들어가지 않을 수 없게 된 계기의 이야기는 부패한 관리들이 가난한 농민의 고혈을 빠는 현장을 보여주는 것이다. 관청에서는 흉황에 끼니를 놓게 된 궁민들에게 환곡이라 하여 곡식을 빌려주었는데 이때 싸라기, 쭉정이에 모래를 섞어 양을 속였다. 그 위에 그들은 모곡(耗穀)이란 이름으로 또 한 번의 수탈을 했다.

이자도 그렇거니와 마치 강도처럼 버젓이 훔치는 수법이 있었으니 그것은 바로 모곡(耗穀)을 받아내는 것이다. 소위 모라는 것은 새와 쥐에 의하여 축날 것을 예상하고 메우는 것인데, 전혀 백성들의 일방적인 부담이었다. 경모(京耗), 관모(官耗)가 곳곳마다 관청마다 있었으니 각기 정한 대로 거두어 일정하지 않았다. 언제나 곡식을 내주면서 미리 모곡을 제하니 손해는 백성들에게 지워지는 것이었다. 따라서 가을에도 다시 모곡은 모곡을 낳아 백성들이 부담하는 양이 점점 불어났다.[7]

최홍복이 살고 있던 느릅나무골의 경우 관리들이 이와 같은 환곡을 둘러싼 수탈행위를 한 위에 다음에 바로잡을 때 돈을 뜯기 위해 일부러 호적을 틀리게 기재하기까지 하자 분을 참지 못한 홍복은 마을에 나온 도감과 색리를 타살하고 마을 청년들과 함께 관아를 습격한 끝에 산으로 도망쳐 들어가고 있다. 이것은 느릅나무골 뿐 아니라 당시 농촌 어디에서나 볼 수 있었던 일이었고 따라서 그것은 홍복의 사정이자 조선 후기 농민 누구나의 사정이었던 것이다.

곡산의 수령이 성난, 굶주린 백성들을 피해 달아나다 피살되는 등의 살변 이야기는 토호와 부패한 관리들이 백성들이 굶어 죽어가는 흉년을 이용해 쉽게 토지를 늘여 가는 비인간적인 축재의 모습을 보여준다.

또한 그뿐이랴. 토호들은 똥값이 되어버린 토지를 늘리기에 여념이 없었다. 구황곡을 빼돌려 고리를 꾀하고 또한 그 이익으로 땅을 사는 것이니, 흉년이야말로 저들에게는 부를 늘릴 좋은 기회가 되었던 셈이었다. 수령 방백들은 이틈에 향리에다 제 권속의 세를 심고자 하여 사돈에 팔촌뻘에 이르기까지 낙향시켜서 장토를 마련하는 것이었다.[8]

---

7) <장길산> 제6권, pp.7-8.
8) <장길산> 제6권, p.213.

익산에서의 살변 배경을 말해 주는 이 인용문은 곧 조선 후기 관료 토호의 토지겸병과 농민의 토지로부터의 이탈 및 유민화의 구체적 현장을 읽게 해 주는 것이다.

한편 장길산 패의 책사라 할 김기가 구월산으로 들어가게 되기까지의 반생은 과거제도를 둘러싼 부패상이란 당시 사회의 한 병소를 들춰내 보여준다. 그는 20여 년간 식년시 다섯 번 별시 세 번을 보았으나 그 때마다 낙방을 했다. 식년시는 과장에 많을 경우 15만 명의 응시자가 몰리는데 알려진 가문이나 향족의 자제들은 그 이름을 미리 써서 시관에게 많은 선물과 함께 넣어 두어 등과를 하지만 아무 손도 쓰지 않은 사람은 거듭 고배를 들어야 했다. 김기는 흔히 팔고 사는 직함이라도 사서 체면을 세우려다 전지를 팔아 마련한 돈 3백 냥만 날리고 직함마저 얻지 못하게 되자 자살을 기도한 끝에 구월산 패의 손에 목숨을 건지게 되어 도적의 무리가 되고 있다.

소금장수 총각 강선흥이 구월산에 들어가게 된 경위는 당시 나라의 백성을 상대로 한 노역 징발이 얼마나 가혹했던가 하는 실상을 말해 주는 것이다. 선흥의 아버지와 큰 조카는 궁방전의 가을걷이 부역에 나가 있고 그는 수군의 역으로 몽금포에 나가 가을 훈련을 받아야 했는데 군포를 대신 내고 모면했다. 그러고도 그는 장산곶에 나가 재목을 베는 부역을 해야 했다. 앓아누운 형 대신 그 역을 하지 않을 수 없었던 것이다. 그는 '이까짓 못살게 구는 고장'을 떠나 어디 구월산에라도 들어가 박히고 싶었지만 역을 버리고 달아났다가는 가족들이 시달릴 것이기 때문에 그러지도 못하고 벌목장으로 나갔었다. 거기서 내수사 노비의 횡포에 참다못한 그는 노비를 폭행해 그 일로 관가로 끌려가 심한 매질을 당하고는 산으로 들어가 버린다.

그밖에 나라의 약장(藥匠) 노예로 화약을 만들다 한 쪽 눈이 멀고 한 쪽 손목이 날아가 불구가 된 전생이, 나무를 해다 팔아 노모를 봉양하는 효자 총각 최윤덕 등의 고달픈 삶은 당시 봉건사회에서의 하층민의 생의 고통을 단적으로 보여주는 예가 되고 있다.

또 제3부 「잠행」의 '황민'장에 등장하는, 굶주린 백성들에게 죽을 끓여 나누어 주는 죽소 부근에서 굶어 죽어가는 노파의 최후는 다른 어느 소설에서도 볼 수 없었던 참담한 장면이다.

2) 인내하나 살아 있는 불길

1970년대 이후 '민중'이란 말은 경제학, 사회학, 역사학 및 문학의 측면에서 상당히 깊게 논의가 되었고 1980년대에 와서는 그 개념이 비교적 정리가 되어 가고 있는 것 같다. 그런데 이 용어에 대한 어떠한 명쾌한 논리 전개도 민중의 실체, 그 속성을 구체적으로 보여주지는 못한다. <장길산>은 그런 의미에서 아무리 많은 논증적인 글도 줄 수 없는 '민중'이란 누구인가, 그 근원적 성격은 무엇인가에 대해 그 실체를 보여줌으로서 답을 제시해 주고 있는 소설이다. 이 소설에 의하면 양반들이 허례허식에 젖어 거드름과 허세를 일삼는 거짓 삶을 사는 무리들인 데 반해 민중은 겉으로 꾸민 체면도 눈가림식의 위선도 없는 자연 그대로의 사람들이다. 그들에게는 창백한 안색의 양반들이 목청을 돋우어 노비와 아랫사람들을 부리는 것과 같은, 제도가 마련해 준 힘은 없으나 그들은 야생의 동물과 같이 야만스럽고 거칠되 싱싱한 원시적 건강미를 가진 존재들이다.

> 풍습에 반상(班常)의 구별이 달라서 양반의 사랑은 헛기침과 곁눈질에 거드름으로 묶여 있었지만, 상사람들은 밭을 갈고 씨를 뿌리듯, 건강하게 들판에서, 논밭 고랑에서, 토방에서, 솔숲에서, 낟가리 속에서, 그리고 부엌에서 거침없이 섞였다.[9]

---

9) <장길산> 제1권, p.204.

이 소설에서 민중은 환난·충격에 부대끼고 몹쓸 힘에 짓밟혀 쓰러지지
만 그들은 잡초처럼 끈질긴 생명력으로 다시 일어서고 있다. 그들은 빼앗
기고 억눌리며 병들고 굶주려 일견 절멸해 가는 것처럼 보이지만 다시 일
어나 대지 위에서 그 강인한 삶을 영위해 나간다. 길산은 굶주림에 시달
리고 있는 꽃재마을에 전염병이 돌아 마을 사람들이 다 죽어가도 관에서
는 팔짱만 끼고 보고 있자 더 이상의 역질의 번짐과 주민들의 희생을 막
기 위해 병균에 오염된 마을을 불태운다. 졸지에 가족과 집을 잃게 된 마
을 사람들의 모습에서 우리는 민중의 강인성을 발견할 수 있다.

> 길산은 간밤에 동네에서 빠져나온 사람들을 돌아보았다. 그들은 삭
> 정이와 솔방울들을 그러모아 불을 지피고 아침밥을 짓고 있었다. 죽은
> 사람은 불에 타고 병마(病魔)가 깃든 집도 타버렸건만, 살아 있는 사람들
> 의 생명력은 끈질긴 것이기도 하였다. 다시 어제와 같은 민생이 시작되
> 는 중이었다.[10]

민중은 빼앗기고 짓밟혀도 그 고통을 견디어 낸다. 그러나 그들도 언
제까지나 인종하는, 철저하게 무력한 존재는 아니다. 그들은 불의한 힘
에 시달려 그 이상 인내할 수 없는 지경에까지 몰리면 그 무엇으로도 막
을 수 없는 분노를 터뜨린다. 그들이 분기하면 그 힘은 마치 터진 봇물처
럼 닥치는 대로 휩쓸어버리는 것이다. 불붙은 기름통처럼 무엇으로도
진화할 수 없는 힘으로 폭발하는 것이다.

> 농군들이란 의뭉스럽고 느리기가 곰 같은데, 일단 성이 나면 닥치는
> 대로 쓸어버리고 뭉개버리는 기세가 또한 곰 같은 법이다.[11]

---

10) <장길산> 제3권, p.256.
11) <장길산> 제4권, p.282.

겉으로는 눌려서 눈도 제대로 치뜨지 못하고 대청 아래에서 설설 기며 죽는 시늉을 하고는 있으나, 그들의 가슴 속에는 태어나기 전부터 물려 내려오는 불덩이가 이글이글 타오르고 있는 것이었다.[12]

이상에서 본 바와 같이 <장길산>에서의 민중은 야만스러운 것 같으면서도 진실한 삶을 사는 이들이요 약한 것 같으면서도 강인하여 어떠한 힘에도 꺾이지 않고 이어지는 생명력을 가진 존재인 것이다.

3) 승화된 슬픈 아름다움

우리가 지난 날 읽어 온 역사소설에서 가져 온 가장 큰 불만의 하나를 말한다면 그 액션의 전개가 허공에 떠 있다는 것이었다. 수세기 전을 시대 배경으로 하고 있으면서도 전혀 그러한 과거의 분위기가 살아 있지 못한 것이 대부분이었다. 배경이라는 것도 어설프게 얽은 세트와 같았다. 그러다 보니 등장인물이나 그들의 행동도 신빙성을 얻고 있지 못한 경우가 많았다.

그런데 <장길산>은 과거 역사소설의 그러한 취약점을 많이 극복하고 있다는 점에서 높이 사 줄 만한 작품이다. 이 소설에서는 이 작품이 배경으로 하고 있는 조선 후기 사회, 당시 사람들의 체취가 생생하게 풍겨 나오고 있다. 여기서는 그 시대 사람들의 땀 냄새를 맡을 수 있고 그들의 웃음과 한숨소리를 들을 수 있다. 이와 같은 지난 시대의 정조는 작가 특유의 디테일 묘사와 이 작가가 구사하는 서술구조에서 오는 효과로 보인다. <장길산>의 문중에는 수시로 민요·야담·전설 등이 끼어들고 때로는 판소리계의 문체가 삽입되기도 하는데[13] 이 과거 문화유산의 사용

---

12) <장길산> 제7권, p.5.
13) 이동하는 이러한 점을 들어 이 소설이 마치 '문학장르의 전시장' 같다고 평하고 있다.
　　이동하, "황석영에 관한 두 편의 글", 「문학의 길, 삶의 길」(문학과 지성사, 1987), p.121.

이 그 시대상을 심층적으로 드러내는 데 효과를 거두고 있다는 진단이 바로 그 점을 말해 주는 것이다.[14]

제1권에 등장하는 약산골 장터 묘사는 입전(立廛), 좌판, 행상 등 장사치에 장 보러 온 아낙네, 각설이패까지 뒤섞여 복작대는 시골장의 소음이 그대로 들리는 듯하다. 한창 어우러진 조선조의 한 시골 장판 분위기를 살려 주는 것 중의 하나가 술막 앞의 각설이 타령, 사기전에서의 그릇타령, 담배행상의 담배타령과 같은 민요들이다.

> 무시로전이여, 만물전이로구나, 조리에 솥이다 시루 밑에 바가지, 방비, 수수비, 싸리비, 빨래몽치, 다듬몽치, 홍두깨에 떡메요, 삼태기나 고무레, 이남박, 나무주걱, 돌절구, 쇠절구, 나무절구, 나막신, 맷방석, 짚항아리, 채반이며 치룽에 채독일세[15]

이 만물타령과 같은 민요를 배음으로 하고 장길산, 이갑송, 박대근 같은 인물이 등장해 서로 어울리고 있으니 그들에게서 조선 후기의 서민층 사내들의 살내음이 풍겨 나오고 있는 것이다.

이야기가 인간의 죽음에 이르면 애조 띤 노래 한 가락이 분위기를 슬픔과 허망감으로 가득 채운다. 길산의 어머니가 그를 낳고 노상에서 죽었을 때, 광대패 일행은 그녀의 시신을 고개 마루턱에 흙과 돌로 묻어 주고는 그들 중 가객(歌客) 손돌이 넋걷이 한 곡을 부른다.

> 허허, 가는구나, 훌쩍 떠나가는구나. 한도 많은 험한 세상, 몸은 두고 넋만 간다. 넋이야 넋이로다. 쉬어 가오 쉬어 가오. 몬지 같은 이 세상을 하직하고 떠나갈제, 일망대해에 스러지는 거품이며, 장강 천리에 흘러

14) 황광수, "삶과 역사적 진실성", 「한국문학의 현단계(염무웅 외 편)」(창작과 비평사, 1988), p.131.
15) <장길산> 제1권. p.92.

가는 잎이로다. 설어라 서러워라, 인생 일장춘몽인데 하룻밤을 울고가
는 두견새가 네로구나. 에헤, 넋이야 넋이로다.[16]

이 노래는 죽음을 조상하는 조선인들의 모습을 눈앞에 그려준다. 껑
충한 소나무 숲의 고개 마루턱에 새로 모아진, 돌무덤을 배경으로 한 이
노래는 삶의 덧없음을 서정적인 울림으로 독자에게 전해 준다.

그러다가 소설이 등장인물들의 사랑의 장면에 이르면 서술구조는 달
라진다. 서낭굿이 벌어진 날 길산과 묘옥이 솔밭에서 처음으로 정사를
하는 대목의 묘사가 그런 것이다. 두 남녀의 몸이 엉기어 감을 보통의 서
술문으로 전개해 가던 문장은 묘옥을 안은 길산의 몸짓을 '허리잡이 춤
사위'라고 표현한 다음 갑자기 '녹수청산(綠水靑山) 깊은 골에 청룡 황룡
이 꿈틀어졌다.… 떠엉 떠떠 꿍덩, 떠덩 꿍덩' 4·4조의 판소리체로 바뀌
어버린다. 젊은 남녀의 합환의 황홀경을 춤사위의 신명을 불러일으키는
판소리 가락에 얹어 읊은 것이다.

한편 여환 등의 미륵신앙역모 사건의 결말 같은 부분에 와서는 문장
이 딱딱함과 부드러움이 교차하여 작품의 거리와 분위기가 큰 변화를
보이는 효과를 거두고 있다. 여환 등의 처벌에 관한 문장은 금부의 공문
을 번역, 전재하고 있다.

모역한 것이 적실(的實)하므로 대명률(大明律) 모반대역조(謀反大逆
條)에 의거하여 모반자 및 그 공모자는 수종(首從)을 불문하고 능지처참
(陵遲處斬)하며 부자간(父子間) 연(年) 십육 세 이상은 모두 교살(絞殺)하
고 십오세 이하 및 모녀처첩(母女妻妾) 형제 자매 그 자식의 처첩은 공신
가(功臣家)의 노속으로 하고, 재산은 관가 소유하고 -중략- 만약 여자가
허혼(許婚)의 처지라도 미거례(未擧禮)의 자(者)는 추좌(追坐)하지 않는
다.[17]

---

16) <장길산> 제1권, p.57.

왕좌를 위협한 자들에 대한 참혹한 형벌을 명하는, 전문 공식어로 된 이 금부의 공문은 조금의 감정도 섞이지 않은 냉랭한 것으로 독자에게 권부의 비정성을 전해 준다. 이 때 이 소설의 거리는 저만큼 먼 것이 되고 분위기는 냉기가 도는 것이 된다.

그러다가 죄인들에 대한 처리를 명하는 이 긴 공문이 끝나고 나면 문장이 뒤집힌 듯이 달라진다.

참수당한 자들은 종루저자의 네거리를 베고 누워 오갈 데 없이 떠도는 원혼이 되었고, 살아 유배당한 자들은 먼 낯선 산천 가운데 남아 덧없이 스러졌다.[18]

소설의 거리는 바짝 가까이 다가오게 되고 작가의 주관이 깊이 개입한 이 문장은 독자의 마음속에 애련함과 서글픔을 불러일으킨다.

이 소설은 또 인간의 탄생과 죽음, 만남과 헤어짐을 그리고 있는 장면에서 우리 선인들의 정한을 대하게 해 주고 있다. 길산이 태어날 때의 묘사에서 독자는 자신도 모르게 등장인물 장충에 감정이입이 됨을 느끼게 된다. 쇠약한 임부의 몸에서 아기가 태어나자 장충은 이빨로 탯줄을 끊고 핏덩이 같은 것을 개가죽배자에 싸안고 허탈한 목소리로 중얼거리는데 이어 손돌이 말을 거든다.

참으로 인연이 모질기두 허우.

그러게 말일세. 삼십삼천 도솔천왕께서 이 적막천지에 하필이면 우리에게 살덩이를 던져 주셨으니…[19]

---

17) <장길산> 제9권, p.297.
18) <장길산> 제9권, p.399.
19) <장길산> 제1권, p.54.

장충과 손돌은 길산의 태어남을 보고 사람의 인연의 기구함에 숙연한 생각에 잠기고 있는 것이다. 그것은 동양인 특유, 조선인 특유의 정서다.

길산은 두 차례에 걸쳐 역모에 가담하고 있다. 첫 번째는 여환이 주도한 소위 '미륵도의 변'이고 두 번째가 중 운부를 주모자로 한 승려들의 거사계획이다. 두 번의 계획이 모두 실행 전에 탄로가 나 비극으로 끝나고 말았지만 길산은 두 번 다 그 모의에 참여하고 거사에 직접 나서려 하고 있다. 만약 계획이 실행에 옮겨졌더라면 그는 왕조를 뒤엎으려 한 그 싸움에 무리를 이끌고 뛰어들었을 것으로 되어 있다. 그러나 길산이 지향한 바는 미륵도나 승려들의 목적한 바와는 상당히 다른 것이었다. 그는 다만 잘못된 세상을 쳐부수어 뒤엎어야 한다는 데만 뜻을 같이 했을 뿐 그 다음에 이루어야 할 세상은 그들의 것과는 성질이 크게 다른 것이었다.

길산이 지향한 새 세계는 그에 의하여 '대동세상(大同世上)'이라 지칭되는 것이다. 그 곳은 '신분의 구별이 없는 세상'이다. 대동세상은 궁극에 가서는 어린 시절 그의 양모가 그에게 들려 준, 추와 악이 소멸하고 달고 아름다운 과실나무의 향기가 높고, 기후는 화창하며, 사계절이 순조롭고 질병이 없으며, 탐욕과 성냄과 어리석음이 없고 싸움이 없으며, 모든 인간이 평등하다는 미륵의 도솔천이 될 것이다. 그러나 도솔천이 미륵이 죽어 다시 태어남으로서 찾아올 세상임에 반해 대동세상은 민중이 싸워 이룩해야 할 세상이라는 점에서 서로 다르다. 길산의 대동세상은 쟁취하지 않으면 영원히 오지 않는 것이다. 그러므로 그는 의적활동 자체를 대동세상을 이룩하는 일이라고 하고 있다.

저희 활빈도는 참 활빈하려면 땅을 모두 빼앗아 갈아 먹는 이에게 고루 나누어 주어야만 합니다. 그 일이 근본이요 겨우 양곡이나 재물 등속을 빼앗아 나누어 주고 지방 수령들이나 징치하는 것은 지엽말단이올

시다. 근본이 서지 않는다면 집정은 어느 쪽이든 마찬가지입니다. 저는 세상이 바뀌지 않더라도 저희 활빈도가 백성의 군사임을 알고, 참 용화 세상을 이루는 일을 끊임없이 벌이고 다닐 것입니다.[20]

　'대동세상'은 현세의 세계이면서 미래의 세계란 서로 모순되는 두 가지 성질을 가지고 있다. 이 점에서 대동세상의 추구는 근본적으로 역모를 했던 미륵도들이나 승려들과는 일을 이루어가는 과정이나 목적이 같을 수 없다.

　먼저 미륵도의 변의 경우, 여환이 주모자가 된 이 역모는 미륵신앙에 기반을 둔 혁명운동이라 할 수 있다. 미륵은 현재불인 석가에 이어서 올 다음 대의 불(佛)이 되기로 정해져 있는 부처이다. 곧 당래불(當來佛)로 이에 대한 신앙이 미륵신앙이다.[21] 우리들이 일반적으로 생각해 온 미륵은 도솔천에 살고 있으며 장차 이 지상에 하생하여 내세를 구원할 부처다. 그런데 숙종조에 조선 민간에 풍미한 미륵신앙은 미륵의 하생을 수십 억 년 다음의 일이라 생각하지 않고 지금이 바로 그 때라고 생각하여 미륵이 현세에 정토를 실현할 것으로 믿고 또 이를 기원한 신앙이었다.[22] 그것은 현실세계가 참기 어려울 만큼 고통스러운 데서 온 구원에의 기대가 만든 민간신앙이라고 보아야 할 것 같다. 실제로 조선 후기의 모든 변란에 미륵신앙의 요소가 보인다는 점이 이를 증명한다.[23] 여환의 거사계획은 난정의 왕조를 무너뜨리고 그러한 정토를 만들려 한 것인데 그러나 자세히 살펴보면 그들의 신앙이란 것은 불교에서의 미륵신앙과 상당한 거리가 있는 것임을 알 수 있다. 미륵신앙은 불교신앙인데

20) <장길산> 제10권, p.429.

21) 김삼룡, 「한국미륵신앙의 연구」(동화출판사, 1987), p.31.

22) 위의 책, p.41.

23) 정석종, "조선후기 숙종 연간의 미륵신앙과 사회운동", 「전통시대의 민중운동」(풀빛, 1981), p.233.

도 우선 여환 자신이 정통의 승려가 아닌 비승비속으로 돈독한 불심을 가지고 있지 않다. 그리고 거기에 가담한 사람들의 성분도 길산과 같은 의적으로부터 풍열과 같은 중, 그밖에 살주계·검계의 여당에 이르기까지 각양각색이다. 거기다 상당수의 무당들도 이에 가세한다. 여환의 처 원향이 바로 무당이고 박수 오계준은 무계(巫契)의 지도적 인물로 그 무리를 이끌고 이 역모의 중심 세력의 하나를 이룬다. 또 이들은 무진년에 진인(眞人)이 나타나 국운이 크게 변할 것이라느니, 천변대우로 천지개벽이 일어날 것이라는 등 왜란과 호란 이후 한글로 적혀 민간에 나돈 신서(神書), 곧 감결(鑑訣)을 믿고 거기에 의지해 혁명을 하려 한다. 이러한 면은 그들의 신앙에 도가적, 샤머니즘적인 요소가 많이 섞여 있었음을 말해 준다. 길산은 미륵도들이 가진 이러한 비현실적인 점에 대해 명백하게 거부감을 나타내고 있다.

> -전략- 나도 대성법주에게서 들어 알았으나, 신서라든가 천변대우의
> 낭자한 유언은 너무 지나쳤지요. 그런 방법으로 동원이 이루어진다 하
> 여도 백성을 속여서는 오래 못갑니다.[24]

길산은 '대동세상'은 그것이 미륵이든 아니든 누군가가 가져다 줄 수 있는 것, 어떤 기적에 의해 올 수 있는 것이 아니며 그러한 기적에 편승하여 이룩될 수도 없는 것임을 분명히 하는 데서 그것이 현세적이며 현실적인 세계라는 것을 밝히고 있다. 여환이 꿈꾼 세계는 홉스보옴이 일찌기 일종의 미신이라고 표현한 천년왕국과 같은 것이었음에[25] 비해 길산의 대동세상은 민중이 그들의 피를 흘려 싸워 이룩해야 할 세상인 것이다.

운부를[26] 중심으로 한 승려들의 역모도 대동세상과 그 지향하는 바에

---

24) <장길산> 제9권, p.390.
25) E. J. 홉스보옴, 「의적의 사회사」(한길사, 1978), p.134.

큰 거리가 있다. 이 소설에서 운부를 비롯해서 옥여, 대성법주 등 44명의 승려가 주동한 이 역모는 숙종조에 실재했던 사건으로 작중에서뿐 아니라 실제에 있어서 장길산이 가세하기로 한 것으로 나타나 있다. 그러나 길산은 몇 가지 점에서 승려들과 입장을 달리 하고 있다. '진인'에 대한 견해가 그 하나다. 진인의 문제는 ≪정감록≫과 관련된 것으로 본래 불교와는 무관한 것이다.

운부 등은 고려의 충신 정포은의 환생인 정진인을 맞아 조선의 왕으로 하고, 고구려의 고토 회복의 웅지를 가졌으나 이를 펼쳐보지 못하고 억울하게 죽은 고려의 장군 최영의 환생인 최진인을 맞아 최 장군의 중원 진출이란 한을 풀려 한다. 그래서 그들은 철원과 삭녕 사이에서 포은의 13대손이 되는 한 소년을 찾아 그를 진인이라고 생각했다. 당시 9세의 이 소년은 두 귀가 커서 귓바퀴가 마치 부침개와 같고 미간에 검은 사마귀가 있는데 그것이 별처럼 보였다고 한다.[27]

이 진인 이야기는 불교와는 관계가 없는, 일종의 메시아니즘이라 할 수 있다. 이 또한 도교 또는 무속적인 성격이 강한 민간 신앙적 성격을 띤 것이라고 보는 것이 좋을 것 같다.

-전략- 도대체 진인(眞人)이란 무엇입니까? 진인이 따로이 있는 게 아니라 역병에 쓰러져 가는 팔도의 백성들이 다시 살아 환호하며 춤추는 세

---

26) 실인 운부는 앞에 인용한 이영창의 추안에 의하면 '師僧卽雲浮 而時年七十 宋朝名臣 汪藻之後也'라 하여 송나라 명신의 후예다. 정석종, 「조선 후기 사회변동 연구」(일조각, 1984), p.145.

27) 이 인물은 실제 있었던 것으로 기록되어 있다. 앞에 인용한 이영창의 진술에는 '나이는 9세 가량, 두 귀는 큰데 위는 둥글고 마치 절병(切餠) 모양 같고 양미간에 검은 사마귀가 있는데 별과 같았다. 10세 후에는 사마귀가 스스로 없어질 것이고 자라매 위인이 심위할 것이다.'라 하고 있다. 「年可九歲 兩耳大耳 上有圓如切餠狀者 兩眉間有黑子如星 十歲後則 黑子自消 及長爲人甚偉是如是白如乎」(정석종, 위의 책, p.160에서 재인용)

상에서 서로 정을 주고받으며 살아가는 모든 이가 진인이지요. —하략—[28]

길산이 옥여에게 한 이 말은 진인의 존재를 정면에서 부정하는 것이다. 길산은 민중 한 사람 한 사람이 진인으로, 따로 그러한 존재가 있을 수 없다고 강변하고 있는 것이다. 그는 더구나 운부 등이 진인을 왕으로 삼고 입국을 하려 하는 데 대해 '왕후장상의 씨'를 새로이 만든다면 그런 나라에는 같이 살지 않겠다고 말하고 있다. 그에게는 진인이란 황당무계한 속임수일 뿐 아니라 설사 모반에 성공한다 해도 그런 인물을 왕으로 삼은 봉건왕조를 세운다면 그것은 그들이 말한 '도솔타천 용화세계'가 될 수 없다. 그러한 세계는 백성의 입장에서 볼 때 별로 개선된 것이 없는 당시의 추한 정쟁에 의한 권력의 이동, 곧 환국(換局)과 다를 것이 없는 것이었다. 길산이 이룩하려는 '대동세상'은 '가장 천한 것에서 찾지 않으면 안 되는' 것이었다. 대동세상은 여환이나 운부가 꿈꾼 세계와 다른 현실적인 세계다. 대동세상은 그것이 현실적이고 민중의 손으로 쟁취해야 할 민중의 세상이라는 점에서 신서의 예언과 진인의 현현에 의해 올 수 있다고 본 여환·운부가 꿈꾼 비현실적인 세계와 다르다. 또 설혹 그들이 뜻한 세계가 이루어진다 하더라도 그것은 한갓 역성혁명에 불과할 뿐 그 전의 모순을 그대로 물려받아 압정을 되풀이하게 될 수밖에 없는 봉건왕조로 대동세상은 근본적으로 그것과 같을 수가 없는 것이다.

대동세상은 현세 현실에서 찾아야 할 세계이면서 미래세계의 성격을 띠고 있다는 점이 여환·운부가 세우려 한 세계와 다르며 이것은 그 특성으로 받아들여진다. 길산은 '백성들의 나라가 오기 전까지 죽지 않도록 해 주소서'라고 기원하고 있지만 그것은 어디까지나 기원일 뿐, 자신이 그러한 세계를 발로 딛고 그러한 세계에서 살 날이 올 수 없다는 것을 잘

28) <장길산> 제10권, p. 429.

알고 있다.

　-전략- 그는 한 번도 가보지 못한 고장을 그리고 있었다. 무당인 양어
머니가 언젠가 일러준 도솔천(兜率天)이라는 세상인 것 같았다. 그를 낳
고 쫓기다 길에서 죽어간 가엾은 어머니는 이젠 이미 그곳에 이르지 못
하나, 아니 그 자신도 이를 수는 없으되 뼈의 곳곳에 스며 있는 목숨의
씨는 계속해서 자라나 한 걸음씩 도솔천에 가까워질지도 몰랐다.[29]

　여기서 길산의 생모가 가지 못했고 그 자신도 갈 수 없음을 알고 있는
곳, 도솔천은 바로 그의 대동세상이다.
　길산이 묘옥의 가슴을 베고 잠깐 잠든 사이에 꿈꾼 도솔천을 이야기
하자 묘옥은 '미륵님은 안 와요. 그건 정말 꿈을 꿨네요.'라고 한다. 묘옥
의 이 말에 길산은 아무런 반응도 하지 않는다. 길산의 침묵에는 두 가지
의미가 있다. 그것이 그들이 싸워 찾아야 할 세계, 그들의 손으로 만들어
야 하고 만들지 않으면 안 될 세계란 의미에서 도솔천, 곧 대동세상은 있
다. 그리고 미륵의 하생은 바로 민중이 그러한 세상을 맞는 날을 의미한
다. 그런 뜻에서 묘옥의 말은 틀린 것이고 길산의 침묵은 묘옥의 말을 부
정하는 것이다.
　그러나 대동세상은 그들의 손으로 그들의 눈앞에서 이룩할 수 없다.
이 점에서 미륵은 오지 않는다는 묘옥의 말을 긍정하는 것이다. 그러니
까 길산의 침묵은 묘옥의 말에 대한 부정이면서 긍정이고 긍정이면서
부정이기도 하다. 그렇다면 대동세상은 대체 어디쯤에 있는가가 문제로
남는다. 이 대하소설의 대단원에는 다음과 같은 구절이 있다.

　대동세상이 이루어진다는 확신을 가진 사람들의 목숨 가운데서 문득

---

29) <장길산> 제1권, p.220.

빛나던 것이 있었으니, 스스로의 가슴 속에 이미 저러한 세계의 실상이 생생하게 담겨졌다는 깨달음이었다.[30]

대동세상은 그 세상을 이룩하기 위해 싸우는 과정 그 자체에 있는 것이다. 그것은 진정한, 지상의 가치와 같은 것이고 길산의 생의 의미는 그러한 세상을 추구하는 일 그 자체에 있는 것이다. 이 소설에 대한 한 평론은 대동세상을 시간의 영원성과 그 시간처럼 영생하는 민중의 생명력 그 자체로 보았다. 이 글은 세계는 영원히 미완성이고 인간의 삶은 영원히 추구되고 그 진정성과 정의로운 사랑의 실현은 미래에 투기되는 것이라고 하고 있다.[31] 이 소설에서의 대동세상이란 따로 있는 것이 아니고 그곳으로 가는 도정 그 자체가 바로 그 곳이겠기 때문이다. 대동세상은 환상 또는 몽상적인 요소가 강한 <홍길동전>의 '율도국'이나 <허생>의 '공도'와도 성격이 다른 또 하나의 민중의 유우토피어라 할 수 있다.

<장길산>에서의 민중은 그들이 부당하게 부림당하고 빼앗기고 외면당하고 있음을 깨닫고 그러한 사실에 울분을 가지고 일어나 싸우는 한말의 동학·의병·의적들과 마찬가지로 대자적 민중 중에서도 목적 지향적 민중이다. 여기서 우리는 이 소설이 민족사의 주체를 민중으로 파악하고 있다는 사실을 알 수 있다.

이 소설은 조선 후기라는, 신분에 의해서 지배와 피지배의 선이 그어지는 신분제 곧 귀속적 지위가 다른 기준보다 우세하던 시대를 배경으로 그 사회의 모순을 폭로 공격함으로서 정치적 지배 수단의 점유 여부가 지배 피지배의 중요한 조건이 된 1970–80년대 한국 사회의 모순을 비판한다. 그러므로 <장길산>은 현재에 서서 과거를 탐구함으로서 현재에의 비판적 인식에 기여하는 것이다. 이상 몇 가지 점에서 이 작품은 한

---

30) <장길산> 제10권, p.442.
31) 김병익, 앞의 책, p.227.

편의 훌륭한 민중소설이자 역사소설이라 할 것이다.

<장길산> 이전 지금까지 우리가 보아 온 의적소설의 경우 거기에 등장하는 주동인물들의 활약은 전형적인 의적이 가진 성격에서 무엇인가가 부족함을 느끼게 한다. <홍길동전>의 경우 그 무리의 이름이 '활빈당'이면서 활빈·구휼에 대한 극히 짧은 추상적인 몇 어귀가 보일 뿐 실제의 그러한 활동을 하는 모습은 나타나 있지 않다. <전우치전>의 경우는 악한 힘에 대한 징치의 성격이 약하고 <임거정>에는 활빈의 모습이 보이지 않을 뿐 아니라 부정한 재물을 강탈하는 현장이 거의 나타나 있지 않다.

그에 비해 <장길산>에서는 전형적인 의적이 가진 갖가지 속성, 갖가지 행동이 발견된다. 길산은 의분심에서 일어나 도적이 되고 다시 거기서 악하고 강한 힘을 누르고 약한 자를 돌보며 부정한 축재를 한 자의 재물을 뺏아 가난한 이웃에 나누어 주는 의적이 된다. 그리고 그는 민중 속에서 그들의 지지와 존경을 받으며 그들과 생사고락을 같이하고 있다.

<장길산>에는 악한 힘과의 싸움, 못된 관리의 징치가 리얼하게 그려져 있다. 혈기왕성한 젊은 날의 길산·갑송 등은 장판의 무뢰배들을 주먹으로 격퇴하고 해주의 악덕 부상 신복동에 매질을 한다. 의적이 된 길산은 무지하고 힘없는 사람들을 붙들어 생지옥과 같은 굉 속에 몰아넣어 나라 몰래 금을 채굴해 사욕을 채우던 유복령을 처단하고, 뒤에서 그를 도와주고 치부한 맹산 현감을 훈계한다. 길산은 또 그를 붙들겠다고 나서 무고한 백성들을 학살하고 구월산의 그의 동류들을 참살한 군관 출신의 운산군수 최형기를 친다. 길산은 이 소설에서 절도 있는 폭력을 행사하고 있다는[32] 점에서 의적 이미지를 그대로 보여주고 있다.

소설 <장길산>에는 도처에 이들 무리의 부호·관아 습격과 재물의 강탈 장면이 등장한다. 길산 등은 도상방의 부자 조동지의 집을 덮쳐 조동

---

32) E. J. 홉스보옴, 「의적의 사회사」(한길사, 1978), p.71.

지의 어린 손자를 인질로 창고에 쌓아 둔 곡식을 빼앗는다. 그는 또 소매골의 구 부잣집을 기습하여 미곡·피륙·돈을 강탈하고 조읍포에서는 그곳의 부자 유사과의 집과 나라의 세곡창고를 턴다. 이러한 장면은 의적소설에서 중요한 의미를 띤다. 곧 그것은 다스리는 자와 다스림을 받는 자, 양반과 천상민, 가진 자와 못 가진 자 간의 양극적 계층감을 보여주고 그 계층 간에 일어나는 갈등, 상극의 현장을 보여주는 것이 되기 때문이다. 독자는 등장인물들과 함께 여기에서 부당하게 빼앗기기만 하던 피지배자가 빼앗는 입장에 선 것을 봄으로서 아래로부터의 변혁의 가능성을 읽게 되는 것이다.

그러면서 길산의 무리는 민중과의 단단한 유대를 보여 자신들이 그들 속에서 그들과 함께 살아가며 그들을 떠나서는 존재할 수 없다 함을 보여준다. 기민(飢民)·유민들은 여러 차례 길산 무리의, 부자를 상대로 한 강탈에 합세하고 있다. 조동지·구 부자·조읍포의 습격에는 그 때마다 수백 명씩의 기민·유민들이 가세하고 있다. 길산은 또 부정 부당하게 축재를 하고 있는 자들로부터 빼앗은 재물을 가난한 이웃들에 나누어 주고 있어 활빈·구휼의 생생한 현장을 보게 해 준다.

그리고 길산 주변의 천하고 가난한 백성들은 때로는 목숨을 내던져 가면서 길산을 돕고 있다. 구월산 아래 사선골 사람들은 관리 토포군의 움직임을 알려 주다 최형기가 이끈 관군에 의해 마을은 잿더미가 되고 주민은 거의 몰사하다시피 학살을 당한다. 또 최형기가 길산이 은거하고 있던 초천 산채로 쳐들어가고 있을 때 이를 안 조진포 어계방 점주는 관군이 총을 쏘며 쫓는데도 혹한의 산길을 사력을 다해 달려가 이를 길산에게 알리고 길산 등은 그 덕분에 간신히 사지를 벗어나고 있다. 길산의 이러한 지배층에 짓밟히고 있는 하층민과의 강한 유대는 다른 의적소설에서 보기 어렵던 것으로 이는 의적 길산이 관군의 토포추쇄에도 불구하고 끝까지 붙들리지 않고 활동하고 있는 데 대한 신빙성을 더해 주는 요소가 되고 있다.

<장길산>이 하나의 전형과 같은 의적 이미지를 가지게 되기까지에는 그에게 몇 차례에 걸친 새로운 체험과 거기서 얻게 되는 깨달음이 있었다.

첫 번째 각성은 그가 송도 상단의 행수 박대근을 만나고 나서 얻게 된다. 박과의 만남은 '매처럼 날래고 차돌처럼 단단한 장정'이 되어 주체할 수 없을 정도로 넘쳐나는 힘에 스스로 만족하고 아무 생각 없이 이를 자랑스럽게 휘둘러 온 그에게 한 개안의 계기가 된다. 박은 그에게 개인을 초월한 사회적 삶의 의미를 깨닫게 해 준 것이다. 길산은 이후 살인을 하고 사형수로 감옥살이를 하면서, 비인간적 삶의 조건 때문에 잘못된 법을 범한 죄로 한에 사무쳐 죽어 가는 사람들을 보고 자신의 사회적 삶이 어떠한 것이 되어야 할 것인가를 생각하게 된다. 그는 거기서 그때까지 자기가 무턱대고 관원에 대해 느끼던 적개심이나 양반호족들에게 가졌던 원한이 우직하고 무모한 것이었음을 깨닫는다. 그는 그가 싸워야 할 대상은 그들 관원호족을 만드는 세상, 그 세상을 떠받치고 있는 제도·조직이라는 것을 알게 된다. 그러한 깨달음에 이르자 그는 "아, 여기서 내 미욱하고 짧은 젊음을 마칠 수는 없구나."라고 말함으로서 그 제도·조직을 쳐부수기 위해서 어떻게 해서든 살아서 감옥을 빠져 나가야 한다고 생각한다. 박대근의 계책으로 탈옥을 하게 되었을 때 길산은 "나는 무거운 짐을 짊어졌구나."라고 말하고 "온 세상의 옥을 모두 깨치리라. 아니면 나가지 않느니만 못하다." 하고 스스로에게 눈물로 맹세한다. 이 첫 번째 변모로 목전의 사소한 개인적인 삶에 머물고 있던 길산은 비로소 의적이 된다.

두 번째 변모는 옥중에서의 결심에 따라 그가 금강산으로 운부대사를 찾아가 몸과 마음을 닦음으로서 이루어진다. 길산은 옥중에서 그가 큰 일을 하기 위해서는 더욱 강해져야 한다고 생각한다. 이때 그가 생각한 강함은 그 전까지 그가 생각했던 억센 완력이 아니었다.

> 주먹과 칼날을 휘둘러 싸움에 능함을 자랑삼는 것은, 마치 곰이나 범
> 이 이빨과 발톱을 내세우는 짓과 다름이 없을 것이었다. 힘은 지혜로움
> 만 같지 못하니 맹수가 함정에 빠지는 격이요, 지혜는 또한 덕에 미치지
> 못해 여러 사람의 마음을 움직일 수가 없을 것이 아닌가. 여럿의 마음을
> 움직이려면 마음이 올바를 것이요, 따라서 마음을 닦아야 할 것이었
> 다.[33]

운부대사를 찾아간 그는 그 곳에서 무술을 익혀 온 전신이 병장기나
다름없을 정도의 경지에 이를 뿐 아니라 천자문·소학을 배운다. 또 그는
운부대사로부터 교만을 버리고 자신이 천대받는 백성들의 울분이 화한
마음이요, 그 손발이고, 그 머리며, 무기가 되어야 한다는 가르침을 받는
다. 그 위에 스스로 그 자신에 대해 가혹한 채찍질을 가한 끝에 그는 비로
소 자기성장을 이룩한다. 그리하여 3년의 수도가 끝나 구월산으로 돌아
올 때 길산은,

> 아, 나는 이제부터 수도자가 아니며, 혼자가 아니며, 광대도 아니다.
> 나는 지금부터 칼을 들고 일어선 도적이며, 아이를 가진 아버지며, 숱한
> 힘없는 자들과 함께 있는 것이다.[34]

라고 말해 이제부터 짓밟히고 있는 하층민을 위한 투쟁에 나설 결심
을 보여준다.

세 번째 깨달음은 그가 의적활동을 벌이는 과정에서 얻게 된다. 그는
부정한 방법으로 부당한 축재를 한 자의 재물을 빼앗아 빈민에 나누어

---

33) <장길산> 제2권, p.52.
34) <장길산> 제5권, p.150.

주기도 하고 부패한 관리를 징치하기도 했지만 그가 뜻한 일은 그가 아무리 애를 써도 이루어지기 어렵다는 한계를 느낀다.

> 한양은 너무 멀고 아득한데 핍박받는 백성은 도처 골골이요, 적은 수십 수백 겹으로 둘러친 담장과도 같았다. 일시에 일어나서 이것을 허물어뜨릴 날은 언제인가.[35]

거기다 검계·살주계·미륵도의 거사계획이 실패하여 비극으로 끝나는 것을 본 그는 '대동세상'은 어느 특정, 특출한 인물에 의해서 이루어질 수 있는 것이 아니라는 것을 알게 된다. 그는 '곳곳에서 농기구를 병장기로 치켜든 백성들이 제 가까운 적부터 싸워서 무너뜨려야'만 대사를 이룰 수 있다고 생각한다. 곧 그는 한 사람 한 사람 민중의 항거만이 가장 큰 힘이요 그 힘만이 잘못된 세상을 뒤엎을 수 있다는 결론에 도달한다. 그러므로 그가 어린 무동시절부터 지녀 온 칼을 옥여에게 주면서 한 말은 깊은 의미가 있는 것이다.

> -전략- 제가 이 칼을 스님께 드리는 것에는 두 가지 뜻이 있습니다. 하나는 이 칼을 신표로 삼아 전국의 녹림당을 규합하라는 것이요, 또 한 가지는 이제 장길산이라는 이름을 버리고 팔도 활빈도라는 수많은 무리들만 남기려는 뜻입니다.[36]

그는 당대 제일의 검객이라 불리던 최형기를 꺾은 그 칼을 버리고 한 사람의 졸개와 꼭 같은 몫밖에 할 수 없는 화승총을 잡음으로서 그 자신 평범한 민중의 한 사람이 되려 하는 것이다.

길산의 세 차례에 걸친 깨달음과 그에 따른 변모는 상징적 죽음에 의

---

35) <장길산> 제5권, p.150.
36) <장길산> 제5권, p.147.

해 그 이전과 분명한 분기를 이룬다.

길산이 사형수로 옥에 갇혀 있을 때 박대근은 그를 구하기 위해 뇌물을 쓴 끝에 임춘삼이란 사형수를 길산의 이름으로 참수하게 해 그 순간부터 장길산은 죽어 이 세상에서 사라져버린 것으로 된다. 이것이 그의 첫 번째 죽음이다. 그의 이름으로 있었던 한 인간의 죽음은 길산의 개인적인 삶의 청산을 상징한다. 그 죽음을 딛고 탈옥에 성공함은 길산이 지난날의 허물을 벗고 개인적 인간에서 사회적 인간으로 성장하게 됨을 의미하는 것이다.

이상에서 우리는 장길산은 전형적인 의적이고 이 작품은 전형적인 의적소설의 한 예범이라 할 만하다는 것을 보았다. 그런데 여기 이점에 대한 이의가 있어 그에 대한 한 고찰이 있어야 할 것 같다. 의적은 어디까지나 도적이라는 한계를 벗어날 수 없는 것인데 장길산은 그 한계를 뛰어넘어 혁명가로 그려져 있다는 지적이 그것이다. 최원식은 이에 대해 홍명희가 <임거정>에서 그 주인공이 결국 도적에 지나지 않는다는 것을 보여주고 있음에 반해 황석영은 장길산을 혁명가로 그리고 있다고 말하고 이 점에서 <장길산>이 <임거정>을 넘어섰느냐 하는 물음에 선뜻 긍정할 수 없다고 비판하고 있다.[37] 이 의견은 작품 곳곳에서 그 근거를 발견한 끝에 나온 것이다. 곧 <장길산>의 여러 곳에서 독자는 주인공의 혁명의지를 읽을 수 있게 되어 있다. 길산은 그가 처음으로 그의 생부를 만났을 때 그 아버지가 "뭣을 해 먹고 사나?"고 묻자 "소싯적에는 재간을 팔아 광대로 지냈고 도적놈이 되었다가 이제는 역적이 되려 합니다."라고 해 그의 체제도전에의 뜻을 명백하게 밝히고 있다. 그는 강선홍이 구월산 그의 동류들을 죽이고 산채를 불태운 최형기의 목을 베자고 했을 때도,

---

37) 최원식, "<임거정> 연재 60주년 기념좌담", 「벽초 홍명희 <임거정>의 재조명」(사계절, 1988), p.76.

그자는 실로 가엾은 꼭두각시에 지나지 않는다. ─중략─ 우리가 그의 모가지 하나를 바라고 세월을 갈고 있는 건 아니야. 그는 내 목이 원이겠지만 나는 그런 따위 하급 무장에게는 관심도 없다. 내가 원하는 것은 오직 하나, 우리가 힘을 합쳐 세워야 할 백성의 나라이다.[38]

라고 해 봉건왕조체제 전복의 의지를 말하고 있다. 또 그가 삼 년 수도에서 돌아와 김기·박대근 등에게 그의 궁극적 목표가 '어지러운 나라를 평정하고 새로운 세상을 만드는 것'이라고 말하는 데서도 그의 뜻은 잘 드러나 있다. 작가 자신도 이것이 그가 의도한 바에 의한 것임을 밝히고 있다. 그는 이 소설의 제1부와 제2부는 장길산의, 광대에서 무법자로 그리고 다시 혁명가로 발돋움하려는 정신적 전환을 그렸다고 말하고 있는 것이다.[39]

의적은 사회적 저항의 한 형태로 분명히 혁명에 대한 친근성을 가지고 있다. 그러나 그 기술상 또 이데올로기의 제약 때문에 일시적인 작전 이상의 일에는 알맞지 않은 성질을 가지고 있다.[40] 특히 근대 이전의 한국에 있어서 인구의 절대다수를 차지한 농민들은 촌락 자치제를 바탕으로 한 정치적 훈련이 전혀 없었기 때문에 의적활동을 출발점으로 한 농민에 의한 혁명은 거의 불가능한 것이었다. 농민은 뭉치기는 하지만 조직화되지는 못해 그 봉기도 감정적 한풀이의 차원을 넘어설 수는 없는 것이다.

그러므로 의적이 혁명을 이야기하는 것은 항상 그들의 꿈을 말하는 것에 불과하다. 그들은 모세처럼 약속의 땅을 감지할 수는 있다. 의적은 착취·억압·굴종이 없는 세계 즉 평등·박애·자유의 세계, 악이 없는 전혀 새로운 세계를 꿈꾸는데 그것이 꿈 이상으로 나타나는 일은 드물다.[41]

---

38) <장길산> 제9권, p.53.
39) 황석영, "<장길산> 3부를 시작하며", 『한국일보』, 1977. 12. 15.
40) E. J. 홉스보옴, 앞의 책, p.134.

<장길산>에 있어서의 길산의 혁명의지란 것도 홉스보옴이 말한 그 꿈에 불과한 것이다. 그의 그러한 꿈은 소설 <임거정>에서 임꺽정도 가지고 있었다. 그는 모사 서림과 그들의 앞일을 의논하는 자리에서 먼저 황해도를 차지하고 이어 평안도를 손에 넣은 다음 팔도를 차지하려 하고 있다. 그리고 임꺽정은 비록 그것이 전제군주체제를 흉내 낸 것이기는 하지만 그것을 일반화했을 때 한 사회의 모델이 될 수 있는, 그를 정점으로 한 내부조직을 가지고 있었다. 그렇다고 그를 혁명가라고 할 수 없듯이 장길산도 혁명가는 아니다. 그러므로 '대동세상'은 어디까지나 그의 꿈이었으며 따라서 그는 그러한 꿈을 가진 의적 이상이 될 수는 없는 것이다. 그는 의적 중에서도 반역자 곧 하이덕(haiduck)에 해당한다. 공권력에 도전적인 뛰어나고 자유로운 도덕 해방자라는 뜻에서 특히 그렇다.

장길산이 혁명을 꿈꾼 의적일 뿐 혁명가는 아니라는 결론에 따라 소설 <장길산>에 던져졌던 한 가지 문제는 인정이 되었다고 생각한다. 그러나 이 소설은 그러고도 한두 가지 간과할 수 없는 문제를 안고 있다.

이 소설에 영웅주의적 성격이 팽배하다는 지적이 그 하나가 될 것이다.[42] 주동인물 길산은 젖혀 두고도 이 소설에는 초인적 괴력을 가진 인물들이 많이 등장하고 있다. 길산의 어릴 적부터의 친구 이갑송은 아름드리 소나무를 뿌리째 뽑아버리고 있고 소금장수 총각 강선흥은 싸우는 황소를 손으로 뜯어 말리고, 돌진해 오는 송아지만한 멧돼지를 한 손으로 잡고 다른 손에 든 쇠몽치로 때려서 잡는다. 또 구월산 산적의 두목 마감동은 당대 제일의 검객을 실력으로 꺾고 있고 그 밖에도 자고 던지기의 명수 강말득, 백발백중의 돌팔매질을 하는 김선일, 화승총의 명사수 이경순, 손가락 하나로 이갑송 같은 장사를 기절하게 하는 중 풍열 등이

---

41) 위의 책, p.23.

42) 이동하, "70년대의 소설", 「한국문학의 현단계(김윤수 외 편)」(창작과 비평사, 1988), p. 152.

제각기 특유의 솜씨를 보여 주고 있다. 이들의 활약은 지나치게 과장이 되어 있어 작품의 사실성을 해하고 있을 뿐 아니라 작가의 관심이 일부 특출한 엘리트에 쏠려 있다는 느낌마저 들게 한다.

그 중에서도 장길산은 뛰어난 영웅의 형상 위에 거의 완전인으로 그려져 있다. 누구도 맞설 수 없는 태권·검술을 익히고 있는 그는 깊은 선의 세계에까지 들어가 있어 그의 몸은 전신이 병기와 같이 되어 있다. 그러면서도 그는 득도한 불승 못지않은 자비심을 가져 살생을 극도로 삼가고 있다.

이 소설의 후반부에 가서는 작가는 길산의 영웅적 이미지를 씻어 버리려고 애를 쓰고 있는 것 같다. 작가는 한두 사람의 뛰어난 인물 아닌 민중의 힘이야말로 가장 근본적이고 큰 힘이라는 것을 강조하기 위해 길산이 민중의 한 사람으로 돌아가게 하려 하고 있다. 칼을 뽑아 들면 그에 맞설 사람이 없는 검술의 달인인 그가 칼을 놓아 버리고 화승총을 잡는 것이 그 장면이라 함은 앞서 말한 바와 같다.

> 그러나 장길산 활빈도는 날랜 북방마와 황색 바탕의 깃발로서 일반 백성들은 누구든지 알아볼 수 있었으나, 오히려 마을을 지날 때면 백성들 쪽에서 관군의 동향을 알려주는 것이었다. 기찰을 나선 경군 장교들도 감히 그들이 은거하고 있다는 소문이 낭자한 곳에는 들어가지 못하였으니, 먼저 가서 돌아오지 않는 자가 여럿이었기 까닭이다. 세상의 소문에는 장길산이 압록강변의 벽동 수백 리의 골짜기 안에 깊이 숨었다고도 하고, 또는 두만강의 하류 서수라의 광활한 숲과 호수 사이에 대부락을 이루어 살고 있다 하였지만, 아무도 확인하지는 못하였다. 그러나 활빈도의 깃발은 여전히 사라지지 않았다.[43]

여기서 보는 바와 같이 작가는 길산을 영웅이 아닌 민중의 한 사람으

---

43) <장길산> 제10권, pp.431-2.

로 만들기 위해 이 소설의 종반부에 가서 의식적으로 거리를 멀리 하여 마치 영화에서 어떤 장면이 차츰 사라져 가는 이른바 페이드 아웃(fade out)과 같은 효과를 거두려 한다. 그러나 그 이전까지 전편에 나타난 장길 산의 영웅적 이미지가 워낙 강렬한 것이어서 이러한 작가의 주인공에 대한 탈영웅의 의장은 제대로 효과를 얻지 못한다. 그에 대한 거리화의 기법은 오히려 그를 설화적 인물로 만들어 역설적으로 영웅적 이미지를 더욱 강하게 한다.

위와 같은 영웅주의적 성격은 1960-70년대에 대중 독서계를 휩쓴 무협소설류와 사이비 역사소설들에서 암암리에 영향을 받은 것으로 보인다.[44] 또 이들 영웅은 강화된 정치권력과 대재벌의 등장으로 패배감·무력감에 빠진 대중들이 억눌린 자아에서의 해방감을 갈구하는 도피적 성향에서 온 영웅에 대한 요구가 만든 인물들로 풀이할 수도 있을 것 같다. 특히 70년대에 들어 그 전에는 경험해 보지 못했던 권력층, 가진 자에 대한 소외계층의 상대적 무력감과 빈곤감은 그들에게 에드윈 뮈어가 말한[45] 욕망의 대리충족을 바라게 했고 그 백일몽의 대행자가 이 소설에 등장하는 비현실적 영웅들이 아닌가 한다.

그것이 어떤 동기에서 온 것인가를 따지기 전에 이러한 영웅주의는 이 소설에 상당한 문학적 손실을 가져다주고 있는 것이 틀림없다. 상식적으로 납득이 가기 힘든 체력·무술의 지나친 과장은 작품의 분위기를 경박한 것으로 만들고 있을 뿐 아니라 사실주의의 규범을 무시하는 결과를 초래하게 되었기 때문이다.[46]

---

44) 황광수, 앞의 책, p131.

45) Edwin Muir, The Structure of the Novel, A Harbinger Book Harcourt (Brace & World, Inc., New York), p.23.

46) 이러한 점들 때문에 권오룡은 황석영을 리얼리스트가 아니며 굳이 그렇게 부르려 한다면 바슐라르류의 '비현실성의 리얼리즘'이라 할 수밖에 없다고 하고 있다.(권오룡, "체험과 상상력", 「존재의 변명」, 문학과 지성사, 1989, p.185.)

<장길산>은 그밖에 더욱 큰 문제 하나를 안고 있다. 작가는 역사소설이 가져야 할 우의적 의미에 너무 집착한 나머지 주인공에게 지나치게 자신의 이념을 주입하여 그 인물이 생명을 잃고 작가의 손끝에 조종당하는 모습을 보임과 동시 과거가 우의성을 띠는 정도를 넘어 현대화되는 무리를 범하고 있는 것이다. 역사소설이 의미 있게 생각되는 것은 그것이 독자의 시대에 주는 우의성 때문이라 할 수 있다. 여기서 과거 민중의 실천적 가능성에 대한 인식이 현재의 상황에 대한 비판적 인식의 심화확대와 변증법적 교호작용의 관계로 맺어질 수 있는 것이다.[47] 70년대의 한국은 그 체제가 정통성이 박약한데다 심한 부도덕성을 안은 것이었다. 그러한 체제는 필연적으로 통치권의 경화와 부의 편중이라는 사회적 불균형성을 불러왔고 거기서 생긴 계층 간의 괴리는 그러한 모순을 극복하고 사회를 개조하고자 하는 사람들에게 지난날의 지배층과 피지배층의 봉건사회적 권력 분열관계를 떠올리게 했다. 여기서 과거의 역사로 오늘의 시대를 상징화하려 한 것이 소설 <장길산>인 것이다. 작가 자신이 이 소설의 연재 예고의 '작가의 말'에서 이 점을 밝혀 말하고 있다. 그는 '한 시대가 다른 시대 속에서 주목할 가치가 있다고 생각한 일들에 관한 기록'에의 도전으로서 우리 시대를 상징화하고 싶다고 하고 있는 것이다.[48] 과거와 현재 간의 교호작용의 실천 주체는 작가의 현재적 세계관이다. 여기서 <장길산>에 작가의 세계관이 개입하게 되었는데 그 요체는 역사 발전의 주체는 민중이란 것이다. 작가는 민중의 역사에 대한 이해와 각성, 참여·투쟁에 의해 어떤 암담한 현실도 바른 방향으로 발전해 갈 수 있다고 믿은 것으로 보인다. 그는 역사 발전의 원동력을 의식화된 민중의 생동하는 힘에서 찾아내려 열망한 것이다.[49] 역사

---

47) 성민엽, 앞의 책, p.31.
48) 황석영, "<장길산> 연재예고 사고", 『한국일보』, 1974. 6.30.
49) 황광수, 앞의 책, p.127.

상 민중의 저항은 그 하나하나로 볼 때 실패의 연속이다. 그러나 그 비극으로 끝나곤 하는 민중의 항쟁은 그것 자체로서 인간의 존엄성을 보여주는 것이다. 그리고 그 연면한 실패의 축적이 인류사의 새로운 시대를 여는 단초가 되는 것이고 그러므로 인류 사회의 차원에서 볼 때 그 모두가 성공인 것이다.

> 대저 역사를 논할 때, 도도한 물결의 끝없는 흐름은 잊고서 잠시 암벽에 걸려 돌아가거나 웅덩이에 괴는 흐름의 한끝만 보고서 꺾였다느니 멈추었다느니 하게 마련이지만, 높은 데서 낮은 데로 흐르는 것이 물의 본성이자 섭리인 것이다. 사람의 일은 늘상 그러하여 나아가게 되어 있으며 전혀 없던 일을 시작하는 일에 실패란 없는 것이며, 그만큼 나아간 것이 아니랴.[50]

작중의 이와 같은 작자 개입은 바로 황석영의 세계관·역사관을 말해주는 것이다. <장길산>은 이러한 역사관을 가진 작가에 의해 쓰여진 것인데 문제는 작가가 작중인물 장길산에게 이를 주입하여 그와 같이 사고하고 행동하게 하려 한 데에 있다. 의적은 개혁가이지 혁명가는 아니며 그들은 단순한 행동자이지 사회조직이나 정치조직에 관해 새로운 비전을 제공할 수 있는 사상가(ideologist) 내지 예언자가 될 수는 없다.[51] 그런데도 작가는 장길산을 현대적 사상을 가지고 현실에 대한 관점이 투철한 인물로 형상화하여 당대 사회의 전체성을 드러내는 데 역기능을 하게 만들고 그에 주입된 작가의 의식이 현실의 모습을 왜곡하는 결과를 부르고 있다는 비판을 듣게 되었다.[52] 작가 자신의 역사관에 입각한 등장인물에의 그러한 이데올로기 주입은 이 소설을 3백여 년 전 세상에

---

50) <장길산> 제9권, pp.158-9.

51) E. J. 홉스보옴, 앞의 책, pp.21-2.

52) 이훈, "역사소설의 현실반영", 「홍벽초 <임거정>의 재조명」(사계절, 1988), p.172.

오늘날의 의식화된 사람이 활약하게 하는 억지 이야기로 만들고 있는 것이다. 아무리 양보해도 장길산과 같은 숙종조의 의적이 봉건 왕조 이외의 국가 체제를 꿈꿀 수 있으리라고는 생각되지 않으므로 '대동세상'이란 것도 장길산이란 등장인물의 이상세계라기보다 작가의 그것이라 할 수밖에 없을 것 같다. 그러므로 이 작품이 '역사의 지나친 현대화'란 지적을 받아도[53] 변명하기는 어렵게 되어 있다. 등장인물에의 현대적 이념 주입은 결국 그 인물이 작가에 의해 조종당하는 꼭두각시가 되게 만들고 역사를 기형적으로 현대화하는 결과를 불러왔고 이것은 소설 <장길산>에 가장 큰 손상을 입히고 있다 할 것이다.

Ⅳ. 결론

황석영의 대하소설 <장길산>은 조선 숙종조라는 과거를 빌려 작가 당대, 독자 당대의 모순을 비판, 공격하고 있다. 곧 작가는 17세기 말에서 18세기 초 조선 현실을 빌려 1970–80년대 한국의 현실을 우의적으로 비판하고 있는 것이다.

이 소설은 배경이 된 시대의 모순을 다음과 같이 들추어내 보여주고 있다.

첫째, 이 소설은 당시 양반 지배층이 노비들을 어떻게 짐승보다 못한 취급을 했던가를 고발하고 있다.

다음으로, 이 소설이 그려 보여주고 있는 것은 반상(班常)의 비인간적 차별대우의 현장이다. 또 이 소설은 부패한 관리들이 힘없는 농민들의 고혈을 빠는, 착취의 현장을 보여주고 있다. 그 밖에도 작가는 이 소설을

---

53) 강영주, "홍명희와 역사소설 <임거정>", 「홍벽초 <임거정>의 재조명」(사계절, 1988), p.129.

통해 과거제도를 둘러싼 조선사회의 부패상, 백성을 상대로 한 나라의 가혹한 노역 징발 등을 생생하게 그려 보여주고 있다.

작가는 위와 같은 피지배 민중들의 고통을 등장인물 개개인의 것이 아닌 그 시대인의 보편적인 것으로 그리고 있다. 그리고 그것은 1970년대에서 80년대에 이르는, 정통성과 도덕성을 상실한 군사정권에 시달린 민중의 고통의 우의(寓意)인 것이다.

한 가지 특기할만한 것은 이 소설은 그 주인공이 전형적인 의적이고 이 작품은 의적소설의 한 전형이라 할 만 하다는 것이다. 의적은 민중 속에서 태어나 그들의 꿈을 위해 싸우는 영웅인 만큼 이 소설은 한 편의 민중소설이라 할 수 있을 것이다.

그러면서도 이 소설은 몇 가지 한계, 문제점을 지니고 있다.

첫째, 이 소설에 영웅주의적 성격이 팽배하다는 것을 들 수 있다. 그와 같은 영웅주의는 작품의 분위기를 경박한 것으로 만들고 있을 뿐 아니라 사실주의의 규범을 무시하는 결과를 부르고 있는 것이다.

또 한 가지 더욱 큰 문제는 작가가 역사소설이 지녀야 할 우의적 의미에 너무 집착한 나머지 주인공에게 지나치게 자신의 이념을 주입하여 그 인물이 생명을 잃고 작가의 손끝에 조종당하는 모습을 보임과 동시에 과거가 억지스럽게 현대화 되는 무리를 범하고 있다는 것이다.

윤흥길의 <장마>
민족 화합 기원의 주가(呪歌)

I. 서론

작가 자신 스스로 자기의 출세작이자 대표작이라고 말하고 있는[1] 윤흥길의 중편 <장마>는 발표 당시 크게 화제가 되었던 소설이다. 한 평론가는 이 작품이 윤흥길이란 한 작가의 작품집 속에 위치해 있지 않고 한국 문학사라는 넓은 체계 속으로 편입되게 되었다고 말하고 있다.[2] 윤흥길은 그의 작품들이 영어, 일어로 번역됨으로서 해외에도 알려져 있는 작가다.[3] 그의 작품 중 처음으로 외국어로 번역된 것이 바로 <장마>

---

1) 윤흥길, "술 한턱에 산 대표작 <장마>로 진 빚", 「교보문고」(교보문고, 1986년 10월 11일), p.21.
2) 오생근, "개인과 사회의 역학", 「우리 시대의 작가 총서 <윤흥길>」(은애출판사, 1979), p.111.
3) 윤흥길의 소설로 외국어로 번역, 간행된 것은 다음과 같다. 1979년 <장마> 등 그의 소설이 「長雨」란 표제로 『東京新聞社』에 의해 일어판으로 간행됨. 1980년 <황혼의 집>

인데 이의 일어판을 읽은 한 일본인 작가는 이 작품이 한국문학의 영역에 머물지 않고 세계문학의 위치에 있다고 높이 평가하고 있다.[4]

흔히 분단소설, 이데올로기 소설이라고 불리는 이 작품은 같은 지칭을 들어 온 최인훈의 <광장>이 시간이 흐를수록 잦은 비판의 목소리를 듣고 있는 것과는 대조적으로 지금까지 별다른 부정적인 지적을 받는 일 없이 꾸준히 널리 읽히면서 일반 독자는 물론 평단으로부터도 변함없는 상찬을 받아 오고 있다.

그런데 결코 적다고 할 수 없는 이 작품에 대한 저간의 언급은 작품 분석에 기초한 강단비평적인 것은 거의 없고 대부분이 소박한 감상을 토로하고 있는 것들이다. 필자는 <장마>가 발표된 지 그리 오래되지 않아[5] 아직 가치 고정이 되었다고 단언할 수는 없겠지만, 변함없이 많은 독자를 가지고 있고 국내외의 작가, 비평가, 평론가들로부터 이 정도의 꾸준한 높은 평가를 받고 있다면, 한 편의 현대의 고전으로 대접해 이 작품에 대한 정면에서의 심도 있는 연구가 있어도 무관하지 않겠는가 하는 생각을 했다. 필자는 이 작품의 문예물로서의 우수성은 어디에 있는가, 독자에게 던져주는 감동의 연원은 이 작품의 어디에 있는가를 감상비평적 분석에 의해 규명해 보고자 한다.

일어판이 『東京新聞社』를 통해 발간됨. 1982년 <에미>가 <母>란 표제로 일본 新潮社에 의해 일어판으로 간행됨. 1989년 <낫>이 <鎌>이란 표제로 일본 角川書店에 의해 일어판으로 간행됨. 1989년 <황혼의 집>이 <The house of twilight>란 표제로 영국 리더스 인터내셔널사에 의해 간행됨.

4) 中上健次, "윤흥길 <장마>의 충격", 일본 『每日新聞』, 1979년 5월 8일.

5) <장마>는 1973년에 발표되었다.

II. 강요된 이데올로기와 동질성의 파탄

　<장마>는 윤흥길이 친구에게서 들은, 그 친구의 체험과 자신의 체험을 바탕으로 거기에 그의 상상력을 동원해 쓴 소설이다. 그는 어느 날 함께 낚시를 간 친구로부터 그의 아버지가 6.25사변 때 행방불명이 되었는데 점쟁이가 돌아올 것이라고 한 그 날 아버지는 돌아오지 않고 구렁이가 집에 기어들더라는 이야기를 듣고 그것이 이 작품 창작의 모티브가 되었다고 말하고 있다.[6] 그것이 이 소설의 제재인 셈이고 그는 거기에 그 자신의 체험을 보탰다. 그의 외삼촌은 6.25사변 때 금화지구 전투에서 전사했는데, 그 외삼촌이 전사한 것으로 되어 있는 작중의 동만 소년의 외삼촌의 모델이 된 것이다. 그는 또 소설 속에 등장하는 소년의 외할머니와 이모도 그의 실제 외할머니와 이모를 모델로 삼았다고 말하고 있다.[7] 그는 이러한 재료들을 모아 해체한 다음 한 편의 소설로 재구성한 것이다.

　이 소설은 먼저 따뜻한 정으로 맺어져 있던 친족이 이데올로기의 상충으로 빚어진 전쟁의 와중에서 어떻게 분열되고 서로를 증오하는 적대관계로 변하고 있는가를 보여준다. 이 소설의 내레이터인 소년의 할머니를 윗어른으로 한 친가 가족들과 외할머니를 윗어른으로 한 외가 가족은 6.25사변이 발발한 당시만 해도 의좋은 사돈댁 사이였다. 난리가 끝날 때까지 서로 의지하며 살자고 외가 식구가 동만의 집에서 살게 한 것도 할머니가 권해서였다. 그러나 그러한 관계는 오래 유지되지 못한다. 적대적인 이데올로기는 인정으로 맺어져 있던 두 가족을 갈라서지 않을 수 없게 강요한 것이다. 인민군이 밀고 내려 와 공산 치하의 세상이 되었을 때 인민군 편에 가담한 소년의 삼촌은 반공주의자인 소년의 외삼촌

---

6) 윤흥길, 「문학동네 그 옆 동네」(전예원, 1983), p.73.
7) 윤흥길, "궁상반생", 「무지개는 언제 뜨는가」(창작과 비평사, 1979), p.268.

을 집안끼리의 정리상 숨겨주지만, 인민군이 패해 물러가게 되자 사람들을 시켜 외삼촌의 은신처를 덮치게 한다. 미리 낌새를 채고 피신을 한 바람에 화를 면했지 그렇지 않았더라면 소년의 외삼촌은 사실상 삼촌의 손에 죽게 되었을 것이다. 다정하던 친족이 전쟁이 터지자 상대의 목숨을 노리는 사이가 되고 만 것이다. 소년의 삼촌은 빨치산이 되어 산으로 들어 가버리고 외삼촌은 국군장교로 입대하게 되는데 그 외삼촌이 전사하고부터 두 집안은 원수와 같은 사이가 되고 만다. 건지산에 벼락이 떨어지던 날 외아들을 잃은 외할머니는 무서운 저주를 퍼붓는다.

더 쏟아져라! 어서 한 번 더 쏟아져서 바웃 새에 숨은 뿔갱이 마자 다 씰어 가그라! 나뭇틈 새기에 엎딘 뿔갱이 숯뎅이 같이 싹싹 끄실러라! 한 번 더, 한 번 더, 옳지! 하늘님 고오맙습니다.

아들이 빨치산으로 집을 나간 할머니는 이 저주에 격분하여 은혜를 원수로 갚는 '늙다리 여편네'라고 욕한다. 이를 계기로 두 노인은 하늘을 같이 일 수 없는 원수가 된다. 원한과 반목 갈등은 두 노인 사이의 것으로 끝나지 않는다. 할머니는 그 아들을 장모를 두둔한다고 원망하고, 외할머니는 딸에게 시어머니의 지나친 말을 듣고만 있느냐고 다그친다. 이데올로기는 소년의 집 가족 구성원 간에 마저 불신을 심고 있다. 삼촌이 밤중 몰래 소년의 집으로 돌아왔을 때 소년의 아버지는, 빨치산으로 있다가 자수하여 전과 같이 안심하고 살고 있는 사람의 예를 들면서 삼촌에게 자수를 권하지만 삼촌은 형마저 자신을 속인다면서 믿으려 들지 않는다. 이에 소년의 아버지는 동생의 뺨을 때리면서,

내가 그럼 이놈아, 너를 이놈아, 죽을 구뎅이로 몰아 넣는단 말이냐? 하나배끼 없는 동상놈을 못 쥑여서 환장이라도 혔단 말이냐, 이놈아?

하고 배반당한 육친감에 분통을 터뜨린다.

이데올로기의 충돌 사이에서 인간이 들볶이는 비극성은 이 소설의 내레이터 동만의 경우에서 가장 가혹한 것으로 극명하게 나타난다. 한 평문이 '순진한 눈'의 관점이라고 표현했듯,[8] 소년은 이데올로기니 뭐니 하는 사상적 차원의 문제는 알지도 못할 뿐 아니라 전혀 관심도 없다. 그러나 밖에서 들어온 이 이데올로기란 괴물은 결국 전쟁을 일으켰고 이 소설에서 전선은 북쪽 저 멀리에 있고 전장은 소설의 전면에 한 번도 등장하지 않지만 어느 누구도 전쟁의 당사자 아닌 사람이 없다. 소년의 경우도 예외일 수 없어 불신, 배반, 갈등, 증오의 소용돌이 속으로 말려 들어가게 된다. 그리고 그가 순진무구의 소년이었기 때문에 가장 쉽게 가장 쓰라린 상처를 입는다.

소년이 입는 첫 번째 상처는 남방샤쓰 차림의 낯선 형사의 유혹과 기만, 배신에 의한 것이다. 소년은 어느 날 삼촌의 절친한 친구라면서 그 낯선 사람이 갑자기 그 앞에 나타나 초콜릿으로 꾀는 바람에 절대로 말해서는 안 되는, 삼촌이 몰래 집을 다녀간 사실을 털어 놓고 만다. 형사는 소년으로부터 들은 말을 아무한테도 말하지 않겠다고 한 약속을 어기고, 소년의 아버지를 오라로 묶어 끌고 가 고문을 한다. 철부지 어린 소년이 노회한 형사의 간계에 넘어간 이 사실에 소년의 할머니는 제 삼촌을 팔아 먹은 사람백정으로 절대로 용서할 수 없다면서 상종도 하지 않으려 한다. 할머니의 사실상의 의절 선언과 아버지에 의한 집 밖 출입금지 조처, 고문으로 저는 아버지의 다리 이런 것이 소년을 깊은 죄책감에 빠지게 해 소년은 몇 번이나 자신이 죽어버리기를 바란다.

소년은 그 위에 항상 그의 편에 서 주는 외할머니로부터도 또 다른 시달림을 당한다. 외할머니는 소년에게 외삼촌과 친삼촌 중 누가 더 좋으냐고 묻는다. 소년은 외삼촌과 친삼촌 둘 다 좋을 뿐 아니라 그로서는 누

---

8) 이동하, 「문학의 길 삶의 길」(문학과 지성사, 1987), p.94.

구는 좋고 누구는 싫다고 말할 입장이 아님에도, 외할머니는 똑 부러지게 하나만을 가려내라고 강요하는 것이다. 이는 첨예하게 맞선 공산주의와 자본주의 두 이데올로기가 서로 자기 쪽을 선택하지 않을 경우 적대적인 대상은 물론 중도적인 대상도 그러한 존재 자체를 인정도 용납도 하지 않으려는 극도의 흑백 논리에 빠져 있었음을 상징적으로 보여주는 것이다.

위에서 본 바와 같이 두 개의 적대적 이데올로기는 친족인 두 청년으로 하여금 적으로 맞서 싸우게 하고, 그것은 친족 구성원 모두에 영향을 미쳐 가족 공동체가 사분오열, 해체에 이르게 하고 있다.

윤흥길 소설에서 드러나는 민족적 특질은 무엇보다도 동양적 가부장제도와 그 안에서의 끈끈한 가족적 연대감이라고 지적한 상당히 수긍할 만한 견해가 있는데,[9] 적어도 이 소설의 대단원 단층 이전까지에서 만은 그러한 것은 철저하게 허물어지고 있다.

III. 이데올로기를 극복한 공통의 전통적 삶

친족이 영원히 분열, 해체되어 끝없이 적대하여 돌이킬 수 없는 동질성의 파탄에 이를 것 같던 <장마>의 사람들은 이 소설의 종반에 이르러 감동적인 대반전을 보여주면서 화해에 이른다. 할머니는 아무 날 아무 시에 아들이 돌아올 것이라 한 소경 점쟁이의 말을 조금도 의심하지 않고 믿는다. 그러나 점쟁이가 말한 날 소년의 집에 나타난 것은 소년의 삼촌 아닌 한 마리의 큰 뱀이다. 소년의 할머니도 외할머니도 그것이 소년의 삼촌이 죽어 환생한 것이라고 생각한다. 할머니는 기절을 해버리고 외할머니가 나서서 사람들을 내몰아 뱀을 해치지 못하게 하여 제 갈 길로 돌아가게 한다. 정신을

---

9) 정명교, "가족·개인·도구", 「우리 시대의 작가 총서 <윤흥길>」(은애출판사, 1979), p.152.

되 차린 할머니는 아들을 무사히 돌려보낸 외할머니의 손을 잡고 그 험한 일을 해준 데 대해 깊이 감사하고 두 사돈 간은 다시 화해를 하게 된다. 할머니는 그 후 기력을 되찾지 못하고 죽게 되는데 임종에 앞서 소년의 손을 잡고 그를 용서해 주고 소년도 할머니의 모든 일을 용서한다.

이로서 이 작품의 대단원에서 이데올로기에 의해 해체된 공동체는 다시 하나로 결집되고 파탄에 이르렀던 동질성이 회복돼 극적인 화해에 이르고 있다. 이 소설은 한국인은 같은 피를 나눈 단일민족으로 영원히 원수로 갈라서서는 안 되며, 외래의 이데올로기가 그들을 분열시키고 반목, 갈등에 휩싸이게 하고 전란에 시달리게 하지만 그것은 일시적인 것일 뿐 결국에는 다시 하나가 될 수밖에 없다는 것을 말해주고 있다. 곧 이 소설은 이데올로기에 의해 둘로 갈라서 적대하고 있는 한민족의 화해의 당위성과 필연성을 주장하고 있고 그것이 이 소설의 주제다.

그런데 작가는 이 당위성과 필연성을 관념적, 논리적인 요설로 하지 않고 그 특유의 방법으로 하고 있다. 작가는 그의 기원이기도 한 그 당위성과 필연성을 등장인물들이 일하고, 먹고, 입고, 자는 등 그들의 전통적인 삶의 모습이 같고 그들의 신앙이 같은 데서 귀납적으로 찾아 보여주고 있다.

비록 이데올로기의 강요에 의해 둘로 나뉘어 적으로 싸우고 있지만 이 소설에 나타난 한민족 고유의 전통적인 삶의 양식은 여전히 같다. 좌우로 나뉘었어도 삶의 동질성은 여전히 그대로인 것이다. 이 소설의 곳곳에는 이데올로기의 소도구격인 검광(劍光)과 같은 섬뜩한 것, 비린 피 냄새, 얼음처럼 찬 외래적인 것이 등장하지만 그때마다 한민족이 오래동안 만지고 먹고 입고 한 포근하고 구수하고 따뜻한 전통적인 것이 등장해 사람들을 끈끈한 정으로 이어져 있게 한다.

외래 음식 초콜릿이 순진한 소년을 꾀어 죽음과 같은 고통으로 몰아넣지만 외할머니가 완두콩을 까놓아 지은 밥, 할머니가 만든 고사리나물과 호박전이 친족, 가족의 정이 되살아나게 하고 있다.

외삼촌의 전사를 통지하러 온 사람들은 서구에서 들어온 전쟁용품의 하나인 군용 방수포를 쓰고 있는데, 동생의 생사를 확인하려고 빗속에 나서는 소년의 아버지는 삿갓을 쓰고 있다.

불의 경우만 해도 그렇다. 서구 문명의 산물인 회중전등을 번뜩이며 온 사람들이 소년의 외삼촌의 전사를 알리는데, 이에 대조적으로 할머니는 한민족이 오랜 옛날부터 켜온 장명등(長明燈)을 밝혀두고 아들이 돌아오기를 기다린다.

소년을 속이고 그 아버지를 고문한 형사는 외래 의상, 남방샤쓰를 입고 있는데 이에 대조적인 모습으로, 할머니는 돌아올 아들이 편안하게 입을 우리의 전통의상 한복을 짓는다.

또 소년의 삼촌이 살인 무기 수류탄과 권총을 가지고 왔을 때 할머니는 가짓대를 삶아 동상을 낫게 하라고, 인간의 상처를 아물게 하는 한국 전래의 민간요법을 가르쳐 주고 있다.

위에서 보는 바와 같이 무단히 뛰어든 이데올로기에 묻어 들어온 비정한 외래적인 것들이 한국인의 삶에 간섭하고 그들을 이간하고 상처를 내려하지만, 그때마다 이데올로기와 관계없이 같이 하고 있는 공통의 삶의 양식이 그 비인간적인 것들을 끝내 이질적인 것으로 내몰고 있는 것이다.

이러한 좌우가 같이 살고 있는 공통의 전통적인 삶은 전쟁의 아수라 장에서도 한민족이란 공동체를 해체로부터 막아 주고, 이 소설에 등장하는 인물들은 이웃에 대한 정을 잃지 않는 순후한 모습을 보여준다. 사람들은 지난날 행악이 심했던 밀주 단속원을 미워하면서도 그에 대한 사형(私刑)이 정도를 넘자 이를 더 이상 보려하지 않는다. 또 배경이 되어 있는 마을의 구장은 소년의 삼촌의 생사 확인을 위해 끔찍스런 시체 사이를 헤집고 다니는 일을 앞장서 맡고 나선다. 소년의 삼촌이 돌아온다는 날 온 마을 사람이 다 소년의 집을 찾은 것도 호기심에서 이기도 하지만 이웃 청년에 대한 걱정의 마음이 전혀 없는 것도 아니다. 소년의 할머니가 기절해 깨어나지 못하자 진구 아버지는 이웃 마을로 달려가 의원을 데리고 오는데 이 모습도 우리 특유의 이웃의 정이 조금도 변하지 않고 있음을 보여 주는 것이다.

위에서 본 바와 같이 이 소설은 근심 걱정 슬픔 아픔을 같이 해온 한민족은 느닷없이 외부로부터 뛰어든 이데올로기로 인해 일시 진통은 겪지만 영원히 분열 해체될 수는 없다는 것을 말해 주고 있는 것이다.

공통의 일상적인 삶과 함께 이 소설에서 두 집단의 가족 구성원들을 분열 해체로부터 막아 주고 화해에 이르게 하는 것은 그들이 같은 영혼의 세계에 살고 있다는 사실이다. 이 소설에서 두 집안과 그 가족들을 다시 친족으로 맺어 주는 화해는 이 동일한 영혼의 세계, 민간신앙에 의해서 극적으로 이루어진다. 이 작품에 나타나 있는 신앙은 한국 특유의 무속신앙이다. 한국의 경우 무속적 요소가 문학작품의 바닥에 깔려 작품을 이끌어 가는 힘이 되기도 한다는 것은 분명한데,[10] 이 작품이 바로 그 경우에 해당한다. 이 소설은 우리 민족에 전통적으로 전래해온 무속신앙의 진한 냄새를 귀기스럽게 풍기고 있어[11] 흔히 샤머니즘 소설이라고 불리고 있다. 샤먼이라는 술어는 신령을 조종하고 지배하는 자라는 뜻의 퉁구스어 shaman에서 온 말로 알려져 있다. 샤머니즘은 시베리아와 중앙아시아에서 특히 두드러졌던 종교현상으로[12] 한국도 그 분포권 속에 위치한다.[13]

샤머니즘의 개념은 두 가지로 구별하여 볼 수 있다. 하나는 엘리아데

---

10) 장덕순, "국문학과 무속", 「한국전통사상과 문학(김동욱 외)」(서울대학교 출판부, 1987), p.55.

11) 정명교, 앞의 책, pp.150-1.

12) 미르치아 엘리아데, 「샤마니즘」(도서출판 까치, 1992), p.24.

13) 이두현 외, 「한국민속학개설」(학연사, 1983), p.155.

가 망아(忘我)의 테크닉이라고 말한 엄밀한 학문적 의미에서의 샤머니즘이고, 다른 하나는 대중에 폭넓게 퍼져 있는 토속신앙으로 상식적 의미에서의 샤머니즘이다.[14] <장마>의 민간신앙 세계는 후자 곧 상식적 의미에서의 샤머니즘으로 여기에도 엄연한 체계와 원리는 있다. 옛날부터 한국의 종교는 여러 종교가 섞여 민간에 스며들었다. 멀리 신라의 정신문화부터 유·불·도 삼교가 무교와 접목된 것이어서[15] 이 종교혼합현상(syncretism)은 오래 전부터의 것이었다 함을 알 수 있다. 경찰과의 접전에서 많은 수의 빨치산이 죽었다는 말에 동생의 안위가 걱정이 되어 직접 가서 시체를 확인하고 온 소년의 아버지가 그곳 사망자에 동생은 없더라고 했을 때 할머니가 좋아 하는 모습에서 우리는 한국의 혼합신앙을 볼 수 있다.

이윽고 할머니는 어린애처럼 엉엉 소리 내어 울면서, 합장한 두 손바닥을 불이 나게 비비대면서 샘솟듯 흘러내리는 눈물로 뒤범벅이 된 늙고 추한 얼굴을 들어 꾸벅꾸벅 수없이 큰절을 해가면서, 하늘에 감사하고 땅에 감사하고 조상님네들께 감사하고 터줏 귀신에게 감사하면서, 번갈아 방바닥과 천정과 사면 벽을 향하여 이리 돌고 저리 돌고 뺑뺑이질을 치면서 미쳐 돌아가는 것이었다.

<장마>는 원수로 갈라 선 소년의 할머니와 외할머니가 같은 신앙세계에서 원수를 풀고 화해하게 되는 과정을 보여 주는 소설이다. 작가는 먼저 외할머니의 무속신앙을 보여 준 다음 이어 할머니의 그것을 보여 주고 마지막으로 두 노인이 한 신앙세계에서 조우함을 보여 준다.

외할머니의 무속신앙은 꿈과 관련된 것이다. 외할머니는 무쇠 족집게

---

14) 이동하, 「문학의 길 삶의 길」(문학과 지성사, 1987), p.198.
15) 김형효, "한국전통사상의 현대적 인식", 「동아문화와 동아문학」(신아출판사, 1987), p.34.

가 자신의 송곳니를 뽑아버리는 꿈을 꾸고 그것이 국군 소대장으로 전장에 나가 있는 아들의 죽음을 알려주는 것이라고 믿는다. 그녀는 손가락이 빠지는 꿈이 남편의 죽음을 미리 알려준 지난 일을 상기하면서 아들의 죽음을 조금도 의심하지 않는다. 한국의 민간신앙에서는 꿈에 손가락이 빠지는 것은 형제가 죽거나 자기의 세력의 일부가 손상될 것을 알려주고, 이가 빠지면 자기의 동기나 친척간의 한 사람이 생이별을 하거나 죽는 것으로 알려져 있다. 특히 이의 경우 윗니는 자기의 윗사람, 아랫니는 아랫사람이 죽을 것을 미리 알려주는 것으로 믿어 오고 있다.[16] 외할머니는 아들의 죽음을 기정의 사실로 하고, '나사 뭐 암시랑토 않다.'는 말을 되풀이함으로서 실제로 그 비보가 왔을 때 자신이 받게 될 충격을 줄이려 한다. 그날 밤 소년의 외삼촌의 전사 통지가 옴으로서 외할머니의 꿈은 현실로 나타난다. 이 때 자신의 꿈이 맞은 것을 마치 무슨 싸움에서 이겨 들떠 있는 사람처럼, 그 꿈을 믿지 않으려 했던 딸들을 나무라는 외할머니의 모습은 신들린 무당과 다를 바 없다.

> 머리를 뒤로 젖혀 한껏 고자세를 하고 앉아서 외할머니는 자기 선견지명을 그제까지 몰라준 두 딸에게 잠시 면박을 주었다. 얼굴이 다시 벌겋게 달아 있었다. 딸들을 바라보는 충혈된 두 눈에 가득 담긴 것은 희열 바로 그것이었다. 자기 예감이 적중된 것을 누구한테나 자랑하고 싶어 어쩔 줄 모르는 기색이 역연했다. 우스꽝스러울 정도로 의기양양해하고 있는 그 표정을 오래 보고 있자니까 주술에 가까운 어떤 강렬한 기운이 가슴 속에 뜨겁게 전달되어 와서 외할머니란 사람이 내게는 별안간 무섭게 느껴졌다.
> 신들린 모습으로 딸들을 나무라는 외할머니는 무당이나 점쟁이가 평

---

16) 한건덕, 「꿈의 예시와 판단」(명문당, 1990), pp.541-61.이빨의 경우 유럽 쪽에서도 비슷하게 믿고 있는 듯, 프로이트는 이가 빠지는 꿈을 꾸면 가족을 잃는다는 민간 속설이 있다고 말하고 있다. 지그문트 프로이트, 「정신분석학입문」상(백조출판사, 1960), p.239.

소 어려워하던 단골에게 점을 칠 때나 굿을 할 때만은 호통을 치는 장면을 연상하게 해 준다.

꿈, 몽조도 하나의 민간 신앙이다.[17] 이를 의심 없이 믿는 외할머니는 그 신앙에 깊이 빠져든 사람의 모습을 보여준다.

소년의 할머니의 신앙은 점과 관계있는 것이다. 할머니는 소경 점쟁이가 아들 순철이 돌아 올 것이라고 한 '아무 날 아무 시'를 믿고 기다리면서 아들을 맞을 준비를 한다. 그날이 하루 앞으로 다가 왔을 때, 호박전을 붙이고 고사리나물을 무치고 장명등을 밝히고 있는 소년의 집은 일대 제장(祭場)이다. 할머니의 명으로 특별히 만든 음식은 제상 차림과 같고 밤새 밝혀 두는 장명등은 아들이 무사히 살아 돌아오기를 비는 할머니의 기원이다. 장명등은 대문 밖, 처마 끝에 켜 두는 등을 의미하지만 이 말에는 '긴 수명'이란 의미의 '長命'의 뜻이 담겨 있다고 보아야 할 것이다.

이 소설 속의 '아무 시'는 진(辰)시로 오전 7시에서 9시까지에 해당한다. 소년의 삼촌은 이 진시가 되어도 오지 않고, 그 시간을 조금 지나서 삼촌 대신 뱀이 나타난다. 이 시간은 사(巳)시로 12주기의 수대기호(獸帶記號)에 의하면 뱀의 시간이다. 작가는 의식적으로 뱀의 시간에 뱀이 나타난 것으로 설정하고 있지만 그 시간이 뱀의 시, 곧 사시라는 것을 직접 말하지 않고 독자가 그것을 알아내어 거기서 묘한 즐거움을 느끼게 해 주고 있다. 그리고 작가는 그렇게 함으로서 뱀의 시에 뱀이 나타났다고 했을 때 빠져 들게 될 경박성을 피하고 있다.

할머니와 외할머니의 신앙이 동일한 것이라 함은 뱀이 나타났을 때 동시에 드러난다. 그것은 한 순간에 두 노인이 그들 앞에 나타난 뱀이 소년의 삼촌이라고 생각하는 시각의 일치에서 알 수 있다.

그렇게도 아들의 무사함을 믿어온 할머니는 뱀을 보는 순간 그것이 아들이 죽어 환생한 것이라고 믿고 기절해버린다. 외할머니 역시 마찬

---

17) 장덕순, 앞의 책, p.57.

가지다. 그녀는 뱀을 해치려는 소년의 손에서 작대기를 빼앗고 돌멩이질을 하는 아이들을 호통을 쳐 제지한다. 그리고는 산 사람에게와 조금도 다름 없이 뱀에게 말을 한다. 어떤 사람이 그 광경을 보고 웃음을 터뜨리자 외할머니는 욕설을 퍼부어 그 사람이 더 이상 웃지 못하게 한다. 우리의 민간에는 불교의 통속관념에 근거한 순환론이 믿어져 오고 있다. 곧 사람이 죽으면 그 혼은 또 다시 다른 생명의 원형으로 반복될 수 있다고 믿는 것이다.[18] 그러니까 두 노인은 이 순환론을 믿고 있는 셈인 것이다. 두 노인은 뱀으로 환생한 소년의 삼촌이 소년의 집의 가신(家神), 곧 그 집안의 살림을 보호하고 늘게 하는 업이 되었다고 믿는다. 한국의 민속신앙에는 업에는 사람업과 족제비업, 구렁이업 등이 있는데 구렁이업이 일반적인 것으로 알려져 있다.[19] 두 노인은 소년의 삼촌이 그 구렁이업이 된 것으로 믿고 있는 것이다. 한국에는 뱀을 숭배하는 고래의 토테미즘이자 샤머니즘이 있는데[20] 이 소설은 그러한 일면을 보여주기도 하는 것이다. 뱀의 출현으로 두 노인은 그들의 영육이 같은 세계의 동일한 것임을 재발견, 확인하고 거기서 비로소 화해의 손을 잡는다. 두 노인에서 시작한 균열이 사방으로 번져 친족, 가족공동체를 해체에 이르게 했듯 이번에는 두 사람의 화해가 다시 역으로 온 가족 친족을 하나로 결합하게 하여 그 전의 화목을 회복하게 해 주고 있다. 민속종교는 그 민족의 고유성을 보존 전승하는 큰 맥락이라고 한다.[21] 이때 고유성의 보존 전승은 그 동질성의 보존 유지의 기능도 하는 것이라고 보아야 할 것이다. 작가도 이 점에 착목을 한 듯 외국에서 들어온 이데올로기에 묻어 온 총포의 그늘 속에 가려워진 인간적인 진실을 밝혀내고, 우리 민족 고유의

---

18) 이인복, 「한국문학에 나타난 죽음 의식의 사적 연구」(열화당, 1980), p.20.

19) 이두현 외, 「한국민속학개설」(학연사, 1983), p.185.

20) 구인환, 「한국근대소설연구」(삼영사, 1983), p.380.

21) 이두현 외, 앞의 책, p.152.

전통정서를 통하여 부단히 동질성을 확인해 나감으로서 박래품 이데올로기의 결과로 날로 심화되어가는 남과 북의 이질화 현상을 극복하고자 했다고 말했는데,[22] 그의 그러한 시도는 이 작품에서 성공을 거두고 있다 할 것이다. 그러므로 샤머니즘이 작가에 의해 한의 극복을 위한 일종의 '처방'으로 제시 되어서는 안 된다는 말은[23] 이 작품에 그렇게 적합한 말이라 할 수 없다. 작가는 샤머니즘을 분단 현실을 깨부수는 구체물로서가 아니라 민족의 동질성을 확인하기 위한 하나의 상징적 도구로 사용했을 뿐이기 때문이다.[24]

위에서 본 바와 같이 <장마>에서 작가 윤흥길이 세계를 보는 눈에는 낙천적이고 긍정적인 데가 있다. 이점에서 같은 이데올로기 소설이면서 부정적이고 비관적인 최인훈의 <광장>(전집판 이전의 <광장>)과 대조적인 성격을 보여준다 할 것이다.

Ⅳ. 상징과 미적 승화

<장마>는 여러 가지 면에서 우수성이 인정되는 소설이다. 특히 이 작품이 인위적인 억지스러움을 보이지 않으면서 뛰어난 기교를 구사하고 있다는 점은 눈여겨 볼만한 것이다. 그 특유의 기교는 소설 전체 구조에서 여러 측면을 들어 말할 수 있는데 그 중 몇 가지 특히 돋보이는 경우를 살펴보고자 한다.

먼저 이 소설 여기저기에서 발견할 수 있는 상징적 표현 기법이 그 중 하나라 할 것이다. 문학에 있어서 상징이란 어떤 대상이나 사건을 의미

22) 윤흥길, "고통의 가치", 「문학동네 그 옆 동네」(전예원, 1983), p.161.
23) 이동하, 「문학의 길 삶의 길」(문학과 지성사, 1987), p.205.
24) 윤흥길, "술 한턱에 산 대표작 <장마>로 진 빚", 「교보문고」(교보문고, 1986년 10월), pp.20-1.

하면서도 또 그것을 넘어서는 것을 의미하거나 가리키기 위해 사용되는 것으로 정의 된다.[25] 인간은 본래 경험을 상징으로 전환할 수 있는 능력을 가지고 있는데, 작가란 사람들은 그 능력이 여느 사람보다 뛰어나고 윤흥길은 그 중에서도 더욱 뛰어난 것으로 보인다. 그는 어떤 추상적인 것을 대신하는 구체적인 사물을 제시하여 둘 간의 조응관계를 이루는 가운데 연상과 암시에 의해 그 사물에 특별한 의미를 응축시키고 있다. 이 소설에서 이 상징 곧 관념과 정서의 사물로의 치환은 여러 곳에서 발견된다.

먼저 이 작품의 제목이 되어 있는 '장마' 자체가 상징성을 띤 것이다. 그것은 외래의 이데올로기의 충돌로 찢기고 할퀴인 한반도, 한민족의 비운을 우는 눈물이다. 끊임없이 들리는 빗소리, 낙숫물 소리는 타의에 의해 조국 강토가 분단되고 동족 끼리 피를 흘리며 싸우지 않을 수 없게 된 한민족의 한 맺힌 울음소리다.

또 하나의 분명한 상징적 구체물은 소년의 집 부근에 있는 건지산이다. 이 산이 머리로 하늘을 떠받치고 있다고 한 것으로 보아 한자어로는 '乾支山'이 되는 것 같다. 이 산은 한민족의 조국 강산을 상징하는 것으로 보아야 할 것 같다. 점잖은 촌 노인처럼 그저 묵중하게 서 있는 건지산의 의젓한 모습은 한민족의 숭엄한 조국이다. 이 건지산에 천둥 번개가 치는 모습은 이데올로기로 인해 분단되고 그 이데올로기의 충돌로 일어난 전란에 시달리고 있는 한반도를 머릿속에 떠올려 준다.

이따금씩 하늘 어두운 구석에서 번개가 튀어나와 그 언젠가 마을 앞 둑길에서 어떤 사내가 어떤 사내의 가슴에 쑤셔박던 그 죽창처럼 건지산 아니면 그 근처 어딘가를 무섭게 찔러댔다. 그리고 그럴 적마다 찔린 산이 지르는 비명과도 같은 천둥소리가 지축을 흔들었다. 그만한 덩치

---

25) M.H.Abrams, A Glossary of Literary Terms, Cornell University, 1957, p.168.

에 그만큼 아픈 찔림을 당한다면 내 입에서도 그 정도의 비명쯤 당연히 나오겠다 싶은 처참한 소리를 지르곤 했다. 이른 아침부터 건지산이 부대끼는 모양을 멀리서도 똑똑히 볼 수 있었다.

어떤 사전은 번개를 하늘 칼로서 재난을 상징한다고 하고 있는데,[26] 위의 구절이 바로 그 경우로 이는 죄 없이 사상 유례 없는 전란에 시달리고 있는 한반도를 상징하고 있는 것이다.

이 소설에는 두 가족이 주로 등장한다. 한 가족은 소년의 친가로 세 세대의 가족이되 제일 윗대와 중간대에 결혼한 부부가 포함되는 사회인류학에서 말하는 직계가족(stem family)이고, 또 한 가족은 소년의 외가로 부부와 미혼 자녀로 구성된 핵가족(nuclear family)이다.[27] 이 두 가족은 혈연으로 얽힌 친족이다.[28] 두 가족이 이루는 친족 관계는 한민족을 상징하고 있다. 두 가족 구성원 중 소년의 삼촌이 빨치산이 되고 외삼촌이 국군 장교가 되고부터 친족관계는 허물어져버리고 원수로 돌아서 버리는데, 이는 한반도에 적대적인 이데올로기가 들어오고 나서 상잔의 싸움을 벌이게 된 한 핏줄의 한민족을 상징하는 것이다. 그러므로 대단원에서 두 가정이 원수를 풀고 모든 가족 구성원이 화해하고 있는 것은 언젠가는 한민족 동질성 회복의 날이 와야 하고 또 오고야 말 것이라는 것을 의미하고 있다.

장마가 계속되자 소년의 집이 있는 마을과 읍내 쪽 마을은 그 사이로 흐르고 있는 강이 범람하는 바람에 교통이 두절되고 있는데, 이 장면도 38선에 의해 분단되어 내왕이 끊겨버린 한반도를 상징적으로 그리고 있는 것이다. 작중 소년의 아버지는 비록 징검다리가 물에 잠겨 그곳으로

---

26) 한국문화상징사전편찬위원회, 「한국문화상징사전」(동아출판사, 1992), '번개'
27) 이두현 외, 앞의 책, pp.56-7.
28) 위의 책, pp.61-2.

강을 건널 수는 없지만 사람들이 좀 둘러 가면 두 마을을 내왕할 수 있다고 말하고 있는데, 이는 한민족이 어리석게 이데올로기의 앞잡이가 되어 서로 등을 돌리고만 있을 것이 아니라 다시 하나가 되는 길을 찾으려 하면 그 길을 발견할 수 있다는 것을 우회적으로 말해 주고 있는 것으로 받아 들여야 할 것이다.

소년의 외할머니가 밥에 놓아먹을 완두콩을 까고 있는 장면과 때때로 소년의 음낭을 주무르고 있는 것도 문장상의 1차적인 의미 이상의 뜻을 가지고 있다. 콩은 소년의 음낭과 함께 생산의 기능을 하는 구체물이다. 소년의 외할머니는 그전에도 그런 습관이 있었지만 아들이 전사하고 나서는 계속해서 완두콩을 까다가 쉬는 틈에 소년의 음낭을 주무르면서 '즈이 외삼촌 타겨서 붕알도 꼭 왜솔방울 맹키로 생겼지…'라고 혼잣말을 하고 있다. 외할머니는 외아들을 잃음으로서 아들에게서 대를 이을 자손을 볼 수 없게 되었다. 그러나 노인은 소년의 음낭을 만짐으로서 딸에게서 난 손자가 그녀의 피를 타고 난 후손을 낳아 줄 것이라는 사실을 확인하고 있다. 소년의 생식능력은 아무리 전란에 부대끼고 시달려도 여전히 가지고 있을 한민족의 불멸의 생명력을 상징한다 할 것이다.

마지막으로 끊임없이 쉬지 않고 대바구니에 완두콩을 까 담고 있는 소년의 외할머니의 모습도 특별한 의미가 있는 것이다. 그것은 어떤 시련에도 인내하며 이를 극복하는 한민족의 끈기 있는 삶의 모습이기도 하겠기 때문이다.

<장마>에서 또 한 가지 높이 평가해야 할 것은 그 구성에서 어떤 완성미를 느낄 수 있다는 것이다. 이 작품의 구성은 한 치의 틈도 조금의 느슨함도 없으면서도 인위적으로 조작된 것 같은 느낌이 들지 않게 하고 있다. 그만큼 출중한 결구능력이 유감없이 발휘되고 있는 것이 <장마>의 구성이라 해도 될 것이다.

이 소설은 6.25사변 중 어느 해 남한의 한 마을이 배경으로 장마가 시

작되고부터 그것이 걷게 되는 기간에 일어나는 사건을 줄거리로 하고 있다. 민족의 수난을 상징하는 장마는 이 소설의 발단 단층에서 시작되어 줄기차게 내려 빗소리는 이 소설의 주조음을 이루고 있다. 천둥 번개와 함께 비가 쏟아지는 가운데 전쟁은 가열해지고 적대적 이데올로기를 택한 한 친족의 두 청년은 허망하게 젊은 목숨을 잃고,[29] 따뜻한 정을 주고받으며 살고 있던 두 가정의 구성원들은 서로 갈등, 반목하며 증오하는 사이가 된다. 그러나 영원히 끝나지 않을 것 같던 비도 소설이 대단원으로 가면서 그치게 된다. 비구름을 내모는 서늘한 바람이 불고 마침내 비가 그쳐 낙숫물 소리가 멎자 등을 돌렸던 사람들은 화합의 손을 잡는다. 이는 이데올로기가 강제한 한민족의 분열과 반목, 동족상잔도 일시적인 것으로 언젠가는 그것이 끝나고 다시 하나로 화합하는 날이 올 것이라 함을 뜻하고 있다. 그것은 또한 작가 윤흥길을 포함한 우리 모두의 절절한 기원이기도 하다. 작가는 이러한 심장한 의미들을 시작되는 장마 빗소리와 멈추는 낙숫물 소리 사이에서 감동적으로 전해 들려주고 있는 것이다.

또 <장마>는 뛰어난 구성 외에 특유의 원근법으로 독자의 청각 이미지를 자극해 독자로 하여금 사건의 현장에 있는 듯한 느낌이 들게 하는 강한 사실성을 띠고 있다. 우리는 소년의 외삼촌의 전사가 알려지는 과정에서 바로 그러한 기교를 접할 수 있다. 외삼촌의 죽음의 통지는 무속의 세계에서 저승과 이승을 연결하는 매개 기능을 수행하는 것으로 알려진[30] 개가 짖는 소리에서 다가온다. 저승세계를 연상하게 하듯 동구 밖 멀리서 들리기 시작한 개 짖는 소리는 다른 개들이 따라 짖음으로서

---

29) 이 소설 속에서 소년의 삼촌의 생사는 확인되지 않고 있지만 이 작품은 그가 죽었다 함을 넌지시 내비치고 있다. 그래서 평문 중에는 그가 죽었다고 단언한 경우도 있는데 그 대표적인 것이 김현의 글이다. 김현, 「문학과 유토피아」(문학과 지성사, 1987), pp.286-7.

30) 한국문화상징사전편찬위원회, 앞의 책, '개'

차츰 가까이 와 그 소리가 더욱 커지고 소년의 집 개가 이에 가세하면서, 어둠의 장막을 갈기갈기 찢어놓을 만큼 사납고 우렁찬 소리로 변한다. 거기에 이어 이번에는 전사 통지를 전하러 온, 명부의 사자를 떠올리게 하는 사람 소리가 들리고 거기서 비로소 죽음이 전해진다. 그 흉보에 소년의 어머니가 울음을 터뜨림으로서 혈족을 저승으로 보낸 인간의 조상(弔喪)의 소리가 앞의 소리들에 이어진다. 한편 죽음의 소식 전달이란 소임을 다한 '소리들'은 올 때의 역순으로 큰 소리가 차츰 작아지면서 물러간다. 그 사람들이 인사를 주고받고 물러나고 잠잠하던 개들이 다시 큰 소리로 짖어대다가 그 소리가 차츰 멀어지면서 작아지다가 이윽고 잠잠해져 버린다. 거기에는 마치 음악에서 점점 세게(   )에서 시작해서 점점 약하게(   )로 끝나는 악보의 연주를 떠올리게 하는 데가 있다. 여기서 우리는 이승과 저승의 어둡고 먼 거리를 느끼게 된다.

위의 장면은 이 소설에 무속적인 분위기를 한층 더 높여 어떤 귀기를 느끼게 한다. 이러한 기교는 <장마>가 흔히 이데올로기 소설이 그러기 쉬운 딱딱한 사상의 노출이나 관념적 언어유희에 빠지지 않고 보편적인 한국인의 삶의 모습을 훌륭히 재현하게 해 주고 있는 것이다.

이 소설은 그러면서 한민족의 동질성의 회복에 대한 강한 염원을 담고 있고, 그런 점들이 독자를 흡인하는 힘이 되고 있다고 보아야 할 것이다.

Ⅳ. 결론

<장마>는 밖으로부터 들어온 두 개의 적대적 이데올로기에 의해 해체된 민족공동체의 화해와 동질성 회복의 당위성과 필연성을 주장하는 한 편의 이데올로기 소설이다. 이점에서 같이 이데올로기 소설로 불리는 최인훈의 <광장>이 작가의 부정적 비관적 세계관을 반영하고 있는

것과는 대조적으로 <장마>는 작가 윤흥길의 긍정적 낙관적 세계관을 반영하고 있다 할 것이다.

작가는 그러한 당위성과 필연성을 관념적인 요설 아닌 특유의 방법으로 주장하고 있다. 그것은 한민족이 비록 이데올로기에 의해 둘로 갈라서서 피를 흘리며 싸우고 있지만 양쪽이 두 가지 면에서 공통의 전통적인 삶을 사는 한 핏줄이기 때문에 결국은 다시 하나가 될 수밖에 없다함을 보여주고 있다.

한 측면은 좌우로 갈라선 양쪽이 여전히 공통의 전통적인 일상적 삶을 살고 있다는 사실이다. 등장인물들은 잠자고 일하고 먹고 마시고 입는 것에서 아득한 옛날부터의 그 공통성을 변함없이 그대로 보여줌으로써 한민족은 외래의 낯선 이데올로기가 영원히 갈라놓을 수 없는 하나라는 것을 말해주고 있다.

다른 한 측면은 양쪽이 다 같은 신앙을 가지고 있다는 점이다. 양쪽이 다 같이 믿고 있는 신앙은 한국 고유 전통의 무속신앙이다. 흔히 이 소설을 샤머니즘 소설이라고 부르는 것도 그 때문이다. 적대했던 두 등장인물은 그들이 동일한 무속신앙의 세계에 살고 있음을 알고 쉽게 또 자연스럽게 화해에 이르고 있다. 그러니까 이 소설은 정신세계의 불가분성에서 민족 동질성이 반드시 회복되어야 하며 그렇게 될 것이라고 말하고 있는 것이다.

작가는 이 소설에서 뛰어난 창작 테크닉을 구사하고 있는데 그 중에서 특히 돋보이는 것은 상징적인 표현이다. 작가는 구체적인 사물로 연상과 암시에 의해 거기에 여러 가지 관념, 정서, 특별한 의미를 응축시키고 있다. 계속해서 내리는 비는 재난에 우는 한민족의 눈물, 비와 번개에 시달리는 산은 전란에 할퀴이고 있는 한민족의 조국, 등을 돌린 친족은 이데올로기로 갈라선 한민족, 외할머니가 수시로 주무르는 소년의 음낭은 한민족의 불멸의 생명력과 조응 관계를 이루고 있는 것 등이 그러한 경우다. 이 상징적 처리는 이 소설로 하여금 흔히 이데올로기 소설이 빠지기 쉬운 이념적 경직성과 관념적 언어유희라는 함정에 빠져들지 않게 하고 이 소설의 예술성을 한층 높여주고 있다.

한 마디로 <장마>는 한민족의 동질성 회복이란 민족적 염원이 담긴 한편의 아름다운 주가(呪歌)라 할 것이다.

조세희 <난장이가 쏘아올린 작은 공>

고르지 못한 분배사회의 모순 고발

Ⅰ. 서론

1970년대 한국에 있어서의 가장 근본적인 사회문제 중 하나를 제재로 다루고 있는 것이 조세희의 소설집 <난장이가 쏘아올린 작은 공>이다. 1970년 『세대』에 발표한 <뫼비우스의 띠>에서 1978년 『문학사상』에 발표한 <에필로그>에 이르는 12개의 단편으로 이루어진 연작소설 형식을 취하고 있는 이 소설집은 1960년대에 시작된 물량적 차원에서의 경제성장 우선주의가 부른 사회병리현상을 해부하고 있다.[1]

---

1) 12개의 단편은 다음과 같다. ① <뫼비우스의 띠>(『세대』 1976.2) ② <칼 날>(『문학사상』 1975.12) ③ <우주 여행>(『뿌리깊은 나무』 1976.9), ④ <난장이가 쏘아올린 작은 공>(『문학과 지성』 1976. 겨울) ⑤ <육교 위에서>(『세대』 1977.2) ⑥ <궤도 회전>(『한국문학』 1977.6) ⑦ <기계 도시>(『대학신문』 1977.6.20) ⑧ <은강 노동가족의 생계비>(『문학사상』 1977.10) ⑨ <잘못은 신에게도 있다>(『문예중앙』 1977. 겨울) ⑩ <클라인씨의 병>(『문학과 지성』 1978. 봄) ⑪ <내 그물로 오는 가시고기>(『창작과 비평』 1978. 여름) ⑫ <에필로그>(『문학사상』 1978.3)

‘잘 살아보자’는 구호를 앞세운 정부 주도의 성장정책은 나라 전체로 보아서는 오랜 절대빈곤에서 헤어나게 했지만 그 부가 소수의 가진 자들에게 편중하여 다수의 가지지 못한 서민들은 가난에서 크게 헤어나지도 못했고 부의 편재로 인하여 전보다 더한 상대적 빈곤감을 느끼게 되었다. 경제개발정책은 공업화의 성격을 띠게 되었고 그러자니 투자는 공업 쪽에 집중되고 1차 산업부문 특히 농업부문은 외면당하는 결과가 되었다. 1960년대에 전체인구의 60% 정도이던 농림수산업 인구가 1970년대에 40% 정도로 크게 떨어졌고 그 대신 공업인구는 8%선에서 14%선으로 크게 늘어났다. 도시로 나온 농어촌 출신의 대부분의 인력은 저임금 공장노동자가 되었다. 이들은 농어촌에서는 느껴보지 못하던 빈부의 격차를 느끼게 되었다. 흔히 경제발작시대라고 불린 이때에 외형적 성장이 급했던 정부는 대외경쟁력을 이유로 근로자들의 임금인상, 복지향상에는 관심을 보이지 않았고 상당수의 기업주들은 이에 편승해 부의 축적에만 급급해 근로자들에게는 저임금도, 열악한 작업환경도, 그들에게 되돌려 줄 힘이 생길 때까지 참고 견뎌야 한다면서 일방적인 인내만을 강요했다. <난장이가 쏘아올린 작은 공>을 두고 복지의 균점을 누리지 못하는 사람들의 비참한 생태를 그린 것이라 한 진단도 이 소설이 바로 그러한 시대적 모순을 지적하고 있다 함을 말해 주고 있는 것이다.[2]

이 글은 위와 같은 이야기의 이 소설의 노동소설적 성격과 미학적 특성을 집중적으로 고찰해 보고자 한다.

II. 부의 편재가 부른 균열

이 작품 속 인물들의 가난은 주인공 영수의 말에 은유적으로 나타난

---

2) 천이두, “소외된 군상들의 생태”, 「한국소설의 관점」(문학과 지성사, 1983), p.110.

다. 그는 그와 동생들의 옷에 주머니가 달려 있지 않은 것을 알고 그 어머니에게 돈도 넣어 주지 못하고 먹을 것도 넣어 줄 수 없으니까 우리들의 옷에는 주머니를 달아 주지 않는 것이 아니냐고 묻는다. 가난이 그들에게 주는 고통은 차츰 커 가고 있다. 그것은 영수의 주변 사람들이 가난을 견디다 못해 스스로 비극적인 최후를 맞음으로서 더욱 증폭된다. 영수의 이웃에 살고 있는 명희는 영수를 좋아한다. 그녀는 그에게 '조그맣고 따뜻한 젖'을 만지도록 허락하고 영수가 공장에 들어가지 않고 장래를 위해 공부를 열심히 하면 자기를 하고 싶은 대로 하게 해 주겠다고 말한다. 그러나 영수가 집의 가난으로 끝내 공부를 포기하고 공장에 취직을 해버리고 말자 그녀는 다시는 영수를 만나주지 않는다. 그리고 그녀는 공원에서 다방 종업원, 고속버스 안내양, 골프장 캐디를 전전하다 임신을 하게 되고 거기서 절망감을 이기지 못해 음독자살을 하고 만다.

백십칠 센티미터의 키에 삼십이 킬로그램 체중의 난장이인 영수의 아버지는 채권매매, 칼 갈기, 고층건물 유리 닦기, 펌프 설치하기, 수도 고치기로 평생을 살아왔으나 가난은 갈수록 심해져 자식들의 교육도 시키지 못하고 더구나 노령으로 일도 할 수 없게 되자 가족의 짐이 되지 않기 위해 공장의 높은 굴뚝 위에서 아래로 떨어져 죽고 만다. 난장이는 죽기 전 하늘에 작은 쇠공을 쏘아올리겠다고 말하고 있다. 이것은 힘없고 가난한 자의 탄원이란 상징성을 띠고 있다. 무력한 난장이 노인이 쏘아올리는 쇠공은 금방 지구의 인력에 끌려 땅에 떨어지고 말게 되어 있다. 그러므로 그가 쏘아올리려 한 쇠공은 받아들여질 리 없는 호소, 절망을 의미한다.

가난하고 힘없는 사람들의 절망은 이웃에 살고 있는 한 노인에 의해 한 번 더 강조된다. 이 노인은 공장에서 일하다 한쪽 눈을 잃고 나무껍질을 벗겨 그것을 땔감으로 팔아 연명하고 있다. 한 아이가 앞으로의 그의 생활이 어떠해질 것 같은지 하나를 짚으라면서 아주 좋아질 것이다, 비교적 좋아질 것이다, 좋아지지도 나빠지지도 않을 것이다, 약간 나빠질 것이다, 아주 나빠질 것이다, 대답할 수 없다의 여섯 개의 문항을 제시한다. 노인은 "아주 좋아질 거야. 거기다 동그라미를 쳐줘."라고 말한다. 아이가 뜻밖이라는 표정을 짓자 노인은 "나는 곧 죽을 거야."라고 그 이유를 밝힌다.

개선의 여지가 보이지 않는 절망적인 삶의 조건은 영수에게도 다가온다. 그는 어린 공원들이 낙하하는 물체가 갖는 힘, 감겨진 태엽 따위가 갖는 힘과 같은 기계 에너지로 사용되는 공장에서 일한다. 은강그룹의 한 공장에서 공원으로 일하면서 그는 노동운동에 뛰어든다. 그는 협박을 받고 폭행을 당하고 그래서 병원에 입원을 해야 했고 구류를 살기도 했다. 그는 아무 잘못도 없이 강제 해고된 동료의 복직을 주장하고 극악한 작업환경의 개선과 임금인상을 요구하며 계속 싸운다. 그러나 회사측은 공작창 뒷골목을 지나가는 그에게 폭행을 가할 뿐 근본적인 개선을 하려 하지 않는다.

회사 측은 회사가 경쟁에 지면 문을 닫을 수밖에 없다고 위협하면서 지금은 분배할 때가 아니고 축적할 때라고 설득한다. 사장은 힘껏 일한 다음 자기와 공원들이 함께 누리게 될 부를 이야기한다. 그들은 그들의 부정과 부의 심한 편중을 가리기 위해 맑은 정신을 흐리게 하는 허황하고 위선적인 희망을 내세우고 있는 것이다. 곧 올 것이라는, 함께 잘 사는 날은 오지 않고 작업시간은 갈수록 늘어나고 공원의 수는 줄어들어 삶은 고통이 더해 갈 뿐이다. 영수의 동생 영호는 이러한 현실에 대해 "그러나 그가 말하는 희망은 우리에게 아무 의미를 주지 못했다. 우리는 그 희망 대신 간이 알맞은 무말랭이가 우리의 공장 식탁에 오르기를 원했다."고 하고 있다.

영수는 은강그룹 회장으로 대표되는 가진 사람들을 범죄자로 인식하기 시작한다.

애꾸눈 노인네 껍질나무 벽에는 지명 피의자 수배벽보가 붙어 있었다. 살인, 살인미수, 강도상해, 강간, 공무원자격 사칭, 특수강도, 사기, 수뢰 등의 죄목이 피의자들에게 걸려 있었다. 내가 아는 죄인들의 이름은 올라 있지 않았다. 잡범들의 사진 위에 검거도장이 찍혀 나갔다. 큰 범죄자들은 우리와 먼 곳에 있었다.

「클라인씨의 병」

그리고 영수는 이러한 큰 범죄자들의 범죄를 방관하고 있는 사회를 폭력집단으로 보았다. 영수는 그에 대해 다음과 같이 공책에 써 두고 있다.

'폭력이란 무엇인가?' 총탄이나 경찰곤봉이나 주먹만이 폭력이 아니다. 우리의 도시 한 귀퉁이에서 젖먹이 아이들이 굶주리는 것을 내버려두는 것도 폭력이다. 반대의견을 가진 사람이 없는 나라는 재난의 나라이다. 누가 감히 폭력으로 질서를 세우려는가?

「난장이가 쏘아올린 작은 공」

영수는 햄릿을 읽고 모차르트의 음악을 들으면서 눈물을 흘리는 (교육받은) 사람들이, 이웃집에서 받고 있는 인간적 절망에 대해서 눈물짓는 능력은 마비되고, 또 상실하고 있다 함을 알게 된다. 그러나 영수는 명희나 그 아버지처럼 절망하지 않는다. 그는 이제 자신이 폭력에 의해 그가 살고 있는 폭력적 사회를 극복하려 한다. 그는 그 길이 은강그룹 회장을 죽이는 것이라고 생각하고 그것을 결행한다. 너무 닮았기 때문에 잘못 알고 그 동생을 죽이는 결과가 되었지만 그는 칼로 회장을 찌른 것이다. 살인죄로 법정에 선 그는 자신이 한 일이 우발적인 살의에 의한 것이 아니었다고 말한다. 그는 은강그룹의 회장이 인간을 생각하지 않았기 때문에 그를 죽였다고 살해동기를 밝혀 말한다. 그리고 그와 같은 진술에 의해 그는 사형을 선고받고 형장의 이슬로 사라져간다.

III. 악마적 광인의 문제 제기와 투쟁

이 소설의 주인공 영수는 루시앙 골드만이 말한 이른바 '죄인'이나 '악마적 광인'과 같은 문제 제기적 인물이라 할 수 있다. 골드만은 게오르그 루카치의 「소설의 이론」을 바탕으로 어떻게 하여 이러한 인물이 생겨나게 되는가를 말해 주고 있다. 골드만에 의하면 교환가치, 곧 타락한 가치를 지향하는 사람들로 구성된 사회에는 생산의 측면에서 위와 같은 타락한 가치를 지향한 사람들 외에 모든 방면에서의 창조자들이 남아 있는데 이들은 본질적으로 사용가치를 지향하는 사람들로 사용가치를 지향한다는 바로 그 점 때문에 사회에서 밀려나 문제적 개인이 된다는 것이다. 이러한 등장인물 소설에 있어서는 주인공과 세계 사이에는 뛰어넘을 수 없는 단절이 있다. 이때 문제 제기적 인물은 교환가치 곧 타락한 가치를 추구하는 타락한 사회에서 타락한 방법으로 진정한 가치를 추구하려 한다는 것이다. 영수와 그의 두 동생 영호, 영희와 사용자를 상대로 정당한 자기 몫을 요구하고 있는 근로자들은 진정한 가치 곧 사용가치를 추구하는 사람들이다. 이들 중 문제 제기적 인물 영수는 타락한 방법으로 이 진정한 가치를 추구하려 하는데 거기서 결과한 것이 살인과 그로 인한 그의 죽음이었다.

그런데 이 작품에서 영수는 처음부터 죄인 혹은 악마적 광인과 같은 문제 제기적 인물이 아니었다는 것에 유의할 필요가 있을 것 같다. 이 소설의 전반부에 등장하는 영수는 한 사람의 현실에 순응하는 소년이다. 그는 그를 좋아하는 명희와 그 부모의 소원을 따라 절대로 공장에 취직하지 않고 공부만 하려 하지만 찌든 가난에 하는 수 없이 중학교 3학년 초에 학교를 그만둔다. 그러나 그는 그 아버지가 아무리 애써도 자기를 공부시킬 수 없게 되어 있는 이 사회를 원망하지 않고 헌 라디오를 사서 방송통신고등학교의 강의를 듣는다.

영수는 순응주의자로 지나칠 정도로 무력한 모습을 보여 주고 있다. 그들이 살고 있는 판잣집이 무허가라 하여 철거계고장이 왔을 때 동생 영호는 "어떤 놈이든 집을 헐러 오는 놈은 그냥 놔두지 않을테야."라고 벼르지만 영수는 "그들 옆엔 법이 있다."고 하면서 영호를 말린다. 철거반원들이 왔을 때 영호는 스스로 잠갔던 대문을 열어주고 영수도 이불과 옷가지를 싼 보따리를 메고 나와 그들의 집을 부수라고 내주고 있다.

철거반원들이 영수네 집을 쇠망치로 간단히 부숴버렸을 때 이웃의 부잣집 가정교사를 하고 있는 청년 지섭은 백여 세대 이상의 사람들이 그곳에 생활의 터전을 잡을 때 뻔히 알면서 못 본 척했다가 이제 그들이 살고 있는 집을 부수어 내쫓는 것은 덫을 놓은 것이라면서 철거반원들을 인솔하고 온 사람을 때리다가 철거반원들에게 뭇매를 맞는다. 그 때도 영수는 영호와 함께 아버지에게 손이 잡힌 채 같이 싸우지도 말리지도 않고 지섭이 피를 흘리며 맞는 것을 구경만 하고 있다. 그의 집이 부서지고 지섭이 피투성이가 된 채 끌려가는 것을 지켜본 영수는 "나는 더 이상 견딜 수 없었다."고 해 독자는 순간적으로 긴장하게 되지만 바로 그 다음 행에서 독자는 영수에게서 기대와는 전혀 다른 어떤 행동을 읽게 된다. 그는 잠이 그를 눌러왔다고 하고 부서진 대문 한 짝을 끌어 내 그 위에 엎드려 햇살을 등에 느끼며 서서히 잠에 빠져들고 있는 것이다.

여기까지에서 볼 수 있듯 영수는 세상을 어쩔 수 없는 것으로 받아들이고 있다. 그의 "우리를 해치는 사람은 없었다. 우리는 보이지 않는 보호를 받고 있다."는 말에서 우리는 그가 도리어 세상을 선의로만 해석하려 하고 있는 일면까지 발견할 수 있다.

여기까지의 영수는 지섭이 말하는 도도새와 같은 인물이다. 도도새란 십칠 세기말까지 인도양 모리티우스 섬에 살았던 새로 날개를 사용할 생각을 않아 그것이 퇴화해 결국 날 수 없게 되어 다 잡혀 죽고 말아 멸종해버린 조류를 말한다. 이 소설 전반까지의 영수는 날개짓을 하지 않는 도도새와 같은 인물이다.

　영수는 이 소설의 중반 이후 그 성격이 표변한다. 그는 노동조합결성과 사용자를 상대로 한 투쟁을 지휘한다. 그는 협박과 테러에도 굴하지 않고 마지막에는 은강그룹의 회장 동생을 살해하기에 이른다. 영수는 이 작품의 중반을 경계로, 한 작품 속에서 성격이 발전하고 변화하는, E. M. 포스터가 말한 원형적 성격을 보여 주고 있다.[3]

　영수는 세계와 자신 사이에 놓인 심연, 단절에 눈뜨게 된다. 근로자인 그가 살고 있는 현실은, 어머니가 그러지 말라고 하는데도 어머니 몰래 잘 사는 사람들 집에서 나는 고기 굽는 냄새를 맡으러 가는 그의 행동에서 보이는 바와 같은 적빈한 것인 반면 사용자들은 그보다 열배 이상의 돈을 받고 저녁때면 공장을 나서 공업지역에서 먼 깨끗한 주택가에 있는 행복한 가정으로 돌아가는 것이다. 영수의 아버지가 꿈꾼 세상은 사랑이 있는 그것이었다. '사랑으로 일하고 사랑으로 자식을 키운다. 사랑으로 비를 내리게 하고, 사랑으로 평형을 이루고 사랑을 불러 작은 미나리아재비 꽃 줄기에까지 머물게 하는' 그런 세상이었다. 그러나 영수는 실재하는 세상은 그것이 아니라 함을 깨닫는다.

> 　…그들은 낙원을 이루어간다는 착각을 가졌다. 설혹 낙원을 건설한다 해도 그것은 그들의 것이지 우리의 것이 아니라는 생각을 나는 했다. 낙원으로 들어가는 열쇠를 우리에게는 주지 않을 것이다. 그들은 우리를 낙원 밖 썩어가는 쓰레기 더미 옆에 내동댕이쳐 둘 것이다.
>
> 　　　　　　　　　　　　　　　　　　　　「잘못은 신에게도 있다」

　이에 영수는 그의 손으로 그들이 살 수 있는 세상을 만들려 한다. 그 세상은 릴리푸트읍을 표방하고 있다. 릴리푸트읍은 「은강 노동가족의

---

3) E. M. Forster, Aspects of Novel, (Penguin Books, 1957) p.75.

생계비」에 등장하는, 독일 하스트로 호수 근처에 있는 곳이다. 그 곳은 집과 가구 일상용품의 크기가 난장이들에 맞도록 만들어져 있다. 그 곳에는 난장이의 생활을 위해하는 어떤 종류의 억압, 공포, 불평등, 폭력도 없다. 릴리푸트읍은 여러 나라에서 모인 난장이들이 세계를 자기들에게 맞도록 축소시켜 거기에는 전제자도 큰 기업도 공장도 경영자도 없는 것으로 되어 있다. 영수가 이 세상은 난장이로 상징된 억눌린 자, 공평한 분배를 받지 못한 자, 그래서 빈궁에 시달리는 자가 살 수 있는 곳이 되어야 한다고 생각하고 이를 실현할 수 있는 방법을 찾아 나선 것이 골드만이 말한바 '타락한 방법'인 것이다.

<난장이가 쏘아올린 작은 공>은 얼핏 한정화소로서의 도둑 모티프 소설이라는 생각이 들지 않는다. 그러나 불균형 분배와 빈부격차, 그로 인한 노사 간의 분규, 투쟁으로 시종하는 작품이라는 인상을 주고 있는 이 소설에는 분명한 도둑 이야기가 등장하고 있고 그것이 이 작품에서 중요한 의미를 띠고 있다. 영수의 동생 영희는 그들의 판잣집이 철거되는 대신 얻게 된 아파트 입주권을 싼 값에 산, 돈 많은 청년을 자청해서 따라간다. 그와 동거하고 있던 영희는 그를 약물로 마취시킨 다음 금고 속에 들어 있던 그녀 아버지 명의의 아파트 입주권과 돈 그리고 칼을 꺼내 가지고 돌아온다. 이것은 상대가 '항거할 수 없게 한 다음 재물을 탈취'했다는 점에서 형법상 명백한 강도행위이다.

그런데도 우리에게는 영희가 강도라는 범행을 저지르고 있다는 생각이 들지 않고, 그래서 이 작품이 도둑 모티프 소설이라는 점에도 의아하기 쉬운 것이다. 영희의 행위가 도둑이란 범죄로 느껴지지 않는 데에는 다음과 같은 이유가 있다.

첫째, 영희는 복합적 성격을 가지고 있는 등장인물인데 그 중 일면의 성격에 대조적인 다른 일면의 성격을 가지고 있기 때문이다. 영희는 그 성격의 일면으로 감성적이고 여성 특유의 연약성을 보여주고 있다. 그러한 성격은 "영희는 눈에 다시 눈물이 괴었다. 커도 마찬가지였다. 계집애들은 잘 울었다."고 한 영수의 말에 잘 나타나 있다. 줄 끊어진 기타를 치고 머리에 팬지꽃을 꽂고 쉽게 눈물을 흘리는 영희의 모습이 바로 이 연약하고 감성적인 성격을 보여 주는 일면이다. 그러나 그녀는 동시에 이와 대조적인 의지적이고 강인한 다른 한 면의 성격을 가지고 있다. 고기가 먹고 싶은 영수가 이웃에서 굽는 고기냄새를 맡으러 갔을 때도 영희는 그런 그를 나무란다. 그녀의 부모의 집이 헐리는 대신 받게 된 아파트 입주권을 팔려고 했을 때도 영희는 '우린 못 떠나'라고 말하고 있다. 그런데 쉬 울고 팬지꽃 앞에서 줄 끊어진 기타를 치는 영희의 모습은 독자에게 강한 이미지를 심어 주고 그것이 독자로 하여금 그녀의 이 의지적이고 강인한 성격이 결행하게 한 형법상의 강도행위를 범죄 아닌 '금고 안에 든 것을 꺼내오기'로 받아들이게 하고 있는 것이다.

둘째, 영희가 그러한 행위에 전혀 죄의식을 가지고 있지 않다는 사실도 우리가 그러한 행위를 범죄로 받아들이지 못하게 하고 있다. 영희가 자신의 행위에서 죄의식을 가지지 않게 된 것은 상대적으로 그녀의 집의 철거와 입주권의 전매가 가진 자들의 가지지 못한 자들을 상대로 한 강탈행위라는 인식에서 출발하고 있다. 영희에게는 그들의 집의 강제철거 자체가 그들의 행복을 빼앗는 행위였다. 60년대 이후 도시로 이주한 빈농출신의 저임금 도시근로자들은 변두리에 판자촌을 형성하고 살았다. 행정당국은 60년대 후반 이후 이 판잣집들을 불량주택이라 하여 개량사업이란 이름으로 철거를 강행했다. 그 명분에는 화재의 위험이 크고 상하수시설의 미비로 위생상의 문제가 있다는 것과 함께 미관상 좋지 않다는 것도 있었다. 이 명분에는 부분적으로 상당한 타당성이 있는 것도 사실이었지만 문제는 그 주민들의 이주대책이 제대로 세워지지 않은 채 이 시책이 졸속하게 강행되었다는 데 있었다. 행정당국은 판잣집을 철거하고 아파트를 지어 철거민들을 이주시킨다는 것이었는데 주민들이 영세하여 아파트 입주금을 부담할 능력이 없는 사람이 많았던 것이다. 그래서 그들은 집이 헐리게 되면 아파트 입주권을 팔지 않을 수 없게 되었고 따라서 그들은 안락하게 살고 있던 그들의 집을 잃게 되는 결과가 되는 경우가 많았다.

영희네 판잣집의 주소가 낙원구 행복동으로 되어 있는 것은 역설적인 명명이다. 가진 자들과 행정당국의 눈에 위험하고 불결하고 미관을 해치는 것으로 비친 판잣집이었지만 그들에게는 행복한 낙원이었다는 것이다.

내가 영희 옆으로 다가갔을 때 영희는 장독대 바닥을 가리켰다. 장독대 시멘트 바닥에 '명희언니는 큰 오빠를 좋아한다'고 씌어 있었다. 집을 지을 때 남긴 낙서였다. 영희가 웃었다. 우리에게는 그때가 제일 행복했다. 아버지와 어머니가 도랑에서 돌을 쪄왔다. 그것으로 계단을 만들고 벽에는 시멘트를 쳤다. -중략- 하루하루가 즐거웠다.
「난장이가 쏘아올린 작은 공」

영희는, 판잣집의 철거는 그녀 일가의 행복을 빼앗는 행위임을 깨닫게 된 위에 그들의 집을 강제로 파괴하고 그들을 그 집에서 내모는 이 일을 둘러싸고 가진 자들이 가지지 못한 자들의 몫을 빼앗는 범죄행위가 저질러지고 있음을 알게 된다. 아파트 임대 신청서에는 '신청자와 입주자는 동일인이어야 하며 제삼자에게 전대하거나 임차권을 채권의 담보로 제공할 수 없음'이라고 쓰여 있었지만 그것은 죽은 조문이었다. 돈 가진 사람들은 날짜를 소급하여 철거계고장이 발급되기 전에 그 집을 산 것으로 매매계약서를 작성함으로서 싼값에 입주권을 사 모아 이를 전매하여 이익을 취하고 있는 것이다. 영희는 25만원씩 주고 그녀의 집을 비롯한 재개발지구 사람들의 입주권을 거의 다 사들이다시피 한 그 청년이 이를 45

만원씩에 팔아 치부를 하고 있음을 확인한다. 영희는 동직원으로 대표되는 공무원들이 이러한 범죄적 전매행위를 도와주고 있다는 것도 알게 된다. 그래서 그녀는 청년을 마취시키고 입주권을 가져온 것을, 합법적으로 빼앗는 강도행위에 의해 잃었던 그녀의 것을 되찾아왔다고 생각하고 있다. 그래서 그녀가 그 청년의 금고에서 꺼내온 서류로 아파트 입주신청을 한 다음 가까운 이웃 아주머니의 집을 찾아가 쓰러져 탈진상태에서 한 첫마디 말은 "빼앗겼던 걸 찾아왔어요."였던 것이다.

그 어머니는 순결을 입이 닳도록 강조했고 어둠 속에서 남자를 생각하는 것도 용서할 수 없다는 입장을 취했지만 그녀는 그 청년을 따라감으로서 처녀성을 잃는다. 그러나 그녀는 잃어버린 처녀성에 대해 상실감을 가지지 않는다. 그녀는 그것을 내 것을 되찾기 위한 싸움에서 어쩔 수 없이 입게 되어 있는 전상으로 생각하고 있는 것이다. 더구나 그녀는 싸움이 떳떳했고 거기서 되찾고자 한 것을 쟁취했기 때문에 그 상처란 것도 대단할 것도 없는 찰과상쯤으로 받아들이고 있는 것이다. 영희는 위와 같은 행위를 통해 그 동기와 목적이 정당한 이상 수단과 방법은 정당화될 수 있다고 주장하고 있는 것이다.

영희가 결행한 법률상의 '강도', 그녀에 있어서의 '빼앗겼던 내 것의 탈환'은 이 소설에서 중요한 의미를 띠고 있다. 그것이 바로 주인공 영수의 성격변화와 관계하고 있기 때문이다. 원형적 인물 영수는 그 성격이 놀라움을 주면서 변화, 발전하고 있다. 그런데 E. M. 포스터에 의하면 이 놀라움은 독자가 믿을 수 있는 것이어야 한다. 영수의 성격의 변화, 발전이 충격적인 것이라 함은 전술한 바 있거니와 그 충격적인 변화, 발전을 독자가 수긍할 수 있게 해 주는 것이 앞서 언급한 영희의 내 것을 되찾기 위한 장정과 개선이다.

영희는 영수에게 부당하게 많이 가진 자들이 못 가진 자신들의 적이라 함을 일깨워 주고 있다. 그녀는 영수에게 모순된 현실을 그대로 받아들이고 잘못된 질서에 순응해서는 안 되며 그들의 정당한 몫을 싸워서 찾아야 한다는 것을 가르쳐 주고 있는 것이다. 단편 「난장이가 쏘아올린 작은 공」의 결미는 아버지의 죽음을 전해들은 영희가 영수의 환영(幻影)과 주고받는 환청으로 되어 있다.

> 아아아아아아아 하는 울음이 느리게 나의 목을 타고 올라왔다.
> "울지마, 영희야."
> 큰 오빠가 말했었다.
> "제발 울지마. 누가 듣겠어."
> 나는 울음을 그칠 수 없었다.
> "큰 오빠는 화도 안나?"
> "그치라니까."
> "아버지를 난장이라고 부르는 악당은 죽여버려."
> "그래. 죽여버릴께."
> "꼭 죽여."
> "그래. 꼭."
> "꼭."
>
> 「난장이가 쏘아올린 작은 공」

비행접시를 타고 온 외계인이 데려갔다는 소문 속에 실종되었던 영희가 그들의 집을 되 뺏아온 이후 영수는 달라졌다. 그는 노동운동에 뛰어들어 온갖 박해를 받으면서도 사용자를 상대로 정당한 권리를 찾기 위해 투쟁한다. 그 투쟁의 현장에는 영희가 있다. 노동조합원들이 영수의 앞장으로 단식투쟁을 벌일 때 영희는 그들 속에 끼어 노래하고 침묵하고 외치다 정신을 잃고 까무러치기도 하는 것이다.

영수가 이 세상에 건설하려 한 릴리푸트읍은 그 존재를 영희에게서 듣는다. 처음 영수는 영희의 이 읍에 대한 이야기를 들으려고 하지 않지만 이 세상의 분배가 지나치게 불공평하며 가진 자, 힘있는 자들이 가지지 못한 자, 힘없는 자들에 대해 가하는 횡포가 심함을 체험하고 나서 드디어 '영희의 이야기에 귀를 기울이기로' 하고 있다.

영희의 '빼앗겼던 내 것 되찾기'로서의 강도행위는 날고자 하는 용심을 않고 있던 도도새 영수로 하여금 날개를 움직이게 하고 있는 것이다.

IV. 미학적 특성과 남은 문제

가진 자와 못 가진 자, 사용자와 노동자의 대립관계, 거기에서 일어나는 싸움을 소재로 한 소설은 자칫 지나치게 살벌한 이야기가 되기 쉽다. 더구나 열악한 작업환경, 사용자의 노동자에 대한 억압, 가혹행위, 거기에서 파생되는 단식투쟁, 테러, 살인이 등장하고 있는 연작소설 <난장이가 쏘아올린 작은 공>은 그 스토리만 가지고 본다면 더욱 그러한 이야기가 되기 십상이다. 그러나 이 작품에서는 그런 유혈적인 이야기의 냄새가 나지 않는다. 이 소설은 빈부계층 간의 불화, 투쟁의 연속을 보여주면서도 거기에는 시적 서정성이 있다. 이것은 살벌한 이야기를 살벌한 방법으로 하지 않는 작가의 소설가로서의 역량에 의해서 가능해진 것이라 할 수 있을 것이다.

이 소설에서는 이 작품이 미적 승화를 이룩하게 하는 특유의 창작기법이 발견 되는 바 그것은 다음과 같은 몇 가지이다. 첫째, 전편에 나타나고 있는 반복법이다. 작가는 어떤 구절을 반복함으로서 독자로 하여금 어떤 상황이나 감정 상태를 되풀이 경험하게 하여 계속적인 연상작용을 불러일으켜 시적 효과를 거두고 있는 것이다. '영희는 울고 있었다' 또는 '영희는 울었다' 같은 되풀이되는 구절은 가난에 시달리는 소녀의 애련한 모습을 그림처럼 떠올려 준다. 또 영수의 어머니가 그 자식들에게 '아버지는 좋은 분이다'와 '아버지는 지치셨다'고 되풀이 말하고 있는 것은 선량한, 그러나 가난하고 힘없는 가장의 절망적인 모습을 그려 보여 준다. 그 속에 넣어 줄 것이 없어 자식의 옷에 주머니를 달아 주지 않는 부모의 이야기도 되풀이 등장하는데 이것도 '심한 가난'의 슬프고 아름다운 우회적 표현이라 할 것이다.

둘째, 이 작품은 시간상 과거와 현재의 착종을 보여 주고 있다. 시간상 현재의 사건을 서술하고 있다가 갑자기 과거로 거슬러 올라가고 다음 순간 다시 느닷없이 현재로 되돌아온다.

> 사용자4 : 「네, 그러죠. 옷핀이 도대체 어쨌다는 건지 전 모르겠습니다.」
> 사용자2 : 「옷핀?」
> 어머니 : 옷핀을 잊지마라, 영희야.
> 영희 : 왜, 엄마.
> 어머니 : 옷이 뜯어지면 이 옷핀으로 꿰매야 돼.
> 근로자3 : 「그 옷핀이 저희 근로자들을 울리고 있어요.」
> 영희 : 아빠보고 난장이라는 아인 이걸로 찔러버려야지.
> 어머니 : 그러면 안돼. 피가 나.
> 영희 : 찔러버릴거야.
> 근로자3 : 「밤일을 할 때 일어나는 일입니다. 누구나 새벽 두 세 시가 되면 졸음을 못 이겨 깜빡 조는 수가 있습니다. 반장이 옷핀으로 찔렀습니다.」
>
> 　　　　　　　　　　　　　　　　　「잘못은 신에게도 있다」

위의 대화에서 꺽쇠를 한 구절은 현재, 않은 구절은 과거이다. 노사 간의 쟁의 중 '옷핀'의 등장을 계기로 영희는 지난날 어머니와의, 옷핀을 둘러싼 대화를 떠올린다. 졸고 있는 근로자를 깨게 하기 위해 작업반장이 옷핀으로 찌른다는 가혹행위가 쟁점이 되고 있는 동안 그녀는 애들이 그녀의 아버지를 난장이라고 놀렸던 지난날의 아픈 기억을 되살리는 것이다. 이 과거와 현재의 중층적 내왕, 착종은 일종의 몽타주 수법이 되어 작품에 묘한 분위기를 조성하고 있다.

이 소설은 빈부 두 계층이 첨예하게 대립하고 있는 모습을 보여 주고 있다. 그런데 거기에서 우리는 그러한 극단적인 대립뿐 아니라 미묘한 대조법을 발견할 수 있다. 영수와 영호, 영희가 일하는 세계는 톱밥이 숨을 막을 만큼 날고, 섭씨 39도의 열기가 지배하고 청력을 해치는 소음이 있는 곳이다. 그러나 이 작품은 간간이 팬지꽃을 머리에 꽂은 또는 예쁜 얼굴로 풀밭에 엎드린 영희의 모습을 보여 주어 삶을 구성하고 있는 것에 물리적·물질적 교환가치적인 것만이 아니라 또 다른, 더욱 가치 있는 것도 있음을 기억해 내게 해 준다. 쇠망치로 영희의 판잣집을 철거하는 소리와 엇물려 영희가 치는 줄 끊어진 기타소리가 들리고 있는 것도 그런 경우다.

산업화해 가는 사회에서 인간이 개인의 총체적 실현을 이룩하는 것이 갈수록 어려워져 하나의 생산수단의 치차로 전락하고 있다함도 이 대조법을 통해서 보여 준다. 영수의 아버지, 난장이가 가진 작업도구는 '절단기, 멍키스패너, 플러그렌치, 드라이버, 해머, 수도꼭지, 펄프종이굽, T자관, U자관, 나사, 줄톱'이다. 이러한 공구가 수공업사회를 상징한다고 본 것은 타당하다.[4] 난장이의 죽음은 결국 수공업사회의 종말을 의미한다. 그러한 공구와 대조를 이루면서 이 소설에 나타나고 있는 것이 영수가 일하는 작업장이다. 영수는 은강자동차공장에서 일하는데 그는 기계가 작업속도를 결정하는 콘베어를 이용한 연속작업을 하고 있다. 이것은 산업사회에서 인간이 기계의 노예가 되고 있음을 말해 주고 있다.

이 소설에서는 다른 작품에서 볼 수 없는 파격적인 서술기법을 발견

---

4) 김치수, "산업사회와 소설의 변화", 「문학사회학을 위하여」(문학과 지성사, 1983), pp.82-84.

할 수 있다.

　작가는 때로 현대 한국 소설의 전통적인 표기수단인 한글이란 문자를 젖혀 두고 그림이나 도표를 동원하여 어떤 의미에서 보면 탈소설적인 면모를 보여 주고 있는 것이다.

　E. M. 포스터는 소설을 「적당한 길이의 산문으로 된 가공적인 이야기 다(The novel is a fiction in prose of a certain extent).」라고 하고 있는데[5] 그는 여기서 산문이 아닌 표기수단을 써 이 정의를 벗어나고 있는 것이다.

　그것이 옳은 일이냐, 아니냐 또는 그래서 이것을 소설이라 할 수 있느냐 없느냐는 논외로 하고 이 작품에서 작가는 그러한 표현법에 의해 독자가 일반적인 서술문에만 의존했을 때보다 그가 말하고자 한 바를 더 빠르고 더 쉽고 더 깊이 이해할 수 있게 해 주고 어떤 경우에는 일반적인 서술문에서 얻을 수 없었던 독특한 효과를 거두고 있는 것만은 사실인 것 같다.

　그는 「클라인씨의 병」에서 갇혔다는 그 자체가 착각이며 안이 곧 밖이고 밖이 곧 안이란 것을 설명하기 위해 그림을 그려 보여 주고 있다. 이, 소설이 지켜야 할 기본적인 룰을 어기는, 소설이기를 스스로 거부하는 그와 같은 방법에 의해 그가 설명하려던 특이한 모양의 병은 쉬 독자에게 이해되고 있는 것이다.

　그는 또 「기계 도시」에 다음과 같은 5개의 설문조사표를 등장시키고 있다.

• 노동조합의 간부들이 회사의 앞잡이라고 생각하는가?

거의 모두 그렇다	약간 그렇다	전혀 그렇지 않다	잘 모르겠다
39.1	28.3	19.2	13.4

---

5) E. M. Forster, *op. cit.*, p.9. 방점은 필자.

• 우리나라에서 부지런히 일하고 아껴 쓰면서 저축하면 누구나 잘 살 수 있다고 생각하는가?

그렇다	어느 정도 그렇다	좀 어려운 이야기다	도저히 안 된다
41.3	21.5	33.5	3.8

이것도 그냥 서술문보다 노사 간의 날카로운 대립을 체감하게 하는 효과를 거두고 있음을 부인할 수 없다.

그 중에서도 가장 특이한 경우가 단편 「난장이가 쏘아올린 작은 공」 에 등장하는 철거계고장이다. 작가는 여기에 공문서를 원형 그대로의 모습으로 전사해 싣고 있다. 영수 네가 살고 있는 판자집을 그들이 스스로 철거하지 않으면 강제로 철거하겠다는 요지의 이 공문은 '명합니다' '강제' '철거' '징수' 등의 어휘에서 관공서의 비정성을 느끼게 한다. 이 공문은 그 수취인을 '귀하'라는 존칭으로 부르고 있으나 이 말은 그 내용과 너무 대조를 이루어 희롱의 느낌마저 불러일으키고 있다. 사각의 선으로 둘러싸인 냉랭한 어조의 이 계고장 말미의 '끝'이라 한 한 마디를 읽고 나서 우리는 여느 산문에서보다 더 강한 관부(官府)의 얼음같이 찬 행정집행을 몸으로 느끼게 된다. 그보다 더 우리의 주목을 끄는 이 소설의 창작기법은 이 작품에서 볼 수 있는 시점의 변화다. 이것은 각각 다른 내레이터의 시각을 통해 그들의, 세계를 보는 눈의 차이를 보여 준다.

단편 「난장이가 쏘아올린 작은 공」은 영수, 영호, 영희 삼 남매가 차례로 1인칭 시점으로 서술하고 있다. 그리하여 판잣집의 철거, 입주권의 전매와 되찾아오기, 그 아버지의 자살 등을 말하는 세 사람의 이야기를 통하여 가난하고 무력한 한 가족이 겪는 고통스런 삶을 독자가 같은 아픔을 가지고 읽게 해 주고 있다. 영희가 강도행위를 하고 있는 대목에서 우리가 그것을 범죄로 받아들이지 않게 되는 것도 그녀가 1인칭 시점을 통해 자신이 무죄하다고 생각하는 의식세계를 펼쳐 보여 주고 있기 때문이다.

한편 내레이터가 '가진 계층'으로 바뀌면 이야기는 달라진다. 은강그룹 회장의 셋째 아들 경훈의 입을 통해 서술하는 단편 「내 그물로 오는 가시고기」가 그 예가 될 것 같다.

> 그들은 우리가 남다른 노력과 자본·경영·경쟁·독점을 통해 누리는 생존을 공박하고, 저희들은 무서운 독물에 중독되어 서서히 죽어간다고 단정했다. 그 중독 독물이 설혹 가난이라 하고 그들 모두가 아버지의 공장에서 일했다고 해도 아버지에게 그 책임을 물어서는 안 되었다. 그들은 저희 자유의사에 따라 은강공장에 들어가 일할 기회를 잡았던 것과 마찬가지로 언제나 마음대로 공장 일을 놓고 떠날 수가 있었다. 공장 일을 하면서 생활도 나아졌다. 그런데도 찡그린 얼굴을 펴본 적이 없다. 머릿속에는 소위 의미 있는 세계, 모든 사람이 함께 웃는 불가능한 이상 사회가 들어 있었다. 그래서 늘 욕망을 억누르고, 비판적이며, 향락과 행복을 거부하는 입장을 취하고 있다.
>
> 「내 그물로 오는 가시고기」

경훈은 심한 빈부의 격차를 당연한 것으로 받아들이고 있다. 그러므로 그에게는 절대빈곤이 문제될 뿐 상대적 빈곤감은 하등 문젯거리가 아니다. 부유한 사람이 있는 반면 가난한 사람이 있다는 것은 당연한 것이므로 그가 볼 때 고루 다 같이 잘 사는 사회는 과거에도 없었고 현재에도 없으며 앞으로도 있을 수 없는 것이다. 그가 볼 때 그러한 사회를 만들겠다고 고집하는 근로자들은 스스로 행복을 거부하는 자들인 것이다. 여기서 우리는 가난한 계층과 부유한 계층 사이에 가로 놓인 메울 수 없는 의식의 격차, 화해의 불가능성을 느낄 수 있다.

이 소설집에 묘사되고 있는 산업사회의 부정적인 제 증상들은 우리의 안이한 삶에 대한 치열한 반성을 환기시키고 있는 것이 사실이다.[6] 그리고 격렬한 대립, 투쟁의 이야기를 미적으로 승화시키고 있다는 것도 부인할 수 없다. 그런 의미에서 이 작품집은 우리가 70년대에 거둔 하나의 수확이라 할 수 있다.

그러나 전혀 문제가 없는 것도 아니다. 아파트 입주권을 되찾은 영희는 영동에서 택시를 타고 남산터널을 빠져 시내를 가로질러 들어오면서 '죄인들은 아직 잠자고 있었다.'고 하고 있다. 시민 전체를 상대로 했다고는 할 수 없더라도 가진 사람을 가졌다는 그 한 가지 이유로 뭉뚱그려 죄인으로 모는 것은 정도를 넘은 적의라 하지 않을 수 없다.

또 하나 이 작품집에서 대하게 되는 허무, 절망도 문제가 된다 할 것이다. 영희는 잃어버렸던 그들의 집을 되찾아오는 데 성공하고 있지만 그 과정에서 잃어버린 열일곱 살 난 소녀의 정조도 큰 상실이다. 특히 가진 것이 '너무 많은' 그 청년에 있어서의 아파트 입주권 한 장, 칼 한 자루, 얼마간의 돈의 잃어버림은 거의 아무런 피해도 아니었을 것이라는 데 생각이 미치면 더욱 그렇다.

영수가 택한 '최후의 방법'도 그렇다. 그의 살인 이후 세계는 그 전과 꼭 같은 모양으로 돌아가고 있음을 우리는 보게 된다. 거기서 독자는 깊은 우울에 잠기지 않을 수 없는 것이다.

IV. 결론

조세희의 연작소설 <난장이가 쏘아올린 작은 공>은 이 소설 발표 당시까지 우리가 읽어온 사회비판소설들과는 다른, 노동소설로서의 특성

---

6) 김병익, "대립적 세계관과 미학", <난장이가 쏘아올린 작은 공>(문학과 지성사, 1990), p.247.

을 보여주고 있다. 그것은 다음과 같은 몇 가지 점에서 찾을 수 있다.

이 소설의 주인공 영수는 루시앙 골드만이 말한, '악마적 광인(狂人)', '문제 제기적 인물'의 전형이라 할 수 있다. 그러한 인물은 타락한 가치를 추구하는 타락한 사회에서 타락한 방법으로 진정한 가치를 추구하려 한다. 주인공 영수는 노동자들이 억눌리고, 정당한 분배를 받지 못 하고, 부당하게 빈궁에 내몰리는 이 세상을 타락한 사회로 보고 타락한 방법으로 노동자들을 억누르고, 빼앗고, 가난으로 몰아넣는 사용자를 제거하려 한다. 살인이라는, 주인공의 그와 같은 타락한 방법에의 호소는 무력감에 빠져 있던 70년대 노동자들의 울분을 해소하게 하고 큰 공감을 불러 일으켰다. 이 소설이 순수 문예작품으로 대중 취향적인 면이 없으면서도 장기간 전례 없이 많은 독자를 끈 것은 위와 같이, 60년대부터 시작된 물량적 차원에서의 경제성장 우선주의가 부른 사회병리현상을 잘 해부하고 있기 때문이었다.

이 소설은 빈부 계층 간의 불화와 극단적인 투쟁을 다루고 있으면서도 그런 소설류의 경직성을 벗어나 서정성을 보여주고 있어 예술성에서도 성공을 거두고 있다. 이는 이 작가의 소설가로서의 역량에 의한 것으로 볼 수 있는데 그 구체적인 기법을 보면 반복법, 시간의 절묘한 뒤섞음, 대조법, 탈소설적 서술기법 등을 들 수 있다.

그러나 이 소설에 강하게 드리우고 있는 허무, 절망의 음영은 염세적인 느낌마저 주고 있어 하나의 문제점이라 할 수 있을 것이다.

박완서의 <나목>
전쟁이 준 상처와 자기치유

Ⅰ. 서론

박완서는 1931년 경기도 개풍군 생으로 1950년 서울대학 문리대 국문과를 중퇴하고 1970년 『여성동아』 장편소설 공모에 <나목>이 당선되어 문단에 나왔다. 근 마흔 살, 늦은 나이로 등단한 그녀는 그 후 왕성한 작품활동으로 다수의 장단편소설을 발표했다. 그녀는 그동안 이상문학상(<엄마의 말뚝2>), 동인문학상(<나의 가장 나중 지니인 것>) 등 한국의 유수한 문학상들을 받은 바 있고 이 글에서 다룰 <나목>을 비롯하여 <그대 아직도 꿈꾸고 있는가> 등 다수의 장단편이 영어·불어·독어·스페인어 등으로 번역, 출판되어 국외에도 상당히 널리 알려져 있다. 그녀는 박경리를 이어 양귀자·신경숙·공지영으로 이어지는 한국 여류문학의 큰 흐름을 이끌어왔다 할 만한 활약을 해왔다.

<나목>을 가리켜 박완서 작품세계의 맹아에 해당되기 때문에 이 작

품을 통해 그녀의 작품세계를 추출해 내기는 어렵다고 한 사람도 있으나[1] 필자는 그렇게 생각하지 않는다.

이 작가에게는 <엄마의 말뚝> 연작, <미망> 등 뛰어난 문학성을 인정받고 있는 작품들도 있으나 비교적 가벼운 주제의 소설도 상당수 있고 다수의 자전적인 성격의 작품도 있다. <그 많던 싱아는 누가 다 먹었을까> <그 산이 정말 거기 있었을까> <그 남자네 집> 같은 소설이 그런 경우다. 작가 자신 이에 대해, <그 많던 싱아는 누가 다 먹었을까>나 < 그 산이 정말 거기 있었을까> 같은 소설에서는 체험을 비틀지 않고 원형 그대로 보여주고 싶었으며 사람의 운명보다는 그 시대의 풍속, 그러니까 1930-50년대 시골과 서울의 모든 풍속을 재현하고 싶었다고 하고 있다.[2] 작가는 그러한 소설이 에드윈 뮈어가 말한 이른바 시대소설(period novel)이라고 하고 있는 셈이다. 그런데 시대소설은 그 목적이 현대사회의 일 단면만을 보여주고, 더욱이 변화 과정에 있는 면만을 보여주기 때문에 그 격이 떨어진다.[3] 한 마디로 이 작가의 상당수 소설은 그 시대를 살아온 사람이면 누구나 겪었을 그렇고 그런 일들을 시간 순행적으로, 먼저 일어난 일은 먼저 쓰고 뒤에 일어난 일은 뒤에 쓰는 평이한 구성에 따라 쉽게 써서 수월하게 원고료 수입을 올린 소설들이라 할 수 있다.

그에 비하면 <나목>은 자전적인 면이 있으면서도 자신의 체험을 해체하여 허구로 재구성하고 있고, 전쟁이란 상황 속의 인간의 모습을 진지하고 리얼하게 그리고 있을 뿐 아니라 예술적 성취도에 있어서도 상당히 높은 수준에 이르고 있다고 할 수 있다. 그런 점에서 이는 작가의 대

---

1) 소영현, "복수의 글쓰기, 혹은 <쓰기>를 통해 살기", 「박완서 문학 길 찾기(이경호·권명아 엮음)」(세계사, 2001), p.300.

2) 이경호·권명아 엮음, 「박완서 문학 길 찾기」(세계사, 2001), p.33.

3) Edwin Muir, The Structure of the Novel, A Harbinger Book Harcourt, Brace and World, Inc., New York, pp.115-51.

표작이자 한국의 명작소설의 한 편이라고 할 수 있을 것이다. 이 글은 이 소설의 전쟁문학적 성격을 살펴보고자 하여 쓴 것이다.

이 소설에 대한 연구의 방법론으로는 심리주의 비평의 그것을 원용했다.

II. 전쟁이 부른 암울한 잿빛 세상

<나목>의 주된 시간 배경은 6.25사변이 한창 치열하던 시절이다. 미군 PX 초상화부에서 일하고 있는 갓 스무 살의 이경은 그녀의 두 오빠가 폭탄에 맞아 죽은 뒤 여러 가지 갈등과 강박에 시달린다. 그녀는 세상이 모두 망가져버리고 자신도 부서지기를 바라기까지 하나 나중에는 그 고통이 당시 한국인 전체가 겪고 있는 전쟁 때문이라는 것을 알고 정상을 회복한다.

위와 같은 스토리의 이 소설을 두고 전쟁소설이라는 설과 전쟁소설이 아니라는 두 설이 있다. 전자의 경우로는 <나목>은 주인공의 삶 속으로 그 의미가 내면화된 전쟁소설의 가능성을 열어주고 있다고 한 조남현의 말을 들 수 있다.[4] 그리고 후자의 경우로는 이 소설에 있어서 전쟁 자체는 주인공 등의 절망과 상실과 혼돈의 직접적인 원인으로 작용하고 있지 않기 때문에 전쟁소설이라고 할 수 없다고 한 주장을 들 수 있다.[5]

두 주장 중 어느 쪽이 더 설득력이 있는가를 가려보려면 먼저 전쟁문학이란 무엇인가부터 간략하게나마 살펴볼 필요가 있을 것 같다. 한 문학비평용어사전은 이를 '전쟁을 소재나 주제로 삼는 문학 혹은 문학작품'이라고 하고 있는데[6] 이는 엄밀성이 상당히 결해 있는데다 '소재나 주제

---

4) 조남현, "한국문학과 박완서 문학", 「박완서 문학 길 찾기(이경호·권명아 엮음)」(세계사, 2001), p.101.

5) 소영현, "복수의 글쓰기, 혹은 <쓰기>를 통해 살기", 「박완서 문학 길 찾기(이경호·권명아 엮음)」(세계사,2001), p.301.

로 삼는'이라는 말 자체도 어떤 용어에 대한 정의로는 받아들이기 어려운 것이다. 필자의 생각으로는 이를 전쟁이 인간과 세계를 어떻게 파괴하고 황폐화하는가를 보여주는 문학쯤으로 정의할 수 있지 않을까 한다. 전쟁문학을 위와 같이 정의하고 보았을 때 <나목>은 그러한 문학이 아니라고 볼 수 있는 소지가 다분하다. 무엇보다 이 소설에는 전쟁문학에 흔히 등장하는 전투 이야기가 없다. 포성과 총성이 들리고 사람들이 피난을 가고 하지만 그것은 대부분 간접적으로 서술되고 있을 뿐이다.

주인공과 그녀가 사랑하는 화가 옥희도가 보는 신문에 나와 있는 '괴뢰군 동계 대공세 준비' 같은 제목이 전장과의 먼 거리를 상징적으로 보여주고 있다. 주인공과 그 가족이 직접 전화를 입는 것은 그들의 집 행랑채에 대포 유탄 한 발이 떨어진 것뿐이다.

그래도 <나목>은 두말 할 필요도 없이 전쟁문학이다. 잘못 날아와 폭발한 그 포탄 한 발은 주인공의 두 오빠의 목숨을 앗아간다. 그리고 그 참변은 주인공의 생을, 그녀의 세계를 끔찍스런 지옥으로 만들고 있다. 이 소설은 아무 적의를 가지고 있지도 않은, 민가에 와서 터진 포탄 한 발이 인간에게 준 상처가 얼마나 크고 아픈가를 사실적으로 그려 보여주고 있고 그런 점에서 이 소설은 전쟁문학이라고 할 수 있는 것이다.

포탄의 폭발로 받은 직접적인, 가장 큰 피해는 주인공의 두 오빠의 그로 인한 죽음이다. 주인공과 그녀의 어머니는 그 갑작스런 참변에 엄청난 충격을 받는다. 그들 모녀는 그 얼마 전, 6.25사변이 발발한 직후 어느 날 한 가족과의 사별을 경험한 바 있다. 주인공의 아버지가 세상을 떠났던 것이다. 그러나 어느 정도 나이 들 만큼 든 그 아버지의 죽음은 남은 가족 누구에게도 큰 상처를 주는 것도 아니었고 그렇게 견디기 어려울 정도로 애통한 것도 아니었다. 그것은 다음의, 사십구재 모습에서 보는 바와 같이 차라리 어떤 서글프면서도 아름다운 제의라 할 수 있다.

---

6) 한국문학평론가협회 편, 「문학비평 용어사전」(국학자료원, 2006), '전쟁문학'

법당 뜰에는 금잔화며 채송화 봉숭아가 한창이었다. 난데없는 포성이 은은히 들렸다.

어머니는 자주 부처님 앞에 깨끗한 새 지전을 놓고 정성껏 절을 되풀이했다.

어머니의 표정은 조용하면서도 침범할 수 없이 엄숙했다. 만수향이 푸르고 가는 연기를 계속 올리고 회심곡은 낭랑히 계속되었다.

포성이 또 은은히 들렸다. 그러나 법당 안팎은 태고처럼 고즈넉했다. 금잔화의 탐스러운 꽃송이가 부옇게 흐려 보이고 콧등이 시큰한 것은 새삼스럽게 아버지의 죽음이 슬퍼서인 것 같지는 않았다.

태고처럼 고즈넉한 법당, 다투어 피고 있는 여름 꽃, 아련히 피어오르고 있는 향연, 낭랑히 계속되는 불가(佛歌)가 주는 시각적, 후각적, 청각적 이미지는 슬픔이라기보다는 사치스럽고 감미로운 감정을 돋워 주는 것이다.

그에 비해 주인공의 오빠 두 사람의 죽음은 일시에 한 가정을 갈갈이 찢어 지옥으로 만든 참화다. 그녀의 어머니는 두 아들의 참변에 삶의 의욕을 상실해 하루빨리 죽기를 바라는, 죽음 원망(願望)의 삶을 살고 있다. 주위에서는 그러한 그녀를 정신과 치료를 받아야 한다거나 무당을 불러 굿을 해야 한다고 하고 있다. 그녀는 한 마디로 주위 사람들로부터 폐인 취급을 당하고 있는 것이다. 거기다 단 두 사람 남은 주인공과 그녀의 어머니도 서로 인간적인 단절을 넘어 원수가 되다시피 하고 만다. 처음, 주인공은 졸지에 두 아들의 참혹한 죽음을 본 어머니를 위로하려 한다. 그러나 어머니의 "어쩌면 하늘도 무심하시지. 아들들은 몽땅 잡아가시고 계집애만 남겨놓으셨노." 하는 탄식 한 마디에 형언할 수 없는 모욕감을 느낀다. 그 말은 두 아들의 죽음을 자신이 대신했기를 바라는 뜻으로 받아들여졌기 때문이다. 이때부터 주인공은 어머니에게 동정심을 가지거나 위안의 말을 건네는 대신 증오심을 가진다.

나는 어머니가 싫고 미웠다. 우선 어머니를 이루고 있는 그 부연 회색이 미웠다. 백발에 듬성듬성 검은 머리가 궁상맞게 섞여서 머리도 회색으로 보였고 입은 옷도 늘 찌들은 행주처럼 지쳐 빠진 회색이었다.

－중략－

회색빛 벽지에 몸을 기대듯이 앉은 어머니의 부엉고도 고집스러운 모습, 의치를 빼놓은 입의 보기 싫은 다묾새, 이런 것들을 피하듯이 나는 건넌방으로 건너와 불을 켰다.

주인공은 어머니 뿐 아니라 그들 모녀를 걱정해 주는 큰아버지 가족에 대해서도 감사하기는커녕 그것을 '생색내기' '위선'이라고 생각한다. 큰아버지가 난중에 자신의 가족이 무사했다는 것은 다행이라고 말했을 때도 그것이 흔히 할 수 있는 말인데도 속으로 다음과 같은 섬뜩스런 저주를 퍼붓는다.

그는 난리통에 하나도 다치지 않은 그의 아들딸의 이름을 나열하며 완전히 주름을 폈다. 순간 그는 거침없이 행복해 보였다. 우리 집의 처지와 자기들과를 비교함으로서 그의 행복은 완벽한 것 같았다. 남의 불행을 고명으로 해야 더욱 더 고소하고, 맛난 자기의 행복……

－중략－

속에선 하나의 심술궂은 생각이 사납게 일었다. 전쟁은 아직 끝나지 않았다고, 전쟁이 몇 번이고 되풀이 될 테고 그 사이에 전쟁은 사람들에게 재난을 골고루 나누리라고. 나는 다만 재난의 분배를 먼저 받았을 뿐이라고.

주인공의 증오심은 그녀의 친인척을 향해서만 쏟아붓는 것이 아니다. 그녀는 어떤 의미에서 자신이 한 번씩 편의를 보고 있는, 미군들과 그렇게 단정하지 못한 관계를 갖고 있는 다이아나 김이라는 지인에 대해서도 속으로 '쌍년, 갈보년이 구구로 갈보년인 척이나 할 것이지'라고 입에 담기 힘든 욕설을 퍼붓고 있다. 급기야 그녀는 이 땅에 살고 있는 모든 사람이 자신의 가족이 당한 것과 같은 참변을 당하기를 염원한다. 다음과 같은 구절이 그것을 잘 보여주고 있다.

> 사람들은 어리석게도 평화를 바라고 있지만 그렇게는 안 될걸. 전쟁은 누구에게나 재난을 골고루 나누어주고야 끝나리라. 절대로 나만을, 혁이나 욱이 오빠만을 억울하게 하지는 않으리라.

주인공 뿐 아니라 같이 전화에 시달리고 있는 한민족 구성원들 간에도 곳곳에 균열이 가고 있다. 미군 PX의 초상화부에서는 일제시대에 선전(鮮展)에서 특선을 한 경력을 가진 저명한 화가가 미군들에게 초상화를 그려주는 일을 해 생계를 꾸려가고 있다.[7] 그에게 자신의 초상화를 그려달라고 한 한 양색씨는,

> 「이인 뭘 이렇게 우물댈까? 빨리빨리 본이나 떠요. 뭐라구요, 사진을 가져 오라구요. 어머머… 기가 막혀. 실물을 앞에 놓고 사진을 가져오라니 간판쟁이란 별수없군. 모델이 뭔지도 모르니 -하략-」

라고 하고 그림이 완성되었을 때도 '서푼도 못 되는 그림 솜씨'라고 모욕을 준다.

서로에 대한 적의와 경멸감은 이민족 간에도 팽배해 있다. 미군들이 가지고 온, 그들이 사랑하는 사람들의 초상을 그려주고 그 덕분에 끼니를 이어가고 있는 초상화부 사람들은 그들의 그 고마운 고객들을 '잡것

---

7) 이 화가의 모델이 된 박수근은 실제로 현대 한국의 유명한 화가일 뿐 아니라 세계에 이름이 알려져 있는 대가다. 그가 1950년대에 그린 유화 <빨래터>는 2007년, 45억 2천만 원에 팔려 한국 현대미술 회화 부문 최고가를 기록하고 있다.

들' '잡종'이라고 부른다. 그리고 그들은 그 '잡것들' '잡종'들의 초상을 그려주고 연명을 하고 있다는 그 사실 때문에 자신들을 '환쟁이'[8]라고 스스로 비하한다. 상대에 대한 그와 같은 경멸의 마음은 한국인들에 대한 미군들의 그것도 마찬가지다. PX의 미군 당국은 큰 선심이나 쓰는 듯이 콜라와 팝콘을 내놓고 한국인 종업원들에게 '파티'라는 것을 베풀어준다. 다음의 구절을 보면 그 보잘 것 없는 음료와 먹거리를 서로 먹으려고 법석을 떨고 있는 한국인들은 그들의 눈에, 우스꽝스러운 거지떼, 재미있는 구경거리라는 것을 알 수 있다.

– 전략 – 바의 주방에서 홀을 향해 뚫린 창구로 대여섯 명의 GI들이 머리가 비좁게 끼여서 홀 내의 아귀다툼, 문자 그대로의 아귀다툼을 흥미진진하게 관람하고 있었다. 그중에는 아래층 담당의 마스터 싸진도 끼여 있고, 그들은 자기들이 연출한 연극의 기대 이상의 성과에 만족한 듯이 득의의 미소를 짓고 있었다.

사람들은 전란에 부대끼고 할퀴이고 있는 한국 땅 자체를 저주받은 땅으로 보고 있다.

그러나 번화가인 충무로조차도 어두운 모퉁이, 불빛 없이 우뚝 선 거대한 괴물 같은 건물들 천지였다. 주인 없는 집이 아니면 중앙우체국처럼 다 타버리고 윗구멍이 뻥 뚫린 채 벽만 서 있는 집들, 이런 어두운 모퉁이에서 나는 문득문득 무섬을 탔다.
어둡다는 생각에 아직도 전쟁 중이라는 생각이 겹쳐오면 양키들 말마따나 갓댐[9] 양구, 갓댐 철원, 문산 그런 곳이 지금 내가 있는 곳에서

8) '환'은 '아무렇게나 마구 그린 그림'의 뜻이고 '환쟁이'는 그러한 그림을 그리는 일을 업으로 삼는 사람을 낮추어 부르는 이름이다.
9) '갓댐'은 영어, 'god-dam(n)'으로 '빌어먹을' '제기랄' '염병할'의 뜻이다.

너무도 가까운 것 같아 나는 진저리를 치며 무서워했다.

미군들에게는, 이유도 명분도 제대로 모르면서 피흘려 싸우러 온 한국은 저주 받은 땅이 분명할 것이다. 그러나 그러한 마음은 한국인들도 가지고 있는 것이었다. 주인공보다 나이 어린 유기부의 미숙은 한 미군이 자신과 결혼해서 미국으로 가자고 하자 그 사람을 사랑하는 마음도 가지고 있지 않으면서 그 나라로 가고 싶은 마음에 갈피를 잡지 못한다. 그리고 그러한 심리의 저변에는 다음과 같은, 무조건 이 싫은 땅을 떠나 버리고 싶다는 충동이 깔려 있다.

「꼭 미국이 아니라도 좋아. 그저 이 나라를 떠나고 싶어요. 전쟁이니 피난이니 굶주림이니 지긋지긋해. 궁상맞은 꼴 영 안 봤음 좋겠어.」

전반적으로 이 소설에 나타나 있는 나라, 한국은 철저하게 부서져 폐허가 된, 불안하고 불행한 땅이다. 중간중간 어쩌다 아래와 같은 눈이 부시도록 찬란하고 아름다운 장면이 나오기는 한다.

등교길에 문득 고개를 젖히고 우러른 가로수의 눈부신 신록과 햇빛의 오묘한 조화. 동부인해서 나들이 가시는 검정 세루 두루마기의 아버지와 늘 좀 떨어져 걷는 옥색 모본단 두루마기의 화사한 어머니. 섣달 그믐날 소반 위에 가지런히 늘어선 볼록한 만두의 행렬. 처음 신사복을 맞춰 입던 날의 혁이 오빠와 욱이 오빠의 몰라보게 준수하던 모습. 어머니와 내가 같이 사랑하던 어머니의 소지품들. 뽀오얀 수달피 목도리와 늘 낀 채로 있던 굵은 금가락지. 화창한 날 뚝뚝 떨어져오던 중정의 보랏빛 오동꽃.

그러나 그것은 모두 지난날에 대한 회상, 허망한 백일몽일 뿐이다. 현

실의 한국, 이 소설의 배경을 지배하는 바탕색은,

> 눈 때문에 어둠도 부옇고 어둠 때문에 눈도 부옇고, 고개를 젖히니 하
> 늘도 자욱하니 별빛을 가로막고 암회색으로 막혀 있었다. 나는 명도만
> 다른 여러 종류의 회색빛에 갇혀서 허우적대듯 걸었다. 아무리 허우적
> 대도 벗어날 길 없는 첩첩한 회색, - 하략 -

라고 한 데서 볼 수 있는 바와 같은 회색이다. 그 중에서도 다음과 같
은 장면은 이 소설에 등장하고 있는 인물들의 내면을 가장 잘 보여준다
할 것이다.

> 옥희도 씨가 조용히 붓을 놓고 양쪽 어깨를 번갈아 가며 몇 번 툭툭
> 치곤 피곤한 듯 창을 바라보는 자세로 몸을 돌렸다.
> 창이라야 전에 쇼윈도로 쓰던 곳으로 내부와의 칸막이를 탁 터버려
> 서 안의 면적을 넓히고 그 대신 밖에서 안이 들여다보이지 말라고 잿빛
> 휘장으로 유리 전체를 가려놓았기 때문에 아무것도 내다볼 수 없었다.
> 그런 잿빛 휘장을 그는 가끔 신기한 풍경이라도 즐기듯이 마주하고 앉
> 는 것이었다.

위의 인용문에 나오는 '잿빛 휘장'이라는 말은 소설론에서 흔히 말하
는 '의미 있는 되풀이', 패턴으로 이 소설에 모두 열 세 번이나 등장하고
있다. 밖이, 앞이 내다보이지 않는 이 '잿빛 휘장'은 난리를 겪고 있는 당
시 한국인 모두의 암울함, 불확실성, 불안을 상징하는 것이다. 그것은 또
당시 사람들의 출구가 보이지 않는 숨 막히게 닫힌 상황을 의미하는 것
으로도 읽을 수 있을 것이다. 잿빛 휘장에 앞이 가려진, 전란에 시달리고
있는 당시 한국은 또 다음의 인용문에 나타나 있는 흉가와 같다.

그래도 들리는 흉가를 흔드는 바람소리. 행랑채의 뚫어진 지붕으로 휘몰아쳐 들어와 부서진 기왓장을 짓밟고, 조각난 서까래를 뒤적이고 보꾹의 진흙을 떨구고, 찢어져 늘어진 반닫이와 거미줄을 흔들고, 쌓인 먼지를 날리느라 마구 음산한 휘파람 소리를 내며 돌아다니는 바람은 이불 속에서 귀를 막아도 사정없이 고막을 흔들어댔다.

두 오빠의 생목숨을 앗아간, 부서지고, 기울고, 음산한 바람에 부대끼고 있는 주인공의 고가의 행랑채는 밀고 당기는 싸움에 폐허, 초토가 되다시피 한 6.25사변 당시의 한국이라고 보아도 될 것이다.

그러나 그 무엇보다 이 소설에서 중요한 상징성을 띠고 있는 것은 한 장의 그림이다. 주인공은 처자가 있는 옥희도라는 화가를 사랑하는데 그녀는 그 화가의 집을 방문했을 때 초라한 그의 화실에서 다음과 같은, 그가 그린 한 그루의 나무 그림을 본다.

> 나는 캔버스 위에서 하나의 나무를 보았다. 섬뜩한 느낌이었다.
> 거의 무채색의 불투명한 부연 화면에 꽃도 잎도 열매도 없는 참담한 모습의 고목이 서 있었다. 그뿐이었다.
> 화면 전체가 흑백의 농담으로 마치 모자이크처럼 오톨도톨한 질감을 주는 게 이채로울 뿐 하늘도 땅도 없는 부연 혼돈 속에 고목이 괴물처럼 부유하고 있었다.
> 한발에 고사한 나무—그렇다면 잔인한 태양의 광선이라도 있어야 할 게 아닌가? 태양이 없는 한발 – 만일 그런 게 있다면, 짙은 안개 속의 한발… 무채색의 오톨도톨한 화면이 마치 짙은 안개 같았다.

하늘도 땅도 없는 부연 혼돈 속에 꽃도 잎도 열매도 없이 서 있는 참담한 모습의 고목을 그녀는 '죽어간 나무둥치'라고 생각한다. 그녀는, 그녀가 딛고 서 있는 세상, 그녀의 주변 사람들, 무엇보다 그녀 자신의 삶이 바로 '죽은 나무둥치'라고 생각하고 있는 것이다.

　이상이 이 소설의 거의 후반부까지를 지배하고 있는 일관된 분위기이다. 주인공은 위와 같은 질식할 것 같이 막힌 상황의 암울한 전중 도시에서 여러 가지 갈등과 강박관념에 쫓긴다. 죽고 싶다와 살고 싶다는 두 가지 복합심리에 휩싸여 내적 혼란을 겪으면서 그녀는 강한 자기파괴 충동을 느끼게 된다. 그리고 그녀는 그 충동에 스스로를 내맡겨버린다. 그 첫번째가 PX에서 일하고 있는 청년, 황태수와 장난처럼 관계를 가지려한 것이다. 그녀는 그에게 이성으로서의 끌림을 느끼지 못하고 그와의 내일에 대한 구체적인 생각도 가지고 있지 않으면서 육체관계를 가지려한다. 그러나 상대는 그녀가 자신에게 애정을 가지고 있지 않고 육체적으로도 아무런 정열을 가지고 있지 않다는 것을 알고는 결정적인 관계를 갖지 않는다. 다음으로 그녀는 화가 옥희도와 관계를 가지려 한다. 상대에게 강한 애정과 존경심을 가지고 있는 그녀는 그가 처자가 있는 사람이라는 것을 알고, 그와의 관계가 명백한 불륜이며 두 사람에게 파멸을 가져다 줄 것이라는 것을 알면서도 거의 맹목적으로 돌진하다시피한다. 그녀는 어느 선 이상 그녀에게 가까이 가지 않으려 하는 옥희도에게 어차피 자신에게는 미래라는 것이 없으니까 자신을 사랑하고 가지라고 한다. 이는 정상적인 사랑이라기보다는 거추장스러운 자신을 누군가에게 내던져버리는 자학이라고 볼 수 있는 것이다. 이 경우도 옥희도의 강한 자기통제와 거리두기로 그 선에서 멈추어지고 만다.

III. 정신적 외상과 극복

　주인공의 자기파괴 충동은 미군 조와 정사를 갖기로 함으로서 파국을 향해 치닫는다. 조에게서 남성으로서의 매력을 느낀 그녀는 단 시간에 그와 가까워진다. 육감적 시선을 보내오는 조에게 피부적, 말초신경적으로 끌린 그녀는 단도직입적으로 어느 호텔로 오라는 그의 말에 따른다. 그리고 거의 반라의 몸이 되어 그에게 안기나 결정적인 순간 직전에 두 사람의 관계는 이루어지지 못한 채 끝나버린다. 주인공이 던지다시피 몸을 맡기려 하는 데까지 갔으나 두 사람 사이는 처음부터 사랑이 이루어질 수 없는 것이었다. 왜냐하면 두 사람이 살아온, 살고 있는 문화의 이질성이 너무 컸기 때문이었다. 전통적으로 한국에 있어서의 남녀 사이는 수줍게 만나, 상당한 시일을 두고 서로의 마음을 읽고, 또 상당히 오랜 시간을 소비하여 서로 그것을 확인한 다음 조심스럽게 한걸음씩 가까이 다가가는 것이었다. 그에 비해 서양, 미국의 그것은 많이 다른 것이다. 그들의 그것은 조급하고 노골적이고 직설적이며 육감적이다. 조가 서로의 확실한 애정 확인도 없이 주인공에게 호텔 약도를 그려주면서 그곳으로 오라고 하는 것부터가 그렇다. 이에 주인공이 그곳으로 가면 어쩌겠다는 것이냐고 묻자 그는 '네 의상을 벗기고 싶다'고 한다. 두 사람이 만나고 있는 호텔도 이들의 사랑이 순탄할 수 없으리라는 것을 암시해 준다.

철문은 활짝 열린 채였다. 현관까지 곧장 디딤돌이 놓여 있고, 정원은 불빛 없이 어두운데 상록수들은 눈을 희끗희끗 이고 있었다.
현관 옆에 유리문이 달린, 수부인 듯싶은 꽤 넓은 사무실에는 벽에 여자의 옷이 몇 벌 걸려 있을 뿐 아무도 없었다.
나는 아무도 만나지 않고 곧장 7호실을 찾을 수 있었다. 7호실 앞에서 잠시 머뭇거렸다. 7이란 숫자라는 생각 외에 망설임 같은 건 없었다.
순일본식 집인데도 조의 말과는 달리 복도로 난 방의 문이 도어로 개조되어 있었다. 키 없이도 도어는 부드럽게 열렸다.
조가 창틀에 걸터앉아 두툼한 책을 읽고 있었다. 나도 창틀에 가 나란히 앉았다.

다다미를 여남은 장이나 깐 넓은 방. <도코 노마>에서는 청솔가지에 노오란 국화가 곁들여 꽂혀 있고 한 길체로 분홍빛 시트를 씌운 더블베드가 놓여 있었다.

다다미방에 침대라는 어색한 배치가 나에겐 왠지 불안했다. 더군다나 분홍빛 시트는 천박해 보여서 마음에 걸렸다.

위에서 '디딤돌' '상록수' '청솔가지' '국화'는 우리 정서에 맞는 한국적인 것이고 '도어' '키' '더블베드' '시트'는 미국적인 것, 그리고 '일본식 집' '다다미' '도코 노마'는 일본적인 것이다. 위와 같은 심한 이질성, 잡연성은 두 사람의, 단순한 동물적인 관계면 몰라도 양성 간의 자연스럽고 조화로운 사랑의 합환은 이루어질 수 없으리라는 것을 보여주는 것이다.

두 사람이 침대 위로 올라가고, 그녀의 말에 따라 그는 침실의 불을 끈다. 칠흑의 어둠이 뒤덮어 오는 순간 주인공은 갑자기 두려움을 느껴 다시 불을 켜 달라고 소리친다. 진홍빛 전구가 켜지는 순간 그녀는 문득, 지금까지 자신을 파괴로 내몰아온 강박이 무엇이었던가를 알게 된다.

나는 조의 얼굴을 찾기 전에 핏빛으로 물들어 보이는 침대 시트를 보았다. 핏빛 시트 … 핏빛 시트. 오오 핏빛 시트…

내 기억은 터진 봇물처럼 시간을 달음질쳐 거슬러 올라갔다.

노오란 은행잎, 거침없이 땅으로 땅으로 떨어지던 노오란 은행잎, 눈부시게 슬프도록 아름답던 그 노오란 빛들도 마침내는 내 기억의 소급을 막지는 못했다.

－중략－

어머니가 정성들여 다듬이질한 순백의 호청을 붉게 물들인 처참한 핏빛과 무참히 찢겨진 젊은 육체를. 얼마만큼 육체가 참담해지면 그 앳된 나이에 그 영혼이 그 육체를 떠나지 않을 수 없나. 그 극한을 보여주는 끔찍한 육신과, 그 육신이 한꺼번에 쏟아놓은 아직도 뜨거운 선홍의 핏빛을 나는 본 것이다.

붉은 불이 켜지는 순간 그녀가 본 것은 두 오빠가 폭사한 그 끔찍스런 비극의 현장이었다. 붉은 빛이 그날의 그 선혈의 기억을 불러일으킨 것이었다. 너무나 소름끼치고 몸서리쳐 그녀는 그 기억을 자신의 무의식 속에 억눌러 놓았던 것이다. 그녀는 그 '고통스런 기억'을 자신도 모르게, 의속 속으로 나오지 못하게 무의식의 창고 속에 감금해 두고 있었던 것이다. 이 억눌려 있던 정신적 외상, 트라우마[10]가 그녀로 하여금 일종의 히스테리(정신분열증)를 일으키게 했고 그것이 자기파괴 충동으로 나타났던 것이다. 갑작스런 붉은 전등불빛에 비친 핏빛 시트를 보는 순간 자신이 무의식 속에 가두어두었던 기억이 의식 속으로 떠오르자 이제 그녀는 그 전과 같은 히스테리 상태에서 벗어나기 시작한다.

나는 방금 내가 느끼고 있는 위기를 어떤 말로도 표현할 수가 없었다. 나는 지금 당장 내 육신이 조에 의해 처참하게 망가질 것 같았다. 혁이 오빠와 욱이 오빠의 육신처럼 시트를 붉게 물들이며 참담하고 극악하게 조각날 것 같았다.

이제 그녀는 지금까지와 같은 자기파괴, 자학은 무의미하기 짝이 없는 어리석은 짓이라는 것을 깨닫기 시작한 것이다. 호텔을 뛰쳐나온 그녀는 자신을 정신적 고통 속으로 몰아넣은 것이 그 날의 그 지옥 같은 일의 억눌린 기억이라는 것을 알고는 이제 그 기억을 피하지 않고 정면에서 직시한다. 무의식적으로 피하려 한 그 비극의 현장을 다시 머릿속에 떠올리고 자신도 모르게 바로 바라보지 않고, 외면해 온 부서진 행랑채

---

10) 트라우마(trauma)란 그리스어로 '상처'라는 뜻이다.

를 정색을 하고 마주 본다. 그러자 오빠들의 죽음은 더 이상 공포감을 주는 몸서리치는 기억이 아니었다. 슬픈 일이고 비극적인 재앙이기는 했지만 그것은 더 이상 그녀의 생을 좌우할 수 없고 그래서도 안 될 '과거의 사건'일 뿐이었다. 그리고 그녀는 포탄을 맞고 부서진 집도 다시 정면으로 본다. 그러자, 이제 보니 그 별채도,

나는 서서히 긴 골목을 걸어 들어갔다. 똑바로 지붕을 우러르며 자세와 호흡을 흐트러뜨리지 않고 태연히 대문 앞에 섰다.
- 중략 -
나는 달아난 한쪽 지붕의 기왓장과, 진흙덩이와 부서진 서까래 조각이 너덜너덜 달린 보기 싫은 구멍을 눈 하나 깜빡 안하고 똑똑히 보았다.

비록 한쪽 날개를 잃었어도 남은 추녀는 여전히 하늘을 향해 우아한 호(弧)를 그리고, 담장의 사괴석은 오랜 연륜과 전화에도 불구하고 품위 있고 고고했다.

고 한, 위의 인용문에서 알 수 있는 바와 같이 더 이상 악령이 도사리고 있는 흉가가 아니었다. 그녀는 이제 행랑채는 비록 파괴되었기는 하지만 품위 있고 고고하기까지 한 우리의 정든 전통가옥이라는 것을 다시 한 번 확인한다.

그런데도 그녀는 아직, 그전까지 그녀를 고문해 온 강박에서 완전히 놓여나지 못한다. 그러니까 오빠들의 죽음이라는 그 고통스러운 기억보다 더 깊은 무의식 속에 억눌려 있는 '그 무엇'이 있었던 것이다. 그녀가,

죽고 싶다. 죽고 싶다. 그렇지만 은행나무는 너무도 곱게 물들었고 하늘은 어쩌면 저렇게 푸르고 이 마당의 공기는 샘물처럼 청량하기만 한 것일까. 살고 싶다. 죽고 싶다. 살고 싶다. 죽고 싶다.

고 갈등에 휩싸이고 있는 것도 그 때문이었다. 그 억압되어 있던 궁극적인 '무엇'이 그녀를 강하게 압박하고 있었는데 그녀는 그것을 다음 인용문에서와 같이 자신을 얽맨 '사슬'이라고 하고 있다.

> 나는 새삼 나를 층층이 얽맨 사슬을 느꼈다. 그 사슬의 시초가 궁금했다. 나는 가끔 그 사슬의 시초의 소급을 시도하다가 우습게도 좌절당하고 마는데, 진이 오빠의 도움이 있다면, 어쩌면 나는 쉽사리 그 시초를 볼 수 있을 것 같았다. 그러나 난 두려웠다. 그 시초를 보기가. 난 그 시초를 결코 망각한 게 아니라 교묘하게 피하고 있을 뿐인 것이다.

그녀는 자신을 옭아매는 사슬 같은 것이 있다는 것은 어렴풋이 느끼고 있었지만 그것의 실체가 무엇인지는 몰랐다. 아니, 몰랐다기보다 그것을 알게 되는 것이 두려워 자신도 모르게 그것을 알기를 피해 온 것이다.

그러다 오빠들의 죽음을 '슬픈 과거의 일'로 받아들인 다음 파괴된 행랑채를 정면에서 바라본 순간 그녀는 문득 '나 때문이었을까?' 하는 자문을 하게 된다. 그리고 거기서 비로소 그 궁극적인 억압의 원인, 강박의 원인이 실체를 드러낸다. 6.25사변 당시 서울이 공산군 치하에 있을 때 주인공의 집에 큰아버지가 사촌오빠 한 사람을 데리고 와 그녀의 집에서 당분간 몸을 숨기고 있어야 하겠다고 한다. 그때 그녀는 자신의 오빠 두 사람이 몸을 숨기고 있는 본채 천장 위 다락방보다 오랫동안 쓰지 않고 묵혀두고 있는 행랑채 벽장 안이 더 안전하겠다고 생각해 그 어머니에게 큰아버지 가족들을 본채에 묵게 하고 오빠들을 그곳으로 옮기게 하자고 해 그렇게 한다. 그런데 결과는 큰아버지 부자는 무사하고 오빠들은 변을 당한 것이다. '나 때문이었을까?' 하는 자문은 그것을 말하고 있는 것이다.

「나 때문이었을까?」

좀더 대담하게 그 문제와 대결했다.

내가 전전긍긍 두려워한 건 실은 부서진 지붕이 아니라, 바로 오빠들의 죽음이 꼭 나 때문일 것 같은 가책이었다. 오빠들을 행랑방 벽장에 감추자는 생각을 해낸 것이 바로 나였으니까.

나는 오빠들의 죽음이 나 때문이라는 생각이 미치도록 두려워 그 생각을 몰아낸 대신 헐어진 고가라는 새로운 우상을 외경으로 섬겼던 것이다.

순전히 내가 서둘러서 그 관속 같은 골방 속에 그들을 밀어 넣지만 않았던들 그 속에서 벌어진 처참한 일이 아무리 충격적이었대도 헐어진 지붕 앞에서 허구한 날을 그렇게 떨지는 않았을 게다.

그녀는 무의식 세계에서 자신이 두 오빠를 죽음으로 몰아넣었다고 자책하고 있었던 것이다. 이제 그녀는 '헐어진 고가' 대신 그, '나 때문이었는가?'라는 억눌려 있던 문제를 의식 속으로 끄집어내어 정면 대결을 한다. 그 문제와 냉정하게 맞선 끝에 그녀가 얻은 결론은 '아니다'라는 것이었다. 다음의 인용문에 그것이 잘 나타나 있다.

「나 때문이었을까?」

나는 내가 던진 질문의 화살에서 여유 있게 비켜났다.

나 때문이기도 했지만 전쟁 때문이기도 했고 어쩌면 그럴 팔자일지도 모른다.

나는 내 허물을 딴 핑계들과 더불어 나누어 갖기를, 나아가서는 내가 지는 허물만큼 그동안 나도 충분히 괴로워했다고 믿고 싶었다.

우상 앞에서 한껏 우매하고 위축됐던 나는 진상 앞에서 좀더 여유 있고 교활했다.

위에서 그녀는 그들의 죽음의 원인을 '나' '전쟁' 그들의 '팔자' 세 가지일지도 모른다고 하고 있다. 생각은 그렇게 하고 있지만 여기서 가장 근본적인 원인은 '전쟁'이라는 것이 분명하다. '나'는 자기로서는 그들의 안전을 위한다고 그런 제안을 했을 뿐이고 '팔자' '운명' 같은 것은, 만약 그런 것이 있다 해도 사람이 이러고저러고 할 문제가 아니다. 그러니까 두 혈육의 죽음, 가족, 동료, 동족, 이민족 등 사람과 사람 사이의 갈등과 분열과 증오, 모든 것의 가장 큰, 그리고 가장 근본적인 원인은 전쟁이었던 것이다.

'흉가'와 '나 때문'의 강박관념에서 벗어난 주인공의 마음은 그 전과는 달리 한결 여유 있고 너그러워진다. 행실이 단정하지 못하다고 입에 담기 어려운 욕을 퍼붓던 다이아나가 사내로부터 버림받고 상처를 입었다는 것을 알고는 측은해 하고 혐오와 증오의 마음으로 대하던 어머니가 심하게 앓자 그녀가 숨을 거둘 때까지 지성으로 간병을 한다.

생각하면 모두가 전쟁의 피해자였던 것이다. 그것은 옥희도가 어느 날 주인공에게 한 말에 잘 나타나 있다. 두 사람은 일을 마치고 집으로 돌아가는 길에 한 상점 앞에서 그 상점 주인이 보여주는 침팬지 인형의 놀음 구경을 하곤 한다. 그것을 보고 있던 옥희도는 다음과 같이 말한다.

> 「글쎄 말이야. 그놈이 태엽만 틀면 술을 마시는 게 처음엔 신기하더니만 점점 시들하고 역겨워지기까지 하더군. 그놈도 자신을 역겨워하고 있는 눈치였어. 그래서 그런 슬픈 얼굴을 하고 있을 게야. 그러면서도 어쩔 수 없이 태엽만 틀면 그 시시한 율동을 안 할 수 없고⋯ 한없이 권태로운 반복, 우리하고 같잖아. 경아는 달러 냄새만 맡으면 그 슬픈 <브로큰 잉글리시>를 지껄이고 나는 달러 냄새에 그 똑같은 잡종의 쌍판을 그리고 또 그리고.」

그러니까 당시의 한국인들은 어릿광대처럼 자본주의와 공산주의, 두 이데올로기가 시킨 대리전을 하고 있은 것이다. 처음부터 우리 것은 아니었고 잘 알지도 못하는 이데올로기에 등을 떼밀려 동족 끼리 서로 죽고 죽이는 전쟁 놀음을 하고 있은 것이다. 그리고 직접 피투성이의 싸움에 동원되지 않은 사람들도 먹고 살기 위해서 상점 쇼윈도 안의 장난감 침팬지처럼 고독하고 슬픈 곡예를 하고 있었던 것이다.[11]

모든 것이 전쟁이 준 상처라는 것을 분명하게 알게 되자 주인공은 방황과 정신적 고통으로부터 해방이 된다. 그것은 프로이트 정신분석학에 있어서의 히스테리의 치유와 같은 것으로 볼 수 있다. 프로이트는 히스테리의 원인을 트라우마라고 했다. 곧 사람이 겪은, 끔찍스럽고 두렵고 혼란스러운 경험, 트라우마가 무의식 속에 갇혀 억압되어 있으면 그것이 히스테리를 일으킨다는 것이다. 이 억압된 감정을 의식 속으로 나오게 하면 그것이 흩어져(消散abreaction) 사라지게 되는데 그렇게 되면 감정이 정화되고 (catharsis) 그것은 곧 히스테리의 치유를 의미한다고 했다.[12]

참혹한 오빠들의 죽음의 목격, 그리고 자신이 그들을 죽게 했다는 죄책감을 무의식 속에 감금해 억누르고 있음으로서 히스테리 증상에 시달리고 있던 주인공은 칠흑 같은 침실에 핏빛 전등이 밝혀지는 순간을 계기로 그 모든 기억을 의식 속으로 끄집어내게 되고 그것들과 맞선 끝에 드디어 정상의 정신상태를 회복하게 된 것이다.

이제 그녀는 언젠가 그녀의 사촌오빠가 충고한 대로 '젊고 발랄한' 그녀에게 어울리는 '화안한 생'을 가지려 한다. 그녀는 그것이 옥희도와의

---

11) 이는 황순원이 그의 자전적 단편소설 <곡예사>에서 피난지 부산에서 살기 위해 발버둥치고 있는 내레이터의 가족을 스스로 곡예사라고 부르고 있는 것과 그대로 상통하고 있다.

12) 데이비드 스태포드 클라크, 「한 권으로 읽는 프로이트(최창호 옮김)」(푸른 숲, 2003), pp.31-57.

사랑이라고 생각한다. 그녀는 케케묵은 윤리, 도덕에 얽매이지 않은, 영혼과 영혼이 맺어지고 육체와 육체가 맺어지는 그곳에 자신의 참된 삶이 있다고 생각한 것이다. 그러나 삶의 경륜을 가진 옥희도는 그녀보다 밝은 눈을 가지고 자신과 그녀와의 관계를 정확하게 정리하고 있었다. 그는 그녀를 향해 그녀가 사랑한 것은 자신이 아니라 자신을 통해서 그 아버지와 오빠들을 환상하고 있을 뿐이라고 한다. 그러니까 자신은 그녀가 한 사람의 이성으로 사랑한 대상이 아니고 모든 것을 의지하고 살아온 잃어버린 아버지와 오빠와 같은 사람에 대한 사랑을 느끼고 있는 것이라는 것이다. 그는 그녀에게 흔히 말하는, 나이가 자신보다 훨씬 많은 이성에 대해 느끼는 막연한 사랑, '망아지 사랑'을 청산하고 자신에 걸맞는 진정한 사랑과 꿈을 찾으라고 한다.

여기서 그녀는 한 단계 더 높은 성숙의 눈을 뜬다. 그녀는 그때까지 착하기는 하나 '바보'요 '멍청이' 쯤으로 보아온 태수 같은 사람이 현실적으로 자신과 맺어지기에 알맞은 배필이라고 생각하고 그와 결혼을 한다. 그러니까 이제 그녀는 어떤 상처를 안고 자학을 해서도 안 되고 꿈같은 환상을 좇아 방황해서도 안 되며 생이란 주어진 인간조건을 긍정하고 현실을 현실로 받아들여 살아야 한다는 것을 깨달은 것이다.

태수와 결혼을 해 포격에 부서진 행랑채를 헐고 현대식 건물을 지어 그곳에서 자녀를 낳고 살아가던 그녀는 어느 날 그때는 이미 세상을 떠난 화가 옥희도의 유작전에 간다. 그녀는 거기서 지난 날 그 화가의 집 초라한 작업실에서 본 그, 앙상한 나무 그림을 다시 본다. 거기서 받는 아래와 같은 느낌은 이 소설에 상당한 시사를 던져주는 것이다.

내가 지난날, 어두운 단칸방에서 본 한발 속의 고목(古木), 그러나 지금의 나에겐 웬일인지 그게 고목이 아니라 나목(裸木)이었다. 그것은 비슷하면서도 아주 달랐다.

김장철 소스리 바람에 떠는 나목, 이제 막 마지막 낙엽을 끝낸 김장철 나목이기에 봄은 아직 멀건만 그의 수심엔 봄에의 향기가 애닮도록 절실하다.

그러나 보채지 않고 늠름하게, 여러 가지들이 빈틈없이 완전한 조화를 이룬 채 서 있는 나목, 그 옆을 지나는 춥디추운 김장철 여인들.

여인들의 눈앞엔 겨울이 있고, 나목에겐 아직 멀지만 봄에의 믿음이 있다.

봄에의 믿음. 나목을 저리도 의연하게 함이 바로 봄에의 믿음이리라.

그 전, 그녀가 '꽃도 없고 잎도 없고 열매도 없는' '한발에 고사한 나무'라고 보았던 그 나무가 이제 보니 그것이 아니었다. 그것은 잎이 져 있을 뿐 여전히 생명을 가진 '헐벗은 나무' 곧 나목이었던 것이다. 그리고 그녀는 그 나무에서 언젠가는 올 봄에의 믿음을 가지고 서 있는 의연함을 본다. 그것은 초토가 되다시피 한 나라에서 만산창이의 상처를 입고 신음하고 있는 한민족이 그래도 끈질긴 생명력을 가지고, 희망을 가지고 그 시련을 이겨내리라는 것을 상징적으로 보여주고 있다 할 것이다. 여기서 이 소설은 상처 받은 한 개인사가 민족사로서의 의미로 확대되게 하고 있는 것이다. 그리고 그것은 이 소설이 가지는, 한국 문학사에 있어서 한 편의 뛰어난 전쟁문학으로서의 가치를 가지게 한다고 할 수 있을 것이다.

Ⅳ. 결론

박완서의 장편 <나목>은 전쟁이 인간과 세계를 어떻게 파괴하고 황폐화하는가를 보여주는 한 편의 전쟁문학 작품이다. 이 소설에는 전투와 같은, 전쟁상황이 전면에 나타나 있지는 않지만 가정집에 떨어진 유탄 한 발이 인간과 세계에 얼마나 깊고 큰 상처를 주는가를 말하고 있다는 점에서 그렇게 볼 수 있다. 이 소설에 나타나 있는 전쟁이 준 상처는 다음과 같은 것이다.

가장 직접적이고 큰 상처는 잘 못 날아온 포탄이 주인공의 집 행랑채에서 폭발해 두 오빠가 폭사한 것이다. 이로 인해 그 어머니는 반 실성한 사람이 되어버리고 모녀 사이도 남보다 못 한 것이 되어버린다.

그런데 이 소설에 나타나 있는 가장 심각한 전쟁 피해는 주인공이 입고 있는 것이다. 주인공은 알 수 없는 이유로 정신적 공황상태에 빠져 있다. 주인공은 심한 자기파괴 충동에 휩싸여 자학적인 행동을 하는데 이 소설은 그 원인 추적과 주인공이 그와 같은 병증에서 벗어나는 과정을 그려 보여주고 있다.

주인공은 거의 자학적인 심리상태에서 한 미군에게 몸을 맡기려던 순간 침실의 붉은 전등 불빛을 보고 자신의 심리적 외상이 어디에서 온 것인가를 알게 된다. 그것은 두 오빠의 끔찍스런 죽음을 목격한 데서 온 충격이 원인이었다. 그리고 오빠들을 그 행랑채에 가 있으라고 권유한 것이 자신이었으니 자신은 두 혈육을 죽음으로 몰아넣었다는 자책감에 시달려 왔던 것이다. 원인을 알게 된 주인공은 정색을 하고 그 일을 다시 생각해 본다. 그리고 그것은 자신의 죄가 아니며 전쟁이 부른 비극이라는 것을 안다. 이제 그녀는 정상을 되찾고 암울하기만 한 것으로 보던 세상도 새로운 눈으로 다시 본다. 곧 전쟁으로 나라는 초토가 되다시피 하고 온민족이 만신창이의 상처를 입고 있지만 언젠가는 그 싸움도 끝나고 한민족은 그 끈질긴 생명력으로 시련을 극복해내리라는 것을 확신한다.

위와 같은 의미에서 <나목>은 한국 문학사에 있어서 한 편의 뛰어난 전쟁문학 작품이라 할 수 있을 것이다.

제4장 神과 靈의 자리

김동리의 〈무녀도〉
　　샤머니즘 – 영원회귀에의 길

장용학의 〈요한 시집〉
　　죽음으로 벗은 무거운 짐 – 인간 모독적 삶

이외수의 〈장수하늘소〉
　　속악 사회의 죄 대속의 신선 이야기

이청준의 〈이어도〉
　　이승에서 찾은 피안의 낙원

신경숙의 〈풍금이 있던 자리〉
　　차마 못 본 내 행복이 울릴 타인

김훈의 〈칼의 노래〉
　　삶 – 무의미와의 싸움

김동리의 <무녀도>
샤머니즘 - 영원회귀에의 길

Ⅰ. 서론

　김동리는 반론의 여지없이 한국 현대소설사에 있어서 한 기념비적인 작가라 할 수 있다. 1935년 단편 <화랑의 후예>를 『조선중앙일보』 신춘문예에 투고, 당선되어 문단에 나온 그는 그러고도 이렇다 할 원고청탁이 없자 이것은 아직 작가로서의 인정이 덜 된 때문이라고 보고 이듬해에 단편 <산화>로 『동아일보』 신춘문예에 응모하여 당선되었다고 하는데 우리는 여기서 처음부터 그의 자부심, 오기가 예사롭지 않았다는 것을 알 수 있다. 이 후 그는 소위 신세대란 이름으로[1] 한국 소설의 새로운 한 시대를 여는 젊은 작가의 한 사람으로 주목을 받으면서 멈출 줄 모르는 성장을 거듭해 왔다.

　그가 발표한 작품은 양적으로도 결코 적은 편이라고 할 수 없는데 거

---

1) 백철·이병기 「국문학전사」(신구문화사, 1973), p.434.

기에는 이 나라의 소설사 뿐 아니라 문학사, 문화사 상의 수확이라고 해도 과언이 아니라 할 만한 소설들도 적지 않다.

그 중에는 1980년대 초 노벨 문학상 후보에 오른 적이 있는 장편 <을화>와 같은 작품도 있지만[2] 소설가 김동리의 대표작이라고 한다면 아무래도 <무녀도>를 꼽아야 할 것 같다. 왜냐하면 여러 가지 의미에서 이 소설에는 작가 김동리의 영혼이 집약, 응결되어 있다고 볼 수 있고 이 작품은 그의 소설 중 초기작으로 오랜 세월 많은 비평가들에 의해 그 문예물로서의 우수성이 거듭 검증된 바 있기 때문이다.

<무녀도>에 대해서는 이미 여러 측면에서의 많은 논의가 있어 왔는데 필자가 새삼 이 소설에 대한 작품론적인 고찰을 하려는 데는 몇 가지 이유, 동기가 있었기 때문이다.

첫째, 이 작품에 대해서는 김병욱의 한 논문을 대표로 하는[3], 신화비평적 측면에서의 연구가 상당히 많이, 또 깊이 있게 이루어져 왔는데 필자는 이러한 연구에는 아직도 미진한 데가 있다고 생각해 왔다. 필자는 특히 이 소설의 한국 토속신앙으로서의 샤머니즘적인 성격, 그 범신론적인 성격에 대한 좀 더 깊이 있는 연구의 필요성을 느껴왔다.

이 논문의 또 다른 집필 동기는, <무녀도>에는 허무주의적인 성격이 짙게 드리워져 있다는 것이 이미 공론이 되다시피 되어 있는데[4] 이 허무주의의 성격에 대한 시각이 여러 가지로 엇갈린 채로 있어[5] 이에 대한

2) 이태동, "<을화>와 노벨 문학상", 「김동리 을화」(문학사상사, 1997), p.284.

3) 김병욱, "영원회귀의 문학", 「동리문학연구(이승학 외 편)」(서라벌예술대학, 1973), pp. 137-150.

4) 거기에는 김동리 소설은 모두가 다 허무주의에 빠져 있다는 주장도 있다.
   김영숙, "김동리문학과 니힐리즘", 「동리문학연구(이승학 외 편)」(서라벌예술대학, 1973), p.167.

5) 조연현은 <무녀도>를 허무에의 복종이나 수락으로 보고 있고 [조연현, 「한국현대작가론」(청운출판사, 1965), p.17] 어떤 논문은 이를 허무에의 반항이라고 보았다. (김영숙, 위의 책, p.172.)

필자 나름의 견해를 밝혀둘 필요가 있겠다고 생각한 것이다.

또 하나, 이는 위의, 두 번째 동기와 관련된 것으로 사람들은 이 소설의 주인공의 죽음은 한 인간의 철저한 패배, 절망을 의미하는 것이 아니고 작가가 기회 있을 때마다 주장해 온 바와 같이 거기에 우리들 삶의 내일의 지향점에 대한 어떤 계시가 있다고 보아왔는데 이에 대해 살펴보는 것은 지금까지의 이 소설에 대한 동어반복적인 연구에서 벗어나 어떤 의미를 가진 성과를 거둘 수 있는 길이 되지 않을까 하는 생각을 해 이글을 쓰기로 했다.

<무녀도>는 1936년 『중앙』을 통해 발표된 이래 몇 차례에 걸쳐 개작이 되었다. 첫 개작은 1947년 을유문화사에서 간행한 작품집 「무녀도」에 실린 것에서 이루어졌다. 처음 발표 당시 살인자이던 모화의 아들이 이때부터 기독교도로 나오는 것이 이 작품의 가장 크게 달라진 점이다. 두 번째의 개작은 1958년 한국 단편문학전집에 실린 작품에서 이루어지고 있는데 이때부터 무녀의 그림이 작품의 서두에 나오기 시작하고 있다. 이글에서는 이 두 번째 개작이 이루어진 후의 <무녀도>로 최근 문학사상사에서 간행한 『한국문학대표작선집』 1에 실린 것을 텍스트로 취했다.

연구의 방법론은 주로 신화비평의 그것에 기대었다.

II. 두 신앙의 충돌

무당은 천인의 하나이나 그러면서 예인이다. 무당이 행하는 굿은 거기에 시·노래·춤이 있어 그것은 민속예술이자 대중예술이요 종합민중예술이다. 따라서 한 사람의 무당을 주인공으로 하고 있는 소설 <무녀도>는 한 편의 예인소설이라 할 수 있다. <무녀도> 스토리의 근간은 모화로 대표되는 한국의 토착신앙, 무교와 그녀의 아들 욱이로 대표되는 외래신앙, 기독교의 충돌로 되어 있다.

모화는 경상도 사투리를 쓰는, 남도에서 생장하여 거기서 살아가고 있는 인물이다. 이 고장은 우리 고유·전통문화의 뿌리가 깊어 그만큼 한 말에 시작된 지난날의 개화의 바람도 그렇게 쉽사리 휩쓸 수 없었던 곳이다. 그녀는 그러한 남도에서 태어나 살아오고 있을 뿐 아니라 그 몸에 그 고장의 우리 토속의 신이 자리하고 있는 사람이다. 이 소설은,

욱이는 모화가 아직 모화마을에 살고 있을 때, 귀신이 지피기 전 어떤 남자와의 사이에 생긴 사생아였다.

(방점은 필자가 친 것임)

고 하고 있는데 이는 그녀가 한 사람의 강신무라 함을 말해주는 것이다.

한편 욱이는 모화의 피를 타고난 아들이지만 어린 나이에 집을 나가 열아홉 살의 장성한 청년이 되어 돌아온다. 그가 쓰고 있는 평안도 사투리가 말해주 듯 그는 이미 서도 사람이 되어 있다. 그는 어머니나 누이동생과의 대화에서도 처음부터 끝까지 평안도 사투리를 쓰고 있는데 이는 그의 의식의 기층이 이미 그곳 사람의 것으로 바뀌어 있음을 의미한다. 그가 그곳에서 현 목사를 만나게 되었다고 하는 평양은 그 서북지방의 중심지다. 이곳은 우리가 특별히 유심히 보아야 할 필요가 있는 지방이다. 서북지방은 조선조 5백 년 동안 철저하게 소외되었던 곳이다. 이것은 이곳 사람들이 조선이라는 전통사회를 적극적으로 경험하지 못했다는 것을 의미함과 동시에 한편으로는 그러한 전통사회의 중압감을 받지 않아도 되었던 곳이라 함을 말해주는 것이다. 그런 곳이었던 만큼 한말, 개화기에 외래문물이 가장 먼저 이곳을 통로로 하여 들어왔다. 그러한 외래문화 중의 하나가 기독교라 할 수 있다. 욱이는 바로 그러한 지방인, 그러한 종교인의 화신이 되어 모화 앞에 나타난 것이다.

여기서 두 문화·두 종교의 충돌은 필연적으로 나타나게 되었다. 욱이 가 볼 때 어머니 모화와 누이 낭이는 사귀가 들린 여인들이었다. 그리고 그가 찾아온 그의 집은 퇴락하고 음습한, 영혼과 육신이 모두 병든 사악 한 귀신이 지배하는 세계였다. 다음의 예문에 나타나 있는 바와 같이, 그 곳은 그가 평양에 두고 온 세상과는 너무나 극명하게 대조를 이루고 있 었다.

> 그러나 욱이가 어머니 집이라고 찾아온 곳은 지금까지 그가 살고 있 던 현목사나 이장로의 집보다 너무나 딴 세상이었다. 그 명랑한 찬송가 소리와 풍금 소리와 성경 읽는 소리와 모여앉아 기도를 올리고, 빛난 음 식을 향해 즐겁게 웃는 얼굴들 대신에, 군데군데 헐려져 가는 쓸쓸한 돌 담과, 기와버섯이 퍼렇게 뻗어오른 묵은 기와집과, 엉킨 잡초 속에 꾸물 거리는 개구리, 지렁이들과, 그 속에서 무당귀신과 귀머거리귀신이 각 각 들린 어미 딸 두 여인을 보았을 때, 그는 흡사 자기 자신이 무서운 도 깨비굴에 홀려든 것이나 아닌가 하고 새삼 의심이 들 지경이었다.

반대로 모화 쪽에서 보았을 때 욱이에게는 잡귀, 예수귀신이 들려 있 었다. 그녀는 그 잡귀신을 욱이의 몸에서 나오게 해 영원히 쫓아버려야 한다고 생각한다. 그리하여 욱이의 하느님의 세계, 교회·성경·설교·기도 의 세계와 모화의 신령님의 세계, 들기름 불을 밝힌 신단·신(神)칼·푸념· 주문(呪文)의 세계는 격돌하기 시작한다.

두 세계는 서로 그들 신의 신이한 능력, 이적을 과시한다.

> 이리하여 하나님 아버지의 외아들 예수 그리스도가 온갖 사귀 들린 사람, 문둥병 든 사람, 앉은뱅이, 벙어리, 귀머거리를 고친 이야기와 십 자가에 못 박혀 죽은 지 사흘 만에 다시 살아나 승천했다는 이야기가 한 정 없이 쏟아져 나왔다.

기독교 측이 이러한 말로 사람들을 교화하려 하는 동안 모화는 그녀의 신의 힘을 빌린, 신통력을 보여준다. 그녀는 주막에서 술을 먹다 말고, 화랑이들과 어울려 춤을 추다 말고, 집에서 낭이가 부른다면서 미친것처럼 일어나 달아나곤 하는데 이것은 그녀의 소위 신이통(神耳通)을 보여주는 장면이다. 그녀가 행하는 굿이며 푸닥거리도 바로 그녀의 종교 세계에 있어서의 이적이다.

모화는 별소리를 다 묻는다는 듯이 대답했다. 그는 지금까지 이 경주 고을 일원을 중심으로 수백 번의 푸닥거리와 굿을 하고, 수백 수천 명의 병을 고쳐 왔지만 아직 한 번도 자기의 굿이나 푸닥거리에 '신령님'의 감응을 의심한다든가 걱정해 본 적은 없었다.

두 세계의 대결은 결국 서로 상대방의 신을 축출하려는 데에 이어진다. 욱이 쪽에서,

「예수께서 무리들이 달려와서 모이는 것을 보시고 그 더러운 귀신을 꾸짖어 가라사대 벙어리와 귀머거리 귀신아, 내가 네게 명하노니, 그 아이에게서 나오고 다시 들어가지 마라, 하시니 사귀가 소리지르며 아이를 심히 오그러뜨리고 나가니 그 아이가 죽은 것 같이 되매 여러 사람이 말하기를 죽었다 하거늘, 오직 예수 그 손을 잡아 일으키시니 드디어 일어서더라. -하략」

라고 한 ≪마가복음≫을 읽고 있는가 하면 모화는 욱이의 온몸에, 머금은 물을 뿜고,

「엇쇠, 귀신아 물러서라,
여기는 영주 비루봉 상상봉헤,

깎아질린 돌 베랑헤, 쉰 길 청수헤
너희 올 곳이 아니니라.
바른 손에 칼을 들고 왼손에 불을 들고,
엇쇠, 잡귀신아, 썩 물러서라, 툇툇!」

하고 축사(逐邪)·축귀(逐鬼)의 주문을 왼다. 아들의 몸에서 그녀가 볼 때의 사악한 서양 귀신을 몰아내려는 모화의 집념은 차츰 광기를 띠어 간다. 이 소설은 그러한 모화를 다음과 같이 그리고 있다.

「–전략– 예수 귀신하, 서역 십만리 굶주리던 불귀신아
탄다 훨훨 불이탄다 불귀신이 훨훨탄다.
타고 나니 우리 방성 관옥같이 앉았다가, 삼신 찾아오는구나, 조왕 찾
아오는구나」
모화는 혼자서 손을 비비고 절을 하고 일어나 춤을 추고 갖은 교태를
다 부리며 완연히 미친 것 같이 날뛰었다.

그러나 광기는 모화에게만 있는 것이 아니다. 어떤 의미에서 종교적인 열정의 강도는 모화보다 욱이 쪽이 더 강하다고 해야 하지 않을까 한다. 모화는 위에서 보는 바와 같이 완전히 미친 사람처럼 날뛰다가도 순간순간 그 신들린 상태에서 풀려나온다. 집을 나갔다가 오랜만에 돌아온 욱이의 목을 안고 울고 있을 때의 그녀는 전혀 신들린 사람이 아닌, 자식에 대한 자정이 넘치는 한 사람의 어머니일 뿐이다.

그러나 욱이의 경우는 다르다. 그는 언행 하나, 어느 한 순간의 마음가짐도 '하느님의 신자'에서 한 치도 벗어나는 법이 없다. 그는 어떠한 경우에도 화를 내는 법이 없고, 누구를 대해서나 조용히 미소를 짓는다. 그는 하느님의 가르침에 따른, 철저한 박애와 용서가 몸에 배어 있다. 이것은 미친 듯이 날뛰다 시무룩이 주저앉곤 하는 모화의 경우와는 다른, 그

의 종교적 열정을 말해주는 것이다.

이 두 사람의 종교적 광기는 모화가 욱이를 칼로 찌르는, 귀기어린 장면에서 그 절정을 보여준다.

　　이때, 모화는 분명히 식칼로 욱이의 면상을 겨누고 치려하였다. 순간 욱이는 모화의 칼날을 왼쪽 귓전에 느끼며 그의 겨드랑이 밑을 돌아 소반 위에 차려놓은 냉수그릇을 들어 모화의 낯에다 그릇째 끼얹었다. 이 서슬에 접시의 불이 기울어져 봉창에 붙었다. 욱이는 봉창에서 방으로 붙어 들어가는 불길을 잡으려고 부뚜막 위로 뛰어올랐다. 그러자 물그릇을 뒤집어쓰고 분노에 타는 모화는 욱이의 뒤를 쫓아 칼을 휘두르며 부뚜막으로 뛰어올랐다. 봉창에서 방문으로 붙어 들어가는 불길을 덮쳐 끄는 순간 뒷등허리가 찌르르하여 획 몸을 돌이키려 할 때 이미 피투성이가 된 그의 몸은 허옇게 이를 악물고 웃음 웃는 모화의 품속에 안겨져 있었다.

이 장면에 나타나 있는 모화는 의심의 여지없이 미친 사람이다. 이때의 그녀의 눈에 비친 상대는 자신이 나은 자식 욱이가 아니라 예수귀신 바로 그것이었고 그래서 그녀는 그 악귀를 칼로 쳐 퇴치한 것이다. 욱이는 칼을 든 그 어머니가 미친 상태에 있다는 것을 알고 있었음이 분명하다. 그런데도, 그는 그런 그녀가 정면으로 그를 노리고 휘두르는 칼 아래 뛰어들고 있다. 그것은 이때 그가 완전히 이성을 잃고 있었다는 것을 말해준다. 욱이가 이성을 잃게 된 직접적인 이유는 그 어머니에 의해 성경이 불태워지고 있는 것을 보았기 때문이다. 그런데, 비신자의 입장에서 냉정하게 보았을 때 성경은 무엇인가? 그 또한 한 권의 책일 뿐이다. 그런데 더 할 수 없이 강한 신심을 가지고 있는 욱이에게 있어서 그것은 '책' 이상의 의미를 지닌 것이다. 그에 있어서 그것은 하느님, 예수의 성령이 깃던 성물로 그것이 잡귀에 홀린 한 인간에 의해 불태워진다는 것은 절대로 있을 수 없는 신성 모독이었다. 그래서 칼춤을 추고 있는 모화의 얼굴에 물을 끼얹어 스스로 그녀에게 야차와 같은 분노를 불러일으키고 있을 때의 욱이는 이미 칼도, 죽음도 안중에 없는 상태에 있었던 것이다.

이 유혈의 참사를 전기로 하여 팽팽하던 두 세력의 힘의 균형은 한쪽, 곧 외래신앙의 우세 쪽으로 기울어지는 것처럼 보인다. 몸으로 사귀의 칼을 막아 쓰러진 욱이의 신력으로 경주에 교회가 서게 되고 따라서 곧이어 온 그의 죽음은 순교가 된다.

> 그러나 「예수귀신」들은 결코 물러가지 않았을 뿐 아니라 점점 늘어만 갔다. 게다가 옛날 모화에게 굿과 푸닥거리를 빌러 다니던 사람들까지도 예수귀신이 들기 시작하였다.

라고 한 데서 볼 수 있듯, 사람들은 하나 둘 모화의 영검을 불신하고 그녀에게 등을 돌려 교회로 몰려간다. 욱이는 순교자가 되고 제 자식을 죽인, 갈수록 신통력을 잃어가는 모화는 사람들에 의해 실성한 무당, 미친 여자 취급을 받기 시작한다.

그러나 이 소설에서의 외래·토속신앙의 싸움은 욱이가 죽고 나서도 계속되고 있고 어떤 의미에서는 가장 결정적인 대결은 그의 사후에 전개된다. 두 신앙의 건곤일척의 최후의 결전의 장은 모화가 벌이고 있는 그녀의 마지막 굿판이다. 이 굿은 지난 날 우리의 주변에서 볼 수 있던, 물에 빠져 죽은 사람의 혼을 건져 저승으로 천도(薦度)시켜주는, 흔히 물 굿이라 불리는 수망(水亡)굿이다. 사람들은 물에 뛰어들어 자살한 여인의 넋을 건진다는 모화의 이 굿을 한판의 격투기의 마지막 결전 앞에서처럼 기대와 호기심에 차 기다린다.

이러할 즈음에 모화의 마지막 굿이 열린다는 소문이 났다. 읍내 어느 부잣집 며느리가 「예기소」에 몸을 던진 것이었다. 그래 모화는 비단옷 두 벌을 받고 특별히 굿을 응낙했다는 말도 났다. 그리고 이와 동시에 모화가 이번 굿에서 딸(낭이)의 입을 열게 할 계획이라는 소문도 났다. 「흥, 예수귀신이 진짠지 신령님이 진짠가 두고 보지」 이렇게 장담했다는 것이다. 사람들은 기대와 호기심에 들끓었다. 그들은 놀랍고 아쉬운 마음으로 산을 넘고 물을 건너 모여들었다.

이윽고 굿이 벌어지는데 외견상, 또 상당수의 연구자들이 그렇게 보고 있듯[6] 모화는 여기서 허망하게 패배하고 있는 것처럼 보인다.

굿이 한참 진행되고부터 모화의 패색은 짙게 나타나고 있으니, 그녀는 우선 죽은 김씨의 혼백을 건지는 데에 실패하고 있다. 원혼을 건지기는커녕 그녀 자신이 그 예기소에 빠져 죽고 만다. 이렇게 되고 보면 사람들에게는 이제 더 이상 이기고 지고를 지켜볼 것이 없게 되고만 셈이다. 이른바 모화의 완패는 누구도 부인할 수 없는 명백한 사실로 보이기 때문이다. 더욱,

그네들이 떠난 뒤엔 아무도 그 집을 찾아오는 사람이 없었고, 밤이면 그 무성한 잡풀 속에서 모기들만이 떼를 지어 미쳐 돌았다.

라고 한 이 소설의 결말은 그것을 확실하게 뒷받침하고 있는 것으로 보인다. 이 소설을 가리켜 우리의 전통적인 토속신앙인 무속의 세계가 변화의 충격 앞에서 마치 저녁놀처럼 스러져가는 과정을 그린 것이라고

---

6) 김윤식·김현, 「한국문학사」(민음사, 1974), p.245는 여기서의 모화의 죽음을 닫힌 사회의 붕괴를 상징적으로 표상한다고 하고 있다. 또 김병익도 논문 "자연에의 친화와 귀의", 「김동리(이재선 편)」(서강대학교 출판부, 1995), p.45에서 여기서 모화, 샤머니즘 문화가 패배하고 있다고 말하고 있다.

한 말도[7] 그래서 나온 것이다.

Ⅲ. 모화의 패배와 불패

그러나 신화비평 쪽에서는 이 소설에서의 모화의 실패와 죽음을 그녀의 절망, 패배로, 동서문화의 대결, 한국 토속신앙의 외래신앙과의 대결에서의 패퇴로 받아들이지 않는다. 무엇보다 모화의 죽음을 그녀 개체와 그녀가 숨 쉬고 있던 세계의 종언, 종말로 보지 않는 것이다. 그녀의 세계는 생과 사로 양단된 그것이 아니다. 모화의 거처, 그녀의 집부터가 벌써 그곳이 신화의 세계임을 보여주고 있다.

> 그것은 한 머리 찌그러져가는 묵은 기와집으로, 지붕 위에는 기와버섯이 퍼렇게 뻗어 올라 역한 흙냄새를 풍기고 집 주위는 앙상한 돌담이 군데군데 헐리인 채 옛성처럼 꼬불꼬불 에워싸고 있었다. 이 돌담이 에워싼 안의 공지같이 넓은 마당에는 수채가 막힌 채, 빗물이 괴는 대로 일년 내 시퍼런 물이끼가 뒤덮여, 능쟁이, 명아주, 강아지풀 그리고 이름 모를 여러 가지 잡풀들이 사람의 키도 묻힐 만큼 거멓게 엉키어 있었다.

수채가 막혀 빗물이 괴어 이끼가 끼어 있는 모화의 집은 일상적인 시간이 정지된 곳, 태고가 숨 쉬는 곳임을 말해준다. 무녀 모화의 집은 과거와 현재가 하나가 되어 있는 곳, 영원이 숨 쉬는 곳이다.

더욱, 모화가 마지막으로 굿을 벌이고 있는 예기소는 역사의 시간이 영원의 시간, 신화의 시간과 통하는 접점으로서의 의미를 지니고 있다. 크고 작은 전물상을 차려 놓고 무당 모화가 화랑이들의 장고·피리·해금

---

7) 이재선. "「무녀도」에서 「을화」까지", 「김동리(이재선 편)」(서강대학교 출판부, 1995), p.162.

에 맞추어 쾌자를 펄럭이며 춤을 추고 있는 예기소는 제장이요, 그곳에서의 그 혼건지 굿은 역사의 시간과 영원의 시간이 혼융하는 일대 제의이다.

굿은 익사한 여인의 혼을 건지기 위해서 마련된 것이고 모화는 그 일에 몰두하고 있는 것처럼 보인다. 그러나 곧 그녀의 뜻하는 바는 거기에 있지 않았다는 것이 밝혀진다. 밤중이 되어도 죽은 사람의 머리카락을 건지지 못하자 작은 무당 하나가 초조한 낯빛으로 모화에게 이를 걱정했을 때의 그녀의 태도를 보면 이를 알 수 있다. 그녀는 조금도 서슴지 않고 그것을 당연한 것으로 받아들인다. 그녀는 처음부터 자살한, 어느 부잣집 며느리의 혼을 건져 천도하려는 데는 뜻이 없었던 것이다. 그에 이어 그녀는 넋대를 잡고 물속으로 들어간다. 바야흐로 모화가 그 자신을 바치는 희생제의가 시작되는 것이다. 그녀는 그 길로 춤을 추며 물속으로 들어가 영원히 사라져버리고 있다. 그러나 이때의 그녀는 물에 빠져 죽은 것이라고 할 수 없다. 거기에는 죽음에의 두려움, 한 생명체가 숨을 거두는 고통 같은 것이 없다. 그녀는 그 몸뚱이가 뼈도 살도 없는 율동으로 화한 듯 너울거리며 물속으로 사라져가고 있는데 이는 그녀가 신적인 도취(divine intoxication), 엑스터시, 신열 상태에 있었음을 보여주는 것이다. 그리하여 그녀는 죽은 것이 아니라 영원으로 돌아간 것이다. 그리고 그녀의 물속으로의 사라짐은 영웅이 백성의 죄를 씻어주고 국토의 황폐를 풍요로 회복시키기 위해 스스로 희생됨을 택하는 제의의 성격을 띠고 있다.8) 그녀는 이 세상의 구속(救贖salvation)과 정화(pugation)를 위해 그 몸을 던진(offering) 것이다. 그리고 그녀의 사라짐은 앞서도 말했듯, 죽음이 아니라 새로운 차원에의 재생을 전제로 한 '삶의 리듬'으로 파악해야 할 성질의 것이다. 그녀의 죽음은 소멸로 끝나고 마는 것이 아니라

---

8) William L.Guerin·Earle G. Labor·Lee Morgan·John R.Willingham, A Handbook of Critical Appr oaches to Literature, Harper & Row, Publishers, Inc., 1979, p.162.

또 다른 차원으로의 재생을 뜻하는 것이다.[9] 신화의 세계에서의 인간은 광대하고 신비스러운 자연의 영원한 순환, 특히 사계의 순환의 리듬에 귀의함으로서 불사를 획득하는 바 모화의 죽음이 바로 그러한 것이다. 그러한 세계에서는 이승과 저승이 단절된 것이 아니라 서로 넘나들 수 있는 것이다.

그런 의미에서 모화가 남긴,

> 「가자시라 가자시라 이수중분 백로주로, 불러 주소 불러 주소 우리
> 성님 불러 주소, 봄철이라 이 강변에 복숭아꽃 피그덜랑, 소복 단장 낭이
> 따님 이 내 소식 물어 주소, 첫가지에 안부 묻고, 둘째가……」

라 한 넋두리는 모화의, 잠깐 동안의 이승과의 고별을 말하는 것이요 그녀의 재생에의 기약이라 해야 할 것이다.

모화는 그녀의 마지막 굿에서 물속으로 사라지기 직전의 넋두리로 자신의 안부를 물어달라고 한 바로 그 계절에 되살아난다.[10] 그녀가 기약한 재생의 계절은 복숭아꽃이 필 때였는데 이 철에는 살구꽃도 같이 핀다. 그런데 그녀는 '온 종일 흙바람이 불어 뜰앞엔 살구꽃이 터져나오는 어느 봄날 어스름'에 되살아나고 있다. 사계의 순환에 있어서의 봄은 재생의 계절이다. 바로 그 계절에 모화는 낭이의 화필을 빌어 우리 앞에 현신한다. 낭이가 그린 그림 속에서 '청승에 자지러져 뼈도 살도 없는 혼령으로 화한 듯 가벼이 쾌자자락을 날리며' 춤을 추고 있는 모화는 그녀가 저승에서 이승으로 되돌아 왔음을 상징한다. 춤추는 무녀의 그림이 모화의 재생의 상징이라면 낭이는 이승으로 돌아온 그녀의 실체다. 낭이

---

9) 유기룡, "<그림>으로 승화된 <모화>의 죽음", 「김동리(유기룡 편)」(도서출판 살림, 1996), p.517.

10) 무당에 있어서 물은 생명의 근원이다. 김태곤, 「무속과 영의 세계」(도서출판 한울,199 6), p.117.

는 모화의 생전에 그 어머니로부터 무당의 혼을 옮겨 받고 있다. 낭이가 외인을 대했을 때를 그린,

그럴 때마다 낭이는 대개 혼자서 그림을 그리고 있다가 놀라 붓을 던지며 얼굴이 파랗게 질린 채 와들와들 떨곤 하는 것이었다.

라고 한 구절은 다음과 같은,

모화는 사람을 볼 때마다 늘 수줍은 듯, 어깨를 비틀며 절을 했다. 어린애를 보고도 부들부들 떨며 두려워했다. 때로는 개나 돼지에게도 아양을 부렸다.

고 한 그녀의 어머니의 기이한 태도에서 옮은 것이다.

특히 모화의 비념을 보고 있던 낭이가 보여주는, 다음과 같은 모습은 그녀가 그 어머니의 넋과 몸에 합치되어 하나가 되고 있음을 보여주고 있다.

모화는 혼자서 손을 비비고 절을 하고 일어나 춤을 추고 갖은 교태를 다 부리며 완연히 미친 것같이 날뛰었다. 낭이는 방에서 부엌으로 난 봉창 구멍에 눈을 대고 숨소리도 죽인 채 오랫동안 어머니의 날뛰는 양을 지켜보고 있다가 별안간 몸에 오한이 들며 아래턱이 달달달 떨리기 시작하였다. 그녀는 미친 것처럼 뛰어 일어나며, 저고리를 벗었다. 치마를 벗었다. 그리하여 어미는 부엌에서, 딸은 방안에서, 한 장단 한 가락에 놀 듯 어우러져 춤을 추었다. 그러한 어느 새벽 낭이는(정신을 차려보니) 발가벗은 몸뚱이로 방바닥에 쓰러져 있는 그녀 자신을 발견한 일도 있었다.

이때의 낭이는 엑스터시 곧 트랜스(trance)와 포제션(possession), 둘이 포함된 상태에 있다. 트랜스는 의식과 감정이 변화를 일으킨, 실신한 것과 같은 상태이고 포제션은 외부의 존재가 몸안에 들어와 인격 전체를 지배하는 신들린 상태를 말하는데[11] 낭이는 그 둘이 합해진 상태의 신열에 들떠 있는 것이다. 그리고 그러한 상태는 그 어머니 강신무 모화와의 접신(接神)에 의해 나타난 것이다. 이때의 낭이는 이미 모화와 한 넋, 한 몸이 되어 있다고 볼 수 있다. 다만 낭이가 무당 모화와 다른 점이 있다면 그것은 그녀가 말을 못해 넋두리, 푸념을 하지 못한다는 사실이다. 그런데 모화는 자신의 죽음을 앞두고 그녀의 신의 영검으로 낭이의 그 닫혀 있는 입을 열려 한다.

이윽고 모화가 죽고, 그 아버지가 낭이를 데리러 왔을 때 그, 모화의 신의 영검은 마침내 나타난다.

「아버으이.」
낭이는 그 아버지를 보자 이렇게 소리를 내어 불렀다. 모화의 마지막 굿이(떠돌던 예언대로) 영검을 나타냈는지 그녀의 말소리는 전에 없이 알아들을만 했다.

그 어머니의 신이 내려 있는 위에 이와 같이 입을 연, 낭이는 이제 모화, 바로 그녀라 해도 될 것이다. 한 논문은 이에 대해 비교적 상세하게 서술하고 있다. 이 논문은 모화의 죽음은 자신의 정신적 에너지의 한 상징인 딸을 통하여 보다 새로운 재생의 표상을 가능하게 하고 있다고 하고 그녀는 신화적 영웅의 재생이라는 삶의 순환적 리듬을 이 작품의 구조 속에 그대로 실현시키고 있다고 하고 있다.[12] 이렇게 보면 모화의 물

---

11) 김광일, 「한국 전통문화의 정신분석」(시인사, 1984), p.164.
12) 유기룡, 앞의 책, pp.530-46.

속으로의 사라짐은 단순히 한 인간의 죽음, 한 세계의 종언이라 할 수 없다는 것을 알 수 있다.

확실히 <무녀도>는 외래신앙과 우리의 전통 토속신앙, 어느 한쪽으로 기울어지지 않는 작가의 가치중립적인 세계관을 보여주는 소설이 아니다. 의심의 여지없이 이 소설에서 작가 김동리가 우리의 영혼이 안주해야 할 곳으로 생각하고 있는 것은 우리 전통의 무교, 샤머니즘 쪽이다. <무녀도>는 이 작가가 수편의 작품을 발표하고 있는 샤머니즘 소재 소설의 한 편이다.13) 우리의 전통신앙 샤머니즘은 범신론(pantheism)의 성격을 띠고 있다. 만유신론(萬有神論)이라고도 불리는 이 사상은 신라 초에 완성된 풍류도에서부터 그 맥을 찾을 수 있다. 풍류도란 최치원의 '鸞郎碑序'에 그 윤곽이 드러나 있다. 이 글은 「國有玄妙之道 曰風流 說敎之源備詳仙史 實乃包含三敎 接化群生(나라에 현묘한 도가 있으니 풍류도라 한다. 그 발원에 관한 상세한 설명은 선사란 책 속에 적혀 있다. 이는 본래 유불선 삼교를 포함한 것으로 인간 뿐 아니라 모든 동식물까지도 다 동화, 조화할 수 있는 도다.)」14)라고 하고 있는데 이때의 '玄妙之道'란 '龍天歡悅' '人天成悅'로도 표현되는 것이다. 이는 곧 인간과 인간 끼리만이 아니라 동식물 등의 뭇 생명체와는 물론이고 무정한 무생물과도 호흡과 기맥을 함께하며 나아가서는 천지신명과 일월성신과 더불어 상호 교감함으로서 마침내 우주 생명과 접응하고 천인합일의 경(境)을 실현하는 데까지 이르는 것으로 해석되고 있다.15) 이와 같은 사상의 흐름은 <무녀도>의 문맥에서도 어렵지 않게 찾을 수 있다. 모화와 욱이의 다음과 같은 대화가 그 예라 할 수 있을 것이다.

---

13) 그는 이 밖에도 <을화> <당고개 무당> <달 이야기> <만자동경> 등의 샤머니즘 소재 소설들을 발표한 바 있다.

14) ≪삼국사기≫ 「신라본기」 제4 진흥왕 37년.

15) 도광순, "풍류도와 신선사상", 「신선사상과 도교(도광순 편)」(범우사, 1994), p.96.

「아니오, 오마니, 난 불도가 아닙내다.」

「불도가 아니고 그럼 무슨 도가 있어?」

「오마니, 난 절간에서 불도가 보기 싫어 달아났댔쇠다.」

「불도가 보기 싫다니, 불도야 큰 도지…… 그럼 넌 뭐 신선도가?」

여기서 모화의 어조를 보면 그녀에 있어서 불도와 신선도는 환영할만한 것(佛) 또는 적어도 용납할만한 것(仙)이라 함을 알 수 있다.

모화의 범신론적 샤머니즘은 이 소설의 다음과 같은 대문에 뚜렷하게 나타나 있다.

> 그녀의 눈에는 때때로 모든 것이 귀신으로만 비친다는 것이다. 그것은 사람 뿐 아니라 돼지, 고양이, 개구리, 지렁이, 고기, 나비, 감나무, 살구나무, 부지깽이, 항아리, 섬돌, 짚신, 대추나뭇가지, 제비, 구름, 바람, 불, 밥, 연, 바가지, 다래끼, 솥, 숟가락, 호롱불…… 이러한 모든 것이 그녀와 서로 보고, 부르고 말하고 미워하고, 시기하고, 성내고 할 수 있는 이웃사람 같이 보여지곤 했다. 그리하여 그 모든 것을 「님」이라 불렀다.

모화는 그와 같은 범신론적인 신앙을 가진 샤먼이다. 이때의 샤먼은 죽어서 '저승'에 가지 못하고 '이승'을 떠도는 불행한 귀신과 원령들을 구원해 줄 뿐 아니라 그 원귀들 때문에 액과 재난을 당하는 살아 있는 자들을 구원해 주는 존재이다.[16]

김동리는 샤머니즘 곧 무교는 기독교 등 외래종교에 의해 민속 내지 토속으로 밀려나가면서 개화가 되고, 기독교가 밀어닥치자 불안과 증오의 대상인 미신으로 추락하고 말았다고 이를 안타까워했다. 그는 우리의 정신적인 지주인 샤머니즘에서 우리 민족의 얼과 넋을 찾으려 했고

---

16) 이재선, "<무녀도>에서 <을화>까지-현실과 시대의 원격적 관조자", 「김동리 을화」 『한국문학대표작선집』 1 (문학사상사, 1997), p.291.

그래서 씌어진 것이 <무녀도>라고 한 바 있다.[17] 그러한 그에 있어서 기독교란 이미 오래 전에 비정상적으로 강화되고 비대해진 헤브라이즘으로 인간 상실을 초래한 신본사상의 권화였다. 그것은 단순히 외래의 것이기 때문에 거부감을 불러일으키는 것이 아니라 이미 모순투성이의, 바닥이 다 드러난 신앙이었다. 김동리는 20세기의 불안과 혼돈을 헤치고 새로운 세계관을 정립하기 위해서는 새로운 성격의 신과 인간상을 모색해야 한다고 하고 자신은 그러한 신을 서양보다는 동양에서 찾으려 했다고 말했다.[18] 그는 새로운 성격의 신은 좀 더 자연적인 것이어야 하고 새로운 인간은 좀 더 신을 내포한 인간 즉 여신적(與神的) 인간형이어야 한다고 했다. 그에 있어서 샤머니즘적인 신은 철저한 자연적인 신이며 샤머니즘의 인간은 소위 '신들린 인간'이라고 할 만큼 여신적 인간형이다.[19]

그러므로 입고 있는 흰 옷의 흰빛보다 더 새하얀 얼굴에 깊이 모를 슬픔이 서리어 있는 낭이의 모습이나 사건의 결말에 허무주의적인 색채가 드리워져 있는 것은 사실이지만 그것은 철저한 패배, 절망에 이어지는 그런 성질의 것이 아니다. 이재선이 <무녀도>의 심층적 의미를 실존적인 비극성과 그 초월의 아름다움이라고 한 것도 그러한 이유 때문일 것이다.[20]

그러니까 결국 이 작품의 결말에서 제대로 말을 하기 시작하는 낭이는 재생한 모화요 바로 그 여신적 인간인 것이다. 그러므로 <무녀도>는

---

17) 김동리, "무속과 나의 문학 - 절벽에 부닥친 신과 인간의 문제",「김동리 을화」『한국문학대표작선집』1 (문학사상사, 1997), p.278.

18) 김동리, "작품 속에 나타난 샤머니즘",『문학사상』(1977, 9월호), p.384.

19) 김동리, "무속과 나의 문학 - 절벽에 부닥친 신과 인간의 문제",「김동리 을화」『한국문학대표작선집』1 (문학사상사, 1997), pp.279-80.

20) 이재선, "<무녀도>에서 <을화>까지 - 현실과 시대의 원격적 관조자",「김동리 을화」『한국문학대표작선집』1 (문학사상사, 1997), p.290.

작가가 우리들의 내일의 삶의 지향점을 계시하고 있는 소설이라고 해야 할 것이다.

그리고 이 소설의 뛰어난 점은 그러한 이야기를 가장 한국적인 가락으로 들려주고 있다는 사실이다. 우리에게 신비, 불가해한 모호성의 아름다움을 불러일으켜 주는 '희부연 종이등불'이 고요히 내걸린 모화의 집의 묘사 같은 것이 그 단적인 예증이라 할 수 있다.

또 내부 이야기를 시작하는,

> 경주읍에서 성 밖을 오 리쯤 나가서 조그만 마을이 있었다. 여민촌 혹은 잡성촌이라 불리는 마을이었다.
> 이 마을 한구석에 모화(毛火)라는 무당이 살고 있었다.

라 한 구절도 그렇다. 이와 같은 이야기의 발단 처리는 '옛날에 옛날에, 어느 마을에 누구누구가 살았더란다.' 식의, 우리의 전통 설화의 서술 구조를 살리고 있다는 것을 알 수 있다. 그러한 가락에다 우리의 넋, 영혼의 이야기를 담고 있는 이 작품은 그야말로 우리의 전통 정조의 소설이라는 점에서 더 한층 우리의 사랑을 받게 되어 있다는 것을 알 수 있다.

Ⅳ. 결론

<무녀도>는 지난 날 우리들 주변의 이야기를 하고 있으면서도 알 수 없는 소설로 여겨지기도 하고 연구자의 주관에 따라 여러 가지 상이한 해석이 되기도 한 작품이었다. 필자가 객관성을 잃지 않으려고 노력하면서 선행의 연구 성과들을 바탕으로 이 작품을 다시 한 번 정독한 바 이 소설에 대해서는 다음과 같은 견해를 간추려서 말할 수 있지 않을까 한다.

첫째, 작가는 이 소설에서 토속신앙과 외래신앙의 충돌을 그리면서 전자 뿐 아니라 후자의 광증을 그려 보여주고 있다는 사실을 놓쳐서는 안 될 것이다. 독자의 머리에는 자신의 아들을 살해하고 있는 모화의 미친 모습이 강한 이미지로 남아 있기 쉬우나 욱이의 광신적인 면 또한 모화 못지않다는 것에 주의할 필요가 있다. 모화는 거듭 광적인 모습을 보이고 있으나 때로는 말짱하게 신기에서 벗어나고 있는 반면 욱이는 언제나 침착, 냉정하게 보이나 그것은 그의 강한 종교적 열정의 또 다른 나타냄이라 할 수 있다. 그러한 욱이는 결국 그 종교적인 열정으로 모화의 칼을 맞고 쓰러지고 있다. 욱이가 이성을 잃고, 칼을 휘두르는 모화에게 물을 끼얹어 그녀로 하여금 더욱 미치게 만든 것은 그녀가 자신의 성경을 불태우고 있는 것을 보고서이다. 이 때 욱이는 성경을 그 또한 한 권의 책일 뿐이라고 보지 않고 그것을 성령이 깃든 성물이라고 보았기 때문에 그것을 악귀의 모독으로부터 지키려 하여 거기에 목숨을 던지고 있는 것이다.

　둘째, 일반적으로 모화의 패배, 그녀 세계의 붕괴로 단정하고 있는 그녀의 신앙과 외래종교와의 충돌의 결과에서도 새로운 해석, 새로운 의미를 찾을 수 있었다. 외래신앙을 표징하는 욱이의 죽음이 순교가 되고 그의 죽음으로 그 지방에 교회가 들어서고 기독교가 크게 세력을 확장하고 있는 반면, 모화는 자식을 죽인 미친 무당으로 전락하고 사람들도 그녀와 그녀의 신령에 등을 돌리고 있을 뿐 아니라 그녀의 마지막 굿에서 망자의 혼을 건지는 데마저 실패하고 그 자신이 익사하고 마는 데서 우리는 일견 모화의 패배, 토속신앙·전통문화의 붕괴를 보게 된다고 할 수 있다. 그러나 그녀가 물속으로 사라져 간 것은 단순한 죽음이 아닌 새로운 차원에의 재생을 전제로 한 '삶의 한 리듬'으로 받아들여야 할 것이다. 그녀는 신화의 세계에서의 자연의 영원한 순환에 귀의한 것으로 거기서 그녀는 이승과 저승을 넘나들 수 있는 불사의 존재가 된 것이다.

　우리는 무당인 그 어머니 생전에 접신에 의해 그녀의 신령을 자신의 몸에 옮겨 받은 낭이의 붓을 타고 모화가 화폭에 현현하고 있음을 볼 수 있다. 그리고 그녀 최후의 굿의 영검, 그녀의 구속(救贖)과 정화의 희생제의에 의해 어눌하던 입을 열어 알아들을 수 있는 말을 하기 시작한 낭이는 바로 우리 앞에 재생한 무당 모화 그녀라 할 수 있다.

또 한 가지, 우리는 작가가 이 소설에서 외래신앙과 토속신앙을 가치 중립적인 눈으로 보고 있지 않다는 것도 분명히 해두어야 할 필요가 있다고 생각한다. 그는 우리 민족의 얼과 넋을 샤머니즘에서 찾으려 했는데 범신론적 샤머니즘 신앙의 화신인 모화는 바로 샤먼이다. 그녀는 작가가 동양에서 인간 구원의 길로 찾으려 한 새로운 신을 가진 새로운 형의 인간이다. 그는 새로운 신은 좀 더 자연적이어야 하고 새로운 인간은 신을 내포한 인간 곧 여신적 인간이어야 한다고 했는데 모화의 신앙, 모화란 인간이 바로 그러한 경우라 할 수 있다.

그러므로 <무녀도>는 작가가 불안과 혼돈의 현대 사회에 있어서 우리의 내일의 삶의 지향점을 계시하는 소설이라 할 수 있을 것이다.

장용학의 <요한 시집>
죽음으로 벗은 무거운 짐 – 인간 모독적 삶

Ⅰ. 서론

끔찍스런 동족상잔의 비극, 6.25사변의 포화가 휴전 조인으로 멎은 직후, 정식으로 문단에 얼굴을 내민 지 불과 3년 여 밖에 되지 않은 한 신인작가가 발표한 한 편의 단편소설이 당시의 한국 문단에 큰 화제를 불러일으켰다. 발표되자마자 찬사와 비판이 한꺼번에 엇갈려 쏟아져 나온 문제소설이 장용학의 <요한 시집>이었다.

장용학은 1921년 4월 함경북도 부령에서 태어났다. 1942년 일본 와세다대학 상과에 입학한 그는 이 해 학도병으로 입대했다가 해방이 되고 나서 귀국했다. 1946년 한 때 청진에서 중학교 교사로 근무하고 있던 그는 같은 해에 본격적인 작가수업을 하겠다는 뜻을 가지고 서울로 올라왔다. 그는 1948년 그의 처녀작 <육수>를 쓰고 이듬해 12월 하순에는 『연합신문』에 <희화>를 연재했다. 그러나 그가 문단에 정식으로 데뷔한 것은 그 뒤였다. 곧 1950년 <지동설>이『문예』5월호에 1차 추천이 되고 1952년 같은 문예지 1월호에 <미련소묘>가 2차 추천을 받음으로서 등단하게 된 것이다. 1955년 <요한 시집>을 발표해 하루아침에 화제의 작가가 된 그는 이후 단편 <현대의 야(『사상계』1960년 3월호)>, 장편 <원형의 전설(『사상계』1962년 3월호~11월호)> 등을 잇달아 발표했다.

문제작이라고 불리는 작품이 흔히 그렇듯 <요한 시집>에 대한 평가는 극단적으로 상반된 찬반양론으로 나타났다. 긍정적으로 본 견해로는 '실존하는 인간을 찾기 위한 빛나는 노력의 기록'이라 한 김현의 말이나[1], '새로운 리얼리즘의 가능성을 개척한 것으로 보인다'고 한 장문평의 말을 예로 들 수 있을 것이다.[2]

한편 부정적인 시각에서의 비판은 상당히 신랄한 것들이었다. 어떤 사람은 이 소설을 가리켜 '관념의 유치한 유희'라 했고[3] '공허한 관념의 유희에 가깝다'고 해 그와 같은 견해를 보인 사람도 있었다.[4] 또 당시 이미 한 사람의 중진작가이던 김동리도 장용학을 '피투성이 된 감각의 촉수로 관념의 단검을 휘두르며 마귀의 시를 읊는 사람'이라 하여 못마땅한 눈으로 보았음을 말해 주고 있다.[5]

<요한 시집>에 대한 평가가 긍정, 부정의 어느 쪽이었던 간에 이 소설이 화제작, 문제작이었다는 데는 누구도 부정할 수 없다. 이 소설의 문제성은 주로 기교상의 특성과 작품의 사상성이란 양면에서 지적되었다. 이 소설은 첫머리에 작품의 전체 분량을 생각할 때 상당히 긴 것이라 할 만한 우화가 등장해 처음부터 독자의 눈길을 끌고 있다. 또 문장 속에 적지 않은 한자어가 그대로 노출되고 있는 점, 갈피를 잡을 수 없는 환상,

1) 김현, "에피메니드의 역설",『현대한국문학전집』4(신구문화사, 1972), p.411.

2) 장문평, "허무의 미학",『신한국문학전집』23(어문각, 1979), pp.534-5.

3) 이준재, "존재의 고뇌와 자유의 의미",『현대』1963년 12월호, p.280.

4) 김교선, "장용학의 소설",『전북대 국어국문학』1976, p.6.

5) 김동리, "현대에의 신화의식",『서울신문』1955. 10. 24.

관념의 어지러운 서술 같은, 소설의 외적인 면이 당혹과 혼란을 주면서도 독자의 호기심을 자극하고 있다.

한편 <요한 시집>은 외국의 문학을 통해서만 눈과 귀에 익었던 실존주의 소설을 우리 문학작품에서 처음으로 대하게 되었다는, 작품의 내적인 면에서 문단과 일반 독자의 비상한 관심을 끌었다.

당시 한 때의 사상적 유행과 같이 받아들여지기도 했던 실존주의 철학, 실존주의 문학도 이제 세계는 물론 우리의 정신사, 예술사에서 한 확고한 자리를 차지하고 있다. 또 그 후 <요한 시집> 정도는 크게 파격일 것도, 신기할 것도 없다 할 만큼 새로운 기법의 소설도 적잖이 시험되었고 지금도 발표되고 있다. 필자는 한 민족의 문학사란 입장에서 보아 귀하지 않은 버력은 버리는, 망각을 재촉하는 50여년 풍우가 지난 지금 <요한 시집>에는 과연 어떠한 평가가 내려져야 할 것인가를 살펴보기로 했다.

II. 낯선 기호로 된 난해한 관념어군

이 소설에 대한 비상한 관심과 큰 찬사, 높은 목소리의 비난은 상당부분 이 소설에서 구사되고 있는 창작기법과 관련이 된 것이다. 새롭게 시도된 기교는 그것을 이단으로 보면 비난의 대상이고 낡은 껍질을 깬 참신한 노력으로 보면 찬사의 대상이 된다. 어쨌든 그가 파격적인 기교에 능한 작가임은 분명하다 할 것이다.[6]

소설 <요한 시집>에서는 다른 작가, 다른 작품에서 찾기 어려운 창작 테크닉 중 특히 다음과 같은 몇 가지가 눈에 띈다.

---

6) 최창록은 그가 전통에 대한 저항을 한 스타일리스트라고 말하고 있다. 최창록, 「한국 소설의 문체론적 연구」(형설출판사, 1981), pp.197-8.

첫째, 독특한 명명(appellation)이 우리의 눈길을 끈다. 장용학은 본래 특이한 명명법을 구사하는 작가로 알려져 왔다. 이 작품의 경우도 예외는 아니어서 먼저 <요한 시집>이란 작품의 표제부터가 그렇다. ≪신약≫에 등장하는 인물의 이름을 그대로 따온, 이 인유적(引喩的) 명명에는 작가의 깊은 의도가 숨어 있다. 이 이름에는 소설 전체의 핵심적인 의미가 응축되어 있다. 그리고 산문 장르의 대표라 할 소설의 제목에 '시집'이란 이름을 붙인 것도 이채로운 것이라 하지 않을 수 없다.

또 작가에 의해서 주인공이 아니라고 해, 주동인물로서의 역할이 미리부터 부정되고 있지만, 그렇더라도 작중의 중요인물임이 분명한 '누혜'의 이름도 예사롭게 들어서는 안 될 것이다. 김현은 이 이름에 주목하여 '누혜'는 그 음의 유추에 의해 누에를 연상시켜 어떤 변신, 탈바꿈의 이미지를 느끼게 한다고 말했고, 염무웅도 '누혜'란 이름은 '누에'에서 나온 것으로 이는 '나방이로의 탈피를 준비하는 요한적 존재'로 볼 수 있다고, 거의 같은 견해를 보였다.[7] 이 이름이 암시하고 있듯 누혜는 소설 속에서 일대 변신을 하고 있고 그것이 이 소설의 주제의 형상화에 결정적인 역할을 하고 있다.

훌륭한 작가란 일반인이 무심히 생각하는 디테일 하나에도 소홀한 법이 없다. 그러므로 명명에도 여간한 마음을 쏟는 것이 아니라고 보아야 할 것이다. 등장인물의 이름은 그 소설에 생명을 부여하는 기능을 하기 때문이다. 그런데 <요한 시집>의 경우는 그것이 뛰어난 명명인가 아닌가는 차치하고라도 거기서 작가 특유의 기교를 발견할 수 있다는 것만은 사실인 것 같다.

둘째, 작가는 이 소설에 소설 외적인 요소를 대담하게 차용하고 있다는 것을 들 수 있을 것 같다.[8] 그 중 하나가 이 소설의 첫머리에 한 토막

---

7) 염무웅, "실존과 자유 - 요한 시집", 『현대한국문학전집』4(신구문화사, 1967), p.430.
8) 염무웅, 위의 책, p.427.

의 우화를 등장시키고 있다는 것이다. 동굴 속을 낙원으로 알고 있던 한 마리의 토끼가 바깥세계를 그리워하여 기어이 밖으로 나왔으나 강한 태양광선에 시력을 잃고 그 곳에서 죽고 말았다는 것이 이 우화의 대강의 줄거리이다. 어린이를 상대로 한 존대법 문장의 이 우화는 일찍이 한국의 다른 소설에서는 찾을 수 없었던 것이다.

우화는 하나의 통일된 이야기로서, 그것은 가공의 외관 속에 어떤 의미를 예시하여 밝혀 주며, 그 가공의 껍데기를 벗길 때 저자의 목적이 드러난다. 그래서 그 가공의 베일 속에서 무엇인가 바람직한 것이 발견된다면 우화를 짓는 일은 뜻있는 것이 된다.[9] 작가는 우화의 이 속성을 알고 그가 창작한 이 우화 한 토막을 소설 속에 끌어들여 어떤 깊은 의미를 부여하려 한 것이다. 그리고 필자가 볼 때 작가의 그러한 의도는 어느 정도 성공하고 있는 것 같다.

또 한 가지의 테크닉은 이 소설에 소설 외적 장르의 요소를 차용하고 있다는 것이다.

그 奴隷도 自由人이 아니라 自由의 奴隷였다. 자유가 있는 한 人間은 奴隷여야 했다! 自由도 하나의 數字 拘束이었고 强制였다.

위와 같은 구절은 소설 속의 어떤 지문이라기보다는 중수필의 일부를 옮겨 온 것 같다. 이를 두고 이화감, 이질감을 주는 행위라고 비난할 수도 있겠지만 어쨌든 독특한 기교의 일단임은 분명하다 할 것이다.

셋째, <요한 시집>에 나타난 서술의 초점, 시점도 여느 소설과는 다른 특이한 데가 있다. 보통 소설의 시점이 빈번하게 이동하는 경우는 있지만 1인칭시점과 3인칭시점으로 이리저리 바뀌는 경우는 보기 어렵다. 이 소설의 시점을 1인칭과 3인칭이 혼합된 복합시점이라 한 지적도 그래

---

9) John MacQueen, 「알레고리(송낙헌 역)」(서울대학교 출판부), 1972, p.57.

서 나온 것이다.[10] 그런데 <요한 시집>의 서술은 자세히 살펴보면 단순히 1인칭과 3인칭시점의 그것이라고만 말할 수 없는, 좀 더 복잡한 것이라 함을 알 수 있다. 이 소설의 서술은 전지적 작가시점·1인칭시점·1인칭관찰자시점이 섞바뀌고 있는데 여기다 또 그 시점의 내레이터도 이리저리 바뀌고 있다.

소설 도입부의 우화는 전지적 작가시점의 서술로 되어 있다. 그것도 '이 얼마나 기상천외(奇想天外)의 착안(着眼)을 끝내 해낸 것입니까.'라고 하고 있는 데서 알 수 있듯이 작가가 자신의 존재를 드러내면서 작품 자체에 대해 직접적인 논평을 하는, 이른바 논평적 전지(editorial omniscience)의 시점으로 서술하고 있다. 우화에 이어지고 있는 '상'편의 서술은 동호가 누혜 어머니를 찾아가 그 어머니의 죽음을 목도하기까지 동호의 1인칭관찰자시점으로 서술되어 있다. '하'편은 전 후반의 내레이터가 다르다. 전반부는 누혜의 유서로, 그가 출생해서 자살을 하게 되기까지의 정신적, 육체적 체험과 고뇌, 갈등, 자살 결심의 경위를 밝히고 있는 1인칭시점으로 서술되어 있다. 후반부 역시 1인칭시점이지만 이번에는 내레이터가 동호로 바뀐다. 동호는 여기서 자기 존재의 실상을 깨닫는 재탄생을 1인칭 서술로 말하고 있는 것이다. 짧은 분량의 단편소설에서 내레이터와 서술의 초점이 이렇게 자주 바뀌고 있는 경우는 이 소설을 두고는 찾기 어렵지 않을까 한다.

이 소설에서는 의식의 흐름, 자동기술법과 같은 특수한 서술을 여러 곳에서 발견할 수 있다. 동호가 누혜 어머니가 사는 바라크 앞에 도착했을 때의 서술은 그의 자유연상을 옮겨 놓은 것이다.

이제 보니 지붕까지 <레이션> 상자가 아닌 것이 없다. 집으로 변장한 레이션 상자 속에 누혜의 어머니는 살고 있었던 것이다.

10) 김윤식, 「한국현대문학사」(일지사, 1976), p.52.

내 눈망울에는 레이션 상자가 여기저기에 널려 있던 전쟁터의 광경이 떠오른다. 그것은 2년 전 어느 일요일이다.

발광한 이리떼처럼 <人民軍>은 일요일을 잘 지키는 <美帝>의 진지로 돌입하였다. 여기저기에 흩어져 있는 레이션 상자 속에는 먹다 남은 칠면조의 찌꺼기가 들어 있는 것도 있었다.

여기에 이어서 동호는 그가 포격에 날아가 부상을 입고 포로가 되기까지를 되살리고 있다. 레이션 상자가 한바탕 연상의 그물조직(associative network)을 펼쳐 보여 주고 있는 것이다.

또 누혜 어머니의 싸늘한 손에 손을 잡힌 동호의 다음과 같은 1인칭의 서술은 그의 의식의 흐름을 전사(轉寫)한 것으로 볼 수 있다.

사실은 내가 죽어 가고 있는 것이 아닌가! 그렇지 않으면 왜 내 육체가 이렇게 자꾸 차가와지는가? 구리(銅) 같아지는 내 손의 차가움…… 팔과 어깨를 지나 가슴으로…… 穴居地帶로, 穴居地帶로, 나는 자꾸 靑銅時代로 끌려드는 鄕愁를 느낀다…… 아이스 케이크를 사먹다가 '동무'에게 어깨를 붙잡힌 나의 가련한 모습. 그런데 그 '동무'의 얼굴에는 왜 여드름이 그렇게도 많았던가. 온통 얼굴이 여드름 투성이였다. 그래서 남으로 남으로 수류탄을 차고 이동하던 밤길 개구리가 살아있었다. 개구리는 왜 저렇게 우노?…… 돌격이다! 꽝! 돌배나무가 포물선을 그린다. 나는 그리로 끌려가서 포로가 되었다. 이 無意味! 이것이 갈매기 우는 남쪽 바다의 섬인가! 변소의 손. 눈구멍에서 뽑혀 드리운 누혜의 눈알.

이 소설에서는 슈르레아리즘의 가장 핵심적 창작방법으로 알려져 있는 자동기술법과 같은 구절도 발견된다.

그러나 세계는 고요한 대로 언제까지 있을 수 없다. 한편으로는 벌써 소란해지고 있었다. 낙원은 흔들리기 시작한 것이다. 푸드득 푸드득, 하늘로 날아 오르는 부엉새의 떼무리…… 눈먼 새의 뒤에는 사람의 그림자가 따르는 법이다.

　나뭇가지를 타고 침입해 들어오는 猿人. 아직 쭉 펴지 못하는 허리에 차고 있는 것은 또 그 돌도끼이고 손에는 횃불이다. 그가 배운 재주는 그것밖에 없다는 말인가.

　자동기술법은 의식이 의식의 아래에서 솟아오르는 분류와 순간적으로 합류할 때의, 의식의 특수한 운동에서 일어나는 것이다. 이는 가수면 상태에서 말하는 것을 받아 적어 놓은 것 같은 것으로 거기에는 논리성이나 인과성 같은 것도 없는 것이 특징이다. 우리는 위의 인용문에서 바로 그와 같은 성격을 볼 수 있다.

　마지막으로 <요한 시집>이 보여 주는 기법상 특성은 한자의 사용이다. 소설에 한자어를 마음대로 쓰고 띄어쓰기를 무시한 이상과 같은 이단이 잠깐 얼굴을 내민 적이 있기는 했지만 이광수의 <무정> 이래 한국 문학에 있어서 소설 문장은 한글을 전용으로 한다는 것이 불문율로 지켜져 왔다. 그러던 그 불문율이 장용학에 와서 깨뜨려졌다. 다음의 <요한 시집>의 일절에서 보는 바와 같이 그는 소설 문장 속에 한자어를 거침없이 노출해 쓰고 있다.

　이 세계에는 二律背反이 없다. 무수의 律이 마치 穹隆의 星座처럼 서로 범함이 없이, 고요한 詩의 밤을 밝히고 있다. 王者도 없고 奴婢도 여기에는 없다. 憂慮가 없다. 그러니 妥協이 없다. 風習이 없으니 頹廢가 없다. 만물은 스스로가 자기의 原因이고, 스스로가 자기의 자(尺)이다. 太陽이 반드시 동쪽에서만 솟아야 할 이유가 여기에는 없다. 늘 새롭고 늘 아침이고 늘 봄이다. 아아 젊은 太陽……

그의 문장에 대해, 시대 역행이라느니 일본어투라느니[11] 하는 비난도 없지 않았지만 그는 그런 말에 개의하지 않았다. 오히려 그는 당당히 한자 사용의 당위성을 강조하고 있다. 그는 표의문자보다 표음문자가 더 발달된 글자라는 것만이 금과옥조가 아니고 감각어보다 개념어가 더 발달된 단계의 것이라는 것도 그에 못지않게 금과옥조라고 주장했다. 그는 한 걸음 더 나아가 한글 전용의 울타리를 벗어나는 것이 새 한국 소설이 서야 할 출발점이라고까지 말했다.[12] 부정적인 비판에도 나름대로 근거는 있지만 이야기 중심의 소설 아닌, 인간의 본질을 탐구하는 사유와 관념이 성한 <요한 시집>과 같은 소설에서의 한자 사용은 반드시 잘못된 일이라고만 하기도 어렵지 않을까 한다.

이상과 같은 몇 가지 창작기교는 이 소설이 무성한 화제를 불러일으키는 데 한 몫을 한 것이 사실이다.

11) 김윤식, 「(속)한국근대작가론고」(일지사, 1981), p.388.
12) 장용학, "긴 안목이라는 유령", 『세대』 1964년 8월호, p.201.

III. 죽음으로 얻은 구원·절대자유

<요한 시집>은 그 작품 내적인 면, 곧 이 소설이 우리 손으로 씌어진 최초의 실존주의 소설이라는 데서 높은 관심을 불러 일으켰다. 이제 실존주의란 어떤 사상이며 실존주의 소설이란 어떤 작품인가, 또 <요한 시집>은 실존주의 소설이라 할 수 있는가를 살펴보기로 하겠다. 그리고 이것은 유보적인 문제이지만 만약 이를 실존주의 소설이라 할 수 있다면 어떤 점에서 그 근거를 찾을 수 있는가를 알아보고자 한다.

장용학은 <요한 시집>을 실존주의 문학의 영향을 받고 쓴 첫 작품이라고 말하고 있다. 그는 1953년 피난지 부산에서 한 학생의 권유로 사르트르의 <구토>를 읽고 거기에 사로잡혀 그것이 한 계기가 되어 쓴 것이 이 소설이라고 했다.[13]

실존주의란 어떤 사상인가를 알려면 먼저 '실존'이란 무엇인가부터 알아보는 것이 편리할 것 같다. '실존'이란 인간에 대한 새로운 파악으로 '현실존재'의 준말이다. 실존은 그전까지 철학사에서 우위를 점해 온 추상적이고 일반적인 존재도, 형이상학적으로 거대화 내지 신격화된 존재도 아니다. 실존은 현실적이며 구체적인, 진실하고 하나뿐인 개별적인 존재인 '제 각각의 나 자신'을 의미하는 것이다. 그리고 그것은 그저 있는 '나'가 아니라 되어 가는 '나'이며 창조하는 '나', 지향하는 직접적인 존재로서의 '나'이다. 실존이란 객관화될 수 없고 대상화될 수 없는 내면성, 주체성을 지닌 존재다. 거기서는 자기 이외의 아무도 자기의 진리에 관해서 파악할 수 없다. 그러니까 실존주의란 주체성 곧 내면적인 자율성이 강조되는 사상이라 할 수 있다.

여기서 사르트르류의 무신론적 실존주의에 대해서 좀 더 자세히 알아보기로 하겠다. 왜냐하면 <요한 시집>은 그러한 사상을 이 소설 육질의

---

13) 장용학, "실존과 요한 시집", 『한국전후문제작품집』(신구문화사, 1962), p.400.

상당부분으로 하고 있기 때문이다. 그 사상의 핵심에 닿는 데는 '실존은 본질에 선행한다'는 명제에 접근하는 것이 지름길이 될 것 같다. 어떤 존재가 사물인 경우 만물은 본래의 실재 곧 만물의 원형으로서의 이데아에서 파생된 것이다. 그러므로 이때의 만물은 이데아를 원형으로 하여 만든 모작, 실물에 대한 그림자, 그림, 영상이다. 곧 존재는 밖으로 나타나 있는 구체적, 현실적인 것이다. 그러므로 존재에 앞서 본질이 있다.

그러나 사물 아닌 인간의 경우는 사정이 다르다. 인간은 인간이므로 물건처럼 다른 것으로 대체할 수 없다. 사람은 단순한 존재나 생존에 그치지 않고 한 사람, 한 사람 어느 누구와도 바꿀 수 없는, 자기의 존재를 의식하면서 그 존재의 방식을 스스로 선택해 갈 수 있는 현실존재다. 곧 사람은 현실존재로 개별성과 주체성을 가지는 것이다. 인간의 본질이란 그 개별성과 주체성을 제거하고 일반화할 때 성립한다. 일반화되지 않은 인간의 현실존재는 본질의 밖으로 나와서 각자가 독자적인 방식으로 자기를 형성해 나간다. 이러한 인간은 만들어진 것이 아니라 만드는 자요, 더구나 여러 대상을 만드는 자인 동시에 자기 자신도 만들어 가는 존재다. 만일 신이 존재한다면, 신이 인간을 창조했다면 인간의 본질은 신의 마음속에 이미 정해져 있은 것이라 할 수 있다. 그러나 사르트르 등 무신론적 실존주의자에게는 신은 없다. 그러므로 인간 존재는 개념에 의해 규정되기에 앞서 먼저 실존하고 다음에 스스로 생각하고 행위함으로서 자기 자신을 만들어 간다. 이러한 사람에 있어서 본질, 본래 정해져 있은 것은 없다. 모든 것은 스스로 정해 가는 것이다. 사르트르가 '사람은 스스로가 만들어 가는 것 이외에 아무 것도 아니다. 이것이 실존주의의 제1원리이다.'라고 한 말에[14] 그 사상이 응축되어 있다.

<요한 시집>은 실존으로서의 인간이 스스로를 만들어 가는 과정을 보여주는 이야기, 바로 그것이다. 그런 의미에서 이 작품은 실존주의 소

---

14) 장 폴 사르트르, 「실존주의는 휴머니즘이다(방곤 역)」(문예출판사, 1977), p.20.

설이라 할 수 있는 것이다. <요한 시집>의 첫머리에 등장하는 우화는, 사람은 이끼나 부패물이나 꽃, 양배추가 아니라 무엇보다 주관적으로 자기의 삶을 이어나가는 하나의 지향적 존재라고, 사르트르가 위에서 한 말을[15] 좀 더 부연한 것을 이야기로 들려주는 것이다. 우화의 줄거리를 좀 더 자세히 살펴보기로 하겠다.

옛날 깊은 산 속 굴속에 토끼 한 마리가 살고 있었다. 토끼는 일곱 가지 무지개 색의 그 굴속에서 그 곳을 낙원으로 알고 살아간다. 그러다 사춘기를 맞은 토끼는 빛이 흘러 들어오는 굴 바깥세상을 동경하게 된다. 그 생각은 그로 하여금 불편 없던 굴 생활을 갇힌 생활로, 낙원으로 알았던 굴을 감옥으로 알게 만들고 만다. 토끼는 살이 터져 피투성이가 되면서도 기어이 밖으로 기어 나온다. 그러나 토끼는 바깥으로 나온 순간 갑작스런, 강한 태양 광선에 눈이 멀어 소경이 되고 만다. 토끼는 그 곳을 떠나지 않고 있다 거기서 죽었는데 그 자리에 버섯이 하나 났다. 토끼의 후예들과 다른 짐승들은 그것을 '자유의 버섯'이라고 부르고 어려운 일이 있을 때마다 그곳에서 제사를 지낸다는 것이다.

이 우화에서 바깥세상을 모르고 살 때의, 사춘기 이전의 토끼는 쇼펜하우어의 용어를 빌려 말하자면 일상적 자아라 할 수 있다. 키엘케골은 이를 비개성적 익명의 세계의 존재라고 했다. 그에 의하면 이러한 존재는 근원적인 고독과 불안을 깨닫지 못하며 갇힘과 닫힘의 존재로서 자아를 인식하지 못한, 깨어나지 못한 존재다. 다른 표현으로 말하자면 그때의 토끼는 현실에 만족하고 있는 즉자의식의 존재이다.

사춘기를 맞은 토끼가 바깥세상을 동경하게 되는 것은 그가 유년의 암우에서 깨어남을 의미한다. 키엘케골의 말에 따르면 자아를 인식한 개성적 존재가 되려 한 것이다. 토끼는 현실에 만족, 안주하지 않고 자아를 깨달아 대자의식의 존재가 되려 하고 있는 것이다.

15) 장 폴 사르트르, 「실존주의는 휴머니즘이다(방곤 역)」(문예출판사, 1981), p.16.

우리는 이때의 토끼에게서 사르트르가 말한 지향(志向project)을 보게 된다. 그것의 실현은 토끼가 굴 밖으로 나가려 하는 것이다. 사르트르에 의하면 지향의 방법은 '오려냄(dé coupage)'과 '무화(無化néatiser)'로 나타난다. 토끼가 밖으로 나가려고 창으로 손을 뻗었을 때 그의 가슴이 방안이 떠나갈 듯이 고동치는 것은 '오려냄'이다. 또,

> 그러면서 이상했던 것 같은 생각이 들어 손을 다시 그 창으로 가져가면서 뒤를 돌아보았습니다. 그만 소리도 못 지르고 소스라쳤습니다. 방안이 새까매졌던 것입니다.

라고 한 것은 '무화'를 보여준 것이다. 토끼는 두려움과 고통을 무릅쓰고 기어이 굴 밖으로 나간다. 토끼는 결국 눈이 멀고 거기서 죽게 되지만 그는 굴 밖을 향해 기어 나가기 시작한 그 순간부터 더 이상 즉자적 존재는 아니었다. 그는 그 때부터 새로운 존재가 된 것이다.

이 우화에서 토끼는 요한적 존재다. 그는 일상적 삶, 갇힌 존재이기를 거부하고 참삶을 찾아 나섰지만, 자신은 불구로 죽게 되고 그가 죽은 자리에 난 버섯을 보며 바깥세상의 삶을 향유하는 것은 그의 후손들과 다른 짐승들이라는 의미에서 그렇게 볼 수 있을 것이다.

이 우화는 독자에게 제시된 이 소설에의 길 안내로서의 알레고리다.[16] 작가는 우화에 이어지는 본격 이야기에서 먼저 토끼의 자리에 누혜를, 그 다음에 동호를 앉힌다. 그리하여 이번에는 짐승 아닌 인간의 의식 변혁 과정이 독자 앞에 펼쳐진다.

그런데 누혜와 동호, 두 인간의 의식 변혁은 누혜의 그것이 훨씬 극적이지만 작가는 동호의 그것에 초점을 맞추고 있다. 누혜는 그의 변혁이 동호를 깨달음에 이르게 하는 데서 의미가 끝나고 있다는 점에서 그는

---

16) 신경득, 「한국전후소설연구」(일지사, 1988), p.157.

이 소설의 제목에 등장하는 성경 속의 인물, 요한이다.

이제 누혜가 우화 속의 토끼적 변신을 하는 전말을 살펴보기로 하겠다. 누혜의 육체적, 정신적 역사는 그가 남긴 유서에 나타나 있다. '나는 한 살 때에 났다.'고 한 유서의 첫 문장은 시니컬한 어조로 들린다. 여기에는 그가 우연의 존재라 함이 은근히 비쳐져 있다. 사르트르에 의하면 본질적인 것, 그것은 우연성이다. 그러니까 누혜는 우연성에 의해 이 세상에 있게 된 본질로서의 존재다. 누혜는 태어나자 곧 부조리의 세계에 던져진다. 출생 닷새 후에 그에게 이름이 지어 주어진다. 이 이름은 호적에 얹히게 되고 그 이후 그는 이 세상의 한 분자가 된다. 이름이 공부(公簿)에 등재됨으로서 그는 그의 뜻과 상관없이 조직에 편입된다. 이름을 붙임은 개성화의 작업이 아니다. 여기에서의 이름은 동원하기, 부리기, 다스리기에의 편이를 위한 기호로, 이 기호가 그에게 붙음으로서 그는 획일화, 기계화되고 만다. 소학교에 입학했을 때 누혜는 등교시간이란 시계의 명을 거슬렀다 하여 벌을 받게 됨으로서 또 하나 그를 얽매는 족쇄를 경험한다. 중학교에 진학한 누혜는 소매 끝과 모자에 두 개의 흰줄을 두르게 되고 거기서 소학교 때보다 더한 속박을 받는다.

> 그러는 사이에 중학생이 되었다. 소매 끝에와 모자에는 흰 두 줄이 둘렸다. 그 줄 저쪽으로 나서면 안 된다는 것이다. 그 대신 그 이쪽에서는 아무 짓을 해도 좋다는 것이다. 나는 二重으로 매인 몸이 되었다.
> 어느 날 아침 조회 때, 천명이나 되는 학생들의 가슴에 달려 있는 단추가 모두 다섯 개씩이라는 것을 발견하고 현기증을 느꼈다. 무서운 사실이었다. 주위를 살펴보니 주위는 모두 그런 무서운 사실 투성이었다. 어느 집에나 다 창문이 있고, 모든 연필은 다 기름한 모양을 했다.

위에서 우리는 누혜가 개성이 없는 일반화, 획일화된 인간으로 그러한 세계에 살고 있음을 보게 된다. 획일화는 흔히 19세기 초 러시아 농노

취주악대의 악사에 비유된다. 20명으로 짜인 이 악대의 구성원은 각각 도 레 미 …… 등 음계 중 자기 고유의 음 하나만을 정한 시간에 정한 순서에 따라 일정한 길이로 내야 하게 되어 있었다. 이 악대의 농노 한 사람, 한 사람은 그에게 배당된 음으로 불렸다. 예를 들면 저기 A지주의 '도'가 지나간다, B지주의 '레'가 지나간다 하는 식이었다. 그는 한 사람의 개성을 가진 개별적인 인간이 아니고 한 개의 배당된 음일뿐이었다. 현대사회의 인간에게는 당시의 지주와 농노의 관계와 같은 데가 있다. 자본주의 사회에 있어서는 자본가와 노동자의 관계가 그렇고 공산주의 사회에 있어서는 전체주의 통치자와 그 구성원의 관계가 그렇다. 특히 전시에는 모든 인간은 어떤 부대에 어떤 계급의 구성원으로, 기계의 한 부품과 같은 존재로 전락하게 된다. 이와 같은 부조리 앞에서 인간은 존재론적 구토를 느끼게 된다. 창조되지도 않고 존재 이유도 없고 다른 존재와의 어떤 관계도 없는 그 자체로 있는 존재, 그것은 무의미한 것으로 구토를 일으키는 것이다. 위의 인용문에서의 '현기증'은 바로 그러한 구토다. 구토를 부르는, 부조리란 문자 그대로 부조화의 뜻이다.[17] 그것은 이성과 실존의 알력으로부터 비어져 나가는 경험인데 구체적으로 말하자면 인생의 깊은 존재이유의 부재, 일상의 바쁜 생활의 헛됨, 인생고의 무의미함에서 느끼는 그 무엇이다. 카뮈는 인생이 부조리하다는 결론이 나왔을 때 사람은 자살과 반항이란 두 가지 상반된 태도를 취한다고 했다.[18] 그러나 누혜는 처음 이 중 어떤 한 가지 태도도 보이지 않는다. 그는 부조리를 부조리인채 받아들이려 한다. 중학생 누혜는 그렇게 하는 것이 편하다고 판단해 상급생에게 신이 나서 경례를 한다. 그는 '인민의 벗'으로 사는 것이 편한 삶이란 생각에서 공산당에 들어가고 6.25사변이 일어나

---

17) 이는 John Russell Taylor가 한 말이다. Arnold P.Hinchliffe, 「부조리문학(황동규 역)」(서울 대학교 출판부, 1986), p.1.

18) 박이문, "자폭과 반항", 『문학사상』 1973년 7월호, p.294.

자 용감히 싸워 최고훈장을 받은 '인민의 영웅'이 된다. 그는 던져진 존재, 본질로서의 인간, 즉자의식의 인간으로 살아가려 한다. 그러다 그는 포로가 되어 거제 수용소에 수용된다. 그는 그 포로수용소 내에서 또 한 번의 잔인하고 참혹한 전쟁에 휘말려 든다. 포로들끼리 좌우로 갈라서서 살육전을 벌인 것이다.

> 그것은 人間의 限界를 넘은 싸움이기도 하였다. 그렇게 사람을 죽이는 법은 없는 싸움이었다. 아무리 악하고 미워서 견딜 수 없는 적이라 해도 죽음 이상의 벌을 주지 못하는 것이 인간이다! 아무리 독하고 악한 사람이라 해도 죽음 이상의 벌을 받지 않는 것이 인간이다! 그렇게 되어 있는 것이 人間이라는 이름이다.-중략-
> 그런데 거기서는 시체에서 팔다리를 뜯어내고 눈을 뽑고, 귀, 코를 도려냈다. 아니면 바위로 쳐서 으깨어버렸다. 그리고 그것을 들어서 변소에 갖다 처 넣었다.

누혜는 위와 같은 '인간 밖'의 세계에서 부자유를 자유의사로 받아들이고 있는 자신이 노예라 함을 깨닫게 된다.

> 奴隷. 새로운 自由人을 나는 노예에 보았다. 차라리 노예인 것이 자유스러웠다. 不自由를 自由意思로 받아들이는 이 第三奴隷가 現代의 英雄이라는 認識에 도달했다. 그 認識은 내 호흡과 꼭 맞았다. 오래간 만에 생각해 보니 나의 이름이 지어진 이래 처음으로 나는 나의 숨을 쉬었고 나의 육체는 그 자유의 숨결 속에서 기지개를 폈던 것이다.
> 그러나 그것도 한 때의 기만이었다.

누혜는 이제 진정한 자유를 찾으려 한다. 삶 자체가 인간을 짐승 이하의 존재로 만드는 세계, 그 곳에서의 자유, 그것은 노예의 자유라 함을 깨달은 그는 참 자유를 찾으려 하는 것이다. 사르트르에 의하면 의식이 없는 존재, 즉 즉자적 존재가 그 자체로서 충족함에 반해 의식이 있는 존재 즉 대자적 존재는 그 자체 내에 부족, 결함을 내포하고 있는 존재다. 인간은 의식을 가짐으로서 자신에 대하여 불만과 공허를 느끼게 된다. 이 때 인간은 그 불만을 채우려고 하는 노력을 하게 되는데 사르트르는 이를 '자유'라고 불렀다.[19] 누혜는 그러한 자유, 곧 진정한 자유, '절대자유'를 찾으려 한다. 그에 있어서 그 자유를 찾는 길은 죽음이었다. 그는 '하나의 시도'요 '마지막 기대'로 죽음을 택한다. 그래서 누혜는 포로수용소의 철조망에 목을 매 자살을 한다.

장용학의 소설에는 죽음, 특히 자살이 많이 등장하고 있다.[20] 그런데 누혜의 죽음은 1920년대 한국 소설에 흔했던, 일상적인 의미에서의 그것과는 다른 성격을 보여 주고 있다. 보통의 경우 인간의 죽음은 모든 것의 종말, 무에의 환원, 소멸을 의미한다. 거기에는 공포 · 비애 · 허무의 감정이 따르게 마련이다. 그러나 누혜의 죽음은 그런 것과는 다른 의미를 띤다. 그의 자살의 의미는 하이데거의 철학에서 찾을 수 있다. 그에 의하면 인간은 던져져 있는 존재다. 그러나 인간은 그저 던져져 있기만 하는 존재에 그치지 않고 앞을 향하여 던지기도 하는 존재다. 내던진다(投企 Entwerfen)는 것은 미래를 향하여 기획하고 계획한다는 뜻이다. 이때의 인간은 던져졌다는 과거적 필연에 그저 밀리기만 하거나 아무 하는 일 없이 막연히 미래를 기다리고 만 있는 것이 아니라 진지하게 나의 미래를 스스로 결정하면서 살아 나간다. 던져져 있으면서 앞으로 내던지는 (被投的 投企 geworfener Entwurf) 존재는 죽음에 대해서도 앉아서 기다리

---

19) 박이문, "부조리한 존재", 『문학사상』 1973년 3월호, p.372.

20) 등장인물이 자살을 하는 경우는 <요한 시집>의 누혜 외에도 <인간종언>의 상화, <유피>의 이기야, <부화>의 기을하, <부여에 죽다>의 하다나까, <지동설>의 춘란, <잔인한 계절>의 아내, <라마의 달>의 옥화 등이다.

거나 불안에 허덕이고만 있는 것이 아니라 스스로 앞질러(先驅Vorlaufen) 죽음을 떠맡을 것을 결의함으로서 '죽음에서의 자유'를 얻는다.[21] 누혜는 인간을 어떤 짐승보다 못한 것으로 모독하는 현실에서 탈출하는 길로 자살을 택한 것이다. 그의 자살은 그가 육체로부터 해방되는 자유, 새로운 탄생, 구원에 이르는 절대자유를 얻는 길이었다. 곧 인간토끼, 누혜의 죽음은 즉자적 존재태에서 대자적 존재태로의 지향이요, 있는 그대로의 본질에서 실존에로의 이행을 의미한다.

작가가 밝히고 있듯 <요한 시집>의 주인공은 동호다. 이 소설의 초점은 누혜의 자살이 계기가 되어 동호가 어떤 깨달음을 얻어 다시 태어나는 과정에 모아져 있다. 누혜의 죽음 이전의 동호는 우연히 태어나 이 세상에 던져져 있는 존재, 그것에 불과하다. 그는 포로수용소 안에서 '반편'으로 취급되는 인간이다.

> 얼마 후, 나는 여기저기 살이 찢어져 피를 줄줄 흘리면서 닭다리를 손에 꼭 쥔 채로 <일요일의 포로>가 된 내 동호를 거기에서 발견했다.
> 가슴에 걸린 <pow>라는 꼬리표를 턱 아래에 보았을 때 동호의 눈에서는 서러운 눈물이 수없이 흘러 떨어졌다. 턱 받기, 침을 흘리던 어린 시절의 그리운 눈물이 그 꼬리표를 적시고 있었다.

동호는 위에서 보는 바와 같은 위인이었으므로 피비린 싸움을 벌이고 있는 수용소 내의 좌우, 어느 쪽도 그에게 한쪽 편에 서서 싸우기를 강요하지 않았다. 그래서 그는 서로 죽고 죽이는 생지옥 속에서도 최대한의 자유, 누혜가 말한 노예의 자유를 누리고 있었다. 그러한 동호에게 큰 충격이 온다. 그의 유일한 친구 누혜가 노예의 자유를 거부하고 자살을 한 것이다. 충격은 거기에서 끝나지 않는다. 극렬 공산주의자들은 그들의

---

21) 한전숙, "실존주의", 『현대의 철학(한전숙·차인석 공저)』Ⅰ(서울대학교 출판부, 1982), p.21.

편에 서서 그 살인극에 가담하지 않았을 뿐 아니라 그들의 영웅이기를 거부하고 죽음을 택다 누혜의 시체에 보복을 가한다. 시체를 토막내어 변소에 버리고 눈을 뽑아 동호로 하여금 해가 뜰 때까지 밤을 새워 그것을 들고 서 있게 한다. 그 위에 그로 하여금 세상을, 인간을, 자신을 새로이 보게 한 또 하나의 계기가 주어졌다. 동호는 누혜가 절대자유에 이르기까지의 과정을 쓴, 그의 유서를 읽게 된 것이다. 여기서 그는 달라진다.

동호는 비로소 그 때까지의 자신의 삶이 노예의 삶이었으며 아무런 가치도 없는 것이었다는 자각에 이르게 된다. 여기서 즉자적 존재 동호는 대자적 존재로의 이행을 시작한다. 그것은 그의 의식의 분열로부터 비롯된다. 이때부터 동호는 어떤 대상을 의식할 때 자신이 의식하고 있다는 사실을 또한 의식한다. 이때의 의식은 대상에 대한 의식과는 전혀 다른 것이다. 전자는 밖의 대상을 향하고 있고 후자는 동호 자신을 향하고 있다. 이 두 가지는 하나의 의식현상에서 일어나고 있다. 둘은 서로 떨어져 있다고도, 하나라고도 할 수 없다. 둘은 무의 심연에 의해 서로 연결되어 있으면서 분열되어 있다. 이 때 무는 존재의 구멍이요 이 무의 출현에 의해서 대자란 구조가 생긴다.[22)]

時計가 가리키는 시간과 位置가 빚어내는 시간. 이 두 개의 시간 사이에 가로 놓여 있는 빈 터. 그것이 얼마나한 출혈(出血)을 강요하든, 우리는 이러한 빈터에서 놀 때 自由를 느낀다. 우리에게 두 개의 시간을 품게 한 이러한 빈터가 결국은 '나'를 두 개의 나로 쪼개버린 실마리였는지도 모른다.

「동호야……」

나는 내 이름을 불러 보았다.

그러나 그 근처에 대답해 주는 소리는 있지 않았다. - 중략 -

「동호」

---

22) 위의 책, pp.34-5.

나는 그 소리에 깜짝 놀랐다. 내 소리 같지 않았고, 농담인 줄 알았는데 그 소리는 비감이 어린 비명이었다. 그래서 얼결에 기겁을 먹고 '누구야' 하려고 했다.

동호는 위와 같은 의식의 분열을 일으킨 끝에 비로소 즉자적 존재태에서 대자적 존재태로 변혁을 일으키게 된다. 곧 쇼펜하우어가 말한 이른바 일상적 자아에서 본래적 자아로 바뀌고 있는 것이다. 그리하여 누혜의 어머니를 찾아갔을 때의 동호는 이미 그 전의 동호가 아니다. 그는 그 전에는 무심히 지나쳤던 부조리를 보게 된다. 산기슭에 성곽과 같은 집이 있는데 누혜의 어머니는 조금 떼밀어도 쓰러질 것 같은 하꼬방에서 살고 있는 데서도 그는 그것을 경험한다. 산기슭 부잣집의 셰퍼드도 쇠고기를 먹는데 누혜의 노모는 고양이가 잡아오는 쥐를 잡아먹고 명을 이어가야 하는 데서도 그는 부조리를 느낀다.

동호는 하꼬방 안으로 들어가 누혜 노모의, 인간의 생이라 할 수 없는 참담한 모습을 보게 된다.

담요 밖으로 기어나와 비비적거리고 있는, 그것은 사람이기는 하였다. 살아 있는 것이기는 하였다. 그러나 그것은 하나의 '過去形'에 지나지 않았다. 과거에 죽은 사실이 없으니까 지금도 살아있는 것으로 되어 있다는 표가 찍혀있는데 지나지 않았다.

아까 그 노파의 눈, 손, 입, 그것은 그 쥐를 먹으려고 하는 눈이고, 손이고, 입술의 꼬물거림이었다!

부풀어올랐던 그 가슴이 푸욱 꺼진다. 멀겋게 헛뜬 눈, 空虛를 문 것처럼 다물지 못하는 입, 옆으로 젖혀진 입술로 걸쩍한 침이 가늘게 흘러내리다가 끝에 가서 뚝뚝 떨어진다.

그는 노파의 추한 모습에 혐오감을 느낀다. 그는 그러한 모습으로 생명의 줄을 끈질기게 붙들고 놓지 않으려고 하고 있는 노파에게서 인간의 존엄성이 모욕당하고 있다는 것을 느낀다. 거기서 그는 침을 뱉고 싶은 충동과 함께 '구역'과 분노를 느낀다. 이것은 앞서 말한 실존주의에 있어서의 존재론적 구토라고 할 수 있을 것이다. 간신히 명만 붙어 있는 노파를 보고 있는 동안 동호는 감정이입을 경험하게 되고 노파가 바로 자신이라고 느낀다.

> 보는 사람이 숨이 겨웁고 눈알이 부어오른다. 두렵다. 저 숨소리가 꺼질 때 그 소용돌이에 내 목숨까지 한데 묻혀서 그만 흘러가버릴 것만 같다.
> 내 가슴을 거슬려버린 죽음의 고동은 귓속에까지 비쳐든다. 귀 안에서 죽음이 운다. 막 우는 진동에 눈동자가 초점을 잃어버린다.

동호는 노파의 목을 눌러 죽이고 싶은 충동을 느낀다. 눈 없는 누혜의 환영과 함께 동호가 지켜보고 있는 가운데 노파는 마침내 숨을 거둔다.

한 석사학위 논문은 <요한 시집>은 누혜와 누혜 어머니의 대립적 실존 모습을 서술하고 있다고 했는데 이는 이 작품에 대한 논문들 중 가장 핵심에 닿는 말이 아닌가 한다.[23] 여기서의 '대립적'이란 말은 '대조적'이란 말로 표현하는 것이 더 적합할 것 같다. 누혜의 죽음은 앞서 말했듯 노예적, 비인간적 삶을 거부하고 절대자유를 찾는 적극적, 초월적 죽음이었다. 그에 반해 누혜 어머니의 경우는 수명이란 한계를 가진 인간이 인간만이 가진 존엄성이 철저하게 짓밟히고 모욕당한 끝에 짓이겨져 시체로 널브러지는 죽음이다. 동호는 노파의 죽음을 보고 드디어 누혜의 죽음이 참 자유를 찾은 것이었다는 구경(究竟)의 깨달음에 이르고 있다. 그리고 그는 이 때 그 자신임과 동시에 누혜다. 그는 비로소 즉자의식의

---

23) 진영옥, 「장용학 소설의 관념 서술고」(부산대학교 대학원, 1982), p.71.
   그러나 이 논문은 이에 대해 집중적인 고찰을 하지 않고 가볍게 스쳐가는 말로 하고 있어 아쉬움을 주고 있다.

인간에서 대자의식의 인간으로 재탄생한 것이다.

> 밤은 고요히 깊어 가는데 누혜의 비단 옷을 빌어 입은 나의 그림자는
> 언제까지 그렇게 그 고목가지 아래서 설레고만 있는 것이었다.

고 한 구절이 그것을 말해주고 있다. 작가는 이 소설의 주제를 '자유를 예언자 요한에 비한 데 있다'고 했다. 그러나 이는 작가도 자기 작품의 해석에 있어서는 서투를 수도 있다는 것을 보여주는, 핵심을 빗겨난 말이다. 이 소설의 주제는 즉자적 존재가 대자적 존재로 재탄생하는, 절대 자유에 이르는 인간을 그려 보여주는 것이다.

앞에서도 약간 언급되었지만 이 소설에 대해서는 비판적으로 보는 목소리가 상당히 높았다. 특히 기교면을 두고 그것이 파격을 넘어 이단이라고 나무라는 사람이 적지 않았다. 작가는 우리 문학에 있어서 최고의 덕은 순수가 아니라 풍부여야 한다고 말하고 그 풍부는 이질적인 것, 이단적인 것이라고 자기변호를 하고 있지만 <요한 시집>에는 확실히 지나친 파격, 서투름, 부자연스러움이 있는 것이 사실이다.

먼저 구성에 있어서 과거의 이야기와 현재의 이야기의 배열도 잘 짜여 있다고는 보기 어렵다. '유서'가 들어가야 할 위치는 이 소설에 있는 그대로가 가장 바람직한 것일까도 생각해 볼 문제가 아닌가 한다.

관념적인 서술에서도 문제가 없다 하기 어렵다. 관념적인 어휘가 많다고 해서 탓할 것은 없지만 그것이 과잉할 때는 문제가 되는 것이다. 그런데 이 소설에서는 지나친 관념들을 곳곳에서 대하게 된다. 그러다 보니 어떤 데서는 독자가 작가의 쓸데없는 언어유희에 얹혀 농락을 당하고 있는 것 같은 감마저 든다. 예를 들면 빛보다 빠른 비행기를 타고 가면 밥이 쌀이 되고 그것이 나중에는 벼이삭에 달린다고, 시간의 역행 가능성을 이야기하고 있는 구절 같은 것이 그렇다. '시간도 상대적인 것이다'

는 것을 이렇게 길게 늘어놓을 필요는 없을 것 같다. 광속에서는 시간은 정지하며 물체의 길이는 짧아진다고 한 아인쉬타인의 상대성이론에서 나온 이와 같은 유의 요설은 1950년대에는 이미 약간 호기심 강한 중학생들도 알고 있은, 별 신기할 것도 없는 상식이었다. 그런 이야기를 현학적으로 장황하게 늘어놓고 있는 것은 작가가 어줍잖은 지식을 가지고 기고만장하는 경박한 지식인의 모습으로 비치게 한다.

또 이 소설의 어떤 구절은 그것이 꼭 거기에 들어가야 할 필연성도 없고 무슨 의미로 한 말인지도 모를 데가 있다. 자신이 없는 독자는 지레 자신의 약한 해독력을 한탄할지 모르지만 이 소설의 어떤 구절에서나 그렇게 자신을 탓할 필요는 없다. 경우에 따라서는 작가 자신도 그것이 무엇을 뜻하는지 모를 말을 하고 있는 곳도 있고 어떤 구절은 별 뜻도 없이 소설의 분량을 채우는, 보공(補空) 이상의 의미가 없는 곳도 있기 때문이다.

작품의 내적 구조에 있어서도 따지자면 전혀 문제가 없는 것은 아니다. 작가는 자유도 구세주는 아니며 그 뒤에 올 그 무엇을 위해 길을 준비하는 것에 불과하다고 하고 있지만[24] 그 뒤에 올 것이 무엇인지 지나치게 막연하다. 즉 자의식의 동호는 누혜와 그 어머니의 죽음을 통해 대자의식의 동호가 되지만 그것은 누혜가 절대자유에 이른 것에도 미치지 못하고 있는 것이다. 그 다음의 동호는 어떤 인간인가, 그는 무엇을 할 것이며 무엇을 할 수 있는가, 작가가 제기한 문제는 여기서 '유서를 쓰는 누혜' 선으로 되돌아가고 있다.

그리고 보면 '과연 내일 아침에 해는 동산에 떠오를 것인가……' 라고 한 마지막 구절도 공연히 철학적 심각성을 띠게 하려는 조작된 여운이라 할 수밖에 없다. 또 <요한 시집>의 등장인물들에서 사르트르나 카뮈 소설의 등장인물에서 보는 참여나 저항 아닌 지나친 허무주의적인 성격을 보게 되는 것도 이 소설의 부정적인 한 측면이라 할 수 있을 것 같다.

---

24) 장용학, "실존과 요한 시집", 『한국전후문제작품집』(신구문화사, 1962), p.402.

이상과 같은 몇 가지 문제를 지적할 수 있지만 그래도 소설 <요한 시집>은 여전히 문제작이자 한국 문학사에서 당당하게 한 자리를 차지할 만한 가치를 가진 소설임이 분명하다.

<요한 시집>의 관념적인 서술은 이후 한국 소설이 스토리텔링의 차원에서 사상성이 강화되는 차원으로 성장하는 데 기여했다고 할 수 있다. 김윤식은 장용학의 관념적인 서술의 소설 문장은 그 후 최인훈에 이어졌다고 말하고 있다.[25] 이는 확실히 일리 있는 말이다. 필자는 이와 같은 장용학의 소설이 있고 나서 최인훈의 소설이 있을 수 있었고 나아가 한국 소설의 구태의연한 스토리텔링, 설화의 차원을 깨끗이 청산한 이청준의 소설이 있을 수 있었다고 생각한다.

이 한 가지만으로도 우리는 소설 <요한 시집>을 버려서도 잊어서도 안 되리라고 생각한다.

Ⅳ. 결론

장용학 단편 <요한 시집>은 한국 최초의 실존주의 소설로 우리 문학사에서 기념비적인 작품이 되어 있다. 이 소설의 실존주의 문학적 성격으로는 다음과 같은 점을 들 수 있다.

이 소설은 그 첫머리에 한 편의 우화를 싣고 있는데 거기에 등장하고 있는 토끼는 일상적인 삶을 사는, 갇힌 존재이기를 거부하고 참 삶을 찾아 나선다. <요한 시집>에 등장하고 있는 주요 인물 중 누혜는 위의 우화에 나오는 토끼와 같은 존재다. 그는 삶 자체가 인간을 짐승 이하의 존재로 만드는, 포로수용소에서, 진정한 자유를 얻는 길은 '절대자유'를 찾는 것이라고 생각하고 철조망에 목을 매 자살을 한다.

25) 김윤식, "장용학론", 「(속)한국근대작가론고」(일지사, 1981), p.388.

누혜의 친구, 주인공 동호는 누혜가 남긴 유서에서 그의 자살의 동기를 알게 된다. 누혜의 죽음이 참 자유를 찾은 것이라는 것을 깨달은 동호는 비로소 의식이 없는 존재, 곧 즉자적 존재에서 의식을 가지고 미래를 기획하는 대자적 존재로 재탄생한다. 이는 곧 그가 한 사람의 '실존인'이 되었다는 것을 의미한다. 이상과 같은 점에서 <요한 시집>은 한 편의 실존주의 소설이라고 할 수 있다.

그러나 이 소설은 몇 가지 서투름과 설익음을 보여주고 있어 문학적으로 크게 완성에 이르지 못 하고 있다는 약점을 가지고 있다.

먼저 <요한 시집>은 이야기의 배열이 어지러워 구성상 난삽함을 보여 주고 있다.

또 관념적인 어휘가 과잉하여 언어유희와 같은 면을 보여 주는 곳이 많다는 것도 하나의 문제다.

마지막으로 대자의식에 이른 주인공은 이제 어떤 인간인가, 그는 무엇을 할 것이며 무엇을 할 수 있는가 하는 등을 지나치게 미결인 채 남겨두고 끝나고 있다는 것도 문제라 할 것이다.

이외수의 <장수하늘소>
속악 사회의 죄 대속의 신선 이야기

I. 서론

이외수의 소설은 다른 작가의 그것보다 상대적으로 더 많은 시선을 끌어 온 것이 사실이다. 그것은 얼마만큼은 손톱을 길게 기르고, 나자렛 예수를 연상케 하는, 아무렇게나 자라도록 내버려 둔 긴 머리 등의 특이한 외모라든지 좀체 세수도 하지 않고 이빨도 닦지 않고 사는 등 기인의 그것이라 할 만한 그의 삶의 행적이라든가 신문연재소설의 삽화를 그리는 것은 물론 때로는 만화 그리기에 몰두해 있는 모습 같은 것이 불러일으키는 호기심 때문이기도 할 것이다.

그러나 단순히 그 때문에 그가, 그의 작품이 사람들의 관심을 끄는 것은 절대로 아니다. 그것은 그의 소설이 다른 작가에게서 찾을 수 없는 독특한 성격을 가지고 있다는, 그 개성 때문이라고 보는 것이 옳을 것 같다. 예를 들면 그의 상당수의 소설에서는 탐미주의적인 귀기 같은 것이 느껴지는데 그러한 면이 독자를 흡인하는 어떤 힘을 발휘하는 것인지도 모를 일이다.

그러한 작가 이외수가 1980년대 초에 발표한 중편 <장수하늘소>는 많은 사람들의 화제의 대상이 되어 왔고 평단에서도 부단히 이 작품에 대한 언급이 있어 왔다. 우리나라에는 긍정적인 시각에서 씌어진 것이든 부정적인 시각에서 씌어진 것이든 등선(登仙), 선화(仙化)의 이야기를 다룬, 흔히 신선소설이라 부르고 있는 작품이 상당히 오래 전부터 있어 왔다. 17세기 허균의 <남궁선생전>에서 1900년 초엽의 <옥루몽>에 이르는 일련의 신선 등장의 소설들이 바로 그것이다.

그러나 1910년대 후반으로 접어들면서 그러한 이야기는 소설문학에서 자취를 감추어버렸다. 한국의 경우 조선의 한문단편소설들이 고소설에서의 비현실적인 황당한 이야기를 그들의 세계에서 몰아낸 이래 소설은 현실에 발을 딛고 선 사실의 세계를 찾기 시작했다. 신소설이 한때 이 사실주의적인 사조에 역행하는 경향을 보이기는 했지만 그것이 오래 주류를 거스를 수는 없었다. 그래서 근대문학이 문을 연 1920년대에 들어서서는 천상, 선계, 도술이 등장하는 이야기는 이미 지난 시대의 유물이 되었고 그것은 그 후 최근에 와서도 마찬가지였었다.

그런데 느닷없이 오늘날과 같은 첨단 과학문명의 시대에 <장수하늘소>란, 한 마리 희귀 곤충을 등장시키면서 이미 오래 전에 황당무계한 글장난으로 치부해버린 그 신선 이야기를 다룬 소설이 발표되었고, 그것이 많은 독자를 사로잡고 있다는 것은 확실히 예사스런 일이라 할 수 없다.

필자는 이 소설이 그 전대까지의 신선·선도소설의 허탄성을 그대로 가지고도 오늘날과 같은 사실주의 문학의 시대에 한 편의 문예작품으로 받아들여지고 있을 뿐 아니라 일반적으로 상당히 높은 수준의 작품으로 평가받고 있는 데에는 어떤 이유가 있는가가 궁금했다.

그리고 필자로서는 이 소설이 과거의 신선·선도를 소재로 한 소설들과는 어떠한 관계, 어떠한 거리를 가지고 있는가도 알아보고 싶은 것의 하나였다.

과거 신선·선도 이야기의 소설은 그 작가·그 소설·그 독자의 시대와 강한 연관 관계를 가지고 있었고 그것은 이들 소설이 난세의 소산이라는 거의 일반적으로 받아들여지고 있는 학설[1]이 잘 말해 주고 있다. 필자는 그렇다면 이 소설이 발표된 시대, 1980년대는 그 전대의 신선·선도 소재 소설이 등장하던 시대와 어떤 성격적 유사성을 가지고 있는 것은 아닌가, 이 소설이 비현실적인 이야기를 하고 있으면서도 오히려 다른 소설보다 작가 당대의 현실과 더욱 강한 어떤 함수관계를 가지고 있는 것은 아닌가, 만약 그러한 관계가 있다면 그것은 어떤 성질의 것인가도 고찰해 볼 필요를 느꼈다.

또 이 소설에서 주인공이 찾아가고 있는 선계는 인간의 꿈이 실현되는 이상의 세계다. 그런 의미에서 이 작품은 일종의 낙원 이야기를 다루고 있는 소설이라 할 수 있다. 그렇다면 이 작품은 지금까지 우리가 읽어 온 낙원 모티프 소설들과는 어떤 맥락을 가지고 있는 것은 아닌지, 또 그들 간의 성격상 유사성과 상이성은 각각 무엇이며 그것은 무엇을 의미하는가도 동시에 고찰해 보고자 한다.

II. 선화(仙化)의 요건과 수련

<장수하늘소>에는 '신선'이란 어휘가 여러 번 되풀이해 나오고 있다. 우리가 오래 전의 고소설이나 설화에서나 듣던 이 어휘는 의외의 신선감을 가지고 읽는 사람을 강한 힘으로 이 소설 속으로 끌어 들인다. 이

---

1) 김현룡, 「신선과 국문학」(평민서당, 1979), p.13.

소설은 신선 이야기임에는 틀림없지만 이 작품을 신선소설(만약 이런 용어의 사용이 허용된다면)이라 할 수는 없다.[2] 엄밀하게 말할 때 신선소설이라고 하려면 신선의 세계가 제재가 된 작품으로서 거기서는 신선의 움직임, 신선의 의식세계 같은 것이 이야기의 중심이 되어 있어야 할 것이다.

그런 의미에서 <장수하늘소>는 한 인간이 신선이 되려는 발심을 하여 신선이 되기까지의 과정을 그린 신선수련소설이라 해야 옳을 것이다. 그 과정은 주인공이 어머니의 뱃속에 들어있을 때부터 태어나 성장을 하고 도를 닦은 끝에 드디어 등선을 하기까지의 이야기로 되어 있다.

일찍이 고대 중국에서부터 신선이 될 사람은 처음부터 범상한 사람과 다른 것으로 되어 있다. 중국 갈홍의 ≪포박자≫는 여러 선도를 터득한 자는 모두 숙명에 의해서 정해진 것인데 그것은 신선의 기를 만나 자연히 받는 것이므로 수태의 날부터 이미 선도를 믿는 성질을 지니고 있다고 하고 있다.[3] 우리나라의 경우 신선 이야기가 중국으로부터 전래했기 때문이겠지만 역시 고소설이나 설화에 나오는 신선이 된 사람은 대체로 '숙세(宿世)의 인연'이 있은 것으로 되어 있다.[4]

이 소설의 주인공, 내레이터 박형국의 동생 형기도 탄생 이전부터 신선이 될 운명을 타고 난 것으로 되어 있다. 그의 어머니는 두 번이나 사산의 경험을 가지고 있었고 그를 임신하고 있을 당시에는 큰 충격으로 두

---

2) 최창록은 신선을 소재로 하거나, 신선사상을 극명하게 드러내는 일군의 작품들을 신선류소설이라 하고, 이에 관해 쓴 책의 표제를 「한국신선소설연구」라 하여 신선류소설과 신선소설을 동의의 용어로 쓰고 있다.(최창록, 「한국신선소설연구」, 형설출판사, 1989) 또 김현룡도 <삼자유종기>를 '완전한 신선소설'이라고 해 '신선소설'을 일종의 장르 개념으로 쓰고 있다. 김현룡, 「신선과 국문학」(평민서당, 1979), p.95. 그러나 두 경우 다 용어 사용에 있어서의 엄밀성은 비교적 약한 편이다.

3) 갈홍, ≪포박자≫, 「諸得仙者 皆其受命 偶値神仙之氣 自然所稟故胞胎之中 已含信道之性」

4) 김현룡, 앞의 책, p.90.

번이나 쓰러진 일이 있어 아무도 그의 정상적인 출산을 기대하지 않았었다. 그러나 그는 그 모든 사람의 의표를 찌르듯 보란 듯이 아무 탈 없이 태어난다. 이 정상 탄생도 사람들을 놀라게 할 만한 것인데, 그 위에 그는 사람들을 더욱 놀라게 한다. 그는 태어날 때 애기가 반드시 내기 마련인 울음소리(呱呱의 聲)을 내지 않고 빙긋빙긋 웃음을 흘린 것이다.[5] 이 탄생을 둘러싼 놀라움은 곧 사람들로 하여금 공포에 휩싸이게 하는 것으로 이어진다. 그가 태어난 지 사흘 만에 마을 사람 두 명이 죽고, 한 달도 못 되어 다섯 명이 죽고 네 명이 다치는 광산 낙반사고가 일어난다. 이는 그가 산 사람의 기를 빼앗고 태어난 것으로 볼 수 있는 것이다.[6]

위와 같은 숙연은 그의 천성에도 나타나게 된다. 신선이 될 사람은 몇 가지 요건을 갖추고 있는데 그 하나가 지성무욕의 성정이다.[7] 형국은 자신이 중요하게 생각하는 입는 것, 먹는 일, 자는 일, 돈, 여자 따위가 동생에게는 전혀 안중에도 없었다고 해 그 요건을 갖추고 있었음을 말해 준다. 또 신선이 될 사람은 덕을 가져 남을 미워하지 않으며 참을성이 있어야 하는데[8] 형기는 이러한 성격도 보여준다. 형국이 그의 동생은 '내가 남에게 맞아도 울고 내가 남을 때려도 우는 이상한 애'였다고 하고 있는데서 그러한 일면을 볼 수 있다. 형기는 또 어머니로부터 아무 잘못도 없이 매를 맞을 때도 아무리 매질이 모질다 해도 결코 소리 내어 울지 않고 약간 쉰 듯한 목소리로 그저 서럽게 서럽게 소리죽여 울기만 했다고 하고 있는데 이 점도 그가 노하지 않고 원망하지 않고 미워하지 않는 천성을 타고 났음을 말해 준다.

신선이 될 그의 숙연은 그의 풍모에도 나타난다. 신선이 될 사람은 도

---

5) 산부인과 전문의에 의하면 정상 분만아는 탄생과 함께 소리 내어 울기 마련이고, 출생 2주 이상이 지나야 비로소 웃는다 한다.

6) 조동일, "심령세계와 불모성의 세계", 「언젠가는 다시 만나리」(흐겨레, 1991), p.361.

7) 김현룡, 앞의 책, pp.44-6.

8) 위의 책, pp.43-5.

골(道骨)을 타고 태어나는 것으로 되어 있는데9) 형기가 바로 그 경우임을 보여 준다. 형기가 다섯 살 때 그를 본 한 이상한 노인은 "몸에 서린 기운이 범상치가 않은 아이로다. 장차 막힌 하늘에 길을 내어 숨소리 한 번으로도 하늘 저쪽을 오가겠다. ─하략─"고 하고 있는 대목이 그런 것이다. 하늘 저쪽을 오간다는 것은 이승과 저승(冥府)을 내왕하는 이른바 통명(通冥)으로 신선의 활동을 의미하고 따라서 이는 형기가 신선이 될 것이라 함을 뜻하는 말이다. 그는 커가면서 이상하게도 얼굴이 점차로 희고 해맑아져서 날마다 증류수만 마시고 사는 아이처럼 되어 간다.

신선이 될 사람은 도골을 타고 난 위에 선화에 이르는 길을 가르쳐 줄 스승을 만나는 것으로 되어 있다.10) 이 소설에서 형기가 도를 가르쳐 줄 스승을 만나는 장면은 나타나 있지 않다. 그 대신 앞서 언급한 이상한 노인의 출현과 예언을 우사(遇師) 모티프의 굴절 변형된 이야기로 볼 수 있을 것 같다. 형기가 다섯 살 나던 어느 날 해질녘 느닷없이 나타난 이 노인은 그 차림부터가 예사롭지 않다. 형기의 어머니가 그에게 보리쌀 한 양재기를 주었을 때 그는 '나무관세음보살' 하고 중얼거리고 있고, 그가 입고 있는 천만번 기운 듯 한 회색 누더기는 불승(佛僧)들이 흔히 입고 있는 헤어진 옷11)과 같아 일견 중인 듯 하지만 목탁도 염주도 지니고 있지 않아 중으로 볼 수도 없다. 신선사상의 바탕이 된 도교는 중국에서 생겨 한국에 들어와서는 거기에 불교적인 요소가 많이 혼입되었는데 이 소설에 등장하는 이 괴노인의 행장이 그러한 면모를 보여주고 있다. 곧 이 노인은 신선이 될 운명을 타고 난 사람을 선계로 이끌어주는 스승의 또 다른 모습을 보여주고 있는 것이다. 그러나 그는 직접 형기를 가르치고 있지는 않다. 그 대신 그는 형기의 어머니와 형에게 형기를 산으로 보내야

9) 위의 책, pp.42-3.
10) 갈홍, 앞의 책, pp.46-7. 「諸得仙者 必遭明師而得其法」
11) 불가에서는 이를 '糞消衣(똥걸레 옷)'라고 한다.

한다고 말한다. 이 위압적인 한 마디는 형기의 어머니에게 하나의 강박 관념이 되어 그것은 그 어머니로 하여금 형기가 산으로 가야 할 아이라는 고정관념을 갖게 했고, 어차피 떠날 애에게 정을 주지 않겠다는 마음에서 형기에게 까닭 없는 매질을 하는 등 가학적인 행위를 하게 한다. 형기가 신선이 될 아이, 산으로 가야 할 아이란 노인의 그 말은 소설론에서 말하는 미래불확실예시로 앞으로 그렇게 될 수도, 되지 않을 수도 있는 일종의 신탁과 같은 것이지만, 형기의 어머니에게는 그것이 형기의 피할 수 없는 운명으로 받아들여진 것이다. 그리고 이 소설을 읽는 독자도 이 소설이 조성하고 있는 분위기에서 그것이 의심의 여지없이 사실로 나타날 앞 일로 받아들이게 되고, 그것이 어떻게 일어나게 될 것인가에 대해 호기심과 긴장을 느끼게 된다.

성장해 가면서 차츰 남다른 면을 보여 온 형기는 장성해지자 드디어 신선이 되려 한다. 형기는 먼 옛날 지구상의 과학문명이 극도로 발달했던 당시 우리들의 조상들이 지구를 더럽혀온 죄수들만 남겨 놓고 지구를 떠나 찾아간 그 곳, 곧 복락의 공간으로 가려 한다. 그는 그곳은 바로 극락이나 천당 같은 선경으로 그 나라는 순수지성, 순수사랑, 순수영혼의 덩어리로만 모여 사는 장소라고 말한다. 그는 거기로 가서 불로장생의 법을 닦아 사람의 지혜로서는 헤아릴 수 없는 신비로운 변화를 구속 없이 자유롭게 펼칠 수 있는 인격체, 곧 신선이 되려 하는 것이다. 그러나 그 신선의 세계는 비록 태어나기 전부터 인연을 가진 사람이라 해도 마음대로 간단히 갈 수 있는 곳이 아니다. 형기에 의하면 인간이 도달할 수 있는 세계는 여덟 단계로 구분되어 있는데 지구는 그 중 제3단계에 불과한 것이다. 이 제3단계와 그 저쪽의 세계 사이에는 함부로 넘볼 수 없는 아득히 멀고 중첩한 장벽이 가로 놓여 있는 것이다. 선도는 숙연만으로 되는 것이 아니고 거기에 인위를 통일시켜야 비로소 이룩할 수 있는 것이다. 그래서 형기는 선도수련에 나선다. 허균과 홍만종 이래 우리나라에는 신선가학(神仙可學), 곧 신선은 배움으로서 될 수 있다는 생각이 있어 왔는데[12] 형기가 바로 그 배움에 나서고 있는 것이다. 선도의 공간은 주로 명산이나 대천으로 되어 있는데[13] 형기가 택한 곳은 그가 자라면서 언제나 건너다보아 온 장암산이다. 그의 집과 장암산 사이에는 강, 언덕, 습지, 늪이 있고 장암산에서도 그가 도를 닦는 곳으로 삼은 상왕봉에 이르기까지에는 다시 깎아지른 절벽과 짙은 안개가 사람을 막아 가리고 있다. 이것은 속계와 선계 사이의 먼 거리, 그곳에의 입경의 어려움을 상징하고 있는 것으로 받아들여진다.

신선이 되기 위한 수련에는 여러 가지가 있는데 여기서는 그에 대해 지나치게 언급할 필요는 없을 것 같으니 주인공 형기의 선화수련과 관계된 면만 살펴보기로 하겠다. 형기는 자랄 때 흔히 한 자리에 똑같은 자세로 전혀 미동도 없이 앉아 있곤 했는데 그것은 마음속의 욕심을 버리고 텅 빈 마음으로 가슴 속을 맑게 하는 수련법, 곧 응신적조(凝神寂照)의 모습을 보여주는 것이라 할 수 있을 것이다.[14] 그가 스스로 자신이 마음을 비우고 있는 중이라고 말하고 마음에 약간의 때가 끼어 있어 득도에는 이르지 못하고 있다고 하고 있는 데서 이를 알 수 있다. 선화수련에는 또 해가 뜨면 이를 부딪치고 햇빛 속에서 심호흡을 하는 복일기법(服日氣法)이 있는데[15] 형기의 자랄 때의 다음과 같은 모습이 그와 관련이 있는 것으로 보인다.

동생은 어릴 때부터 몹시 섬약한 편이었는데 무슨 까닭에선지 햇빛만 찾아 다니는 습성에 젖어 있었다. 마치 햇빛 가루로만 숨을 쉬는 아이 같았다. 끝끝내 햇빛속에 오두마니 앉아 있었다. 집에서 놀때 동생의 자

12) 최창록, 앞의 책, pp.101-2.

13) 위의 책, pp.19.

14) 김현룡, 앞의 책, pp.50.

15) 위의 책, pp.54-5.

리는 언제나 장독대였다. 거기는 하루 종일 충분한 햇빛이 고여 있었다. 골목에서 놀때는 햇빛을 따라 조금씩 자리를 옮겨 가며 놀았다. 마치 향일성 식물 같은 애였다.

형국이 군 복무를 하고 있을 때 그들의 어머니가 교통사고로 세상을 떠나자 형기는 어머니의 장례를 치른 뒤 어디라 말도 없이 집을 떠나버리는데 이때부터 그의 본격 수련이 시작된다. 그는 여러 곳을 떠돈 다음 장암산 중턱의 토굴에서 기거하면서 새벽부터 한낮이 될 때까지 그 정상, 상왕봉에서 등선을 위한 수련을 하고 있다.

이때는 그의 외관도 이미 과거와 딴판으로 달라져 머리카락은 수세미처럼 헝클어져 있고 옷은 형편없이 너덜거리는 누더기다. 어느 날 갑자기 집으로 돌아 온 그를 대한 형국은 동생이 '마치 어릴 때 보았던 그 괴상한 영감탱이의 젊었을 때를 보고 있는 것 같다'고 생각한다. 이는 곧 그가 상당히 깊은 경지의 도에 이르고 있다함을 외적으로 드러내 보여 주는 것이다. 이때의 형기는 식사도 범속한 사람들의 그것과 달라져 있다. 수련 중 집에 돌아 온 그는 저녁때만 밥을 아주 조금 먹을 뿐, 아침에는 전날 자기 전에 준비해 두었던 한 모금 정도의 물만 마시고 점심때에는 아주 작은 풀잎 하나나 과일 한 쪽만 먹는다. 그는 장암산에 들어가서는 버섯 종류와 풀뿌리, 나무즙만 먹고 지낸다. 신선은 벽곡(辟穀)이라 하여 인간이 먹는 것을 먹지 않고 진단(眞丹)·망초(芒硝)·복령(茯苓)을 찧어 백랍(白蠟)과 함께 쪄서 만든 환약만 먹고 사는 것으로 알려져 있는데[16] 형기가 끼니때에 취하고 있는 것이 바로 그와 다를 바 없다.

수련이 계속됨에 따라 형기는 차츰 신선의 경지에 가까이 가 있음을 보여 준다. 신선은 몸이 가벼워 한 걸음에 몇 리 씩을 갈 수 있는 이른 바

---

16) 위의 책, pp.55-6. 홍만종의 《해동이적》은 임진왜란이 끝나자 의병장 곽재우는 방술을 배우러 입산했는데 하루에 오직 송화(松花) 한 조각만을 먹고 지냈다(惟日食松花一片)고 해 역시 그가 벽곡을 행하고 있었다 함을 말해주고 있다.

비상을 할 수 있는데 형기는 그 형과 장암산으로 되돌아갈 때 이 비상에 유사한 경신(輕身)의 방술 같은 것을 보여 준다. 그는 무거운 짐을 메고도 전혀 힘들이지 않고 마치 평지처럼 험한 길을 가 형국은 그를 '귀신'이라고 하고 있는 것이다. 그러나 이러한 방술은 선도의 목적이 아니고 수단에 불과한 소술이라 크게 주목할 것은 못된다. 그 형을 찾아 왔을 때의 형기는 그보다 내적으로, 그 영혼이 신선에 바짝 다가가 있었다 함을 알 수 있다. 형국이 그에게 "너는 그럼 신선이 되어 있는 것이냐?"고 물었을 때 그는 좀 더 수도를 해야 한다고 대답하고 있으나, 자신이 '떠나기에 앞서' 산에서 내려 왔다고 말해 그때 이미 선화의 시간이 임박해 있었음을 암시해 주고 있다.

이 소설의 결말, 클라이맥스 단층에서 형기가 선화 등선을 하는 장면은 비현실적인 허구임에도 불구하고 강한 힘으로 독자를 신비와 황홀의 세계로 끌어 들인다. 형국이 상왕봉 정상의 바위 위에 가부좌를 틀고 미동도 않고 앉았는 동생의 등 뒤에 이르렀을 때 돌연 이상한 현상이 일어난다.

> 잠깐 사이 안개가 모두 걷히면서 햇살이 좀 더 강렬하게 퍼지고 있었다. 그리고 다시 나는 보았다. 햇빛보다 더 강렬한 빛줄기들이 그 투명체 모형피라밋 중심부에서 돌연히 발생하더니 사방으로 피라밋 형상을 만들면서 공간속으로 사라져버리는 것을.
> "쨍!"
> 순간적으로 피라밋이 날카로운 소리를 발하며 깨어져버리더니 얇은 얼음처럼 스르르 녹아버리고 있었다. -중략-
> 다만 장수하늘소 한 마리만 남아 있었다. 그리고 넋을 잃고 서 있는 내 앞에서 서서히 그 장수하늘소는 금빛으로 변하기 시작했다.
> 보라. 그것은 다리를 조금씩 움직이고 있지 않는가. 다시 살아나기 시작했던 것이다.

갑자기 생겨나 어떤 형상을 만들면서 사라지는 광선의 다발(光束), 순간적으로 녹아버리는 고형(固形)의 물체, 그리고 오래 전 죽어 한 개의 뻣뻣한 표본이 되어 있던 곤충이 되살아나는 충격에 정신을 차리지 못하고 있는 형국에게 또 한 번의 더욱 큰 충격이 온다.

나는 나도 모르게 놀라움에 가득찬 목소리로 세차게 동생의 어깨를 흔들면서 큰 소리로 동생의 이름을 불렀다.
"형기야!"
그때 동생은 마치 한 무더기의 잿더미가 무너지듯이 풀썩 맥없이 무너져버렸다. 동생은 미이라처럼 죽어 있었다. 그리고 그 순간 장수하늘소는 요란한 날개짓 소리로 떠오르더니 금빛 찬란한 모습으로 하늘 저편을 향해 날아가고 있었다.

이 순간 형기는 신선이 된 것이다. 신선에는 세 종류가 있다. 신선이 되어 천상계로 올라가 천관(天官)이 되는 천선(天仙), 깊은 산속 또는 대해의 외딴 섬이나 인적이 닿지 않는 동굴 속에서 사는 지선(地仙), 일단 죽은 다음 신선이 되는 시해선(尸解仙)이 그것이다. 형기는 바로 이중 세 번째인 시해선에 해당한다. 시해선이 되는 것도 등선을 할 때 대낮에 많은 사람들이 지켜보는 가운데 하늘로 날아오르는 백일승천이 가장 영광스러운 것으로 받아 들여 지는데, 형기의 경우가 바로 그렇다.
그의 선화는 아침 태양 아래에서 많은 사람은 아니지만 그 형이 목격하고 있는 가운데 이루어지고 있기 때문이다. 그는 풍악소리가 울리는 가운데 선녀의 안내를 받으며[17] 운교(雲橋)를 타고 하늘로 오르고 있는 것이 아니라 그 육신이 일구의 시체로 바위 위에 눕고 있지만 오랜 죽음에서 부활하여 눈부신 모습으로 하늘 저편으로 비상하는 장수하늘소가

---

17) 김현룡은 시해선의 백일승천의 모습을 위와 같다고 말하고 있다.
김현룡, 위의 책, pp.36~40.

바로 그의 신선이 된 모습이기 때문이다.

Ⅲ. 등선의 의미

형기의 등선은 오랜 수련의 결과 선계로 들어간 것을 의미한다. 또 다른 한편으로 그것은 그가 온갖 추한 욕망과 죄악으로 타락하고 더럽혀진 속악 세계를 떠난 것이기도 하다. 형기가 떠난 곳은 아득한 옛날 인류의 조상들이 버리고 떠나버린 지구, 미래를 부정하고 타인을 인정하지 않으며 양심을 속여 자신의 이익만을 위해 더럽혀버린 죄수들의 지구, 그것이었다. 그는 그 조상들이 찾아간 '제4계'로 간 것이다.

한편 형국이 살고 있는 세계는 서로 상대에 상처를 내가면서 단물만 빨아 먹으려고 덤비는 거짓의, 소유욕과 소비욕의 세계다. 거기에는 순수하고 청징한 사랑, 희생은 없고 서로 속이고 빼앗기만 하는 비정하고 야비한, 죄악이 난무하는 곳이다.

이 소설의 부인물들 형국과 우희는 일견 서로 사랑하는 사이인 것 같지만 이해가 엇갈릴 때 그들은 서로가 상대에 흡판을 대고 이기에만 몰두하고 있었다 함이 드러난다.

거듭 형국을 사랑한다고 말하고 서로가 모든 것을 주고받는 사이이던 우희는 공대 졸업에다 보석상을 경영하고 있고 미남인 청년이 나타나자 상대적으로 형국에 비해 월등하게 좋은 '조건'을 택해 형국을 간단히 버리고 만다.

형국 쪽에서도 우희가 자신에게 냉담해진 끝에 다른 사람과 결혼을 하려하자 그녀를 지하실에 감금할 계획을 세우는가 하면 관광지 같은 데 강제로 끌고 가서라도 억지로 자신의 소유로 하려 한다. 그는 또 우희가 자신의 아기를 가져 다른 사람과의 결혼이 이루어지지 못하기를 기원하고 있다. 그러니까 형국도 우희도 진실한 마음으로 서로를 사랑한 것이 아니라 육욕을 탐하고 조건을 탐한 이기의 인간들이었던 것이다.

또 형국의 생업은 희귀 곤충을 마구 잡아 돈과 바꾸고 있는 것으로 그 자체가 바로 법을 범하고 있는 죄 짓기 그것이다. 그는 나비를 잡아 표본으로 만들어 일본에 밀매를 전문으로 하는 사람에게 팔아 그 돈으로 살아가고 있다. 그에게는 호랑나비나 제비나비는 바로 날아다니는 작고 아름다운 지폐인 것이다. 그는 스스로 자신이 '모든 곤충의 천적'이라고 말하고 있다.

형국의 경우 그러한 범죄행위는 같은 짓을 저지르고 있는 다른 사람보다 죄질이 더욱 나쁘다고 할 수 있다. 그는 대학에서 생물학을 전공한 사람으로 그 학문적 지식을 희귀 곤충의 씨를 말리는 데에 동원하고 있는 것이다. 그는 연구실이나 학술조사에서 써야 할 포충망·독통·독병·삼각통·핀셋 등의 기구들을 살생에 쓰고 있는 것이다. 생물에 대한 전문지식을 가지고 있는 형국은 곤충들의 입장에서 볼 때 치명적인 적이다. 그는 돈이 되는 것이기만 하면 곤충을 눈에 뜨이는 대로 마구 잡아, 그 행위는 이미 채집이 아니라 대량 포살이다. 그는 나비들의 생태를 연구해 이를 이용하여 그 종류에 따라 일정한 길을 정해 놓고 날아다니는 이른바 접도(蝶道)를 찾아 막아서서 단 것을 좋아하는 놈은 당밀로, 썩은 고기를 좋아하는 놈은 부육(腐肉)으로, 불빛을 좋아하는 놈은 유아등으로 꾀어 '날아오는 대로 단 한 마리도 살려두지 않고' 모조리 잡아버리고 있다.

결국 형국은 그 죄가 탄로나 삼년의 징역형을 선고받고 복역을 하게 된다. 형국이 들어 있는 감방에는 절도로 두 명, 폭행으로 두 명, 사기와 특수강도와 강간으로 각각 한 명씩 등 모두 8명이 수감되어 있다. 그들은 감방 안에서 한 달 평균 열두 명꼴로 여자들을 강간한 도착적 성범죄자의 무용담을 되풀이해 듣고 그것으로 즐거움을 삼고 있다.

이와 같이 죄악으로 가득 찬 세상을 일찍이 꿰뚫어 본 형기는 이 세상에 성한 채 남아 있는 것은 거의 없는 상태라고 하고 있다.

> 지성도 사랑도 영혼도 모두 오염되어져 있어요. 심지어는 가장 깨끗
> 해야 할 종교인들까지도 때로는 신의 사업을 빙자하여 세력다툼을 하
> 고 재산싸움을 하고 이기주의적인 행동들을 일삼는 수가 있습니다.

라고 한 말에 그것이 잘 드러나 있다. 작가가 형국이 밤중에 전등을 켜
면서,

> 내가 가라사대 형광등이 있으라 하시매 형광등이 있었고 그 형광등
> 이 내가 보기에 눈부셨더라.

하게 한 말도 성경 《구약》「창세기」중의 일절에 대한 패러디로 보아
야 할 것이다.

이와 같이 철저하게 부패 타락한 인간들은 그들끼리 상처를 내는 데
서 그치지 않고 세상 전체를 해쳐 그로 인하여 병들어 죽어가게 하기에
이른다. 그것은 장암산과 동원시의 과거와 현재가 상징적으로 보여주고
있다. 과거의 장암산은 정기가 센 산이었다.

그러나 언젠가 바위의 정기를 받아 큰 장수가 태어날 것을 우려한 일
본인들은 그 바위의 정수리에다 굵고 긴 쇠침을 박아버렸고 그 후로 그
산은 기력을 잃어 폐산이 되어버렸다고 한다. 사람들은 그 이후로 그 산
주변 역시 기력을 잃어 간다고 믿고 있다.

> 하여튼 장암산은 뇌에 큰 부상을 입게 되었고, 그로부터 지맥과 정기
> 가 극도로 약해져서 그 산 주변의 모든 것이 급격히 피폐해지기 시작한
> 모양이었다. 동원시는 그 명목만 시(市)이지 사실은 군청 소재지만도 못
> 한 몰골이었다. 동원시에서 약 십리 정도 떨어진 동북쪽에 신동원이란

도시가 개발되어지면서부터 시청도 그리로 옮겨져버렸고 사람들도 거의 다 몰려가버린 모양이었다. 그래서 동원시는 그야말로 빈민도시 그대로였다.

고 하고 동원시는 '조용히 몰락만을 기다리고 있는' 도시라고 부르고 있다. 장암산의 기력의 쇠퇴, 동원시의 황폐화의 원인으로는 위에서 본 바와 같은 여러 가지가 이야기되고 있지만 작가가 암시하고 있는 것은 그것이 이 땅에 사는 인간들의 가학의 결과라는 것이다.

형기는 이와 같은 추악한 죄악의 세상을 떠나 신선이 되려 했고 드디어 선화에 성공하고 있다. 그러나 그의 수련을 그 일신의 등선에만 매달려 있은 것이라고 보아서는 안 될 것이다.

형기의 선화는 그의 육신이 죽음으로서 선계로 들어가 신선사상의 핵심인 연년불사(延年不死)의 세계에 이른 것을 의미한다. 그 곳은 인류의 이상적인 세계, 복락의 공간이다. 그러나 형기의 등선은 인류의 조상들이 선계로 간 것과는 근본적인 면에서 그 성질이 전혀 다르다. 무엇보다 조상들은 그들의 등선에서 모든 것이 다 이루어진 것으로 되어 있음에 반해 형기의 그것은 그 한 사람이 신선이 되고 마는 데서 그치고 있지 않다는 점에서 성질상 차이가 난다. 그 조상들은 더럽혀진 지구, 죄 많은 인간들을 버리고 감으로서 거기서는 저주와 외면의 느낌을 받게 되는데 형기의 경우는 그렇지 않다. 그는 이 세상을, 인간들을 버리고 자신만이 빠져나가고 있지 않다. 그의 선화는 동시에 병들어 죽어가고 있는 인간과 자연의 구원을 의미한다. 이 소설의 절정과 대단원 단층에서는 두 가지가 되살아나고 있는데 이에는 특별히 주목할 필요가 있다.

하나는 오래전 죽어 뻣뻣한 표본으로 핀에 꽂혀 있던 장수하늘소의 부활이다. 이 곤충이 금빛 찬란한 모습으로 되살아나 힘찬 날개짓으로 하늘 저쪽으로 아득하게 날아가고 있는 장면의 시각 이미지는 너무도 선명하여 독자의 뇌리에 각인되어 오래도록 남아 있게 된다. 형국은 그가 표본해 둔 그 장수하늘소가 없어졌을 때 한 순간 그것이 혹시 동생의 소행이 아닐까 하지만 그는 곧 그럴 리가 없다고 생각한다. 그는 장수하늘소는 바로 고액의 화폐와 바꿀 수 있는 것이므로 자신에게는 절실하게 필요한 것이지만 아무런 욕심도 없는 형기에게는 그 따위 벌레가 소용이 있을 리 없다고 단정적으로 생각한 것이다. 그러나 그것은 크게 잘못된 속단이었다. 자신이 장수하늘소를 잡았을 때 동생이 자꾸 풀어주라고 하던 말을 예사로 들은 것부터가 잘못된 일이었다. 장수하늘소는 그에게보다 그 동생에게 더 필요한 것이었다. 형기는 그 형 앞에 나타나 자신이 떠나기에 앞서 '이 세상에다 남겨 놓고' 갈 그 무엇을 찾기 위해 수련 중이던 산에서 내려 왔다고 말하고 있다. 이 때 떠난다는 것은 곧 있을 등선을 의미하고 남겨 놓고 갈 그 무엇은 구해야 할 것, 되살려야 할 소중한 그 무엇을 의미한다.

이 소설에서 장수하늘소와 그 회생은 여러 겹의 중의성과 상징성을 띠고 있다. 장수하늘소는 천연기념물 제218호로 지정되어 있어 나라가 국법으로 보호하고 있는 곤충이다. 그리고 장수하늘소가 서식하고 있는 추전리라는 곳이 그 곤충의 발생지라는 이유 때문에 천연기념물로 지정되어 있는 것을 보면 이 벌레가 얼마나 소중한 것인가를 알 수 있다. 나라가 나서서 이 곤충을 보호하려는 것은 그 위풍당당한 모습이 모든 곤충의 제왕답다는 것과 그 근연종(近緣種)이 중남미에서도 발견되어 아시아와 미주대륙의 고대 육속적(陸續的) 관계를 말해주는 귀중한 자료로서의 가치가 있기 때문이기도 하지만 그보다는 그 곤충이 더렵혀진 환경과 물욕에 눈이 어두운 잔인한 인간들에 의해 절종의 위기에 처해 있기 때문이란 것이 더 근본적인 이유이다.

장수하늘소는 물신주의·과학주의·합리주의에 의해 죽어가고 사라져가고 있는 진정한 가치를 가진 것을 상징한다. 그것은 인간의 타락으로 이 세상에서 사라져가고 있는 이상·순수·정의·선·미이기도 한 것이다. 형기가 장수하늘소를 되살려내는 것은 그 곤충의 회생과 동시에 죄악의 구렁에 빠진 인간을 구원하려 한 것이기도 하다. 또 그에 의한 장수하늘소의 회생은 그의 형을, 그의 형이 저지른 죄에 대한 형벌에서 구한 것을 의미하고 있다. 표본실에 들어가 본 형기가 거기에서 나와 그 형에게 너무 많이 죽였다고, 속죄해야 하겠다고 말했을 때 형국은 "아우님께서 신선이 되시면 속죄시켜 주십쇼."라고 농담으로 받아 넘기고 있지만 형기로서는 형의 죄가 심각한 것이었다. 동생은 죽어서 건조되어 있는 수 백 마리의 곤충들이 발산하는 죽음의 냄새가 가득한 그 표본실 안에서 드디어 남기고 갈 그 무엇을 찾았던 것이다. 형기는 신선이 되면서 장수하늘소를 되살려냄으로서 형을 구원하고 죽어가는 자연을, 세계를 되살려 내기로 결심한 것이다.

형기가 선화하는 순간 형국은 자신의 척추 속으로 날카로운 전류 같은 것이 수직으로 통과하는 듯한 충격을 받는다. 이때 그는 자신의 전신에 광선이 가득 차는 듯한 느낌을 받게 되고 난타하는 종소리 같은 것을 듣는다. 이것은 형기의 기가 그에게 전해져 온 것으로 이때 형기의 그 형에 대한 속죄, 구원의 기원이 받아들여진 것을 의미한다. 여기에서의 형국은 그 한 사람이 아닌 현세의 죄 많은 인간 모두를 뜻한다고 보아야 할 것이다. 그러니까 형기는 자신의 선화의 순간에 인간·세상을 구한 것이다.

그의 등선과 함께 또 하나 되살아난 것은 장암산이다. 이 산에는 일본인들이 그 정기로 인재가 나는 것을 막기 위해 산을 죽이려고 산의 지맥을 다스리는 바위 정수리에다 굵고 긴 쇠침을 박았다는 전설이 전해져 내려온다. 그때 그 바위에서 인간의 그것과 같은 피가 한 되나 흘러나왔다 한다. 그러나 사람들은 장암산이 완전히 죽지 않았다고 믿고 있다. 다행히 쇠침은 백회혈(百會穴) 한 복판을 정통으로 찌르지 못해 죽음을 면했다는 것이다. 노인네들은 장암산이 당분간 죽은 상태로 있는데 언젠가는 되살아날 것이라고 말한다.

형기는 등선과 함께 이 폐산을 되살린다. 그는 이 산의 한 바위에 박혀 있던 정(釘) 모양의 녹슨 쇠막대기를 뽑아버린다. 장암산을 되살리는 데는 이와 같은 물리적 외과적 처치도 중요했을지 모른다. 그러나 산을 되살리는 데 그보다 더 결정적인 역할을 한 것은 형기의, 죄 많은 인간 모두를 대신한 속죄의 몸짓과도 같은 수도였다고 보아야 할 것이다. 그의 수도는 자신의 등선의 길이자 장암산을 되살리는 일이기도 했던 것이다. 주의 깊게 읽어보면 장암산은 형기의 수도가 계속됨에 따라 그에 호응하여 차츰 기력이 되살아나고 있음을 볼 수 있다.

형기가 그의 집 장독대에서 장암산을 바라보고 있을 때 산은 '새로운 생명들의 태동을 서두르고 있는 모습'을 보여준다. 이어 형기는 그가 그 산속으로 들어가 산의 정상에서 본격적인 수도를 하고 있을 때 비로소 짐승들이 조금씩 모여들고 수목들도 조금씩 소생하기 시작했다고 말하고 있다. 형국이 감옥에서 나와 형기를 찾아 갔을 때는 형기의 수도가 큰 진경을 이루고 있을 때다. 그때의 장암산은 '전보다 푸른빛이 한결 더 많이' 감돌고 있고, 거의 다 죽어 있는 것 같은 나무들의 가지 끝에도 듬성듬성 이파리들이 피어나 있었고, 땅에서는 땅에서 대로 풀들이 돋아나고 있었다. 이렇게 기력을 회복한 장암산은 형기가 신선이 되는 순간 쇠침을 맞기 전과 같이 크르릉 크르릉하는 기지개를 켜고 있다. 산은 드디어 되살아 난 것이다. 산의 회생은 물질·비정한 과학·욕망·싸움으로 썩어 죽어가는 세상이 영혼·정신·애정의 세계로 되살아 난 것을 상징한다. 형기가 되살리고 있는 장암산은 썩고 병들어 죽어가고 있는 상태에서 되살려야 할 현실세계를 의미하고 있다. 그러니까 형기는 아득한 옛날 인류의 조상들이 그러했던 것과는 달리, 죄인들과 죄인들의 세상을 저주하면서 버리고 떠난 것이 아니다. 그는 이 속악 세계의 회생과 함께 그 길을 통해 자신의 선화에 이르고 있는 것이다. 그러므로 그의 등선은 개아적(個我

的) 이기적인 것이 아니라 나와 이웃의 구원을 동시에 성취하고 있는 것이다. 고대소설과 설화에서의 수련선화는 개아중심(個我中心)의 득도라 할 수 있는데[18] 형기의 그것은 자신의 등선과 함께 이타적인 성격도 보여주고 있다는 점에서 소설 <장수하늘소>는 과거의 신선소설·수련선화 소설들과 근본적으로 다른 성격을 보여주고 있다 할 것이다.

또 한 가지 간과해서는 안 될 문제는 이 소설에 대부분의 과거의 신선· 수련선화소설에서 공통적으로 발견되던 현실도피적 성격이 없다는 점이다. 이외수의 소설은 도피의 양상을 보여주고 있다고 하는 주장이 있다.[19] 곧 그의 소설은 세상과의 단절감을 그대로 수용한 채 개인세계로 잠입하는 도피양상과 자신을 단절시킨 세상에의 의도적 대항 곧 역설적 도피의 두 양상을 띠고 있다는 것인데 주인공이 세상을 등지고 산으로 들어가 신선이 되고 있는 이 소설이야말로 전자의 경우가 아닌가 할지 모르지만 사실은 그렇지 않다. 주인공은 추악한 세계와의 동화를 거부하면서 중병에 신음하고 있는 이 세계가 건강성을 회복하려면 비인간적인 과학화·물질적 욕망에서 벗어나 청징한 정신의 세계를 되찾아야 한다는 것을 깨우쳐 주고 있다. 그것은 형기에 대한 형국의 말과 형기가 그 형에게 한 말들에 잘 나타나 있다.

그러므로 이 소설은 현실비판의 성격을 띠고 있고, 따라서 이미 오래 전에 죽은 벌레를 되살리는 등 고대설화에서 흔히 보던 위선인적(僞仙人的)인, 허탄한 방술(方術)이 등장하고 있지만 그러면서도 비현실적인 황당무계한 신선 이야기 아닌 알레고리에 의해 확대 심화된 리얼리즘의 미학세계라 할 수 있을 것이다.

본래 신선사상은 난세의 소산이다. 전란이나 폭군의 학정으로 민생이 죽음과 같은 고통에 시달릴 때 사람들은 신선의 세계를 동경하게 되고

---

18) 최창록, 앞의 책, p.75.

19) 박덕규, "투명한 죽음의 사회적 의미", 「언젠가는 다시 만나리」(흔겨레, 1991), p.403.

거기서 신선 이야기도 등장하게 되었다. 이점에서는 <장수하늘소>는 고대의 수련선화 소설과 맥락이 닿는 바 있다. 이 소설의 작가는 오늘날을 불안하고 암울한, 희망이 보이지 않는 시대라고 하고 있는 데서[20] 우리는 오늘날과 고대 수련선화 소설·설화 시대의 유사성을 발견할 수 있겠기 때문이다. 그러나 앞서 말했듯이 이 소설이 현실도피 아닌 현실비판의 소설이란 점에서 그 성격은 다시 확실하게 분기되고 있다.

소설 <장수하늘소>는 현대를 살아가는 인간이 지향해야 할 바의 이상세계의 모습을 제시해 주는 한 모금의 청량제와 같은 작품이라 해야 할 것이다.

앞서도 언급했듯 이외수의 소설들이 독자를 끄는 것은 그의 기인에 흡사한 사생활이라든지 심령의 세계같은 우리가 지금까지 익숙하지 못한 이야기들을 한다는 것 등이 그 힘의 원천이 되고 있다. 이것은 아마 그와 그의 문학에 관심을 가진 사람들의 공통된 견해일 것이다.

그 외에 그의 소설에 대해서는 또 하나 일치되는 의견들이 있으니 그것은 그의 소설 문장에 관한 것이다. 곧 그의 문장이 독특한 개성을 가지고 있으며 그것이 한 번 잡은 독자를 놓지 않는 힘이라는 견해가 지배적인 것이다. 그중에는 그의 소설 문장이 보석처럼 반짝이는 것으로 그 묘미를 음미하면서 읽어야 그 작품의 참맛을 안다는 평가도 있고[21] 그의 문장이 치밀하고 감각적인 묘사를 구사하고 있어 산뜻한 감촉과 신선미를 안겨준다고 한 사람도 있는 등[22] 대체로 상찬 쪽의 견해가 지배적이다. 확실히 그의 문장은 감각적이며 재치 있고 어떤 의미에서 세련되어 있음을 부인할 수 없다.

---

20) 이외수, "작가가 말하는 작품세계", 「들개」(도서출판 동문선, 1991), p.283.

21) 이광훈, "시와 그림과 소설의 삼위일체", 「언젠가는 다시 만나리」(도서출판 흔겨레, 1991), p.366.

22) 조동민, "삶의 형이상학, 그 고독의 늪", 「언젠가는 다시 만나리」(도서출판 흔겨레, 1991), p.373.

그러나 그의 소설 문장에 전혀 문제가 없는 것도 아니다. 그 번뜩이는 재치, 예민한 감각이 경우에 따라서는 함정이 되고 있는 것이다. 그의 문장의 우수성을 말하고 있는 사람이 거기서 다시 '말장난을 위한 말'에 빠져들 위험을 안고 있음을 지적하고 있는 것도 그가 그러한 점을 보여주고 있다는 것을 의미한다고 보아야 할 것이다.[23)]

<장수하늘소>에서는 그의 문장에 있어서 거의 언제나 긍정적인 면으로 평가되고 있던 재치, 경쾌가 그 정도를 지나 경박한 언어유희에 이르고 있음을 발견할 수 있다. 형국이 장수하늘소를 잡았을 때 형기를 향해 한 다음과 같은 말이 그 예가 될 것이다.

> "아니다. 네가 말하는 건 사슴벌레야. 그리고 사슴벌레의 집게 같은 뿔은 사실 뿔이 아니고 턱이 발달한 거야. 신선이 그것도 모르냐. 이건 상당히 희귀한 곤충이야. 나는 한순간에 백만원을 벌었다. 야마다, 현찰을 준비해 두어라."

이 소설에 의하면 형국은 대학에 다니다 입대하여 군복무를 마치고 나와 복학했다가 학교를 그만두고 사회에 뛰어든 지 삼년이 넘는 사람이다. 그러니까 그의 나이는 서른에 가깝다고 볼 수 있다. 거기다 그는 동생 형기보다 여섯 살 정도 나이가 많은 것으로 되어 있다. 위의 다이얼로 그는 아무리 언행이 가볍다 해도 서른 가까운 나이의 형이 여섯 살이나 아래인 동생에게 한 말로는 지나치게 경박한 것이라 하지 않을 수 없다. 그리고 거기서 우리는 이외수란 한 작가가 인공적으로 만든 등장인물이 작가가 조종하는 대로 말하고 있는 꼭두각시와 같은 느낌을 받게 된다.

그리고 이 작품의 문장을 좀 더 자세히 읽어보면 요령부득이란 감을 주는 곳도 없지 않다.

---

23) 이광훈, 앞의 책, p.370.

"옛날의 신선들은 이런 피라밋도 없이 어떻게 신선이 될 수 있었냐?"

"이런 피라밋도 없이 신선이 되었다는 것을 형님은 어떻게 아십니까?"

위와 같은 대화 중 동생 형기의 말은 '옛날에는 피라밋이 없었다고 어떻게 단정합니까?'의 의미로 이에 계속되는,

나는 할 말이 없었다. 동생은 피라밋을 단지 그 지역과 시대에 따라 피라밋이라고 부르지 않았을 뿐이지, 그때도 있기는 있었다는 주장이었다.

라고 한 지문을 읽고서야 분명하게 알 수 있다. 이 정도의 대화가 그러한 도움을 얻거나 깊이 뜯어 본 다음에라야 이해할 수 있게 되어 있다면 분명히 좋은 문장이라 할 수는 없을 것이다.

<장수하늘소>를 읽다 보면 작가가 이 작품을 쓴 후 원고상태 또는 출판과정에서 한 번이라도 읽어본 것인가 하는 의심이 들 정도로 문장이 제대로 다듬어지지 않은 곳을 자주 발견하게 된다.

① 동생은 우리가 전혀 모르는 사이에 이런 생활을 하기 위한 준비를 나름대로 준비하고 있었음이 틀림없었다.
② 표본상자 바닥에 곤충 바늘 자국이 찍혀 있는 것이 그 증거라고 할 수 있었다.
③ 몇 수십 번씩이나 똑 같은 일만 반복해 나갔다.

①의 예문의 경우 방점 친 부분(방점은 필자가 친 것임. 이하도 마찬가지.)은 '준비를 준비하고 있었다'는 말이 되어 제대로 된 성문이라

할 수 없다.

②의 예문의 경우 방점 친 '곤충 바늘 자국'은 '곤충을 상자에 고정시켰던 바늘 자국'의 뜻을 잘못 쓴 것이다.

③의 예문의 경우 방점 친 '몇 수십 번' 중 '수십 번'이란 말은 의미상 '몇 십 번'으로 위의 문장은 '몇 몇 십 번'이란 말이 되어 바른 표현이 아니다.

이 소설에는 또 작가가 정확한 어의를 모르고 쓰고 있다고 밖에 볼 수 없는 말들을 더러 대하게 된다.[24)]

① 나는 – 중략 – 희귀 곤충들을 무차별 남획해서 다른 나라에 밀매했다는 죄목으로 징역 3년을 언도 받았다.

② 댐이 생기고부터 이 도시와 연결 되어져 있던 몇 개의 군락들과 도로들이 수몰되어져버리고 갑자기 이 도시가 고립 상태에 놓여지게 되었던 것이다.

③ 오랫동안 어느 무인도에서 홀로 표류생활을 하다가 다시 돌아 온 듯한 기분이었다.

④ 그곳들은 멀리서 보면 마치 무슨 동물들의 오래 된 뼈들을 사열해 놓은 것처럼 보였다.

위에 인용한 문장 ① 에서 방점 친 '언도'는 일제시대부터 써 오던 '言渡'란 한자어로 오래 전부터 '선고(宣告)'란 법률용어로 바뀌었다. 따라서 이 말은 이제는 사어다.

---

24) 이런 경우는 그의 다른 작품에서도 발견된다. 특히 그의 단편 <자객열전>은 그 제목부터가 틀린 말이다. '열전'은 한자어로 '列傳'일터인데 그렇다면 그것은 여러 사람의 전기를 차례로 적어 놓은 책을 의미한다. 그런데 이 작품은 한 사람의 자객 이야기로 되어 있다. 그러므로 그 제목은 '한 자객의 일대기'의 뜻을 담고 있어야 했다.

예문 ②의 방점 친 '몇 개의 군락들'도 말이 안 된다. 여기서 '군락'은 한자어로 '群落'일 것이니 그 뜻은 '여러 부락'이다. 그러므로 이 어귀는 '몇 개의 여러 부락'이란 이상한 말이 되어 있는 것이다.

예문 ③의 방점 친 '무인도에서 –중략– 표류생활'을 했다는 구절도 말이 되지 않는다. '표류(漂流)'란 물 위에 둥둥 떠다닌다는 뜻이므로 '무인도에서 물위에 떠다닌다'는 말은 있을 수 없다. 작가는 아마 '무인도에 표착하여 오랜 세월을 보낸 다음'의 뜻으로 쓴다고 한 것 같은데 분명히 틀린 어귀다.

예문 ④에서 방점 친 '뼈들을 사열해 놓은'이란 말도 틀린 것이다. '사열(査閱)'은 장병들을 정열시켜 놓고 장비, 사기 등을 검열하다의 뜻이다. 여기서는 '사열'이 아니라 '도열(堵列)' 또는 '진열(陳列)'이라 해야 맞을 것이다.

<장수하늘소>에는 굳이 찾자면 위와 같은 부정적인 면이 있는 것이 사실이다. 그러나 그것이 전체 작품의 질을 결정적으로 떨어뜨리는 데 이르고 있는 것은 아니고 따라서 이 작품은 여러 가지 의미로 우리 시대 문학의 한 백미라 해도 과언이 아닐 것이다.

Ⅳ. 결론

수련선화소설 <장수하늘소>는 신선이 될 운명을 타고난 한 인간이 오래고 고된 수련 끝에 신선이 되기까지의 이야기를 하고 있다. 일견 황당하여 웃음거리가 되기 쉬운 이야기의 이 소설은 한국 현대소설사상 의미 있는 작품으로 평가되고 있다. 그것은 이 소설의 소재와 제재의 특이성이 독자를 강하게 끈 결과이기도 하겠지만 다음과 같은 강점을 가지고 있기 때문일 것이다.

첫째, 이 소설의 주인공이 신선이 되기로 결심한 것은 거짓과 탐욕으로 병든 세상을 구하기 위해서였다. 그러니까 이는 현대사회의 병들고 타락한 실상을 고발하는 의미를 가진 것이라고 볼 수 있을 것이다.

둘째, 주인공은 그 형이 돈에 눈이 어두워, 잡아 죽여 표본으로 만든 천연기념물, 장수하늘소를 되살려내고 있는데 이때의 이 곤충은 물신주의, 과학주의, 합리주의에 의해 훼손되고 버려지는, 현대사회의 진정한 가치를 가진 것들의 알레고리라고 보아야 할 것이다.

셋째, 주인공은 장수하늘소와 함께 또 하나, 죽어 있던 신령스런 산, 장암산을 되살리고 있다. 이때의 이 산의 회생은 오늘을 살아가고 있는 우리들이 병들어 죽어가고 있는 이 세상을 사랑으로 되살려야 한다는 것을 의미하고 있다.

이상을 종합하건대 이 소설은 비현실적인, 황당무계한 이야기 아닌, 알레고리에 의해 확대, 심화된 리얼리즘의 미학세계라 해야 할 것이다.

결국 <장수하늘소>는 오늘을 살아가는 우리들이 지향해야 할 바의 이상세계의 모습을 제시해 주는 청량제와 같은 소설이라 해야 할 것이다.

이청준의 <이어도>

이승에서 찾은 피안의 낙원

Ⅰ. 서론

생존 작가에 대한 작가론적인 연구와 그 작품에 대한 작품론은 항상 어느 정도의 부담을 안아야함과 동시에 그러한 노력은 언제나 조급한 것으로 여겨져 온 것이 학계의 통념이었다. 작가론의 경우 그 작가의 작품연보가 기본 데이터가 되는 것인데 그 작가가 앞으로 계속 작품을 발표할 가능성이 크고 또 거기서 어떤 변모를 보일지 전혀 예측할 수 없으며 작품론의 경우는 작가도 포함되는 인간의 한 생이란 그 시간적인 짧음을 생각할 때 그 작품의 가치가 고정되었다고 단언하기 어렵겠기 때문이다.

그런 면에서, 단편 <퇴원>으로 1965년 <사상계> 신인문학상을 받고 문단에 나온 이청준을 두고 어떤 작가론적 시도를 한다든가 그의 어떤 작품에 관해 심각한 강단비평적 논의를 한다는 것은 성급한 일이라는 지적을 받을 우려가 없지 않다.

그러나 이 작가의 경우 그가 생존해 있다 해도 어떤 작가론적 연구나 특정한 경우에 한해 작품론적 접근을 한다 해도 그것을 무리하다든가 무의미한 것이라 할 수는 없을 것이다. 그것은 그가 등단 2년 만에 한국 문단에서 상당한 무게를 가지고 있는 동인문학상을 받은 것을 출발로 대한민국문학상 등 굵직굵직한 문학상을 잇달아 받은 작가라 해서 하는 말이 아니다.[1]

물론 그의 화려한 수상 경력도 참고자료로서의 가치가 없는 것은 아니지만 그보다는 그가 그동안 어느 수준에 이르는 작품들을 꾸준하게 발표해 왔고 그 작품들이 소위 전문가적 안목을 가진 비평가들로부터 이견 없이 문예물로서의 우수성을 인정받고 있기 때문이다.

그가 상위의 리얼리즘을 구축했다고 하거나,[2] 이야기 단계에 있는 우리 문학을 일약 현대적인 문학으로 끌어 올렸다고 한 말,[3] 또는 그의 작품 <비화밀교>를 예로 들면서 그를 현대 한국문학의 높이와 정신을 한 단계 끌어 올린 작가라 한[4] 찬사가 그 단적인 예가 될 것이다.

필자는 이러한 작가 이청준의 여러 뛰어난 소설 중에서 특히 중편 <이어도>를 선정하여 이 작품에 대한 나름의 해석을 시도해 보고자 한다. 이 작품은 이미 그의 대표작의 하나란 중평을 듣고 있는데 이제는 한 작가의 대표작이란 지칭을 넘어서 한국 현대문학상의 한 뛰어난 수확이라 불러 마땅하다 할 것이다. 그만큼 이 작품은 문예작품으로서의 우수

---

1) 그가 받은 문학상은 다음과 같다. ① <병신과 머저리>로 동인문학상(1967년) ② <이어도>로 한국일보 창작문학상(1975년) ③ <잔인한 도시>로 이상문학상(1978년) ④ <살아있는 늪>으로 중앙문예대상 예술부문 장려상(1980년) ⑤ <비화밀교>로 대한민국 문학상(1986년) ⑥ <자유의 문>으로 이산문학상(1990년)

2) 이태동, "부조리 현상과 인간 의식의 변화", 「이청준론(김치수 외)」(삼인행, 1991), p.62.

3) 김윤식, "감동에 이르는 길", 「이청준론(김치수 외)」(삼인행, 1991), p.62.

4) 김주연, "제의(祭儀)와 화해", 「이청준론(김치수 외)」(삼인행, 1991), p.291.

성이 인정되어 발표된 지 그리 오래되지 않았음에도 불구하고[5] 이 작품에 대한 언급은 적지 않게 있어왔다. 그러나 그 중에서 어느 정도 구체성을 띤 괄목할만한 견해를 보인 평문이 전혀 없는 것은 아니지만[6] 대부분이 작품의 현재성에 치우친, 딜레탕트의 한계를 넘지 못한 단편적, 단평적인 것이었다.

이에 필자는 이 작품이 지니고 있는 무속성에 주목하여 이 작품에 대한 좀 더 깊이 있는 해석의 필요성을 느꼈다. 그리하여 인생의 의미에 대한 구경적 탐구를 시도하고 있는 중편 <이어도>가 왜 한국 현대소설 전사에서 보아 특출하게 뛰어난 작품이라 할 수 있는가를 논증해 보고자 한다.

연구의 방법론은 주로 신화비평적인 데 의지하였음을 덧붙여 밝혀둔다.

Ⅱ. 이질적 두 세계의 대립과 화해

이청준의 소설 구성은 특이한 데가 있다. 상당수의 그의 소설은 추리소설과 같이 어떤 의문이나 미지의 사실, 알 수 없는 원인을 추적해 가는 과정을 보여 주고 있다. 대개의 경우 소설의 발단 단층에서 어떤 수수께끼가 던져지고 사건이 전개되어 갈수록 더욱 깊이 미궁으로 빠져들게 해 독자로 하여금 긴장 속에 소설 속으로 끌려들게 하고 있다. 그의 데뷔작 <퇴원>부터가 그래서 이 작품은 주인공의 자기 망각증과 위궤양의 원인을 규명해 가는 과정의 서술이라 할 수 있다.

<이어도>도 예외는 아니어서 먼저 어떤 추측을 제시하고 그것이 사

---

5) <이어도>는 1974년 『문학과 지성』을 통해 발표되었다.

6) 그 중에서도 김현의 "떠남과 되돌아 옴", 「이청준론(김치수 외)」(삼인행, 1991), pp.123-3
2이 특히 주목할 만한 것이다.

실인지 아닌지, 사실이라면 그것이 무엇을 의미하는지를 찾아간다. 이때 독자는 화자와 함께 팽팽한 긴장 속에 이 추적에 동참하게 된다.[7]

<이어도>의 경우는 대립되는 두 세계의 부딪침에서 의문이 제기된다. 소설은 해군 중위 선우현과 제주도에 있는 남양일보 편집국장 양주호란 두 인물간의 언어의 불통, 서로간의 이해의 불가능에서 시작된다. 곧 이들은 적대관계는 아니지만 서로가 서로를 용납할 수 없는 화해 불가능의 두 세계를 표징한다.

해군은 파랑도를 보았다는 어부가 곳곳에서 나타나고 그들이 한결같이 자신의 말이 하늘과 바다를 걸어 거짓이 아니라고 하자 현실적인 이해관계까지 얽히기 시작해 그 수색작전에 나선다. 선우 중위는 이 선단의 정훈장교다. 이 선단의 한 함정에는 남양일보의 천남석 기자가 동승하고 있었다. 그는 오랜 세월 동안 제주도 사람들 사이에 전해 내려온 전설의 섬 이어도의 실재 여부를 확인하려 한 것이다. 이어도는 천리 남쪽 바다 밖에 파도를 뚫고 꿈처럼 하얗게 솟아 있다는 피안의 섬이다. 누구나 이승의 고된 생이 끝나고 나면 그곳으로 가서 복락을 누리게 된다는 이 섬은 그 실체를 분명하게 말해줄 사람이 없다. 그 섬을 본 사람은 곧 그 섬으로 가서 영영 돌아오지 않았기 때문이다. 천 기자는 파랑도란 바로 그, 이어도라고 생각하고 있었다.

그런데 천 기자가 작전이 끝나던 날 밤 의문의 실종을 해 선우 중위는 그 경위를 전하려고 양 국장을 방문한 것이다.

선우 중위와 양 국장 두 사람은 외관과 거동에서 뚜렷한 대조를 이루고 있다. 선우 중위는 빈틈없는, 합리의 화신이다. 그는 크지도 작지도 않은 적당한 몸매에 대리석을 깎아 놓은 듯한 하얀 얼굴을 하고 있는데 그

---

7) 김치수는 이를 '동반의 관점'이라고 부르고 있다. 김치수, "언어와 현실의 갈등", 「이청준론(김치수 외)」(삼인행, 1991), p.112. 한편 김윤식은 이러한 점을 들어 이 소설을 '열린 소설'이라고 부르고 있다. 김윤식, "감동에 이르는 길", 「이청준론(김치수 외)」(삼인행, 1991), p.62.

얼굴도 면도가 잘 된 정결한 것이다. 그는 드물게 세련돼 보이는 젊은 장교로 목소리는 제복을 입은 사람답게 정중하고 절도가 있으며 모든 것이 너무도 분명하다.

반면에 양 국장은 행색이나 거동 모두가 허술하고 어설프기 짝이 없다. 부수수한 볼수염이 난 얼굴의 그는 무겁고 둔해 보이는 몸집에 한쪽 다리는 절뚝거려 몽둥이 모양의 투박한 나무 지팡이 신세를 지고 있다. 그는 자루처럼 커다란 윗도리를 입고 엉거주춤 앉아 멀거니 맥이 빠진 눈초리로 중위를 바라본다.

그 이전에 두 사람은 그들이 살고 있는 세계도 판이하게 다른 성격을 보여준다. 선우 중위는 현대문명, 첨단과학의 세계인 해군 사령부 작전 선단에 소속하고 있다. 이 소설에 등장하는 사령선, 전령선, 엔진, 계급장, 작전, 임무 등의 어휘들이 보여주듯 그가 살고 있는 곳은 기계와 조직의 세계다.

한편 양 국장은 돌 지붕 오두막이 있고 자갈밭이 있으며 취객들이 어지러이 술을 마시는 술집이 있는 곳, 사람들이 뜻도 알 수 없는 민요를 흥얼거리는 곳, 사람들의 만남과 헤어짐이 무상한 그런 곳에서 살고 있다.

이러한 외적인 두 세계의 대조적인 성격은 사고와 시각의 차이에서 더욱 뚜렷해진다. 선우 중위는 자신의 오관에 의해서만 대상을 감지하고 그것을 바탕으로 대상을 인식하려 한다. 그는 자신의 몸의 한 부분인 눈을 통해서만 대상을 볼 수 있다. 그에 있어서 중요한 것은 사실이다. 무슨 일에 대해서나 명확한 근거가 있어야 한다는 것이 그의 사고방식이었고 그것이 곧 그의 주장이자 공인다운 미덕이다.

반면에 양 국장은 사람은 때로 사실보다 허구 쪽에서 진실을 만날 수 있다고 하는 그의 주장에서 알 수 있듯 육신의 눈보다는 또 다른 눈 곧 심안 또는 영혼의 눈에 의지하여 대상을 보려 한다.

그렇기 때문에 두 사람은 각각 서로 상대가 이해할 수 없는 이방인이다. 이러한 두 사람의 대좌에서 비로소 이청준 유의 수수께끼가 던져진다. 독자는 선우 중위가 양 국장을 만나는 순간부터 중위와 함께 의문에 봉착한다. 선우 중위로서는 양 국장이 천 기자의 실종에 대해 아무 것도 알려하지 않는 것부터가 이해하기 어려운 일이었고 하는 수 없이 이쪽에서 사고 이야기를 꺼내자 더 이상 경위를 알아서 무엇 하겠느냐고 노골적으로 짜증을 내는 데서 당황하게 된다. 그리고 의문은 바로 여기에서 시작된다. 더욱 알 수 없는 일은 양 국장이 천 기자가 자살을 한 것일 것이라고 거의 단정적으로 말하고 있다는 사실이다. 선우 중위도 천 기자가 자살을 했을지도 모른다는 생각을 하지 않은 것은 아니었지만 그로서는 사실을 알지 못하므로 그것은 단지 추측일 뿐이었는데도 양 국장은 그것을 확신하고 있는 어투로 말하고 있는 것이다.

천 기자가 자살을 했다고 볼 때 그 이유에 대해서도 선우 중위와 양 국장은 각각 정반대의 견해를 가지고 있다.

선우 중위는 천 기자가 만약 자살을 했다면 파랑도는 실재하지 않는다는 것이 작전 결과 확인되자 파랑도가 곧 이어도라고 믿고 있던 그가 제주도 사람들에 있어서 현세의 고된 질곡을 참아 낼 수 있는 피안의 낙원이 사실은 없다는 데서 절망한 나머지 바다에 뛰어들었을 것이라고 생각하고 있다.

그러나 양 국장은 천 기자가 파랑도의 부재가 증명되었을 때 절망을 한 것은 사실이었지만 그것은 '황홀한 절망'이었을 것이라고 말한다. 이어 그는 사실은 천 기자는 그 순간에 이어도를 찾았으며 따라서 해군의 작전은 실패라고 말한다. 섬이 없다는 것이 확인된 순간에 섬을 찾았다느니 그의 절망은 황홀한 절망이었다느니 하는 데서 이 소설에 있어서의 점층법적인 의문과 긴장의 증폭은 최고조에 달한다. 선우 중위로서는 황홀한 절망이란 말이나 섬이 없다는 것이 밝혀지는 순간에 섬을 찾았다고 하는 말이 처음부터 이해할 수 없는 것이었고 작전의 목적이 섬을 찾는다는 것에 한정된 것이 아니라 섬의 실재 여부의 확인에 있었던 만큼 작전의 실패란 논리에 닿지 않는 억설에 불과했다.

천 기자의 죽음을 둘러싸고 분기된 두 개의 추측, 거기서 출발한 두 사람의 주장의 상충은 소설의 결말에 이르면서 화해에 이른다. 이 소설의 결말 부분에서 양 국장이,

> "-전략- 천남석이 이어도를 만난 것도 아마 그 사실이라는 것을 포기했을 때 비로소 가능했을 것입니다. 그가 주변의 가시적 현실을 포기해버렸을 때 그에게 섬이 보이기 시작했단 말입니다."

라고 했을 때 선우 중위는 드디어 "어슴푸레 짐작이 가는 것 같군요."라고 해 이에 동의하고 있다. 또 두 사람이 작별하기에 앞서 양 국장이 "그럼 우리 이제 천남석이란 잔 그렇게 자기의 섬을 찾아 간 걸로 해 줍시다."라고 했을 때도 그때까지 그렇게 완강하게 사실만을 고집하던 선우 중위는 반론을 제기하지 않고 그와 악수를 하고 있다.

팽팽하던 두 사람의 상반된 주장의 충돌은 한쪽의 완패로 끝나고 있다. 사실이 아닌 것, 과학적·합리적이지 못한 것은 믿으려 하지 않던 선우 중위는 육신의 눈으로는 볼 수 없고 제2의 다른 눈을 통해서만 볼 수 있는 불가사의의 세계가 있음을 시인하고 있다. 그것은 사실·과학·합리의 세계의, 정신·영혼과의 부딪침에서의 패퇴를 의미한다. 작전 해역안을 갈아엎듯이 누비고 다닌 한 나라의 해군 수색선단이 찾을 수 없었던 섬을 맨몸으로 편승한 한 민간인이 찾았다는 것이 그것을 말해준다.

이 소설에서 배가 위치한 곳은 그런 의미에서 상당히 시사적이다. 곧 현대 과학문명의 표징이라 해야 할 군함들은 인적과 동떨어진 먼 바다에서만 작전을 하고 있고 작전이 끝났을 때도 선단은 '멀리 외항에' 정박하고 있다. 선우 중위를 제주도 부두에 태워다 준 전령선도 그가 내리자

말자 엔진도 꺼지 않은 채 '꽁지가 빠지게 달아나고' 있다.

이것은 흔히 합리의 세계, 과학문명에게는 불가능한 일이 없는 것 같이 생각되지만 근본적인 인생의 문제에 있어서는 합리나 과학문명은 무력하기 짝이 없어 핵심에 닿기는커녕 저 멀리 변두리에서 하릴없이 배회하다 물러나고 만다는 것을 상징적으로 보여주는 것이다.

III. 낙원 - 고락의 현세

이청준의 다른 소설들이 대개 그렇지만 <이어도>의 구성은 중층적이고 복합적인 것이다. 발단부에서부터 복잡하게 얽혀가기 시작하는 이 소설은 시점이 빈번하게 이동함에 따라 갈수록 갈피를 잡을 수 없게 되어 가는데 종반에 가까워 오면서 하나하나 의문이 풀려가게 된다. 결국, 독자는 선우 중위와 함께 가장 큰 수수께끼의 해답을 얻게 된다. 곧 천 기자가 자살을 하게 된 이유를 알게 되고 그것이 마스터키가 되어 모든 의문이 차례로 풀리게 되는 것이다. 심한 폭풍이 치던 날 밤 천 기자는 갑판 난간에 기대어 서서 광란하는 바다를 보고 있던 중 문득 삶의 구경(究竟)의 의미를 발견한 것이다. 거기서 샤머니즘에서 말하는 엑스터시를 경험한 천 기자는 무아경에서 바다로 뛰어 든 것이다. 그가 여기에 이르기까지의 과정에는 얼마간의 부연이 있어야 할 것 같다.

천 기자는 어렸을 때부터 이어도 이야기를 좋아하지 않았다. 그는 이어도란 제주도 사람들을 무참히 속여 온 터무니없는 허구라고 하고 있었다. 그는 이어도를 저주하는 이유를 다음과 같이 말한다.

"- 전략 - 그런데 언제부턴인가 이 제주도 사람들 사이에선 또 그 죽음의 섬을 이승의 생활 속에서 설명하려는 망칙스런 버릇들이 생기고 있었던 것 같아요. 유식한 말로 이어도의 꿈이 있기 때문에 현세의 고된 질곡을 참아낼 수가 있었다는 것이지요. 언젠가는 그 섬으로 가서 저승의 복락을 누리게 된다는 희망 때문에 이승에선 어떤 괴로움도 달게 견딜 수가 있노라는 말입니다. 죽음의 섬이 마침내 구원의 섬이 된 것이지요. 그리고 그런 식으로 이 섬은 이승에 살고 있는 사람들의 현세의 생활까지 염치없게 간섭을 해 오고 있는 꼴이지 뭡니까."

그의 이 증오의 감정은 갈수록 깊어져 나중에는 이어도가 살아 숨 쉬고 있는 제주도란 섬마저 떠나버리고 싶어 했다. 그래서 그는 자신과 내연관계에 있는 여성에게까지 제주도를 떠나라고 매일같이 협박과 설득을 되풀이 하고 있다.

그러나 그의 이 이어도에의 미움은 말 그대로 받아들여서는 안 된다. 그의 이어도에 대한 태도 저변에는 이중적인 심리가 깔려 있는 것이다. 선우 중위도 그와의 대화에서 간파하고 있듯이 그는 입으로는 이어도의 존재와 그것의 의미를 부인하고 있지만 그것은 그의 한정된 노력이요 말일뿐이었다. 그는 다른 한편으로 이어도에 대한 강한 애정을 가지고 있은 것이다. 그의 내부에서는 이어도에 대한 애증이 끝없이 치열한 싸움을 하고 있은 것이다. 그리고 실상 그 끈질긴 싸움에서 항상 이기고 있는 것은 애정 쪽이었다.

그것은 이청준의 <귀향연습>으로 대표되는 다른 소설에 흔히 나타나고 있는 고향에 대한 등장인물의 복합심리와 흡사한 것이다. 이들 작품에서 고향은 혐오의 대상이자 어쩔 수 없는 그리움의 대상이다. 등장인물들의 고향에 대한 혐오는 작가의 어린 시절의 가난·남루 때문에 그것이 어떤 굴절의 형식을 빌려 나타나는 것으로 분석된다. 그래서 이들 작품의 주인공에 있어서의 고향은 찾아가지 않을 수 없지만 찾아가는 일이 수모감과 고통을 주는 곳이다. 그러나 그곳은 한편으로 그가 나서 자란 잊을 수도 버릴 수도 없는 그리운 곳이기도 한 것이다.

　해군에 의한 철저한 수색 끝에 파랑도란 실재하지 않는다는 것이 명백하게 된 그날 밤 천 기자는 혼자 그 애증의 섬 이어도를 찾게 되었는데 그것은 인간이란, 삶이란 무엇인가에 대한 의미 발견을 통해서였다. 이 소설의 서술은 그가 폭풍으로 광란하는 바다를 보고 있다가 사람이 자연의 한 부분이라는 것을 깨달았음을 말해 주고 있다. 천 기자의 어머니는 남편이 고기잡이배를 타고 바다로 나가기 전날 밤과 그가 바다에 나가 있을 동안 항상 민요 이어도를 부르고 있는데 그 웅웅거리듯한 노랫가락은 바람이 불면 바람소리 속에서, 바다가 울면 바다 울음 소리 속에서 들려온다. 그 어머니의 노래 소리는 거센 바람으로 구름장이 사납게 얽혀들거나 풍랑으로 바다가 하얗게 뒤집혀질 때면 그에 호응해 극성스러워 지고 있다.

　　잠 속에서 소년은 때때로 웅웅거리는 바다 울음 소리나 지붕을 넘어가는 밤 바람소리 같은 것을 들을 때가 많다. 하지만 언제부턴가 소년은 그것이 바다 울음 소리나 밤 바람 소리가 아니라는 것을 알고 있었다. 깜깜한 어둠 속에서 어머니가 다시 그 간절한 이어도의 곡조를 참지 못하고 있는 것이었다.

　여기서 보는 바와 같이 천 기자의 어머니는 어둠 속에서 자연에 녹아들어 그녀는 바로 바다 그것이요 바람 그것이 되는 것이다. 그러니까 천 기자의 어머니 곧 인간은 자연의 일부로서 끝없이 순환하고 있는 자연과 함께 태어나고 성장하고 죽고 다시 태어나고 있는 것이다. 꽃이 피었다 지고 다시 피듯, 태양이 솟았다 지고 다시 떠오르듯, 비가 와 내를 이루고 강이 되어 바다에 흘러들었다가 수증기로 하늘로 올라가고 다시 비가 되어 떨어지듯 인간은 자연과 함께 순환을 하고 있는 것이다. 그러므로 비바람이 치는 날과 미풍이 부는 날이 있듯 인간에게도 고통이 있으면서 또 거기에 사랑과 환희가 있는 것은 자연스런 이치인 것이다.

이청준의 세계관은 이곳에서의 삶은 고통스럽다는 데서 출발하며 그 삶은 폭력과 억압과 불편함이 지배하는 야만의 세계, 삶의 질이 형편없이 조악한 세계라는 지적이 있는데,[8] 그의 <병신과 머저리>와 같은 작품이 바로 폭력과 억압이 지배하는 야만의 세계라면 <이어도>는 고난으로 하여 삶의 질이 조악한 세계다. 천 기자의 어린 시절 그의 어머니는 돌투성이의 조그만 밭뙈기에서 일 년 내내 쉬지 않고 돌을 추려내고 있었다. 다 하는 날이 없을 것 같이 돌자갈이 지겹도록 많은 밭은 삶의 가파름, 고통스러움을 표상하고 있다.

그러나 거기에는 고난만이 있는 것이 아니다. 거기에는 생의 긍정적인 측면도 동시에 있다. 천 기자의 어머니가 축축한 밭고랑에 누워 죽어갈 때까지 되풀이 돌을 추려내고 있는 행위는 땅에 생생력을 주는 일, 곧 자연과 인간이 조화를 이루는 몸짓으로 볼 수 있다. 그리고 천 기자의 어머니를 통해서 본 인간의 삶에는 끈끈한, 짙은 애정이 있다. 그의 어머니는 거친 바다에서의 그 남편의 무사함을 기원하여 끝없이 이어도 노래를 부르고 있다. 그녀는 남편이 바다에서 돌아오면 비로소 마음을 놓고 일시 그 노래를 그치지만 집에서의 며칠이 지나 그가 바다로 나가려 하면 다시 간절하게 그 노래를 부른다. 그녀는 남편이 수평선을 넘어가고 다시는 돌아오지 않게 되자 '천가여, 천가여…'와 이어도 노래를 섞바꾸어 부르다가 결국 쓰러지고 만다. 그녀는 죽음에 앞서 소년의 손목을 꼭 쥐어주면서 다시 '천가여, 천가여'를 두어 번 중얼거리고 눈을 감는다. 이것은 그녀의 남편과 자식에 대한 슬프고 아름다운 사랑을 보여주는 것이다

그러니까 인간은 자연의 일부로서 슬픔과 기쁨, 고통과 쾌락, 미움과 -

---

8) 김현, "떠남과 되돌아 옴", 『이청준론(김치수 외)』(삼인행, 1991), p.124.

사랑이 동시에 있는 세계에서 살아가는 동물인 것이다. 이때 고통도 비로소 어떤 의미를 얻게 되는 것이다. 그것은 자연의 일부인 인간의 삶의 한 부분인 것이다.

고통이, 그 원인이 발견되지 않은 상태에 있을 때 인간의 마음은 산란하고 불안하게 된다. 그러나 무슨 까닭에 연유하는가가 발견되면 그것은 견딜 수 있게 되고 동시에 어떤 의미를 가지게 되는 것이다.[9] 천 기자는 그날 밤 그 의미를 발견하게 된 것이다. 여기서 작가가 천 기자를 내세워 한, 인간의 구경적인 존재의 의미 추구란 탐색은 그 암중의 헤맴을 끝내고 있는 것이다. 인간은 삶 곧 고통과 환희와 공포의 의미 있는 반복을 하는 존재인 것이다. 천 기자는 인간은 자연의 일부로서 고락 속에 살아가는 것, 따라서 고통의 땅 제주도에는 또한 그 속에 기쁨과 애정이 있고 그것이 바로 인간의 삶이란 것, 그러므로 그곳이 바로 죽음의 섬이자 복락의 피안, 이어도라는 것을 깨달은 것이다. 이어도는 인간의 현세적 삶, 그것이었던 것이다. 천 기자가 제주도를 떠나고 싶어 하면 할수록 더욱 떠날 수 없었으며, 그의 여인 역시 선우 중위에게 그날로 섬을 떠날 것이라고 하면서도 끝내 떠나지 못하고 있는 이유도 여기에 있었던 것이다.

그런데 그 깨달음이 자연의 거친 호흡, 폭풍이 몰아치는 밤 바다 위에서 왔다는 것은 특별히 눈여겨보아야 할 것이다. 이 날 밤의 바다에는 느닷없이 폭풍우가 들이닥쳐 바다와 하늘이 어둠 속에 뒤엉키고 그 기세는 군함을 들어 엎을 듯이 사납다. 이것은 자연의 무한한 에너지, 곧 생명력을 상징한다. 이때의 바다는 하늘과 땅과 바다 곧 천계와 이승과 저승 삼계(三界)가 만나는 곳이다. 본래 고대인은 인간과 자연의 세계를 동일시했었다.[10] 또 바다는 인간이 태초와 동시성을 성취하는 곳으로 세속적 시간과 공간은 폐기되고 신화적 시간과 공간이 지배하는 세계다. 천

9) M. Eliade, Cosmos and History(N.Y. : Prinston University Press, 1974), p.98.

10) N. Frye, The Educated Imagination(Bloomington : Indian University Press, 1964), p.33.

기자는 그 바다에서 시원적 세계와의 우주적 동화를 경험하게 된 것이다.[11]

사람이 자신이 자연의 일부라는 것을 깨닫게 되고 우주와의 동화를 경험하는 시간은 예사스런 순간이 아니다. 그것은 말로 표현하기 어려운 기쁨의 순간이다. 불가에서 흔히 정각(正覺)은 법열을 준다, 곧 깊은 이치를 깨달았을 때는 '황홀한 기쁨'[12]을 느끼게 된다고 하는 것도 그런 경우를 말한다. 이 작품의 경우 무속이 지배하는 세계이므로 그것은 샤머니즘에서 말하는 엑스터시 상태와 같은 것이다. 엑스터시란 복잡하고 까다로운 말이지만 일반이 가장 쉽게 이해할 수 있게 하고 있는 설명에 따르면 트랜스(trance)와 포제션(possession), 둘을 포함하는 상태다.[13] 이때 트랜스란 단순한 의식과 감정의 변화를 일으킨, 쉽게 말하면 실신한 것과 같은 상태다. 또 포제션은 외부의 존재가 몸 안에 들어와 인격 전체를 지배하는, 쉽게 말하면 신들린 상태다.

그런데 실종되던 날 밤 한 갑판 근무병에 의해 마지막으로 목격된 천기자의 모습에서 우리는 그가 이 엑스터시 상태에 있었다는 것을 볼 수 있다. 폭풍이 치는 바다를 보면서 인생을 생각하고 있던 그는 갑자기 넋이 나가고 신이 집힌 상태가 된 것이다.

가까이 다가가 보니 그는 웬 일인지 그 칠흑 같은 어둠을 향해 무섭도록 눈을 커다랗게 부라리고 있었는데, 곁에 선 사람이나 말소리는 귀에도 들어오지 않는 듯 표정을 전혀 움직이지 않고 있더라는 것이다. 칠흑 같은 어둠 속에서 무엇을 열심히 찾고 있는 것 같기도 했고 또는 어디론가 넋이 훌쩍 흘려 나가버린 사람처럼 몰아치는 비바람에도 부라린 눈이 한 번도 깜박이고 있는 것 같지가 않더라는 것이다.

11) 김지원, "원형의 샘", 「새가 운들」(청아출판사, 1991), p.345.
12) 금성출판사 간 「국어대사전(1991년판)」은 '법열'을 위와 같이 정의하고 있다.
13) 김광일, 「한국전통문화의 정신분석」(시인사, 1984), p.163.

양 국장이 '황홀한 절망'이라 한 것도 바로 이 순간을 의미한 것이다. 그리고 천 기자는 그러한 상태에서 바다로 뛰어든 것이다. 그럼으로서 그는 인간의 일회성, 유한성, 역사성에서 탈출하여 영원에 회귀한 것이다. 그의 자살을 두고 무한적인 것과의 합일을 통해 구원과 재생을 얻으려는 전통적인 샤머니즘의 형태라고 한 것도[14] 그런 의미에서 나온 해석이다.

그러니까 결국 이 소설은 삶에 어떤 의미가 있는가의 탐색으로 작가의 세계관은 1) 이곳에는 삶의 의미가 없다. 2) 삶의 의미는 다른 곳에 있다. 3) 그러나 놀라워라, 다른 곳이 바로 이곳이다 라는 구조를 가지고 있다고 한 것은[15] 명쾌하고 틀림없는 진단이라 할 것이다.

그러므로 파랑도란 없다는 것이 확인되는 순간 천 기자는 이어도를 발견했다는 것은 조금도 말재간이나 억설이 될 수 없는 것으로 그것은 역설적으로 삶에 대한 진실을 말해주고 있는 것이다. 실종되었던 천 기자, 이어도로 간 것으로 받아들여져 있던 천 기자의 시체가 파도에 얹혀 제주도로 돌아오고 있는 것은 마지막으로 이어도란 낙원은 인간의 현세적 삶이 있는 바로 그 곳이라 함을 말해 주고 있다.

그러므로 이 소설을 비극적인 것으로 보는 견해에는 찬성하기가 어렵다. 천 기자가 구원의 땅을 찾아 떠났지만 그러한 땅은 결국 없어 그의 시체, 곧 꿈의 찌꺼기가 고통의 땅으로 되돌아오고 있다는 논리인데[16] 여기에는 좀 다른 독서법이 있을 수 있지 않나 한다. 삶의 고통이 그 원인을 알 수 없고 그것이 의미를 가지지 못 할 때라면 그것은 어쩌지 못할 아픔 그것에 시종하겠지만 이 소설의 경우는 그렇지 않다. 앞서 지적되었 듯이 천 기자는 삶, 인간 존재의 구경에 대한 깨달음을 얻고 있으므로 이 소

---

14) 김지원, 앞의 책, p.361.

15) 김현, 앞의 책, p.130.

16) 위의 책, p.128.

설은 인간은 헛되이 있지도 않은 상상의 낙원을 찾아 방황할 것이 아니라 현세의 삶에서 그것을 발견해야 한다고 말하고 있다. 따라서 이 작품은 한 편의 인간 긍정의 노래라 해야 마땅할 것이다.

Ⅳ. 제의를 통한 원초에의 통합

<이어도>는 선우 중위의 의문에서 출발하여 그것이 풀려가는 과정을 보여 주는 구성을 하고 있다는 것은 앞서 말한 바와 같다. 그 의문은 선우 중위의 깨달음에서 해답을 얻고 있는데 그 깨달음에로 안내하는 인물이 양 국장이다. 양 국장에게는 처음부터 섬과 섬의 운명, 천 기자의 죽음이 한결같이 정연하게 정리되어 있었던 것이다. 그러나 그것은 말로써 설명되는 성질의 것이 아니었다. 왜냐하면 선우 중위는 과학과 사실과 합리만을 고집해 그러한 바탕에서 논리적으로 설명해 보여주지 않는 것은 아무 것도 이해하려고도 받아들이려고도 하지 않는 사람이었기 때문이다. 그것을 알고 있는 양 국장은 독특한 방법으로 선우 중위가 깨달음에 이르게 하고 있다. 그 방법이란 무속적인 의식을 통해 무속세계를 체험케 하는 것이었다. 무속은 원래 자연·신·사회·인간 등이 분화되지 않고 하나의 단일 체계를 이루고 있는 원시종교이다.

제주도는 이 무속이 성한 곳이다.[17] 그리고 이 섬은 육지에서 멀리 떨어져 있어 (목포에서 1백 42km) 그것의 지방형 겸 고형(古型)이 비교적 잘 보존되어 있는 곳이다. 제주도에 무속이 성한 이유는 이곳의 땅은 척박하고 바다는 거칠어 사람들이 살아가기가 힘들어 그들이 종교의 힘에 의지하여 삶의 의미를 확인하고 보다 나은 내일을 믿으려 하기 때문인

---

17) 현용준은 1960년대에 제주도에는 모두 2백 77개의 당(堂)이 있었다고 하고 있다. 현용준, "제주당신화고", 「한국민속학개설(이두현 외)」(학연사, 1963), pp.373~4에서 재인용.

것으로 보인다.[18] 그 중에서도 그들의 삶의 터, 바다는 항상 생명을 위협하는 위험한 곳이고 어업은 농사처럼 심고 거두는 일이 아니라 이곳의 사람들은 풍흉과 안위를 초인간적인 존재에게 염원하지 않을 수 없었던 것이다.

이러한 제주도를 장소적 배경으로 하고 있는 이 소설 전체를 지배하는 분위기는 신당에서 풍기는 특유의 퀴퀴한 무속적인 것이다. 앞서 언급한 천 기자 어머니의 이어도 노래부터가 제재초복(除災招福)의 굿에서의 풀이의 성격을 띠고 있다.[19]

양 국장은 이 소설에서 뭍이란 이방에서 온 문명·과학·합리세계의 인물 선우 중위를 무속의 세계로 끌어들인다. 그는 한 사람의 박수(男巫), 곧 제주도 사투리로 스나이 심방이다. 그는 두 곳의 제장에서 한 사람의 여무(제주도 사투리로 예펜 심방)와 함께 무속적인 의식을 행함으로서 선우 중위를 그들의 무속세계로 끌어들이고 있다.

> 편집국 문을 나서면서부터 갑자기 한 신문사의 국장다운 구석이라곤 하나도 찾아볼 수가 없었다. 그는 마치 상습 알콜 중독자의 그것처럼 아무렇게나 말하고 아무렇게나 행동을 했다. - 중략 - 처음부터 자꾸 그 이어도와 이어도 술집에 관한 이야기를 횡설수설 떠들어 대고 있었다. - 중략 - 술집 문을 들어서면서는 그 이어도와 <이어도> 술집조차 구별하지 않은 채 벌써부터 취기어린 주정투가 되고 있었다.

위에서 폐인처럼 횡설수설 떠들어대는 양 국장에게서 우리는 그 혼이 천상과 지하를 왕래하는 북아시아적인 비상형(飛翔型)의, 엑스터시 상태에 빠진 샤먼의 모습을 볼 수 있다.[20] 술에 취해 있는 그는 엑스터시 상태

---

18) 황루시, 「한국인의 굿과 무당」(문음사, 1988), p.126.

19) 굿은 놀이와 풀이의 양면을 가지고 있는데 이어도 노래는 가락과 사설로 이루어진 풀이로 볼 수 있다.

의 샤먼처럼 망아탈혼에 빠져 현실의 시간, 현실의 장소 밖에 있는 것이다. 그에게는 파랑도가 이어도이고 이어도가 바로 술집 '이어도'이며 과거가 현재고 현재가 과거다.

양 국장이 행하는 의식의 첫 번째 장소는 술집 '이어도'다. '이어도'는 뱃사람들이 단골로 다니는 술집이다. 사람들이 방마루에 올라 앉아 끼리끼리 낭자하게 취해 있는 이 술집은 제장인 셈이고 시키지도 않았는데도 차려 나오는 술상은 굿판의 제상이다.

여기서 양 국장은 선우 중위에게 죽은 천 기자의 심정과 천 기자가 이어도를 찾게 된 경위를 천 기자 대신 말해준다. 그것은 무당이 죽은 사람을 대신하여 말하는, 넋두리로 볼 수 있다. 그는 이승의 사람 선우 중위와 저승의, 천 기자의 사령(死靈) 사이에서 영매(靈媒medium)의 역을 하고 있는 것이다.

그러므로 술집에서 천 기자의 여자가,

이어도 하라 이어도 하라
이어이어 이어도 하라
이어하멘 나 눈물 난다
이어 말은 말낭근 가라

하는 제주도 사투리의 이어도 타령을 노래했을 때 양 국장이,

"이어도여, 이어도여, 이어 이어 이어도여, 이어 소리만 들어도 나 눈물 난다. 이어 소리는 말고서 가라. -하략-

라고 번역이라도 하듯 표준말로 풀어 들려 줄 때도 우리는 그에게서

---

20) M. Eliade, Archaic Techniques of Ecstasy(New York : Pentheon Books, 1964), p.506.

영매의 모습을 보게 되고 그 목소리를 듣게 된다. 이것은 뭍에서 온 외지인 선우 중위가 무속세계의 섬사람과 영적인 접촉을 하게 하는 의식의 성격을 띠고 있다.

양 국장을 따라 편집국을 나선 선우 중위는 자신이 차츰 무속의 세계로 빠져 들어감을 느낀다. 그는 양 국장을 따라 술집 '이어도'의 문을 들어서면서 자신이 정말로 그 저승의 섬에 들어서고 있는 것 같은 '이상스런 요기'를 느낀다. 거기서 그는 제주도의 무속세계에 한 발 들어서게 된 것이다.

두 번째의 제의는 제이의 장소에서 양 국장 아닌 다른 사람에 의해서 행해진다. 제이의 제장은 천 기자의 집이다. 천 기자가 살던 집은 밀감 밭이 한창 무성하게 어우러져 가고 있는 언덕배기 아래 몇 년째 사람의 손길 한 번 스쳐 본 일이 없는 듯한 방 한 칸 부엌 한 칸의 돌 지붕 오두막이다. 어수선하고 창연스러운 이곳의 분위기는 신당에서 풍기는 바로 그 것이다. 그러한 집의 방안에서 가물가물 희미한 호롱불을 마주하고 있는 선우 중위는 거기에서 또 다시 알 수 없는 요기를 느끼게 된다.

이곳에서의 사제는 술집 '이어도'에서 만났던 천 기자의 여인이다. 선우 중위는 술집에서 처음 만났을 때부터 그녀에게서 무녀의 체취를 맡고 있다. 그는 그녀의 몸맵시에서 '무슨 암무당의 외동딸' 같은 야릇한 분위기를 느끼고 그녀가 음산하고 수심기 어린 목소리로 이어도 노래를 부를 때는 '눈 먼 여자 점쟁이'와 같은 창연하고 요기스러움을 느꼈었다. 천 기자의 집을 찾았을 때 자신도 이어도의 어떤 비밀스런 힘에 홀려들고만 것 같은 기분이 된 선우 중위는 그 집에서 그 여자와 단 둘이 마주앉게 되자 머릿속이 한층 더 어수선해진다.

선우 중위는 그 예펜 심방에게서 무속적 요기를 옮겨 받는다. 선우 중위는 이제 돌아가야 한다고 생각하면서도 그녀의 요기에 홀려 그대로 주저앉고 만다.

그런데 바로 그 이어도가 이번에는 우연이나마 그 천남석 기자의 죽음을 좇게 된 선우현 중위에게까지 엉뚱스런 마력을 뻗치기 시작한 것이었을까. 잠시 후 선우 중위는 여인의 침묵에 홀려 끝내는 그 여인의 기괴한 비밀의 섬을 보고 있었다.

"어째서 넌 나를 가게 하지 않았지?"

"…………"

"처음부터 넌 내가 이렇게 널 찾아 와 있을 줄 알았겠지?"

두 번째 만났다고는 하나 생면이나 다름없는 여성에게 조금 전까지의 깎듯한 존대어를 갑자기 해라체의 아주낮춤 하대어로 바꾸어 말하고 있는 선우 중위는 그 자신에게도 뜻이 분명치 않은 말을 꿈꾸듯이 하고 있는 것이다. 이때의 선우 중위는 이미 강신상태에 있다고 보아야 할 것이다.

방안은 칠흑 속이었다. 칠흑 같은 어둠 속 어딘가에 사고가 있었던 날 밤의 그 천남석의 눈초리가 무섭게 중위를 노려보고 있었다. 양주호의 커다란 웃음소리가 그 어둠 뒤쪽 어딘가에서 기분 나쁘게 껄껄대고 있었다. 바닷바람이 치올라오는 언덕배기 자갈밭에선 한 아낙의 가난하고 암울스런 노랫가락이 아직도 바닷소리에 묻혀 오고 있었다. 바닷가 자갈밭에 펼쳐 세운 그물코 사이로는 아직도 그 옛날의 바람소리가 쏴쏴 소리를 내며 지나가고 있었다. 선우 중위는 어둠 속에서 그 모든 것을 너무도 역력하게 보고 있었다.

이곳은 현재의 시간과 공간이 아니다. 역사의 시간은 정지되어 태초의 시간이 되고 공간 또한 하나로 통합되어 있다. 저승의 사람, 과거의 사람과 이승, 현재의 사람이 시간과 공간을 뛰어넘어 칠흑 같은 어둠 속에서 함께하고 있는 것이다. 그러한 시간, 그러한 공간 속에서 선우 중위는 쉴 새 없이 허튼 소리를 지껄이면서 신음 같기도 하고 한숨 같기도 한 슬픈 민요 가락 이어도를 읊고 있는, 자갈밭에서 돌을 추리던 천 기자의 어머니이자 천 기자의 여인이기도 한 '이어도'의 그 여인과 한 몸이 되어 '많은 땀'을 흘리고 있다. 선우 중위와 여인의 성적 교섭은 신성결혼(神聖結婚hierogamy)이다. 그것은 태초의 하늘과 땅의 결합의 원형을 되풀이하는 의식적인 것이다. 남녀는 성적 결합에 있어서 그 절정에서 상대가 자신과 하나가 됨을 경험한다. 선우 중위는 여인과 성관계를 가짐으로서 무속세계를 통해 원초인과 하나로 통합됨을 체험하게 된 것이다.

이러한 괴이한 체험이 있은 이튿날 아침 선우 중위는 비로소 천 기자의 죽음에 대한 수수께끼의 실마리가 풀려감을 느끼게 된다. 그는 마침내 양 국장에게 사실만을 고집한 자신이 졌다는 것을 알리고 천남석의 자살에 확신을 가지게 된다. 이제 낯선 세계의 특수, 개별의 문명인 선우 중위는 원초적인 보편인에 통합이 된 것이다. 종교에는, 민속종교뿐 아니라 세계적인 분포를 가진 현대인들의 종교에도 과학으로는 설명할 수 없는 비합리성이 많은데,[21] 역설적으로 과학으로 설명할 수 없는 일이 그 비합리성을 가진 종교적 측면에서 설명되는 일이 있다. 소설 <이어도>에서 우리는 그 실례를 본 셈이다.

<이어도>는 그 속에서 원시주의적인 사상을 읽을 수 있는 작품이다. 원시주의는 문명 자체의 역설적 산물로 문명화된 자아와 그것을 거부하고 변형시키려는 욕망 사이의 상호 작용에서 탄생한다.[22] 거기에는 원시상태 혹은 문명 이전에의 향수가 반영되어 있다. <이어도>는 그러한 사상을 가진 현대 문명세계에 사는 독자들에게 그들 자신의 내밀한 일면을 들추어 내 보여주는 소설이라 할 수 있다.

무속의례의 내용 및 무속문화 속에 투사되어 있는 인간관에는 아무리 괴롭고 불행해도 인간으로서의 현세적 삶이 가장 귀중한 것이므로 삶의

21) 장주근, 「한국민속학개설(이두현 외)」(학연사, 1983), p.152.
22) Michael Bell, 「원시주의(김성곤 역)」(서울대학교 출판부, 1985), pp.103~4.

현실에 절대가치를 두는 면이 있는 것으로 알려져 있는데[23] 우리는 <이어도>에서도 그러한 세계관을 발견할 수 있다. 이 소설은 그러한 사상이 작품에 내면화 되어 있으면서 미학적인 면에서 높은 수준을 보여주는 수작이라 해야 할 것이다.

평균적으로 실패가 없는 작품들을 발표해 온 이청준의 소설 중에서도 특히 돋보이는 경우라 할 <이어도>에도 한 가지 불만스런 점이 있다. 작품의 결말 부분에서 작가가 불필요한 객담을 늘어놓고 있다는 것이 그것이다.

작가는 실종된 천 기자가 파도에 밀려 다시 제주도로 돌아온 사실을 두고 '그가 그토록 떠나고만 싶어 했던 이 섬을 거꾸로 그 이어도로나 착각을 했던 것일까.' 라고 하고 있는 것이 그 구절이다. 이것은 주제를 지나치게 누설하는 직설이다. 내면화된 주제에 접하고 거기서 짜릿한 전율과 감동을 맛보고 있는 독자 앞에서의 그러한 느닷없는 작가 개입은 작품으로 하여금 한 편의 고급한 문예물에서 무성영화 시대의 변사의 목소리를 듣는 것과 같은 치기를 느끼게 하고 있는 것이다. 문학 예술가는 독자나 비평가에게 불신을 품고 자기 작품에 대해 어떤 실마리를 주지 않으면 자기가 말하고자 하는 의미를 그들이 해석할 수 없다고 생각할 때 직접 말을 건다고 하는데[24] 이 경우가 거기에 해당한다. 예술가가 하는 말은 그저 들리어지는 것이 아니라 몰래 엿들어져야 하는 것이다. 작가 이청준이 그의 독자를 믿지 못했다면 그것은 그답지 않은 노파심의 발로라 해야 할 것이다. 그의 독자는 읽는 사람을 작품의 심연으로 의문 속에 끌고 들어가는 그의 수법에 인내하는 훈련이 되어있고 나중 스스로 그 작품에서 해답을 찾는데 익숙해 있는 단골들이다. 위와 같은 지나친 걱정, 지나친 친절은 작품과 독자에게 손실과 실망만을 줄 뿐이다.

---

23) 김인회, 「한국무속사상연구」(집문당, 1987), p.177-88.
24) N. 플라이, 「비평의 해부(임철규 역)」(한길사, 1982), p.14.

그러나 대국적으로 보아 그것도 이 작품의 전체성에 큰 흠이 되는 것은 아니고 따라서 <이어도>는 70년대 한국 소설문학이 거둔 큰 수확의 하나임에 틀림이 없다.

V. 결론

발단 단층에서 수수께끼를 제시하고 이를 풀어가는 과정을 구성으로 하고 있는 <이어도>는 한편의 낙원 모티프 소설이자 무속의 세계를 보여주는 독특한 작품이다.

이 소설의 주인공은 인간의 삶의 구경의 의미를 발견하는 순간 바다에 뛰어들어 죽고 있는데 작가는 여기에서 그의 인생관의 일단을 피력하고 있다. 곧 인간은 자연의 일부로서 슬픔과 기쁨, 고통과 쾌락, 미움과 사랑이 동시에 있는 세계에서 살아가는 동물로 고락 속에서 살아가는 그 곳이 바로 이어도요 낙원이라 함을 말해주고 있는 것이다. 따라서 이 소설은 인간 탐구란 소설의 가장 근본적인 성격을 보여주는 작품이라 하겠다.

이 소설의 주인공은 폭풍우가 거친 밤바다에서 이를 깨닫게 되는데 그 순간 그는 트랜스 곧 실신상태와 포제션 곧 신들린 상태의 둘이 포함된, 샤머니즘에서 말하는 엑스터시 상태에서 바다로 뛰어든다. 그가 뛰어들고 있는 바다는 천계와 이승과 저승의 삼계가 만나는 곳으로 세속적 시간과 공간이 폐기되고 신화적 시간과 공간이 지배하는 세계다. 그러므로 그의 죽음은 시원세계와의 우주적 동화를 의미한다.

주인공의 그러한 자살은 과학과 합리의 세계의 인간 선우 중위에 의해 확인된다. 그는 처음 자신이 눈으로 보지 않은 것은 믿으려 하지 않지만 몇 단계의 무속적 의식을 거치고 나서 드디어 주인공의 그러한 죽음을 수긍한다. 그는 주인공이 동거하던 여무와 같은 성격의 여인의 요기에 끌려 그녀와 성적 교섭을 한 끝에 무속의 세계에 들어서게 되고 그러고 나서 비로소 '황홀한 절망'에 의한 죽음의 세계가 있음을 인정하게 된다. 그는 이 신성결혼에 의해 무속세계를 통해 원초인과 하나로 통합되고 있는 것이다.

소설 <이어도>에서는 원시상태 곧 문명 이전에의 향수가 반영되어 있는 원시주의적 사상을 엿볼 수 있다. 그것은 과학과 합리의 문명세계에 사는 현대인들의 내밀한 심리의 일면을 들어내 보여주는 것이기도 하다.

이 작품은 한국 특유의 무속세계 속에서 인생을 탐구하고 있다는 점에서 한 편의 가장 한국적인 소설작품이라 할 수 있다.

또 이 작품은 낙원 모티프 소설이면서도 비현실적, 몽환적인 이상향 추구의 이야기가 아닌 구체적 삶의 이야기라는 점이 한 특성으로 지적될 수 있다.

이 인간 긍정의 소설은 그러면서도 유현한 영혼세계의 이야기를 그 사상이 노출되지 않게 육화, 내면화하고 있다는 점에서 미학적인 면에서도 수작이라 해야 할 것이다.

신경숙의 <풍금이 있던 자리>
차마 못 본 내 행복이 울릴 타인

Ⅰ. 서론

　단편 <풍금이 있던 자리>의 작가 신경숙은 1963년 전라북도 정읍 생으로 1985년 중편 <겨울 우화>가 『문예중앙』 신인문학상 공모에 당선돼 문단에 나왔다. 그녀는 1993년 간행한 단편집 「풍금이 있던 자리」로 크게 주목을 받기 시작했다. 이후 그녀는 동인문학상, 이상문학상 등 한국의 유수한 문학상을 거의 휩쓸다시피 하면서 90년대의 대표작가로 불리고 있다. 장편 <기차는 7시에 떠나네> 같은 소설로 대중적인 인기도 끌고 있는 이 작가는 현재도 왕성한 작품활동을 하고 있다.

　이 작가가 1993년에 발표한 <풍금이 있던 자리>는 독백체라고도 할 수 있는 서간체소설이다. 서간체소설은 2인칭 수신자를 전제로 고백성이 있는데다 그 2인칭 수신자의 자리에 독자가 환치(換置)되기 때문에 독자 흡인력이 강하다. <풍금이 있던 자리>도 그런 소설로 한국뿐 아니라 국외에도 상당한 독자를 가지고 있는 것으로 알려져 있다.

이 소설의 주인공은 도시에 살고 있는, 한 미혼여성이다. 그녀는 처자가 있는 한 남자와 사랑에 빠져 있다. 그 남자와 외국으로 사랑의 도피를 하기로 한 그녀는 마지막으로 부모의 얼굴이라도 한 번 보고 가려고 시골집으로 내려온다. 그런데 고향집에 내려온 그녀는 아무래도 자기 사랑을 위해 한 가정을 파괴할 수는 없다는 생각에, 사랑의 도피행을 단념하고 그 남자와의 관계도 끊기로 한다는 것이 이 소설의 줄거리이다.

스토리만 보면 삼류 신파극이나 통속적인 텔레비전 연속극에나 맞을 것 같으나 이 소설은 작가 특유의 입심에 힘입어 높은 문학적 향취를 풍기고 있다. 특히 이 작품은 한 편의 페미니즘 소설적 성격을 가지고 있는데 그것이 우리가 익숙해 있는 그런 소설과 큰 차이를 가지고 있다. 이 글은 이 소설의 그 독특한 페미니즘 소설적 성격을 살펴보는 것을 목적으로 쓴 것이다.

II. 돌아와 깨달은 내 사랑의 독소성

사랑하는 사람과 외국으로 도피해 살기로 하고 부모에게 마지막 인사를 하러 시골집으로 내려올 때까지만 해도 주인공은 꿈에 부푼, 행복에 겨운 사람이었다. 그녀에게는 처자가 있는 남자를 가로챈다는 죄의식 같은 것은 조금도 없었다. 오히려 남자가 '죄라면 죄겠지. 내 삶을 내식대로 살겠다는 죄'라고, 자책감의 일단을 내비쳤을 때도 그녀는,

> 당신이 저와 함께하겠다는 그 결정을 내려주었을 때, 저는 너무나 환해서 꿈인가?…… 꿈이겠지, 어떻게 그런 일이 내게…… 다름도 아닌 내게 찾아와주려고, 꿈일테지, 했어요.

라고 하면서, 혹시라도 그의 마음이 변하지나 않을까, 다짐에 다짐을 받았었다. 당시의 그녀에게는 사랑이란 무조건 아름다운 것, 누구도 막을 수 없는 그런 것이었다.

그러던 그녀가, 하루 이틀 묵고 가려고 내려온 고향집에 도착하자 곧 마음을 손바닥 뒤집듯 바꾸어버린다. 그녀의 심경변화는 그녀가 시골집에 도착한 뒤에 일어난 것이지만 그와 같은 징조는 이미 그 전에 나타나 있다. 그녀는 고향에 도착한 기차에서 내리자 곧 역구내 수돗가에서 손을 씻는다. 그녀는 십오륙 년 전, 고향을 떠날 때도, 그 후로 이 고장에 내려오거나 다시 떠날 때도 그곳에서 그렇게 손을 씻었다. 그에 대해 그녀는,

> 그 자리에서 손을 씻고 마을로 들어가면 도시에서 있었던 모든 일을 잊을 수 있다고 생각해서 그랬을까요? 그 자리에서 손을 씻고 이 고장을 떠나가면 이 고장에서 있었던 일들을 잊을 수 있다고 생각해서 그랬을까요? 글쎄, 그건 단순히 이루어진 습관이었을까요?

라고, 스스로도 의아해 하고 있다. 위의 손 씻기는, 거기에 그 남자와의 사랑의 청산, 결별을 예고하는 상징적인 의미가 있다. '손 씻다'라는 말 자체가 사전에 '부정적인 일에 관한 관계를 청산하다'라고 뜻매김 되어 있는 데서도 그것을 알 수 있다.

그러한 징조는 또 하나 더 있었다. 그녀는 그날 손을 씻은 그 수돗가에 그가 사준, 그의 이니셜이 새겨진 시계를 벗어두고 그대로 와버린 것이다. 그것은 '당신과의 시간' '당신과의 세월' 곧 '당신과의 생의 인연'을 거기서 끝내려는 무의식이 작용했다고 보아야 할 것이다. 이는 프로이트 심리학에서 말하는, 무의식 세계에서, 내키지 않는 일을 하지 않으려는 데서 하게 되는 실수 곧 실착행위(失錯行爲)라고[1] 볼 수 있을 것이다.

---

1) 데이비드 스태포드 클라크, 「한 권으로 읽는 프로이트」(푸른 숲, 2003), p.99.

그녀의 마음의 표변에는 그 근저에 몇 가지 원인이 있었다. 그것은 크게 직접적인 근인(近因)과 간접적인 원인(遠因)으로 나누어 볼 수 있겠는데 여기서는 먼저 전자부터 살펴보기로 하겠다. 고향에 돌아온 주인공의 머리에 가장 먼저 떠오른 사람의 이야기는 조금 뒤로 미루어 두고 그다음, 두 사람 이야기부터 하는 것이 좋을 것 같다.

그 중 한 사람이 점촌댁이다. 그녀는 주인공의 기억 속에 '울면서 줄넘기를 하고 있는' 여인이다. 이 소설은 그녀가 아픈 다리로 울면서 줄넘기를 하게 된 사연을 다음과 같이 서술하고 있다.

> 어머니와 마을 아주머니 몇 사람이 모여앉아 하는 얘기로는 점촌댁이 제사장을 봐 머리에 이고 오는 중에 맞은편에서 달려오는 짐자전거를 피하려다 다리 밑으로 굴러 다리를 다치셨다는 것이었습니다. 점촌댁은 그로 인해 거의 이 년 동안을 운신을 못하셨고, 그 사이 점촌 아저씨가 다른 여자를 봤다는 것입니다. 다리를 움직이지 못해 방안에만 있느라고 뚱뚱해진 점촌 아주머니는 그 이후로 그 아픈 다리로 서서 울면서 줄넘기를 하신다는 것이었습니다.

제사장을 보아오다, 곧 조상 섬기는 일을 하려다 다리를 다쳐 누워있는 바람에 체중이 늘어나 보기 흉하게 되자 남편은 딴 여자를 보게 되고, 남편의 사랑을 잃은 그녀는 남편의 마음을 되돌려보려고 눈물을 흘리면서, 새끼를 꼬아 만든 줄을 넘고 있었다는 것이다. 이 소설은 그녀의 그 눈물겨운 노력도 헛되어 그녀는 끝내 버림받아 외톨이로 살다가 세상을 떠났다고 하고 있다.

또 한 사람, 비극적인 여인은 주인공이 강사로 나가고 있던 스포츠센터의 에어로빅 저녁 반에 새로 들어온 한 중년부인이다. 남편에게 버림받아 운동으로 몸매를 가꾸어 다시 사랑을 받아보겠다고 하고 있는 그

녀는 간간이 마룻바닥에 무너지며 운다고 한다. 그녀는 울면서,

> 어제는 그 젊은 애가 전화를 걸어왔지 뭐예요! 남편이 나와 이혼하고 저랑 살기로 했다고 당당하게 말하더라니까요, 선생님.

라고 했다 한다.

세 번째, 사랑을 잃어 불행했던 여인은, 바로 주인공의 어머니다. 주인공이 일곱 살 때 그녀의 아버지가 첩을 얻어 어머니는 그 여자에게 남편을 빼앗기고 집에서 쫓겨나다시피 한 적이 있었던 것이다.

위의, 세 여인의 비극적 생애, 또 한 사람, 한 때 자신의 어머니를 울렸던 여인에 생각이 미친 주인공은 그녀가 사랑하는 그 남자와의 관계를 끊기로 결심한 것이다.

그러나 그녀는 자신의 마음이 며칠 전과 달라도 너무 다르게 변해버린 데 대해 그에게 제대로 설명을 할 수가 없다. 그래서 생각해낸 방법이 편지를 써서 이해를 시키겠다는 것이었는데, 그 역시 여의치 못하다.

> 강물은…… 강물은, 늘……늘, 흐르지만, 그 흐름은 자연스러운 것이지만, 어찌된 셈인지 제게는 그 강과 함께 흐르기로 마음먹는 일이 제 심연의 물을 퍼주고야 생긴 일임을, 아니예요, 이런 소릴 하는 게 아니지요. 다만, 어떻게 하더라도 제게 어찌할 수 없는 아픔이 남는다는 걸 알아주시……아니예요, 아닙니다.

편지는 위와 같이 시작되고 있다. 말없음표, 쉼표가 널렸고 말이 중단되어 완전문장이 되지 못한 곳도 있는 이 글은 주인공이 사람은 '순리로 살아야 하는데 그것을 알았을 때는 이미 나의 마음을 당신에게 주어버린 뒤였더라'는 말을 하려 하고 있다는 것을 짐작하게 하고 있을 뿐이다.

그러다 결국, 그녀는 자신이 왜 마음을 바꾸게 되었는가를 다음과 같이 단도직입적으로 말한다.

당신, 저를, 용서하세요.
이 말을 하지 않으면, 제 말이 모두 당신에게 오리무중일 것만 같으니. 점촌 아주머니를 혼자 살게 한 점촌 아저씨의 그 여자, 그 중년 여인으로 하여금 울면서 에어로빅을 하게 만든 그 여자…… 언젠가, 우리 집……그래요, 우리집이죠……거기로 들어와 한때를 살다 간 아버지의 그 여자…… 용서하십시오…… 제가…… 바로, 그 여자들 아닌가요?

앞서 그는 그녀에게 몇 차례에 걸쳐 그들의 연(緣)을 '남녀 간의 어지러운 정쯤'으로 생각하느냐고 물었는데 그때마다 그녀는,

제가 당신과의 관계를 남녀 간의 어지러운 정쯤으로 생각하다니요?

하고 강하게 부정해왔다. 그러나 그것은 그녀 자신과 그를 동시에 속인 거짓말이었다. 앞서 위의 인용문은 자신의 그와 같은 말이 거짓말이었고 바른대로 말하자면 그들의 사랑이라는 것은 한 치의 차이도 없이 '어지러운 정' 그것이었다는 것을 말하고 있는 것이다. 그리고 그녀는 그런 '어지러운 정'으로 세상을 어지럽게 할 수는 없다고 생각한 것이다.

그녀가 그러한 마음을 가지게 된 데 결정적인 영향을 미친 사람은 앞에서 말한, 점촌댁도, 중년의 에어로빅 수강생도, 그녀의 어머니도 아닌, 한 때의 그녀 아버지의 그, 여자였다. 주인공은 자신이 어릴 때부터 '그 여자처럼 되고 싶다'고 해 왔다고 한다.

그녀가 그 여자를 우상처럼 생각한 데는 몇 가지 이유가 있었는데 첫째는 그 여자의 아름다운 외모에 매혹되었기 때문이었다. 한 번도 마을

밖으로 나가 본 적이 없는 주인공이 그 여자를 보기 전까지 보아온 '여자'는 다음과 같은 촌녀(村女)들이었다.

> 마을을 단 한번 벗어나본 적이 없는 어린 저는, 머리에 땀이 밴 수건을 쓴 여자, 제사상에 오를 홍어 껍질을 억척스럽게 벗기고 있는 여자, 얼굴의 주름 사이로까지 땟국물이 흐르는 여자, 호박 구덩이에 똥물을 붓고 있는 여자, 뙤약볕 아래 고추 모종하는 여자, 된장 속에 들끓는 장벌레를 아무렇지도 않게 집어내는 여자, 산에 가서 갈퀴나무를 한짐씩 해서 지고 내려오는 여자, 들깻잎에 달라붙은 푸른 깨벌레를 깨물어도 그냥 삼키는 여자, 샛거리로 먹을 막걸리와, 호미, 팥토시가 담긴 소쿠리를 옆구리에 낀 여자, 아궁이의 불을 뒤적이던 부지깽이로 말 안 듣는 아들을 패는 여자, 고무신에 황토흙이 덕지덕지 묻은 여자, 방바닥에 등을 대자마자 잠꼬대하는 여자, 굵은 종아리에 논물에 사는 거머리가 물어 뜯어 놓은 상처가 서너 개씩은 있는 여자, 계절 없이 살갗이 튼 여자……

그런데 그 여자는 '화사'하고 '뽀얀' 여자, 다음 예문에서 볼 수 있는 바와 같은 꽃같은 여인이었다.

> 그 여자는 잔배추와 잔배추들 사이를 헤집고 다니며 소쿠리에 잔배추를 뽑았습니다. 텃밭 한 켠에 심겨진 푸르른 조선파도 뽑아 담았습니다. 여자는 새각시처럼 뉴똥 저고리를 입고 있어서, 배추를 뽑을 때는 배춧잎같이, 파를 뽑을 때는 팟잎같이 파랗게 고왔습니다. 텃밭지기 노랑나비도 그 여자 머리 위에 내려앉으니 날개를 바꿔 달은 듯했어요.

그리고 그 여자의 일솜씨도 시원시원한, 부럽기 짝이 없는 것이었다. 그 여자는 아기의 그네에서, 언제나 깔아놓던 아버지의 닳아빠진 내복을 걷어내고 잔꽃이 아른아른한 병아리색의 요를 깔아주었다. 엄마 품을 떠난 아기가 우유를 먹지 않으려고 울고 보채면 자신의 젖꼭지를 물렸다가 젖병을 밀어 넣어 우유를 먹였다.

특히 그 여자의 음식 솜씨는 어린 주인공을 반하지 않을 수 없게 하는 것이었다. 이 소설은 그 여자의 음식 솜씨를 다음과 같이 그리고 있다.

맨밥에 반찬 싸가는 것이 도시락인 줄만 알았는데, 그 여자는 당근과 오이와 양파를 종종종 썰어 밥과 함께 볶아서 그 위에 계란 후라이를 얹어주었습니다. 푸른콩, 붉은 강낭콩, 검정콩 등을 섞어 설기떡을 만들어서 밥 반쪽 콩설기떡 반쪽을 싸주기도 했습니다. 아버지께 쇠고기를 사오라 하여 양념해서 볶고, 시금치도 데쳐서 기름에 볶고, 달걀도 풀어 몽올몽올하게 볶아서, 이 세 가지를 밥 위에 덮어주기도 했습니다. 꽃밭, 꽃밭을 연상시키더군요.

그런 솜씨 위에 더욱 어린 소녀이던 주인공이 그 여자에게서 감명을 받은 것은 그녀의 강한 인내력이었다. 그 여자에게는 주인공의 아버지를 빼면 사방 사람이 모두 적이었다. 주인공의 남매들은 큰 오빠를 주적(主敵)으로 한 언제나 그 여자를, 주변을 맴돌며 괴롭히는 적이었고 그 여자가 오던 그 날, 샐쭉한 표정으로 쳐다보던 장성댁은 마을 사람들의 그녀에 대한 적의를 대표하는 것이었다.

그 여자는 무슨 까닭인지 틈만 나면 칫솔질을 했어요. 밥 먹은 후에 하는 것은 당연한 일이고, 큰오빠가 방문을 꽉 잠그고 나오지 않을 때도, 큰오빠의 사주를 받은 둘째오빠가 아줌마, 술집에서 왔지? 라고 말했을 때도, 그때 국민학교에 막 들어간 셋째오빠가 한밤중에 엄마 내놓으라고 발 뻗고 숨넘어갈 듯이 울어제낄 때…… 그 여자는 칫솔에 흰 치약을 많이 묻혀 오랫동안 칫솔질을 했습니다. 역시 큰오빠의 사주를 받은 제가 뒤따라 다니며, 그 여자의 등에 업힌 어린애를 꼬집어 울릴 때도 말이에요.

그런데 주인공은 위와 같이, 그 여자가, 사방에서 그녀에게 집중되는 질시와 비난과 모멸을 칫솔질을 하면서 울음을 삼키며 견뎌내는 것을 보았던 것이다.

거기에 또 한 가지, 주인공이 그 여자를 좋아한 이유가 있었으니 그것은 그녀가 자기를 챙겨주었다는 것이었다. 위로 사내애가 셋이나 있는 집에서 있는 둥 만 둥 섞여 살아가고 있던 주인공은 단 한 사람, 자신을 알아보고 챙겨준 그 여자가 그렇게 고마웠던 것이다.

그러나 그 모든 것은 주인공이 그 여자처럼 되고 싶었던 이유 중에서 부차적인 것이었다. 그 여자의 아름다움이라는 것만 해도, 그 여자가 떠나던 날 수리조합 둑길에서 본 모습은 눈물에 분이 밀려나서 얼룩이 진, '형편없는' 것이었다.

주인공이 '그 여자처럼 되고 싶다'고 생각한 가장 큰 이유는, 그런 것들과는 크게 상관이 없는, 다른 것이었다. 주인공은 아버지의 사랑을 확실하게 차지하고 있는 그 여자가 스스로 아버지 곁을 떠나가 준 데서 그녀의 진정한 아름다움을 보았고, 그래서 그 여자처럼 되고 싶어 한 것이었다. 주인공은 여자가 그녀의 집을 떠나던 날을 다음과 같이 기억하고 있다.

당신을 믿어요.

그 여자가 아버지께 한 말 중에 지금껏 기억에 남는 말은 유일하게 이 한마디입니다. 그 여자의 당신이었던 아버지를 믿었으면서, 그 여자는 왜 그렇게 도망치듯 집을 나갔을까요. 어머니 때문이었을까요? 그 여자는 어머니가 잠시 다녀간 다음날 집을 나갔습니다. 그렇다고 어머니께서 그 여자에게 무슨 대거리를 한 것도 아니예요. 어머니는 오셔서 그 여자가 업고 있던 막내 동생을 받아 안았을 뿐입니다. 지치셨던 것인가? 아니면 그것이 어머니께서 견디시는 방법이셨는가? 어머니는 그저 말없이 아이를 받아 안고서 젖을 먹이셨어요. 어머니 젖은 퉁퉁 불어서 푸른 힘줄이 불끈불끈 솟아 있었습니다. 어린애가 한참을 빨고 나니까 그 힘줄이 가셨습니다. 봄볕이 내리쬐는 그 봄날에 마루에 앉아 젖먹이는 어머니와 그 곁에 서서 그저 마당만 하염없이 내려다보고 있는 그 여자라니.

여자는 스스로, 주인공의 아버지 곁을 떠남으로서 주인공의 단란한 가정을 되돌려 준 것이었다.

작가가 이 소설의 제목을 '풍금이 있던 자리'라고 한 것도 여자의 그와 같은 아름다운 마음을 두고 지은 것이 아닌가 한다. 풍금은 시골의 초등학교나 교회 같은 데 흔히 있는 건반악기(鍵盤樂器)로 모양도, 소리도 아름답다. 그러니까 작가는, 주인공이 도시에서 내려가 선 그곳은, 그 풍금과 같이 아름다운 여인이 머물다 간 곳이라는 의미로 그와 같은 제목을 단 것일 것이다.

여자는 집을 떠나던 날, 둑길에서 주인공에게,

　　　나……… 처럼은 ……… 되지 마.

라고 했는데 주인공은 그 말을 자신과 그 여자의 약속이라고 생각하고 있다. 여자는, 결국 스스로 자신이 사랑한 남자를 포기했었다. 여자가 한 '나처럼 되지 말라'는 말은 그런, 사랑을 포기하는 여자가 되지 말라는 것이 아니라, 처자가 있는 남자를 가로채지 말라는 뜻이었을 것이다. 그런데 주인공은 그녀의 남자와의 지난 일은 어쩔 수 없는 것이고 이제 그녀가 여자와의 약속을 지키는 길은 그, 마지막 날의 '그 여자처럼 되는' 수밖에 없다고 생각한 것이다. 그것이 그녀의 그 남자와의 애정의 청산, 결별이었던 것이다.

Ⅲ. 허물 수 없는 당신들의 둥지

주인공이 마음을 바꾼 보다 근본적이고도 먼 원인은 주인공이 인생에, 세상에 새롭게 눈을 떴기 때문이었다. 시골집, 곧 '풍금이 있던 자리'에 내려오기 전의 그녀는 세계를, 인생을 제대로 보지 못하고 있었다. 주인공의 남자가 그녀를 찾아 그녀의 고향집으로 내려와 두 사람이 주인공의 아버지를 피해 도망치듯 집을 나갔을 때 그 아버지의 표정은 말할 수 없이 일그러진다. 그녀는 둘 사이의 부자연스런 관계를 안 것 같은, 아버지의 꾸중을 들을 각오를 하고 있다. 그러나 아버지는 새로 태어난 송아지가 '눈뜬 봉사'라고, 혼잣말처럼 하고 만다. 이것은 자신이 지난 날 그랬듯, 그의 딸이 사랑에 눈이 멀어 청맹과니와 다름없다는 것을 우회적으로 말한 것이라고 보면 될 것이다.

또 하나 주인공이 이 세상에서 새롭게 본 것은 사내들의 사랑이란 궁극적으로 어떤 성질의 것인가 하는 것이었다. 작가는 사랑이란 본래 어떤 것이어야 하는가 하는 당위론적 이야기를 사냥에 비유해 들려주고 있다. 주인공은 사냥이란 본래 다음과 같은 것이어야 했을 것이라고 생각한다.

이젠 사냥이 딱히 동물을 잡는다는 뜻으로만 쓰이지는 않습니다만, 제게 와 닿는 사냥이라는 말의 울림은 아직 원시적입니다. 저 먼 부족이나 더 멀리 씨족들이 무리지어 살았던 때로 생각이 거슬러갑니다. 그들은 이런 상상을 하게 해요. 길도 없는, 아니 어느 곳이나 길이 되는 산자락 밑이나 들판 한가운데에 짚으로 엮어 만든 수십 채의 움막집, 그 움막집 앞엔 늘 타고 있는 불기둥, 그 불길은 더 깊은 상상을 불러일으킵니다. 움막 집집마다에 한 가족들이 보입니다. 남편과 아내와 여러 아들과 딸들이 그 속에서 서로 엉켜 삽니다. 그들은 거의 알몸입니다. 햇볕에 그을린 살갗은 희지 않습니다. 그들의 머릿결은 검고 윤기가 흐르며 숱이 많습니다. 종아리와 팔뚝엔 알통이 불쑥 나와 있으며, 가족들 모두 엉덩이가 바람이 빵빵한 공처럼 둥글어서, 걸을 때마다 누가 발로 차내는 듯이 실룩거리는 겁니다. 그런 그들이 모두 함께 사냥을 나갑니다. 짐승을 동그랗게 둘러싸 몰려면 숫자가 많을수록 좋습니다. 그때, 여자들은 누구나 자식을 덩실덩실 여럿 낳고 싶어 했을 거라고 저는 생각하는 것입니다. 그들은 산맥같이 얽혀서 사냥해온 멧돼지나 오소리, 때때로 곰을 그 움막집 앞의 불길에 굽는 겁니다. 사냥이란 모름지기 이런 것이라야 하지 않을까요.

요컨대 본래 사냥은 가족의 생계를 위한 것이었다는 말이다. 사냥이 그러했다면 사랑 또한 그러한 성격의 것이었음이 분명하다. 곧 온 가족이 힘을 합쳐 사냥을 하기 위해서 남녀가 만나 맺어져 자식을 낳는 것이 애초의 사랑이었다는 것이다. 그런데 세상이 문명화하면서 먼저, 사냥이 변질되었다. 주인공은 그의 남자가, 언젠가 한 아프리카 원주민들의 사냥이야기를 다음과 같이 들려주었다고 하고 있다.

사냥 얘기를 하다 보니 당신에게서도 언젠가 사냥에 대한 얘기를 들었던 기억이 나는군요. 당신은 아프리카 어느 마을 원주민들에 대한 얘기를 하셨습니다. 그들의 선조들은 기마민족이었다고 했습니다. 그들은 말을 타고 밀림을 달려 사냥을 해서 물물교환을 하며 후손들을 번창시켰다고 했습니다. 밀림은 길이 되고…… 밀림은 농사지을 땅이 되고, 원주민 장정들은 더 이상 사냥을 할 수 없게 되었다, 했습니다. 그런데도 그들은 밤낮으로 창과 활을 손으로 만든다면서요. 마을 여자들은 해가 뜨기도 전에 들에 나가서 구슬땀을 흘리며 식구들의 식량을 일구며 하루해를 보내는데, 장정들은 동이 트자마자 떼를 지어 황야로 나간다지요. 창을 들고 활을 메고 말이에요. 그들의 하는 일이란 황야로 나가 온종일 서성거리다 돌아오는 것이라고 했습니다. 이젠 함성을 지르며 사냥할 짐승도, 피 흘리며 싸워야 할 다른 부족도 없는데, 그들은 그들 선조들이 해왔던 사냥과 전쟁의 습속을 버리지 못해 온종일 지평선을 바라다보다 돌아온다지요. 당신께 그 얘기를 들었을 때 저는, 정말이에요? 하며 웃었습니다. 그런데 지금, 그들이 나의 오라버니들같이 느껴지는 건 웬 까닭일까요? 떼를 지어 웅성웅성 온종일을 서성거리다가, 붉디붉은 황혼을 등에 지고, 공허하게 마을로 돌아오고 있는 그들 속에서 제가 제 아버지를 보았다고 하면 당신, 당신은……웃겠지요.

위에서의 사냥은 더 이상 생업이 아니다. 그것은 피맛을 잊지 못한 인간들의 도락(道樂)이요, 단순한 정복욕이다. 주인공은 인간의 사랑도 그와 같이 변질되어버렸다고 생각한다. 그녀는 현대사회에 있어서 남자가 여자를 사랑한다는 것, 그 중에서도 혼외정사에 빠져들고, 새 여자를 탐하는 것은, 밖으로는 '사랑'이라고 치장을 하고 있지만 사실은 동물적 정복욕과 별로 다름이 없는 것이라고 생각하게 된 것이다. 그렇게 생각하고 보면 순수한 사랑 운운하겠지만 그녀의 남자 또한 그러한 정복욕에 움직이는 사람에서 예외일 수 없는 것이다.

다음으로, 그녀가 있는 그대로의 세상을 새롭게 본 것은 인생은 짧으며 남녀 간의 사랑은 그 짧은 인생살이 중의 지극히 짧은 한 순간의 일에 불과하다는 것이었다. 그런 의미에서 이 소설의 제일 첫 문단은 유심히 읽을 필요가 있는, 상당히 함축적인 대문이다.

> 마을로 들어오는 길은, 막 봄이 와서,
> 여기저기 참 아름다웠습니다. 산은 푸르고…… 푸름 사이로 분홍 진달래가…… 그 사이…… 또…… 때때로 노랑 물감을 뭉개놓은 듯, 개나리가 막 섞여서는……환하디 환했습니다. 그런 경치를 자주 보게 돼서 기분이 좋아졌다가도, 곧 처연해지곤 했어요. 아름다운 걸 보면 늘 슬프다고 하시더니 당신의 그 기운이 제게 뻗쳤던가 봅니다. 연푸른 봄산에 마른버짐처럼 퍼진 산벚꽃을 보고 곧 화장이 얼룩덜룩해졌으니.

주인공이 분홍 진달래, 노란 개나리 같은 한창 다투어 피는 봄꽃을 보고 처연해진 것은 그 아름다운 꽃들이 금방 시들고 떨어져 흙으로 돌아간다는 것을 생각했기 때문일 것이다. 그와 같은 장면은 이 소설의 종반부에 다시 한 번 나오고 있다.

> 갓 돋아났던 파란 쑥들은 너무 웃자라 쇠어 있었고, 팔레트 속의 물감들 같은 꽃들도 그 사이 덧없이 지고, 어느새 푸른 잎새들이 그 꽃자리를 차지하고 있더군요. 걸어 다니는 동안 제 마음이 조금은 평온해져서, 다시 집으로 돌아올 때는 봄꽃들은 무엇이 급해 잎도 돋기 전에 저희들이 그리 피어났다가 저리 속절없이 질까? 하는 생각도 했습니다. 볕 바른 골목에서는 두 여자 아이가, 한때는 뭉게구름 같았으나 너펄너펄 저버린 누런 목련잎을 찢어서 소꿉놀이를 하고 있었어요. 피는 모습을 봤으니 지는 모습도 봐야 하는 거겠지요.

뭉개구름 같던 목련꽃이 져 누렇게 눕자 소꿉놀이 하는 아이들이 꽃잎을 주워 찢고 있는 모습은 참혹하다 할 만한 것이다. 그러나 그것이 자연, 하늘의 섭리요, 인간도 그 찢어지는 꽃잎과 다를 것이 없는 것이다.

한때 주인공의 어머니를 울리고 그 여자를 울린 주인공의 아버지의 모습도 생의 짧음을 강조해 보여주는 것이라 할 것이다.

> 바람이 불자 상아빛 골덴 바지가 아버지 몸에 달라붙는 거였지요. 저는 뒤따르던 걸음을 멈추었습니다. 바지 안에 아버지 몸이 과연 있는 걸까? 믿어지지 않게 바람만 쿨렁거리는 것이었습니다. 제 기척이 끊기자, 아버진 뒤돌아보셨습니다. 털모자를 쓴 아버진 제가 당신 가까이 다시 다가설 때까지 기다려주셨습니다. 아버지가 저렇게 작아지시다니, 털모자 밑으로 보이는 뒷목덜미까지 흰머리가 수북했습니다. 귀밑으론 탄력을 잃은 살이 처져 겹을 이루고 있는데 거기까지 무수히 핀 검버섯

이라니. 저 깊은 곳에서 고함이 터져 나왔어요. 당신을 향해 지르는 것도 같았고, 어쩌면 삶을 향해 내질렀는지도 모르지요. 연민에 휩싸여 아버지 골덴 바지 뒷주머니에 제 두 손을 포옥 집어넣었습니다. 갑자기 뒤에서 잡아당긴 셈이라 아버진 순간 몸의 중심을 잃으시고 뒤에 서 있던 제게 쏟아지셨습니다. 주머니 속에서 만져지는 앙상한 아버지의 엉치뼈.

위의 인용문에서 볼 수 있듯, 청춘이 가버린 그녀 아버지의 육신은 추하고 초라하기 짝이 없는 것이다. 주인공은 사람의 생이 위와 같으니 남녀 간의 사랑 또한, 거기에 지나치게 모든 것을 걸 것이 못 된다고 생각하고 있다. 그에 대해 주인공은, 아버지 인생에서 가장 환했던 때는 그 여자가 있던 그 시절이지만, '그것만이 우리 삶의 다'는 아니라고 하고 있다.

그렇다면 '그것' 이상의 그 무엇은 무엇인가가 문제로 떠오른다. 주인공은 그것을 가족, 가정이라고 하고 있다. 작가가 이 소설의 앞부분에,

저, 저만큼, 집이 보이는데,

저는, 집으로 바로 들어가질 못하고, 송두리째 텅 빈 것 같은 마을을 한 바퀴 돌고도…… 또 들어가질 못하고…… 서성대다가 시끄러운 새소리를 들었어요. 미류나무를 올려다보니 부부일까? 두 마리의 까치가, 참으로 부지런히 둥지를……둥지를 틀고 있었어요. 오래 바라보았습니다, 둘이 서로 번갈아가며 부지런히 나뭇잎이며 가지들을 물어 나르는 것을.

하고, 둥지를 틀고 있는 까치 내외 이야기를 하고 있는 것은 바로 그 이야기를 하려고 한 것이다. 이, 암수 까치 이야기는 이 소설의 결말에,

이 글을 당신께, 이미 거기 계시는 당신께 부칠 필욘 이제 없겠지요. 그래도……까치, 까치 얘기는 쓰렵니다. 이 마을에 온 첫날 그렇게 부지

런히 둥지를 틀던 까치가 새끼 세 마리를 낳았더군요. 옥수수 씨를 심을 구덩이를 파느라고 산밭에 다녀오다가 봤어요. 먼발치라 자세히는 못 봤지만, 그 중 어느 새끼도 눈먼 새는 없는 듯했어요. 세 마리 모두 다 어미가 먹이를 물어오니까 서로 밀치며 소란스럽게 한껏 입을 벌리는데, 입 속이 온통 빨강······새빨갰어요. 그 새끼 까치들이 날갯짓을 할 무렵이면 이곳도, 여기 이 고장에도 초여름, 여름······이겠지요. 저기 저 순한 연두색들이 짙어, 짙어져서는 초록이, 진초록이······될 테지요. 그때쯤엔, 은선이라는 당신 아이 이름도 제 가슴에서 아련해질는지, 안녕.

하고 한 번 더 나온다. 그리고 그것은 그에 앞서 다음과 같이, 주인공이 그 전에 그 남자네 집에 전화를 건 장면과 좋은 조화를 이루고 있다.

전화는 당신 아내가 받더군요. 평화로운 목소리였습니다. 당신 이름을 또박또박 대며 바꿔달라고 했을 때만도, 당신은 정말 가버렸는가? 가슴이 불덩이 같았지요. 당신 아내 옆엔 당신 아이가 있었던가 봅니다. 당신 아내가 당신 아이에게 속삭이는 소리가 들리더군요.

은선아, 아빠에게 전화 받으시라고 해.

저는 가만히 수화기를 놓았습니다.

그것은 곧 그녀의, 한때 자신이 사랑한 남자의 둥지가 온전한 데 대한 축복이라 해야 할 것이다. 한 평문이 이 소설을 사랑의 미학적 승화를 향한, 화자의 능동적 사랑의 자세를 보여주고 있으며 사랑의 실패 아닌 진정한 완성의 이야기라고 한 것도[2] 그 때문일 것이다.

---

2) 박혜경, "추억, 끝없이 바스라지는 무늬의 삶", 신경숙, 「풍금이 있던 자리」(문학과 지성사, 2002), p.296.

Ⅳ. 결론

신경숙의 단편 <풍금이 있던 자리>는 남자들에게 버림받은 여성들이 얼마나 견디기 어려운 고통을 받게 되는가를 보여주고 있다. 체중이 늘었다 하여 버림받아 울면서 에어로빅을 하고 줄넘기를 하는 여인, 남편이 첩을 얻어 내쫓기듯 집을 나가 산 주인공의 어머니 이야기 같은 것이 그런 것이다. 이러한 이야기는 이 작품의 페미니즘 소설적 성격을 보여주는 것이다.

<풍금이 있던 자리>의 그러한 성격은 계속된다. 그것은 다음과 같은 이야기에 담겨 있다.

첫째, 고향집에 내려온 주인공은 가족을 배신한 남자들의 사랑이란 것은 순수한 사랑이라기보다 동물적 정복욕의 발로라는 것을 깨닫게 된다. 거기서 그녀는 자신의 사랑이 진실한 사랑이 될 수 없으며 한 가정을 파괴하고 한 가족에게 적악을 하는 일이라는 것에 눈을 뜨게 된다.

둘째, 주인공은 인생은 짧고 그 짧은 인생에서의 사랑이라는 것은 더욱 순간적인 일일뿐, 인간에 있어서 진정으로 소중한 것은 가정, 가족이라는 것을 새삼 깨닫게 된다. 그녀가 자신이 사랑하던, 가정이 있는 사람과의 관계를 정리하고, 그와 결별하게 된 데는 위와 같은 자각이 있었기 때문이다.

그런데 이 소설은 여느 페미니즘 소설과 다른 면이 있어 특히 눈길을 끈다. 우리가 흔히 접해 온 페미니즘 소설은 상당수 지나치게 남성들과 남성 중심의 세계에 적의를 보여 저돌적 공격성을 보여주는 면이 있었다. 그리고 그러한 면은 누구도 부인할 수 없는, 여성 특유의 타고난 온유성, 포용성을 가려 그 소설로 하여금 어떤 편향에 빠지게 하고 있었다. 그러나 이 소설은 여성의 입장에 서 있으면서도 그러한 데서 벗어나 있을 뿐 아니라 강한 윤리성을 보여주고 있다. 이 소설의 그와 같은 점은 한국

페미니즘 소설들 중에서도 높이 사 주어야 할 것이 아닌가 한다.

김훈의 <칼의 노래>
삶 - 무의미와의 싸움

Ⅰ. 서론

김훈의 장편 <칼의 노래>는 21세기 벽두, 한국문단에 하나의 충격을 던져주면서 등장한 화제의 소설이다. 그것은 이 소설이 한 신예작가의 작품으로 2001년, 동인문학상이란 한국의 한, 권위 있는 문학상을 수상했다는 의미에서만 하는 말이 아니다.

1948년 서울 생으로 대학에서 영문학을 전공한 작가는 27년 동안 『한국일보』등 언론계에서 일한 사람으로 독서 에세이집, 여행 산문집 등을 간행한 바 있고 수 편의 외국 문학작품을 번역한 적은 있지만 소설을 발표한 것은 장편 <빗살무늬 토기의 추억(1995)>에 이어 이 작품이 두 번째다. 더구나 생업으로서의 직장을 그만두고 전업작가로 나선 지 채 1년이 안 되어 발표한 작품이 원로작가 이제하의 단편집 「독충」등의 경쟁을 뿌리치고 이 상을 수상했다는 것은 이례라 하지 않을 수 없다. 이 소설에 대한 평가도 가히 격찬이라 할 만한 것이었다. 이 상의 심사위원회가 이 작품을 수상작으로 발표하면서 이 소설이 '오랫동안 반복의 늪 속을 부유하고 있는 한국문학에 벼락처럼 쏟아지는 축복'이라고 한[1] 것이 한 예라 할 수 있다. 또 작가들은 비교적 남의 작품을 칭찬하는 데 인색한 경향이 있는데 이청준 같은 사람이 이 소설을 두고 '소설쟁이로 살아오면서 샘나는 경우가 드문데, 김훈의 이 작품은 정말 샘이 났다'고 한 말도[2] 그런 것이다.

김훈은 상당히 오래 전부터 이순신이란 인물에 대해 예사롭지 않은 관심을 가지고 있었던 것으로 보인다. 그는 젊은 날 ≪난중일기≫를 읽었을 때, 절망을 절망으로 긍정하면서 절망 앞에서 중언부언하지 않는, 그의 그 비극적 단순성이 철벽으로 자신의 마음을 가로막았다고 한 말에서[3] 그것을 엿볼 수 있다.

작가는 이 소설의 창작 동기에 대해, 그가 아산현충사에 걸려 있는 충무공 이순신 장군의 칼을 보고,

> 나는 세상의 모멸과 치욕을 살아있는 몸으로 감당해내면서, 이 알 수 없는 무의미와 끝까지 싸우는 한 사내의 운명에 관해서 말하고 싶었다. 희망을 말하지 않고, 희망을 세우지 않고, 가짜 희망에 기대지 않고 희망 없는 세계를 희망 없이 돌파하는 그 사내의 슬픔과 고난 속에서 경험되지 않은 새로운 희망의 싹이 돋아나기를 바랐다.[4]

고 하고 있다.

---

1) 『조선일보』2001.11.8.

2) 김광일, "김훈 '칼의 노래' 후보작에", 『조선일보』2001.9.5.

3) 김훈, "작가는 말한다", 『조선일보』2001.9.5.

4) 위의 글.

<칼의 노래>는 이순신이 백의종군을 시작할 무렵부터 노량에서, 물러가는 왜적을 맞아 한, 임진왜란의 마지막 싸움이자 그의 마지막 해전에서 전사하기까지의 2년 정도를 시간 배경으로 하고 있다. 그러니까 작가는 4백 년 전의 한 무장을 소설 속에 되살려 놓고 있는 것이다. 그런데 여기서 우리가 주목해야 할 것은 작가가 소설 속에 재현한 이순신은 지금까지 우리가 무심코 받아들여 왔던 그런 인간이 아니라는 사실이다. 이에 대해 한 평론은 이 소설이, 이순신을 민족의 영웅으로만 여겼을 뿐 그의 인간적 고뇌와 개인적 삶의 고통에 대해서는 가치 부여를 하지 않았을 뿐 아니라 군사정권 시절에는 권력의 정당성을 수호하는 상징물로, 상업자본에서는 전 국민적 인지도를 가진 고유명사로, 파쇼에 가까운 민족주의자들에게는 충군 애족의 표상으로 삼아온 후세인들의 몰염치를 꾸짖듯이 서술하고 있다고 했다.[5]

확실히 이 소설은 이순신을 어떤 편의에 따른 상징이나 표상 아닌 부조리 앞에서 고뇌하고 절망한 한 실존인의 살아 있는 모습을 그려 보여주고 있다. 이 글은 그러한 면모를 살펴보는 것을 목적으로 하고 있다.

II. 세상에 가득한 헛것

<칼의 노래>의 상당 부분은 주인공 당대의 세상의 그릇됨, 인간 존재의 모순에 찬 적나라한 모습, 사람들의 자기기만적인 생을 드러내 보여주는 것이다. 그런 의미에서 이 소설은 잘못된 세상에 대한 실존적 사례 분석이라고 할 수 있다. 스스로를 속이고 있는 즉자존재로서의 인간들은 현실을 있는 그대로 인정하고, 받아들이기를 두려워한다. 이 소설의 배경이 되어 있는 임진왜란도 거기에서 큰 비극성을 불러오고 있다. 왜

---

5) 김기태, "이순신, 그는 우리에게 무엇인가", 『조선일보』 2001. 5. 28.

란 초기 왜군은 무인지경으로 거의 한반도 전역을 유린하고 나라는 초토가 되다시피 했다. 일이 그렇게 된 것은 두려운 일을 두렵다는 그 때문에 받아들이지 않으려 한 데에 원인이 있었다. 왜군의 내침은 이미 예견된 것이었다. 난이 일어나기 1년 전 조선 조정은 황윤길을 정사, 김성일을 부사로 한 통신사로 하여금 일본을 다녀오게 했다. 그들 중 황윤길은 반드시 병화가 있을 것이라고 복명했으나 당파의 계보상 반대 입장에 있던 김성일은 국내의 미묘한 당파간의 정치적 이유로 그러한 징조가 있는 것을 보지 못했다고 했다. 여러 가지 정황, 당시 동북아의 정세로 보아 황윤길의 말이 옳다는 것은 의심할 여지가 없었다. 그러나 조정은 그것이 두려웠다. 그리하여 편한 쪽, 김성일의 말을 받아들여 무방비 상태로 안주하다 난을 당한 것이다. 그러니까 임진왜란은 조선이란 한 나라의 자기기만이 부른 참화라 할 수 있다. 이 소설에 등장하고 있는 많은 사람들은 난을 당해서도 여전히 그, 무서운 현실에서 도피하려고만 하고 있다. 가장 큰 문제는 그들을 짓밟고 빼앗고 외면하고 가혹하게 부리던 지배계층이 도망하기에 급급했다는 사실이다. 왕과 대신들은 왜적이 북상하자 평양으로 달아났다가 거기서 다시 나라의 끝자락, 의주로 도망쳤다. 이 소설은 거기에 더욱, 적을 맞아 싸워야 할 장수까지도 제 목숨을 보전하려 도망하고 있음을 보여 주고 있다. 원균이 거느린 조선 수군이 칠천량해전에서 전멸할 때 한 번 싸워보지도 않고 도망쳐 나와 아주 달아나 버린 경상좌수사 배설이 그런 경우다. 주인공은 기어이 그를 붙들어 목을 베어 적과의 결전 때 그 머리를 뱃머리에 걸려 하지만 끝내 뜻을 이루지 못하고 있다. 주인공의, 그의 비겁에 대한 분노는 다음의 구절에 잘 나타나 있다.

밤새 바람이 불었고 새벽에 비가 내렸다. 배설을 잡지 못했다. 저녁 때 여종을 불러서 머리의 서캐를 잡았다. 밤새 혼자 앉아 있었다. 배설을 잡지 못했다.

주인공은 나라와 백성, 그를 따르던 장졸을 모두 버리고 제 살기만을 도모한 그를 한 마리 벌레와 같은 인간으로 보고 있는 것이다.

이 소설에서의, 왜란을 당한 조선은 카뮈의 장편 <페스트>에서의 오랑과 같은 극한상황이다. 거기서는 적과 맞서 싸우는 것 외에 달리 도망할 곳도, 그리하여 살길도 없다. 주인공이, 사랑하는 여자를 데리고 먼 섬으로 달아나려던 한 군관을 처형했을 때를 그린, 다음과 같은 장면은 그것을 잘 말해 주고 있다.

> 그 배는 수군에 징발된 목선이었다. 돛은 없고, 노만 있는 배였다. 돛 없는 배를 타고 젊은 남녀가 가려던 '먼 섬'이 어느 섬인지 알 수 없었다.

이 소설에서 이순신이 비겁한 도망 못지않게 혐오하고 있는 것은 울음이다. 두려운 현실과 맞서 싸울 용기가 없는 인간은 울음으로 공포에서 벗어나려 한다. 우리는 다음의, 남도 수령들의 모습에서 그것을 볼 수 있다.

> 하동에 도착하던 날, 나는 섬진강 물가의 버려진 농가에 머물렀다. 이미 사령을 받은 여러 고을의 수령들은 적들이 장악한 섬이나 포구로 부임하지 못하고 하동 포구 언저리에 엎드려 있었다. 그들은 내가 묵던 농가로 찾아와 마당에 동그랗게 둘러앉아 통곡했다. 그들의 울음은 나에 대한 의전행사처럼 보였다. 울기를 마치고 그들은 사공을 불러서 나룻배를 타고 강을 건너 돌아갔다. 그들은 울기 위해 내 초막을 찾아온 모양이었다.

국난을 타개해 나가야 할 책임을 진 왕과 대신들의 울음은 작가에 의해, 지방 수령들의 그것보다 한층 더한 조소를 받고 있다. 선대왕들의 능이 파헤쳐진 것을 알았을 때의 그들의 모습에서 그것을 볼 수 있다.

경기도사의 보고를 받은 영의정 류성용은 지체 없이 명육군 총병관 이여송의 군막을 찾아가 대문 앞에서 통곡했다. 류성용은 이어 만월대 정자 위로 올라가 능이 있는 남쪽을 향해 이마를 찧으며 통곡했다. 임금은 행재소 마당에 쓰러져 통곡했다. 임금은 성종 묘와 중종 묘가 있는 남쪽을 향해 통곡했고, 명의 천자가 있는 북쪽을 향해 통곡했다. 임금은 울음의 방향을 바꾸어 가면서 오래오래 통곡했다. 방향을 바꿀 때 세 번씩 절했다. 임금의 방향이 바뀔 때마다 중신들은 대열의 방향을 바꾸어가며 통곡했다. 이마를 땅에 찧고 주먹으로 땅을 치고 머리를 쥐어뜯으면서 중신들은 통곡했다.

이 소설의 어조를 보면 거기에, 수많은 백성들이 적의 칼에 죽고 굶어 죽고 병들어 죽어가고 있는데 아무리 선대왕이라 해도 그 무덤이며 뼈조각 따위가 어떻게 됐다 해서 그것이 무슨 큰일이냐는 주인공, 작가의 시각이 분명하게 드러나 있다. 작가는 울음 자체도 그렇거니와 그들이 명의 장군, 명의 천자가 있는 곳을 향해 울고 있다는 데서 사대주의자들의 노예근성에 모멸을 보내고 있다. 그것이 위와 같은, 희화적인 장면으로 그려져 있는 것이다.

이 소설은 또 임진왜란 당시 실제로 있었던, 비겁한 왕의 피해망상과 그를 둘러싼 대신들의 음모가 불러온 잔혹한 인간 도살을 고발하고 있다. 그들은 길삼봉이란 사람이 역모를 하고 있다는 풍문에, 공포에 질려 무고한 사람들을 수없이 죽이고 있다. 이에 대해 주인공은 다음과 같이 말하고 있다.

술취한 선전관으로부터 길삼봉 이야기를 들으면서, 나는 생각했다. 아마도 길삼봉은 임금 자신일 것이었다. 그리고 승정원, 비변사, 사간원, 사헌부에 우글거리는 조정 대신 전부였을 것이었다. 그리고 그들의 언어는 길삼봉이 숨을 수 있는 깊은 숲이었을 것이다.

이 소설은 위에서, 불세출의 명장 김덕령을 역모로 몰아 죽이고 의병장 곽재우를 역적 혐의로 문초한, 피해망상에 걸린 왕과 그를 둘러싼 신료들이야말로 나라의 가장 큰 적이라고 말하고 있다. 다시 말하면 작가는 여기서 나라를 토붕와해의 위기로 몰아넣고 스스로를 살인귀로 만들고 있는 것은 바로 세상과 정면하기가 두려웠던 그들의 비겁이라고 하고 있는 것이다.

이 소설이 또 하나 비판의 표적으로 삼고 있는 것은 비본래적인 인간들의 명예욕과 탐리다. 그 중에서도 가장 끔찍스럽게 그려져 있는 것은 전장에서의 전과 올리기다. 전과의 증거물로 조선 수군은 적의 머리를 베고 왜군은 조선군의 코를 베었다. 서로 적의 머리와 코를 베는 것만 해도 잔인한 인간 모욕인데 전과를 올려 영달하려는 인간의 욕심은 그보다 더한 짓을 자행하고 있다. 잘려진 머리는 적과 아군을 식별할 수 없다는 것을 노려 조선 수군들이 물 위에 떠다니는 아군들의 시체를 갈고리로 건져 올려 목을 자르고 있었다는 것이다. 이 소설은 탐욕의 무리들이 그렇게 하여 올린 전과로 얻고 있는 승진과 장려한 수사의 교서가 얼마나 헛된 것인가를 말해 주고 있다.

실존인은 행동하는 인간이다. 그러한 사람에 있어서 말이란 불가피하게 있어야 하는 것이되 대부분의 경우 헛된 것이다. 그릇된 인간에 있어서 말은 흔히 변명, 거짓과 비겁을 호도하는 방편에 불과한 것이다. 이 소설에 등장하고 있는 부정적인 인물들 역시 헛되이 언어를 농하는 무리들이다. 이 소설에서 나라의 존망과 자신의 목숨을 걸고 왜적과 맞서 있는 이순신에게 내린 왕, 선조의 교서가 그 좋은 본보기이다.

> 너희들이 아비로서 자식을 편히 못 기르고 지아비로서 지어미를 보
> 호해 주지 못하며, 죽어서 간과 골이 땅에 흩어지고, 죽어서도 눈을 부릅
> 뜨고 있는 것은 모두 다 나의 허물이다. 올해도 결국 또 저물어 바람이
> 차가운데 나는 객지로 떠돌며 병들어, 저 ≪시경≫에 이른바 <눈비 내
> 릴 때 떠나왔으되 어느덧 버들꽃 흩날린다>는 노래 그대로 세월의 덧
> 없음을 견디지 못할지니라.

나라가 초토가 되고 백성이 어육이 되고 있는 상황에서 ≪시경≫구절
을 인용하고 있는 위의 글은 거기에 주인공 이순신의, 무능하고 비겁한
인간들의 말장난에 대한 혐오가 담겨 있다고 보아야 할 것이다. 주인공
의 그와 같은 혐오는 우의정 정철의 그것에 이르러서는 증오에 이르고
있다.

> 팔십 먹은 노파를 곤장으로 쳐죽였고, 여덟 살 난 남자아이와 다섯 살
> 난 여자아이를 무릎을 으깨서 죽였다. 목격한 사실을 자백하라는 위관
> 의 심문을 아이는 알아듣지 못했다. 때리고 꺾고 비틀고 지지면서 형리
> 들이 울었고, 울던 형리들이 다시 형틀에 묶였다. 우의정 정철이 그 피의
> 국면을 주도했다. 정철은 내가 이해할 수 있는 인물은 아니었다. 그는 민
> 첩하고도 부지런했다. 그는 농사를 짓는 농부처럼 근면히 살육했다. 살
> 육의 틈틈이, 그는 도가풍의 은일과 고독을 수다스럽게 고백하는 글을
> 짓기를 좋아했다. 그의 글은 허무했고 요염했다.

위에서 우리는 주인공이, 권력을 탐해, 한 당파를 이끌고 죄 없는 사람
들을 수없이 죽인 그 손으로 시문을 희롱하고 있는 정철이란 인간에게
억누를 수 없는 적개심을 보이고 있음을 알 수 있다.

주인공의, 인간의 공허한 말재간에 대한 적의는 왜적의 그것에 대해서도 나타나 있다. 이순신은 그의 부하가 거두어 온, 죽은 왜병들이 지녔던 칼을 본다. 그 중 두 자루의 칼에는 각각 '말은 비에 젖고 / 청춘은 피에 젖구나', '청춘의 날들은 흩어져 가고 / 널린 백골 위에 사쿠라 꽃잎 날리네'라는 검명(劍銘)이 새겨져 있다. 이에 그는 그들이 모두 '사나운 놈' '모진 놈'이었을 것이라고 말한다. 무고한 이웃나라 백성들을 무참하게 도륙한 그 칼을 시귀 따위로 멋을 내고 있는 인간은 사람다운 사람일 수 없다고 보았기 때문이었을 것이다.

실존주의 사상의 출발점은 무신론에 있다. 실존의 인간에게는 신뿐 아니라 어떤 종교도 발붙일 곳이 없다. <칼의 노래>도 동서양 종교라는 것이 헛된 것이라 함을 거듭해서 보여 주고 있다. 이 소설에 등장하고 있는 왜군에는 불교 신자가 많았던 것으로 나타나 있다. 그들이 가지고 있던 ≪법화경≫이니 ≪연화경≫이니 하는 책들에는,

⋯⋯ 오는 세상에 너희는 마땅히 성불하리라. 그때 너희 국토는 청정하고 착한 보살이 가득하여 너희 선남자 선여인들은 여래의 옷을 입고 여래의 자리에 앉으리라. 아난아, 너는 마땅히 알라. 여래가 중생을 버리지 않느니⋯⋯

하는 구절들이 쓰여 있다. 이 소설은 내세에 자비의 화신, '여래'가 되려는 그들이 현세에서 살인마로 날뛰고 있음을 보여 주고 있다. 다른 종교와 마찬가지로 불교 자체가 부정된 실존인에 있어서 그 신앙마저 잘못되어 있음에는 거기에 조소밖에 갈 것이 더 없다. 그래서 주인공의 부하들은 적선에서 노획한 그, ≪법화경≫이 새겨진 깃발을 찢어서 부상자들의 상처를 싸매는 데 쓰고 기폭으로 옷을 만들어 입고 있다. 그들에 있어서 그것들은 한갓 야릇한 글자를 새긴 천에 불과한 것이었기 때문이다.

이 소설은 기독교 역시 그것이 그것을 믿는 자들의 헛된 자기위안 이상 아무 것도 아니라고 하고 있다. 왜군의 수장(首將) 중 한 사람 고니시 유키나가는 독실한 기독교 신자로 그는 붉은 비단 장막에 흰 십자가를 수놓은 것으로 장기(將旗)를 삼고 있다. 이 소설은 인간의 죄를 대신 진다는 것을 교리로 하고 있다는 그 종교의 신봉자가 남의 나라, 무고한 백성들을 죽여 강산을 피로 물들이는 죄를 앞장서서 짓고 있음을 보여 주고 있다. 이순신에 있어서는 이 또한 자신과 타인을 함께 속이는 헛된 수작에 불과한 것이다. 그래서 그는 그 깃발이 세워져 있는 곳을 적장을 노리는 표적으로 삼고 거기에 화력을 집중하게 하고 있다.

주인공의 종교 부정은 유교에 있어서도 예외가 아니다. 이 소설은 곳곳에서 유교의 비현실성, 모순성을 드러내 보여 주고 있다. 그 중 한, 두드러진 예가 다음과 같은, 선조가 오랜 파천에서, 수복된 서울로 돌아와서 내린 교서다.

> ⋯⋯이제 서울 백성들 중 죽은 자가 헤아릴 수 없이 많을 터이다. 살아남은 백성들이 마땅히 상복을 입고 있어야 하거늘, 상복 입은 자를 볼 수 없으니 괴이하다. 난리 중에 강상이 무너지고 윤기(倫紀)가 더럽혀진 탓이로되, 내 이를 심히 부끄럽게 여긴다. 서울의 각 부는 엄히 단속하여라.

이 소설은 여기서 유교의 허례허식과 왕의 암우를 동시에 공격하고 있다. 당시의 조선은 경향 할 것 없이 지옥과 다름없었다. 너무 많은 사람들이 굶주리고 병들어 죽어 그 시체를 어찌하지 못해 그것이 거리에 쌓여 썩고 있었다. 특히 당시에는 기근이 심해 사람을 잡아먹는 일까지 있은 것으로 나타나 있다.[6] 시체가 무더기로 쌓여 노천에서 썩어 가고 배

---

6) 유성룡은 《징비록》에서 당시 중앙·지방 할 것 없이 굶주림이 심해 심지어 아버지와 아들, 남편과 아내가 서로 잡아먹는 지경에까지 이르렀다(而中外飢甚 -中略- 至父子

고픔에 시달리다 미쳐버린 사람들이 가족을 잡아먹는 판에 왕이란 사람은 상복 운운하고 있으니 당시 세상이 얼마나 한심한 것이었던가를 단적으로 보여 주고 있다.

주인공은 진정하지 못한 삶을 살고 있는 인간들의 욕망과 탐리, 무능과 비겁, 거기서 저지르는 잔혹, 종교에 의지한 자기위안을 모두 싸잡아 한마디로 '헛것'이라고 하고 있다. <칼의 노래>는 실존인 이순신의 그, 알 수 없고 벨 수 없고 조준할 수 없는, 실체의 옷을 걸친 헛것들과의 싸움을 보여 주는 소설이라 할 수 있다.

그러니까 '한 번 휘둘러 쓸어버리니 / 피가 강산을 물들이도다(一揮掃蕩 血染山河)'라고 한 이순신의 칼의 명(銘)은 그, 칼을 받지 않는, 베어지지 않는 것들을 기어이 베어 쓸어버리려는 그의 정화의 결의라 할 것이다.

III. 허무와 맞선 실존인

이 소설의 주인공 이순신은 무수한 적들에 둘러싸여 있다. 바다를 뒤덮고 몰려오는 왜적, 군령을 어기는 부하들, 울면서 매달리는 백성들, 대군을 이끌고 와서 싸울 생각은 하지 않고 뇌물을 받고 적과 내통하고 있는 명나라 군대, 조선 왕이 항복했다느니 어디 어디에 적이 상륙했다느니 하는 유언비어들이 모두 그의 적이다. 이 소설은 그를 둘러싸고 창궐하고 있는 병균과 같은 적에 대해 다음과 같이 서술하고 있다.

바람이 잠들고, 달빛 스민 바다가 기름처럼 조용한 밤에도, 사각 사각

夫婦相食)고 하고 있다. 또 이순신도 ≪난중일기≫에서 민생들이 굶주려 서로 잡아먹는다 하니 장차 어떻게 해야 할 것인가(民生飢餓 相殺食之慘 將何保活)라고 하고 있다. 이순신, ≪난중일기≫갑오년 2월 9일자.

사각, 그 종잡을 수 없는 소리는 수평선 너머에서 들려왔다. 아마도 식은 땀의 한기에서 깨어난 새벽의 환청이 밤이나 낮이나 나를 따라다니는 모양이었다. - 중략 - 그리고 식은땀에 뒤채이는 새벽에 그 환청은 캄캄 한 수평선 너머에서 내 피폐한 연안으로 다가오는 수천 수만 적선들의 노 젓는 소리로 들렸다.

다시 귀 기울이면, 그 눈보라와도 같은 환청은 수평선 너머 대마도 쪽 바다에서만 들려오는 것이 아니다. 압록강 물가 의주까지 달아난 조정 으로부터도 몰려왔다. 사각 사각 사각. 환청은 압록강에서 남해안까지 모든 산맥과 강들을 건너서 눈보라로 밀려왔다.

그러나 현실적으로 그가 당면한 가장 가시적이고 확실한 적은 물론 왜적이었다. 그의 하루하루는 그때마다 생사의 기로에 서 있는 것이었 다. 그는 왕에의 충성 이전에 눈앞의 백성들을 적의 칼에서 지켜야 했다. 그래서 그는 늘 자신의 죽음을 눈앞에 두고 있었다. 명량해전을 앞두고 바다에선, 주인공의 모습이 그것을 잘 말해 주고 있다.

여기는 사지였다. 일출 무렵의 바다에서는 늘 숨을 곳이 없었다. 사지 에서, 죽음은 명료했고, 그림자가 없었다. 그리고 그 역류 속에서 삶 또 한 명료했다. 사지에서, 삶과 죽음은 뒤엉켜 부딪쳤다. 그것은 순류도 아 니었고 역류도 아니었다. 거기서 내가 죽음을 각오했던 것인지, 삶을 각 오했던 것인지는 확실치 않다. 나는 그 모호함을 중언부언하지 않겠다.

그런 그에게 왜적 못지않은, 그의 생명을 위협하는 적은 왕과 대신들 이었다. 그는 이 소설의 시간 직전, 왕을 능멸했다는 등의 죄목으로 형틀 에 묶여 고문을 당한 끝에 간신히 죽음을 면한 바 있고 그러한 일은 또 언 제 그 앞에 닥쳐올지 알 수 없는 것이었다.

사방의 적들에 둘러싸인 주인공 이순신은 갖가지 실존적 근본경험을 하고 있다. 그 중 하나가 불안이다. 우리는 전라좌수영에 부임했을 때의 그의 모습에서 그 불안을 볼 수 있다.

> 종팔품 수군만호가 되어 남해안 발포진에 부임했을 때, 처음 보는 바다는 외면하고 싶도록 두려웠다. 나는 바다와 맞선다는 일을 상상할 수 없었고, 그 위에서 적과 싸운다는 일도 내용과 질감이 떠오르지 않았다. 바다는 다만 건널 수 없고, 손댈 수 없는 아득함으로 내 앞에 펼쳐져 있었다.

그러나 진정한 인간에 있어서 불안의 '불안스러운 감정'은 회피해야 할 그 무엇이 아니라 어쩔 수 없이 그 속에 머물러야 하는 것이다. 이순신도 그 두려운, 피하고 싶은 세상, 불안을 정면으로 맞아 선다.

그 불안의 세계, 바다는 또 뚜렷이 정해진 지향점이 보이지 않는다는 점에서 인간의 생과 같은 성격을 띠고 있다. 다음의 인용문은 그런 의미에서 그러한, 인간의 삶을 상징적으로 그려 보여주는 것이다.

> 바람이 멀리 몰려가버려, 안개는 수면 위로 쌓였다. 물은 보이지 않고, 안개 밑에서 뱃전에 부딪히는 물소리가 철썩거렸다. 단 한 개의 항해 지표도 찾을 수 없었다. 새들은 날지 않았다. 배는 안개 속을 흘러 다니는 신기루처럼 보였다. 지표 없는 안개 속을 헤집고, 장사진은 동남진했다. 배들은 다만, 안개 속에서 어른거리는 앞선 배의 자취에 매달렸다. 깃발은 식별되지 않았고, 북으로는 위치를 알릴 수 없었다. 쇠나팔을 불어서 전선 간 거리를 당기고 속도를 늦추었다. 나는 어디에 있으며 어디로 가고 있는지, 안개 속에서는 알 수 없었다. 적은 안개 너머에 있었다.

위와 같은 대문은 인간이 살아야 하는 현실은 짙은 안개 속의 잠행과 같이 불안하고 모호하며 불확실한 것이라 함을 말해 주고 있다. 인간은 그 속에서 그 때, 그 때 스스로의 판단과 선택으로 자신의 삶을 결정하고 그에 따라 살아갈 수밖에 없는 것이다.

겹겹이 적들에 둘러싸인 주인공은 고독하다. 그는 타인과의 의미 있는 관계, 진정한 산 접촉을 갈망하나 거듭 단절에 직면한다. 그의 처절하리만큼 외로운 모습은 다음의 인용문이 잘 그려 보여 주고 있다.

다시 내 앞에 펼쳐진 바다에서, 적의 조건도 나의 조건도 보이지 않았다. 가을빛이 스러져 가는 바다는 차가웠고, 외마디로 짖어대는 새들의 울음은 멀었다. 멀리 부산, 거제, 고성 쪽 해안은 목측이 꺾여져 보이지 않았고, 경상 바다 수평선 안쪽으로 흩어진 섬들에서 적들끼리 서로 부르고 응답하는 봉화가 올랐다. 봉화는 불꽃에서 연기로, 검은 연기에서 흰 연기로 바뀌어 갔으나, 나는 그 봉화의 내용을 해독할 수 없었다.

주인공은 그의 싸움에서, 또 그의 일상에서 부조리를 느낀다. 주인공은 해전에서 패하여 섬으로 도망친 왜군들의 울음소리를 들었을 때 그것을 느낀다. 그는, 섬에는 먹을 것도 식수도 없으므로 그들은 거기서 굶주리고 목말라 죽을 것이라는 것을 알고 인간적인 연민을 느낀다. 그는 한 사람, 한 사람의 왜군은 모두 처음에 조선 사람에 대한 아무런 적의도 가지고 있지 않은 가련한 인간들이었지만 자신이 죽지 않을 수 없는 현실에 갈등을 느낀다. 그는 또 전쟁이란 것의 장난 같은 속성에서, 그가 수행하고 있는 싸움에서 허무감을 느낀다.

적의 척후가 진도 벽파진 앞 바다에 나타나 나의 척후를 척후하였고 나의 척후가 적의 척후를 척후하였다.

위의 인용문은 거듭되는 동어반복이 그 피비린 전쟁이 어린애들의 술래잡기 같은 모양을 하고 있음을 보여 준다.

주인공이 의금부로 끌려가 형장에 목숨을 잃을 뻔한 것도, 다시 거기서 살아 나온 것도 웃지 못 할 아이러니다. 이 소설은 그에 대해 다음과 같이 서술하고 있다.

> 나를 죽이면 나라를 살릴 수 없기 때문에 임금은 나를 풀어준 것 같았다. 그러므로 나를 살려준 것은 결국은 적이었다. 살아서, 나는 다시 나를 살려준 적 앞으로 나아갔다. 세상은 뒤엉켜 있었다. 그 뒤엉킴은 말을 걸어볼 수 없이 무 내용했다.

이상에서 필자는 주인공을 둘러싸고 있는 적들에 대해 상당히 장황하게 서술했다. 그런데 주인공에 있어서 가장 심각한 적은 왜군도 조정도 아니었다. 그것은 그가 산 세상의 무의미, 허무, 절망이었다.

실존주의 철학에서 인간은 세상으로부터의 단절감, 인생살이의 이유의 부재, 무의미 앞에서 부조리를 느낀다. 그리고 그와 같은 실존의 생생한 사실을 깨닫는 순간, 사르트르의 <구토>에서 로깡댕이 그러했듯, 구토를 느낀다. 이, 현기증 나는 부조리의 현실 앞에서 느끼는 구토와 같은 것을 <칼의 노래>의 주인공에게서도 볼 수 있다. 주인공이 흘리고 있는 허한(虛汗)이 그런 것이다. 주인공은 다음에서 보는 바와 같이 이 소설에서 여러 차례에 걸쳐 식은땀을 흘리고 있다.[7]

> 적과 임금이 동거하는 내 몸은 새벽이면 자주 식은땀을 흘렸다. 구들에 불을 때지 않고 자는 밤에도 땀을 흘렸다. 등판과 겨드랑과 사타구니에 땀은 흥건히 고였다. 식은땀은 끈끈이처럼 내 몸을 방바닥에 결박시켰다. 나는 내 몸이 밀어낸 액즙 위에서 질척거렸다.

---

7) 《난중일기》에는 이순신 장군이 실제로 식은땀을 많이 흘린 것으로 나타나 있다. '낮에는 땀이 옷에만 배더니 밤에는 옷 두 겹이 젖고 다시 방바닥까지 흘렀다(晝汗沾衣夜則兩衣沾濕而布堎).'라고 한 병신년 3월 25일자의 일기가 그 예다.

<칼의 노래>에는 모두 스무 여 차례에 걸쳐 주인공이 헛땀을 흘렸다고 하는 구절이 등장하고 있다. 그것은 군법으로 부하를 참수한 날, 헛된 말치레의 왕의 교서를 받은 날 등 거의 전부 전쟁의 무의미, 세계의 무의미 앞에서 흘리고 있는 것이다.

주인공은 세계 앞에서 비관적이다. 실존주의에 있어서 비관주의는 어떤 '존재의 질서'다. 그것은 필연적인 악의 상태다. 인간은 그것을 발판으로 삼을 때 비로소 인간일 수 있다. 실존인 이순신은 그, 비관적인 세계의 무의미, 절망, 허무 앞에서 염세로 굴러 떨어지지 않는다. 그는 그것을 거듭 확인함으로서 자신을 투기한다. 그가 자신의 침소 머리맡에 면사첩(免死帖)을 걸어 두고 있는 것이 그의 그러한 모습을 보여 주는 것이다. 조정은 왜적과 목숨을 걸고 싸우고 있는 그에게 죄를 씌워 문초를, 고문을 하나 끝내 죄를 찾지 못하자 사지, 전장으로 되돌려 보낸다. 다시 삼도수군통제사가 된 그는 열 두 척의 전선으로 3백 30척의 적선을 맞아 싸워 적을 궤멸시키는데 이 때 임금이 보내온 것이 바로 '免死', 죄가 없다는 것도 아니고 죄를 사면해 주겠다는 것도 아니고, 다만 죽이지 않겠다는 두 마디다. 주인공은 밤낮 그 두 글자와 마주함으로서 허무, 절망, 무의미를 딛고 선다. 그리고 그것을 발판으로 하여 자기를, 자기 세계를 창조해 나가는 것이다.

주인공은 종교를 부정했듯, 운명 또한 부정한다. 경상좌수사 배설과의 다음과 같은 대화에 그것이 나타나 있다.

―통제공, 무운을 비오.
―존망의 길에, 운세란 없는 것이오. 아시겠소? 배수사.

실존은 무제약적인 존재다. 그는 자기 이외의 다른 원인의 지배를 받지 않고 다른 어떤 것으로도 대치될 수 없는 절대적 성격을 가진다. 조정으로 끌려가 죽음의 문턱에까지 갔다가 겨우 명을 부지하여 돌아온 후의 주인공이 그런 존재다. 이제 주인공이 하는 싸움은 그 전과는 다른 성질의 것이다. 그전의 그는 막연히 국록을 먹는 나라의 관리로 왕에 충성을 다하기 위해 목숨을 내걸고 있은 사람이라고도 할 수 있었다. 그러나 그러한 충성을 바치고도 그, 왕에 의해 목숨을 빼앗길 뻔한, 죽음의 문턱에까지 갔다 간신히 살아 돌아온 그는 그 전과는 다른 마음으로 적과 맞서고 있다. 그가 왕의 교서 앞에서 하고 있는 다음과 같은 혼잣말에 그것이 나타나 있다.

> ……전하, 전하의 적들이 전하를 뵙기를 고대하고 있나이다. 신은 결단코 전하의 적들을 전하에게 보내지 않을 것입니다. 이 적들은 전하의 적이 아니라 신의 적인 까닭입니다…….

그의 그와 같은 새로운 삶, 새로운 마음은 그가 다시 삼도수군통제사의 교서를 받았을 때부터 시작된다. 교서를 받고 그는, 자신은 김덕령처럼 죽을 수 없다고 다짐한다. 김덕령은 불같은 충성심과 절세의 용맹으로 왜적을 쳐부수나 그 용맹이 겁난 왕의 피해망상에 없는 죄를 덮어쓰고 살해된 사람이다. 이순신은 앞서 의금부로 끌려갔을 때는 그랬거니와 이제는 그런 죽음을 당하지 않겠다고 하고 있는 것이다. 이것은 곧 상대가 아무리 왕이라 하더라도 절대로 그에게 무의미한 죽음은 당하지 않겠다는 결의를 보여 주는 것이다. 다시 말하면 그가, 삶은 물론이고 죽음 또한 다른 누구에 의해서도 강제되는 것을 용납하지 않겠다는 결의를 가지고 있음을 보여 주는 것이다. 이는 곧 그가 그의 생과 사에 대한 어떤 부당한 간섭도 용납하지 않으려 하고 있음을 말하는 것이다. 이때의 이순신은 부조리 앞에서 반항하는 인간 그것이다.

그는 또 스스로 곽재우처럼 살지도 않겠다고 다짐하고 있다. 곽재우는 병신년에 죄 없이 죄를 쓰고 조정으로 끌려가 문초를 당한 끝에 겨우 죽음을 면하고 풀려난 다음 그가 거느리고 있던 의병을 흩고 신선이 되겠다면서 산 속으로 들어가 있은 적이 있다.[8] 이순신은 자신은 어떤 일이 있어도 한 때의 그, 곽재우처럼 현실을 외면하거나 거기서 도피하지 않겠다고 하고 있는 것이다. 그것은 곧 비겁한 자기기만 이상이 될 수 없다고 생각했기 때문이다.

그는 또 이 소설 속에서 다음과 같이 말하고 있다.

> 명과 일본이 조선을 분할해서 강화한다면 나는 고려 때의 삼별초들처럼 함대를 이끌고 제주도로 들어가야 할 것인지를 생각했다. 그때는 명과 일본이, 그리고 조정 전체가 나의 군사적인 적이 될 것이었다. 아마, 그때 나의 함대는 수영을 이탈하거나 나를 배반할 수도 있을 것이었다. 나는 혼자일 수도 있었다.

이상에서 우리는 주인공이 죄 없이 죽임을 당하지 않을 것이고 도피하지 않을 것이며 필요하면 왜적은 물론 조정을 상대로, 자기 혼자 만으로라도 싸우겠다는 결심을 하고 있음을 알 수 있다. 이때의 그의 싸움은 그전과 같은 충성을 위한 것이 아니다. 그것은 허무한 현존재를 이겨내려는 자기실현이다. 주인공이 하려 한 행동은 주어진 현존재의 무의미성에서 자유롭게 자신의 고유한 의미를 만들려 하고 있는 투기(投企 Entwurf=project)이다. 그것은 또 그가 본래적인 현재를 그때그때마다 확립하려는, 자신의 고유한 존재 가능성을 창조하는 행위, 곧 탈존(脫存

---

8) 곽재우는 얼마 후 다시 산에서 내려와 군사를 모아 왜란이 끝날 때까지 왜적과 싸웠다. 그가 "고양이를 기른 것은 쥐를 잡기 위한 것인데, 이제 왜적이 이미 평정되었으니 나는 할 일이 없다.(養猫所以捕鼠 今賊已平 余無所事 可以去矣)"라고 하고 신선이 되겠다면서 아주 산으로 들어간 것은 난이 끝난 뒤의 일이다.
이상 홍만종, ≪해동이적≫, 이수광, ≪지봉유설≫ 참조.

Ekstasis)이다. 비본래적 인간은 허무에 직면했을 때 그 허무에서 끝나, 끝없는 무의미로 추락하여 거기서 모든 것의 종언을 맞는다. 그러나 던져진, 피투(被投)의 인간에서 스스로 자신을 던지는 투기(投企)의 인간으로 행동할 때 그는 비로소 허무를 딛고 그것을 넘어설 수 있다. 그런 의미에서 이 소설에 나타난 히데요시의 마지막 말과 이순신의 그것은 극명한 대조를 이룬다.

끝없이 권세와 이익을 추구하여 '天下布武'의 기치를 내걸고 피비린 전쟁을 일삼던 히데요시는 죽음을 앞두고,

몸이여, 이슬로 와서 이슬로 가니 오사카의 영화여, 꿈속의 꿈이로다.

라는 유언시를 남긴다. 이는 그가 무의미한 삶을 산 끝에 의미 없는 존재로 그 생을 끝마치고 있음을 스스로 말해 주고 있는 것이다.

그러나 이순신의 경우는 이와 전혀 다르다. 그는 적탄에 치명적인 상처를 입어 죽음을 눈앞에 두었을 때 퇴로가 없는 막다른 물목으로 몰린 적을 뒤쫓으며,

─북을…… 계속…… 울려라. 관음포…… 멀었느냐?

라고 하고 있다. 그와 같은 실존인의 행동에 있어서 세속적인 의미에서의 완성, 완결이란 없다. 결국 그는 관음포로 적을 추격하는 바다 위에서 숨을 거둔다. 그는 '세상이 스스로 세상일 수 있게' 하는 과정에서 숨을 거두고 있다. 그러나 그의 진정한 삶 살기, 의미 만들기는 그것으로 완결, 완성을 이루고 있다고 할 수 있다. 그는 거기서 허무를 뛰어넘어 영원히 살고 있다고 할 수 있겠기 때문이다.

<칼의 노래>는 근래 한국문학에서 보기 드문 특이한 소설일 뿐 아니

라 여러 가지 의미에서 작품성이 뛰어난 문예물이라 할 수 있다. 무엇보다 이 소설의 작가는 주인공의 성격화에 괄목할 만한 성공을 거두고 있다. 이 소설을 쓰기 위한 그의 자료 섭렵은 상당히 광범하고 치밀했던 것으로 보인다.[9] 그는 주인공 이순신 주변의 사서(史書)·일기 등 자료에 근거하여 최대한 실인의 모습을 그대로 되살리려 노력하고 있음이 역력하다. 이 소설 속의 주인공은 그 이미지가 유성룡이 말한 '사람됨이 말과 웃음이 적고 용모는 단아하여 마음을 닦고 몸가짐을 삼가는 선비와 같았다(舜臣爲人 寡言笑 容貌雅飭 如修謹之士).'고 한,[10] 이순신, 실인의 그것과 거의 거리가 없다. 그러나 작가는 구체적 성격 창조에 있어서 사서 등 자료에 얽매이지 않고 있다. 그는 그들 자료를 바탕으로 하면서 다음과 같은 면에서 역사상의 인물 이순신을, 특히 그의 내면을 새롭게 해석하고 있다.

첫째, 이순신은 그의 《난중일기》등 기록으로 볼 때 의심의 여지없이 왕에 대한, 절대적이라 할 만큼 강한 충성심을 가진 사람이었다. 그는 정기적으로 선조가 내린 교서에 절을 올리고 있는데 이 때 절을 하지 않는 사람에 대해 심한 분노를 보이고 있는 데서도 이를 엿볼 수 있다.[11] 그런데 작가는 '역사를 읽어보면 그가 왕조에 대한 충성심으로 전쟁을 수행한 인물로 되어 있다. 역사의 행간을 읽으면서, 그렇지 않다는 생각을 갖게 됐다. 오히려 증오심과 현실적 절망감에 대한 분노로 전쟁을 수행하지 않았나 생각했다.'고 하고 있다.[12] 삼강오륜의 도덕률이 철저한 반

---

9) 그는 이 소설을 《난중일기》《이충무공전서》《선조실록》《연려실기술》「장계」「유시」「교서」「행장」에서 필요한 부분을 골라서 짜 맞추어 썼다고 하고 있다.
  김훈, "연보·해전도", 「칼의 노래」I (생각의 나무, 2001), p.202.

10) 유성룡, 《징비록》

11) 《난중일기》정유년 8월 19일자에는 모든 장수들이 교서에 숙배를 하는데 유독 배설만이 하지 않는 데 노하여 그의 영리(營吏)에게 장형(杖刑)을 내렸다고 쓰고 있다.

12) 김훈, 김광일과의 대담, "동인문학상 수상작 '칼의 노래' 김훈씨", 『조선일보』 2001.10.9.

가에서 생장하여 환로에서 평생을 산 이순신은 없는 죄를 씌워 목숨을 앗으려 한 왕이 원망스럽기는 했겠지만 어쩌면 그것을 가혹한 천후(天候)와 같이 어쩔 수 없는 것으로 받아들여 변함없는 충성을 바치고 있었다는 것이 사실에 더 가까웠지 않나 한다. 그러나 작가는 이 소설에서 그가 왕에 대한 맹목적인 충성심 같은 것은 가지고 있지 않았으며 필요하면 왕을 향해 칼을 겨눌 수도 있는 사람으로 그리고 있다. 그럼에도, 어느 쪽이 실제 이순신의 마음이었던가는 젖혀 두고 일단 이 소설은 그를 작중의 살아 있는 인물로 형상화하는 데 성공을 거두고 있다. 성격 창조는 실인 복사와는 다른 것이고 작가는 이 소설에서 작중의 실존적 인물 이순신을 핍진성 있게 그리고 있기 때문이다.

가혹한 현실 앞에서의 이순신의 모습도 기록에 나타나 있는 바와는 거리가 있다. 이순신은 의금부에서 풀려나 백의종군의 남행길에 그 어머니의 상을 당하나 상례를 치르지도 못한다. ≪난중일기≫는 이 무렵 그가 두 번이나 '어서 죽기를 바란다'는 말을 하고 있음을 보여 준다.[13] 이는 당시 그의 솔직한 심정이었다 하겠으나 이 소설은 그의 그와 같은 염세적인, 나약한 면모 대신 그가 어떤 현실에든 담담하고 결연하게 맞서고 있음을 보여 주고 있다. 이 또한 어떠한 상황 앞에서도 감상에 젖거나 굴하지 않는 작중 인물로 하여금 소설 속에서 생명을 얻게 하고 있다고 해야 할 것이다.

작가는 또 기록에 분명하게 나타나 있는 사실이라 하더라도 그럴듯하지 않은 경우에는 그것을 버리거나 해체하여 재구성하고 있다. 이순신의 꿈의 경우가 그 좋은 예다. ≪난중일기≫ 등을 보면 그의 꿈은 이상하리만큼 강한 예언력 같은 것을 보여 주고 있다. 일기에 의하면 그는 왕의 명령을 받는 꿈을 꾼 이튿날 삼도수군통제사를 명하는 왕의 교서를 받고 있고[14] 그 어머니의 죽음,[15] 차남 면의 전사도[16] 흉몽으로 미리 예감

_____

13) 이순신, ≪난중일기≫ 정유년 4월 16일, 5월 5일자.

하고 있다. 그러나 작가는 그런, 이순신이란 인물이 무슨 신통력을 가진 사람같이 보일 요소가 있는 이야기는 이 소설에서 철저하게 배제하고 있다. 만약 그런 이야기를 소설 속에 담아야 할 필요가 있을 때, 그는 그 것을 풀어서 굴절하여 수용하고 있다.

<칼의 노래>에서 또 하나 돋보이는 것은 이 소설의 개성이 뚜렷한, 특이한 문체다. 이에 대해 이 소설을 동인문학상 수상작으로 선정한 심사위원의 한 사람, 이청준은 심사 소감에서 이 작품의 문장이 전통적 한문문학의 압축미를 구현하고 문장의 향기와 힘이 우러나게 만들어 종래 다른 작품이 시도했던 미학을 완성시켰다고 했다. 이 소설, 문체의 가장 두드러진 특징은 그 문장이 거의 전부라 할 만큼, 대부분이 10자 안팎의 단문이라는 것이다. 이는 이 작가의 한, 작가로서의 두드러진 개성 때문인 것으로 보인다. 그것은 그가 어느 자리에서 구체적이고 수다스런 문장들은 자신의 체질에 맞지 않는다고 한 것을[17] 보아도 잘 알 수 있다. 그렇다고 이 작가가 장문에 서투르다든가 전혀 그런 문장 쓰기를 싫어하는 것으로 생각하면 그것은 속단이다. 다음의, 이 소설 도입부를 보면 금방 그것을 알 수 있다.

버려진 섬마다 꽃이 피었다. 꽃피는 숲에 저녁 노을이 비치어, 구름처럼 부풀어오른 섬들은 바다에 결박된 사슬을 풀고 어두워지는 수평선 너머로 흘러가는 듯 싶었다. 뭍으로 건너온 새들이 저무는 섬으로 돌아갈 때 물 위에 깔린 노을은 수평선 쪽으로 몰려가서 소멸했다. 저녁이면 먼 섬들이 박모(薄暮) 속으로 불려가고, 아침에 떠오르는 해가 먼 섬부터

---

14) 위의 책, 정유년 8월 2일자.

15) 위의 책, 정유년 4월 11일자.

16) 위의 책, 정유년 10월 14일자.

17) 김훈, 김광일과의 대담, "동인문학상 수상작 '칼의 노래' 작가 김훈씨", 『조선일보』 2001.10.9.

다시 세상에 돌려보내는 것이어서, 바다에서는 늘 먼 섬이 먼저 소멸하
고 먼 섬이 먼저 떠올랐다.

피비린 전란과는 아무런 상관이 없다는 듯한 이, 소위 객관적 자연배
경의 묘사는 담담하면서도 서정에 넘쳐 작가가 긴, 미문에도 결코 무시
못 할 재능을 가지고 있음을 보여 준다.

그러나 비교적 호흡이 긴, 위와 같은 문장은 단행본 2권으로 된 이 장
편소설에서 거의 유일한 예다. 이는 독자가 그 다음에 이어지는, 급박하
고 삼엄한 단문들에 질식하지 않도록, 숨을 고르게 하기 위한 것이다.
<칼의 노래>의 문장은 다음에서 보는 것과 같이, 서너 단어로 된 숨가
쁜 것이다.

> 금갑진에 역질이 돌았다. 백성들이 토하고 쌌다. 시체 100여 구를 묻
> 었다. 모두가 백성들이었다. 금갑진 둔전에 겨울 배추 싹이 올랐다. 둔전
> 에 배속된 백성들이 역질로 죽었다. 금갑 무당이 굿을 했다.
> 용장산 봉수대가 무너졌다.

위와 같은 문장 예는 일부러 찾으려 할 것도 없이 이 소설의 곳곳에서
발견된다.

주인공은 어떤 상황에서도 냉정을 잃지 않고 있고 그가 뱉는 말은 짧
고 담담하다. 이순신은 지난 날 두 번, 자신과 잠자리를 같이 한 적이 있
는 관기 여진이 시체로 옮겨져 왔을 때 한참을 보아 그녀임을 확인하고
는 단 한 마디, "내다 버려라."고만 하고 있다.

또 12척의 배로 적의 대함대를 격파한, 세계 해전사에 길이 남아 있는
명량대첩을 거두고 난 뒤 아군의 피해를 점검하고 나서 한 말은 "더러 죽
고 많이 살았다."는 두어 마디다.

주인공은 또 어떠한 일도 과장하여 말하지 않고 중언부언하지 않는다. 명랑에서 서해안으로 해서 한양으로 진공하려던 왜적의 전선 3백여 척, 수륙 합동군 10만 명을 궤멸시켰을 때 주인공이 조정에 올린 장계는 '포격과 불화살로 적선 30척을 깨뜨리고 수급 여덟을 거두었다.'고 하고 있다. 그에 이어 그는 '깨어지고 불타면서 경상해안 쪽으로 밀려난 적선의 적들이 죽었는지 살았는지는 따라가 보지 않아 알 수 없었다.'고만 하고 있다.

위와 같은 문장, 서술은 언행에 있어서 담백을 미덕으로 삼던 그 시대의 인물 이순신을 실감 있게 그리는 데 큰 몫을 했다고 할 수 있을 것이다. 그리고 그것은 또 <칼의 노래>로 하여금, 4백 년 전을 배경으로 하면서도 한 편의 주목할 만한 실존주의 문학작품이 되게 하고 있다 할 것이다.

Ⅳ. 결론

4백 년 전의 무장 이순신을 주인공으로 한 김훈의 장편 <칼의 노래>는 실존주의 사상이 짙게 깔린 소설이다. 그것은 이 소설의 다음과 같은 면에 뚜렷이 드러나 있다.

첫째, 이 소설은 전편에 걸쳐 실존주의의 입장에서 볼 때 당시의 잘못된 세상의 사례 분석의 성격을 보여주고 있다. 그것은 당시의 왕 선조, 조정의 고관들이 두려운 사실을 두렵다는 이유로 받아들이기를 거부하여 화를 자초하고 있는 즉자존재들이었다는 발언으로 나타나 있다. 또 극한상황에 처한 왕과 문무관들이 거기에 맞서 싸우려 하지 않고 도주하고 있는 모습도 그런 것이다. 그 밖에도 그들이 울음으로 공포를 잊으려 하고 있고 부질없는 말과 글을 농하고 있으며 헛되이 종교에서 구원을 얻으려 하고 있는 것도 그러한 면모를 보여 주는 것이다.

다음으로 이 소설은 주인공의 삶과 투쟁에서 실존인의 모습을 그려 보여주고 있다. 그는 매일매일 적, 죽음과 결연히 맞서고 있다는 점에서 실존적 인간이다. 그가 왜적과 자신의 목숨을 노리는 왕과 그 신하들, 그리고 불안·허무·생의 무의미와 싸우고 있는 데서도 실존인의 모습을 볼 수 있다.

이 소설은 또 당시의 역사, 인물을 해체하여 재해석, 재구성하여 실존주의 사상이 짙은 작품이 되어 있다. 곧 <칼의 노래>는 왕에게 맹목적인 충성을 바치고 있는 것으로 알려진 주인공을 우매하고 비겁한 왕을 비롯한 비 본래적인 세상과 맞서 싸우고 있는 인물로 그리고 있는 것이 그 단적인 예다.

위와 같은 점에서 이 소설은 문예물로서의 완성도가 높은 한 편의 뛰어난 실존주의 소설작품이라 해야 할 것이다.